Wolfram Fleischhauer

Schule der Lügen

Roman

Piper
München Zürich

ISBN-13: 978-3-492-04846-0
ISBN-10: 3-492-04846-3
2. Auflage 2006

Gesetzt aus der Minion
Satz: Uwe Steffen, München
Druck und Bindung: Pustet, Regensburg
Printed in Germany

www.piper.de

Die Literatur ist eine Lüge, die die Wahrheit sagt.

Juan Rulfo

Prolog

Der Weg kam ihm erheblich kürzer vor, als er ihn in Erinnerung hatte.

Soeben hatte er noch einen Blick auf den still daliegenden See zu seiner Linken geworfen und sich vorzustellen versucht, wie diese Ansicht damals auf ihn gewirkt hatte. Und jetzt, nur wenige Wegminuten später, konnte er bereits die ersten Gebäude dort oben am Hang erkennen.

Vielleicht lag darin das Mißverhältnis? Die Zeit, die vergangen war, seit er diesen Hügel das letzte Mal gesehen hatte – und die fast brüskierende Selbstverständlichkeit, mit der er jetzt plötzlich vor seinen Augen lag. Natürlich konnte es gar nicht anders sein. Aber es kam ihm dennoch unwirklich vor, daß dieser Ort hinter einer Wegbiegung einfach so aus dem Nichts auftauchte.

Phil Manings blieb stehen, rückte seinen Strohhut ein wenig ins Genick und betrachtete das Panorama. Der Lago Maggiore schimmerte in der Nachmittagssonne. Er war vom gleichen unwirklichen Blau wie der Himmel darüber, in dem ein Raubvogel seine Kreise zog. Für die Jahreszeit, immerhin Oktober, war es viel zu warm. Phil trocknete sich die Stirn mit einem feinen Stofftaschentuch und betrachtete danach für einen Augenblick die Bügelfalten darin: Bügelfalten, die noch aus London stammten, wo das Hausmädchen vor zwei Tagen den Koffer gepackt hatte, der dann direkt ins Hotel nach Locarno geschickt worden war.

Er blieb stehen und versuchte, sich daran zu erinnern, wie es im Sommer 1902 hier ausgesehen hatte, als er das letzte Mal hier gewesen war. Der Hügel war damals karg und unbewachsen gewesen, kaum mehr als eine Geröllhalde. Jetzt, fast ein Vierteljahrhundert später, war die Vegetation sehr dicht. Die Bäume standen nah am Wegesrand, und ihre Kronen berührten sich.

Ein schmaler, steiniger Pfad führte durch Reben hindurch auf den Berg hinauf. Wie hängende Gärten waren hier die Rebterrassen übereinandergebaut worden, und wo der Rebberg endete, betrat man Kastanienwald. Etwas weiter oben begann Heidegrund, gesäumt von gelbem Ginster und hellgrünen Wacholderbüschen. Kleine, schlanke, silberweiße Birkenstämmchen wuchsen hier. Und dann sah er das Hotel.

In Locarno hatte man ihm bereits erzählt, daß ein paar Berliner Abenteurer das Anwesen vor ein paar Jahren gekauft hatten und nun ernsthaft versuchten, es mit Profit zu betreiben. Zwei der drei Partner waren bereits wieder ausgeschieden, was wohl darauf hindeutete, daß das Vorhaben gescheitert war. Es gab Gerüchte, daß der Berg demnächst wieder auf den Markt kommen würde. Aber für diese Saison waren das Hotel und die verschiedenen Chalets, die sich darum gruppierten, wohl noch gut ausgelastet. Die Konferenz zog zusätzlich Publikum in die Gegend. Die Regierungschefs und Außenminister waren eine Sensation. Sogar Mussolini war gekommen.

»Filippo?« sagte plötzlich eine Stimme.

Phil schaute auf. Er hatte den Mann, der ein Stück entfernt auf einer Aussichtsbank saß, überhaupt nicht bemerkt. Der Unbekannte erhob sich und kam auf ihn zu.

»Dio mio, non é possibile! Filippo!«

»Bernardo?«

Aber da stand der Mann schon vor ihm und umarmte ihn.

»Filippo!« rief er erfreut aus, nachdem er ihn wieder losgelassen hatte. »Mein Gott … mein Gott …«

Phil schaute überrascht und zugleich ein wenig verlegen auf den Italiener herab. Er war gut einen Kopf kleiner als er selbst. War auch er so alt geworden wie jener? Nein, es lag an der ärmlichen Kleidung und dem Vollbart, daß Bernardo beinahe großväterlich aussah. Wenn Phil sich recht erinnerte, dann waren sie gleich alt gewesen, als sich ihre Wege hier gekreuzt hatten.

»Die Zeitungen haben recht. Diese Konferenz ist wirklich ein Wunder«, rief Bernardo erfreut. »Sie bringt das verlorene

Europa wieder zurück. Dio mio, Filippo, was für eine Überraschung. Wo bist du gewesen? Wie kommst du hierher? Wie lange bleibst du?«

Phil hatte sich allmählich von seiner Überraschung erholt, faßte Bernardo am Arm und wies auf die Sitzbank vor ihnen in der Nachmittagssonne. »Ich bin nur für ein paar Tage hier«, antwortete er auf italienisch. »Und du? Du bist immer noch hier. Ich dachte, hier leben nur noch Gespenster.«

Bernardos Augen strahlten. Bei näherem Hinsehen sah er nun doch nicht so alt aus. Seine Haut war gebräunt. Er wirkte ungeheuer gesund.

»Gespenster, ja«, rief er lachend. Er knuffte ihn freundschaftlich in die Seite. »Filippo, du glaubst gar nicht, wie ich mich freue. Und wie gut du aussiehst. Ein richtiger feiner Herr. Sag bloß, du bist Politiker geworden?«

»Nein. Wie kommst du denn darauf. Ich arbeite für die Engländer, das schon. Aber ich gehöre nicht dazu.«

»Ich hätte dich fast nicht erkannt«, erwiderte Bernardo. »Aber die Augen. Diese Augen. Die hatten es ja auch der unvergleichlichen Contessa angetan, nicht wahr? Madonna, che bellezza! Wie geht es ihr? Ist sie auch hier?«

Phil wußte gar nicht, wie ihm geschah. Jedes Wort aus Bernardos Mund jagte ihm jetzt Schauer über den Rücken. Er wollte, daß er aufhörte, doch zugleich war es ein köstliches Gefühl, diesem Rufer in einem Schattenreich zu lauschen. Die Contessa? Er schüttelte den Kopf.

»Non lo so«, erwiderte er. »Ich habe keine Ahnung.«

»Aber ihr seid doch damals zusammen weggegangen?«

»Ja, schon, aber du weißt, wie es manchmal ist. Die Wege trennen sich, und man verliert sich aus den Augen.«

»Peccato. Veramente peccato.«

Sie schwiegen einen Augenblick lang und schauten auf den See hinab. Die Brissagoinseln lagen vor dem Hafen von Ronco wie zwei grüne Tupfen im Wasser. Was für ein unvergleichliches Panorama! Wenigstens daran hatte sich nichts geändert.

»Und du?« fragte Phil nach einer Weile. »Hast du Lotte geheiratet?«

Mein Gott, dachte er, kaum daß er die Frage gestellt hatte. Lotte Hattmer! Er hätte niemals geglaubt, daß er diesen Namen jemals wieder in den Mund nehmen würde.

Bernardos Lächeln verschwand augenblicklich. Dann sagte er bekümmert: »Nein, Filippo. Weißt du denn nicht? Lotte ist schon lange tot.«

Phil schwieg betreten. Bernardo fügte hinzu: »Sie hat sich umgebracht.«

Was für ein Jammer, dachte Phil stumm. Die bildhübsche Bürgermeistertochter.

»Sie lebte am Ende nur noch vom Geld ihrer Eltern. Ich bin manchmal zu ihr gegangen, um nach ihr zu sehen, aber es war ihr nicht mehr zu helfen.«

»Inwiefern?«

»Sie war verrückt geworden.«

»Verrückt? Hier waren doch alle verrückt, meinst du nicht? Wir auch, oder?«

»Wie man es nimmt. Vielleicht schon. Aber Lotte war zu schwach für diese Art von Verrücktheit. Außerdem litt sie sehr darunter, als die ursprüngliche Gemeinschaft zerfiel. Sie lebte mutterseelenallein in ihrer Hütte und siebte Asche. In meiner Erinnerung höre ich sie manchmal noch rufen: *Mein Gott, es ist noch nicht fein genug*. Irgendwann hat sie Gift genommen. Ich war nicht hier, als es geschah. Man erzählt, sie habe etwas genommen, das normalerweise in einigen Augenblicken wirkt, aber bei ihr dauerte es zweieinhalb Tage, bis sie starb.«

»Entsetzlich«, murmelte Phil.

Bernardo war über seinem Bericht ein wenig in sich zusammengesunken. Jetzt richtete er sich wieder auf und sagte: »Filippo, wie lange bleibst du? Du mußt uns auf jeden Fall besuchen, du mußt zu uns nach Cannobio kommen …«

»Ich fürchte, das wird nicht so ganz einfach sein«, erwiderte Phil skeptisch.

»No! Keine Widerrede. Diesen Gefallen mußt du mir tun. Außerdem habe ich etwas für dich.«

»Siehst du das Schiff dort hinten?« entgegnete er.

Bernardo folgte seinem Blick. Die Orangenblüte war am Horizont aufgetaucht. In wenigen Stunden würden die Staatschefs in Ascona wieder an Land gehen. Er mußte zurück. »Ich habe nur heute nachmittag frei. Heute abend gibt es eine Besprechung, und dann wird wieder getagt. Ich fürchte, ich werde keine Zeit haben.«

»Aber du mußt zu uns kommen«, insistierte der Italiener. »Du wirst gar nicht anders können, wenn ich dir sage, was ich für dich habe.«

Phil nahm einen Schluck Wasser aus seiner Flasche und leckte sich die Lippen. Bernardos Augen blitzten, als er weitersprach.

»Ich habe Briefe von ihr«, sagte er. »Briefe für dich. Ich sollte sie dir schicken, aber ich hatte ja keine Adresse.«

»Briefe? Für mich? Von Lotte?«

»Nein. Nicht von Lotte. Von der Contessa. Sie hat sie zurückgelassen, als sie das letzte Mal hier durchgekommen ist. Ida hat sie jahrelang aufbewahrt. Dann, als Ida und Henri weggingen, gab sie sie mir. Sie meinte, fast jeder käme früher oder später noch einmal zurück, und vielleicht auch du. Jedenfalls wollte sie die Briefe nicht mit nach Spanien nehmen, und so habe ich sie verwahrt.«

»Nach Spanien?« wiederholte Phil tonlos.

»Ja. Henri und Ida sind nach dem Krieg nach Spanien gegangen, und von dort nach Brasilien. Sie haben eine neue Kolonie gegründet.«

Briefe von ihr? Er schüttelte ungläubig den Kopf. »Wann, sagst du, ist die Contessa hier gewesen?«

Die Contessa! Wie fremd das klang. Er hatte sie nie so genannt.

»Im Februar 1903«, antwortete Bernardo. »Aber sie blieb nicht lange. Ida hat mir ihr gesprochen, und ein paar Tage später war sie auch schon wieder verschwunden. Aber die Briefe sind noch hier. Du mußt sie bekommen. Schließlich sind sie für dich.«

Phil griff in die Innentasche seiner Jacke, holte ein Päckchen Zigaretten heraus und hielt es Bernardo hin. Aber der lehnte ab. Phil nahm eine Zigarette aus der Schachtel, zündete sie an und inhalierte den Rauch mit großer Konzentration. Briefe von ihr. Von 1903? Seit zweiundzwanzig Jahren lagen sie hier. Was für eine verrückte Idee, überhaupt hierher zurückgekommen zu sein. Was sich hier abgespielt hatte, war naiv und töricht gewesen. Heute argwöhnte er, daß es vielleicht sogar gefährlich gewesen war, auf beklemmende Weise närrisch. Auf dieser Wiese dort hatten sie getanzt, nackt und berauscht von abstrusen Ideen. Aber ein Blick in Bernardos sympathisches Gesicht stimmte ihn um. Warum nicht? dachte er.

»Wie finde ich euer Haus in Cannobio?«

Der kleine Passagierdampfer, den er drei Tage später bestieg, um über Porto Ronco nach Cannobio zu fahren, war gut besetzt. Tessiner Landvolk tummelte sich darauf und etwa ebenso viele Touristen. Ein langgezogener Sirenenton erklang, und das Schiff legte ab. Phil machte es sich auf dem Vorderdeck bequem. Der Geruch des Wassers, das leichte Schaukeln des Bootes und die italienischen Gesprächsfetzen, dazu die malerische Kulisse der Berge, all dies tat bald seine magische Wirkung. Der See schien gen Süden hin überhaupt kein Ufer zu haben, als sei die Welt dort zu Ende.

Bernardo erwartete ihn an der Anlegestelle von Cannobio. Sie spazierten die Uferpromenade entlang und bogen dann in die verwinkelten Gassen des Ortes ab. Wie überall in dieser Gegend ging es steil aufwärts, sobald man sich vom See entfernte. Doch mit jedem Schritt wurde die Aussicht prächtiger. Bernardo erzählte die ganze Zeit von früher. Recht besehen war das Ganze ja bereits Legende, und einige Monate dieser Legende hatte Phil miterlebt. Allerdings war er damals nicht barfuß von München ins Tessin gewandert, wie die Gründer der Vegetariersiedlung. Kein Wunder, daß es eine kleine Sensation gewesen war, als sie hier auftauchten: ohne Schuhe, die Männer mit kniefreien Hosen und die Frauen sogar ohne Korsett.

Mittlerweile hatten die beiden Männer einen Höhenweg erreicht und spazierten nun in südlicher Richtung parallel zur Böschung. Hier und da duckte sich ein Haus an den steilen Abhang. Auch Bernardos Haus kauerte in solch einer abschüssigen Lage. Vom Weg aus sah man nur das Dach. Eine schmale Treppe aus krumm liegenden Schieferplatten führte steil abwärts zu einem aus dem Hang herausgegrabenen kleinen Grundstück. Das Haus selbst war winzig, nicht viel größer als eine Gartenlaube. Vor der Haustür gab es noch zwei mal zwei Meter ebenen Grund, der zum See hin umzäunt war. Ansonsten umgab nur abschüssiges Gelände die Behausung.

Bernardos Frau öffnete. Ihr Aufzug ähnelte dem ihres Mannes. Sie trug weite dunkelrote Pluderhosen und ein buntes gewebtes Hemd. Ihre langen, grauen Haare hatte sie zu einem Pferdeschwanz zusammengebunden. Um ihren Kopf trug sie ein ledernes Stirnband. Sie hatte angenehme, gleichmäßige Züge, und man konnte erkennen, daß sie einmal eine hübsche Frau gewesen sein mußte.

Sie bat ihn einzutreten, und schon bald saßen sie in der kleinen Wohnstube auf dem Boden um einen niedrigen Tisch herum, tranken Tee und plauderten. Henri Oedenkovens Vegetarierkolonie und das Schicksal der Nackten vom Monte Verità waren das Gesprächsthema. Phil erfuhr, daß Bernardo und Antonella die Kolonie noch vor Kriegsausbruch verlassen hatten. Sie hatten sich neuerdings der Philosophie eines österreichischen Theosophen angeschlossen, der allerdings mittlerweile der Theosophie den Rücken gekehrt und eine neue pädagogische Bewegung ins Leben gerufen hatte. Die Grundsätze waren in vielen Dingen noch immer die gleichen wie damals. Phil lauschte, teils amüsiert, teils wehmütig, doch zunehmend distanziert. Wie lange war das alles her? Und wie sinnlos erschien es ihm heute. Als gäbe es am Menschsein irgend etwas Natürliches. Antonellas handgewebte Kleidung deprimierte ihn. Die wenigen Möbel, fast ausschließlich aus Wurzeln und Astgabeln gefertigt, irritierten ihn nicht minder. Alles war krumm und schief.

Wie die Natur.

Bernardo erkundigte sich, was Phil die ganzen Jahre über gemacht hatte. Antonella fragte immer wieder nach der Contessa. Bernardo mußte viel von ihr erzählt haben. Doch Phil wollte darüber nicht sprechen. Wie hätte er das alles erklären sollen? Die Flucht. Die weite Reise. Und dann die Trennung, die nicht geplant gewesen war. Das alles konnte und wollte er jetzt unmöglich ausbreiten. Es gelang ihm, das Gespräch in eine andere Richtung zu lenken.

»Ich bin nach England zurückgegangen«, kürzte er die Geschichte ab. »Als der Krieg begann, brauchte man Leute, die Deutsch konnten. So kam ich erst ins Foreign Office und später zur militärischen Aufklärung. Das klingt wichtig, ist aber nur ein anderes Wort für langweilige Büroarbeit. Für Felddienst war ich glücklicherweise schon zu alt.«

»Und die Contessa ist nicht mit dir gegangen?« insistierte Antonella, offenbar auf der Suche nach einem befriedigenden Abschluß der Liebesgeschichte, die Bernardo ihr erzählt hatte.

Phil sagte nichts und schüttelte nur leicht den Kopf. Bernardo warf Antonella einen vorwurfsvollen Blick zu. »Sei doch nicht so indiskret. Du merkst doch, daß Filippo nicht darüber reden will.«

Antonella errötete leicht. Ein peinliches Schweigen entstand, das Bernardo durch eine erneute Frage unterbrach.

»Und heute lebst du in London?«

»Ja.«

Sie aßen zu Abend, und kurz darauf war es auch schon Zeit aufzubrechen, da Phil darauf bestand, den letzten Dampfer zurück noch zu erreichen. Auf keinen Fall wollte er über Nacht bleiben und auf diese Weise noch länger den neugierigen Fragen

Antonellas ausgesetzt sein. Ein unangenehmes Gefühl hatte ihn beschlichen. Die Vergangenheit drohte ihn einzuholen. Auf dem Rückweg zum Hafen von Cannobio ließ er Bernardo keine Gelegenheit mehr, auf alte Tage zu sprechen zu kommen. Statt dessen malte er ihm ein lebendiges Bild der neuen Situation, in der Europa sich nun befand. Locarno sei in diesen Tagen ein Name geworden, der in den Geschichtsbüchern eine helle Spur hinterlassen würde. Noch vor einem Jahr wäre undenkbar gewesen, was gestern abend im Bürgersaal des Rathauses zwischen den Kernstaaten Europas vereinbart worden war. Die Garantie für die Rheingrenze, der Abzug der französischen Truppen aus dem Rheinland, die schwierige Frage bezüglich des Artikels 16 des Völkerbundabkommens. Phil spürte, daß der Italiener nicht alles verstand, aber er hörte aufmerksam zu, und das genügte ihm. Erst als sie die Promenade von Cannobio erreicht hatten, unterbrach ihn Bernardo.

»Dies ist eben ein besonderer Ort, nicht wahr, Filippo?« Dabei schaute er ihn auf eine Art und Weise von der Seite an, die ihm signalisierte, daß Bernardo genau gespürt hatte, warum er die ganze Zeit geredet hatte. Phil blieb stehen und steckte die Hände in die Taschen.

»Ja, Bernardo«, sagte er dann und schaute auf den See hinaus. »Es ist so wunderschön hier. Fast unwirklich schön, findest du nicht?«

»Antonella war schrecklich indiskret«, entschuldigte sich der Italiener bekümmert. »Es ist meine Schuld. Ich habe ihr so viel von dir … von euch erzählt. Das muß ihre Phantasie beflügelt haben. Bitte verzeih mir. Ich fürchte, ich habe eine kleine Legende aus euch gemacht.«

Eine Legende? Phil lächelte. Doch bevor er etwas erwidern konnte, hatte Bernardo ein Päckchen aus der Tasche gezogen und hielt es ihm hin.

»Hier«, sagte er. »Das gehört dir. Bitte, nimm es an dich.«

Phil nahm das Päckchen in die Hand: Ein verschnürtes Bündel, kaum größer als eine mehrfach gefaltete Zeitung.

»Wann fährst du nach Hause?« fragte Bernardo, offenbar bemüht, das Thema zu wechseln.

Phil zögerte einen Augenblick, dann steckte er das Bündel ein. »Morgen«, antwortete er. »Morgen nacht.«

Sie umarmten sich kurz. Phil schaute Bernardo hinterher, bis er den Marktplatz überquert hatte und in einer der Seitengassen verschwunden war. Der Dampfer lag bereits am Ufer. Aber Phil war nicht imstande, sich zu bewegen. Er befühlte das Päckchen in seiner Hand. Er atmete tief durch, ging ein paar Schritte die Promenade hinauf und setzte sich dann auf eine der Steinbänke, welche in die Hafenmauer eingelassen waren. Nein, er konnte jetzt nicht zurückfahren. Er würde hier übernachten. Er wußte, daß er diese Briefe lesen würde. Aber keinesfalls an jenem verwünschten Ort, an dem sich das alles abgespielt hatte.

Er erhob sich wieder, ließ seinen Blick die Promenade hinabwandern und entdeckte, was er suchte: ein kleines Hotel, das durch einen üppigen Garten vom See getrennt war. Er überquerte rasch den Marktplatz und betrat die Lobby. Er nahm ein Zimmer im obersten Stock mit Blick auf den See. Er trat auf den Balkon hinaus, nahm auf einem der beiden Korbstühle Platz und öffnete das Päckchen. Hatte Bernardo nicht gesagt, es seien Briefe? Offenbar hatte er den Inhalt des Päckchens noch nie gesehen. Phil betrachtete das Moleskine-Notizbuch, aus dem einige gefaltete Bögen Crown-Mill-Papier herausragten. Er zog die Bögen hervor und faltete den ersten auseinander. P&O Liners, London, stand in bordeauxrotem Tiefdruck auf dem Briefkopf der engbeschriebenen Blätter.

Sie hatte das alles während der Rückreise geschrieben, im Februar 1903, auf dem Weg nach Triest? Er faltete jetzt Bogen für Bogen auf und musterte die Handschrift, ohne sich zunächst um den Sinn der Worte zu kümmern. Das würde er nachher tun. Er würde ohnehin alles lesen, was sie geschrieben hatte. Eine unbestimmte Scheu hielt ihn noch zurück. Wie eng sie die Buchstaben setzte! Die gedrängt stehenden, schrägen Zeichen zeugten von Eile und Entschlossenheit. Er schichtete die Bögen übereinander. Sie waren numeriert, aber nicht datiert. Doch der Name des Schiffes, der im Briefkopf mitabgedruckt war, kam für ihn einem Datum gleich. Die Route hatte ja festgestanden. Jetzt wußte er zwar, daß sie noch bis Ascona gekommen war. Aber danach? Was war wohl danach aus ihr geworden?

Der letzte Bogen des P&O-Briefpapiers war nur halb beschrieben, der untere Teil der Seite abgerissen. Der abgerissene Teil fand sich im Notizbuch, zwischen dem Deckel und dem Deckblatt. Ein Name stand darauf. Mahendra! Sein Mund wurde trocken. Der Name starrte ihn an. Mahendra! Nur diese halbe Seite war also für ihn bestimmt, die Nachricht darauf direkt an ihn gerichtet.

Er las nur den ersten Absatz. Weiter kam er nicht. In der Ferne hörte er das Signal des auslaufenden Dampfers. Die Sonne war untergegangen, und ein kühler Wind kam auf. Er fröstelte, aber er konnte den Blick nicht von dem Stück Papier nehmen, das vor ihm auf dem ovalen Steintisch lag. Er öffnete das Notizbuch und blätterte darin. Alle Seiten waren vollständig beschrieben. Die P&O-Bögen enthielten vermutlich den Schluß der Aufzeichnungen, da das Notizbuch nicht ausgereicht hatte.

Auf dem letzten Blatt sprang ihm ein Vers in die Augen. Und als er ihn las, hörte er ihre Stimme:

Es ist ein Weinen in der Welt, als ob der liebe Gott gestorben wär,
und der bleierne Schatten, der niederfällt, lastet grabesschwer.
Komm, wir wollen uns näher verbergen …
Das Leben liegt in allen Herzen wie in Särgen.
Du, wir wollen uns tief küssen …
Es pocht eine Sehnsucht an die Welt
an der wir sterben müssen …

Phil legte die Bögen und das Notizbuch wieder hin und nahm erneut den kurzen Brief zur Hand. Immer wieder überflog er den ersten Absatz. Dann blieb sein Blick an einem Wort hängen. Er las es, wiederholte es leise und spürte dem Schauer hinterher, den es in ihm auslöste. Die uralte Kraft war ungebrochen. Er wollte sich dagegen wehren, doch er sah sogleich ein, daß es sinnlos war. *Vipàssana*, flüsterte er und versuchte, die Gefühle und Gedanken zu verstehen, die das Wort in ihm auslösten.

Innerhalb von wenigen Tagen war dies jetzt schon das zweite Gespenst, dem er begegnete. Erst Bernardo und jetzt das. Aber warum auch nicht? Was, außer Gespenster, sollte man in Europa erwarten? Nach solch einem Krieg. Er tastete seine Jacke nach Zigaretten ab, fand die Schachtel jedoch leer. Ohne Hast sammelte er die Papiere vor sich zusammen, erhob sich, ging ins Zimmer und legte sie auf dem Bett ab. Es würde eine lange Nacht werden. Oder begann hier das Ende einer langen Nacht? Er griff nach seinem Mantel und verließ das Zimmer, das rätselhafte Wort wie ein Gebet in seinem Kopf.

Vipàssana. Vipàssana.

Erster Teil

1.

Sie war ihm sofort aufgefallen.

Sie sah aus wie eine Filmschönheit. Vielleicht eines der vielen ausländischen Tanzmädchen, die in Babelsberg in monumentalen Streifen die exotischen Kulissen zu füllen hatten.

»Hübsch, die Kleine«, bemerkte Daniel, der neben ihm stand und seinem Blick gefolgt war.

Edgar zog die Augenbrauen hoch. Hübsch? Nein. Bildschön war sie. »Was meinst du, wo sie herkommt?« fragte er.

Daniel zuckte mit den Schultern, drehte sich der Bar zu und machte dem Kellner ein Zeichen, daß er die Rechnung wünschte.

»Möglichkeiten gibt's genug«, bemerkte er dann auf seine typische leicht spöttische Art. »Kommt darauf an, wer der Glatzkopf ist, den sie dabeihat.«

Edgar schaute aus dem Augenwinkel zum Tisch der beiden hinüber. Die Frau hatte sich ihrem Begleiter zugewandt, der mindestens doppelt so alt war wie sie. Er war sehr gut gekleidet, wahrscheinlich ein wohlhabender Ausländer mit Devisen.

»Sicher ein Diplomat«, riet Daniel. »Die haben immer so hübsche junge Dinger im Schlepptau.«

Edgar spürte, daß die Frau ihn schon wieder anschaute. Schwierige Sache. War sie die Frau von diesem Glatzkopf? Oder seine Geliebte? Vielleicht war sie überhaupt keine Frau, wie einige der Anwesenden hier. Schließlich war das Eldorado ein Treffpunkt für Angehörige des sogenannten dritten Geschlechts. Aber üblicherweise begann der Zirkus mit den Transvestiten erst gegen Mitternacht.

Daniel legte einige Münzen auf den Tisch.

»Du willst wirklich schon los?« fragte Edgar mit bekümmerter Miene. »Was gibt's denn heute?«

»Irgendwas von diesem Toller. Ich schreibe den Verriß nachher im Café Braun. Willst du später noch vorbeikommen?«

Daniel und seine Verrisse. Dabei war er viel gnädiger als die meisten anderen Kritiker. Immerhin blieb er stets bis zum Schluß.

»Aber ich sehe ja, du bist beschäftigt«, sagte Daniel grinsend. »Der Alte sieht kräftig aus, also sei lieber vorsichtig.«

»Ich muß auch gleich weg«, erwiderte Edgar, ohne auf den Spott einzugehen. »Robert holt mich ab.«

»Dein Vetter? Dieser Widerling. Gehst du immer noch mit ihm aus?«

»Familie, Daniel. Familie. Was soll ich denn machen. Außerdem ist er nicht so schlimm, wie er sich gibt. Harte Schale, weicher Kern.«

»Ein brauner Kern.«

»Ach, das ist jetzt Mode. Robert hat es schwer.«

Daniels Gesichtsausdruck hatte sich merklich verfinstert.

»Nun, ich will ihm lieber nicht begegnen. Ich muß los. Sehen wir uns morgen?«

»Sicher. Spaziergang am See. Wie wär's?«

»Mal sehen. Rufst du an?«

Sie umarmten sich kurz. Während Daniel aufbrach, nutzte Edgar die Gelegenheit und erhaschte wieder einen Blick auf die unbekannte Schöne. Es war wirklich erstaunlich. Sie sprach zwar mit dem Glatzkopf, schaute aber schon wieder zu ihm herüber. Edgar beobachtete die anderen Gäste. Natürlich war er nicht der einzige Mann, der sie verstohlen musterte. Aber immerhin war er es, dem sie bisweilen einen Blick zuwarf. Nun ja, das mußte nichts bedeuten. Wahrscheinlich hatte sie ihn für ihr gelegentliches Aufblicken ausgewählt, um sich nicht jedesmal einem halben Dutzend interessierter Männeraugen aussetzen zu müssen. Sie schaute nicht ihn an, sondern durch ihn hindurch an allen anderen Männern vorbei.

Edgar sah auf die Uhr und dann zur Tür. Früher hatte sich Robert überhaupt nicht für ihn interessiert. Das hatte sich erst geändert, als Edgar ihm vor ein paar Monaten bei einem langweiligen Frühstück in einer Grunewalder Bankiersvilla von seinen nächtlichen Streifzügen durch das verruchte Berlin erzählt hatte. »Abartig«, hatte Robert nur erwidert, jedoch ein paar Tage später darum gebeten, einmal durch diese entartete Welt geführt zu werden. Seither waren sie ein paarmal zusammen unterwegs gewesen. Heute sollte es wieder passieren. Daß Robert zu spät kam, war jedoch ungewöhnlich. Er haßte Unpünktlichkeit. Slawen und Juden seien unpünktlich, pflegte er zu sagen. Aber kein Deutscher. Edgar kommentierte derartigen Blödsinn nicht.

Er überlegte, was er mit dem angebrochenen Abend anfangen sollte, falls Robert nicht mehr erscheinen sollte. Nach Hause gehen, sich ein Bad einlassen und den englischen Kriminalroman zu Ende lesen? Die Auflösung ahnte er bereits. Doch die Hauptfigur war ihm sympathisch. Er würde ihr die letzten Seiten auch noch folgen, vorausgesetzt, sie führten nicht zum Traualtar. Aber so plump waren englische Krimiautoren üblicherweise nicht, daß sie einen spannenden Mordfall in eine langweilige Ehe münden lassen würden.

»... erschien völlig rückenfrei«, sagte jemand neben ihm. »Ich meine, ein Ausschnitt vom Nacken bis zur Pospalte.«

»Die Frau des Ministers?«

»Ja doch, und dann sagt er zu ihr: Gnädige Frau, ich wünschte, Ihr Mann würde so viel Rückgrat zeigen wie Sie ...«

Edgar versuchte den Übermittler dieser Pikanterie ins Auge zu fassen, aber der Mann hatte ihm den Rücken zugekehrt. Sein Gegenüber drehte sich soeben zum Barkeeper um und schnippte mit den Fingern. Hätte er vielleicht doch mit Daniel ins Theater gehen sollen? Aber Robert hatte ihn unbedingt an diesem Samstag sehen wollen. Edgars Theaterpläne hatten ihn nicht beeindruckt.

»Welchen verblasenen Quark willst du dir denn antun?« hatte er gefragt.

Edgar hatte nicht die Wahrheit gesagt. Wozu seinen Vetter damit provozieren, daß er vorgehabt hatte, sich das neue Stück von diesem Erzkommunisten anzuschauen? Wenn er ehrlich war, hatte es ihn auch nicht weiter gestört, von diesem Theaterbesuch entbunden zu sein. Er ging ja meist nur Daniel zuliebe mit, der sich dieses Zeug anschauen mußte, um sein Studentenleben zu alimentieren. Edgar hatte das glücklicherweise nicht nötig. Im Gegenteil. Von seinem üppigen monatlichen Wechsel aus Hamburg hätte Daniel leicht auch noch leben können. In gewisser Hinsicht war das auch der Fall. Edgar lud ihn regelmäßig zu Horcher ein und hatte ihm zum Nikolaustag sogar eine halbe Tonne Kohlen spendiert. Aber ins Theater gehen? Nein, so weit ging die Freundschaft dann doch nicht immer.

Im Grunde war das zeitgenössische Sprechtheater eine Zumutung. Es stimmte ja dort überhaupt nichts mehr. Einfach alles wurde republikanisiert, gerade so, als habe die Menschheitsgeschichte erst im November 1918 begonnen. Die meisten Klassikeraufführungen sahen derzeit so aus wie das Kaiserdenkmal in Bonn: verstümmelt (von fremden Besatzungstruppen) und rot angestrichen (von deutschen Kommunisten): ein unförmiger Klumpen.

Als die Frau ihn das nächste Mal anschaute, bekam er eine leichte Gänsehaut. Robert hin oder her, er würde in jedem Fall so lange bleiben, bis diese bildschöne Frau und ihr glücklicher Begleiter ihre Vorstellung hier beendet haben würden. Mein Gott, wie zwei Pfauen saßen sie da. Der Mann sah ebenfalls interessant aus. Sein großer, kahlgeschorener breiter Schädel saß auf einem starken Nacken. Er trug einen eleganten Anzug, nach Edgars Geschmack allerdings etwas zu hell für die Jahreszeit. Schließlich war Winter. Aber vermutlich waren die beiden Ausländer. Vor einigen Stunden am Flughafen Tempelhof gelandet, hatten sie wohl im Adlon ein wenig ausgeruht und dann beschlossen, vor Beginn der Dreharbeiten morgen früh noch auf einen Sprung ins Berliner Nachtleben zu gehen. Vielleicht war er ihr Filmpartner oder ihr Produzent. Edgar schüttelte den Kopf über diese Abendblatt-Phantasien. Ebensogut konnte es sich um einen Kaffeebaron handeln, der zur Grünen Woche eine seiner

Pflückerinnen mitgebracht hatte. Aber die Grüne Woche begann erst am 20. Februar, also in zwei Wochen, und die Frau sah einfach zu elegant aus, um als Kaffeepflückerin durchzugehen. Ihre dunkle Haut, die tiefschwarzen Haare, die schlanken Oberarme, von den anderen Reizen, die sich unter einer ziemlich eng geschnittenen knallroten Bluse deutlich abzeichneten, gar nicht zu sprechen. Aus Berlin waren die beiden gewiß nicht. Solche Köpfe, wie dieser Mann einen besaß, wurden hier nicht gemacht. Ein hellhäutiger Othello, dachte Edgar. Kräftig und elegant, mit dunklen, nicht gerade vertraueneinflößenden Augen. Edgar hätte dem schätzungsweise Fünfzigjährigen sofort eine erfolgreich beendete Box- oder Ringkampfkarriere zugetraut. Allerdings fehlten ihm hierzu die Blessuren. Sein Gesicht sah durchaus ein wenig verlebt aus, aber nicht gezeichnet. Narben und eine gebrochene Nase hatte er jedenfalls nicht, und wie ein Kriegsveteran sah er auch nicht aus.

»Im Esplanade, beim Gesellschaftsabend vom baltischen Roten Kreuz«, vernahm er wieder vom Gespräch, das neben ihm in Gang war. »Söhne des Kaiserhauses sind da immer dabei. Aber eigentlich nur verarmte Gesellschaft. Das Komteßchen, mit dem ich getanzt habe, war Säuglingspflegerin …«

Edgar nahm etwas Abstand. Das geistige Niveau dieser Konversation war nun doch stark abgefallen. Man war beim Kaiserhaus angekommen. Als nächstes würden die beiden vermutlich über den Kronprinzen reden und dann die Fürstenenteignung diskutieren. Die Volksabstimmung stand ja bevor. Jetzt wurde es hier doch wie im Theater. Man sah die Pointen kommen. Er schaute wieder zur Eingangstür, aber Roberts hochgewachsene Erscheinung war nirgends zu entdecken.

Dafür zupfte ihn jetzt der Barkeeper am Jackett und beugte sich über den Tresen: »Herr von Rabov?«

Er zog verwundert die Augenbrauen hinauf, denn er kam zwar seit geraumer Zeit regelmäßig hierher, aber diesen Barkeeper kannte er nicht.

»Ja?« antwortete er.

»Telephonanruf für Sie.« Und damit schob er ihm einen Zettel hin. Edgar faltete ihn auseinander und las: »Kommen mit Kraftwagen. Bitte warten.«

Als er wieder aufschaute, saß sie alleine am Tisch. Nein, dieser Blick galt offenbar doch ihm, so merkwürdig das auch sein mochte. Ihre Augen schauten ihn ruhig an, fast zu ruhig für seinen Geschmack. War das eine Aufforderung? Unter normalen Umständen hätte ihm dieser Blick genügt. Unter Berliner Umständen, sozusagen, nach den Spielregeln der neuen Umgänglichkeit, die er seit seiner Ankunft hier vor zwei Jahren in vollen Zügen genoß. Aber da war etwas, das ihn zögern ließ. Und im nächsten Augenblick tauchte auch ihr Begleiter schon wieder auf. Othello, dachte er erneut, ohne recht zu wissen, warum. Irgend etwas an ihm erinnerte ihn an die Shakespeare-Figur. Die junge Frau wandte sich wieder ihrem Begleiter zu, und die beiden begannen zu plaudern.

Edgar schaute auf den Zettel in seiner Hand. Im Kraftwagen! Das konnte nur eines bedeuten: Roberts Vater, der Reichstagsabgeordnete Arthur von Rabov, wäre mit von der Partie. Edgar bestellte sofort eine Limonade und spülte sich den Mund aus. Schon Robert gegenüber fühlte er sich stets ein wenig unsicher. Doch Arthur von Rabov war die graue Eminenz seiner Familie! Wenn es jemanden gab, vor dem Edgar äußersten Respekt hatte, dann war er es. Edgars Vater hatte ihm zwar angedeutet, daß sein wichtiger und vielbeschäftigter Onkel in Berlin sich bald einmal mit ihm in Verbindung setzen würde, aber diese Ankündigung lag Monate zurück. Und jetzt kam er womöglich gleich hier vorgefahren, um ihn zu treffen? Ausgerechnet im Eldorado, in dieser Transvestitenbar! Mit Robert konnte man sich hier ja noch verabreden. Aber mit Arthur von Rabov? Warum hatte Robert ihm nicht gesagt, daß sein Onkel mitkommen würde? Die einzige Erklärung war, daß er es selbst nicht gewußt hatte, denn sonst hätte er Edgar bei ihrer Verabredung vor einigen Tagen ja schwerlich gebeten, sich eine neue »abartige« Vergnügung zu überlegen.

Soeben drehte sie den Kopf etwas zur Seite, und er sah sie jetzt zum ersten Mal im Profil. Wäre sie alleine oder mit einer Freundin dagewesen, wäre er spätestens jetzt zu ihr gegangen. Schon ihr Profil war umwerfend. Vor allem setzte die Seitwärtsbewegung des Kopfes ihre schöne dunkelbraune Haut von ihrer Wange über den Hals zu ihrem Nacken hinab unter eine köstliche Spannung. Aber ihr Begleiter irritierte ihn. Bei solch einer Frau half nur völlige Direktheit. Jegliche Strategie wäre hier fehl am Platz. Er würde sich nur lächerlich machen, sich in irgendwelchen Posen und Andeutungen verheddern. Aber in Anwesenheit dieses Mannes konnte er schwerlich so vorgehen. Ob die beiden ein Paar waren? Kaum vorstellbar, daß dieser Mann nicht wußte, was für eine Frau neben ihm am Tisch saß. Jetzt lächelte sie Othello an und legte ihm zärtlich die Hand auf den Unterarm. Und im gleichen Augenblick schaute der Mann auf, und sein Blick traf Edgar. Er erschrak und errötete. Doch das würde in der gedämpften Beleuchtung dieser Bar niemandem auffallen. Edgar sah zur Seite, spürte jedoch, daß jetzt sowohl Othello als auch die unbekannte Schöne zu ihm herüberschauten. Nach einigen Augenblicken hatte er seine kurze Verunsicherung wieder überwunden und blickte erneut in ihre Richtung. Doch der Tisch war jetzt leer. Und im nächsten Moment sah er sie auf sich zukommen. Sie trugen ihre Mäntel über dem Arm. Ohne ihn eines weiteren Blickes zu würdigen, strichen sie an ihm vorüber auf den Ausgang zu. Zuerst sie, ein Wesen wie aus einem orientalischen Märchen. Danach ihr Begleiter. Edgar konnte ihr Parfüm riechen, so dicht ging sie an ihm vorbei. Doch was war das? Aber da waren die beiden bereits hinausgegangen. Edgar stand wie angewurzelt da. Der feste Druck ihrer Hand in seiner, ihr kaum merkliches Innehalten, die rasche und zugleich völlig unauffällige Bewegung! Träumte er? Er schaute auf seine Hand hinab.

Dann faltete er das kleine Stück Papier auf, das sie ihm zugesteckt hatte, und las mit einer Mischung aus Fassungslosigkeit und geheimer Freude die auf englisch geschriebene Notiz: »Übermorgen hier. Gleiche Zeit. Ich erwarte Sie.«

2.

Edgar preßte sein Gesicht gegen die Fensterscheibe und schaute ihnen nach. Sie hatte sich bei Othello untergehakt. Ohne jede Eile überquerten sie die Lutherstraße und steuerten auf das Scala-Varietétheater gegenüber zu. Edgar hoffte, daß sie sich noch einmal umdrehen würde, aber das geschah nicht. Die beiden verschmolzen einfach mit der Menge der wartenden Besucher, die sich vor dem Theater drängelten. Im nächsten Moment verdeckte ihm eine direkt vor dem Fenster zum Stehen kommende Maybach-Kraftdroschke die Sicht. Robert!

Edgar trat rasch vom Fenster zurück, ging zum Tresen, bezahlte und holte seinen Hut und Mantel. Warum trug Robert denn einen Frack? Er sah aus, als käme er von einem Empfang. Und warum preßte er die Lippen derart zusammen und schaute um sich wie eine Dogge, die gleich beißen würde?

»Mein Vater wollte dich unbedingt heute abend sehen«, fuhr er Edgar nervös an ohne ein Wort der Entschuldigung für die Verspätung. »Ich hatte keine Ahnung, und jetzt das hier.«

Edgar zuckte mit den Schultern und schob sich an seinem Vetter vorbei ins Freie. Natürlich war es ein wenig peinlich, von Arthur Graf von Rabov aus einem Transvestitenlokal abgeholt zu werden. Aber da es nun schon mal nicht zu ändern war, hatte es wenig Sinn, sich irgendwelche Ausflüchte zu überlegen. Was Robert von ihm erwartete, war klar, und Edgar würde ihm natürlich gefällig sein.

»Was hast du ihm gesagt?« fragte er kurz.

»Ich bin hier noch nie gewesen, verstehst du? Es war deine Idee!«

Edgar nickte nur und ging auf den geöffneten Wagenschlag zu. Nieselregen fiel ihm in den Nacken, als er sich herunterbeugte und den Hut abnahm. Der Geruch von Leder und Zigarrenrauch war das erste, was er von seinem Onkel wahrnahm. Der Graf, in Frack und weißem Seidenschal, den Zylinder auf dem Schoß, saß rauchend auf dem Rücksitz. Er nickte Edgar zu, als der sich neben ihm niederließ. Robert schloß die Tür, ging um den Wagen herum und nahm vorne neben dem Fahrer Platz.

»Guten Abend, Edgar«, sagte Graf Rabov.

»Guten Abend, Onkel. Welch eine Überraschung, daß Sie mich so unerwartet gesucht und in der Tat gefunden haben. Robert muß meinen ganzen Bekanntenkreis durchtelephoniert haben.«

»Habe ich auch«, ließ Robert sich vernehmen.

Arthur von Rabov erwiderte nichts, machte dem Fahrer ein Zeichen und sagte: »Hans, bitte fahren Sie.«

Der Maybach setzte sich in Bewegung und rollte mit surrenden Reifen über die regennasse Lutherstraße. Noch einmal geriet das hell erleuchtete Scala-Theater in Edgars Blickfeld. Dann verschwand es hinter ihm in der Nacht.

»Ich hoffe, wir haben keine wichtigen Wochenendpläne durchkreuzt«, sagte von Rabov.

»Nein, überhaupt nicht«, wiegelte Edgar ab. »Meine Zeit kostet ja noch nichts. Darüber können Sie gerne verfügen. Ich freue mich sehr, Sie zu sehen. Nur …«, und er blickte auf Arthur von Rabovs Zylinder, »meine Garderobe ist nicht gerade comme il faut. Sollte ich mich vielleicht umziehen?«

»Nein. Das ist nicht notwendig. Robert und ich waren auf einem Empfang in der Italienischen Botschaft. Daher unser Aufzug. Wir werden nur eine Kleinigkeit zusammen essen, das ist alles.«

Er zog an seiner Zigarre und blies den Rauch durch das einen Spalt geöffnete Fenster in die Berliner Nacht hinaus. Es war kalt im Wagen. Edgar fröstelte. Er zog seinen Mantel fester um sich und bekam dabei den Zettel zu fassen, den das Mädchen ihm zugesteckt hatte. Die Erinnerung daran erschien ihm augenblicklich in einem anderen Licht. Wie naiv er doch war! Er kannte doch die mannigfaltigen Erscheinungsformen des Berliner Nuttengewerbes: die Kontrollmädchen, Fohsen, Dominas, Medizinmädchen, Münzis, Tischmädchen, Demi-Castoren, Mannequins, Chonten, Grashüpfer und wie sie alle hießen, je nachdem, ob man drinnen oder draußen, teuer oder preiswert, sehr jung oder alt, hochschwanger oder flachbrüstig, allein oder in der Gruppe bedient werden wollte. Aber welche davon steckten ihren Freiern Briefchen zu? Das fiel durchaus aus dem Rahmen. Othello indessen paßte gut ins Raster: irgendein Geldsack, der sich die bildhübsche Dollarnymphe für den Abend gemietet hatte. Und die geschäftstüchtige kleine Fohse hatte nebenher etwas Kundenwerbung für den lauen Wochenanfang betrieben, wenn das Geschäft schleppender ging. Oder warum wollte sie ihn sonst am Montag wieder treffen?

Die nächste Frage seines Onkels holte Edgar wieder in die Gegenwart zurück.

»Du siehst gut aus, Edgar. Was machen die Studien?«

Edgar warf Robert einen Blick zu, aber der hatte sich mittlerweile von ihnen weggedreht und schaute auf die Straße hinaus.

»Gut, gut«, log er. Er hatte seit Monaten keinen Hörsaal mehr betreten und die üppigen Wechsel aus Hamburg für alles mögliche ausgegeben, aber nicht für das Studium von Syntheseverfahren oder Spektralanalysen. Chemie ödete ihn an. Daran änderte auch die Tatsache nichts, daß sein Vater in Hamburg eine Kunstfarbenfabrik besaß, die er irgendwann erben und leiten würde. Es gab genügend Leute, die sich mit diesen Dingen auskannten und die er dafür bezahlen könnte, schnell trocknende Schiffslacke oder dergleichen zusammenzurühren. Wozu sollte er sich mit solchem Zeug beschäftigen? Die einzigen Vorlesungen, die er noch besuchte, betrafen Nationalökonomie und Philosophie, ersteres wegen der weiblichen Studenten, die dort merkwürdigerweise stark vertreten waren, letzteres aus Gründen, die ihm selber unerklärlich waren. Es mußte ein Reflex von früher sein. Eine Philosophiestunde glich ja einem Gottesdienst. Man ging hin und schluckte sich an enttäuschten Erwartungen hungrig.

»Das freut mich zu hören, Edgar. Es ist wirklich schlimm. Wie lange bist du jetzt schon hier? Zwei Jahre. Fast drei. Und wir haben uns kaum gesehen. Ich meine, durch Robert war ich ja wenigstens immer ein bißchen auf dem laufenden. Aber es ist ein Jammer, daß wir uns so selten begegnen. Das wird sich aber ändern, mein Junge. Und was sollen überhaupt diese Formalien. Herrgott, wir sind ein Fleisch und Blut, nicht wahr? Also: hör bitte auf, mich zu siezen. Ich bin Arthur.«

Damit zog der Graf den dunkelbraunen Handschuh seiner rechten Hand aus und hielt diese Edgar hin. Der wußte gar nicht, wie ihm geschah, ergriff jedoch die Hand seines Onkels, die sich warm und weich um die seine schloß.

»Ich ... ich freue mich sehr«, sagte er unsicher.

»Wir müssen zusammenhalten, Edgar«, fuhr Arthur mit eindringlicher Stimme fort. »Wir haben unsere Familienbande viel zu lange brachliegen lassen. Die heutige Zeit gestattet weiß Gott keine Nachlässigkeit in diesem Bereich. Feinde, wo man hinschaut, und anstatt zusammenzurücken, geht ein jeder seiner eigenen Wege und weiß nichts vom anderen. Das ist unsere große Schwäche, findest du nicht auch?«

»Durchaus«, erwiderte Edgar verwundert. Er musterte seinen Onkel verstohlen. Arthur von Rabov war eine denkwürdige Erscheinung. Selbst der exquisite Frack und der glänzende Zylinder, die er mit weltmännischer Selbstsicherheit trug, konnten den Eindruck nicht zerstreuen, daß er eigentlich verkleidet war. Auf kaum beschreibbare Weise sprach aus all seinen Reden und Gesten immer jene untergegangene Welt, aus der er stammte: die Welt des Adels, des Kaisers. Stattlich, wie er war, schien er eigentlich für die Paradeuniform eines Grenadiers gemacht. Es fiel Edgar fast leichter, sich ihn als Flügeladjutant eines Landesherrn vorzustellen, mit Silberschärpe, Adjutantenschnüren und mit aufgestecktem Helmbusch, als ihn in Rock und Zylinder vor sich zu sehen. Alles an dem Mann atmete alten Adel, nicht zuletzt das Monokel, mit dem er das in diesen Kreisen unverzeihliche Gebrechen einer leichten Sehschwäche standesgemäß ausglich. Brillen galten als unvereinbar mit körperlicher Gewandtheit und militärischer Schneidigkeit und waren daher verpönt. Kneifer gingen gerade noch so durch, aber wirklich standesgemäß war eben nur das Monokel, welches selbstverständlich frei und ohne schwarzseidene Notleine im Auge zu tragen war.

»Vor allem jetzt, wo es deinem Vater so schlecht geht«, fügte der Graf hinzu. »Hast du von deiner Großmutter gehört?«

»Ja, sie hat gestern angerufen. Es klang aber so, als sei Vaters Zustand stabil.«

»Ja. Schon. Aber wie lange noch?«

Edgar erwiderte nichts. Er wollte nicht an Hamburg denken, das Unternehmen, die Verantwortung, die auf ihn wartete. Aber er ahnte bereits, daß dies der Grund war, warum Arthur ihn heute sprechen wollte. Edgar schaute ihn von der Seite an. Das Gesicht des Grafen fügte sich in seinen wesentlichen Merkmalen nahtlos in die Reihe aller anderen von Rabovs ein. Sein Kopf war eher oval als rund und ein wenig in die Länge gezogen, was aber durch eine abgeflachte Kinnpartie wettgemacht wurde. Wie alle von Rabovs hatte er ein wenig müde wirkende Augen, aus denen ein oberflächlicher Betrachter irrtümlich einen Zug von Resignation herauslesen konnte. Indessen sprach die Mundpartie eine ganz andere Sprache, bildete gewissermaßen in dieser Familie den Ort, an dem die Leidenschaften sich zu zeigen pflegten. Arthur von Rabov verfügte nicht über die sinnlichen Lippen seiner Schwester Agnes oder seiner Mutter Edith, aber die insgesamt fast feminin geschwungene Mundpartie gab diesem ansonsten hochmütig und distanziert wirkenden Gesicht einen Anflug von Wärme und Anteilnahme, die Robert merkwürdigerweise völlig fehlte. Robert hatte überhaupt wenig Rabovsches an sich, ausgenommen vielleicht die dünkelhafte Attitüde, die bei ihm jedoch leicht einen Zug ins Derbe annehmen konnte.

Der Wagen bog nach links ab, was Edgar erstaunte. Er hatte erwartet, in eines der großen Hotels ausgeführt zu werden, ins Adlon oder ins Esplanade, denn es war ja neuerdings üblich, daß die Berliner Gesellschaft ihre Gäste in Hotelrestaurants empfing. Außerhalb der großen Hotels war selbst für viel Geld nur mit Glück etwas Genießbares zu finden. Lediglich eine handvoll Restaurants führten französische Küche, in der mit Butter gebraten wurde. Da sie jedoch Richtung Westen fuhren, konnte es weder zu Peltzer noch zu Borchardt oder Löffler gehen. Am Horcher, das wie das Eldorado in der Lutherstraße lag, waren sie zu Edgars großem Bedauern soeben vorbeigefahren. Das Tournedos Rossini, das der Chefkoch Poncini dort servierte, gehörte zu Edgars festen Stationen während des ersten Monatsdrittels, wenn der Wechsel aus Hamburg eingetroffen war. Der Oberkellner Martius war der einzige Berliner Kellner, der ein eigenes Auto besaß, woran sich die Zufriedenheit der Stammgäste am besten ablesen ließ. Nach dieser enttäuschenden Linkskurve zum Wittenbergplatz hin blieb eigentlich nur noch Schwannecke in der Rankestraße, ein, wie Edgar sofort befand, unwahrscheinlicher Ort für seine beiden Verwandten, die er sich zwischen Schauspielern und Kabarettgrößen nicht so recht vorstellen konnte. Tatsächlich rollte der Wagen auch an der Rankestraße vorbei und schlug eine Richtung ein, die auf Edgars gastronomischem Stadtplan überhaupt nicht existierte.

Sie hielten schließlich im Spreebogen, auf der etwas unbestimmbaren Grenze zwischen Charlottenburg und Moabit, einem noch unentschiedenen Stadtbezirk zwischen aufstrebender Kleinbürgerlichkeit und drohendem Abstieg in die Proletarierklasse. Edgar betrachtete entgeistert die Fenster des Restaurants, vor dem sie ausstiegen. Eine dumpfe Butzenscheibengemütlichkeit schimmerte daraus hervor. Hier wollte Arthur von Rabov mit ihm essen gehen? Es handelte sich unzweifelhaft um ein Etablissement, das mit dem Begriff »gutbürgerlich« in seiner ganzen Schauderhaftigkeit erschöpfend umrissen war. Man würde dort Sauerbraten vorgesetzt bekommen, mit einer Generalsoße von unbestimmter Farbe übergossen, ferner Flammerie, ein zittriges Etwas, das hier als Dessert galt. Dazu das obligate Bier mit Limonade als Gipfel der Gaumenfolter.

Arthur von Rabov schien die Gedanken seines Neffen lesen zu können, denn er legte beruhigend den Arm um ihn und sagte: »Es muß sein. Wir treffen hier jemanden.«

Hier? Warum hier? Es konnte für die Wahl dieses merkwürdigen Ortes nur eine Erklärung geben: Der Graf wollte nicht gesehen werden.

Edgar warf Robert einen fragenden Blick zu, aber der beachtete ihn gar nicht, sondern marschierte auf die Eingangstür zu. Der Art nach zu schließen, wie er sie aufriß, war ihm dieser Ort vertraut. Edgar hatte das Gefühl, den Innenraum einer Kuckucksuhr zu betreten. Überall Holzvertäfelung und Hirschgeweihe. Auf massiven Eichenbänken saßen Männer um schwere Holztische herum und unterhielten sich. An diesem Ort trank jeder Bier, welches in schweren Krügen serviert wurde. Indessen durchquerte Robert, ohne nach links oder rechts zu schauen, den Schankraum und öffnete an dessen Ende eine mit Bleiverglasung durchsetzte Holztür, die in einen Hinterraum führte. Edgar folgte ihm verwundert. Arthur betrat hinter ihm den Raum und schloß die Tür hinter sich wieder. Der einzige Gast war ein Mann, der sich jetzt erhob und Robert die Hand schüttelte.

Arthur schob Edgar sanft vor sich her und sagte dann: »Guten Abend. Darf ich vorstellen: mein Neffe, Edgar Falkenbeck-von Rabov.« Und dann, zu Edgar gewandt: »Baron von Gall möchte deine Bekanntschaft machen.«

»Es ist mir eine Freude«, sagte der Mann und reichte Edgar die Hand. »Bitte, nehmen Sie Platz.«

Edgar war sprachlos. Er musterte den Tisch, an dem bis vor kurzem noch eine andere Person gesessen haben mußte; jemand, der Juno-Zigaretten geraucht, zwei Bier getrunken und aus Nervosität, Erregung oder Langeweile mehrere Bierfilze zerbröselt hatte. Eine Ausgabe der *Berliner Arbeiter-Zeitung*, schwerlich die Lektüre eines Freiherrn, lag außerdem da. Offenbar hatte von Gall hier zuvor jemanden getroffen, mit dem zusammen er nicht unbedingt gesehen werden wollte. Das war also der Grund für dieses Treffen im Hinterzimmer dieser Kaschemme.

»Ihr Onkel hat Ihnen vermutlich schon gesagt, worum es geht?« fragte von Gall.

»Nein«, warf Arthur von Rabov ein. »Mein Neffe ist noch nicht im Bilde.« Dann wandte Arthur sich Edgar zu und erklärte: »Gall ist wie ich Mitglied der Deutschnationalen Volkspartei.«

Edgars Blick ging von einem zum anderen. Eine dunkle Ahnung beschlich ihn. Er fixierte seinen Vetter Robert, der seinem Blick nicht auswich, sondern ihn ernst und durchdringend anschaute, bevor er kurz angebunden sagte: »Es wird Zeit, daß du etwas für dein Land tust, Edgar.«

»Das weiß Edgar schon selbst«, warf Arthur vermittelnd ein. »Er hatte bisher mit seinem Studium zu tun und sollte sich ja auch ein wenig austoben, nicht wahr, Edgar? Aber allmählich ist der Zeitpunkt gekommen, da du dich dafür interessieren solltest, wie unser aller Schicksal sich gestaltet. Als Gall vor einigen Tagen erfuhr, daß du noch nicht einmal Mitglied bei uns bist, bat er mich darum, dich kennenlernen zu dürfen.«

Edgar war viel zu perplex, um etwas erwidern zu können. Baron von Gall ging augenblicklich dazu über, ihm auseinanderzusetzen, daß jeder aufrechte Deutsche gefordert sei, nach dem Verrat von Locarno den Kampf gegen die Erfüllungspolitik aufzunehmen. Insbesondere Edgar, als zukünftiger Erbe eines deutschen Unternehmens und als Angehöriger des einzig zur Führung befähigten Standes, sei geradezu verpflichtet, den Kampf gegen die rote Gefahr und den parlamentarischen Brei aufzunehmen. Nach dem Dawesplan und Locarno sei die anstehende Volksabstimmung zur Fürstenenteignung nur ein weiterer Schritt auf dem Weg zur endgültigen Bolschewisierung des Landes. Man habe Deutschland entwaffnet und versklavt. Jetzt gehe es darum, ihm auch noch sein Herz, seine Seele, sein Wesen zu rauben, um es in einen bewußtlosen Ameisenstaat zu verwandeln, den man nach Belieben ausbeuten könnte.

Edgar lauschte, sah zu, wie volle Bierkrüge auf dem Tisch erschienen, und begann alsbald zu überlegen, wie er aus dieser unangenehmen Situation so rasch wie möglich wieder herauskommen könnte.

»Es ist doch selbstverständlich, daß ich dagegen stimmen werde«, erklärte Edgar, um sich weitere Ausführungen zu ersparen. »Aber die ganze Sache ist doch ohnehin albern. Die Abstimmung wird niemals Erfolg haben. Die Leute durchschauen doch, was dahintersteckt.«

Aber da war sein Onkel ganz anderer Ansicht.

»Edgar«, sagte er, »noch nicht die Hälfte der Leute, die jetzt von den Roten zum Volksbegehren geschleppt werden, weiß überhaupt, worum es sich handelt. Die Leute glauben, daß das Volk drei Milliarden an die Herrscherhäuser zahlen soll. Dabei geht es ja nur darum, den Hohenzollern und den übrigen einen Teil ihres Eigentums aus der durch die Revolution beschlagnahmten Masse zurückzugeben. Die ganze Agitation soll das Volk vergessen machen, daß während der »Revolution« fünf Milliarden Goldmark rechnungslos veruntreut worden sind. Zwei Milliarden haben die Arbeiter- und Soldatenräte den Behörden und Privatleuten abgepreßt. Die Entente hat zweiundfünfzig Milliarden Goldmark aus dem Land geraubt. Laut Dawesplan müssen jährlich fast drei Milliarden abgeliefert werden. Und die Roten sagen, die Fürsten saugten das Land aus. Dabei sind sie es selber, die Novemberlinge, die dem Landesfeind in die Hände spielen.«

»Man läßt die einfältigen Leute sogar in dem Glauben, das Geld würde ihnen zufließen«, meldete sich Baron von Gall wieder zu Wort. »Im Wedding gibt es bereits Listen, auf denen die Leute sich mit Namen und Adressen eintragen, mit dem Stockwerk sogar, damit das Fürstengeld auch ja bei ihnen eintrifft. Heute abend habe ich erfahren, daß im schwäbischen Oberland Dorfschultheiße die Leute aufstacheln, für die Enteignung zu stimmen, um sich Waldstücke von kleinen Landadeligen, die mit der Sache überhaupt nichts zu tun haben, unter den Nagel zu reißen. Die wo net unnerschreibe«, äffte er voller Verachtung den schwäbischen Tonfall nach, »kriege nix vom Fürschtewäldle. Bolschewismus, schwäbischer Bolschewismus.«

Edgar wußte nicht, was er erwidern sollte, und zuckte hilflos mit den Schultern.

»Die Sache ist«, ließ sich jetzt Robert vernehmen, »daß wir etwas tun müssen. Du mußt etwas tun.«

Edgar antwortete nicht. Irgendwann hatte es ja so kommen müssen. Er war aus Hamburg weggegangen, um dem Drängen seines Vaters zu entgehen, den ewigen Vorhaltungen und Vorwürfen, er solle endlich damit beginnen, sich um das Familienunternehmen zu kümmern. Mit viel Geschick und Überredungsgabe war es ihm gelungen, das Studium in Berlin durchzusetzen. Doch jetzt griff auch noch der andere Familienzweig nach ihm und versuchte, ihn in eine Welt zu ziehen, die ihm noch mehr zuwider war als das Universum von Kaufleuten: die Politik. Was hatte er damit zu schaffen? Er schaute seinen Onkel an und sagte: »Ihr sitzt im Reichstag und beschäftigt euch mit diesen Dingen. Ich bin Student. Was sollte ich schon tun können?«

Arthur machte eine wegwerfende Handbewegung.

»Der Reichstag ist eine Schmierenkomödie. Er wurde in Weimar in einem Theater erfunden, und dort gehört er auch hin. In die Requisitenkammer einer Provinzbühne. Statt dessen läßt ein ganzes Volk sich von der Posse dieser Ausschüsse und Unterausschüsse blenden, während England, Frankreich und die USA genüßlich die Welt unter sich aufteilen. Und wenn die Aufteilung vollzogen ist und die Entente sich satt gefressen hat, dann werden wir den Russen als Nachspeise gereicht …«

»Die Nachspeise des jüdischen Industriekapitalismus«, warf Robert mit haßerfüllten Augen ein und nahm einen großen Schluck aus seinem Bierkrug. Arthur von Rabov warf seinem Sohn einen Blick zu, den Edgar nicht zu deuten wußte. Dann fuhr er fort: »Du wirst bald kein Student mehr sein, Edgar, sondern nach Hamburg zurückkehren. Dann ist es zu spät, hier in der Hauptstadt die notwendigen Kontakte zu knüpfen, die du brauchst, um der Bewegung dienlich sein zu können. Heute abend ist erst der Anfang, Edgar. Gall und ich haben es uns zur Aufgabe gemacht, dir die notwendigen Kontakte und Bekanntschaften zu vermitteln, die für das politische und wirtschaftliche Überleben unserer Familie notwendig sind. Du mußt eingeführt sein. Wir zählen auf dich. Diese Republik ist über dem offenen Grabe geboren. Sie kann nur untergehen. Allein zum Zweck der Lähmung des deutschen Volkes ist sie geschaffen worden. Aber das Volk wird sich nicht dauerhaft von demokratischen Formen und Floskeln ersticken lassen. Die Frage ist, wie wir uns freimachen von diesem System der Ausschüsse, der Kommissionen, der Verzehrung aller Kräfte in Rede und Gegenrede. Die Massenherrschaft ist ein monströser Widersinn. Deshalb müssen wir alles tun, diesen Widersinn bis zu dem Punkt zu treiben, wo er so augenfällig wird, daß der Ruf nach dem einzig vorstellbaren Retter sich wie von selbst einstellt.«

Der einzig vorstellbare Retter. Der Satz ging Edgar noch lange im Kopf herum. Am Ende hatte er dem Gespräch nur noch schweigend gelauscht. Baron von Gall hatte über ein Treffen mit einem wichtigen Kontaktmann aus der Nazipartei berichtet, der ihm versichert hatte, Hitler werde den linken Flügel der Partei in der Frage der Fürstenenteignung aufs schärfste zurückpfeifen. Außerdem werde demnächst ein neuer Gauleiter nach Berlin geschickt. Der Mann heiße Goebbels. Er werde dort aufräumen und die Bewegung auf Spur bringen. Es seien aber auch andere Aktionen geplant. Die *Berliner Arbeiter-Zeitung* der Brüder Strasser sei Hitler zu sozialistisch und nicht national genug. Es müsse eine andere Zeitung her. Das alles sei schon abgesprochen. Edgar traute seinen Ohren kaum. Sein Onkel und dessen Parteikollegen wollten das neue Berliner Kampfblatt der Nationalsozialisten mit aufbauen? Und er sollte mithelfen, Geld dafür zu beschaffen?

Edgar saß im Wagen und starrte in die Nacht hinaus. Sein Onkel richtete manchmal das Wort an ihn, doch er antwortete nur einsilbig. Was hatte er mit Politik zu schaffen? Er erklärte, er werde über alles nachdenken und sich in den nächsten Tagen melden.

»Das hoffe ich«, sagte Arthur von Rabov, als er an der Charlottenstraße ausstieg. »Robert, du fährst doch auch nach Steglitz, oder? Da kannst du Edgar ja begleiten. Sie, Hans, können danach für heute Schluß machen. Morgen brauche ich Sie erst gegen Mittag. Gute Nacht.«

Edgar hätte liebend gern darauf verzichtet, nach Hause gefahren zu werden, aber es war wohl nicht zu verhindern. Robert nahm nun hinten neben ihm Platz.

»Gall fand dich sympathisch, das habe ich gleich gemerkt. Morgen ist Sonntag. Da ist Jour fixe bei ihm in seinem Haus in Lichterfelde. Willst du nicht mitkommen? Es werden wichtige Leute da sein.«

»Nein, morgen geht es nicht. Ich bin verabredet.«

»Na gut, dann vielleicht am Montag? Da treffen wir uns bei mir, um eine kleine Sache im Wedding vorzubereiten. Jede Hand kommt uns recht. Mensch, Edgar, es wird wirklich Zeit, daß du uns hilfst!«

Edgar erwiderte nichts. Er kam sich plötzlich wie in einem Gefängniswagen vor. Robert ging ihm auf die Nerven, doch er kannte ihn gut genug, um zu wissen, daß es wenig Sinn hatte, ihm zu widersprechen. Außerdem war er jetzt zu müde. Er würde morgen in Ruhe über diesen merkwürdigen Abend nachdenken und sich dann überlegen, wie er sich herauswinden könnte. Doch im nächsten Augenblick nahm der Abend eine völlig unvorhergesehene Wendung.

»Hans!« schrie Robert plötzlich. »Hans! Halten Sie an!«

Edgar schrak auf. Was war los? Sie waren kurz zuvor von der Französischen Straße abgebogen. Rechter Hand säumte ein Bretterzaun die Fahrbahn. Offenbar wurden dahinter Bauarbeiten durchgeführt. Es regnete noch immer leicht.

Die straßenseitige Tür war aufgerissen und schwang soeben leicht zurück. Alles lag still und verlassen da. Nur Roberts eilige Schritte auf dem Asphalt klangen durch die Nacht. Und dann ein schneidender Ruf: »Heda!«

Edgar drehte sich um und versuchte aus dem ovalen kleinen Fenster hinauszuschauen. Doch er konnte nichts erkennen. Roberts Stimme erklang erneut, noch um einen Grad schärfer. »He!« Dann erklang ein schepperndes Geräusch, als sei ein

Eimer umgefallen. Edgars Herz begann zu klopfen. Was war denn da nur los? Er öffnete nun seine Tür und stieg aus. Plötzlich hörte er einen kurzen, hellen Schrei und dann kurz hintereinander zwei dumpfe Schläge. Ein Überfall!, schoß es Edgar durch den Kopf. Robert hatte einen Überfall beobachtet und helfen wollen. Edgar stürmte los. Die Knie zitterten ihm, aber er konnte doch nicht einfach nichts tun. Nach einigen Schritten versperrte ihm eine umgestürzte Holzleiter den Weg. Daneben lag ein umgefallener Blecheimer. Irgendeine Flüssigkeit quoll daraus hervor. Und dann sah er Robert. Etwa zehn Meter weiter kniete er auf dem Gehsteig über etwas Dunklem. Edgar kam näher. Dann hörte er ihn fluchen. »Verdammtes Pack. Da, du dreckiges rotes Aas.« Ein erstickter Schrei, gefolgt von einem Würgen, war jetzt zu hören. Ein Plakatkleber, durchfuhr es Edgar. Robert verprügelte einen Plakatkleber! Jetzt hatte er den Schauplatz der Szene erreicht. Im gleichen Augenblick stand Robert auf, riß den Menschen, den er bis eben mit Faustschlägen traktiert hatte, mit sich hoch und hielt ihn Edgar direkt vors Gesicht. »Sieh sie dir an«, schnaubte er zornbebend, »diesen Abschaum.« Der Plakatkleber war ein Junge. Er mochte vielleicht fünfzehn oder sechzehn sein. Sein Mund war blutig, seine Lippen waren aufgerissen, und aus einer große Platzwunde auf seiner Stirn quoll Blut hervor und floß ihm in die Augen. Edgar wich zurück. Aber Robert folgte ihm einfach. Den halb bewußtlosen Jungen schleifte er mit sich wie eine Puppe. Dann, auf halber Strecke zum noch immer wartenden Wagen, schien er es sich anders zu überlegen. Er schleuderte sein Opfer einfach gegen den Bretterzaun, von dem die halb aufgeklebten »Spartakus«-Plakate herabhingen. Voller Wut ergriff er dann den Eimer mit Leim und schleuderte ihn mit aller Kraft in Richtung des reglosen Körpers. Er krachte nur knapp neben dem Kopf des Jungen gegen das Holz.

Edgar wich weiter zurück und stützte sich kurz mit einem Arm auf den Kotflügel des wartenden Wagens. Dann begann er zu laufen. Ihm war speiübel. Er lief, so schnell er konnte.

Er hatte keine Ahnung, wie viele Abzweigungen und Straßenbiegungen er im Laufschritt hinter sich gebracht hatte, bevor er langsamer wurde. Das letzte, woran er sich erinnerte, war der Gesichtsausdruck des Fahrers gewesen. Er hatte Edgar völlig verständnislos angeschaut, als dieser an ihm vorbeihastete, als verstehe er die Aufregung gar nicht. Das Bild verfolgte ihn auf dem ganzen Heimweg: der Maybach mit laufendem Motor, die Lichtkegel und in der Dunkelheit dahinter sein Vetter, der einem kleinen Arbeiterjungen, der kommunistische Plakate klebte, die Zähne einschlug.

Sogar in der Leere und Stille der nächtlichen Straßen von Steglitz klopfte sein Herz noch vor Aufregung. Die Kälte kroch ihm in die Knochen. Es hatte ein wenig geschneit. Schneepfützen zogen sich über den Gehsteig. Ein Bad, dachte Edgar. Ein Bad und einen Whiskey. Das war der einzig denkbare Abschluß dieses furchtbaren Abends.

Ohne den Mantel auszuziehen, ging er zuerst zum Kachelofen und legte Briketts nach. Eine Weile lang lauschte er dem pochenden Geräusch des hochfeuernden Ofens. Dann verschloß er ihn, regelte die Kaminklappen und setzte sich, noch immer in seinen Mantel gehüllt, in das dunkle Wohnzimmer und wartete.

Der Whiskey tat seine Wirkung. Er fühlte sich allmählich entspannter. Er wollte rauchen. Er durchsuchte seine Taschen nach Zigaretten, bekam dabei aber statt dessen den Zettel zu fassen, den ihm das Flittchen im Eldorado zugesteckt hatte. Dann fand er endlich sein Päckchen Juno und das Feuerzeug. Während er die ersten Züge machte, überflog er die mit Bleistift geschriebene Zeile. »Übermorgen hier. Gleiche Zeit. Ich erwarte Sie.«

Er trank einen weiteren Schluck, inhalierte genußvoll den Rauch und betrachtete den Zettel. Und wenn sie doch kein Flittchen war? Oder doch? Und wenn schon.

3.

Edgar war in Gedanken mit Robert beschäftigt, als er zwei Tage später wieder im Eldorado saß und auf das Mädchen wartete.

Früher hatte er ihn heimlich bewundert. Aber sein sieben Jahre älterer Vetter konnte mit ihm nichts anfangen. Sie sahen sich kaum. Als Robert im September 1914 in den Krieg zog, sammelte Edgar noch Kaiserbildchen, die er aus Schokoladentafeln herausschälte. Während eines Fronturlaubs war Robert für eine Woche zur Erholung in die Falkenbeck-Villa nach Hamburg gekommen. Doch er weigerte sich, irgend etwas von draußen zu erzählen, und verbrachte fast die ganze Zeit damit, zu essen und zu schlafen.

Heute wußte Edgar, was sich dort draußen abgespielt hatte. Sofern man sich als Nichtbeteiligter davon eine Vorstellung machen konnte. Robert würde unter stundenlangem Sperrfeuer in nassen Schützengräben gesessen und tagelang das Geschrei langsam krepierender Kameraden gehört haben, die, durch Granatenexplosionen ins Niemandsland zwischen die Linien geschleudert, weder geborgen noch erlöst werden konnten. Das Grauen dieses irrsinnigen Krieges war ja hunderttausendfach an allen, die es noch nicht wußten oder nicht wahrhaben wollten, höchstpersönlich vorbeispaziert: das demütigend geschlagene deutsche Heer. Die weggeschossenen Arme und Beine, Nasen und Gesichter, Hinterköpfe und Unterkiefer konnten durch keine noch so aufpeitschende Durchhaltepropaganda der sich wie rasend gebärdenden deutschen Presse wieder heilgeschrieben werden. Die drastisch zensierten Listen der Toten, Vermißten oder Gefangenen, die nach endlos langer Verzögerung endlich ausgehängt wurden, brüllten die entsetzliche Wahrheit von jeder stummen Rathauswand.

War es ein Wunder, daß die Überlebenden dieses Massakers es nicht wahrhaben wollten, daß dies alles nicht nur vergeblich, sondern sogar verbrecherisch gewesen sein sollte? Erwartete man ernsthaft von ihnen, die ausgezogen waren, für den

Kaiser die Welt zu erobern, in eine vom roten Pöbel beherrschte Republik zurückzukehren?

Robert von Rabov hatte sich damit ebensowenig abgefunden wie so viele andere. Zwar sprach niemand in der Familie darüber, wo er sich im Frühjahr 1919 herumgetrieben hatte. Aber es war ein offenes Geheimnis, daß er Noskes Schlachtruf zur Befreiung Münchens von den landesverräterischen Räten gefolgt war. Edgar konnte nur ahnen, wie viele von den »roten Meckskerlen« Robert dort unten totgeschlagen hatte.

Wäre er auch so geworden, wenn er diesen Krieg erlebt hätte? Ja, war denn seit 1918 nicht alles aus dem Lot? Vor ein paar Tagen hatte ihn auf der Straße ein kleiner Junge angesprochen und ihn bekniet, für einen recht niedrigen Preis mit ihm nach Hause zu kommen. Am Ende war er mitgegangen. Der Junge führte ihn in die geräumige Wohnung eines respektablen Hauses in Charlottenburg. Die Wohnung war unbeheizt. An den Wänden hingen die Porträts männlicher Familienmitglieder in Offiziersuniform sowie die Darstellung eines Sonnenuntergangs. Die Mutter des Jungen reichte ihm Sekt. Es war Limonade mit etwas Alkohol darin. In kümmerlichem Englisch bat sie ihn, sich aufs Sofa zu setzen. Als er auf deutsch antwortete und die Frau bemerkte, daß Edgar gar kein Ausländer war, wurde sie rot und zog sich beschämt zurück. Dann kamen die beiden Töchter des Hauses in unbekleidetem Zustand herein und begannen zu tanzen. Edgar schätzte, daß die beiden noch nicht einmal achtzehn Jahre alt waren. Er war sitzen geblieben und hatte zugeschaut. Nicht des erotischen Reizes wegen, der überhaupt nicht vorhanden war. Es waren einfach nur junge Mädchenkörper, weiß und mager, geheimnislos, kaum fertig ausgebildet. Tanzen konnten sie schon gar nicht. Dennoch war die Vorstellung offenbar fest einstudiert und vermutlich schon viele Male in dieser Form aufgeführt worden. Edgar wartete, bis die Sache zu Ende war, bezahlte und ging.

Irgendein Riß ging durch die Welt, und was dahinter hindurchschimmerte, reizte Edgars Neugier. Die Beschämung der

Mutter bekümmerte ihn. Aber wer wollte sie verurteilen? Womit sollte eine Offizierswitwe ihre Kinder durchbringen? Was war ehrloser: die eigenen Töchter als Nackttänzerinnen anzubieten oder zu stehlen? Von noch extremeren Maßnahmen ganz zu schweigen. Wie sollte die Familie über die Runden kommen? Deutschland war in Schieflage. Wie sollte man da aufrecht gehen, ohne sich zu verbiegen?

Plötzlich stand Othello vor ihm.

»Sir?« begann der Mann und verbeugte sich leicht. »May I speak to you?«

Im ersten Augenblick befürchtete er, der Mann wäre gekommen, um ihn zu ohrfeigen oder zum Duell zu fordern. Welch unmögliche Situation. Warum war dieser Mann hier und nicht das Mädchen?

»Eh … yes, of course«, stammelte Edgar. Dann glitt er von seinem Barhocker herunter und nahm instinktiv Haltung an, was jedoch nichts daran änderte, daß er fast einen Kopf kleiner war als der stattliche Engländer.

»Ich bin gekommen, um mich für den Vorfall von vor zwei Tagen zu entschuldigen«, fuhr dieser auf deutsch fort. »Falls Sie es mir gestatten, würde ich Ihnen die Umstände, die dazu geführt haben, gerne erläutern.«

Edgar hatte keine Ahnung, was er darauf erwidern sollte. Die Frage, die ihm auf der Zunge lag, kam ihm nicht über die Lippen. Der Engländer beantwortete sie indessen dennoch.

»Die Dame, die Sie erwarten, kommt etwas später. Ich habe sie darum gebeten, mir den Vortritt zu lassen. Ich werde Ihnen die ganze Sache erklären, vorausgesetzt natürlich, daß Sie bereit sind, mir zuzuhören. Eigentlich bin ich an der ganzen Sache schuld.«

Edgar schwieg verblüfft. Wer war dieser Mann? Doch hoffentlich nicht ihr Ehemann? Sein großer, kahler Kopf verlieh ihm etwas Mönchisches. Kleine Falten um seine interessanten Augen herum zeugten zwar von fortschreitendem Alter. Doch der Mann, wo immer er her war, alterte gut. Er strahlte Gesundheit und eine gewisse Autorität aus. Von einem Orientalen hatte er auf alle Fälle nichts.

Die Situation war Edgar peinlich. Er wußte nicht, was er tun sollte. Dem Engländer indessen gelang das Kunststück, trotz der merkwürdigen Situation entspannt und natürlich zu wirken. Er stand einfach da, in der Attitüde des englischen Gentlemans, und bot ihm Konversation und ein Glas Whiskey an.

Edgar folgte ihm in den hinteren Teil des bisher noch schwach besuchten Nachtclubs. Othello entledigte sich seines Schals und des Mantels und reichte beides nebst Hut einem vorüberkommenden Ober. Dann erkundigte er sich, ob Edgar mit einem doppelten Malt einverstanden wäre. Edgar nickte und ließ sich am Tisch nieder.

»Gestatten Sie, daß ich mich vorstelle«, sagte der Engländer und streckte ihm die Hand entgegen. »Manings ist mein Name. Phil Manings«

»Edgar von Rabov«, antwortete Edgar. »Falkenbeck-von Rabov, um genau zu sein.«

Sein Gegenüber zog ein Päckchen Zigaretten aus der Tasche und hielt es ihm hin.

»Rauchen Sie?«

Edgar bediente sich und musterte die Marke. Er hatte amerikanische oder britische Zigaretten erwartet. Doch der Mann rauchte österreichische Memphis. Manings gab ihm Feuer, war selbst jedoch offenbar noch unentschieden, ob er ebenfalls rauchen wollte.

»Es ist mir nicht ganz leichtgefallen, heute abend herzukommen«, begann Mr. Manings. »Die Sache mit dem Zettel war nicht gerade sehr ladylike, wie man bei uns sagt.«

Edgar zuckte mit den Schultern. »Es ist durchaus … wie soll ich sagen: unkonventionell. Aber dieser Ort ist es ja auch.«

Der Kellner brachte den Whiskey. Als er wieder gegangen war, sagte der Engländer: »Unkonventionell in der Tat, Sie sagen es. Der Anstand gebietet es wohl, daß ich Ihnen erkläre, mit wem Sie es zu tun haben. Ich arbeite für die britische Botschaft.

Miss Vernon, die Dame also, die Ihnen am Samstag diese Verabredung angeboten hat, ist mir durch meine Tätigkeit dort anvertraut. Ich fungiere als ihr Guide.«

Edgar hob sein Glas. »Nun, zu dieser Arbeit kann ich Ihnen nur gratulieren. Auf … wie heißt die Dame noch. Miss Vernon?«

»Ja. Alina Vernon. Sie kommt aus Madras.« Manings schaute Edgar an, als erwarte er eine Reaktion von ihm.

»Madras«, wiederholte Edgar tonlos. Er hatte keine Ahnung, wo Madras wohl liegen könnte. Das britische Kolonialreich umspannte schließlich den halben Globus, wie sollte man jede Stadt darin kennen? Madras klang in jedem Fall nach Orient.

»Eine Stadt im Süden von Britisch-Indien«, bemerkte Manings. Edgar nickte stumm. Indien. Dort stammte diese Schönheit also her, aus dem Land von Zimt und Safran.

»Aha, jetzt verstehe ich«, sagte Edgar zufrieden. »Und in Indien ist es Brauch, daß Frauen Männern Briefchen zustecken, vermutlich wegen der Kastengrenzen. Ist es so?« Sein Versuch, die merkwürdige Situation aufzulockern, gelang ihm nicht so recht.

Manings lächelte.

»Eine interessante Vorstellung. Miss Vernon ist zwar aus Madras, aber keineswegs Inderin, sondern das, was wir in Ermangelung besserer Begriffe als Anglo-Inderin bezeichnen. Ihre Mutter kam aus dem Lake District. Ihr Vater hingegen stammte aus einer Familie, die seit vielen Generationen mit der Ostindienkompanie verbunden ist. Eine lange und verwickelte Geschichte, die sie Ihnen selbst sicher viel besser erklären kann als ich.«

Edgar drückte seine Zigarette aus und nahm einen Schluck aus seinem Whiskeyglas. Er spürte, daß Manings ihn aufmerksam musterte. Was für eine eigenartige Unterhaltung.

»Miss Vernon hat sich aus familiären Gründen für einige Monate in London aufgehalten«, fuhr der Engländer jetzt fort. »Sie ist, wenn ich richtig unterrichtet bin, dreiundzwanzig Jahre alt. Sie können sich vorstellen, daß die britische Botschaft keine, wie soll ich sagen, keine ›durchschnittlichen‹ Gäste hat. Wer von uns betreut wird, ist meist durch hochrangige Empfehlungen ausgewiesen. Welche einflußreiche Familie oder Verbindung sich hinter Miss Vernon verbirgt, kann ich Ihnen nicht sagen, da ich über diese Dinge nur unvollständig informiert werde. Ich bin sozusagen nur die ausführende Hand, der Guide eben, verstehen Sie?«

»Durchaus«, antwortete Edgar. Eine einflußreiche Familie! Das Ganze begann interessant zu werden. Hatte sich eine morgenländische Prinzessin in ihn verliebt? Der Gedanke war zwar albern, aber für die Dauer eines exzellenten Whiskeys konnte man sich ihm durchaus hingeben.

»Miss Vernon ist seit einigen Tagen in Berlin. Ich habe versucht, sie angemessen zu betreuen. Ich habe ihr die wichtigsten Museen gezeigt, sie zu einigen Empfängen begleitet, ihr zwei exzellente Konzertabende gebucht und was für dergleichen Gelegenheiten noch so vorgesehen ist.«

Der pikierte Ton, in dem der Botschaftsrat dies vortrug, ließ bereits ahnen, daß Miss Vernon dieses Programm offenbar nicht besonders genossen hatte. Doch Edgar unterbrach den Mann nicht, sondern ließ ihn weitersprechen.

»Am Freitag vergangener Woche schlug ich ihr für das Wochenende mehrere interessante Ausflüge in die Umgebung vor, nach Potsdam etwa und auf das Schloß des Herzogs von Reichstadt. Doch Miss Vernon erklärte mir unmißverständlich, sie wolle endlich Berlin sehen und keine weiteren Schlösser oder Orchestergräben.«

Edgar schmunzelte und trank noch einen Schluck. So war das also. Die junge Dame wollte etwas Aufregendes erleben, und der Herr aus der Botschaft war damit überfordert.

»In London wird im Augenblick sehr viel über Berlin geredet«, fuhr der Engländer fort. »Es kursieren dort, wie soll ich sagen, recht übertriebene Gerüchte. Ich brauche wohl nicht in die Einzelheiten zu gehen?«

»Nein«, erwiderte Edgar mit einem süffisanten Lächeln. »Die Gerüchte kenne ich zwar nicht, aber über die Tatsachen bin ich dafür um so besser im Bilde. Wenn ich Sie richtig verstehe, organisiert die britische Botschaft für ihre Landsleute also keine Ausflüge ins Berliner Nachtleben?«

Manings schaute etwas pikiert zur Seite. »Nein. Natürlich nicht. Allerdings habe ich natürlich versucht, Miss Vernons Wünschen nach meinen besten Möglichkeiten zu entsprechen. Daher buchte ich für Samstag abend einen Varietébesuch im Scala hier gegenüber …«

»… und Miss Vernon lockte Sie vorher hierher, um vor der Vorstellung einen Drink zu sich zu nehmen«, vollendete Edgar den Satz.

Der Engländer nickte. »Miss Vernon ist eine erwachsene Frau, und wenn sie in Gegenwart von Transvestiten Cocktails trinken möchte, dann ist das ihre Sache. Aber Sie werden verstehen, daß ich allmählich an die Grenze meiner beruflichen Zuständigkeit gelangt bin. Daher war unser letzter gemeinsamer Abend, gelinde gesagt, ein wenig unharmonisch. Nach dem Varieté hatten wir eine Auseinandersetzung. Ein Wort gab das andere, und schließlich eröffnete sie mir aus purer Provokationslust, auf welch schockierende Weise sie sich für die nächste Woche einen, ich zitiere: ›vielversprechenderen Kandidaten‹ für ihre Streifzüge durch Berlin ausgesucht hätte. Sie können sich vorstellen, daß ich nicht nur schockiert, sondern höchst alarmiert war, denn trotz allem trage ich eine gewisse Verantwortung für Miss Vernon.«

Er machte eine kurze Pause. Edgar wußte nicht, was er interessanter finden sollte. Die Schwierigkeiten, die dieser offenbar distinguierte Engländer damit hatte, einer lebenshungrigen jungen Dame das Berliner Nachtleben zu zeigen, oder die Tatsache, daß sie ausgerechnet ihn als seinen Nachfolger ausgewählt hatte.

»Ich bestand darauf«, fuhr Manings nun fort, »mir zuvor wenigstens ein Bild von Ihnen machen zu dürfen. Das Ganze ist ein ungeheuerlicher Vorgang, schockierend, völlig inakzeptabel und für mich äußerst peinlich. Sie haben selbstverständlich keinerlei Veranlassung, mir irgendwelche Angaben zu Ihrer Person oder sonst eine Versicherung zu geben, daß Miss Vernon von Ihnen keine Gefahr droht. Aber ich hoffe, Sie haben Verständnis für meine Situation. Miss Vernon wird gleich kommen. Ich möchte ihr heute nicht unbedingt begegnen. Aber wäre es sehr impertinent von mir, wenn ich Ihnen meine Telephonnummer hinterlasse, nur für den Fall, daß sich irgendwelche Schwierigkeiten ergeben sollten? Die ganze Sache ist mir sehr unangenehm. Umgekehrt wäre ich Ihnen sehr dankbar, wenn Sie Ihrerseits bereit wären, mir irgendeinen Anhaltspunkt zu Ihrer Person geben zu wollen.«

Der arme Botschaftsrat wirkte jetzt fast komisch auf Edgar. Im Grunde konnte er einem leid tun. Da spielte ihm das berufliche Schicksal ein bildschönes, unternehmungslustiges Mädchen zu, und der arme Mann fühlte sich an den Grenzen seiner Zuständigkeit. Edgar nahm die kleine Karte entgegen, die der Mann ihm reichte, und musterte die Ziffern, die er dort aufgeschrieben hatte. Es war ein Reflex. Er interessierte sich für Handschriften, weil er sich fragte, ob an der Theorie, daß sie etwas über den Charakter eines Menschen aussagten, etwas dran sei. Soweit er es beurteilen konnte, paßte Manings Handschrift überhaupt nicht zu dem Eindruck, den der Mann bis jetzt auf ihn gemacht hatte. Die Zahlen waren ein wenig geschnörkelt, fast künstlerisch. Der winzige Strich, der durch die Sieben lief, war geschwungen. Entweder hatte Mr. Manings alle Eigenschaften, die seine Handschrift verriet, erfolgreich unterdrückt, oder die graphologischen Theorien waren Unsinn, was wahrscheinlicher war.

»Mr. Manings«, erwiderte Edgar und reichte dem Engländer seine eigene Karte über den Tisch. »Sie können völlig beruhigt sein. Es ist mir eine Ehre, Ihren Gast zu betreuen. Sie brauchen sich keinerlei Sorgen zu machen.«

Manings nahm die Karte dankbar entgegen. Er seufzte und wirkte zugleich erleichtert und bedrückt. »Ich danke Ihnen,

Herr Falkenbeck-von Rabov. Und ich hoffe sehr, Sie denken nicht, daß ich den geringsten Zweifel daran hatte, daß Sie ein Gentleman sind.«

4.

Sie kam etwa zwanzig Minuten, nachdem der Engländer gegangen war. Edgar hatte sich in der Zwischenzeit frisch gemacht, sich die Hände gewaschen, die Haare gekämmt und dann der Toilettenfrau ein paar Groschen für Eau de Cologne gegeben, das diese in einer offenen Flasche in ihrem Bauchladen am Fuß des Toilettenabgangs feilbot. Es ging auf zehn Uhr zu, aber man spürte, daß es Montag war. Das Scala gegenüber spielte heute nicht. An der Bar war Edgar der einzige, und die meisten Tische waren spärlich besetzt.

Sie kam zu Fuß. Er erkannte sie sofort, als er ihre Silhouette hinter der Fensterscheibe vorüberhuschen sah. In den wenigen Sekunden, die verstrichen, bis sie durch die Tür trat, wurde ihm klar, daß er trotz der beiden Whiskeys mächtig nervös war. Die Dreistigkeit, mit der dieses Mädchen ihn auserkoren hatte, ihr neuer Guide zu sein, imponierte ihm zwar, aber wie sie jetzt auf ihn zukam, fühlte er sich kurzzeitig alles andere als selbstsicher. Sie trug eine Pelzmütze und einen hellbraunen Kamelhaarmantel mit Fuchsbesatz. Die Mütze zog sie sofort vom Kopf, als sie den Raum betrat. Ihre schwarze Mähne quoll darunter hervor und fiel in langen, gelockten Strähnen auf ihre Schultern. Sie kam direkt auf ihn zu, blieb vor ihm stehen, lächelte und reichte ihm ihre rechte Hand.

»Es tut mir sehr leid«, sagte sie auf englisch und strich sich mit der linken Hand die Strähnen aus dem Gesicht. »Bitte entschuldigen Sie meine Direktheit.« Und noch bevor er irgend etwas erwidern konnte, fügte sie hinzu: »Das am Samstag war eine Verzweiflungstat. Sie müssen sich nicht mit mir abgeben, wenn Sie nicht möchten.«

Edgar erhob sich, verbeugte sich und sagte: »Miss Vernon, ich kann Ihnen versichern, daß ich aus völlig freien Stücken hier bin.« Und dann, nach einer kurzen Pause, fügte er lächelnd hinzu: »Ihre Einladung war unwiderstehlich.«

Sie lächelte zurück und knöpfte ihren Mantel auf. Er trat hinter sie, half ihr heraus und reichte Mütze und Mantel einem herbeigeeilten Kellner. Edgar hatte Mühe, seine Blicke im Zaum zu halten. Sie war nicht aufreizend gekleidet, zog aber dennoch alle Aufmerksamkeit auf sich. Er hatte natürlich nicht vergessen, wie großartig sie aussah. Aber er hatte sie am Samstag eben doch nur aus der Ferne gesehen. Jetzt stellte er fest, daß ihr Gesicht von einer hohen Stirn beherrscht war, unter der ein umschattet wirkendes dunkelbraunes Augenpaar unter nur leicht geschwungenen Augenbrauen fordernd in die Welt blickte. Selbst wenn sie lächelte und der eher ernste Zug um ihre schön gezeichneten Lippen sich verflüchtigte, blieb in ihren Augen eine gewisse Härte oder etwas Abweisendes zurück, was paradoxerweise sehr verführerisch wirkte. Es waren die kleinen Fehler, die das hübsche Gesicht wahrhaft schön machten: eine leichte, kaum wahrnehmbare Fehlstellung der Augen; ihre linke Braue, die am Ende etwas weiter nach oben gewachsen war als die makellos gezeichnete Nachbarin auf der anderen Seite; die ein wenig zu weit hochgezogenen Nasenflügel. Auch ihr ihm zugewandtes linkes Ohr, obschon sehr schön geformt und mit einem funkelnden Ohrring geschmückt, erschien ihm einen Hauch zu groß.

»Was möchten Sie trinken?« fragte er.

»Wasser, bitte«, antwortete sie, und fügte dann hinzu: »Dürfte ich Ihren Namen erfahren?«

»Oh, verzeihen Sie. Wie ungeschickt von mir. Edgar Falkenbeck-von Rabov. Aber das ist etwas unhandlich, daher einfach: Edgar.«

»Ich heiße Alina Vernon« erwiderte sie, schaute sich kurz im

Lokal um, fixierte ihn dann und fuhr fort: »Edgar, nehmen Sie es mir übel, wenn ich ganz offen bin?«

»Nein, überhaupt nicht.«

Sie musterte ihn kurz. Dann sagte sie: »Sie haben mich am Samstag oft angeschaut. Daher habe ich den Mut gefaßt, Sie auf diese Weise anzusprechen. Ich habe so etwas noch nie getan. Aber ich habe wenig Zeit, und dieser Manings ist einfach … nun ja, ich denke er ist einfach überfordert.« Ihr Glas Wasser erschien auf dem Tresen. Sie trank einen Schluck und fügte dann hinzu: »Ich muß allerdings einem Mißverständnis vorbeugen, das ich mit meiner Einladung zwangsläufig verursacht haben muß. Mr. Manings ist auf seine Weise ein liebenswürdiger Mensch, und es ist mir unangenehm, ihn so brüskiert zu haben. Aber er begreift einfach nicht, daß ich wenig Zeit habe und diese nicht mit Konzert- und Museumsbesuchen vertrödeln möchte.«

»Statt dessen möchten Sie Berlin sehen«, erwiderte Edgar und nickte zustimmend.

»Hat er Ihnen das so kolportiert?«

»Ja. Genau so.«

»Er hat Ihnen also nicht gesagt, warum ich hier bin?«

»Nein«, erwiderte Edgar zögerlich. Ihr Gesicht war auf einmal ernst geworden. »Das heißt, es klang für mich so, als wollten Sie sich ein wenig amüsieren. So jedenfalls hat er es dargestellt.«

»Mit Ihnen?«

Edgar ging ein wenig auf Distanz. Die Frage hatte wie eine Warnung geklungen.

»Nein. So hat er es nicht gesagt.«

»Aber so haben Sie es verstanden.«

Edgar schwieg einen Moment lang. Er wurde im Augenblick nicht schlau aus diesem Wortwechsel. Aber jetzt lächelte sie ihn plötzlich an.

»Entschuldigen Sie bitte, ich bin grob zu Ihnen. Es tut mir leid. Ich möchte nur nicht, daß Sie einen falschen Eindruck von mir bekommen. Ich möchte gerne bestimmte Orte dieser Stadt sehen. Und ich kann dort alleine nicht hingehen.«

»Sie meinen …« Er zögerte.

»Ich meine Orte, wo Männer eine Frau normalerweise niemals hinbringen würden. Davon gibt es doch nicht gerade wenige in dieser Stadt, oder?«

Edgar war unweigerlich rot geworden. Was sollte denn das nur bedeuten?

»Nun ja, durchaus«, antwortete er ein wenig überrascht.

»Sie kennen die Orte, von denen ich spreche?«

Edgar nickte zögerlich.

»Und? Läßt sich das einrichten? Würden sie mich dorthin begleiten?«

Sie verschwand kurz, um sich frisch zu machen. Edgar erwog, Daniel anzurufen. Was sollte er denn jetzt tun? Diese fremde Frau wollte mit ihm Nachtclubs besuchen. Orte, wo Männer ihre Frauen nicht mit hinnahmen. Er hatte die Möglichkeiten rasch überdacht. Es war noch nicht spät. Sie konnten fast alle Mitternachtsshows noch erreichen. Spontan fiel ihm das Storchennest in der Oranienburger Straße ein, mit Abstand die schmierigste Kaschemme. Arbeiter, Soldaten, Studenten und kleine Ganoven standen dort in dumpfem Bierdunst beieinander und lauschten den zotigen Liedern der leicht bekleideten Sängerinnen. Meinte sie so etwas? Nein, dort würde er wirklich keine Frau hinbringen, schon allein, weil er selber keine Lust hatte, hinzugehen. Die Weiße Maus, dachte er dann. Das wäre schon eher etwas. Kundschaft aus der oberen Gesellschaftsschicht. Banker mit ihren Dirnen. Geschäftsmänner aus den Provinzen und auch viele wohlhabende Leute aus dem Berliner Kulturleben, weshalb man am Eingang auch sicherheitshalber eine Maske bekam. Die Berber tanzte zwar seit neuestem nicht mehr dort, weil sie einem Kunden eine Flasche Champagner auf dem Kopf zerschlagen hatte. Doch es gab bestimmt eine neue Schönheit, die sich nackt auf den Tischen wälzte, um den Herren im Frack den Champagner aus dem Nabel zu servieren. Ein paar weitere Etablissements von ähnlichem Kaliber kamen ihm noch in den Sinn. Doch als Alina zurückkam, fragte er sich, ob es wirklich das war, was sie suchte.

»Gehen wir?« fragte sie ihn sachlich.

»Ja, sicher«, erwiderte er. »Aber gestatten Sie mir noch eine Frage?«

»Bitte.«

»Ich will nicht indiskret sein, aber dürfte ich vielleicht erfahren, warum Sie diese Lokale aufsuchen möchten? Ich meine, ist es ein bestimmtes Lokal, das Sie suchen? Oder eine bestimmte Art von Lokal? Verstehen Sie, Alina, es gibt in dieser Stadt sehr unterschiedliche Orte. Ich weiß nicht so recht, ob ich verstanden habe, was genau Sie suchen.«

Sie blickte ihn ohne jede Scheu an. Dann sagte sie: »Ich würde es Ihnen gerne genauer erklären, Edgar. Aber das würde sehr lange dauern. Ich will es kurz machen: Es gibt jemanden, der diese Orte frequentiert. Ob ich die Person finde, weiß ich nicht. Aber darum geht es auch nicht. Ich möchte mir diese Orte anschauen, um etwas zu verstehen. Nicht allein für mich, sondern für eine andere Person, die niemals selbst hierherkommen könnte. Ich möchte jemandem helfen, der mir nahesteht und sehr leidet. Ich werde Sie nicht für das verantwortlich machen, was wir dort vielleicht zu sehen bekommen. Aber ich muß es sehen, mit eigenen Augen. Sonst kann ich dieser Person nicht helfen. Reicht Ihnen das als Erklärung?«

Edgar half ihr in den Mantel. Ihr Duft hüllte ihn ein. Als er leicht ihre Schultern berührte, spürte er, wie zart sie gebaut war. Er verstand zwar noch immer nicht, was genau sie im Sinn hatte. Doch mit dem nächsten Satz machte sie es unmißverständlich klar: »Bringen Sie mich an die Grenzen dieser Stadt, Edgar. Bitte!«

Er nickte. Ein rätselhaftes Ansinnen. Was suchte sie nur? Einen entflohenen Geliebten? Einen verlorenen Bruder? Wie auch immer, er konnte ihrem Wunsch leicht entsprechen. Die Grenzen, von denen sie sprach, kannte er nur zu gut.

Er bot ihr seinen Arm, und sie verließen das Lokal. Nach einem kurzen Fußweg erhob sich die Gedächtniskirche vor ihnen. Edgar deutete auf ein großes Plakat, das auf der gegenüberliegenden Straßenseite die Hausfassade zierte. *Himmel und Hölle präsentiert: Cabaret Montmartre*, stand in großen Lettern darauf zu lesen. *Das nackte Weib im Spiegel der Kunst. 25 Bilder.* Alina musterte die Ankündigung. Ohne zu wissen, warum, wünschte Edgar sich plötzlich, sie möge es sich noch einmal anders überlegen. Wollte sie sich das wirklich ansehen? Er hätte sehr viel lieber in einem der umliegenden Cafés ein Glas Wein mit ihr getrunken, sie über ihr Leben ausgefragt und dabei ihr schönes Gesicht betrachtet. Ihre Haut faszinierte ihn. Was für ein Genuß es sein mußte, diese Haut zu küssen. Dann standen sie an der Kasse.

Das Lokal füllte sich rasch und war wie immer ausverkauft. Edgar bestellte eine Flasche Champagner. Es war ihm ein wenig unbehaglich, in Begleitung einer Frau hier zu sein. Die anderen Gäste waren fast nur Männer, Geschäftsreisende in Gruppen sowie die üblichen Nachtschwärmer, von denen er den einen oder anderen wiedererkannte. Alina schaute sich neugierig um.

»Wie sieht der Mann denn aus, den Sie suchen?« fragte Edgar.

»Waren Sie schon einmal hier?« wollte sie wissen, ohne auf seine Frage einzugehen.

»Ja«, gestand er. »Bei der Premiere letztes Jahr. Ein Freund von mir ist im Vergnügungsgewerbe tätig, da bekomme ich oft Einladungen.«

Warum sollte er sich rechtfertigen? Er nahm das Programm zur Hand, warf einen kurzen Blick darauf und sah dann skeptisch zu ihr hin. Aber sie schaute sich bereits wieder im Lokal um und musterte die Besucher. Edgar erwartete mit Unbehagen den Beginn der Aufführung. *Das nackte Weib im Spiegel der Kunst* wurde heute gar nicht gegeben, sondern *Die Tagebücher von Sodom.* Offenbar war das Programm kurzfristig geändert worden. Es würde also keine erotischen lebenden Bilder geben, sondern fünfundzwanzig Szenen aus Herrn de Sades einschlägigen Werken. Kaum hatte der Vorhang sich gehoben, wurde auch schon sichtbar, daß man ohne jede Scheu die toten Buchstaben in fleischgewordene Wirklichkeit verwandelt hatte. Kein Gegenstand, kein Körperteil, keine Verrenkung wurde ausgelassen. Nach de Sades unvergleichlicher Art wurde gleich zu Beginn ein Dutzend junger Novizinnen mit entblößten Oberkörpern, an Pfähle gefesselt, von strammen Mönchen durchgepeitscht und anschließend mit offensichtlicher Einwilligung der Beteiligten beschlafen. Edgar hatte die Show ja bereits gesehen. Doch heute fiel ihm auf, daß diese Verbindung aus Religion und Pornographie fast in jeder Szene vorkam. Der Bilderreigen und die Musik wechselten allerdings zu schnell, als daß er Gelegenheit gehabt hätte, genauer darüber nachzudenken, warum ausgerechnet diese Kombination so erregend war. Die restlichen Darbietungen fielen dagegen eher ab, und in den meisten Fällen war es eher zuviel des Guten – oder besser: Schlechten.

Oft schaute er gar nicht zu, sondern betrachtete verstohlen Alina. Die Situation war ihm unangenehm. Er verstand durchaus, daß Manings nicht bereit gewesen war, ihrem Anliegen zu entsprechen. Wer mochte sie sein? War es das, was sie sich vorgestellt hatte? Er konnte nicht sagen, wie die Darbietung auf sie wirkte. Erregte sie das, was sie da sah? Fand sie es abstoßend? Sie wollte verstehen. Aber was? Pornographie? Was suchte sie wohl hier? War ihre Neugier damit befriedigt?

Offenbar nicht, denn als sie das Lokal gegen ein Uhr morgens wieder verließen, wollte sie wissen, ob Edgar ihr nicht noch ein weiteres Spektakel dieser Art zeigen könnte.

»Sie meinen, heute nacht?«

»Ja. Oder ist sie jetzt schon zu Ende?«

»Nein. Natürlich nicht.«

»Wohin gehen die Leute nach so einer Darbietung?«

»Nun ja, es gibt natürlich Orte, wo man hingehen kann, aber ...«

Er wußte nicht so recht, wie er den Satz beenden sollte. Sie tat es für ihn.

»... aber die Atmosphäre ist dort intimer?«

»Ja. So kann man es ausdrücken.«

Sie blieb stehen und schaute ihn an. Edgar wußte gar nicht, wie ihm geschah. Er mußte sich vorsehen. Alina Vernon war merkwürdig. Sehr merkwürdig. Aber sie zog ihn mächtig in ihren Bann.

»Wir könnten einfach noch einen Kaffee trinken«, sagte er etwas hilflos. »Hier etwa, im Romanischen Café. Es ist gleich dort drüben.«

Aber sie schüttelte den Kopf. »Ich habe von einem anderen Ort gehört«, erwiderte sie. »Von einer Bar, über die man in London spricht. Kakadu oder so ähnlich. Wissen Sie, wo das ist?«

»Sicher«, antwortete Edgar und bedeutete ihr, daß sie hierzu in die umgekehrte Richtung gehen müßten.

Sie hakte sich bei ihm ein. Anstatt sich weiter den Kopf zu zerbrechen, genoß er jetzt einfach den Spaziergang mit der schönen Frau an seiner Seite. Trotz der späten Stunde war viel Betrieb. Die großen Kinos spuckten die Besucher der Spätvorstellungen auf die Straße hinaus. Vom Bahnhof Zoo her ergoß sich ein ständiger Strom von Mietdroschken mit spät angekommenen Reisenden in die Stadt hinein. Und vor der Kakadu-Bar auf der Joachimsthaler Straße gab es sogar eine Warteschlange. Sie warteten eine Weile, doch in der Kälte herumzustehen und dem Vergnügungslärm von außen zu lauschen war nicht nach Alinas Geschmack. »Dann eben ein anderes Mal«, sagte sie, ohne besonders enttäuscht zu wirken. »Begleiten Sie mich noch nach Hause? Es ist nicht weit.«

»Sicher. Warten Sie. Ich besorge einen Wagen.«

»Das ist nicht notwendig. Ich wohne hier in der Nähe.«

Sie setzten sich in südlicher Richtung in Bewegung, überquerten erneut den Kurfürstendamm und schlenderten die rasch stiller werdende Straße entlang. Edgar fand es schade, daß der Abend sich bereits seinem Ende zuneigte.

»Ich hoffe, Sie haben sich amüsiert?« fragte er vorsichtig.

»Ja. Durchaus. Ich danke Ihnen. Es war sehr interessant.«

»Darf ich fragen, wie lange Sie noch in Berlin zu verweilen gedenken?«

Sie legte den Kopf in den Nacken, schaute in den Himmel hinauf und atmete tief durch.

»Das ist sie also, nicht wahr? Die Berliner Luft. Ich finde, sie riecht vor allem nach Kohle.«

»Nun ja, eine Redensart. Ich verstehe sie ehrlich gesagt auch nicht.«

»Ich weiß es noch nicht genau. Und Sie, Edgar. Was sind Ihre Pläne?«

Es gefiel ihm, daß sie ihn beim Vornamen nannte.

»Nun, ich dachte, vielleicht sollte ich mich als Guide für Nachtclubs verdingen. Was meinen Sie? Habe ich Talent? Würden Sie mich weiterempfehlen?«

Sie schaute ihn von der Seite an und lächelte. »Ich bin mir nicht sicher«, sagte sie mit einem ironischen Unterton. »Ich glaube, Sie müßten zunächst lernen, die Wünsche Ihrer Kunden besser zu verstehen. Was Sie mir heute abend gezeigt haben, war doch ein wenig konventionell, finden Sie nicht?«

»Konventionell.« Edgar wiederholte das Wort, als hörte er es zum ersten Mal.

»Ja«, sagte sie etwas enttäuscht, wobei er nicht mehr recht wußte, ob sie es ironisch meinte oder nicht. »Ich hätte, ehrlich gesagt, mehr erwartet.«

»Aha«, erwiderte Edgar etwas betreten. »Und was, bitte?«

Sie blieb stehen. Sie waren in der Lietzenburger Straße angekommen. »Hier sind wir. Ich danke Ihnen trotzdem. Es war ein sehr interessanter Abend.«

Edgar brauchte einen Augenblick, bis er begriff, daß Alina Vernon offenbar nicht in einem Hotel wohnte, sondern eine Privatunterkunft hatte. Sie waren vor einem gewöhnlichen Mietshaus angekommen. Unwillkürlich warf er einen Blick auf die Hausnummer.

»Es tut mir leid, daß ich Sie enttäuscht habe.«

»Nicht Sie«, beeilte sie sich zu erwidern. »Himmel und Hölle haben mich etwas enttäuscht. Es war so, wie soll ich sagen, so geheimnislos, finden Sie nicht?«

»Ich fürchte, Sie haben falsche Erwartungen gehabt«, entgegnete er. »Es gibt wohl nicht mehr viele Geheimnisse, und an solchen Orten schon gar nicht.«

Sie schüttelte den Kopf. »Da bin ich nicht so sicher.« Sie lehnte sich gegen die Eingangstür und suchte in ihrer Manteltasche nach dem Schlüssel. Als sie ihn gefunden hatte, schloß sie jedoch nicht gleich auf, sondern fügte hinzu: »Merkwürdig, nicht wahr? Warum gehen so viele Menschen dorthin und schauen sich diese Dinge an? Vielleicht ist dies das eigentliche Geheimnis? Gute Nacht, Edgar.«

Sie beugte sich vor, küßte ihn rasch auf beide Wangen und drehte sich dann um, um die Haustür aufzuschließen.

»Vielleicht treffe ich bei einem zweiten Versuch eher das, was Sie sich vorstellen?« fragte er rasch.

Sie stand bereits in der geöffnete Haustür. »Ich würde nicht wagen, Sie noch einmal darum zu bitten, aber falls Sie Zeit für einen weiteren Abend dieser Art erübrigen könnten, wäre ich Ihnen natürlich sehr dankbar.«

»Dann hole ich Sie morgen abend ab? Gegen elf?«

»Sehr gern. Ich danke Ihnen. Sie sind sehr hilfsbereit.«

»Es ist mir ein Vergnügen. Gute Nacht, Alina.«

»Gute Nacht, Edgar.«

Die Tür schloß sich hinter ihr. Er machte ein paar Schritte rückwärts und starrte zugleich ratlos und nervös die dunkle Fassade hinauf. Er wartete. Nach einer Weile ging im dritten Stock das Licht an. Er sah einen Schatten über die hohen Zimmerdecken huschen. Aber schon kurz darauf erlosch das Licht wieder. Er blieb noch einige Minuten stehen, dann lenkte er seine Schritte zum U-Bahnhof Spichernstraße. Morgen abend, elf Uhr. Was für eine merkwürdige Frau.

5.

Kurios, dachte Robert. Merkwürdige Orte für einen ersten gemeinsamen Abend. Oder kannte Edgar die kleine Braune schon länger? Hatte er sie in der Zwischenzeit irgendwo aufgegabelt? Er konnte ihn ja schließlich nicht pausenlos beobachten. Schon erstaunlich, was für einen Erfolg sein Vetter bei den Frauen hatte. Die wievielte war das jetzt in den letzten drei Monaten? Man konnte geradezu neidisch werden.

Robert wartete, bis Edgar sich endlich in Bewegung setzte und in Richtung Spichernstraße verschwand. Erst dann zündete er sich eine Zigarette an und blies nachdenklich den Rauch gegen die Scheibe. Die ganze Sache wurde immer eigenartiger. Im Januar war dieser Mann aufgetaucht. Und jetzt das Mädchen. Was bedeutete das? Legten sie eine Schlinge aus? Was führten sie im Schilde? Sollte er eingreifen? Aber wann und wie?

Es war ja fast ein Wunder, daß er überhaupt Wind von der Sache bekommen hatte.

Er erinnerte sich noch gut an das Gespräch im Dezember, als Edgars Vater das letzte Mal in Berlin gewesen war. Immer die gleichen Klagen. Herold wollte einfach nicht begreifen, daß sein Sohn eine Niete war. Ein verwöhnter, verantwortungsloser Schnösel war er. Bekam jeden Monat seinen Wechsel, aber studieren tat er schon lange nicht mehr. Am Telephon erreichte man ihn auch fast nie, denn er lebte offensichtlich in Caféhäusern und Nachtclubs. Ein Anruf bei einem seiner Professoren hatte nur ergeben, daß er seit Monaten keine Vorlesung mehr besucht hatte. Und reden konnte man schon gar nicht mit ihm.

Er hatte Herold angeboten, sich ein wenig um Edgar zu kümmern. Er würde schon herausfinden, was der junge Herr Graf so trieb. Das Ergebnis war zunächst nicht weiter beunruhigend. Edgar tat, was fast alle taten: nichts. Er vergnügte sich und kümmerte sich einen Dreck um das Schicksal Deutschlands oder des Familienunternehmens. Wie damit umzugehen sei, war schon mehrfach diskutiert worden. Doch seit im Januar dieser Engländer aufgetaucht war, hatte alles eine ganz andere Dringlichkeit bekommen. Herold war krank, verdammt noch mal. Edgar würde in absehbarer Zeit das Unternehmen erben, ob Herold das wahrhaben wollte oder nicht. Schlimm genug, daß Edgar so unreif war. Aber jetzt auch noch ein Engländer.

Robert nannte ihn einfach Glatze, denn außer der Tatsache, daß er einen kahlen Schädel hatte und seit neuestem immer dort auftauchte, wo Edgar sich herumtrieb, wußte er noch immer nicht viel über ihn. Er wohnte in einer Pension in Charlottenburg, bei einer gewissen Galinski. Aber was tat er hier? Warum schlich er hinter Edgar her?

Anfänglich hatte er seine Beobachtungen für sich behalten. Sein Gefühl hatte ihm gesagt, daß sich hier etwas Interessantes abspielte, etwas, das er zunächst etwas länger beobachten wollte, um zu schauen, ob er es vielleicht für seine eigenen Zwecke nutzen könnte. Aber jetzt? Was wollte die kleine Braune von ihm?

Robert zog ein letztes Mal an seiner Zigarette, drückte sie in den Aschenbecher und verließ den Wagen. Er musterte die Fassade. Die Wohnung der Frau lag im dritten Stock. Das Licht war kurz nach ihrer Ankunft erloschen. War sie so rasch zu Bett gegangen?

Er überquerte die Straße, trat in den Hauseingang und rüttelte an der Haustür. Verschlossen. Er entzündete ein Streichholz und untersuchte im Schein der flackernden Flamme das Türschloß. Dann versuchte er, durch das Türfenster hindurch einen Blick auf den stummen Portier zu werfen. Aber das gelang ihm nicht. Er blieb noch einen Augenblick stehen, beschloß dann, daß er für heute genug gesehen hatte, und kehrte zu seinem Wagen zurück.

Sah verdammt gut aus, die kleine Schlampe, dachte er noch, bevor er den Motor anließ. Genau der richtige Köder für seinen verdammten Vetter. Warum hatte sie ihn nicht gleich mit hinaufgenommen? Und warum hatte der Engländer sie erst jetzt losgeschickt, um Edgar den Kopf zu verdrehen? Das würde er schon noch alles herausfinden. Vielleicht war nun auch der Zeitpunkt gekommen, Arthur einzuweihen? Denn es ging ja offensichtlich nicht mehr nur um Edgars verantwortungsloses Lotterleben. Man würde dem verwöhnten Herrn Graf demnächst einmal etwas Realitätssinn verpassen müssen. Er ließ den Wagen an und fuhr los. Jetzt war es zu spät. Aber gleich morgen früh würde er mit seinem Vater reden. Gleich morgen. Hölle noch mal. Sein verdammter Vetter.

6.

Sie sah umwerfend aus. Ihr Oberkörper steckte in einem hautengen schwarzen Trikot, das ihre schlanken Arme sowie ihren grazilen Hals wie eine zweite Haut bedeckte. Der dünne Stoff war zwar nicht durchsichtig, aber er lag so eng am Körper, daß es einer Entblößung gleichkam. Der enge schwarze Rock und die Stiefel unterstrichen diesen Eindruck noch. Edgar schluckte. Glücklicherweise zog sie jetzt ein Jäckchen über, das ihre Brüste bedeckte. Dann glitt sie in ihren Mantel und trat neben ihn in den Hausflur hinaus.

»Guten Abend, Edgar«, sagte sie freundlich. »Danke, daß Sie gekommen sind. Sind Sie bereit?«

»Sicher«, sagte er. Er musterte verstohlen ihren Aufzug, sagte aber nichts. Er ließ ihr den Vortritt und schloß dann die Fahrstuhltür. Ihr Gesicht war nur eine Armeslänge von ihm entfernt. Er atmete tief durch und erkannte ihren Parfümduft wieder. Falls sie ihn aus der Fassung bringen wollte, dann war sie auf dem besten Weg dahin. Sein Herz klopfte noch ein wenig stärker als zuvor. Galt dieser aufreizende Aufzug ihm? Die Hoffnung bestand immerhin. Nein, dachte er dann. Sie hatte es ihm ja gestern klar gesagt. Sie brauchte ihn nur. Oder war das ein Vorwand? War diese ganze Geschichte vielleicht eine Art von bizarrem Vorspiel? Wollte sie ihn vielleicht doch verführen und hatte sich diese Geschichte nur ausgedacht? Aber warum wollte sie dann zuerst die halbe Nacht in obszönen Bars verbringen? Oder benötigte sie ihn für irgendwelche undurchsichtigen Intrigen, die einen anderen betrafen? Ging es vielleicht um einen Liebhaber, einen Ehemann? Wollte sie jemanden eifersüchtig machen? Oder sich für eine Kränkung rächen?

Er war froh, als sie endlich im Erdgeschoß angekommen waren. Alina unternahm keinerlei Bemühungen, ein Gespräch zu beginnen. Er hatte mittlerweile zwei oder drei belanglose Fragen gestellt, die sie kurz und knapp beantwortet hatte. Aber das war auch schon alles. Sie war vielleicht doch nervöser, als sie zugeben wollte. Lust auf Konversation schien sie jedenfalls keine zu verspüren.

»Wohin möchten Sie heute abend gehen?« fragte er sie, bevor sie auf die Straße hinaustraten.

»Ich überlasse es Ihnen«, antwortete sie.

»Also die gleich Aufgabe wie gestern?«

»Ja.«

Er blieb stehen. Sie hielt ebenfalls inne.

»Aber … wollen Sie nicht vielleicht zuerst etwas essen?«

»Nein, danke. Ich habe bereist gegessen. Ich würde lieber gleich losgehen. Haben Sie eine Idee?«

»Eine Idee?«

»Ja. Ein Ort wie gestern. Aber subtiler, geheimnisvoller. Wenn Sie verstehen, was ich meine.«

Einen Augenblick lang dachte Edgar, er sollte sich einfach weigern. Was suchte sie nur?

»Aber … warum wollen Sie das bloß?« fragte er.

»Ich suche jemanden«, erwiderte sie leise. »Ich habe es Ihnen doch gestern schon erklärt. Ich suche einen Freund.«

Der unvermeidliche Satz. Also doch. Sie hatte einen Freund. Am liebsten wäre er erst gar nicht in das Taxi eingestiegen, das jetzt vor ihnen hielt. Aber dann saß er doch neben ihr im Halbdunkel und blickte stumm auf die vorüberziehenden grell blinkenden Reklamefassaden des Kurfürstendamms hinaus. Sie sucht ihren Geliebten, dachte er. Ihr Geliebter ist mit einem Flittchen durchgebrannt, dachte er zerknirscht. Oder sie hatte im Jackett ihres britischen Ehemannes die Karte eines Berliner Bordells gefunden. Typisch. Ehemann auf Geschäftsreise. Betrogene Ehefrau. Jetzt wollte sie vermutlich herausfinden, was ihr Mann auf seinen Dienstreisen trieb, um ihm dann eine schöne Szene machen zu können. Aber ohne männliche Begleitung traut sie sich nicht in diese Clubs hinein. Aber wenn es so war, warum sagte sie es ihm nicht einfach? Um irgend etwas dieser Art mußte es sich wohl handeln. Und sie hatte ihn aufgegabelt, weil er gerade da war, weil der Herr aus der Botschaft für diese Art Ausflug nicht zur Verfügung stand. Es hätte jeden anderen treffen können, der ebenso dumm und naiv war wie er selber. Alles, was zwischen Männern und Frauen geschah, hatte doch einen Preis. Das wußte Edgar doch schon länger. Er schaute kurz zu ihr hinüber, sah jedoch nur ihre schwarzen Haare, die auf ihren hellen Mantel herabfielen. Manchmal spiegelte sich das hereinfallende elektrische Licht auf ihren Stiefeln und ließ das polierte Leder funkeln.

»Ich habe es mir anders überlegt«, sagte er plötzlich dem Fahrer. »Zur Jägerstraße 18, bitte.«

Der Mann brummte etwas Unverständliches und änderte die Fahrtrichtung. Alina schaute ihn an, hatte dem kurzen Gespräch jedoch nicht folgen können. Sie wußte nicht, daß er das Programm geändert hatte. Um so besser. Sie wollte die Grenzen sehen. Nun gut. Er würde sie hinbringen. Etappe für Etappe.

Die achtundneunzig Plätze der Weißen Maus waren bis auf den letzten Platz gefüllt. Thema des Abends war heute Milch. Während die Mädchen auf der Bühne sich eingehend und sehr vielseitig mit der weißen Flüssigkeit beschäftigten, hielten es die zuschauenden Gäste mit Champagner und stärkeren Getränken. Die Masken würden später fallen, wenn genügend Alkohol geflossen war. Bei vielen Gästen war die Maskierung ohnehin überflüssig. So war die markante Nase des Literaturkritikers unübersehbar. Aber der Mann scherte sich nicht darum. Es war stadtbekannt, wie er seine glänzenden Honorare durchbrachte. Daher rührte wohl seine kolossale Produktivität oder sein, wie es hieß, ganz enormer Schreibdruck. Heute war es eine Rothaarige, die ihm mit der einen Hand den Champagner einflößte und dabei mit den kundigen Bewegungen der anderen verhinderte, daß der Mann sich auch jetzt noch Artikel ausdachte. Das andere Pärchen an ihrem Tisch bestand aus einem Geschäftsmann aus Österreich mit einer hübschen Blondine, die seine Enkelin hätte sein können. Der aus der Form geratene Herr hatte seinen mächtigen rechten Arm um seine gertenschlanke Minette gelegt und griff so weit um sie herum, daß er seine fleischige beringte Hand problemlos auf ihrer festen kleinen rechten Brust ablegen konnte. Von Zeit zu Zeit zuckte diese Hand sogar ein wenig, gerade so, als fürchte er, die begehrte Wölbung könne ihm abhanden kommen.

Die Stimmung war ausgelassen. Ahs! und Ohs! kommentierten regelmäßig die dargebotenen Kunststücke. Dazwischen flogen Zoten und Witze hin und her. Der Höhepunkt nach soundso vielen Einläufen, Spritzereien und Melkvariationen bestand in einer wahrhaft mythischen Szene: Ein überdimensioniertes Milchglas wurde auf die Bühne geschoben. Eine junge Frau stand darin. Sie war nur mit einem Lächeln bekleidet, wenn man einmal von der Perlenkette absah, die ihren Hals schmückte. Das Milchglas reichte zwei Handbreit über ihren Bauchnabel, so daß man ihre tieferliegenden Reize verschwommen, die höherliegenden dafür um so besser sehen konnte. Mit ihren Händen umfaßte sie nun ihre Brüste, schob sie sanft ein wenig nach oben, und siehe da! Wie von Zauberhand schossen zwei hübsche, weiße Fontänen aus ihren prächtigen Nippeln und füllten allmählich das Glas, in dem sie stand. Edgar ahnte die Fortsetzung. Zwei Assistentinnen mit Schläuchen und Saugnäpfen kamen jetzt herein, um zwischen der hübschen Dame im Glas und einigen Freiwilligen aus dem Publikum eine etwas intimere Verbindung herzustellen.

Edgar beobachtete Alina. Nachdem sie die erste halbe Stunde offenbar als befremdlich empfunden hatte, schien sie sich inzwischen zu amüsieren. Jedenfalls schaute sie interessiert zu, während sich auf der Bühne vier maskierte ältere Herren im Frack vor der Dame im Glas niederließen und voller Wonne Milch aus ihren Brüsten saugten. Ein Mann, der hinter Alina saß, beugte sich zu ihr vor und flüsterte ihr etwas ins Ohr. Edgar konnte nicht hören, was sie erwiderte, aber offenbar verstanden die beiden sich. Er sah, wie sie lachte und den Kopf schüttelte. Der Mann rückte näher und sprach weiter auf sie ein. Alina drehte sich zu ihm um. Er war jung, charmant, sehr gut gekleidet und offenbar alleine hier. Alina schien sich prächtig mit ihm zu unterhalten. Plötzlich richtete sie sich auf ihrem Stuhl auf und beugte sich zu ihm hin, offenbar, um ihn besser verstehen zu können. Wie sie ihm ihre Reize unter die Nase hielt! Der Mann hatte bereits seine Hand auf ihren Schenkel gelegt. Er flüsterte ihr etwas ins Ohr. Sie nickte kurz. Dann erhob sie sich und verschwand in Richtung der Séparées. Edgar hatte es kommen sehen, aber als es dann wirklich geschah, fuhr ihm die Eifersucht ins Gedärm. Der Mann erhob sich und folgte ihr.

Die Szene auf der Bühne hatte mittlerweile ihren Abschluß gefunden. Die gestillten Männer kehrten unter Gejohle auf ihre Plätze zurück. Die Bühnenbeleuchtung erlosch. Musik erklang. Die ersten Masken fielen. Edgar behielt seine auf. Die Blöße, die er fühlte, deckte sie zwar nicht ab. Aber es war immer noch besser als gar nichts.

Am anderen Ende des Zuschauerraums entstand eine Art ausgelassener Tumult. Vorsingen! Vorsingen! skandierten einige Stimmen. Ein junger Mann mit kurzgeschorenen Haaren, engstehenden Augen, einer platten Nase und einem ebensowenig geglückten Mund wurde nach vorne gedrängt. Plötzlich hatte er eine Gitarre in der Hand, schrammte ein paar Akkorde und tat seinen betrunkenen Freunden und dem restlichen Publikum den Gefallen, ein Liedchen zum besten zu geben. Die Stimme des Mannes war nicht weniger kratzig als seine Verse. Es klang, als stamme er aus Bayern. Die Tonlage stimmte. Das Publikum lauschte hingerissen.

Wenn ich dir sag, wie man als Fohse liebt,
So hör mir zu mit Fleiß und ohn Verdruß,
Weil ich schon lang durch Kunst ersetzen muß,
Was dir die Jugend einige Zeit noch gibt.
Doch wisse, daß du desto jünger bleibst,
Je weniger mechanisch du es treibst.

Das Publikum gluckste vor Vergnügen.

Mit Faulheit ist's bei jedem gleich verhunzt,
Riskiert nur, daß er dich zusammenstaucht
Und er, wenn du ihn fickst, daß dir die Fotze raucht,
Stinkfaul am Arsch liegt und »Mehr Demboh« grunzt.
Und nennt der Herr die beste Arbeit schlecht,
Halt deinen Rand: Der Herr hat immer recht.

Das Gelächter war teilweise so schallend, daß der Sänger innehalten mußte. Manchmal mußte er selbst kichern über einen besonders gelungenen Reim:

Sag ihm, es macht dich geiler, wenn der Herr
Dein Ohr leckt. Leckt er's, stöhn: »Ich bin so scharf!«
Und glaubt er's, stöhn: »Ich bitt, daß ich mich strecken darf!«
Und dann: »Entschuldigen Sie, ich bin so naß parterre.«
Daß ihr ein Herz und eine Seele schient,
Er zahlt dafür, daß er dich gut bedient.

Edgar überlegte, woher er dieses Gesicht kannte. Irgendwo hatte er diese interessante Visage schon einmal gesehen. Als der Sänger in ein beschwipstes Falsett wechselte, fiel es ihm wieder ein: Der Mann hieß Brecht. Ein neuer Stückeschreiber.

Für unsereinen ist es eine harte Nuß,
Sieht sie, daß ihre Fotz zu weit wird (wie bei mir),
So daß ein Mann gar nichts mehr spürt bei ihr,
Und er sich um den Schwanz ein Handtuch wickeln muß.
So eine muß beizeiten daran denken,
Ob ihr die Gäule was fürs Vögeln schenken.

Während das wiehernde Gelächter um ihn herum brandete, bemerkte Edgar, daß Alina zurückgekommen war. Es kam ihm so vor, als sei sie eine Ewigkeit weggewesen. Sie trug keine Maske mehr. Ob sie in der Zwischenzeit sonst etwas aus- und wieder angezogen hatte, konnte er nicht feststellen. Sie saß einfach wieder auf ihrem Stuhl, als sei nichts geschehen, fuhr sich durch die Haare und lauschte dem Gesang, von dem sie zwar mit Sicherheit nichts verstand, dessen derbe Anzüglichkeit sich aber im Timbre der Stimme nicht weniger mitteilte als in den üblen Zoten. Edgar hatte vorerst genug. »Ich denke, wir sollten allmählich weiterziehen«, sagte er zu ihr. »Was meinen Sie?«

Sie nickte zustimmend. Er stand auf und ging zur Garderobe, ohne auf sie zu warten. Auf halber Strecke sah er den unbekannten Mann aus dem Séparéebereich kommen. Auch er trug jetzt keine Maske mehr, dafür sein Jackett locker über dem Arm. Er sah wirklich sehr gut aus und wirkte äußerst zufrieden. Edgar knallte die Garderobenmarken auf den Tresen und griff nach ihren Mänteln. Alina war mittlerweile bei ihm angekommen. Beherrscht half er ihr in den Mantel. Dann waren sie endlich draußen.

Ein eisiger Wind fegte durch die Jägerstraße. Bevor Alina etwas sagen konnte, war er bereits bis zur Friedrichstraße vorausgegangen und hielt nach einem Wagen Ausschau. Als sie ihn eingeholt hatte, hielt eine Mietdroschke vor ihnen. Er öffnete, ließ sie einsteigen, ging dann um den Wagen herum und nahm ebenfalls Platz.

»Fahren Sie uns nach Wedding, bitte«, sagte er dem Fahrer. »Liebenwalder Straße.«

Der Fahrer musterte sie kurz und versuchte offenbar eine Verbindung zwischen ihrem Aufzug und der gar nicht eleganten Adresse herzustellen. Dann fuhr er los.

»Wohin fahren wir?« fragte sie neugierig.

»Zur zweiten Etappe.« Er drehte sich zu ihr um. »Oder haben Sie bereits gefunden, was Sie gesucht haben?«

»Nein«, erwiderte sie bedächtig. »Das habe ich leider nicht.«

»Aber ich hoffe, Sie sind dennoch auf Ihre Kosten gekommen.«

»Doch. Durchaus. Ich glaube, wir sind auf dem richtigen Weg. Jedenfalls hatte ich eine sehr interessante Begegnung. Sehr lohnend.«

»Das freut mich.«

»Und wohin geht es jetzt?«

»Auf die andere Seite. Die Hinterseite. Oder möchten Sie lieber nach Hause gehen?«

Machte sie sich über ihn lustig, oder was sollte dieser spöttische Blick bedeuten, den sie ihm zuwarf.

»Nein. Keineswegs. Im Gegenteil. Ich bin gespannt.«

Kurz darauf tauchten die ersten Mietskasernen auf. Die Kirchturmuhr am Leopoldplatz schlug ein Uhr. Fünf Minuten später bogen sie in die Liebenwalder Straße ein. Auf den ersten zwanzig Metern beleuchtete eine einsame Laterne eine Litfaßsäule. Der Rest des Straßenzugs lag in völligem Dunkel verödet da.

»Jiebt's ne Nummah?« wollte der Fahrer wissen.

»Dreiundzwanzig. Und könnten Sie bitte warten? Wir bleiben nicht lange.«

»Iß jut.«

Die Umgebung verunsicherte sie sichtlich. Während der zwanzigminütigen Autofahrt hatte sich Edgars Groll wieder gelegt. Aber seine kleine Rache würde er sich nicht entgehen lassen. Sie sollte sich ruhig ein wenig fürchten. Die Luft war zum Schneiden dick. Kohlegestank kroch hier aus allen Ritzen. In dem dunklen Hausflur, den sie durchquerten, stank es nach

Katzenpisse. Als sie den ersten Hof erreicht hatten, ergriff sie plötzlich seine Hand. Es war ein köstliches Gefühl. Im zweiten Hof bemerkte er, daß sie ihm nur noch zögerlich folgte. Riesige Brandmauern stiegen vor ihnen empor. Nirgends brannte Licht. Die Fensterscheiben spiegelten den schwarzen Nachthimmel und zeichneten sich als dunkle, gähnende Löcher auf den Fassaden ab. Im dritten Hof kam ein Schatten auf sie zu. Ein gebeugter Mann mit Lederjacke, die Arbeitermütze auf dem Kopf, ging wortlos an ihnen vorüber. Alina blieb stehen.

»Wohin gehen wir?«

»Etappe zwei«, erwiderte Edgar leise. »Sie wollten die Grenze sehen. Hier ist eine.«

Sie wirkte unschlüssig. »Es dauert nicht lang«, ermunterte er sie. »Fünf Minuten. Vielleicht zehn. Aber es ist sehr instruktiv, glauben Sie mir.«

Sie setzten sich wieder in Bewegung und erreichten endlich den vierten und letzten Hof. Auch hier brannte nirgends Licht, aber Edgar ging zielstrebig auf einen der drei Aufgänge zu und zog Alina behutsam hinter sich her die Treppe hinauf. Im dritten Stock standen zwei Männer vor einer Tür und unterhielten sich leise. Als Edgar und Alina auf dem Treppenabsatz ankamen, verstummen sie. Edgar ging auf die beiden zu.

»Zehn Minuten für zwei«, sagte er. »Was macht das?«

»Vier Mark«, sagte einer der beiden. Edgar gab ihnen wortlos einige Münzen und erhielt dafür einen Bierfilz. Die Tür öffnete sich. Jetzt schimmerte endlich ein Lichtschein auf. »Zweite Tür links«, sagte der Mann. Sie betraten einen langen Flur. Der Dielenboden war rot gestrichen. Eine nackte Glühbirne baumelte an der Decke und verbreitete ein gelbliches Licht. Nach einigen Schritten erreichten sie die Tür. Edgar klopfte an. Die Tür ging auf. Eine dicke Frau in einem verwaschenen Overall öffnete und ließ sie herein.

Edgar gab ihr den Bierfilz.

»Zehn Minuten«, sagte die Frau und setzte sich auf ihren Schemel.

Alina betrachtete skeptisch den Raum. Er war völlig leer, bis auf einige Stellwände, die irgend etwas in der Mitte des Zimmers verdeckten. In regelmäßigen Abständen waren in Brusthöhe kleine Fenster in die Stellwände eingelassen. Vor jedem der Fenster stand ein Stuhl. Edgar nahm auf einem der Stühle Platz und bedeutete Alina, es ihm gleichzutun und durch das Fenster zu schauen. Sie gehorchte.

In dem rot ausgeleuchteten Raum hinter den umlaufenden Stellwänden stand ein Bett. Eine Frau lag darauf und masturbierte. Ihr Gesicht war nicht gut zu erkennen, da sie den Kopf zur Seite gedreht hatte, um einen Mann, der neben dem Bett stand, oral zu befriedigen. Edgar schaute sich die Sache eine Minute lang an, dann ging er zu Alina und sagte ihr, daß sie durchaus das Fenster wechseln könnte, falls sie eine andere Perspektive wünsche. Sie stand wortlos auf, wanderte zwei Positionen weiter und betrachtete den Fortgang der Ereignisse von dort aus. Das Paar hatte mittlerweile die Stellung geändert. Nun lag der Mann auf dem Bett, während die Frau mit gespreizten Beinen über seinem Kopf kniete. Mit einer Hand stützte sie sich ab, mit der anderen griff sie hinter sich und massierte sein Glied, während er sie leckte. Edgar legte die Stirn gegen die Scheibe und schaute zu. Die Körper der beiden waren ansehnlich. Und doch war dieser Anblick niederschmetternd. Was bekamen die beiden dafür, sich so zur Schau zu stellen? Er hätte nicht sagen können warum, aber er war sicher, daß die beiden ein Paar waren. Edgar hörte, daß die Tür sich öffnete. Ein neuer Kunde betrat den Raum. Kurz darauf erklang die Stimme der Frau: »Zehn Minuten. T'is jut.«

Im gleichen Augenblick spürte er Alinas Hand auf seiner Schulter.

»Gehen wir?« fragte sie.

Schweigend kehrten sie zum Taxi zurück. Aber etwas zwischen ihnen war plötzlich anders geworden. War es die schäbige Umgebung? Er wußte es nicht. Es tat ihm jetzt leid, daß er sie hierhergebracht hatte. Was immer Alina suchte, es war unvorstellbar, daß man es hier finden konnte. Als er endlich mit ihr im Wagen saß, fühlte er sich mies. Ihm war übel. Er wollte sich bei ihr entschuldigen. Schließlich war sie eine Frau. Was fiel ihm nur ein? Sie hatte vielleicht ein paar aufregende Erlebnisse in Berlin gesucht, aber doch wohl keine Begegnung dieser Art.

Aber das war nur ein Teil seiner Gefühle. Viel schlimmer war, was er sich selbst gegenüber empfand. Er fühlte sich ekelhaft. Warum kannte er denn all diese Orte? Weil diese verfluchte Nachtwelt einen unwiderstehlichen Reiz auf ihn ausübte. Aber warum? Was trieb ihn dorthin? Er schämte sich. Niemals hätte er auf dieses merkwürdige Ansinnen eingehen dürfen. Er verstand allmählich Manings' Weigerung immer besser. Er war ein Narr. Alina hatte ihn gebeten, ihr einen Abgrund zu zeigen. Der Abgrund war er selber.

Nach einer ganzen Weile wagte er endlich, zu ihr hinüberzuschauen. Sie saß reglos am Fenster und schaute geradeaus.

»Ist alles in Ordnung?« fragte er vorsichtig.

Sie nickte. »Ja«, sagte sie. »Ich glaube, ich habe heute etwas verstanden, Edgar. Ich danke Ihnen.«

Er hätte gerne gewußt, was. Er wollte etwas erwidern, weiterreden, nur nicht diese Stille aushalten müssen. Aber da war nichts, was er hätte sagen können. So viele wirre Gedanken gingen ihm im Kopf herum, daß er kaum bemerkte, wie schnell sie wieder im Westen waren und in der Lietzenburger Straße hielten. Edgar stieg aus, ging um den Wagen herum und öffnete ihr die Tür. Sie stieg aus, ging, ohne ein Wort zu sagen, zur Haustür und schloß sie auf. Dann drehte sie sich zu ihm um. Edgar machte einige Schritte auf den Hauseingang zu.

»Es ... es tut mir leid«, stammelte er. »Wie ... wie kann ich das wiedergutmachen?«

»Es gibt nichts gutzumachen«, erwiderte sie. »Ich danke Ihnen für diesen Abend. Gute Nacht, Edgar.«

Wieder die zwei Wangenküßchen. Und dann, bereits im Weggehen: »Möchten Sie am Freitag zum Tee kommen? Ich würde mich sehr freuen. Um vier?«

»Ja. Ja, sehr gern.«
»Dann bis Freitag.«
Freitag, dachte er. Drei ewig lange Tage.

7.

»Sie hat ihn also nicht mit hinaufgenommen?«

Robert schüttelte den Kopf. Er stand, die Hände in den Taschen, im Büro seines Vaters am Fenster und blickte über den Gendarmenmarkt.

»Wenn du mich fragst, wird es aber nicht mehr lange dauern. Sie wickelt ihn ein.«

Arthur ließ den Porzellanverschluß der Bierflasche zurückschnalzen und goß zwei Gläser voll.

»Komm. Trink erst mal was.«

Robert drehte sich um und ließ sich dann in einen der drei Lederfauteuils fallen, die am Fenster um einen niedrigen Tisch gruppiert waren. Sein Vater brachte ihm sein Glas und nahm ihm gegenüber Platz.

»Und sonst? Irgend etwas Auffälliges?«

Robert holte einen Notizblock aus der Tasche.

»Am Mittwoch morgen hat er lange geschlafen. Klar, er war ja bis drei Uhr morgens mit ihr in diesen ganzen Puffs. Sonst hat er am Mittwoch nicht mehr viel gemacht. Zeitungen gelesen im Café gegenüber. Abends allein im Kino. Er ist wieder an ihrem Haus vorbeigegangen. Am Donnerstag morgen ist er nach Tegel gefahren, zum See. Spazieren. Das hat ein Kamerad beobachtet. Ich muß langsam aufpassen, sonst bemerkt er mich. Am Nachmittag hat er den Engländer wiedergetroffen. Im Romanischen Café.«

»Wie lange?«

»Etwa eine Stunde.«

»Weißt du, worüber sie geredet haben?«

»Nein. Der Kamerad hat sich in die Nähe gesetzt. Aber es war zu laut.«

Arthur nickte. »Nächste Woche müssen wir uns etwas überlegen. Herold will am Montag nach Berlin kommen und mit Edgar reden. Wir finden schon eine Lösung. Aber erst einmal weiter. Sonst war nichts mehr gestern?«

»Nein. Donnerstag abend war er zu Hause.«

»Und die Frau?«

»Sie war gestern nicht bei ihm.«

»Das heißt, von Dienstag bis heute haben sie sich nicht gesehen?«

»Nein. Ich glaube nicht.«

»Und heute war er bei ihr?«

»Ja. Heute nachmittag für ein paar Stunden.«

»Und vorher drei Tage lang nicht?«

»Jedenfalls nicht, solange ich oder einer meiner Kameraden in der Nähe war. Ich kann doch nicht Tag und Nacht auf meinen Vetter aufpassen, verdammt noch mal.«

»Ist ja gut. Beruhige dich doch. Du machst das hervorragend, Robert. Ohne dich hätten wir bis heute keine Ahnung von diesem Schlamassel.«

Robert trank einen Schluck. Dann sagte er: »Das einzige, was man über Edgar sagen kann, ist, daß er ein schönes Leben hat. Er geht spazieren, sitzt in Cafés herum, amüsiert sich mit irgendwelchen Negerweibern und kümmert sich einen Dreck um uns.«

»Das wird bald aufhören, Robert«, sagte Arthur. »Edgar ist kein schlechter Junge. Er ist nur unreif und orientierungslos. Er wird aufwachen, wenn wir es richtig machen.«

»Seine Eltern sind Versager«, schnaubte Robert. »Bürgerpack. Herold sollte ihn einfach enterben.«

»Wenn das so einfach wäre, hätte er das vielleicht schon getan. Aber du kennst ja das Problem mit dem Testament. Also: Wird er sie am Wochenende treffen?«

»Ich weiß es nicht, aber ich vermute es.«

»Und? Kannst du dich darum kümmern. Hast du Zeit?«

Robert legte die Hände hinter den Kopf und schaute seinen Vater an. »Warum verpassen wir den beiden nicht eine Abreibung? Soll ich mir diesen Engländer nicht einfach vorknöpfen? Wenn ich ihn auf meine Weise befrage, wird er mir schon sagen, was er von Edgar will.«

»Nein«, sagte Arthur schroff. »Du tust gar nichts, Robert. Vielleicht ist es ja völlig harmlos. Vielleicht ist es wirklich nur ein Zufall. Dann brauchen wir uns auch nicht darum zu kümmern.«

»Zufall? Seit vier Wochen hängt er in Edgars Nähe herum. Er hat Edgars Wohnung observiert, ist ihm in der U-Bahn gefolgt. Jedesmal, wenn ich mit Edgar aus war, war er in der Nähe. Ich sage dir, diese Glatze führt etwas im Schilde. Und das Mädchen ist nur der nächste Schritt.«

»Trotzdem, wir warten noch bis Montag. Ich will das in Ruhe mit Herold und Edith besprechen.«

»Meinetwegen«, grollte Robert und griff wieder nach seinem Glas. »Lassen wir dieses Thema. Wie steht es mit Locarno?«

Arthurs Gesicht verdüsterte sich sofort.

»Es schwelt«, sagte er. »Im Moment treibt keiner die Sache voran, weil es noch knapp aussieht. Aber ich fürchte, die Zeit arbeitet gegen uns. Die Engländer machen gehörigen Druck. Botschafter D'Abernon ist dieser Tage viel unterwegs. Ich fürchte, wir können es nicht mehr verhindern.«

»Engländer. Immer wieder Engländer. Wohin man sieht.«

»Ja. Es scheint ihre Zeit zu sein. Aber sie wird nicht ewig dauern.«

»Was ist nur mit diesem Land los?« fragte Robert zerknirscht. »Nicht einmal ein Hund läßt sich so treten und leckt auch noch den Stiefel. Vater, kannst du mir sagen, was mit Deutschland los ist?«

Arthur von Rabov schüttelte traurig den Kopf. »Nein. Wenn ich es wüßte, ich würde es sofort auf jede Litfaßsäule kleben lassen. Irgend etwas ist verlorengegangen, und wir müssen es wiederfinden. Aber wir stehen nicht so schlecht da, ich meine: wir als Familie. Das ist unsere Grundlage. Die müssen wir zuerst schützen.«

»Ja, mein Gott«, rief Robert aus. »Das höre ich immer von dir. Die Familie. Darum kümmere ich mich schon. Aber was nützt das alles, solange dieser verfluchte Reichstag nicht bemerkt, daß England und Frankreich uns vernichten wollen? England will Europa balkanisieren. Und Frankreich will Deutschland balkanisieren. Und diese Schmeißfliege Stresemann fährt nach Locarno. Was nützt uns da das ganze Falkenbeck-Geld?«

»Es kauft uns Zeit, Robert. Wir brauchen Zeit. Es wird nicht so schnell gehen, wie du dir vielleicht vorstellst. Aber es wird gelingen, ohne Zweifel.«

»Das Volk ist völlig demoralisiert«, widersprach Robert. »Und du bist es auch, Vater. Ihr alle. Und an vorderster Front Edgar. Er ist eine leere Hülle. Ein Nichts. Drogen und Frauen. Alles andere ist ihm scheißegal. Er hat nicht einmal einen Boden, sonst könnte man ja noch versuchen, etwas in ihn hineinzufüllen. Aber dieses Nichts ist zu nichts zu gebrauchen. Soll ich dir erzählen, wo er sich herumtreibt? Was in dieser Stadt Tag und Nacht passiert? Ein ekelhafter Schweinestall ist es.«

»Ich weiß, Robert. Das ist alles ein Teil davon. Aber verliere nicht das Ganze aus dem Auge. Wir wollen an die Macht, Robert, nicht an die Front. Dort warst du doch schon, oder? Du weißt, wie es dort ist. Vor allem, wenn man von der eigenen Führung verraten wird. Das darf nie wieder geschehen. Deshalb gibt es nur den Weg durch die Politik, Robert. Wir werden ankommen, aber bis dahin mußt du das alles ertragen, verstehst du? Ertragen und ausharren. Das muß dein Glaube sein.«

Arthurs Worte hatten plötzlich einen feierlichen Ton angenommen, der genau das traf, wonach Robert sich sehnte: Sinn, Versprechen, Erlösung. Er wollte aus allem heraus. Aus diesem zerstörten, gedemütigten Land; aus den Erinnerungskratern in seinem Kopf, den zahllosen blutbesudelten Bildern, die sich ihm eingebrannt hatten; aus dieser hoffnungslosen Wirklichkeit; aus Arbeitslosigkeit, Kälte, Hunger, Gemeinheit und Verdorbenheit. Er wollte etwas Großes, etwas Kolossales. Und er wollte es jetzt, jetzt gleich.

»Ich kümmere mich am Wochenende um Edgar«, sagte er nur. »Ich rufe dich an.«

8.

»Ich kann Ihnen nur immer wieder sagen, daß mir diese Sache sehr unangenehm ist, Herr Falkenbeck-von Rabov.«

Sie saßen im Romanischen Café. Edgar hatte so viele Fragen. Daher hatte er Manings angerufen und ihm vorgeschlagen, gemeinsam einen Kaffee zu trinken. Der Brite war gerne gekommen. Er befürchtete, seine Schutzbefohlene habe ihn möglicherweise kompromittiert. Edgar schilderte die Abende als äußerst harmlos. Der Mann schien jedoch nicht sehr beruhigt.

»Bitte, nennen Sie mich Edgar«, sagte Edgar jetzt. »Die englische Sitte mit den Vornamen ist doch viel angenehmer, meinen Sie nicht auch?«

»Sicher, Sie haben natürlich recht. Nur ich als Ausländer passe mich natürlich den örtlichen Gepflogenheiten an. Ich heiße Phil.«

Edgar bemerkte, daß er einen Stapel von Notizheften neben sich abgelegt hatte. Außerdem war er mit einer ganzen Tüte Bücher angekommen, aus denen Leihscheine heraushingen.

»Darf ich fragen, was Sie studieren?« fragte Edgar ironisch.

»Wenn ich Zeit habe, dilettiere ich ein wenig in Kulturgeschichte«, antwortet Phil.

»Sie beschämen mich. Sie arbeiten und finden nebenher Zeit zum Studieren. Ich tue weder das eine noch das andere.«

»Man schätzt das Studieren erst, wenn man sich die Zeit dafür erkämpfen muß. Das ist normal. Als ich Student war, habe ich auch alles mögliche getan, nur nicht studiert.«

»Und was interessiert Sie an Kulturgeschichte?«

»Im Moment sind es vor allem Freud, Nietzsche und Einstein. Ich finde, das ist alles etwas viel auf einmal. Meinen Sie nicht auch? Lauter beunruhigende Theorien. Der freie Wille, Gott, die Zeit: alles ist einfach so verpufft. Daher kommt ja wohl auch dieses Herumirren allerorten.«

»Ach ja, empfinden Sie das so?«

»Durchaus. Sie nicht?«

»Nein.« Edgar mochte diese Frage nicht. Sie war ihm zu persönlich.

»Nun, ich habe allerdings noch Hoffnung. Ich glaube, mit der Wirklichkeit verhält es sich ähnlich wie mit dem Rumpelstilzchen im Märchen. Man bleibt ihr Gefangener, bis man ihren Namen gefunden, ihr Wesen auf den Begriff gebracht habe. Jede Epoche hat ihre Zauberworte. Vielleicht finde ich es noch.«

»Ich weiß nicht viel von diesen Dingen«, gab Edgar fröhlich zu. »In meiner Familie betrachtet man die Autoren, die Sie erwähnt haben, als geisteskrank oder außerirdisch. Sie rangieren alle unter dem Irrsinn à la Spengler, um meine Großmutter zu zitieren.«

»Interessant, daß Sie Spengler erwähnen. Aber den würde ich nicht zu den anderen zählen. Haben Sie übrigens seinen Nietzsche-Vortrag gelesen?«

Edgar verneinte amüsiert. Nietzsche lesen? Sonderbare Vorstellung.

»Eine Peinlichkeit erster Güte. Ganz seicht, glanzlos, langweilig. Ja, es ist eigentlich kaum vorstellbar, aber Spengler hat es fertiggebracht, Nietzsche langweilig zu machen. Ist es sehr indiskret, wenn ich mich nach Ihren Lektüregewohnheiten erkundige?«

»Nein, durchaus nicht. Aber wie kommen Sie auf die Idee, daß ich derartige Gewohnheiten überhaupt habe?«

»Eine Vermutung. Schließlich liest jeder irgendwann einmal ein Buch, oder?«

Edgar mußte jetzt wirklich lachen. »Sie machen mir Spaß. Wissen Sie, mit welcher Art von Literatur meinesgleichen aufwächst?«

Jetzt war der Engländer das erste Mal um eine Antwort verlegen und zog nur fragend die Augenbrauen hoch.

»Mit den Balladen des Freiherrn von Münchhausen«, sagte Edgar.

Der Name führte bei Phil zu keiner Reaktion. »Münchhausen. Nie gehört. Ist er übersetzt?« fragte er unsicher.

»Das kann ich Ihnen nicht sagen, aber ich würde es Ihren Landsleuten nicht wünschen. Liliencrons Adjutantenritte sind auch sehr beliebt, wie überhaupt alle Schilderungen des Positiven, Gesunden, Aufbauenden und Erhebenden.«

»Interessant«, murmelte Phil.

»Allerdings ist Liliencron natürlich von seiner Person her belastet«, ergänzte Edgar, den es amüsierte, ein wenig über die hoffnungslose Antiquiertheit seines Standes zu berichten. Solche Gespräche führte er sonst nur mit Daniel.

»Belastet. Inwiefern?«

»Er gehörte nicht zu den guten Liliencrons, sondern zu den anderen, die bedauerlicherweise der Verbindung mit einer Leibeigenen entsprossen waren. Womit ich gleich zum wichtigsten Buch überhaupt komme, das bei uns zu Hause steht.«

»Und das wäre?«

»Der Gotha. Mein Vater besitzt sämtliche Jahrgänge der Gothaischen genealogischen Taschenbücher, die er allerdings schon seit einigen Jahren nicht mehr anrührt. Vermutlich kann er sie mittlerweile auswendig.«

»Aber immerhin liest Ihr Vater?«

Edgars Miene wurde kurz ernst. »Mein Vater ist todkrank«, sagte er dann.

»Oh«, rief Phil bekümmert aus. »Das tut mir sehr leid. Entschuldigen Sie bitte diese Fragen.«

»Das konnten Sie ja nicht wissen«, gab Edgar zurück. »Ich wollte Ihnen ja auch nur ein Bild meines Standes zeichnen. Adelige Menschen lesen nicht. Es gilt als unfein. Brillen etwa sind verpönt. Bei uns zählt das Physische, die körperliche Gesundheit. Ein richtiger Adliger ist mit Büchse oder Flinte unterwegs. Allenfalls sitzt er in seinem mit Geweihen und Gehörnen tapezierten Zimmer und studiert die Zeitschrift *Wild und Hund* oder schmökert in *Petermanns Jagdbuch*. Das ist eine Witzsammlung. In adeligen Familien werden fast alle Dinge ausschließlich vom weidmännischen Standpunkt beurteilt. Meines Vaters Urteil über Italien etwa lautet: staubig und jagdlich wenig ergiebig. Das Komische dabei ist, daß er ja gar nicht adelig ist. Aber er ist durch die Ehe mit meiner Mutter in diese Kreise hineingekommen. Und es lag ihm stets viel daran, die Pose überzeugend nachzuahmen, was ihm perfekt gelungen ist.

Phil schüttelte amüsiert den Kopf. Dann sagte er: »Nun, offensichtlich haben Sie dazu eine gewisse ironische Distanz eingenommen.«

»Wenn Sie so wollen. Ich lese fast nur Kriminalromane.«

Das war nicht ganz ehrlich, aber Edgar hatte plötzlich das unbestimmte Gefühl, daß der Mann ihn ausfragte. Warum sprach er als Engländer eigentlich so gut Deutsch? Er hatte einen leichten Akzent, aber seine Sätze waren tadellos. Und die Literatur, die er las, war nicht eben als einfache Lektüre zu bezeichnen.

»Der Kriminalroman«, kommentierte Phil. »Schmutz und Verbrechen. Das einzig neue literarische Genre des bürgerlichen Zeitalters, was tief blicken läßt, nicht wahr?«

Für die bürgerliche Welt fühlte Edgar sich nicht zuständig. Es war schwierig genug, darin leben zu müssen.

»Vor allem eine anglo-amerikanische Erfindung, wenn ich mich nicht irre, oder?« erwiderte er spitz.

Phil lächelte. »Da haben Sie auch wieder recht.«

Der Kaffee wurde serviert.

So war die Unterhaltung noch eine Weile dahingeplätschert. Edgar versuchte mehrfach, das Gespräch auf Alina zu lenken, aber es gelang ihm nicht. Manings wich ihm aus, wobei Edgar nicht erkennen konnte, ob es daran lag, daß ihm die ganze Sache peinlich war, oder weil es sich nicht gehörte, über die ihm anvertrauten Gäste Auskünfte zu erteilen.

Edgar trug gelbe Rosen in der Hand, als er am Freitag vor Alinas Wohnungstür ankam. Die Frau indessen, die ihm öffnete, schien aus einer ganz anderen Welt zu kommen. Bisher hatte er sie nur in europäischer Kleidung gesehen. Doch was war das? Sie trug ein orangefarbenes Gewand, das so aussah, als habe man eine einzige breite Stoffbahn mehrfach auf recht komplizierte Weise um ihren Köper gewickelt. Und sie war barfuß. Kleine Ringe funkelten an ihren Zehen.

»Edgar. Wie schön, daß Sie da sind. Bitte, kommen Sie.«

Er reichte ihr die Blumen. Sie wirkten blaß im Gegensatz zum leuchtenden Orange von Alinas Seidengewand.

»Wie schön. Danke!«

Sie ging voran in ein geräumiges Wohnzimmer, dessen Fenster zur Lietzenburger Straße hinausgingen. Ein großer Teppich bedeckte das Eichenparkett. Die Einrichtung war spärlich. Ein schwarzes Ledersofa und ein ebensolcher Sessel umstanden einen niedrigen, länglichen Holztisch. Die Wände waren mit Brokatimitation tapeziert. Vier antike Wandleuchten, deren Lüster matt herunterhingen, spendeten ein nicht sehr vorteilhaftes Licht. Zwei große, bis fast zur Unkenntlichkeit dunkel gewordene Ölgemälde schmückten die Wand gegenüber der Fensterfront.

»Bitte, nehmen Sie Platz«, sagte Alina und wies auf das Sofa. »Ich werde rasch eine Vase besorgen.«

Sie verschwand. Er hörte ihre Schritte draußen nachhallen. Die Wohnung setzte sich wohl durch den halben Gebäudeflügel bis zur Dienstbotentreppe fort. Aber offenbar war außer Alina niemand hier. Jedenfalls war sonst nichts zu hören.

Er bemerkte einen fremdartigen Duft. Jetzt sah er, daß an der Stirnwand des Raumes der altdeutsche Stil der Einrichtung durch etwas unterbrochen war, das gar nicht hierher paßte. Ein geöffneter kleiner Holzschrank stand dort. Er war rot lakkiert und mit goldenen Zeichen und Symbolen versehen. Eine Rauchsäule stieg davon auf. Er erhob sich und ging neugierig darauf zu. Es schien eine Art Altar zu sein. Ein Gebetshäuschen? Ein Schälchen mit Reis stand da. Ein weiteres Schälchen mit getrockneten Blättern. In dem Schränkchen selbst stand eine Statue. Sie war kaum handtellergroß. Aber durch die Bemalung erschien die Darstellung größer, als sie eigentlich war. Edgar betrachtete mit Befremden das merkwürdige Standbild. Es zeigte eine Frau. Sie schien völlig rasend zu sein. Ihre Augen waren weit aufgerissen. Sie tanzte. Sie hatte ihre Arme ausgebreitet und trug in der rechten Hand einen Kopf und in der linken ein Messer. Jetzt, bei genauerem Hinsehen, erkannte Edgar, daß der Kopf einem Mann abgeschlagen worden war. Er lag unter den Füßen der Frau. Sie tanzte auf seinem leblosen Rumpf.

Edgar kehrte zu seinem Platz zurück und wartete. Dies war offenbar der indische Teil seiner neuen Bekanntschaft. Nicht weniger seltsam als der englische, dachte er.

Er hörte ein klapperndes Geräusch und kurz darauf wieder ihre nackten Füße auf dem Holzboden. Dann betrat sie das Zimmer. Edgar ging auf sie zu und nahm ihr das Tablett ab, das sie auf dem Arm trug. Es standen zwei Teetassen und zwei Kerzen darauf.

»Danke. Stellen Sie es bitte einfach hier ab.« Sie deutete auf den länglichen Tisch.

Dann verschwand sie erneut, kehrte jedoch sogleich mit einer dampfenden Teekanne zurück. Sie schenkte den Tee ein und stellte die Kanne ab. Dann schob sie die Kerzen zurecht und entzündete sie. Schließlich nahm sie im Schneidersitz auf dem Sofa Platz.

Edgar ließ sich auf dem Sessel gegenüber nieder. »Eine hübsche Wohnung«, sagte er, um irgend etwas zu sagen.

»Ja. Aber sie ist sehr groß. Ich benutze nur dieses Zimmer. Die anderen sind verschlossen. Mr. Manings hat mich hier untergebracht. Nehmen Sie Zucker?«

Er schüttelte den Kopf. »Kennen Sie Mr. Manings gut?« wollte er wissen.

»Nein. Er wurde mir zugeteilt.« Sie nahm ihre Tasse und trank.

Ihre Bewegungen. Ihre Hände. Einfach alles an dieser Frau gefiel ihm. Aber sie war ihm jetzt noch fremder als zuvor.

»Ich hoffe, ich habe Sie nicht gestört«, sagte er jetzt und deutete auf den kleinen Altar an der Wand.

»Nein, nein«, sagte sie. »Hat sie sie erschreckt? Ich hoffe nicht.«

»Die Dame mag wohl keine Männer«, versuchte er zu scherzen.

»Sie heißt Kali«, erklärte Alina. »Sie ist eine Muttergestalt. *Die* Muttergestalt, wenn Sie so wollen. Sie schenkt das Leben und nimmt es auch wieder, wenn es sein muß. Aber sie hat sehr viele Aspekte. Fruchtbarkeit, Kunst, Veränderung. Deshalb mag ich sie. Sie ist eine gute Göttin für Menschen, die nicht so recht wissen, ob sie in diese oder jene Richtung gehen wollen.«

»In Indien kann man sich die Götter aussuchen?«

»Ja. Glücklicherweise.«

»Schön. Hier gibt es nur einen.«

»Ja. Seltsam, nicht wahr?«

»Ich habe, ehrlich gesagt, noch nie darüber nachgedacht.«

»Dann brauchen wir das jetzt auch nicht zu tun. Darf ich fragen, womit Sie sich beschäftigen?«

Darf ich fragen. Warum wurde sie plötzlich so formell? Es lag an ihm. Er verhielt sich wie ein grober Klotz. Aber wie machte man Konversation mit einer Anglo-Inderin, die offenbar vor fünf Minuten noch vor der Statue einer Göttin gebetet hatte, die Männer enthauptete.

»Ich studiere Chemie«, sagte Edgar.

»Sie wollen Wissenschaftler werden?«

»Nein. Meine Familie besitzt eine Fabrik für Kunstfarben. Ich werde sie erben.«

»Es klingt nicht so, als ob Sie darüber sehr begeistert wären.«

Er warf ihr ein gewinnendes Lächeln zu. »Sehe ich so aus, als ob ich mich für Lackfarben interessiere?«

Sie mußte kichern. »Nein. Aber ich weiß auch nicht, wie solche Leute aussehen.«

»Ich schon.« Er führte es nicht weiter aus. Was für ein dummes Gesprächsthema.

»Und Sie, Alina. Warum beten Sie eine Göttin der Ratlosigkeit an? Wissen Sie nicht, was Sie mit dem Leben anfangen wollen?«

»Ratlosigkeit? Nein. Das haben Sie ganz falsch verstanden. Ratlosigkeit ist kein Aspekt von Kali. Und ich … nun ja, ich bin ein wenig hin- und hergerissen. Meine englische Mutter, mein englischer, aber eigentlich indischer Vater, das sind zwei Welten, die sich nicht so leicht vertragen.«

»Aber wo sind Sie aufgewachsen?«

»In Madras. Aber als mein Vater 1917 starb, mußte ich nach England zu meiner Mutter. Die Ehe meiner Eltern war keine besonders gelungene Verbindung. Sie trennten sich schon bald nach meiner Geburt. Meiner Mutter gefiel meine Farbe nicht.«

Edgar schaute betreten vor sich auf den Tisch. »Ist das Ihr Ernst«, fragte er dann ungläubig.

»Sicher. Sie ist ja auch getäuscht worden.«

»Warum?«

»Nun, wie das bei arrangierten Ehen eben so geschieht. Meine Mutter war eine verarmte Landadelige. Im Sommer 1902 hat sie nach soundso vielen geplatzten guten Partien im Alter von achtunddreißig Jahren resigniert der Werbung eines Offiziers der britischen Armee nachgegeben und sogar das Risiko auf sich genommen, dafür in einem Land zu leben, von dem sie absolut nichts wußte. Immerhin hatte sie den Mut besessen, ihr Glück herauszufordern, wenn auch naiv. Dabei war der Mann, der sie heiratete, ein herzensguter Mensch. Er hat es sogar fast ein Jahr mit ihr ausgehalten, was eine unglaubliche Leistung war.«

»Sie war so schlimm?«

»Sie war eine typische Engländerin. Durchtränkt von verlogenem Standesdünkel, rassistisch bis in die Haarspitzen. Die meisten Engländer kennen Indien ja nur aus Kipling-Romanen. Die Wirklichkeit in Madras hatte nichts mit dem zu tun, was man sich in England unter dem Kolonialleben vorstellte. Und die Entwicklung, die meine Mutter durch ihr Opfer hatte aufhalten wollen, ihre soziale Degradierung, wie sie das nannte, beschleunigte sich schwindelerregend, als sie mich im März 1903 in Madras zur Welt brachte. Sie hat mich immer nur dieses halbbraune Ding genannt. Mein Vater muß wohl einige Tropfen indisches Blut in sich gehabt haben. In den Kolonien gibt es eben Vermischungen. Er riet meiner Mutter, den Kopf hoch zu tragen und sich über das gesunde Kind zu freuen, das ja schließlich nur ein Mädchen sei.«

Es klang zwar bitter, aber Alina erzählte, als handle es sich lediglich um eine amüsante Anekdote.

»Es gab viele solcher Fälle«, versuchte sie das Ganze jetzt herunterzuspielen. »Meine Mutter schämte sich, und nach zermürbenden Auseinandersetzungen ging sie allein nach England zurück. Sie hatte ja jetzt, was sie gewollt hatte. Sie war versorgt. Ich habe sie nicht oft gesehen, nur alle drei oder vier Jahre, wenn mein Vater mit mir nach England fuhr. Als er starb, mußte ich zu ihr. Das heißt, sie steckte mich sofort in ein Internat.«

Edgar lauschte gebannt. Was für ein Lebenslauf!

»Nun, dagegen bin ich sehr beschützt aufgewachsen«, sagte er fast mit Bedauern. »Als Grafensohn und Fabrikerbe, mit Privatlehrer, Villa und Personal.«

»Ach ja, Sie sind ja adelig.« So wie sie das aussprach, klang es fast wie eine Krankheit.

»Nur Geldadel«, sagte er entschuldigend.

»Verzeihen Sie«, erwiderte sie und lächelte ihn jetzt so gewinnend an, daß er ihr alles Erdenkliche verziehen hätte. »So habe ich das nicht gemeint. Schmeckt Ihnen der Tee?«

»Vorzüglich.«

»Ich stehe tief in Ihrer Schuld, Edgar. Sie haben mir bereits sehr geholfen. Ich kann mir denken, daß ich einen sehr merkwürdigen Eindruck auf Sie machen muß. Das tut mir leid.«

»Ich kann Ihnen versichern, Alina: Ich habe mich noch niemals auf so angenehme Weise verwirrt gefühlt.«

Sie sagte nichts, sondern schaute kurz auf den Tisch. Als sie die Augen wieder hob, schaute er sie noch immer an. Ihre Blicke trafen sich jetzt den Hauch eines Augenblicks länger, als es bisher jemals der Fall gewesen war. Noch so ein Blick, und er würde aufstehen und sie küssen. Wahrscheinlich wäre dies das Ende ihrer Bekanntschaft. Aber gut, dann wäre es wenigstens zu Ende, und er müßte nicht mehr stundenlang eine Sehnsucht nähren, die wahrscheinlich ohnehin vergeblich war.

»Haben Sie den Gesuchten gefunden?« fragte er schnell.

»Nein. Aber ich habe erfahren, wo er morgen sein wird.«

»Aha. Und wie haben Sie das herausgefunden?«

»Der Mann in dem Lokal, in dem die Leute Masken trugen. Erinnern Sie sich? Ich war kurz mit ihm allein in einem Séparée.«

Edgar nickte. Die Erinnerung behagte ihm überhaupt nicht.

»Ich kannte den Mann nicht, aber er kannte mich. Vom Sehen. Aber vermutlich haben Sie das ja bemerkt, oder?«

»Nein«, erwiderte Edgar. »Ehrlich gesagt, ich konnte mir nicht erklären, wohin sie mit ihm gegangen sind.«

»Ach so«, sagte sie kurz. Dann schüttelte sie leicht den Kopf. »Deshalb waren Sie danach so reserviert. Es tut mir leid, ich hätte Ihnen natürlich erklären sollen, was geschehen war. Sie dachten, ich wäre ganz im Geiste des Etablissements mit ihm rasch in einer dunklen Ecke intim geworden.«

Sie beendete den Satz nicht. Edgar wurde rot.

»Nun gut. Ich kann Ihnen den Verdacht nicht verübeln.«

»Alina«, unterbrach er sie jetzt. »Das habe ich nicht gedacht.«

»Doch. Sie haben es gedacht. Und wenn schon. Es wäre ja auch meine Sache, oder?«

Darauf wußte er noch weniger zu erwidern.

»Ich will es kurz machen«, fuhr sie fort. »Die Dame, für die ich das alles tue, ist die Mutter des jungen Mannes, den ich suche. Sie macht sich große Sorgen um ihren Sohn, um seinen Lebenswandel. Daher versuche ich zunächst einmal, ihn zu verstehen.«

Diese Problematik war ihm vertraut. »Finden Sie es nicht normal, daß Eltern ihre Kinder nicht begreifen?« fragte er. »Wäre es nicht eher seltsam, wenn es anders wäre?«

»Sicher. Sie haben völlig recht. Ich will auch nicht urteilen. Ich will verstehen. Der Fall ist ein wenig komplizierter, als ich ihn dargestellt habe. Der Sohn müßte wohl auch versuchen, seine Mutter zu begreifen. Aber das würde alles zu weit führen.«

»Und konnte jener fremde Unbekannte Ihnen einen Hinweis geben?«

»Ja. Das konnte er. Offenbar findet morgen außerhalb Berlins eine Abendgesellschaft statt, wo der junge Mann sich einfinden wird. Ich werde dort also auch hingehen.«

»Und ich darf Sie begleiten?«

»Ich weiß nicht, ob ich Ihnen das überhaupt vorschlagen soll«, antwortete sie.

»Warum nicht? Ich bin doch Ihr Guide, oder nicht?«

Sie schaute ihn ernst an. Das Verführerische war für einen Augenblick völlig aus ihr verschwunden. »Diese Abendgesellschaft ist aber ein wenig anders als das, was Sie mir gezeigt haben. Es ist, wie soll ich sagen … es liegt jenseits Ihrer Grenze.«

Wollte sie ihn provozieren?

»Wer organisiert denn das Ganze?« wollte Edgar wissen.

»Ein gewisser Lord Ladbroke. Ich kenne ihn nicht. Aber er scheint für dergleichen Veranstaltungen bekannt zu sein. Möchten Sie noch etwas Tee?«

Sie beugte sich ein wenig vor. Der Saum ihres Gewandes rutschte ein kleines Stück herab und entblößte einen Teil ihres Dekolletés sowie die ersten Zentimeter der samtigen Bucht zwischen ihren Brüsten.

Das war alles ein Spiel, durchfuhr es Edgar. Ein sehr sonderbares Spiel. Aber sollte er jetzt aufhören? Bevor er überhaupt wußte, wo es hinführte?

»Ja, bitte«, sagte er, rührte sich jedoch nicht von der Stelle, sondern ließ sie die Tasse vom Tisch nehmen. Er hätte es nicht vermocht. Denn seine Hände zitterten ein wenig.

9.

Das Taxi war vor seinem Haus zum Stehen gekommen. Der Chauffeur stieg aus und öffnete Edgar die Wagentür. Sie saß an die gegenüberliegende Tür gelehnt.

Er nahm seinen Hut ab und glitt neben ihr auf die Rückbank. Der Chauffeur kehrte ans Steuer zurück und fuhr los.

Sie trug heute ein anderes Parfüm als während ihrer letzten beiden Ausflüge. Es war heller, klarer, ein wenig herb sogar. Der Wagen war nur hundert Meter weit gerollt und nun an einer Kreuzung bereits wieder stehengeblieben. Die hereinfallende Straßenbeleuchtung hellte ihr Gesicht ein wenig auf. Mehr war von ihrer schönen Erscheinung heute nicht zu sehen, denn sie war unter einem schwarzen Cape verborgen.

Alina hatte noch ein paar Einzelheiten über die Abendgesellschaft erfahren.

»Es gibt dort offenbar mehrere Bereiche«, erklärte sie. »Sie sind deutlich voneinander unterschieden. Soviel ich verstanden habe, soll man sich zunächst nur in der Eingangshalle und dem großen Empfangssaal im Erdgeschoß aufhalten. Man kann dort etwas trinken oder einfach nur Konversation betreiben, wie auf einer gewöhnlichen Abendgesellschaft. Es soll dort später auch eine kleine Theateraufführung geben. Sollten Sie sich übrigens nicht wohl fühlen, so stehen Mietdroschken zur Verfügung, die Sie auf Wunsch jederzeit in die Stadt zurückbringen.«

Lag es an der englischen Sprache, daß er das alles wie durch einen Schleier hörte? Aber er verstand doch jedes Wort.

Da er nichts sagte, fuhr sie fort: »In den Ober- und Untergeschossen findet der intimere Teil der Gesellschaft statt. Man muß dort aber nicht hingehen. Ich weiß nicht einmal, ob ich es tun werde.«

The more intimate part of the gathering …

»Tanzen Sie übrigens, Edgar?«

»Nicht sehr gut«, gestand er. »Waren Sie denn schon einmal in solch einer Gesellschaft?«

»Nein. Sie etwa?«

»Nein. Durchaus nicht. Ich fürchte, derartige Veranstaltungen sind … wie soll ich sagen, ein wenig heikel, finden Sie nicht?«

Merkwürdig, wie das Englische *you* die Abstände zwischen den Menschen im unklaren beließ. Waren sie nun schon beim vertraulichen Du oder nicht?

»Ich bin auch ein wenig nervös, wenn ich ehrlich sein soll«, gestand sie. »Aber das ist wohl der Reiz dabei, ein wesentlicher Teile des Spiels, das diese Leute spielen. Die Ungewißheit. In einer normalen Abendgesellschaft gibt es davon ja nicht viel. Man begegnet sich in fein ausgeklügelten Ritualen, die jedoch nicht von einem selbst stammen. Heute abend will man das wohl alles hinter sich lassen.«

Sie drehte sich jetzt zu Edgar hin und schaute ihm direkt in die Augen. »Edgar, wollen Sie wirklich mitkommen? Sie müssen wirklich nicht. Sie zu fragen kostet mich, ehrlich gesagt, fast ebensoviel Überwindung, wie alleine dort hinzugehen. Sie sind ein Gentleman, und das letzte, was ich will, ist, Sie zu kompromittieren. Ich muß mich dieser Welt aussetzen, weil ich etwas verstehen will. Es ist aber nur ein Spiel, vergessen Sie das nicht. Also, wollen Sie? Oder möchten Sie lieber umkehren?«

Er suchte nach einer Antwort. Was hatte sie ihm soeben eigentlich mitgeteilt? Daß er sich auf keinen Fall irgendwelche Hoffnungen machen solle? Daß er das Spiel bitte nicht falsch verstehen möge? Doch der nächste Satz schlug wieder eine andere Richtung ein.

»Woran denken Sie gerade, Edgar?«

Sein Herz pochte. Er atmete zweimal tief durch. Aber er sagte natürlich nicht, woran er dachte, jetzt und seit Tagen schon: an ihren Körper, an ihren Hals, den er küssen wollte. Er wollte sie. Nur deshalb war er hier. Ob sie auch ihn wollte, dessen war er sich noch nicht sicher. Aber wenn ihn noch nicht alle Instinkte verlassen hatten, dann war wenigstens eines gewiß: Sie wollte, daß er *sie* wollte.

Sie fuhren schweigend weiter. Es ging Richtung Potsdam. Aber Edgar kannte die Gegend hier nicht besonders gut. Irgendwann bog der Wagen ab, durchquerte ein Waldstück und hielt vor einer stattlichen Villa. Bis auf den Eingang, wo zwei Fakkeln brannten, war das Haus völlig dunkel. Ein Diener im Frack trat an den Wagen heran und öffnete Edgar die Tür. Er stieg aus und wartete, bis der Diener um den Wagen herumgegangen war und Alina gleichfalls geöffnet hatte. Sie ging, ohne ein weiteres Wort an ihn zu richten, an ihm vorbei und stieg die Stufen zum Eingang hinauf. Ein weiterer Diener hielt die Tür geöffnet, und Edgar beeilte sich, ihr ins Haus zu folgen.

In der Eingangshalle war vor lauter Menschen kaum ein Durchkommen. Zugleich konnte man wenig von ihnen erkennen. Nur vereinzelt brannten hier und da ein paar Kerzen. Um so verschwenderischer war der Blumenschmuck ausgefallen. Ein intensiver Duft erfüllte die Luft. Edgar folgte Alina, die ihr Cape abstreifte und einem Bediensteten reichte, von dem Edgar nur den Arm sehen konnte. Staunend konnte er noch erkennen, daß sie ein eng geschnürtes rotes Lederkorsett trug. Den Blick auf ihre verführerischen nackten Schultern geheftet, bemühte er sich, ihr durch das Gedrängel zu folgen. Doch innerhalb von Sekunden war sie in der Menge verschwunden.

Er versuchte, sich zu orientieren. Direkt vor ihm lag der überfüllte Empfangssaal. Über viele Köpfe hinweg sah er dunkelrote Vorhänge, hinter denen sich vermutlich die Fensterfront zum Garten befand. Links und rechts der Eingangshalle, in der er noch immer wie eingepfercht stand, führten zwei breite Steintreppen in die oberen Stockwerke. Flackernde kleine Lichtpunkte entlang der Stufen markierten den Weg dort hinauf.

Erst jetzt fiel ihm die sonderbare Musik auf. Ein Zupfinstrument und eine Trommel waren zu hören. Er drängte sich ein wenig weiter auf den großen Saal zu und entdeckte, daß auf der Rückseite der Freitreppen jeweils ein Abgang in den Keller führte. Auch hier brannten kleine Kerzen auf den abwärts führenden Stufen. Edgar bewegte sich langsam auf eine der gähnenden Öffnungen zu und schaute hinab. Aber dort unten war niemand.

Ein Tablett mit Gläsern wurde vorübergetragen. Ein Gast neben ihm ergriff zwei der Gläser und reichte ihm eines. Edgar nickte dankend. Neben sich vernahm er ein Kichern. Edgar drehte sich um. Ein junges Mädchen stand in einem Türrahmen. Hinter ihr begann offenbar der Küchentrakt. Die Beleuchtung war dort etwas heller, und Bedienstete eilten hin und her. Das Mädchen trug hochhackige Stiefel und einen Pelzmantel, der sich über ihrem Oberkörper halb geöffnet hatte.

Eine Frau in einem hautengen schwarzen Kleid stand neben ihr und zischte hörbar: »Sei artig.«

»Meinst du?« kicherte das andere Mädchen. »Ich will etwas trinken. Wer gibt mir etwas zu trinken?«

Ein Mann ging auf sie zu und setzte ihr sein Glas an die Lippen. Edgar betrachtete die Szene argwöhnisch. Das Mädchen trank, und während sie trank, hob sie langsam die Arme, immer höher, bis sie über ihrem Kopf den Türrahmen berührten. Dabei glitt ihr Pelzmantel allmählich auseinander.

»Garstiges Mädchen!« zischte die Frau in dem engen schwarzen Kleid.

Edgar blieb noch einen Moment stehen und sah zu, wie aus dem Mundwinkel des trinkenden Mädchens ein kleines Rinnsal über ihr Kinn, ihren Hals und ihren entblößten Körper hinabzufließen begann. Er sah die Gänsehaut auf ihren Brüsten, die aufgestellten rosafarbenen Warzen, das zu einem schmalen Streifen rasierte Schamhaar zwischen ihren Beinen, die sich nun leicht öffneten. Er schluckte, wollte wegschauen, doch er konnte nicht.

Im nächsten Augenblick stieß die Frau in dem engen Kleid den Mann beiseite, gab dem Mädchen eine Ohrfeige und schloß den Mantel über ihren Reizen. »Garstiges Mädchen. Ab ins Bett mit dir!«

Das Mädchen kicherte wieder. Dann schaute sie triumphierend um sich. Ihr Blick traf Edgar, der betreten die Szene verfolgte. Sie schaute ihn lachend an. Dann streckte sie ihm die Zunge heraus und bewegte die Lippen so überdeutlich, daß die gehauchte Obszönität weithin sichtbar wurde.

Die Frau neben ihr ohrfeigte sie erneut. »Garstiges Mädchen!«

Edgar zog sich ins Halbdunkel hinter die zuschauende Menge zurück. Es war heiß und stickig. Die Musik war lauter und schneller geworden. Er schob sich mühsam zwischen den Leibern hindurch. Einerseits fürchtete er, weiteren Szenen dieser Art beiwohnen zu müssen. Andererseits waren seine Sinne auf nichts anderes gerichtet: auf ein Lachen, auf einen plötzlich entstehenden stummen Halbkreis vor einer Wand, in einer Nische, in einer Ecke, wo etwas geschah. Doch zugleich wurde ihm bewußt, daß er dieses Spiel nicht mitspielen würde. Er war nicht dazu in der Lage. Wo war überhaupt Alina?

Selbst im großen Saal, wo das Gedränge etwas geringer war, sah er sie nirgends. Auf einmal erklang eine fremdartige Melodie. Jemand spielte auf einer Flöte. Die Vorhänge im großen Saal glitten zur Seite und enthüllten hohe Flügeltüren, die sich jetzt öffneten. Kalte Luft drang herein. Das Publikum drängte auf die Veranda hinaus.

Scheinwerfer flammten auf. Das Publikum verstummte und starrte verwundert auf die beiden Figuren dort im Garten. Zwei weiße Gestalten kauerten dort. Jetzt erhoben sie sich langsam. Was waren das für Mädchen? Ihre Körper waren von oben bis unten mit weißem Puder bestäubt. Ihr einziger Schmuck war eine Krone aus blühenden Zweigen, die sie auf dem Kopf trugen. Ansonsten waren sie nackt. Sie begannen zu tanzen. Die Kälte mußte ihnen zusetzen. Der weiße Atem aus ihren Mündern und der feine Dampf um ihre schwitzenden Körper in der kalten Winternacht verliehen ihrem Erscheinen etwas Magisches. Der Tanz, den sie aufführten, war rätselhaft. Alle Bewegungen wurden sehr langsam ausgeführt. Die Augen weit aufgerissen, schienen sie selbst über die teilweise grotesken Verrenkungen verwundert zu sein, die sie vollführten. Aber unschön war es nicht. Nur auf schmerzliche Weise unharmonisch und von moderner, gequälter Eleganz.

Plötzlich brach ein Ungeheuer aus den Büschen hervor und rannte auf die Mädchen zu. Kreischend liefen sie auseinander. Edgar sah die entsetzliche Fratze des bockbeinigen Angreifers vorübereilen. Er war von gedrungener Gestalt und trug lediglich ein Ziegenfell als Bekleidung. Hörner wuchsen aus seiner viehischen Stirn. Eine stummelige Rute ragte aus seinem Steißbein. Doch das Eindrucksvollste war der gewaltige Phallus, den er um die Lenden gespannt vor sich hertrug. Das in seiner ganzen aggressiven Größe bis in die kleinsten Einzelheiten nachgebildete, fordernd aufgerichtete Glied verlieh dem häßlichen Gnom eine gewisse Majestät. Das Publikum applaudierte. Viele Frauen kicherten. Die Nymphen indessen hielten erschrocken inne und starrten auf den Angreifer. Doch wer immer dieses Stückchen einstudiert hatte, liebte das Zweideutige. War es Furcht? Zitterten die Nymphen vor Entsetzen? Oder deuteten ihre linkischen, schlängelnden Bewegungen noch etwas anderes an? War es nicht Verzückung, die sie lähmte? Die Antwort kam von dritter Seite. Ein Scheinwerfer flammte auf und tauchte eine weitere Figur in grelles Licht. Ein Raunen ging durch die Menge. Sie sah phantastisch aus: Eine hochgewachsene Frau, der Unterkörper fest mit einem großen Baum verwachsen. Ein Schriftzug auf ihrem hochaufragenden Helm signalisierte, wer sie war: Pallas Athene, Maß und Ordnung. Aha, sie würde dem chaotischen Treiben ein Ende bereiten, den Trieb bändigen, damit die Zivilisation in diesem Garten Einkehr halten konnte. Wie in Trance lehnte sie ihren Oberkörper nach vorn, spannte ihren Bogen und legte auf das Ungeheuer an. Doch jetzt geschah etwas Merkwürdiges. Die Nymphen schrien gellend auf. Wollten sie ihren Verfolger womöglich warnen? Doch zu spät. Schon hatte der Pfeil den Phallus durchbohrt. Mit einem Röcheln stürzte der Unhold nieder. Die Nymphen schrien erneut auf, und es war schwer zu sagen, ob aus Erleichterung oder aus Entsetzen. Schlagartig erlosch das Licht. Tiefe Dunkelheit und die Klage der Nymphen erfüllten den Garten.

Edgar wurde von der applaudierenden Menge ins Innere der Villa zurückgedrängt. Die Flügeltüren schlossen sich, die schweren Vorhänge schoben sich davor zusammen. Der Applaus hielt noch an und wurde allmählich rhythmisch. Der Rhythmus wurde von Trommeln aufgenommen, die irgendwo im Haus geschlagen wurden. Einige Mädchen begannen zu tanzen. Die Männer taten es ihnen gleich. Der Rhythmus der Trommeln war unwiderstehlich. Edgar fühlte, daß er auch ihn zu erfassen begann. Eine Hand griff nach ihm und zog ihn zur Seite. Er folgte, so gut er konnte, kämpfte sich durch die tanzende Menge, ohne genau sehen zu können, wer ihn in die Vorhalle hinauszog. Plötzlich blieb die Person stehen und drehte sich zu ihm um. Es war Alina. In der Dunkelheit konnte er sie nur schemenhaft erkennen. An ein Gespräch war bei dem Lärm nicht zu denken. Und offenbar war sie auch aus einem anderen Grund gekommen. Sie hielt etwas in der Hand. Erst als sie ihm den Gegenstand vor das Gesicht hielt, erkannte er, daß es eine kleiner Spiegel war, auf dem sie zwei weiße Linien ausgestreut hatte. Als nächstes reichte sie ihm ein Röhrchen. Edgar zögerte. Aber dann inhalierte er das Pulver. Er versuchte, trotz der Dunkelheit ihr Gesicht auszumachen, und näherte sich ihr. Ihre Augen glänzten. Ihre Haarspangen hatten sich gelöst. Ihre Haare fielen ihr ins Gesicht. Er hob die Hand und strich einige Strähnen aus ihrer Stirn. Sie schaute ihn ruhig an. Ihre Brust hob und senkte sich. Er spürte ein warmes Vibrieren in seinen Händen, ein Gefühl, das er von früherem Kokaingenuß kannte. Im nächsten Moment wurde er sich bewußt, daß er ihre Taille umfaßt hatte. Ihre Haut war kühl und zart. Dann war sie überall. Ihr Atem floß über sein Gesicht. Er spürte ihre Zunge in seinem Mund. Seine Hände legten sich zärtlich um ihren Hals, und seine Finger fuhren durch ihr Haar. Er erhielt einen Stoß und taumelte rückwärts. Als er sich wieder gefaßt hatte, war sie verschwunden. Er fluchte leise und begann, die Verfolgung aufzunehmen. Seine Sinne waren überwach. Aber es war ihre Berührung, die ihn wirklich berauschte.

Edgar schaute sich suchend um. Es war noch wärmer, das Getrommel noch intensiver geworden. Die meisten Festbesucher tanzten bereits mit nacktem Oberkörper. Jetzt erkannte er auch den einen oder anderen wieder. Es wäre ja auch zu seltsam gewesen, wenn hier keiner der üblichen Berliner Nachtschwärmer aufgekreuzt wäre. Jener dort mit dem Mongolengesicht kellnerte im Barberina. Edgar hatte einmal im Storchennest ein paar Worte mit ihm gewechselt. Er war Tänzer, sehr gut gebaut, wie man jetzt sehen konnte. Gleich drei Frauen tanzten um ihn herum. Aber Edgar hatte keine Lust, mit anzusehen, wie die Sache ausgehen würde. Das Kokain, das nun überall herumging, würde bald seine Wirkung tun. Ihn interessierte nur noch eines. Aber wo war sie? Er spürte noch ihre Zunge, die Bewegung ihres Körpers an seinem. Sein Gefühl sagte ihm zwar, daß er einen Fehler machte. Diese Frau war nichts für ihn. Etwas, das so begann, hatte keine Zukunft.

Eine Frau tänzelte um ihn herum. Ihr langes blondes Haar war beeindruckend. Nicht weniger beeindruckend war indessen, was ihr schönes Haar abwechselnd bedeckte und entblößte, je nachdem, wie sie ihren Oberkörper zur Musik bewegte. Sie lächelte ihm auffordernd zu, wählte den rechten Abgang und ging langsam die Stufen hinab. Edgar folgte ihr bis zum Treppenabsatz und blieb stehen. Das Mädchen war inzwischen schon fast unten angekommen. Sie drehte sich erneut um und lächelte ihm zu. Einen Moment lang wartete sie noch. Dann verschwand sie um die Ecke. Edgar wartete unentschlossen. Immer mehr Menschen drängelten sich um ihn herum. Dann entdeckte er Alina. Sie stand am anderen Kellerabgang und beobachtete ihn. Machte sie ihm ein Zeichen? Nein. Sie war einfach verschwunden.

Er brauchte eine kleine Ewigkeit, bis er endlich die Stelle erreicht hatte, an der sie gestanden hatte. Seine Wahrnehmung war nun völlig in der Gewalt des weißen Pulvers. Alles geschah ohne ihn. Seine Sinne meldeten ihm seine Eindrücke nur noch verzögert und verzerrt. Stufe um Stufe tastete er sich hinab. Wo war sie hingegangen. Warum ohne ihn? So ein dummes Spiel, dachte er. Aber er wollte sie jetzt. Zum Teufel mit allem Für und Wider. Hatte sie etwa den Mann gefunden, den sie suchte? Oder war das alles nur ein bizarres Vorspiel? Für ihn? Egal. Es gab eine Grenze. Der Faun im Garten. Aber wo war die Nymphe hingegangen? Diese Hitze!

Ein enger Gang lag jetzt vor ihm. Er erreichte eine Tür. Das Getrommel war jetzt zwar weiter weg, aber noch immer gut zu hören. Er stieß die Tür auf. Hatte er etwas anderes erwartet? Was sonst sollte sich hier unten abspielen? Er lehnte sich benommen gegen den Türrahmen und betrachtete die Paare. Diesen Ort empfahl es sich nicht alleine aufzusuchen. Drei der fünf Nischen waren besetzt. Edgar betrachtete die stumme Betriebsamkeit der ineinander verschlungenen Körper. Dann sah er sie. Edgar blieb die ganze Zeit über im Türrahmen stehen. Er beobachtete den ganzen Akt. Aber auch sie beobachtete ihn. Die Tatsache, daß ein anderer Mann sie beschlief, schien fast eine Nebensächlichkeit. Genau dies hatte sie gewollt, ging es ihm durch den Kopf. Der ganze Aufwand hatte nur dazu gedient, diese Situation herbeizuführen. Edgar las es in ihrem Gesicht, in ihren Augen, die immer wieder auf ihm zu ruhen kamen, während der andere Mann sie streichelte, sie überall küßte, sie vögelte. Der Mann nahm sich Zeit. Er war ein geduldiger Liebhaber. Mehrmals hatte Edgar die

Ekstase auf Alinas Gesicht kommen sehen, aber immer wieder hatte der Mann innegehalten und seine Bewegungen verlangsamt. Dann, mit einer ruhigen, aber kräftigen Bewegung seines Beckens, war er sehr tief in sie eingedrungen, so tief, daß ihr ein überraschter Seufzer entfuhr. Edgar konnte sehen, wie der Mann erstarrte, wie er unter äußerster Anspannung seiner Gesäßmuskeln in ihr stillhielt, länger und länger, so lange, bis ihre fest um seine Taille geschlungenen Beine plötzlich zu zittern begannen. Bis zum Äußersten spannte der Mann sämtliche Muskeln seines Unterleibs zusammen, konzentrierte offenbar alle Energie auf den intimsten Punkt ihrer Berührung, um die Frau langsam daran zerfließen zu lassen. Sekundenlang zitterten ihre Beine. Erst allmählich glitten sie erlöst über sein Gesäß und an seinen Schenkeln herab. Und die ganze Zeit über hatte sie zu ihm hingeschaut. Lächelnd, mit halb geöffnetem Mund und halb geschlossenen Augen.

Die Nymphen. Gott Pan. Pallas Athene.

Was war danach geschehen? Wie war er aus diesem Haus wieder hinausgekommen? Er wußte nur noch, daß er den Keller so schnell wie möglich verlassen wollte. Er stolperte rückwärts auf die Treppe zu. Dann irrte er zwischen den vielen Menschen umher. Er wollte gehen. Aber er konnte nicht. Er wartete. Auf sie. Wie das? Was wollte er jetzt noch von ihr? Aber sie kam. Sie kam zu ihm, suchte ihn. Sie war bereits angezogen. Sie trug seinen Mantel über dem Arm, nahm ihn an der Hand und führte ihn nach draußen. Schon im Taxi küßte sie ihn wild und stürmisch. Er ließ es geschehen. Was immer sie von ihm wollte, sie konnte es haben.

Sie fuhren zu ihr. Sie schloß die Tür auf, trat in den Wohnungsflur und ließ ihr Cape zu Boden fallen. Sie hatte kein Licht gemacht. Die Tür zum Hausflur stand halb offen, so daß ein wenig Treppenlicht in die Wohnung fiel. Sie griff hinter ihn und schloß mit einer kurzen Bewegung die Tür. Es war jetzt rabenschwarz. Einen Augenblick lang geschah nichts. Er hörte sie atmen. Dann spürte er ihre Hände. Sie streifte seinen Mantel ab, legte ihre Hände auf seine Brust und schob ihn ein wenig vor sich her. Er verlor das Gleichgewicht, taumelte und stand dann gegen die Wohnungstür gelehnt in der Dunkelheit. Sie begann damit, seine Fliege und Kragen zu lösen und sein Hemd aufzuknöpfen. Dann küßte sie ihn. Im nächsten Moment spürte er ihre Hand. Sie faßte ihn an.

»Halt«, keuchte er. »Langsam.«

Aber sie kümmerte sich nicht darum, machte einfach weiter.

»Sicher, ganz langsam«, sagte sie ruhig. »Deshalb muß erst einmal alles aus dem Weg, was uns zur Eile treibt.« Sie griff noch ein wenig fester zu und küßte ihn noch intensiver. Seine Hände nestelten an ihrem Korsett herum. Ihre Zunge drang noch tiefer in seinen Mund ein. Ihre Hand liebkoste ihn fordernd. Es dauerte nicht lange, da ergoß er sich in ihre Hand. Sie schmiegte ihren Kopf gegen seine Wange. Der Klang ihrer Stimme so nah an seinem Ohr steigerte den Genuß noch: »Na also«, hörte er sie sagen. Dann löste sie sich von ihm und sagte nur: »Komm.«

Sie führte ihn den Flur hinab und dann nach rechts in das Wohnzimmer. Hier war es nicht ganz so dunkel, denn von der Lietzenburger Straße fiel etwas Licht durch die Vorhänge. Er konnte jetzt Matratzen und Kissen erkennen, die überall auf dem Boden herumlagen.

»Setz dich«, sagte sie. Ein Streichholz flammte auf. Sie entzündete ein Kerze und stellte sie auf dem kleinen Tisch ab. »Ich komme gleich wieder. Zieh dich bitte aus.«

Er hatte kein Gefühl dafür, wie lange sie weggeblieben war. Aber er hatte Wasser rauschen gehört. Sie war ebenfalls nackt, als sie zurückkehrte. Sie entzündete weitere Kerzen. Dann trug sie eine Schale mit warmem Wasser herein und begann, ihn zu waschen. Er schloß die Augen. Plötzlich fühlten sich ihre Hände anders an. Er öffnete die Augen wieder und sah, daß sie damit begonnen hatte, ihn mit Öl einzureiben. Er überließ sich völlig ihren Händen und betrachtet ihren Körper. Er wollte sie berühren, sie streicheln, aber für den Augenblick begnügte er sich mit der Vorfreude darauf. Sein Sinne waren überscharf, und zugleich empfand er alles wie in Watte verpackt. Sie stand vor ihm im Raum. Er starrte ihren Körper an. Ihre Haut glänzte, wo sie mit dem Öl in Berührung gekommen war. Nun begann sie damit, sich ebenfalls zu waschen. Und sie tat dies auf eine Weise, als wolle sie sicherstellen, daß ihm keine Einzelheit ihres Körpers verborgen bleiben würde. Sie trocknete sich ab und begann dann damit, sich gleichfalls mit Öl einzureiben. Dabei schaute sie ihn die ganze Zeit an. Sie bestrich ihre Arme und Beine, massierte ihre Brüste, setzte sich dann breitbeinig neben ihm hin und begann, ihr Geschlecht zu massieren. Es schien ihr einen ganz besonderen Genuß zu bereiten, insbesondere als sie sah, daß er auf diese Weise wieder zu vollem Leben erwachte.

Dann, nachdem sie sowohl seinen als auch ihren Körper ausreichend vorbereitet hatte, begann sie damit, sich um beide auf einmal zu kümmern. Sie nahm seinen Kopf in ihre Hände und küßte ihn lange. Ihre Zunge wanderte über seinen Körper. Er ließ alles geschehen. Er spürte überhaupt keinen Widerstand, als sie sich mit ihm vereinigte, nur eine sanfte, wohltuende Wärme. Er öffnete die Augen. Da war ihr Gesicht, ihre halb geschlossenen Augen über ihm, das Kerzenlicht, das über ihre Haut floß. Ihr Mund war halb geöffnet. Sie umschlang ihn fester. Was zu ihr und was zu ihm gehörte, vermochte er nicht mehr zu sagen. Er versuchte, sich zu bewegen. Aber das war unmöglich. Er hatte keinen Körper mehr. Sie hatte ihn.

»Wer war dieser Mann?«

»Ich weiß es nicht. Er ist mir gefolgt.«

»Warum hast du das getan?«

»Ich wollte, daß du mich siehst. Ich wollte, daß du mich stärker begehrst als jemals eine andere Frau zuvor.«

Er schloß die Augen. Sie bewegte sich genußvoll auf und ab. »Siehst du«, flüsterte sie, »es funktioniert. Du wirst immer größer in mir.«

»Du bist … völlig verrückt«, sagte er.

»Verrückt nach deiner Lust, deiner Fremdheit. Komm. Gib mir deine Lust.«

»Es ist ein Spiel, nicht wahr. Diese ganze Scharade … ein Spiel.« Er konnte kaum noch sprechen vor Erregung.

»Unser Spiel«, erwiderte sie. »Ein Spiel aus meiner Heimat.«

»Wie heißt es?«

Sie biß ihm zärtlich ins Ohrläppchen. »Vipàssana«, flüsterte sie. »Vipàssana.«

Er wiederholte das fremde Wort mit geschlossenen Augen. »Es gefällt mir, dieses Spiel.«

»Das habe ich mir gedacht«, hauchte sie. »Und das ist erst der Anfang.« Sie küßte seine Unterlippe und dann seine Wange.

»Und wie geht es weiter?« fragte er leise.

Aber sie sagte nichts mehr. Es war ja auch unerheblich.

10.

»Herr Manings ist nicht da«, antwortete eine weibliche Stimme. »Kann ich ihm etwas ausrichten?«

»Ja, er möge mich bitte zurückrufen.«

»Hat er Ihre Nummer?«

»Ja. Aber ich gebe sie Ihnen für alle Fälle noch einmal.«

Edgar hörte, daß Manings' Sekretärin die Nummer auf einen Zettel notierte. Es war Montag morgen. Neun Uhr. Er mußte den Engländer sprechen. Diese Frau! Diese Nacht. Edgar wußte überhaupt nicht mehr, wie er das alles einordnen sollte. War Alina verrückt? Er hatte völlig die Kontrolle verloren. Das Fest. Die Drogen. Diese verstörende Nacht. Und die Gespräche am Morgen danach waren nicht minder seltsam gewesen. Alles an ihr war seltsam. Aber er wollte mehr davon.

»Du fährst also bald nach Indien?« hatte er sie irgendwann gefragt.

Sie hatte genickt. »Natürlich. Wo sollte ich sonst hin?«

»Zum Beispiel: hierbleiben. In Europa. Bei mir.«

Sein fragender Blick entlockte ihr immerhin ein Lächeln.
»Das geht nicht. Ich könnte hier nicht leben.«
»War er dort?«
»Wer?«
»Der Mann, den du gesucht hast.«
»Ja.«
»War er der Mann, der ...«
»Nein.«
»Aber warum hast du das getan?«

Sie richtete sich auf und schaute ihn an. »Warum hast *du* es getan, Edgar. Warum tun wir überhaupt etwas? Weil wir verstehen wollen, wer wir sind, oder? Ich wußte nicht, daß das geschehen würde. Es ist geschehen, weil es geschehen sollte.«

Er hatte ihre nackten Schultern betrachtet, ihre feinen Schlüsselbeine. Sie lagen noch immer auf dem Matratzenlager im Wohnzimmer. Die Morgensonne schien, aber durch die zugezogenen Vorhänge fiel nur ein Streifen gelben Lichts herein, der sich direkt über ihr Dekolleté zog. Er richtete sich ein wenig auf und küßte ihre warme Haut.

»Du hältst mich für verrückt, nicht wahr?«

Alina hatte ihr Kinn auf seine Brust gelegt und ihn von unten angeschaut. Er konnte sich nicht satt sehen an ihrem Gesicht.

»Ein wenig schon«, gestand er. Dann strich er über ihr Haar und küßte ihre Lippen.

»Ich will nicht auf den Mount Everest steigen«, sagte sie. »Und ich will auch nicht auf den Mond fliegen. Aber ich will mein Herz erforschen. Ich will es verstehen, meine Ängste und Lüste. Ich will wissen, ob ich eine Seele habe und wie sie aussieht. Und ich will sie befreien. Denn ich bin nicht frei. Genausowenig wie der junge Mann, der auf dem Fest war. Ich glaube, ich verstehe ihn jetzt besser. Er will das auch. Er sucht das gleiche wie ich. Er sucht sich selbst. Deshalb war er dort.«

»Bist du deshalb in den Keller gegangen?« fragte er erneut.

»Du bist mir gefolgt, Edgar. Du bist hier. Akzeptiere es. Nimm es an. Wir haben es getan. Ich wollte dich verrückt auf mich machen. Das weiß ich noch. Aber es kam aus der Situation. Und du wolltest es ja auch. Es ist ein Teil von dir. Es sollte so geschehen. Ich glaube, wir haben es uns gewünscht. Deshalb ist es geschehen.«

»Gewünscht?«

»Ja. Sonst wäre es nicht geschehen. Alles, was geschieht, geschieht, weil jemand es wünscht.«

»Ein Wunsch allein kann gar nichts ausrichten. Man muß handeln.«

»Ja, sicher. Aber wer handelt eigentlich? Manchmal habe ich das Gefühl, der Wunsch sei bereits die Handlung. Er mag verschlungene Wege gehen, aber wenn der Wunsch erst einmal da ist, wird er irgendwann eine Wirklichkeit für sich erschaffen.«

»Das verstehe ich nicht.«

»Ja. Ich weiß. Du denkst anders.«

»Aber wie denkst du?«

»Du sagst doch selbst, daß du es nicht verstehst.«

»Nun, dann erkläre es mir doch.«

Sie machte ein kurze Pause. Die Sonne war schon wieder ein Stückchen weitergewandert und beschien jetzt ihren Nacken.

»Wo befinden wir uns?« fragte sie.

»In Berlin, im Februar 1926, in der Lietzenburger Straße.«

»Eben. Das ist deine Sichtweise der Wirklichkeit. Zeit und Raum.«

»Und du? Wo bist du?« fragte Edgar amüsiert.

»Ich befinde mich wie du in Zeit und Raum. Aber das ist nicht die eigentliche Dimension des Menschen.«

»Und? Welche ist das?«

»Sein Wille. Seine Wünsche. Und damit werden alle anderen Dimensionen relativ, hinfällig. Mein Dasein ist verwoben in eine endlose Kette von Entscheidungen und Vorgängen, die alle genauso passieren mußten, wie sie passiert sind, damit dieser Augenblick entstehen konnte. Aber ich bin nicht dieser Ort oder dieser Augenblick. Ich bin ein Ereignis, das aus Millionen und Abermillionen von Ereignissen zusammengesetzt ist, die notwendig waren, um dieses Jetzt möglich zu machen. Ich bin nicht Alina Vernon. Alina Vernon ist nur eine vorübergehende Funktion in dieser Kette von Ereignissen, eine Art Zwischensumme.«

Edgar runzelte die Stirn. »Aber was ändert das? Ebenso wie ich bist du jetzt hier an diesem Ort, in diesem Augenblick.«

»Ja. Sicher. Aber ich bin nicht zufällig hier. Denn ich bin zugleich mit allem verbunden, was vorher war. Dieser Moment war vorherbestimmt, wie jeder Moment.«

»Durch deine Vergangenheit?«

»Ja, durch alles, was existiert. Durch jeden Wassertropfen, durch jeden Windhauch. Alles mußte so kommen.«

»Nun ja, ich denke, da ist viel Zufall im Spiel, meinst du nicht?«

»Nein«, widersprach sie, »Zufall ist eine absurde Vorstellung.«

»Warum?« fragte er irritiert. »In allem, was geschieht, ist Zufall enthalten. Etwas mehr oder weniger vielleicht. Das lehrt jede Erfahrung.«

»Deine Erfahrung vielleicht. Meine ist anders. Ich kann mir Zufall nicht vorstellen. Je länger ich über den Zufall nachdenke, desto phantastischer erscheint er mir. Nimm ein ganz banales Ereignis: unsere Begegnung vor einer Woche, am letzten Samstag. Versuche einmal zu berechnen, was alles geschehen mußte, damit es dazu kommen konnte. Nimm dein Leben und sämtliche noch so kleinen Entscheidungen, die von wer weiß wie vielen Menschen, die sich nicht einmal kennen, getroffen werden mußten, damit unsere Wege sich dort kreuzen konnten. Beginne von mir aus bei der Schicksalsfügung, die deine Eltern zusammengebracht hat, und ende bei dem Bus- oder Taxifahrer, der dich damals ins Eldorado gefahren hat und auf dem Weg keinen Unfall hatte. Schon die Berechnung all dieser Möglichkeiten sprengt jegliche Mathematik. Nimm nun noch mein Leben hinzu. Oder das von Mr. Manings. Wie hoch, meinst du, ist die Wahrscheinlichkeit, daß all diese Millionen und Abermillionen von Ereignissen so zusammenspielen konnten, daß jene Situation am vergangenen Samstag entstehen konnte? Daß überhaupt irgend etwas ist, ist so unwahrscheinlich, daß es absurd ist, an Zufall zu glauben. Alles ist ein Wunder.«

Er schüttelte irritiert den Kopf. »Aber diese Rechnung geht doch nur auf, wenn du zurückrechnest. Natürlich ist das unmöglich.«

»Nein. Warum? Daß irgend etwas sein wird, ist genauso unwahrscheinlich wie, daß irgend etwas ist. Es muß einen Willen geben, der das alles ermöglicht. Anders kann ich es mir vernünftigerweise nicht vorstellen. Es wäre unlogisch. Daß überhaupt etwas geschieht, ist immer ein Wunder.«

»Vielleicht gibt es ja nichts als Zufall?« hatte Edgar widersprochen, denn ihre Logik wollte ihm nicht einleuchten.

»Nein«, hatte sie erwidert. »Zufall kann kein Ereignis sein. Zufall gibt es nur im Nichts. Und das Nichts hat keine Existenz. Sobald etwas ist, ist es kausal. Alles hat einen Grund. Zufall ist nur ein anderes Wort für Ignoranz. Für Unwissenheit. Irgendwo ist immer ein Wille. Eine Absicht. Ein Wunsch.«

Edgar hatte nichts erwidert. Es klang romantisch, was Alina da sagte. Aber er verstand sie nicht.

Edgar schrak hoch. Endlich klingelte das Telephon. Aber es war nicht Manings.

»Ich wollte nur sehen, ob du endlich mal wieder zu Hause bist«, hörte er Roberts Stimme am Ende der Leitung. »Ich komme gleich vorbei. Geh bitte nicht weg, ja?«

Bevor er etwas erwidern konnte, hatte sein Vetter bereits aufgelegt. Mißmutig kleidete Edgar sich an und überlegte sich eine Reihe von Ausreden, warum er auf keinen Fall Zeit für ihn haben würde. Er warf ein paar Studienhefte auf den Tisch, damit es so aussah, als sei er gerade mit seinen Vorlesungsthemen beschäftigt.

Als Robert eintraf, hatte Edgar nicht übel Lust gehabt, die Tür einfach wieder zuzumachen. Aber das ging nicht. Und dann klingelte das Telephon erneut.

Edgar trat zur Seite, ließ Robert herein und griff nach dem Hörer.

»Good morning, Mr. Falkenbeck. How do you do?«

»Good morning, Mr. Manings. Thank you for calling back.«

Robert schaute Edgar entgeistert an, doch der machte ihm nur ein Zeichen, er solle im Wohnzimmer Platz nehmen und kurz warten. Glücklicherweise folgte Robert der Aufforderung, und Edgar war froh, als sein Vetter aus dem Flur verschwunden war.

»Entschuldigen Sie bitte, daß ich mich jetzt erst melde.«

»Aber ich bitte Sie«, sagte Manings höflich. »Wenn sich überhaupt jemand entschuldigen muß, dann bin ich es. Geht es Ihnen gut?«

»Ja. Danke. Dürfte ich Sie vielleicht in einer halben Stunde zurückrufen? Ich habe gerade unerwarteten Besuch bekommen.«

»Oh, aber natürlich. Wann immer es Ihnen beliebt. Ich gehe erst gegen fünf Uhr wieder aus.«

»Danke, sehr freundlich. Bis später also.«

Roberts Gesichtsausdruck war merkwürdig, als Edgar das Wohnzimmer betrat.

»Mit wem redest du denn Englisch?« fragte er barsch. »Wer war das?«

»Mein Schneider in Hamburg«, antwortete Edgar spontan und verkniff sich die Frage, was dies Robert denn anginge. Dann fügte er hinzu: »Hier in Berlin gibt es ja keine vernünftige Konfektion.«

»Und dein Schneider in Hamburg ist Engländer?«

»Glücklicherweise läßt er in England nähen, wo man etwas davon versteht.«

Robert warf seine Lederhandschuhe auf den Tisch.

»Kein Wunder, daß hier alles vor die Hunde geht, wenn sogar Leute wie du im Ausland kaufen.«

»Warum bist du gekommen, Robert?«

Sein Vetter erhob sich, kam auf ihn zu und betrachtete ihn

abschätzig. Edgar hatte im Augenblick überhaupt keine Lust auf ein Gespräch mit ihm. Roberts Probleme – und er konnte nur wegen irgendwelcher Probleme gekommen sein – interessierten ihn nicht.

Aber Robert ging nicht auf seine Frage ein: »In einer Zeit, in der sogar der Stinnes-Konzern nach Luft ringt, in einer Zeit, in der die Kreditsperre und die Dawes-Ketten selbst unsere solidesten Geschäfte erwürgen, da kauft Herr Graf Falkenbeck-von Rabov seine Hemden in England. Vermutlich auch die Schuhe? Oder kommen die aus Italien …?«

»Robert«, unterbrach Edgar seinen Vetter unwirsch, »an drei englischen Hemden wird die Republik weder genesen noch untergehen. Also: Was führt dich her?«

»Die Republik«, schnaubte er. »Es geht um Deutschland. Du solltest dich schämen.«

»Bitte. Was willst du?«

»Dein Vater ist hier. Er will dich sehen.«

»Was?«

Robert hatte ihn genau gemustert und genoß jetzt sichtlich Edgars Schreck.

»Aber … warum. Ich meine, es geht ihm doch so schlecht.«

»Es geht ihm vor allem deshalb schlecht, weil du es dir so gutgehen läßt und so tust, als wäre die Welt ein Vergnügungslokal. Der Graf und dein Vater sitzen bei Peltzer und warten auf uns. Du wirst dich jetzt also mit mir in den Wagen setzen, damit wir den beiden Herren unsere Aufwartung machen können. Ich habe außerdem Hunger. Also?«

Das Telephon klingelte erneut. Robert zog die Augenbrauen hoch, aber er rührte sich nicht.

Edgar ging in den Flur hinaus und nahm ab. »Ja?«

»Edgar?«

»Alina«, sagte er, so leise er konnte. »How are you?«

»Fine«, sagte sie. Doch Alinas Stimme klang so, als sei genau das Gegenteil der Fall.

Er konnte jetzt nicht mit ihr sprechen. Nicht, solange sein

Vetter da war, der Engländer offenbar noch weniger mochte als Arbeiterjungen, die kommunistische Plakate kleben.

»Alina, kann ich dich nachher zurückrufen?« sagte er so behutsam er konnte. »Ich habe gerade Besuch. Bist du zu Hause?«

»Ja. Sicher.« Dann knackte es in der Leitung.

Er biß sich auf die Lippen. Dann fiel sein Blick auf Robert. Er lehnte im Türrahmen. Sein Blick war nun endgültig feindselig geworden. Aber er kommentierte nicht, was er zweifellos mitgehört hatte, sondern knurrte nur: »Fahren wir?«

Die Route, welche der Maybach nahm, führte auch noch an ihrem Haus vorbei. Edgar spähte verstohlen hinüber, während sie daran vorbeifuhren. Warum tauchte ausgerechnet heute sein Vater in Berlin auf? Und seit wann wurde Robert losgeschickt, um ihn zu holen. Hätte ein Anruf nicht gereicht? Bekam er neuerdings Begleitschutz? Eine üble Vorahnung befiel ihn. Wenn Graf von Rabov und sein Vater sich in Berlin trafen und er auf diese Weise einbestellt wurde, dann war dies ein alarmierendes Vorzeichen.

Er schielte zu Robert hinüber, der mit zusammengepreßten Lippen auf die Straße hinaussah. Sein militärischer Haarschnitt ließ seinen breiten Nacken besonders hervortreten. Edgar fühlte sich unbehaglich in seiner Gegenwart. Robert war unberechenbar. Edgar fühlte sich an die Zeit vor zwei Jahren erinnert. Er wohnte damals noch in Logis mit Pension bei einem Sanitätsrat in Steglitz. Es war kurz nach dem Hitlerputsch gewesen. Robert, der bis dahin in München gelebt hatte, war plötzlich bei ihm in Berlin aufgetaucht. Die Begegnung war gespenstisch gewesen. Sie hatten sich seit Kriegsende nicht gesehen, und es war offensichtlich, daß Robert mit der zivilen Existenz nichts anfangen konnte. Er redete nur von vaterländischen Verbänden und Novemberverbrechern. Er blieb den ganzen Nachmittag. Irgendwann vergewisserte er sich der Abwesenheit des Wirtes und begann, mit seinem Armeerevolver zwischen die Rippen der Zentralheizung zu schießen. Edgar sollte es ihm gleichtun. Der Witz dabei war, die Metallkörper nicht zu treffen, da man sich sonst durch Querschläger selbst gefährdet hätte. Nach diesem Besuch hatte Edgar seinen Vetter fast zwei Jahre lang nicht gesehen, bis zu jenem Frühstück bei den Bankiers in der Grunewaldvilla. Zwischenzeitlich hatte Arthur von Rabov seinem Sohn offensichtlich wieder zivile Sitten eingebleut, doch unter der Maske blieb Robert ein Soldat. Ein Soldat, der losschlagen wollte.

Lediglich Arthur von Rabov erhob sich, als sie eintrafen. Edgars Vater Herold hob nicht einmal den Kopf, sondern wartete, bis sich sein Sohn am Tisch niedergelassen und sich auf diese Weise in sein Blickfeld hineinbemüht hatte.

Edgar erschrak. Wie krank er aussah. Sein Gesicht war blaß und eingefallen. Er atmete schwer. Allein seine Augen waren so lebendig wie früher. Unter buschigen grauen Augenbrauen glitten sie ruhelos im Raum umher. Sie kreuzten Edgars Blick nur kurz. Doch daran war Edgar gewöhnt. Sein Vater vermochte niemandem in die Augen zu sehen. Ihm am allerwenigsten.

Arthur fragte Edgar, ob er etwas essen wolle, aber der lehnte dankend ab.

»Kein Hunger?« fragte sein Vater nur kurz. »Als ich in deinem Alter war, hatte ich immer Hunger.«

»Edgar verkehrt seit neuestem mit Engländern«, ließ sich jetzt Robert vernehmen. »Jedenfalls rufen dauernd Engländer bei ihm an, nicht wahr?«

Roberts dummes und überflüssiges Gerede hatte eine bemerkenswerte Wirkung. Arthur von Rabov runzelte die Stirn. Herolds Miene verdüsterte sich. Bevor Edgar sich allerdings weitere Gedanken darüber machen konnte, sagte Arthur von Rabov: »Wie ich Edgar kenne, wird es sich dabei wohl um Engländerinnen handeln, oder?«

Edgar schüttelte unwirsch den Kopf und warf seinem Vetter einen entnervten Blick zu.

»Was hast du eigentlich, Robert? Habe ich dir vielleicht irgend etwas getan? Kümmere dich doch um deine eigenen Angelegenheiten.«

Robert hob abwehrend die Hände, lächelte eisig und sagte mit gepreßter Stimme: »Wenn du dich um deine Angelegenheiten kümmern würdest, dann bräuchte ich es nicht zu tun.«

Edgar begriff nicht, was Robert damit meinte.

Aber nun fuhr Herold dazwischen. »Schluß mit diesem Gerede. Edgar, du hast in den letzten zwei Jahren nichts anderes getan, als Geld auszugeben. Weder hast du studiert, noch interessierst du dich auch nur entfernt dafür, was in diesem Land vor sich geht. Ich habe Arthur gebeten, dir ein wenig auf die Sprünge zu helfen, aber wie ich sehe, hat das auch nichts bewirkt. Kannst du mir bitte sagen, wo du dich während der letzten Tage herumgetrieben hast?«

Edgar erwiderte nichts. Was seinen Vater noch mehr aufbrachte.

»So? Nur Vergnügungen im Kopf, nicht wahr? Und jetzt opponierst du auch noch gegen Robert, der sich tagein, tagaus aufreibt, um uns aufzuhelfen gegen diese Verbrecher um uns herum. Du hast wirklich keinen Grund, hochmütig zu sein. Hm? Was soll ich davon halten?«

»Ich weiß überhaupt nicht, wovon Ihr redet«, erwiderte Edgar.

»Wovon ich rede? Von zehntausend Konkursen rede ich. Jeder einzelne davon bohrt ein kleines Loch in das Fundament deiner Existenz. Von Dawes- und anderen Plänen, die uns ruinieren. Von den Fußangeln von Locarno, die uns in Genf beim Völkerbund auf die Schlachtbank bringen. Und du? Was tust du? Wo treibst du dich herum? Was für Kontakte hast du zu Engländern?«

Sein Vater war sichtlich erregt. Arthur legte ihm die Hand auf den Arm, aber er schüttelte sie ruppig ab. Edgar wußte nicht, was er erwidern sollte. Der kranke Mann tat ihm leid. Und er hatte ja nicht ganz unrecht. Aber Herolds Ausbruch kam sehr überraschend für ihn, und die letzte Frage hatte ihn völlig überrumpelt. Die Geschichte mit dem Schneider konnte er hier schwerlich vorbringen.

»Ich lerne Englisch, mein Gott«, log er jetzt. Etwas Besseres war ihm nicht eingefallen. »Ist das verboten? Es gehört zum Studium. Wirtschaftsenglisch. Ich nehme Privatstunden. Das ist alles.«

»Bei wem?«

»Bei einem pensionierten Botschaftsrat. Ein netter älterer Herr ...«

»Was tut er hier in Berlin?«

»Ich ... ich bitte Sie, Vater, das weiß ich nicht.«

»Woher kennst du ihn?«

Edgar wurde immer seltsamer zumute, aber er wagte es nicht, seinem Vater zu widersprechen, denn der war auf dem besten Weg, in heftige Rage zu geraten.

»Herold«, schaltete sich jetzt Arthur mit sanfter Stimme ein. »Das war eigentlich nicht der Grund, warum wir Edgar sprechen wollten, oder? Ich denke, die Englischstunden können wir ein andermal erörtern.«

»Ich verbiete dir, mit Engländern Verkehr zu haben, verstehst du mich«, stieß Herold zornig hervor.

Edgar saß stumm da und versuchte, klar zu denken. Aber es gelang ihm nicht. Die Reaktion seines Vaters war ihm schleierhaft.

Das Essen kam, und die Männer nahmen es weitgehend schweigend zu sich.

»Ich schlage vor, wir gehen in mein Büro und trinken dort den Kaffee«, sagte Arthur, als sie bei der Nachspeise angelangt waren. Er schlug dabei einen Ton an, der die Mißstimmung vertreiben sollte, was jedoch nicht recht gelang.

Edgar wagte nicht, zu widersprechen. Aber er schielte zur Uhr. Es war schon halb drei. Er hatte weder Manings noch Alina angerufen.

Arthur von Rabovs Büro befand sich um die Ecke. Der Blick auf den Gendarmenmarkt, den man vor hier aus hatte, kostete sicher etwas mehr als ein Abgeordnetengehalt. Die Art und Weise, wie Herold die Räumlichkeiten betrat, ließ darauf schließen, wer hier die Miete bezahlte. Er nahm sogleich auf einem der drei Lederfauteuils an der Fensterfront Platz, zückte eine Graf Bernstorff aus dem Hause Wolff und paffte schweigend, während Arthur von Rabov selbst Hand an die Mokkamaschine legte, die auf der Anrichte stand.

»Meine Sekretärin ist nur bis zum Mittag hier«, gab er als Entschuldigung an.

Robert postierte sich am Fenster und verschränkte die Arme, während Edgar unschlüssig mitten im Zimmer stehen blieb.

»Setz dich hin, Edgar«, raunzte Herold und deutete mit einer fahrigen Geste auf die anderen Fauteuils. Und noch bevor Edgar der Anweisung Folge geleistet hatte, eröffnete sein Vater das Tribunal: »Würdest du mir erklären, was in drei Teufels Namen du eigentlich treibst? Du studierst nicht, gibst mein Geld aus und lungerst in dubiosen Kaschemmen herum. Also, was soll das?«

Edgar wußte nicht, was er erwidern sollte. Es dämmerte ihm jetzt allmählich: Robert hatte ihn offenbar seit geraumer Zeit beobachtet. Sein vorgebliches Interesse an Nachtclubs war nur ein Vorwand gewesen. Sein Vater hatte Robert auf ihn angesetzt, und der hatte geflissentlich nach Hamburg berichtet. Woher sollte man dort sonst so gut über seinen Lebenswandel unterrichtet sein? Es war sinnlos, zu leugnen. Und ebenso sinnlos war es, sein Verhalten erklären zu wollen. Er wußte nicht, was er mit seinem Leben anfangen sollte.

»Dein Studium ist ab heute zu Ende, verstehen wir uns? Oder vielleicht sollte ich besser sagen: Du änderst die Fachrichtung. Bist du dir überhaupt darüber im klaren, wer du bist und was du zu vertreten hast?«

»Vertreten?« erwiderte Edgar mit leicht trotzigem Unterton.

»Jawohl, vertreten«, donnerte Herold los. »Du hast deiner Familie und deinem Vaterland zu dienen. Es ist KRIEG.«

Einige Sekunden lang herrschte Stille im Raum. Graf Arthur von Rabov hantierte schweigend mit einigen Mokkatassen. Robert schaute scheinbar unbeteiligt aus dem Fenster.

»Krieg«, wiederholte Edgar tonlos und versuchte zu lächeln.

»Der Franzose steht an der Ruhr«, ereiferte sich Herold. »Im Osten werden Hunderttausende Volksdeutsche aus den polnisch gewordenen Reichsgebieten vertrieben. In Locarno wird Elsaß-Lothringen verschachert. Wenn das kein Krieg ist, was dann? Man will Deutschland vernichten. Nur Dummköpfe wie du haben das noch nicht begriffen.«

Edgar schwieg. Was hätte er darauf erwidern sollen? Wie aussichtslos die politische Situation war, wußte er natürlich auch. Aber er sah keinen Sinn darin, immer nur zu wiederholen, was nun einmal nicht zu ändern war. Deutschland hatte den Krieg verloren. »Mit der Zeit wird sich die Situation bestimmt wieder normalisieren«, schlug er unsicher vor.

Arthur von Rabov kam Herold zuvor. »Normalisieren kann sich nur etwas, das eine Norm hat, Edgar«, sagte er ruhig. »Aber in der heutigen Welt gibt es keine Normen mehr. Es gibt nur noch seelenlosen Materialismus auf der einen und einen teuflischen, alles nivellierenden Nihilismus auf der anderen Seite. Freilich nennt man es Demokratie oder Zivilisation. Aber im Grunde ist es überall das gleiche: eine gewerbliche, dem Nützlichkeitsprinzip anhängende Epoche. Dazwischen stehen alleine wir: das renitente Deutschland, das sich dieser Wohlstandsbegeisterung widersetzt, gegen die westliche Diktatur des Mammons und die östliche Diktatur der proletarischen Masse, des roten Pöbels.«

Herold atmete schwer. Er war erschöpft und überließ seinem Schwager das Sprechen.

»Es gibt keine Normen, keine Kultur mehr, Edgar«, fuhr Arthur mit ruhiger Stimme fort. »Deshalb fällt doch die halbe Welt wie toll über uns her und belegt uns mit der alleinigen Kriegsschuld. Weil wir der letzte Hort, das letzte Symbol des Widerstands sind, des Widerstands gegen eine Umwertung aller Werte. Wir stören die Sieger bei ihrem Lieblingsgeschäft: dem Auffressen und Ausschlachten der Welt, der Entfesselung der Massen, ihrer niederen Triebe und Instinkte.«

Edgar rückte unbehaglich auf seinem Sessel hin und her. Dann schaute er kurz zu Robert hinüber, der noch immer am Fenster stand und auf den Gendarmenmarkt hinausschaute.

Robert schien seinen Blick gespürt zu haben und drehte sich um.

»Warum sagt ihr ihm nicht endlich, worum es geht?« stieß er schroff hervor. »Wir reden und reden, und die Zeit verrinnt. Rapallo. Locarno. Und wir sitzen hier und reden und reden …«

Herold machte eine energische Handbewegung, und Robert verstummte wieder. Edgar schaute irritiert von einem zum anderen. Was war denn hier eigentlich los? Aber bevor er noch irgend etwas sagen konnte, klingelte das Telephon. Arthur von Rabov nahm den Hörer ab, und im nächsten Augenblick schien Edgar vergessen zu sein. Offenbar verfügten seine Verwandten bereits über telepathische Kräfte, denn Edgars Vater erhob sich, noch bevor Arthur irgend etwas gesagt hatte. Das Gesicht des Grafen hatte sich merklich verdüstert. Eine aufgeregte Stimme erklang aus dem Telephonhörer. Was sie berichtete, war nicht zu verstehen. Doch der Tonfall klang alarmierend. Arthur von Rabov gab ein paar knappe Anweisungen, die Edgar nicht verstand, und legte wieder auf. Dann schaute er kurz in die Runde und nickte Herold zu.

Der griff nach seinem Hut und richtete im Hinausgehen das Wort noch einmal an seinen Sohn. »Ich will dich morgen früh unter vier Augen sprechen, Edgar. Hast du verstanden? Um zehn. Im Adlon.«

Damit verließ er den Raum. Robert folgte ihm. Edgar schaute fassungslos seinen Onkel an, der noch neben dem Telephon stand.

Arthur blickte auf ihn herab. Sein Gesichtsausdruck war ernst. Die Nachricht schien ihn noch zu beschäftigen. Doch gleichzeitig spürte Edgar, daß sein Onkel ihm offenbar Mut machen wollte. Jedenfalls kam er jetzt auf ihn zu, legte ihm die Hand auf die Schulter und sagte: »Nimm es ihm nicht übel, er ist eben ein ruppiger Mensch.«

Edgar antwortete zunächst nichts. Er starrte vor sich hin. Er begriff erst jetzt allmählich, was geschehen war. »Vater ist sehr krank, nicht wahr?« fragte er dann.

Arthur nickte stumm.

»War es das, was Robert gemeint hat?« fragte er dann. »Oder was soll man mir sagen?«

Arthur schien kurz zu überlegen. »Robert sagt oft Dinge, die er besser für sich behalten sollte. Aber es trifft zu. Dein Vater hat nicht mehr viel Zeit. Auch deshalb behandelt er dich so.«

Und dann, nach einer Pause, fügte er hinzu: »Er wird das Frühjahr vermutlich nicht überleben.«

Edgar war wie vor den Kopf geschlagen. Er schämte sich.

Der Graf ging zum Kleiderständer und griff nach seinem Mantel. »Warte bis morgen. Ich vermute, er wird es dir selbst sagen wollen. Und einige andere Dinge, die du wissen mußt.«

Er zog seinen Mantel an und setzte seinen Hut auf. Dann drehte er sich noch einmal zu ihm um und sagte: »Vielleicht kann ich dir einen Rat geben, das heißt, wenn du darauf wert legst.«

»Sicher«, antwortet Edgar unsicher. »Und der wäre?«

Der Graf lächelte und sagte nur: »Wach auf, Edgar.«

Edgar saß fast eine Stunde da, unfähig, sich zu bewegen. Endlich verließ er das Büro seines Onkels und spazierte bedrückt die Friedrichstraße hinunter. Sein Vater würde sterben. Der Gedanke war zu fremd für ihn. Sein Vater. Er war ihm nie sehr nah gewesen. Aber der Gedanke, daß er sterben würde, erfüllte ihn mit großer Niedergeschlagenheit.

Herold Falkenbeck-von Rabov, dachte er, als könne der klingende Name etwas an dem Schicksal ändern, das ihm bevorstand.

Als Kind hatte er lange Zeit gar nicht begriffen, daß dieser Mann, der nur am Wochenende auftauchte, überhaupt zur Familie gehörte. Er hatte diesen Menschen, der am Samstag im Vierspänner vorfuhr, ihn von oben herab prüfend betrachtete, ihm kurz die Hand auf den Scheitel legte und dabei wie in den leeren Raum hinein immer die gleiche Frage stellte, lange Zeit für den lieben Gott oder für einen seiner Vertreter gehalten: rätselhaft, allmächtig, allwissend. Da er fast immer Geschenke brachte, freute er sich auf ihn. Der unnahbare Besucher blieb zum Mittagessen und zog sich dann in einen nur ihm vorbehaltenen Teil der Falkenbeck-Villa zurück, wo er Geschäfte zu erledigen hatte. Bereits am späten Nachmittag verschwand er wieder, um den örtlichen Ableger des Alldeutschen Verbandes aufzusuchen, wo er eine wichtige Stellung innehatte. Spät in der Nacht kehrte er zurück. Das einzige, was die Familie gemeinsam unternahm, war der Kirchgang am Sonntagmorgen. Da schritt Herold an der Seite seiner Frau Agnes auf das Portal der kleinen Ortskirche zu und wurde von allen Seiten respektvoll gegrüßt. Edgar folgte an der Hand seiner Großmutter Edith und war stolz darauf, im Glanzschatten dieses mächtigen Mannes die Blicke der Umstehenden auf sich zu ziehen. Welche Macht er wirklich besaß, das hatte er an jedem Sonntagnachmittag, wenn Herold wieder nach Hamburg zu seiner Fabrik und seinen Geschäften zurückfuhr, in den Augen seiner Mutter lesen können. Das Licht in ihren Augen schien einfach zu erlöschen, sobald der Vierspänner davonfuhr. Agnes und eigentlich das ganze Haus schienen nach Herolds Abreise stets wie unter einem unheimlichen Fluch zu erstarren.

Mit den Jahren entpuppte sich dieser Fluch als die simple Schwermut einer vernachlässigten Gattin, die sich zunächst mit Alkohol und schließlich mit Pulvern behalf. Je seltener Herold in der Vorstadtvilla erschien, desto häufiger fuhr der Einspänner des Arztes vor, um seiner Mutter aus einer bereits mehrere Tage andauernden Unpäßlichkeit herauszuhelfen. Sie hatte selten Zeit für Edgar. So war es Edith, seine Großmutter, die mit ihm im Garten spielte und ihm abends Geschichten von Elfen und Zauberern vorlas. Es war Ediths Gesicht, das er zuletzt über sich gebeugt sah, bevor er einschlief.

Was kam da nur auf ihn zu? Er würde das Unternehmen

erben. Er würde sich ernsthaft darauf vorbereiten müssen, die Falkenbeck-Werke zu leiten.

Er biß sich nervös auf die Unterlippe. Noch vor wenigen Tagen war ihm die Aussicht, sich mit den politischen und wirtschaftlichen Belangen seiner Familie zu beschäftigen, nur lästig erschienen. Und nach dem Abend mit Arthur und Robert hatte es ihn sogar mit Ekel und Abscheu erfüllt. Aber er konnte sich ja nicht ewig vor dieser Verantwortung drücken.

Was für ein Nachmittag! So viele Dinge gingen ihm durch den Kopf. Er dachte an Alina und Manings. Der Engländerhaß seines Vaters kam ihm wieder in den Sinn. Rätselhaft, diese Reaktion. Daß Robert sich von Ressentiments quasi ernährte, wußte er. Aber Robert war ein Idiot. Ein fanatischer Spinner. Doch sein Vater. Was war nur in ihn gefahren?

Er begutachtete die Auslagen in den Bekleidungsgeschäften. Er hatte plötzlich Lust, sich elegant zu kleiden. Ja, er wollte heute nicht mehr über all diese schwierigen Fragen nachdenken. Er würde lieber Alina ausführen. Aber nicht in eine dieser schrägen Bars, sondern zu Horcher. Sie wollte nach Indien zurück? Nun ja, das würde sich zeigen. Was wollte sie dort? Offenbar hatte sie ja keine Familie mehr. Ihr Vater war gestorben, ihre Mutter, die sie nicht liebte, in einem Altenheim in der Nähe von London. Alina hatte anscheinend kein Zuhause. Hatten die Falkenbeck-Werke keine Kunden in Indien? Zum ersten Mal in seinem Leben kam es Edgar in den Sinn, zu arbeiten. Der Gedanke war so neu für ihn, daß er verwundert stehenblieb. Als nächstes fand er sich vor einem Schmuckladen wieder, die Augen auf Perlenketten und Diamantringe geheftet.

Eine Stunde später stand er vor ihrer Wohnungstür in der Lietzenburger Straße. Er klopfte mehrmals, ging wieder nach unten, wartete auch dort eine Weile und postierte sich schließlich auf dem Gehsteig gegenüber. Er spazierte ungeduldig hin und her, musterte immer wieder die Fassade des Hauses und rauchte.

Der Sinn von Roberts Bemerkung war ihm mittlerweile aufgegangen. Rapallo. Locarno. Sein Vetter war offenbar verrückt geworden. Wollte er etwa andeuten, man solle mit dem Verantwortlichen für Locarno genauso umspringen wie mit demjenigen, der den Rapallo-Vertrag zustande gebracht hatte? Sollte nach Rathenau nun Stresemann erschossen werden? Wahrscheinlich hatten die Schlagzeilen der letzten Wochen über einen Attentatsplan auf Stresemann Robert zu dieser irrsinnigen Idee inspiriert. Robert war ein gefährlicher Irrer. Er mußte sich vor ihm in acht nehmen. Es gab Gerüchte, daß neben dem einen, von dem die Zeitungen berichteten, noch ein zweiter Anschlag geplant gewesen sei. Den verhinderten Mördern hatten offenbar erhebliche finanzielle Mittel zur Verfügung gestanden. Sogar ein Flugzeug. Sollten sein Vater und sein Onkel an so etwas beteiligt sein? Gewiß haßten sie Stresemann und seine Versöhnungspolitik. Aber einen Anschlag auf ihn ausführen? War das vorstellbar?

Es ist Krieg!

Er fröstelte. Wo war nur Alina? Mittlerweile war es Abend geworden. Doch die Fenster im dritten Stock blieben dunkel. Er gab auf und fuhr nach Hause. Als erstes rief er bei Manings an. Doch es hob niemand ab. Auch Alina antwortete nicht. In seinem Verdruß nannte er der Vermittlungsdame die Nummer von Daniel. Vielleicht hatte wenigstens der heute abend für ihn Zeit. Aber Daniels Zimmerwirtin konnte nur berichten, daß Herr Rosenbaum ausgegangen sei. So verbrachte er den Abend grübelnd und melancholisch auf dem Sofa seiner Wohnung und betrachtete immer wieder den Ring, den er für Alina gekauft hatte.

Um halb zwölf versuchte er ein letztes Mal, sie zu erreichen. Ohne Erfolg. Sein erster Gang am nächsten Morgen war gleichfalls zum Telephon. Doch noch immer hob sie nicht ab. War sie gekränkt, weil er gestern so kurz angebunden gewesen war, als sie anrief? Aber jetzt mußte er sich beeilen. Sein Vater erwartete ihn. Im Adlon.

11.

Edith Gräfin von Rabov war ihr Lebtag noch nie in Berlin gewesen, was sie indessen nicht davon abgehalten hatte, sich eine Meinung über die Stadt zu bilden, die sie zudem in den ersten Stunden nach ihrer Ankunft weitestgehend bestätigt fand: Sie war architektonisch mißlungen, über alle Maßen proletarisch und nicht weiter der Rede wert. Edith von Rabov hatte generell wenig für Städte übrig, aber dieser konnte sie schon gar keinen Reiz abgewinnen. Zugegeben, das Hotel Adlon, in dem ihr Schwiegersohn abzusteigen pflegte und in dessen Suite sie nun saß, machte einen sehr guten Eindruck. Bedachte man jedoch, daß es die erste Adresse am Platze war, so relativierte sich ihr Urteil bereits wieder. Es waren ja fast nur Geschäftsleute hier, wie sie bald festgestellt hatte, kaum jemand aus der Gesellschaft. Sie wäre lieber in Potsdam bei einer der Familien abgestiegen, mit denen sie noch aus früheren Zeiten in Verbindung stand. Ja, vielleicht hätte man dort sogar noch ein Stündchen mit dem Gewehr im Holz schlendern können? Oder war das seit 1918 am Ende auch nicht mehr möglich?

Wie immer, wenn sie an ihre Jagdleidenschaft zurückdachte, überkamen sie Erinnerungen an früher: Wie ihr Vater in Ermangelung des männlichen Nachwuchses die Mädchen mit in den Wald genommen hatte. Sie hatte gelernt, mit Gewehren umzugehen, und zwar richtig. Nicht nach der Art der verachteten Sonntagsjäger, sondern mit dem Lauf senkrecht nach oben oder nach unten. Mit vierzehn Jahren konnte sie bereits Fährten lesen, einen Bock auf seine Stärke richtig ansprechen und erlegtes Wild kunstgerecht ausnehmen. Etwas von dieser männlichen Erziehung war sogar in der inzwischen Dreiundsiebzigjährigen noch sichtbar. Die Ideale, nach denen sie gelebt hatte, Anpassung und Selbstlosigkeit, hatte sie vollständig verinnerlicht. Die Welt, aus der diese Tugenden stammten, mochte untergegangen sein; sie stand, und es war ihr völlig gleichgültig, ob man das bewunderte oder komisch fand.

Die Gräfin trat vom Fenster zurück, das ohnehin nur den Blick auf eine graue Steinwüste bot, und nahm auf einem der cremefarbenen Fauteuils Platz. Über die alten Zeiten nachzudenken war gegenwärtig ein Luxus, den sie sich nicht leisten konnte. Den Gang der Weltgeschichte konnte sie nicht beeinflussen. Aber gegen alle Widrigkeiten war es ihr wenigstens gelungen, den ruinösen Niedergang ihrer Familie aufzuhalten. Sie hatte einen lebbaren Kompromiß mit der neuen Zeit zustande gebracht, unter großen Opfern freilich, aber es war vollbracht. Und sie würde dafür sorgen, daß dieser Kompromiß, der ihre Lebensgrundlage war, bestehen blieb.

Sie schaute zur Uhr. Es war bereits zehn vorbei. Wo blieb der Junge nur? Ja, was war nur mit ihm los? Die Nachrichten klangen in der Tat nicht gut. Sie hatte Edgar immer verteidigt. Ja, er war doch vor allem ihr Werk. Nicht Agnes, ihre arme Tochter, sondern sie selbst hatte ihn aufgezogen, ihm all ihre Liebe und Zuwendung gegeben. Es konnte doch nicht sein, daß er derart verantwortungslos war. Bisher hatte sie geglaubt, es sei nur eine vorübergehende Phase, eine Jugendschwäche. Doch allmählich zweifelte sie daran. Es blieb auch nicht mehr viel Zeit, den Schlüssel zu seinem unbegreiflichen Verhalten zu suchen. Herold war krank. Und möglicherweise gab es da noch ein Problem, wenn sie Roberts und Arthurs Berichte über die letzten Wochen richtig zu deuten verstand. Nun ja, das würde sich jetzt klären.

Edgar war ein intelligenter junger Mann. Er mochte gegenwärtig etwas verloren sein, erlag den Versuchungen des Großstadtlebens und scheute die Verpflichtungen, die sich aus seiner Position nun einmal ergaben. Aber es war ausgeschlossen, daß er absichtlich auf diesem Irrweg beharren wollte. Jemand hatte Einfluß auf ihn gewonnen. Sie würde schon die richtigen Worte finden, um ihn wachzurütteln. Er war so jung, so naiv. Wozu hatte man schließlich eine Großmutter?

Endlich klopfte es. Sie ging zur Tür und öffnete.

Edgar schaute sie völlig entgeistert an. Und dann breitete sich ein Lächeln auf seinem Gesicht aus.

»Was für eine Überraschung.« Er nahm sie in den Arm und drückte ihr einen Kuß auf die Wange.

Ein Glücksgefühl ohnegleichen durchfloß die alte Frau. Der prächtige Junge.

»Komm herein, Edgar. Bitte, komm herein. Ich werde gleich Kaffee kommen lassen. Hast du schon gefrühstückt? Wie geht es dir?«

»Wo ist Vater?« fragte er mit sorgenvoller Miene zurück. »Ist er ...?«

»Er ist schon wieder zurückgefahren, Edgar. Er ist zu schwach. Er braucht seine Ärzte, und die sind alle in Hamburg.«

Edgar schaute betreten zu Boden. »Ich wußte gar nicht, daß es so schlecht um ihn steht. Ich fühle mich schäbig.«

»Wir wollten dich nicht beunruhigen«, erwiderte Edith. »Aber allmählich mußt du tatsächlich ein paar Dinge erfahren. Aber setz dich doch erst einmal.«

Wie sah der Junge nur aus? Viel zu schmal. Und so blaß. Verwünschte Großstadt, dachte sie. Schlechte Luft, üble Einflüsse. Er mußte weg hier. So schnell wie möglich.

»Ich wußte gar nicht, daß du mitgekommen bist. Mir hat keiner etwas gesagt.«

»Ich war in Potsdam. Ich wollte ursprünglich gar nicht nach Berlin hereinkommen. Nun ja, jetzt bin ich da.«

»Wie geht es Mama?« wollte Edgar jetzt wissen.

Edith spürte, daß Edgar trotz allem erleichtert war, sie hier zu sehen und nicht seinen Vater. Das war sicher auch ein Teil des Problems. Herold. Er war so ungeschickt. Sie hätte viel früher etwas unternehmen müssen und Edgar nicht sich selbst überlassen dürfen.

»Gut, gut. Du weißt ja, sie verläßt nicht eben gern ihr Zimmer. Aber wenn man sie in Ruhe läßt, dann wirkt sie sehr zufrieden. Sie malt immer schöner. Ich habe schon Angebote bekommen für ihre Bilder. Aber natürlich verkaufen wir nichts.«

»Warum denn nicht? Das wäre für Mutter doch gewiß eine Bestätigung. Vielleicht würde sie sogar einmal ausgestellt.«

»Du weißt so gut wie ich, Edgar, daß Agnes mit so etwas völlig überfordert wäre. Ich bin ja schon froh, daß sie malt und stabil ist. Sie hat sogar ein wenig zugenommen.«

»Warum hast du sie nicht mitgebracht? Vielleicht hätte sie ein Ausflug aufgemuntert? Es gibt hier wunderbare Museen.«

Edith schüttelte den Kopf. »Deine Mutter hat kein Interesse an dieser neuen Welt. Und ich muß sagen, wenn ich sie mir anschaue, kann ich sie verstehen. Wie hältst du es nur aus in dieser furchtbaren Stadt. Der Gestank. Der Lärm. Das ganze Lumpenproletariat überall.«

»Ist das in Hamburg so viel anders?«

»Aber ja ist es anders. Es ist unbeschreiblich anders.«

Edgar grinste. »Nun, wahrscheinlich ist das der Grund, warum ich mich hier so wohl fühle. Ich brauche die Abwechslung.«

Edith wartete einen Augenblick, bevor sie den ersten Versuch startete, das Gespräch in die gewünschte Richtung zu lenken. »Zwei Jahre, Edgar«, sagte sie dann. »Fast drei. Denkst du nicht, daß es langsam Zeit wird, über die Zukunft nachzudenken? Wie geht es eigentlich mit dem Studium?«

»Gut. Ich habe damit aufgehört.«

Ein kurzes Schweigen entstand, das Edgar mit einem Lachen unterbrach.

»Das war ein Spaß. Ich studiere fleißig. Ich habe nur Zweifel, ob Chemie das richtige Fach für mich ist.«

»Ich meine das Unternehmen, Edgar«, sagte Edith, der gar nicht zum Spaßen war. »Ich spreche von uns, von uns allen, spreche von Deutschland.«

Edgar rutschte ein wenig auf seinem Polstersessel hin und her.

»Du redest genauso wie Vater«, erwiderte er.

»Wundert dich das? Ich begreife dich einfach nicht. Was ist nur in dich gefahren. Ich habe dich damals sogar unterstützt. Du wolltest aus Hamburg weg. In Ordnung. Du wolltest ein richtiges Studentenleben haben. Aber nicht einmal das hast du.

Du bist in keiner Verbindung, knüpfst keine Kontakte für später. Selbst Arthur und Robert hast du gemieden. Ist denn irgend etwas mit uns? Sind wir dir nicht gut genug?«

Edgar betrachtete sie amüsiert. Nahm er sie denn gar nicht ernst?

»Ich brauche einfach noch etwas Zeit, Zeit für mich«, sagte Edgar.

»Zeit? Du bist dreiundzwanzig! Du bis der Alleinerbe eines großen Unternehmens, das wie alles in diesem Land äußerst gefährdet ist. Durch die verbrecherische Politik der Siegermächte und die kriminellen Machenschaften dieses … dieses Reichstags.«

»Das weiß ich doch alles, Großmama. Aber was soll ich denn tun. Kommunisten verdreschen wie Robert? Ändert das irgend etwas?«

Edith machte eine barsche Handbewegung. Robert? Nein, das war nicht das Niveau, auf das sie Edgar herunterholen wollte.

»Ich spreche nicht von Politik«, erwiderte sie. »Dafür ist Arthur zuständig. Dafür sitzt er in dieser Quatschbude und tut, was er kann, um unsere Interessen zu verteidigen. Aber du? Was tust du, Edgar? Dein Vater wird nicht mehr lange leben. Ist dir überhaupt klar, wie schwierig die Lage ist?«

»Doch, es ist mir klar«, sagte Edgar mit strahlender Miene. »Und ich habe seit gestern sogar sehr viel nachgedacht.«

Er kam auf sie zu, hakte sich bei ihr unter und führte sie ans Fenster. »Ich werde mich jetzt um alles kümmern. Und ich habe sogar schon ganz konkrete Pläne. Sag mal, haben wir irgendwelche Geschäftskontakte nach Indien?«

Die Antwort brachte sie völlig aus der Fassung. Aber fast noch mehr als der Inhalt dessen, was Edgar sagte, verblüffte sie die Art, wie es aus seinem Mund kam. Es war offenbar kein Witz. Die Äußerung war derart grotesk, daß sie Mühe hatte, die Fassung zu bewahren.

»Kontakte in Indien«, wiederholte die Gräfin langsam.

»Warum nicht? Schon möglich. Aber warum? Was interessiert dich an Indien?«

»Ich weiß es auch noch nicht genau«, sagte er feixend. »Geheim.« Seine Augen blitzten.

Edith machte sich von ihm los, ging ein paar Schritte rückwärts und bezog in einiger Distanz zu Edgar Position. Sie hatte das Gefühl, auf diese Weise die Dimension des Problems besser einschätzen zu können. Herold und Robert hatten offenbar recht gehabt. Hier war etwas im Gange. Aber es war mehr als seltsam. Es war etwas Unheimliches, von dem die beiden überhaupt nichts erwähnt hatten. Von einem Engländer war die Rede gewesen. Und von irgendeiner Prostituierten. Allerlei beunruhigende Indizien, die in eine Richtung deuteten, aus der noch nie etwas Gutes gekommen war: England. Aber was sich jetzt andeutete, war schlechterdings eine Katastrophe.

»Was willst du damit sagen, Edgar?«

Er grinste nur.

»Soll ich also raten. Eine Frau?« Sie brauchte gar keine Antwort. Sein Miene sprach Bände. »Und was hat das bitte mit Indien zu tun?«

»Sie stammt von dort«, antwortete er triumphierend.

Edith von Rabov setzte sich. Es war gut, daß sie hergekommen war. Hatte Herold davon gewußt? War er denn nicht auf dem laufenden? Hatte Robert ihn nicht richtig informiert? Ihr wacher Geist arbeitete auf Hochtouren. Nein, Robert zog immer gerne seinen eigenen Schlüsse. Und das beeinträchtigte seine Beobachtungsgabe. Was sollte sie jetzt tun? Was ging hier vor sich? Hatte sie überhaupt genügend Zeit, das herauszufinden? Das Ganze klang noch recht diffus. Vielleicht war es ja nur ein Zufall? Eine indische Prostituierte?

Sie spürte, daß Edgar sie neugierig anschaute.

»Was ist mit dir?« fragte er.

»Ich mache mir Sorgen, Edgar. Siehst du das nicht? Wir alle machen uns Sorgen.«

Er begann, sich zu rechtfertigen, aber sie hörte ihm gar nicht zu. Sie brauchte Zeit, Zeit nachzudenken. Sie kam schnell zu dem Schluß, daß sie überhaupt keine Wahl hatte. Sie durfte kein Risiko eingehen. Und sie mußten schnell handeln. Sehr schnell.

»Setz dich bitte«, unterbrach sie ihn unvermittelt.

»Aber laß mich doch erst einmal erklären, wer sie …«

»… bitte, Edgar. Es interessiert mich nicht, wer sie ist. Ich kann zwei und zwei durchaus zusammenzählen. Aber du kannst es nicht. Setz dich bitte. Oder muß ich es noch einmal sagen?«

Sie sah, daß ihm der scharfe Ton in ihrer Stimme nicht entgangen war. Er schaute sie verstimmt an, aber er tat, was sie befohlen hatte.

»Du hast also jemanden kennengelernt. Eine Frau?«

»Ja«, sagte er.

»Wo bist du ihr begegnet? In einer Bar? In einem Nachtclub?«

Edith spürte, daß sie vorsichtig sein mußte. Sie durfte Robert nicht verraten, ihn nicht spüren lassen, daß sie ihn beobachtet hatten. Es verlangte ihr jedoch enorme Beherrschung ab, ihn nicht einfach anzuschreien. Was war er doch für ein naiver Dummkopf.

»Woher kommt sie? Aus Berlin?«

»Nein. Sie … sie ist Engländerin.«

»Aha, Engländerin. Und neuerdings gibt es auch einen Engländer in deinem Bekanntenkreis, nicht wahr? Herold hat so etwas erwähnt. Einen Englischlehrer. Kann es sein, daß diese Frau irgend etwas mit ihm zu tun hat?«

Ihr Enkel sah jetzt so aus, als sei er gegen eine Mauer gelaufen. Sie spürte, daß er etwas sagen wollte, aber es drang kein Laut aus seinem Mund.

»Ich fürchte, ich muß dir ein paar Dinge erklären, Edgar. Aber würdest du mir zunächst einmal bitte erzählen, wer die beiden sind?«

»Die beiden …?« stammelte er. »Was soll das heißen?«

»Ich fürchte, ich werde es dir gleich erklären können.«

Sie wartete. Er tat ihr jetzt leid. Der arme Junge. Er hatte sich doch wohl hoffentlich nicht in dieses Flittchen verliebt, das man auf ihn angesetzt hatte. Und daß es ein Flittchen war, dessen war sie sich jetzt schon sicher.

»Der Mann heißt Manings«, sagte Edgar jetzt. »Ich habe ihn in einer Bar kennengelernt. Die Frau war mit ihm zusammen. Wir sind ein paarmal zusammen ausgegangen. Und ich finde sie sehr charmant. Das ist alles.«

»Und sie kommt aus Indien? Habe ich das richtig verstanden?«

Edgar nickte. »Ja. Sie lebt in Madras.«

Es klopfte. Edgar ging zur Tür und öffnete. Der Boy mit dem Frühstück stand draußen.

Edgar ließ ihn herein.

Edith wartete, bis der Boy alles abgestellt hatte. Wo sollte sie nur beginnen?

»Du solltest das alles erst nach Herolds Tod erfahren«, begann sie, nachdem sie wieder alleine waren. »Aber offensichtlich ist es dringend notwendig, dich bereits jetzt aufzuklären. Ich fürchte, du bist an Betrüger geraten, Edgar, wenn nicht noch Schlimmeres.«

Edith erhob sich und ging zu ihrer Tasche, die neben der Tür auf der Ablage stand. Ein Umschlag lag daneben. Sie hob ihn auf, kehrte zu Edgar zurück und reichte ihm das Couvert.

»Eigentlich wollte Herold dir diese Dokumente heute zeigen. Bitte. Öffne den Umschlag.«

Edgar tat, wie ihm geheißen, und zog eine dünne Akte hervor. Der amtliche Charakter des Schriftstücks war leicht zu erkennen. Rot-weiße Fäden hingen daran herunter.

»Lies, bitte.«

»Gustav Falkenbeck, erschienen am 12. Oktober 1902 …«, las Edgar. »Das Testament von Großvater?«

»Ja.«

Edgar blätterte darin.

»Soll ich das jetzt lesen?« fragte er dann.

»Nein«, antwortete Edith. »Das kannst du später tun. Du würdest es ohne Erläuterung vermutlich gar nicht verstehen.

Es ist sehr verwirrend und außerdem in Juristensprache verfaßt. Aber siehst du, daß es mehrfach ergänzt wurde? Die ganzen Stempel und Siegel auf den Zusätzen am Ende?«

»Ja.«

»Gustav Falkenbeck hat sein Testament mehrfach geändert. Das letzte Mal im Jahre 1905, wenige Wochen vor seinem Tod. Dein Vater erbte das Unternehmen. Aber was du bisher nicht wußtest, ist folgendes: Herold hat noch einen Bruder. Wilhelm Falkenbeck.«

Edgar reagierte genau so, wie sie erwartete hatte. Er schien überrascht, fand die Nachricht jedoch offenbar nicht besonders interessant.

»Ich habe also einen Onkel«, sagte er. »Und? Warum hat man mir davon nie erzählt?«

»Weil dieser Onkel seine Familie verraten hat und nicht mehr zu ihr gehört«, antwortete Edith. »Er hat durch sein schändliches Verhalten seiner Mutter das Herz gebrochen und seinem Vater die letzten Lebensjahre vergällt. Und jetzt hat er es offenbar auf dich abgesehen.«

»Auf mich?« Edgar lachte ungläubig. »Wieso denn das? Ich kenne ihn ja nicht einmal.«

»Aber er kennt dich. Und die Sache ist ganz einfach, Edgar: Sollte dir etwas zustoßen, so erbt Wilhelm Falkenbeck das Unternehmen. Begreifst du, was ich sage?«

»Was soll das heißen?« fragte Edgar irritiert.

»Genau das, was ich sage. Wilhelm Falkenbeck lebt seit vielen Jahren in England, seit 1902, um genau zu sein. Er wurde enterbt und hat Deutschland verlassen …«

»Warum?«

»Einerseits wegen seiner politischen Ansichten. Vor allem jedoch, weil er sich über alle familiären Vorbehalte hinweg mit einer Frau aus einem zwar assimilierten, aber eben doch jüdischen Umfeld verlobte, deren Familie zu allem Übel auch noch starke englische Neigungen hatte. Als dein Großvater einsehen mußte, daß sein Sohn starrsinnig an einer Verbindung mit einer rassisch zweifelhaften und dem Erzfeind zuneigenden Frau festhielt, mußte er einschreiten, um zu verhindern, daß nach dem Sohn auch noch das Familienvermögen jemals in englisch-jüdische Hände fallen könnte. Daher wurde er von der Erbfolge ausgeschlossen und dein Vater zum Alleinerben bestellt. Wilhelm Falkenbeck hat Deutschland im Jahre 1902 verlassen und ist nach England übergesiedelt, wo er geheiratet hat. Er hat drei Kinder und lebt in London. Du hast dort also einen Onkel sowie zwei Cousinen und einen Vetter, die etwa in deinem Alter sein dürften.«

Edith machte eine Pause, um Edgar Gelegenheit zu geben, diese Neuigkeiten zu verarbeiten. Sein Gesicht verspannte sich ein wenig, aber er erwiderte nichts.

Edith fuhr fort: »Die ganze Angelegenheit liegt viele Jahre zurück. Die Enterbung eines Sohnes ist, wie du dir sicher vorstellen kannst, ein sehr schmerzhafter und konfliktreicher Prozeß für alle Beteiligten. Dein Großvater war anfänglich so wütend auf ihn, daß er ihn sogar völlig mittellos verstoßen wollte. Aber Wilhelms Mutter konnte diesen Gedanken nicht ertragen. Sie war bereits verzweifelt genug über diese Wendung der Dinge. Sie flehte ihren Mann an, den Bannstrahl wenigstens mit einer Geste von Großmut zu verbinden. In einem Passus des Testaments ist daher geregelt, daß Wilhelm Falkenbeck als Entschädigung eine jährliche Zahlung aus dem Betriebsvermögen erhält.«

»Und?« fragte Edgar dann. »Ist das alles?«

»Nein. Leider nicht«, sagte Edith. »Es gibt noch eine Kleinigkeit, die in diesem Zusammenhang nicht ganz unwichtig ist: Der Erbanspruch der englischen Seite ist damit nämlich noch nicht völlig erloschen. In der letzten Änderung, die Gustav vor seinem Tod vorgenommen hat, wird für den unwahrscheinlichen Fall, daß die deutsche Falkenbeck-Linie aussterben sollte oder die deutschen Erben aus anderen Gründen das Unternehmen nicht fortführen können, Wilhelm Falkenbeck wieder in die Erbfolge aufgenommen. Ausgenommen hiervon sind allerdings sogenannte außergewöhnliche Hinderungsgründe.«

Edith sah, daß Edgar nicht begriff. Das war ja auch kein Wunder. Es war zu monströs. Sie würde es ihm übersetzen müssen.

»Diese Klausel sollte verhindern, daß die Erbfolge durch gewaltsames Eingreifen manipuliert wird. Mit anderen Worten: Dein Großvater hielt seinen Sohn Wilhelm anfangs offenbar für fähig, ein Verbrechen zu begehen, um die Erbfolge doch wieder zu seinen Gunsten zu wenden. Wilhelm erfuhr davon und brach daraufhin sämtliche Verbindungen zu seiner Familie ab. Nun, verübeln kann ich ihm dies nicht. Der Passus war mehr als ehrabschneidend. Gustav hat dies später bereut, denn seine Frau kam über diesen zweiten Bruch nicht mehr hinweg und starb. Die Reue trieb Gustav dazu, das Testament noch zweimal zu ändern. Außerdem war er am Ende von der Furcht besessen, daß im Falle eines natürlichen Aussterbens des deutschen Zweiges das Unternehmen in gänzlich fremde Hände fallen könnte. Er hatte die Hoffnung, daß Wilhelm sich eines Tages doch wieder auf seine Herkunft besinnen und nach Deutschland zurückkehren würde. Du siehst schon, er konnte nicht mehr klar denken. Ein Testament ist der letzte Ort, an dem man seine Seelenkonflikte lösen sollte. Aber das wollte er nicht einsehen. Und so kam es zu der widersinnigen Regelung, mit der wir heute konfrontiert sind: daß im Falle einer Erbunfähigkeit der deutschen Falkenbeck-Linie die englische Linie erneut erbberechtigt ist, vorausgesetzt allerdings, daß diese Erbunfähigkeit der deutschen Seite nicht außergewöhnlichen Umständen oder dem Verschulden Dritter zuzuschreiben ist.«

Edgars Augen weiteten sich vor ungläubigem Staunen.

»Sollte ich also von einem Unbekannten ermordet werden, so hat die englische Seite ihre Erbansprüche verwirkt. Rafft mich eine Grippe dahin oder werde ich vom Blitz erschlagen, so geht das Unternehmen an Wilhelm Falkenbeck oder dessen Kinder? Ist das die Situation?«

»Ja, Edgar. So etwa sieht es aus«, antwortete Edith mit eisiger Miene. »Es ist natürlich ein juristisches Unding, wie so viele idiotische Testamente. Dein Großvater wollte seinem verstoßenen Sohn eine Brücke bauen, diese jedoch sogleich mit allerlei Falltüren versehen, weil er ihm zutiefst mißtraute. Und dies zu Recht. Denn offenbar sucht er ja einen Weg, an dich heranzukommen. Beziehungsweise: an sein Erbe.«

Edgar starrte sie jetzt an wie vom Donner gerührt.

»Du meinst, Manings und dieses Mädchen …?«

Er vollendete den Satz nicht, und Edith überließ es Edgar, selbst seine Schlußfolgerungen zu ziehen. Er war doch wohl intelligent genug, die Gefahr zu erkennen.

Nach einer Weile sagte sie: »Wilhelm Falkenbeck ist ein gerissener Geschäftsmann, der es in England weit gebracht hat. Er ist mit allen Wassern gewaschen. Er hat seinem Vater und vor allem auch seinem Bruder niemals die Schande verziehen, die ihm sein eigenes Betragen eingebracht hat. Daß er sich irgendwann rächen würde, stand zu erwarten. Und daß er jetzt, da dein Vater im Sterben liegt, einen Agenten schickt, um dich auszuspähen und auf eine Weise auszuschalten, die ihm danach sein verlorenes Erbe zuspielt, ist wohl nicht zu weit hergeholt, oder?«

Der Junge saß da wie betäubt. Hätte sie behutsamer vorgehen sollen? Aber war es nicht an der Zeit, daß er endlich zu sich kam, aufwachte, die Realität erkannte?

»Hast du … die Frau gekannt, die Wilhelm geheiratet hat?« fragte Edgar leise.

Edith stutzte. Die Frage erschien ihr völlig abwegig. Aber sie antwortete. »Nein. Das geschah alles, bevor meine Tochter deinen Vater kennenlernte.«

»Weißt du, wie sie hieß?«

»Ja. Sie hieß Sarah. Sarah Nandor.«

»Und? Weißt du, wie sie aussah?«

»Wie sie aussah? Edgar, was soll denn das?«

»War sie groß oder klein. Dick oder dünn. Schön oder häßlich. Weiß oder schwarz?«

Edith hatte Mühe, sich zu beherrschen. »Was redest du für einen Unsinn. Schwarz?«

»Sie war also nicht dunkelhäutig?« unterbrach Edgar sie.

Edith starrte ihn fassungslos an. »Dunkelhäutig?« Und erst jetzt begriff sie. Allein das interessierte ihn? Diese indische Hure! Aber sie beherrschte sich. Edgar sah aus, als habe er soeben die schlimmste Nachricht seines Lebens erhalten.

»Nein, Edgar«, sagte Edith und seufzte. »Da kann ich dich beruhigen. Man sagt den Juden heute ja viele Gemeinheiten nach. Aber schwarze Töchter haben sie üblicherweise nicht.«

12.

Der ganze restliche Tag hatte etwas Unwirkliches gehabt. Nach dem Gespräch mit Edith hatte Edgar das Adlon verlassen und war ziellos durch die Stadt gelaufen. Er konnte keinen klaren Gedanken fassen. Er wollte sofort Alina aufsuchen und sie zur Rede stellen. Doch er scheute davor zurück. Er mußte nachdenken. Dann hatte er mehrmals den Telephonhörer in der Hand gehabt, um diesen Manings anzurufen. Doch am Ende hatte er auch das nicht getan, sondern nur stundenlang in seiner Wohnung gesessen, geraucht und vor sich hin gestarrt. Er war wie vor den Kopf geschlagen. Er wußte nicht, was er tun sollte. Er mußte mit jemandem reden.

Es war halb elf Uhr abends, als er vor dem Café Braun ankam. Der Türsteher dort war neuerdings Lord Chamberlain, der britische Premierminister. Jedenfalls sah ihm der Mann mit Hakennase und Monokel täuschend ähnlich. Er öffnete Edgar zuvorkommend die Tür und hauchte in pikiertem Englisch: »Good evening, Sir. My pleasure.« Edgar steckte ihm ein paar Münzen zu und betrat das Café. Drinnen ging es so weiter. Generalfeldmarschall von Hindenburg, Harold Lloyd, der französische Ministerpräsident Briand und weitere Zeitgrößen hetzten zwischen den vollbesetzten Tischen hin und her und servierten Wurstplatten und Bierkrüge. Die Musikkapelle pausierte gerade. An den Notenständern baumelten Masken von Kaiser Wilhelm und Otto von Bismarck. Auf dem Dirigentenpult lag eine rote Pappnase.

Edgar ließ seinen Blick von Tisch zu Tisch wandern. Schließlich entdeckte er, wen er suchte. Daniel saß mit drei weiteren Gästen am rechten Rand der Tanzfläche. Edgar bahnte sich einen Weg zwischen den Tischen hindurch und überquerte das leere Parkett. Auf halber Strecke sah ihn sein Freund kommen und winkte ihm erfreut zu. Als Edgar bei der Gesellschaft angekommen war, hatte Daniel bereits einen Stuhl für ihn organisiert.

»Edgar! Was für eine Überraschung. Was treibt dich denn so spät noch hierher? Darf ich vorstellen: Gregor. Seine Schwester Gitta. Und Friedrich, ein Kollege von mir.«

Edgar begrüßte jeden der drei mit einem Kopfnicken.

»Meine Damen und Herren: Edgar Falkenbeck-von Rabov. Nicht zu verwechseln mit seinem berühmten Onkel Arthur, für den er natürlich nichts kann. Edgar, das hier ist Gregor. Schauspieler. Arbeitslos. Gitta ist auch arbeitslos, aber nicht in der gleichen Branche. Hi, hi. Und Friedrich schreibt wie ich für Ullstein, aber in der *B.Z.* Was trinkst du? Es gibt Hirohito-Ananasbowle, Reparations-Brandy …«

Edgar winkte ab.

»Lieber einen Kaffee. Wie war's im Theater?«

Daniel verzog das Gesicht und setzte zu einer längeren Erklärung an. Edgar nutzte den Augenblick, seine Tischgenossen zu mustern. Gregor sah wie ein Bübchen aus, blond und schmächtig. Edgar wäre beim besten Willen keine Rolle eingefallen, in der er sich den jungen Mann hätte vorstellen können. Gitta, die neben ihm saß, wirkte völlig nichtssagend. Sie war ein wenig pummelig, hatte hellbraune Locken, ausdruckslose Augen und einen enttäuschten Mund. Spätestens dort angekommen, verlor man unweigerlich das Interesse. Friedrich, der neben ihr vor einem leeren Bierkrug kauerte, sah auch nicht so aus, als sei er im Buch des Lebens besonders fündig geworden. Doch offenbar hatte er lange und intensiv darin gelesen. Sein graues Haar war schütter, Tränensäcke untermalten seine Augen. Daß Daniel nach seinen Theaterbesuchen ausgerechnet hier abstieg, um seine Kritiken zu schreiben, war schon merkwürdig genug. Daß es ihn jedoch auch noch mit diesen Gestalten ins Café Braun verschlagen hatte, war fast schon ein Rätsel.

»Dieser Toller ist vielleicht ein Woller, aber keinesfalls ein Könner«, ließ Daniel sich vernehmen und schlug sein Notizbuch auf, das vor ihm auf dem Tisch lag. »Hör dir das mal an. Originalton: *Der Mob hat versagt, der schlichte Friseur wird Europa retten.* Oder: *Der edle Mensch löst sich nie von Gottes Nabelschnur.*«

Gitta kicherte.

»Das soll witzig sein. Wenn du mich fragst, gehen die Leute nur in seine Stücke, weil der Mann ein paar Jahre im Kittchen gesessen hat.«

Friedrich brummte etwas Unverständliches, aber es war Gregor, der antwortete.

»Immerhin sagt endlich mal einer, wie es ist«, rief er mit einer kräftigen Stimme, die gar nicht zu seiner schmächtigen Erscheinung paßte.

»So?« erwiderte Daniel mit gespielter Überraschung. »Wie ist es denn? Ich habe heute nichts darüber erfahren.«

»Eine Schande ist es«, zischte Gregor mit blitzenden Augen. »Eine Schande, was aus diesem Land wird. Alle gekauft. Sogar Scheidemann scharwenzelt nur noch durch die Salons. Und die Frau des Außenministers tanzt nächtelang mit jungen Männern. Ein Augiasstall. Alle vergehen sich an Deutschland.«

»Wenigstens vergehen sie sich nicht am Deutsch wie Herr Toller mit seinen Partizipialkonstruktionen.«

Gitta kicherte erneut. Friedrich verzog gequält das Gesicht, sagte aber nichts.

Edgar rätselte noch immer über die Zusammensetzung dieser Tischgesellschaft. Vermutlich war das Stück so schlecht gewesen, daß am Schluß außer denen, die bleiben mußten, nur noch die in den Rängen saßen, die es nicht gemerkt hatten. Zu allem Überfluß zog ihn Daniel jetzt auch noch in dieses Gespräch mit hinein. »Oder? Edgar, was meinst du?«

»Über Frau Stresemann oder den Friseur, der Europa retten soll«? fragte er sachlich zurück.

»Ach, lassen wir das. Nicht auszudenken, daß ich über diesen Quatsch bis morgen noch etwas schreiben muß.«

Edgar ergriff die Gelegenheit beim Schopf. »Ich schlage vor, du bringst es gleich hinter dich, und wir treffen uns in einer Stunde im Resi. Was hältst du davon? Ich muß mit dir reden.«

»Wie, willst du schon wieder los?«

»Ich muß noch im Büro meines Onkels vorbei«, log er schnell. »Er hat mich vorhin angerufen. Eine Unterschrift für irgendeine Sache, von der ich nichts verstehe, für die ich aber verantwortlich bin.«

»Aha. Du solltest Minister werden, die arbeiten genauso.«

»Ein Augiasstall«, murmelte Gregor.

Edgar erhob sich und griff nach seinem Mantel, der über der Stuhllehne hing.

»In einer Stunde im Resi«, wiederholte er und grüßte kurz in die Runde. Das Orchester begann wieder zu spielen. Der Conférencier mit der Fürst-Bismarck-Maske sang:

Annemarie, Annemarie,
Komm doch in die Laubenkolonie!
Rechts ein Stückchen Wiese
Links ein Stück Gemüse …

Edgar sah zu, daß er hinauskam. Er hätte es keine Minute länger im Café Braun ausgehalten. Die ganze Stadt war ihm heute zuwider. Was tat er nur hier? Er hätte warten können, bis Daniel auf dem rechten Schenkel seinen Verriß komponiert hatte. Nach der Annemarie wäre vielleicht ein neuer Gassenhauer gekommen, den er noch nicht kannte, und er hätte den verliebten Paaren beim Tanzen zusehen oder sich die Zeit mit Rauchen vertreiben können. Er mußte mit jemandem reden. Er war völlig durcheinander. Aber bis Daniel fertig war, zog er es vor, durch die Straßen zu laufen.

Er ging nicht direkt zum Residenz-Casino, sondern spazierte kreuz und quer durch die Innenstadt. Am Spittelmarkt umstanden Arbeitslose eine Straßenbude, wo Lungensuppe verkauft wurde. Zwischen den Häusern, die ihm wie riesenhafte Koffer vorkamen, fegte ein kalter Wind und trieb in Fetzen gerissene Seiten der *B.Z. am Mittag* vor sich her. Für diese Kloake quälten sich Leute wie dieser Friedrich morgens aus dem Bett, für dieses Abflußrohr aller Zeitungen, das den Abschaum der Meinungen sammelte. Jeden Mittag trieb dieser gigantische Fluß von Lügenlarven durch die Stadt und gebar Millionen von Eintagsfliegen.

»Du tust ihm unrecht«, sagte Daniel später, als sie beim Resi an einem Tisch ohne Telephon und Rohrpost ihr Bier tranken. »Was soll er denn machen. Die *Vossische* ist rückläufig. Der Mann muß leben.«

»Von diesem Dreck?«

»Ach, Edgar, die *B.Z.* ist doch harmlos. Eine kleine Pfütze, in der sich die Welt spiegelt. Verständliche Sprache. Kurz und primitiv. Die Leute haben wenig Zeit. Die Idee kommt übrigens aus Amerika. Im Pressejargon nennt man es *digest*. Sehr treffend.«

»Digest? Du meinst *digest*, also wie *verdauen*?«

»Ja. Es sind Nachrichten, die man nicht kauen muß. Sie sind schon vorverdaut. Durchgekaut und mit der erforderlichen Portion Speichel versehen. Man braucht nur zu schlucken.«

»Das ist keine Speise, sondern Auswurf!«

»Sicher. Aber das ist auch das Gute daran. Man erkennt wenigstens, womit man es zu tun hat im Gegensatz zur *Berliner Illustrierten*.«

»Ach ja?«

»Die *B.Z.* ist ein Rülpser, und jeder weiß es. Die *Illustrierte* hingegen rülpst parfümiert. Reklame. Prinzenhochzeit. Reklame. Das ist die Zukunft, sage ich dir. Ätzende, klebrige politische

Formeln und stinkende Leitartikel. Und keiner merkt es, weil die infamen Lügen auf die seidenweiche Haut einer Varietésängerin tätowiert sind. Sie sticken den Dreck in ihre Wäsche, auf das Etikett ihres Parfüms gegen Achselgeruch. Die verlogenen Parolen werden aufgestickt und eingehäkelt. Aber erzähl mir lieber von dir? Was gibt's Neues?«

»Mein Vater ist sehr krank. Er wird nicht mehr lange leben.«

Daniel war bestürzt. »Das tut mir sehr leid, Edgar.«

»Das ist noch nicht alles. Meine Familie will, daß ich mich politisch engagiere. Arthur und Robert wollen, daß ich mithelfe, für die Nazipartei Geld zu besorgen.«

»Was?« fragte Daniel ungläubig. »Ist das dein Ernst? Arthur von Rabov … und die Nazis?«

»Ja, mein Vater und mein Onkel haben mir unmißverständlich erklärt, daß sie von mir patriotisches Engagement erwarten. Mein Vetter Robert neigt sowieso dorthin. Du kennst ihn ja.«

Daniels Miene verfinsterte sich. »Daß du dich mit diesem Typen überhaupt abgibst.«

»Tue ich ja gar nicht«, erwiderte Edgar düster. »Er gibt sich neuerdings mit mir ab. Aber er ist nun mal Familie. Es gibt Dinge, die kann man nicht ändern, Daniel: Verwandtschaft. Robert ist ein armer Teufel. Der Krieg hat ihm das Hirn verwirrt.«

»Pah! Ich kenne andere, die auch im Krieg waren und die nicht mit den Nazis marschieren.«

»Ja. Kommunisten. Umgekehrt verrückt. Von mir aus sollen die sich im Wedding alle zu Klump schlagen.«

Daniel schüttelte den Kopf, zog seine runde Drahtbrille ab und begann sie putzen.

»Du weißt, Edgar, ich mag dich. Du bist einer der wenigen Angehörigen der überwundenen Klasse, dessen Blasiertheit ich charmant finde.«

»Danke. Zu freundlich.«

»Bitte«, fuhr Daniel grinsend fort. »Außerdem kochst du gut, jedenfalls im ersten Monatsdrittel. Aber von gesellschaftlichen

Dingen verstehst du nichts. Dafür kannst du nichts, weil du einer ausgestorbenen Art angehörst. Du bist eine Art Leitfossil, ein übriggebliebenes Exemplar einer Welt, die es nicht mehr gibt. Aus dir spricht immer nur die Vergangenheit. Ich würde sogar sagen: Du lebst gar nicht in der Gegenwart.«

»Ich lebe in Berlin im Februar 1926, genauso wie du.«

»Ich meine deine innere Welt, Edgar, dein mit Adelstiteln und Monogrammen verziertes Innenfutter sozusagen. Es hindert dich daran, die Wirklichkeit zu sehen. Und wenn du die Nazis und die Kommunisten über einen Kamm scherst, dann muß ich einfach an deinem Verstand zweifeln.«

»Ich sage nicht, daß sie das gleiche sind. Aber sie sind mir gleichermaßen zuwider. Wie überhaupt alle Politik.«

»Gut, dann laß die Finger davon, und sammle kein Geld für politische Parteien.«

»Genau«, sagte Edgar erleichtert, »genau das will ich ja. Ich möchte damit nichts zu tun haben. Aber dafür brauche ich deinen Rat. Was soll ich tun? Über kurz oder lang muß ich mich dazu irgendwie verhalten.«

»Wie meinst du das?«

»Unsere Familie ist ein wenig kompliziert«, erklärte Edgar. »Aber im Grunde ist es ganz einfach. Mein Großvater väterlicherseits, also der alte Gustav Falkenbeck, war vermögend und besaß eine Fabrik. Mein Großvater mütterlicherseits, der alte Leopold Graf von Rabov, hatte zwar kein Geld mehr, dafür aber einen Titel und jede Menge Beziehungen. Bei den von Rabovs gab es eine hübsche Tochter, Agnes. Bei den Falkenbecks zwei Söhne, Herold und Wilhelm. Wilhelm war schon vergeben, wie ich heute erfahren habe, aber Herold war noch frei. So kam die Ehe meiner Eltern und letztlich auch ich zustande. Falkenbeck und von Rabov sind zwei Seiten derselben Medaille. Mein Vater sitzt in Hamburg und macht die Geschäfte; mein Onkel sitzt im Reichstag und zieht Fäden. Er ist der politische Arm der Familie. Und da mein Vater nicht mehr lange leben wird, werde ich das alles demnächst übernehmen müssen, verstehst du?«

»Mein Gott, Edgar, du wirst doch nicht mit diesen Bluthunden paktieren?«

»Meine Verwandten sind keine Bluthunde«, erwiderte Edgar müde, »von Robert einmal abgesehen. Im Grunde sind sie Monarchisten. Sie sind überzeugt, wenn die Republik zugrunde geht, wird automatisch der Kaiser zurückkommen. Und dafür wollen sie die Nazis benutzen. Vielleicht ist das ja auch gar nicht so dumm.«

Daniel schüttelte fassungslos den Kopf. »Zu solch einem Unfug sollte ich überhaupt nichts sagen. Ehrlich gesagt, ich weiß nicht einmal, was ich phantastischer finde: die Annahme, daß dieser Hitler die Republik stürzen, oder daß irgend jemand so verrückt sein sollte, sich den Kaiser zurückzuwünschen. Ich sagte es dir ja schon, Edgar, du lebst in einem Wolkenkuckucksheim. Du verkennst die Lage völlig. Laß die Finger von der Politik.«

»Leider erbe ich aber bald ein nicht ganz unbedeutendes Unternehmen. Und dadurch läßt die Politik die Finger eben nicht von mir. In Hamburg bin ich umzingelt von diesen Leuten, Daniel. Hier in Berlin hatte ich bis jetzt meine Ruhe. Bis jetzt. Aber in Hamburg. Das ganze Unternehmen hofft auf Hitler. Es sind Revanchisten. Sie wollen zurückschlagen. Sie finanzieren ihn.« Edgar schaute verdrießlich vor sich hin.

»Sag mal, was ist denn nur mit dir los?« fragte sein Freund besorgt.

»Ach, manchmal würde es mir schon genügen zu wissen, warum ich morgen früh überhaupt aufstehen soll.«

»He, he«, versuchte Daniel ihn aufzumuntern. »Was sind denn das für Töne! Was ist denn bloß passiert?«

»Merkwürdige Dinge. Ich weiß nicht, wie ich es sagen soll.«

Daniel schaute ihn prüfend an. »Aha«, sagte er dann und grinste. »Laß mich raten. Du hast Liebeskummer?«

Gegen seinen Willen mußte Edgar nun ebenfalls lächeln.

»Wußte ich's doch«, triumphierte Daniel.

»Nein, es ist nicht so simpel, wie es sich anhört.«

»Erzähl schon. Bist du jetzt auch noch einer häßlichen Komteß versprochen worden?«

»Quatsch.« Er schwieg und blickte sich unsicher um.

Daniel schien endlich zu spüren, wie bedrückt er wirklich war, und verkniff sich seine nächste Neckerei. »Bitte, Edgar, spann mich nicht weiter auf die Folter und erzähl endlich. Was ist denn nur los?«

»Erinnerst du dich noch an diese Frau im Eldorado?«

»Die kleine Kaffeebraune? Klar. Sag bloß, du bist bei ihr gelandet?«

Edgar antwortete nicht gleich, aber ein gewisser Stolz war ihm wohl trotz allem anzusehen.

Daniel knuffte ihn. »Satansbraten. Und der Glatzkopf? Was hast du mit dem gemacht?«

Edgar begann zu erzählen. Er schilderte in groben Zügen, wie die ersten beiden Abende mit Alina verlaufen waren. Als er die Liebenwalder Straße im Wedding erwähnte, schlug sich Daniel vor Schreck die Hand vor den Mund.

»Was? Du bist zu Kajottke mir ihr!« rief er fassungslos. »Das ist nicht dein Ernst!«

»Doch«, gab Edgar kleinlaut zu. »Ich weiß selbst nicht, was mich da geritten hat. Ich wollte ihr eins auswischen. Sie hatte doch schließlich mit diesem komischen Spiel angefangen. Wenn sie sich nicht in der Weißen Maus vor meinen Augen mit diesem Unbekannten eingelassen hätte, wäre es bestimmt nie so weit gekommen. Aber das hat mich einfach provoziert. Ich wußte ja noch nicht, was da wirklich geschehen war. Also wollte ich es ihr heimzahlen.«

Daniel zog neugierig die Augenbrauen hoch. »So? Was war denn wirklich geschehen?«

»Der Typ kannte sie. Er war auch aus England. Sie hat Informationen von ihm bekommen fürs Wochenende.«

»Fürs Wochenende. Hm, klingt ja interessant. Und was geschah am Wochenende?«

»Eins nach dem anderen. Nach dieser Sache im Wedding

fuhren wir in die Stadt zurück. Es tat mir jetzt leid, daß ich sie dorthin gebracht hatte. Ich glaube, mit so etwas hatte sie einfach nicht gerechnet. Aber dann …«

»… hat sie sich revanchiert?«

»So kann man es auch sagen.«

»Beschreib sie mir doch noch mal. Sie sah ja wirklich verdammt gut aus.«

»Wozu soll das gut sein?«

»Damit ich sie mir vorstellen kann. Es ist so lange her. Frische meine Erinnerung auf.«

»Das ist unmöglich. Wenn ich sie ansehe, dann habe ich das Gefühl, direkt ins Licht zu schauen. Danach sehe ich nur bunte Punkte. Soll ich dir die bunten Punkte aufzählen? Ihre Haut, ihre Augen? Die Art und Weise, wie sie sich bewegt?«

»Du liebe Zeit. Bunte Punkte. Du bist verliebt, das ist alles. Scheint ja wirklich eine tolle Frau zu sein.«

Edgar erzählte, was sich dann ereignet hatte. Wie sie ihn am Freitag zum Tee empfangen und am Samstag auf dieses Fest mitgenommen hatte. Er erzählte von der Villa, der sehr gelösten Atmosphäre. Als er zu den Vorgängen im Keller kam, verzog Daniel ungläubig den Mund.

»Das kann doch wohl nicht wahr sein«, flüsterte er fassungslos.

Edgar faßte zusammen. Daniel quittierte die Auslassungen mit höflichem Nicken. Aber Edgar erzählte zu Ende, die ganze Nacht, soweit er sich klar daran erinnerte.

Daniel schwieg ein gute Minute lang, nachdem Edgar geendet hatte.

»Vipàssana? Ist das Indisch?«

»Keine Ahnung.«

Daniel schaute ihn vergnügt an. »Nun ja, Edgar, das war doch eine interessante Nacht. Ich muß schon sagen. Aber gut, wenn man es mag …«

Edgar war ein wenig rot geworden. »Ohne das Kokain wäre mir das nicht passiert.«

»Ach was. Sie hat dich einfach richtig eingeschätzt. Du magst doch solche Experimente, oder? Es soll sogar Ehepaare geben, die sich auf diese Weise wieder in Fahrt bringen lassen. Sie mieten sich jemanden, der es der gnädigen Frau besorgt, damit der gnädige Herr wieder ...«

»Hör auf, Daniel. Ich weiß, was du denkst. Aber so war es nicht. Es war nicht nur Sex. Die ganze Sache ist weit komplizierter. Leider.«

»Ah ja. Hm. Noch komplizierter als Sex?«

»Das Problem ist, daß sie Engländerin ist«, antwortete Edgar und griff nach seinen Zigaretten. »Und damit komme ich zum wichtigeren Teil der ganzen Geschichte. Vorausgesetzt, daß du noch Zeit hast?«

Daniel schaute auf die Uhr. Mitternacht war bereits vorüber. »Sicher habe ich noch Zeit. Den Woller habe ich erledigt. Allerdings ist morgen Mittwoch, und ich habe zwei Premieren.«

»So lange wird es nicht dauern. Die Geschichte ist auch gleich zu Ende. Die Frage ist nur: Wie endet sie? Und ich fürchte: schlecht.«

»Ach ja. Wie das?«

»Überleg doch selbst mal! Ein Blickwechsel in einer Bar, ein zugesteckter Zettel, ein englischer Botschafter mit einer anglo-indischen Besucherin, die mich einfach so zu ihrem Stadtführer macht. Von diesen etwas ausgefallenen Ausflügen ganz zu schweigen. Dann mündet alles auch noch in die merkwürdigste Liebesnacht, die ich jemals erlebt habe. Eine sonderbare Kette von Zufällen, findest du nicht auch?«

»Nun ja, es kommt darauf an, wie man es darstellt. Du bist eben ein Glückspilz, oder? Ganz davon abgesehen finde ich fast alle Liebesgeschichten völlig unwahrscheinlich, und dennoch passieren laufend welche.«

»Soll ich weiterreden, oder wollen wir Witze machen?«

»Bitte weiterreden.«

»Ich kenne diese Frau nun seit etwas mehr als einer Woche. Gestern war, wie du weißt, mein Vater hier in Berlin. Ich mußte mit ihm zu Mittag essen. Mein Onkel Arthur und dessen Sohn Robert waren mit von der Partie. Robert hatte nichts Besseres zu tun, als meinem Vater aufs Brot zu schmieren, daß ich eine englische Freundin habe.«

»Woher wußte er das?«

»Er spioniert mir hinterher. Außerdem hat er mich am Telephon englisch mit ihr reden hören. Das wirklich Eigenartige war die Reaktion meines Vaters. Er ist buchstäblich aschfahl geworden und dann rot angelaufen. Robert mag Engländer verabscheuen, aber mein Vater haßt sie regelrecht. Ich habe mich natürlich herausgeredet und etwas von Englischstunden erfunden. Aber er hörte überhaupt nicht mehr richtig zu. Er verbot mir kategorisch jeden Kontakt mit Engländern.«

Daniel zuckte mit den Schultern. »Er mag ja auch keine Juden, und wir sitzen dennoch hier.«

»Sicher«, entgegnete Edgar. »Es schert mich einen Dreck, was Robert und mein Vater für Ressentiments pflegen. Aber hör zu, was dann geschah. Mein Vater befahl mir, am nächsten Morgen zu ihm ins Adlon zu einer Unterredung zu kommen. Ich erschien also heute früh pünktlich vor seinem Hotelzimmer. Aber er war gar nicht da. Statt dessen saß da meine Großmutter.«

»Einfach so?«

»Nicht einfach so. Ich ließ es mir natürlich nicht anmerken, aber das war ein klares Signal. Sie sagte zwar, sie sei ohnehin in Potsdam gewesen. Aber ich glaube nicht, daß das stimmt. Nein. Sie war extra nach Berlin gereist, um mit mir zu reden. Das war schon recht ungewöhnlich. Am Anfang dachte ich, es ging nur um die immer gleiche Geschichte, mein Lotterleben, mein mangelndes Pflichtbewußtsein und so weiter. Aber da hatte ich mich getäuscht.«

Daniel lauschte aufmerksam, während Edgar ihm die englischen Verbindungen seiner Familie schilderte. Zweimal unterbrach er ihn, um nachzufragen, was Edgar nicht verwunderte, denn er selbst hatte die komplizierte Sachlage, die sich aus dem

Testament ergab, auch nicht auf Anhieb begriffen. Doch schließlich schien Daniel verstanden zu haben, worauf Edgars Bericht hinauslief.

»Ganz schön kompliziert, deine Familie. Kannst du mir das mal aufzeichnen?«

Edgar nahm den Notizblock zur Hand, den Daniel ihm hinhielt, und skizzierte rasch den Stammbaum seiner beiden Familien:

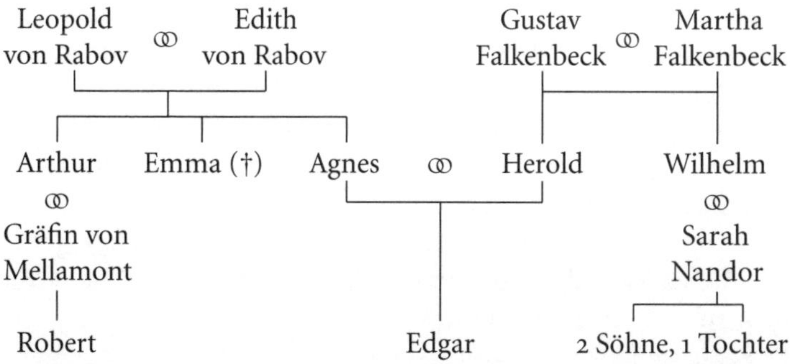

Daniel studierte die Skizze aufmerksam. »Was ist mit Emma?« fragte er.

»Sie wurde nur zwei Jahre alt. Sie starb 1872.«

»Und diese Gräfin von Mellamont? Wer ist das?«

»Arthurs Frau. Wir hatten fast keinen Kontakt zu ihr. Sie lebte mit Arthur hier in Berlin. Ich glaube, sie war nicht vornehm genug für meine Familie. Arthur kam immer alleine nach Hamburg. Oder mit Robert. Sie kam nie mit. Sie ist vor vier Jahren gestorben. Ich weiß fast nichts von ihr.«

Daniel schüttelte den Kopf. »Was seid ihn nur für Menschen? Nicht vornehm genug.«

Edgar sagte nichts und zog nur die Augenbrauen hoch.

»Na ja«, sagte Daniel seufzend, »dieser ganze Unsinn ist ja jetzt wenigstens abgeschafft. Und von Wilhelm hat man dir nie etwas erzählt? Das ist schon merkwürdig!«

»Nein. Wer bei uns in Ungnade fällt, hört schlicht auf, zu existieren.«

Daniel verdrehte empört die Augen. Er bestellte noch ein Bier und zog dann ein paar Linien auf dem Blatt. Schließlich machte er einen Kringel um Edgars Namen.

»Kein Zweifel, Edgar. Du bist der König und Wilhelms einziges Hindernis. Er oder deine unbekannten Cousins haben dir also diesen Manings und die Frau auf den Hals geschickt.«

Seine Cousins? An die hatte Edgar noch gar nicht gedacht. Er musterte die Skizze. Er wußte nur, daß Wilhelm zwei Söhne und eine Tochter hatte. Aber wie sie hießen, hatte Edith ihm heute morgen nicht gesagt. Wußte sie es überhaupt? Was für eine bizarre Situation. Er kannte diese Menschen überhaupt nicht. Aber sie kannten bestimmt ihn und wollten ihn möglicherweise beseitigen.

»Ich muß wohl davon ausgehen«, sagte er resigniert.

»Sie schicken dir eine indische Prostituierte auf den Hals, um dich zu ködern? Hm, und was soll das alles bewirken?«

»Das ist die Frage.«

Edgar schwieg, und Daniel schaute ihn mitleidig an.

»Du hast dich doch wohl nicht in die Kleine verliebt? Ich meine, so schnell verliebt man sich doch nicht.«

Statt einer Antwort zog Edgar etwas aus der Tasche und stellte es vor Daniel auf den Tisch. Der öffnete die kleine Schatulle und betrachtete entgeistert den kostbaren Diamantring, der ihm entgegenfunkelte. Edgar schwieg. Daniel schüttelte nur den Kopf.

»Was soll ich machen?« sagte Edgar. »Ich kann überhaupt nicht mehr klar denken. Und diese Frau … Daniel, wenn sie nichts mit der ganzen Sache zu tun hat, dann ist sie das Großartigste, was mir jemals passiert ist. Ich kann dir gar nicht sagen, was in mir los ist, weil ich es selbst noch gar nicht begreife. Es ist nicht nur der Sex mit ihr. Sie ist völlig anders als alles, was ich kenne. Und ich bin sicher, das ist erst der Anfang. Gestern habe ich mir noch vorgestellt, wie es wäre, mit ihr nach Indien zu gehen. Nein, nein, sag jetzt nichts. Ich weiß, daß das völlig verrückt ist. Ich werde das natürlich nicht tun. Aber …«

»… du solltest zunächst einmal herausfinden, ob sie nicht doch eine Luxushure aus London ist«, beendete Daniel den Satz.

»Ja, es kann natürlich sein, daß das alles mit meiner furchtbaren Familie zusammenhängt«, erwiderte Edgar zerknirscht. »Und nach allem, was ich gehört habe, ist das nicht einmal unwahrscheinlich.«

Daniel nahm einen großen Schluck aus dem Glas, das soeben auf dem Tisch erschienen war, und schob es dann Edgar hin, der sich ebenfalls bediente.

»Ergibt das überhaupt einen Sinn?« mutmaßte Daniel. »Dieser Onkel von dir, dieser Wilhelm. Was hätte er davon, dir diese Frau unterzujubeln?«

»Vielleicht soll sie mich an einen bestimmten Ort locken«, spekulierte Edgar, »irgendwohin, wo ich einen Unfall haben werde. Vielleicht werde ich plötzlich krank? Eine rätselhafte Krankheit rafft mich dahin, irgendeine orientalische Grippe, von der kein Mensch weiß, wo ich sie mir eingefangen habe. Und schon erbt der englische Zweig.«

Daniel runzelte skeptisch die Stirn. »Ist das eine reale Gefahr? Ich meine, ernsthaft?«

Edgar zuckte ratlos mit den Schultern. »Es sieht so aus.« Dann schaute er Daniel lange an: »Also, was meinst du. Was soll ich tun?«

Daniel wußte keine Antwort. »Ich muß nachdenken«, sagte er. »Aber ich überlege mir bis morgen etwas.«

»Hilfst du mir, falls ich dich brauche?«

»Sicher. Sicher helfe ich dir. Aber weißt du denn schon, was du jetzt tun willst.«

»Irgendwo muß ich ja anfangen«, sagte Edgar etwas ratlos. »Ich kann ja nicht einfach nichts tun. Also fange ich am Anfang an.«

»Am Anfang?«

»Ja«, antwortete Edgar und signalisierte dem Kellner, daß er bezahlen wollte.

»Bei diesem Manings.«

13.

Am Mittwoch morgen erreichte er sie endlich. Ihre Stimme war seltsam verändert. Sie antwortete kaum und wich seinen Fragen aus.

»Ich muß einige Tage allein sein«, sagte sie.

»Aber … warum? Ich muß dich sehen, Alina. Ich muß mit dir reden.«

Stille. Er hörte ihren Atem. Was war nur mit ihr los?

»Wo bist du gestern gewesen? Ich habe den ganzen Tag versucht, dich zu erreichen.«

Aber auch darauf bekam er keine Antwort.

»Alina … ist irgend etwas geschehen? Habe ich etwas falsch gemacht?«

»Nein, Edgar. Du hast gar nichts falsch gemacht.« Ihre Stimme wurde endlich etwas weicher. Und die Art und Weise, wie sie seinen Namen aussprach, ließ ihn wieder Hoffnung schöpfen.

»Ich muß nachdenken, Edgar. Es ist so viel passiert. Findest du nicht auch? Bitte, laß mir einige Tage Zeit, ja?«

Einige Tage? Das konnte sie nicht ernst meinen.

»Aber … kannst du mir wenigstens erklären, warum?«

»Nein, Edgar. Ich möchte jetzt nichts erklären.« Und dann fügte sie hinzu. »Ich habe gestern Manings getroffen. Er möchte dich gerne sehen.«

Manings! Also doch! Die beiden steckten zusammen. Sie war der Lockvogel. Und er zog die Fäden.

»Wo kann ich ihn finden?« fragte er kühl. »In der Botschaft?«

»Nein. Er ist heute unterwegs. Aber er muß heute abend zu einem Vortrag gehen, ganz hier in der Nähe, warte, er hat mir die Adresse gegeben für den Fall, daß du ihn dort später treffen möchtest.«

»Alina!« rief Edgar aufgebracht.

»Ja.«

»Ich muß dich heute sehen. Und sei es nur für eine Viertelstunde. Bitte.«

Es folgte eine lange Pause. Schließlich sagte sie: »In Ordnung. Aber nicht bei mir. In einem Café, einverstanden?«

»Ja. Wo?«

»Ich kenne mich hier nicht aus.«

»Hotel Eden. Am Zoo.«

»Gut«, erwiderte sie. »Sagen wir um fünf?«

Fünf Uhr, dachte er. Wie sollte er es so lange aushalten? Aber er zog es vor, zuzustimmen, bevor sie es sich womöglich anders überlegte.

Er traf bereits um vier Uhr dort ein. Das Publikum tanzte Charleston, die Mädchen bemalt und gepudert, die Arme nackt, die Beine frei, die Kleidung eng anliegend mit nichts darunter. Von den Jungs war kaum einer über zwanzig. Sie waren alle nach der neuesten Mode gekleidet, in weiten, hellen Hosen, die vorn über die Schuhe fielen, dazu meist ein dunkles Jackett. Noch vorletzte Woche war er selbst hier tanzen gegangen. Er zählte die Minuten und suchte die Menge nach ihr ab. Um zehn nach fünf erschien sie am Eingang.

Er ging auf sie zu, nahm sie am Arm und führte sie auf die Straße hinaus.

»Der Lärm ist unerträglich«, sagte er. »Laß uns ein paar Schritte gehen.«

Sie folgte ihm widerstandslos. Aber was war nur seit Sonntag mit ihr geschehen? Sie wirkte nervös, schaute ihm kaum in die Augen. Ihre Anwesenheit erschien ihm so unnatürlich und gezwungen, daß er nach wenigen Schritten von selbst seinen Arm zurückzog. Sie registrierte es sofort, blickte ihn unsicher an, machte jedoch keinerlei Anstalten, die Distanz, die zwischen ihnen entstanden war, zu überbrücken.

Er blieb stehen. »Was ist los?«

»Nichts«, sagte sie und versuchte zu lächeln. Dann legte sie die Hand auf seine verschränkten Arme, zog ihn zu sich heran und küßte ihn kurz. »Warum bist du so kalt?« fragte sie dann.

Es war ihm noch gar nicht in den Sinn gekommen, daß er abweisend sein könnte. Natürlich spürte sie sein Mißtrauen.

»Das ... das ist nicht meine Absicht. Aber warum ziehst du dich plötzlich vor mir zurück? Wo warst du gestern? Warum hast du mich nicht angerufen?«

»Ich wollte allein sein«, antwortete sie. »Aber du warst die ganze Zeit bei mir.«

Edgar wußte nicht, was er sagen sollte. Er kam sich dumm vor. Aber bevor er seine Gedanken geordnet hatte, sagte sie: »Hier. Die Adresse, wo du Manings treffen kannst. Er hat mich vorhin noch einmal angerufen und nach dir gefragt. Er erwartet dich nachher.«

Er las die Adresse und steckte den Zettel ein. Die Situation wurde immer unerträglicher. Es war gerade so, als habe das Wochenende gar nicht stattgefunden.

»Ich wollte dich heute nicht sehen, Edgar. Ich kann nicht. Ich bin woanders mit meinen Gedanken. Das tut dir weh. Daher wollte ich nicht kommen. Aber ich denke trotzdem die ganze Zeit an dich. Du brauchst keine Angst zu haben. Es hat sich nichts geändert. Komm morgen abend zu mir, ja? Ich erwarte dich.«

Sie umarmte ihn und ging. Und er stand einfach nur da und sah ihr nach.

Die Adresse war leicht zu finden. Aber wo befand sich hier ein Vortragssaal?

Es dauerte eine Weile, bis er in einem kleinen Holzkasten im Hausflur den Aushang gefunden hatte. Auf einem Zettel, der auf einen Nagel aufgespießt war, las er die Ankündigung: *Alfred*

Schulers cosmogonische Augen aus zeitgenössischer Sicht. Eine Guido-von-List-Gesellschaft zu Berlin hatte zu der Veranstaltung eingeladen. Alte Remise, Hof II., 18 Uhr, stand auf dem Blatt. Er war eine halbe Stunde zu spät.

Edgar verließ das Treppenhaus wieder, durchquerte die Einfahrt und gelangte in den ersten Hinterhof. Drei alte Pferdeställe befanden sich im Seitenflügel, einer war bereits zu einer Kraftwagenwerkstatt umfunktioniert worden. Im Erdgeschoß des Quergebäudes hatte sich allem Anschein nach einmal eine Molkerei befunden, aber außer dem verwitterten Schriftzug des Gewerbes über den drei vernagelten Fenstern war nichts davon übriggeblieben. Ein enger Hausflur führte durch ein feucht riechendes Treppenhaus in einen zweiten Hof, in dem sich weitere Gewerberemisen befanden. In einer davon brannte Licht. Die große Holztür ließ sich überraschend leicht öffnen. Er betrat einen Vorraum. Zwei schwere Decken hingen von einem Metallbügel herab und bildeten eine Art Windfang. Edgar schob die Decken auseinander und betrat den Vortragssaal.

Die Beleuchtung war spärlich, aber Edgar konnte erkennen, daß die zehn oder zwölf Stuhlreihen vor dem Podium ziemlich gut besetzt waren. Er wartete, bis sich seine Augen an das Halbdunkel gewöhnt hatten. Der Saal war karg und heruntergekommen. Lediglich an der Wand hinter dem Podium, an dem der Redner stand, hing eine dunkelrote Stoffbahn von der Decke herab. Symbole waren daran befestigt: ein Halbmond, ein Hakenkreuz und glitzernde Punkte. Auf dem Podium selbst brannten sechs Kerzen, die um eine antik aussehende Steinbüste herum arrangiert waren. Das Eindrucksvollste an der ganzen Ausstattung war der Vortragende selbst: ein rundlicher, gewöhnlich aussehender Mensch mittleren Alters mit Halbglatze, dessen Gesichtsausdruck von einer derart verstörenden Fremdheit war, daß Edgar sich sofort an den merkwürdigen Titel dieser Veranstaltung erinnert fühlte. Was immer cosmogonische Augen sein mochten, dieser Mensch dort hatte vermutlich welche. Er war offenbar eine Art Prediger. Sein Sprachgestus ließ vermuten, er würde gleich Dinge durch den Raum schweben lassen. Oder diente das kerzenbedämmerte, rotflauschige Dreivierteldunkel zur Einstimmung in eine rituelle Handlung? Die Rede, welche er über der lauschenden Versammlung ausgoß, war in jedem Fall von der allerseltsamsten Art.

»... denn ich sage Ihnen, daß, wenn Schleusen geöffnet werden, zuerst der Unrat vorausfließt und dann das klare Wasser folgt. So war die Französische Revolution und in ihrem Gefolge die Sozialdemokratie und Anarchie nichts anderes als die Herausstülpung der untersten Eitermasse. Doch nun ist die Eitermasse ausgeflossen. Kein Fallbeil dieser Schandrasse soll mehr durch adelige Wirbelsäulen krachen. Dies war die letzte Lustmordschlinge gegen Licht und Seele.«

Jetzt hatte er ihn entdeckt. Manings saß in der vorletzten Reihe. Edgar bewegte sich ein wenig zur Seite, um zu schauen, ob in seiner Nähe ein Platz frei war. Aber er hatte kein Glück. Lediglich ganz links außen in der letzten Reihe gab es noch einige unbesetzte Stühle. Er ging, so leise er konnte, an der Rückwand entlang und nahm Platz.

»Es dämmert die Blutleuchte im entlichteten Raum«, verkündete indessen der Redner und hob seine leicht näselnde Stimme etwas an. »Es kommt der neue Führer. Und er sagt: Nach eurem Blute lechzt mein Wirbelbrand. Nach eures Herzens roten Körnerbächen. Mich totzuschlürfen in des Lichtes Leben.«

Edgar musterte das Publikum. Von seinem Platz aus konnte er Manings gut sehen. Der Mann lauschte konzentriert und machte sich bisweilen Notizen.

»Ich komme jetzt auf das Mordblutgeheimnis zu sprechen«, hallte es durch den Saal, »mit anderen Worten: wie man über das Vergießen des gegnerischen Blutes in den Besitz der Blutleuchte des Gegners gelangen kann. Denn die Zeit ist nahe, da der Name in Fleisch tritt.«

Edgar erwog, draußen zu warten, bis diese Sache hier vorüber war. Erstaunt stellte er fest, daß eine nicht geringe Zahl der Zuhörer Frauen waren. Ein Mann mit starkem Backenbart kam

Edgar sogar bekannt vor, aber er konnte ihn nicht zuordnen. Ein magerer Student mit zwei prächtigen Schmissen auf der rechten Wange saß neben einem Arbeiter. Eine ziemlich gemischte Versammlung, dachte Edgar und überlegte dann, wie er es anstellen könnte, sich unauffällig wieder zu entfernen, falls er nicht bis zum Ende der Angelegenheit hierbleiben würde.

Bevor er weiterdenken konnte, lenkte ihn jedoch ein weiterer Wortschwall von seinen Überlegungen ab. Die Rede war plötzlich auf Luther gekommen: »Der Ausbruch des Wittenberger Skandals signiert am drastischsten die erlöschende Leuchtkraft in Christo. Der Fortpflanzungstrieb kommt obenauf, der dunkle Mensch, der Materialist. Der Mensch als Maschine nicht nur in seinem Beruf. Es wächst nur noch Masse, es werden immer lichtlosere Individuen geschaffen, in denen der hüpfende schwarze Punkt, das Ich, sich vermillionenfacht.«

Er wäre wahrscheinlich in den nächsten Minuten gegangen. Doch plötzlich gefror sein Blick auf einem Profil, das er genau kannte. Robert! Er saß in der ersten Reihe. Wie war das möglich? Er reckte sich vorsichtig und starrte über das Publikum hinweg nach vorne. Kein Zweifel. Robert saß dort vorne und lauschte hingerissen den unheimlichen Worten dieses Menschen. Und nicht nur er. Es war totenstill im Raum. In den seltenen Redepausen hörte man die Kerzen knistern. Edgar rührte sich nicht und versuchte zuzuhören, zu begreifen, zu verstehen. Was war dies nur für eine Sprache? Irgend etwas darin klang so, als stammten die Worte aus einem anderen Universum. Nach eurem Blute lechzt mein Wirbelbrand. Nach eures Herzens roten Körnerbächen.

Edgar gab es auf, dieser Rätselsprache einen Sinn entlokken zu wollen. Robert saß hier. Das beschäftigte ihn jetzt. Was hatte Robert hier zu suchen? Gehörte er zu dieser Gesellschaft? Verstand sein Vetter, wovon der Mann dort sprach? Robert, der doch sonst nur völkische Parolen der Hugenberg-Presse wiedergab? Immerhin wußte er jetzt, aus welcher Hinterhofpfütze Robert seine wirren Ansichten schlürfte.

Auf keinen Fall wollte Edgar von seinem Vetter gesehen werden. Lautlos erhob er sich, schlich zum Eingang zurück, glitt unbemerkt zwischen den Decken hindurch in den Windfang und von dort nach draußen. Die letzten Worte folgten ihm bis in den Hof hinaus: »… ist nur noch bodenloser Kosmopolitismus, ein Affentum der Kultur, ein geistiges Pfauentum.«

Endlich schloß sich die Tür hinter ihm und erstickte das bizarre Gerede.

Er wartete in einer unbeleuchteten Ecke des Hofes. Etwa zwanzig Minuten vergingen, bis die Tür sich öffnete und die Besucher den Vortragssaal verließen. Manings war einer der ersten. Edgar wartete, bis der Engländer den Hof fast durchquert hatte, bevor er ihm zu folgen begann. Im Vorübergehen warf er rasch einen Blick in den Saal hinein, um sicherzugehen, daß Robert ihn nicht sehen würde. Aber sein Vetter stand mit einigen anderen vor dem Podium, wo der Redner offenbar noch Fragen beantwortete.

Manings spazierte ohne Eile die Spichernstraße hinab. Edgar hatte keine Mühe, ihn einzuholen.

»Mr. Falkenbeck!« rief er erstaunt, als Edgar zu ihm aufgeschlossen hatte. »Sie haben also doch noch hergefunden?«

»Ja. Miss Vernon sagte mir, wo ich Sie finden kann«, erklärte er ohne Umschweife. »Ich muß mit Ihnen sprechen.«

»O mein Gott«, sagte Manings und setzte eine besorgte Miene auf. »Es ist doch hoffentlich nichts passiert?«

»Nein, keineswegs«, erwiderte Edgar und versuchte zu lächeln. »Ich … ich wollte Sie nur ein paar Dinge fragen.«

Manings musterte ihn mit unverändert besorgter Miene. »Ich ahne es schon«, sagte er dann. »Miss Vernon hat sich unmöglich benommen, nicht wahr? Ich kann Ihnen gar nicht sagen, wie unangenehm mir diese ganze Sache ist.«

Falls er Theater spielte, dachte Edgar, so tat er dies ganz überzeugend. Allerdings wurde ihm jetzt klar, daß er überhaupt keine Vorstellung davon hatte, wie er dem Engländer auf den Zahn fühlen sollte. Aber nach kurzer Überlegung beschloß er, seiner Intuition zu folgen. Falls Manings nicht der war, für den er sich ausgab, so würde der Mann sich früher oder später schon verraten.

»Hätten Sie Lust, eine Kleinigkeit mit mir zu essen?« fragte Edgar, ohne auf Manings' Bemerkung einzugehen. »Ich kenne ein gutes Restaurant in der Nähe. Sie sind natürlich mein Gast.«

»Das ist wirklich sehr nett von Ihnen«, gab er zurück. »Ich habe nichts vor und durchaus ein wenig Appetit. Aber keineswegs kann ich zulassen, daß Sie mich einladen. Wenn Sie allerdings einverstanden wären, mein Gast zu sein, nehme ich Ihre Einladung gerne an.«

Edgar wollte so schnell wie möglich die Spichernstraße verlassen. Robert konnte jeden Augenblick hier auftauchen. Also akzeptierte er und lenkte ihre Schritte Richtung Horcher.

»Waren Sie auch in dem Vortrag?« wollte Manings jetzt wissen, während sie die Motzstraße entlanggingen.

»Ja. Aber ich bin zu spät gekommen und auch nicht lange geblieben. Ich habe nicht viel von dem verstanden, was der Mann vortrug. Daher habe ich draußen im Hof auf Sie gewartet.«

Manings schaute ihn von der Seite an und machte ein bekümmertes Gesicht.

»Das tut mir leid. Hätten Sie sich doch bemerkbar gemacht, dann hätte ich Sie keineswegs warten lassen.«

»Aber das kam doch gar nicht in Frage. Schließlich wollten Sie den Vortrag hören.«

»Nein, so wichtig war das nicht. Es war ohnehin kaum mehr als eine Pflichtübung.«

»Ach, dann waren Sie beruflich dort?« fragte Edgar.

»Nein, nein. Das nicht. Ich meinte den Vortragsstil des Redners. Ich war aus privater Neugier hier. Sie waren sicher verwundert über das, was Sie da gehört haben, oder?«

»Durchaus. Aber wie gesagt, ich habe nicht viel verstanden.«

»Das leuchtet mir ein. Diese Dinge sind für Außenstehende kaum nachvollziehbar.«

»Was für Dinge?« wollte Edgar wissen.

Manings räusperte sich. »Well, Mr. Falkenbeck, ich fürchte,

wenn ich Ihnen das genauer auseinandersetze, werden Sie mich für einen komischen Kauz halten.«

»Ach ja. Warum?«

»Nun, weil diese Gruppen und Zirkel, deren Treiben ich ein wenig verfolge, alle ein wenig verrückt erscheinen. Sagt Ihnen der Begriff Ariosophie etwas?«

Edgar verneinte.

»Oder haben Sie einmal etwas von der Theosophie gehört?«

Edgar verneinte erneut. Die Richtung, die das Gespräch jetzt nahm, gefiel ihm nicht. Er wollte Manings aushorchen, ihn aus der Reserve locken. Aber wie sollte er das bewerkstelligen?

»Ich habe eine Schwäche für diese neuen mystischen Gruppen, diese ganzen Konventikel, die sich zur Zeit überall bilden.«

»Konventikel? Was ist das?«

»So nennt man kleine, sektiererische Gruppen, die sich mit Spiritismus, Okkultismus und dergleichen beschäftigen. Die meisten Weltreligionen haben so angefangen.«

Edgar stutzte. »Meinen Sie, daß uns etwas Derartiges droht? Eine neue Religion?«

Manings schmunzelte. »Ah, ich ahne schon Ihren Standpunkt zu diesem Thema. Aber um Ihre Frage zu beantworten: Nein, ich denke nicht, daß uns eine neue Religion ins Haus steht. Ganz im Gegenteil. Das ist ja das Interessante an unserer Zeit. Wir erleben gerade das Zeitalter, da die großen Religionen sich auflösen. Daher diese ganzen Sekten und Gruppen. Sie entstehen immer dann, wenn alte Sinnsysteme auseinanderbrechen. Es ist, wie wenn eine Kathedrale einstürzt. Auf einmal kann man sehen, warum sie überhaupt – scheinbar gegen alle Regeln der Statik – Hunderte von Jahren gehalten hat. Ihr Geheimnis wird plötzlich sichtbar. Das große Ganze zerfällt, und irgendwann wird wieder etwas Neues daraus. Aber ich denke, das werde ich nicht mehr erleben. Nun ja, ich interessiere mich nun mal für diese Dinge.«

»Als Hobby sozusagen?«

»Ja. Wenn Sie so wollen.«

»Aber ist es da nicht ein wenig mißlich, daß Sie in Deutschland sind und nicht in Ihrer Heimat?«

»Warum das?« fragte Manings erstaunt zurück.

»Nun, weil die religiösen Bewegungen Ihnen hierzulande sicher weniger vertraut sind als bei Ihnen zu Hause.«

»Durchaus nicht«, entgegnete Manings und lachte. »Im Gegenteil. Religion ist auch kein glücklicher Begriff dafür. Und was da geschieht, geschieht ununterbrochen und überall, nicht nur in einem Land oder einem Kulturkreis. Aber ich will Sie nicht mit diesen versponnenen Dingen langweilen. Sagen Sie mir doch lieber, wie es Ihnen mit Miss Vernon ergangen ist. Ich hoffe, sie hat mich nicht kompromittiert?«

Sie waren mittlerweile auf der Lutherstraße angekommen. Edgar ließ die Frage unbeantwortet und sagte nur: »Hier. Wir sind da.«

Da es noch recht früh am Abend war und Edgar den Oberkellner gut kannte, bekamen sie einen schönen Tisch in einer Fensternische im ersten Stock. Man hatte einen guten Blick, sah in der Ferne sogar die Leuchtreklame des Scala und das illuminierte Motto des Eldorado gegenüber. *Hier ist's richtig* flimmerte in meterhohen Lettern durch das Abenddunkel.

Sie bestellten, nachdem Edgar den Engländer darüber aufgeklärt hatte, daß St. Germain auf der Menükarte grüne Erbsen und die Bezeichnung »Princesse« Spargel als Beilage zu bedeuten hatte.

Manings war noch nie bei Horcher gewesen und genoß die Atmosphäre sichtlich. »Ich muß sagen, die Küche hier ist vorzüglich«, bemerkte er nach der Vorspeise. »Ich sollte Sie für den gastronomischen Teil meiner Stadtführertätigkeit als Berater engagieren.«

»Gern«, pflichtete Edgar ihm bei. »Aber ich fürchte, von hier aus geht es nur noch abwärts. Meine Empfehlung ist: Geben Sie dem Oberkellner ein gutes Trinkgeld und Ihre Karte. Das erhöht Ihre Chancen, wenn Sie reservieren möchten. Sie sind wohl noch nicht lange in Berlin, oder?«

»Nun, was ist schon lange?«

»Und darf ich fragen, wo Sie vorher gelebt haben?«

Manings lehnte sich zurück, nahm einen Schluck Weißwein zu sich und tupfte sich dann den Mund ab. »Ich habe in London gelebt. Es ist immer der gleiche Rhythmus. Drei oder vier Jahre Ausland, dann wieder nach Hause. Während des Krieges war es natürlich anders.«

Ein heller Blitz blendete sie. Manings schaute irritiert auf.

»Machen Sie sich nichts draus«, sagte Edgar. »Das ist hier so üblich. Man kann die Photos später am Ausgang kaufen. Man muß aber nicht.«

Manings zwinkerte noch von den Nachwirkungen des hellen Lichts. Der Photograph war bereits weitergegangen, um andere Gäste zu erschrecken.

»Wie kommt es, daß Sie so ausgezeichnet deutsch sprechen?« fragte Edgar und fühlte zugleich, daß ihm das Gespräch unangenehm wurde. Die Situation widersprach seiner Natur. Er wollte diesem Engländer nicht mißtrauen. Im Gegenteil. Seine distinguierte, aber zugleich umgängliche Art gefiel ihm. Manings hatte exzellente Manieren und wirkte dennoch entspannt und natürlich. Seine Augen wurden lebendig, wenn er redete, doch seine Sprache blieb klar und ruhig, so daß Edgar ihm mühelos folgen konnte. Ja, dieser ältere Herr war ihm sehr viel sympathischer, als ihm gegenwärtig lieb war.

»Ich habe vor vielen Jahren in München studiert«, griff Manings den Gesprächsfaden wieder auf. »Eine sehr schöne Stadt. Aber Sie kennen sie gewiß, oder?«

»Nein. Ehrlich gesagt, ich war noch nie südlich von Frankfurt am Main. Aber was verschlägt einen Engländer nach München?«

»Neugier«, antwortete Manings. »Deutschland war die große Überraschung meiner Generation.«

»Ach ja? Wieso das?«

»Das Land war plötzlich nicht wiederzuerkennen. Sehen Sie, Deutschland war für uns immer etwas gewesen, das außerhalb der Welt lag. Sehr fremd und ein wenig rätselhaft, ein Land merkwürdiger Genies, die Welten entdeckten, die niemand sonst jemals gesehen hatte. Den Weltgeist etwa oder die reine Vernunft. Ich wollte unbedingt einmal Hölderlin im Original lesen. Für uns Engländer war Deutschland immer von einer märchenhaften Aura umgeben. Deshalb war es ja so verstörend, als es um die Jahrhundertwende plötzlich in der Wirklichkeit auftauchte. In Berlin regierten auf einmal nicht mehr Fichte und Hegel, sondern Siemens und Halske und statt der Brüder Humboldt die Brüder Bleichröder.«

Edgar mußte lachen. Dann fügte er wie nebenbei hinzu: »Und statt Goethes Farbenlehre kam die Farben AG.«

Edgar hatte Manings genau beobachtet. Zuckte er zusammen? Verriet sein Gesicht irgendeine Regung?

»Ja, so könnte man es auch sagen«, antwortete Manings und lehnte sich zufrieden zurück ohne die geringste Spur von Verunsicherung.

Edgar beschloß, daß er sich geirrt haben mußte. Er holte ein Päckchen Zigaretten aus der Tasche. »Möchten Sie auch eine?«

»Nein, danke«, erwiderte Manings. »Ich denke, nach so einem vorzüglichen Essen sollten wir etwas Besonderes rauchen. Hier, bitte.«

Edgar nahm die Zigarre entgegen, die der Engländer ihm anbot, und musterte die kunstvoll gezeichnete Papierrosette in der Nähe des Mundstücks. *Pearl of Kashmere* stand darauf.

»Sie werden erstaunt sein«, sagte Manings und zog ein zweites Exemplar aus einem Holzetui. »Kennen Sie sich mit Zigarren aus?«

»Nicht sehr gut«, gestand Edgar.

»Nun, ich bin gespannt auf Ihr Urteil. Es ist zwar nicht sehr bekannt, aber schon die indische Standardzigarre, die Bahadur, kann es mit jeder kubanischen aufnehmen. Unsere Offiziere in Indien sind allerdings etwas anspruchsvoller und rauchen daher *Light of Aria* oder *Bouquet*. Danach ist es übrigens wie mit allen Übergängen vom nur Angenehmen zum wirklich Schönen. Die

Natur macht einen völlig unerklärlichen Sprung, fast wie den vom Affen zum Menschen. Sie erschafft plötzlich eine *Mohini* und eine *Reverie*. Schließlich verausgabt sie sich anscheinend völlig bei der *Lotus Lily*, um dann ihre Erleuchtung in der *Pearl of Kashmere* zu finden. Bisweilen gerät die eine oder andere auf verschlungenen Wegen aus unserem verzweigten Empire in mein Büro.«

Er reichte Edgar einen Zigarrenschneider, wartete, bis dieser seine Zigarre geschnitten hatte, und gab ihm dann Feuer. Die Wirkung war bemerkenswert. Der Duft des Rauches, den die Zigarre freisetzte, erregte sogar am Nebentisch Aufmerksamkeit. Ein Mann schaute interessiert herüber und nickte Edgar anerkennend zu, als habe er nicht das Aroma einer Zigarre, sondern das Parfüm einer begehrten Frau wiedererkannt.

»Stammt diese Schönheit auch aus Madras?« fragte Edgar dann.

Mr. Manings hob die Augenbrauen und seufzte. »Ich habe mich also nicht getäuscht. Miss Vernon hat mich kompromittiert, ist es nicht so?«

»Nein, Mr. Manings. Das ist es nicht. Aber sie ist wirklich eine ungewöhnliche Frau. Sie haben ja heute mir ihr gesprochen, nicht wahr?«

»Ja. Ich hatte heute wieder einmal das Vergnügen, mich mit ihren Launen herumschlagen zu müssen. Sie möchte nächste Woche unbedingt das Schiff nach Madras nehmen und hat offenbar Schwierigkeiten, einen Platz zu bekommen. Wir haben natürlich über die Botschaft immer ein Kontingent freier Plätze, aber die stehen üblicherweise nur militärischem oder diplomatischem Personal zur Verfügung.«

Edgar wurde flau im Magen. Sie gedachte, nächste Woche abzureisen? Warum hatte sie ihm das nicht gesagt? Sein ganzer Verdacht war also Unsinn gewesen, nur ein Symptom der Wahnvorstellungen seiner Familie. Er mußte sofort zu ihr. Sie konnte doch nicht einfach verschwinden. Sie mußte ihm eine Erklärung geben.

Manings zuckte mit den Schultern: »Aber es ist natürlich nicht einfach, einer Frau wie Miss Vernon etwas abzuschlagen. Wenn sie will, kann sie sehr charmant sein. Sogar mir gegenüber.«

Manings lächelte und zog an seiner *Pearl of Kashmere*. Er saß entspannt da, schaute dem Rauch hinterher, der sich von seiner Zigarre in die Luft kringelte, während Edgar versuchte, seine Niedergeschlagenheit zu überspielen.

»Sie haben also einen Platz für Sie bekommen?«

Manings nickte. »Ja. Zwar erst ab Genua, was eine ziemlich lange Anfahrt mit dem Zug bedeutet, aber dafür kann sie in knapp einer Woche reisen.«

»Darf ich Sie etwas fragen?« sagte Edgar nach einer Pause.

»Sicher.«

»Wissen Sie, warum Miss Vernon nach Berlin gekommen ist?«

»Möchten Sie auch einen Cognac?« erwiderte Manings und gab gleichzeitig dem Kellner ein Zeichen. Dann fügte er hinzu: »Sie scheint irgend jemanden zu suchen. Ich weiß nicht, um wen es sich handelt, aber ich spekuliere, daß es ein ihr nahestehender Verwandter ist. Sie ist nur vorübergehend in Europa, um familiäre Angelegenheiten in London zu regeln. Auf dem Rückweg nach Indien hat sie wohl die Gelegenheit genutzt, um hier in Berlin irgend jemanden zu treffen.«

Manings verstummte einen Augenblick lang. Dann fuhr er mit etwas gesenkter Stimme fort: »Ich weiß gar nicht, ob ich Ihnen das alles erzählen darf. Versprechen Sie mir, daß Sie es für sich behalten?«

»Ja. Sicher.«

»Menschen wie Miss Vernon sind nicht wie wir. Sie dürfen nicht vergessen, wo sie herkommt. Sie ist in einem Land aufgewachsen, das meine Landsleute seit zweihundert Jahren zu zivilisieren suchen. Wissen Sie ein wenig Bescheid über Indien?«

Edgar schüttelte den Kopf. »Nein. Leider nicht. Aber Sie offenbar.«

»Nun, ja, ein wenig schon.« Er machte eine kurze Pause. Dann beugte er sich nach vorne und sagte noch etwas leiser: »Verstehen Sie mich bitte nicht falsch. Aber Miss Vernon lebt in einer Welt, die Ihnen sehr fremd und rätselhaft vorkommen dürfte.«

»Ach ja? Und wo lebt sie?«

»In einem Ashram. In Pondicherry.«

»Was ist ein Ashram?«

»Eine Art Kloster, wenn Sie so wollen.«

Edgar dachte, nicht richtig gehört zu haben. »Ein Kloster?« stammelte er ungläubig.

»Ja, aber Sie haben vermutlich eine falsche Vorstellung davon. Es ist kein europäisches Kloster, sondern eben ein Ashram. Man kann das nicht so einfach erklären. Und ich kenne diesen Ashram auch nicht persönlich, sondern nur aus Erzählungen.«

»Aber ... was geschieht denn in so einem Ashram?« fragte Edgar neugierig.

»Das kommt auf den Meister an.«

»Den Meister? Welchen Meister?«

»Das spirituelle Oberhaupt. In Pondicherry ist das ein gewisser Sri Aurobindo.«

Edgar war sprachlos. Alina wohnte in einem Kloster?

Manings betrachtete ihn mit bekümmerter Miene. »Hat Miss Vernon Ihnen auch wirklich keine Unannehmlichkeiten bereitet?« fragte er.

»Nein, nein, überhaupt nicht«, beeilte sich Edgar zu erwidern. Aber er hörte kaum noch richtig zu. Warum saß er überhaupt noch hier? Dieser Manings mochte auf seine Art interessant sein. Aber was wußte er schon über Alina? In einem Kloster? So ein Unfug. Er wurde unruhig. Er mußte sie sehen.

Der Engländer schien gespürt zu haben, daß Edgars Gedanken plötzlich ganz woanders waren.

»Nun, dann bin ich ja beruhigt«, sagte er erleichtert. Und dann, als sei es das Natürlichste der Welt, schaute er auf die Uhr und rief erschrocken aus: »Du liebe Güte, es ist ja wirklich spät geworden.« Er gab dem Ober ein Zeichen, daß er die Rechnung wünschte. »In jedem Fall möchte ich mich, auch im Namen des Landes, das ich vertrete, schon jetzt ganz herzlich bei Ihnen für Ihre Mühe bedanken. Miss Vernon sagte mir, daß Sie sich wie ein perfekter Gentleman verhalten hätten. Sie habe sich bei Ihnen in den besten Händen gefühlt.«

War das ironisch gemeint? Edgars Mißtrauen flammte wieder auf.

»Keine Ursache«, erwiderte Edgar, »es war mir ein Vergnügen.« Er schaute ebenfalls auf die Uhr. Es war halb elf. Er wartete ungeduldig, während Manings in aller Ruhe die Rechnung entgegennahm und einige Banknoten in die Lederschatulle gleiten ließ, die der Ober gebracht hatte. Edgar konnte es kaum erwarten, aus dem Lokal herauszukommen.

Manings schaute ihn arglos an, legte seine Serviette zusammen, trank offenbar höchst zufrieden einen Schluck Wasser und sagte dann lächelnd: »Shall we go?«

14.

»Edgar!«

Er fuhr herum. Robert stand vor ihm. »Was willst du?«

»Mit dir reden.«

Edgar konnte seine Alkoholfahne riechen. »Warum spionierst du mir hinterher?«

»Familienbande«, sagte Robert mit einem breiten Grinsen. »Papa macht sich Sorgen.«

Er ergriff ihn am Arm. »Komm, laß uns was trinken gehen.«

Edgar riß sich los und starrte Robert feindselig an. »Ich will jetzt nichts trinken, Robert«, zischte er wütend. Doch Roberts veränderter Gesichtsausdruck belehrte ihn rasch eines Besseren. Sein Vetter war angetrunken. In diesem Zustand war er noch unberechenbarer als sonst. Edgar fluchte stumm. Seinen Besuch bei Alina würde er wohl um eine Stunde verschieben müssen.

»Also gut«, sagte er resigniert, »aber nur auf ein Glas. Ich bin müde und will nach Hause.«

»Kein Problem, Herr Graf. Bitte, nach Ihnen.«

Robert hatte ihn an der Motzstraße abgepaßt. Es war keine zwei Minuten her, daß Manings sich von ihm verabschiedet hatte. Wie kam es überhaupt, daß Robert plötzlich hier auftauchte. Spionierte er denn wirklich beständig hinter ihm her? Jetzt überquerten sie die Lutherstraße und betraten eine Eckkneipe von der Sorte, die Edgar normalerweise nicht einmal aufgesucht hätte, um die Toilette zu benutzen. Schon der Gestank nach Zigaretten und abgestandenem Bier war widerlich, ganz abgesehen vom Publikum. Robert schob ihn auf eine Eckbank und schnippte nach dem Wirt. Ohne Edgar zu fragen, bestellte er zwei Bier. Dann begann er: »So, Freundchen, jetzt hör mir mal zu. Mit wem warst du da eben essen, hm?«

Edgar starrte mißmutig vor sich hin. Bleib ganz ruhig, sagte er sich. Es hat keinen Sinn, mit diesem Irren zu diskutieren.

»Was geht dich das an. Bist du neuerdings mein Leibwächter?«

»Beantworte meine Frage. Wer war das?«

»Mein Englischlehrer«, antwortete er, so ruhig er konnte. »Wieso?«

»Aha. Dein Englischlehrer. Und seit wann lernst du bitte Englisch?«

»Seit einem halben Jahr. Was soll diese dumme Fragerei, Robert?«

Robert öffnete seinen Mantel ein wenig, legte seine Hände vor sich auf den Tisch, streckte seine Finger aus und ballte dann die Fäuste. »Und wozu lernst du Englisch. Darf man das wissen?«

»Sag mal, bist du noch ganz klar im Kopf? Wir verkaufen Farbe nach halb Europa. Also, was soll dieser Quatsch? Ist es wegen Wilhelm Falkenbeck? Dann sag es doch. Edith hat mir alles erzählt. Sie hat mir gesagt, welchen Verdacht Vater gegen die Engländer hegt. Aber dieser Verdacht ist völlig unbegründet. Dieser Engländer ist einfach nur ein Engländer. Verstehst du?«

Roberts Augen verengten sich ein wenig. Das Bier kam. Sein Vetter wartete, bis der Wirt wieder gegangen war. Dann sagte er: »Und die kleine Negerfotze, die du neuerdings fickst, was ist mir der?«

Edgar spürte ein pelziges Frösteln im Nacken. Seine Hand schloß sich unwillkürlich um den Griff seines Bierkrugs. Für einen kurzen Augenblick wünschte er sich nichts mehr, als Robert diesen Krug mit einem gezielten Schlag auf sein drekkiges Maul zu hauen. Aber genau das bezweckte der ja. Das war genau seine Art. So lange provozieren, bis man ihnen einen Anlaß gab, zuzuschlagen. Er spürte genau, daß Robert ihn scharf beobachtete. Er würde sich doch nicht mit ihm prügeln, in dieser verpißten Kaschemme. Was für eine lächerliche Situation!

Edgar lehnte sich zurück und schaute Robert dann direkt in die Augen. »Da du ja offensichtlich alles über mich weißt, warum fragst du dann überhaupt?«

»Weil du ein verbockter Idiot bist«, zischte Robert, offenbar enttäuscht, daß Edgar sich derart unter Kontrolle hatte. Im nächsten Augenblick hob Robert blitzschnell die Hand und schlug mit der Spitze seines Zeigefingers zweimal hart gegen Edgars linke Schläfe. »Weil du nicht mehr richtig tickst hier oben. Dir ist doch alles scheißegal, oder? Der Herr Graf meint, er kann lustig Negerweiber vögeln, während das Land vor die Hunde geht. Ihm kann es ja egal sein. Er hat ja seine Fabriken. Aber wenn du dich nicht vorsiehst, dann ist das alles schneller ruiniert, als du in einer deiner beschissenen Bars eine Linie Koks ziehen kannst. Du erbst zwar dieses Unternehmen, Edgar, aber ich schwöre dir, wenn du nicht langsam anfängst, dir ein paar profitable Gedanken über unsere Zukunft zu machen, dann werden wir demnächst öfter ein Glas zusammen trinken. Verstehen wir uns?«

Edgar spürte schmerzhaft die Stelle, wo Roberts Finger gegen seine Schläfe geschlagen hatte. Er bekam Angst. Doch gleichzeitig bäumte sich etwas in ihm auf. Dieser miese kleine Schläger wollte ihm drohen? Robert, diese Null, dem man das letzte bißchen Grips in irgendwelchen Schützengräben aus dem Schädel geblasen hatte. Dieser Mörder und Totschläger? War sein Vater eigentlich von allen guten Geistern verlassen, ihm diesen Halbirren auf den Hals zu hetzten?

»War das alles?« fragte Edgar und machte Anstalten, sich zu erheben.

Roberts Visage gerann zu einem aasigen Lächeln. »Ja. Vorerst.«

Er schlug mit seinem bereits halbleeren Bierkrug gegen Edgars noch volles Glas und brachte es fast zum Umkippen. »Du hast nichts getrunken«, raunzte er ihm noch hinterher.

»Ich habe nichts bestellt.«

15.

Draußen zitterten im die Knie. Robert wußte alles! Wie lange beobachtete er Edgar denn schon? Gab es überhaupt etwas, das seine Familie nicht über ihn wußte? Er rannte fast, um sich so schnell wie möglich von dieser Eckkneipe zu entfernen. Alina. Robert wußte sogar von ihr!

Er stürmte in das nächste Café und wählte ihre Nummer. Aber sie nahm nicht ab. Er lief, so rasch er konnte, die Lutherstraße hinauf und bog dann in die Lietzenburger Straße ein. Kurz darauf stand er vor ihrem Haus. Die Fassade war stockdunkel. Er schaute auf die Uhr. Viertel nach elf. Warum war sie nicht zu Hause? Er postierte sich auf der gegenüberliegenden Straßenseite, lehnte sich gegen die Hauswand und rauchte nervös zwei Zigaretten. Was sollte er tun? Hinaufgehen? Schlief sie vielleicht? Ging sie deshalb nicht ans Telephon?

Endlich tat sich dort drüben etwas. Die Haustür öffnete sich. Ein Mann trat auf die Straße, schaute prüfend in den Himmel und öffnete einen Regenschirm. Rasch hatte Edgar die Straße überquert. Er erreichte die Haustür gerade noch, bevor sie zufiel. Dann stand er in dem dunklen Hausflur. Wie lächerlich er sich benahm! Warum ging er nicht einfach nach Hause? Aber er konnte nicht. Er mußte wissen, was hier gespielt wurde. Er schloß die Augen und lauschte. War da etwas? Ein Geräusch? Nein. Das einzige, was er hörte, war sein Atem. Und das ferne Echo ihre Stimme.

Vipàssana.

Endlich kam der Aufzug. Er fuhr in den dritten Stock. Dann stand er vor ihrer Wohnungstür. Er lauschte angestrengt. Nichts rührte sich. Sollte er anklopfen? Das Treppenlicht erlosch. Tastend fuhr er mit seiner Hand über die Tür. Dann erstarrte er. Die Tür bewegte sich. Sie war nur angelehnt. Erschrocken zog er seine Hand zurück. Ein feiner Luftstrom strich ihm über das Gesicht. Er streckte die Hand aus und berührte erneut das kalte Holz der Wohnungstür. Ohne jeglichen Widerstand schwang sie zurück.

Er nahm sich ein Herz, ging zwei Schritte nach vorne und tastete mit der Hand vorsichtig die Türzarge ab. Das Holz war ein wenig herausgestemmt und die Metallzunge des Schließmechanismus abgebrochen. Jemand hatte die Tür mit Gewalt geöffnet. Edgar hielt die Luft an und lauschte angestrengt in die Dunkelheit hinein. Noch immer war nichts zu hören. Kein Laut. So leise er konnte, tastete er sich durch den Flur. In diesem Augenblick flammte des Treppenlicht auf. Jetzt sah er alles: das aufgebrochene Schloß, die Spur eines Stemmeisens in der Zarge. Und vor ihm auf dem Parkettboden … Blut!

Der Fahrstuhl setzte sich in Bewegung. Edgar sprang zur Eingangstür zurück und sah den leeren Korb abwärts vorübergleiten. Kurz entschlossen drückte er die Wohnungstür zu. Mit einem leichten Knirschen verkeilte sie sich an der Stelle, wo die Zarge aufgestemmt war. Dann wartete er. Der Fahrstuhl fuhr ins Erdgeschoß und dann bis zu einem der tieferliegenden Geschosse, wo er seine Passagiere entließ. Edgar schaute durch den Spion in das verlassene Treppenhaus hinaus, bis die letzten Geräusche verhallt waren. Dann erlosch das Licht wieder.

Er war kurz davor, das Flurlicht einzuschalten, ließ dann aber davon ab und machte sich im Lichtschein eines Streichholzes auf den Weg durch die Wohnung. Es waren nur wenige Schritte bis zu der Stelle, wo rechts das Wohnzimmer lag. Aber was war hier geschehen? Der Raum war völlig verwüstet. Kein Gegenstand befand sich dort, wo Edgar ihn zuletzt gesehen hatte. Bücher und Magazine lagen aufgeschlagen und zerfleddert herum. Die wenigen Bilder, die an den Wänden gehangen hatten, waren heruntergerissen worden. Und all die befleckten Kissen am Boden. War das etwa auch Blut? Das Streichholz erlosch. Edgar entzündete ein neues. Er ging langsam in die Knie. Seine Hand zitterte. Aber es gab keinen Zweifel. Überall Blut. Alina? Hatte Robert … großer Gott. Hatte er ihn deshalb abgefangen?

Sein Blick irrte durch den Raum. Er versuchte zu entziffern, was dieses Chaos bedeuten könnte. Kein Zweifel. Jemand war hier eingedrungen, und dann hatte ein Kampf stattgefunden. Sein Fuß stieß gegen etwas, das auf dem Boden lag. Er ging in die Knie und betrachtete den Gegenstand. Es war die kleine Skulptur. Kali. Sie hatte an der Stirnwand des Raumes in dem kleinen Altar gestanden. Die zerschmetterten Reste davon lagen noch dort. Ein paar Teile der Figur waren abgebrochen, aber sie war noch zu erkennen. Irre Augen starrten ihn an. Diese Pupillen, wie in Ekstase nach hinten verdreht. Er legte sie auf einem der Kissen ab, erhob sich wieder und schaute sich furchtsam um. Wo war Alina nur? Möglicherweise in einem der anderen Zimmer. Sein zweites Streichholz erlosch. Dann hörte er ein Geräusch. Mit zwei Sätzen war er an der Zimmertür und starrte in den dunklen Flur. Da war es wieder. Ein leises, kaum hörbares Knirschen. Die Eingangstür! Sie bewegte sich leicht. Jemand versuchte, die Tür zu öffnen. Edgar spähte um die Ecke herum zum Eingang, ohne seine Deckung aufzugeben. Da schwang die Wohnungstür nach innen auf. Wer immer dort hereinkam, wollte offenbar auch kein Licht. Er wich angstvoll in das verwüstete Wohnzimmer zurück. Sein Herz schlug panisch. Ohne lange zu überlegen, glitt er hinter die Zimmertür. Immerhin konnte er durch den Spalt den Flur im Auge behalten. Und die Überraschung wäre auf seiner Seite. Ein neuerliches Knirschen meldete ihm, daß die Wohnungstür sich wieder geschlossen hatte. Dann hörte er Schritte. Und bevor er noch irgendeinen klaren Gedanken fassen konnte, roch er plötzlich ihren Duft. Alina! Ihr Parfüm! Aber warum schlich sie wie eine Diebin in ihre eigene Wohnung? Er hielt den Atem an. Er spürte, wie sie wenige Zentimeter von ihm entfernt jenseits der Tür auf der Schwelle zum Wohnzimmer verharrte. Er hörte ihren Atem. Wie schwer sie atmete. Und dann spürte er es: Sie hatte Angst. Was sollte er tun? Die Situation war unmöglich. Er mußte sich bemerkbar machen. Aber wie?

Er verlagerte sein Gewicht ein wenig. Eine Holzdiele unter ihm knarrte leicht. Im nächsten Augenblick flog die Tür mit einem Krachen gegen seinen Schädel. Alles geschah so schnell. Mit einem Röcheln ging er in die Knie. Plötzlich war die Tür verschwunden. Dann flog ein schwarzer Schatten auf ihn zu, und etwas Hartes explodierte direkt unter seinem Kinn. Er fiel, ruderte mit den Armen durch die Dunkelheit, bekam etwas zu fassen, von dem er jedoch nicht sagen konnte, was es war, denn es löste sich sogleich in seiner Hand auf. Dann wurde alles tiefrot und schließlich schwarz.

Sie saß über ihn gebeugt, als er wieder zu sich kam, schlug ihm immer wieder mit der Hand ins Gesicht und wimmerte immer den gleichen englischen Satz: »Wach auf, verdammt, wach auf.«

Er blinzelte und versuchte durch das Dröhnen und Pochen in seinem Kopf hindurch den Sinn ihrer Worte zu begreifen. Wie sah sie nur aus? Alina war aschfahl. Ihre Augen waren rot unterlaufen. Sie glühten vor Zorn. Offenbar hatte sie bemerkt, daß er wieder zu sich gekommen war, denn sie hörte auf einmal auf, ihn zu ohrfeigen, und begann damit, ihn zu schütteln.

»Steh auf«, stammelte sie. »Los, verdammt noch mal, steh auf!«

Edgar war viel zu benommen, um Widerstand zu leisten. Er stützte sich auf seine Unterarme und versuchte dann, sich aufzurichten. Alina zerrte unerbittlich an ihm. Was hatte sie nur? Was hatte er denn getan? Er hörte sie kaum. Seine gesamte Aufmerksamkeit wurde von den kreischenden Schmerzen in seinem Kopf in Anspruch genommen. Endlich kam er hoch. Doch sie ließ ihm keine Sekunde Zeit, sich zu sammeln, sondern stieß ihn ungeduldig vor sich her, durch den Flur zur Wohnung hinaus. Glücklicherweise erlaubte sie ihm, den Fahrstuhl zu nehmen. Trotz ihrer beträchtlichen Wut hatte sie offenbar Mitleid mit seinem Zustand. Er konnte sich kaum aufrecht halten. Aber wie sah sie denn nur aus? Warum war sie so zerzaust? Wo kam der Staub in ihren Haaren her? Und die Spinnweben?

Sie schob ihn vor sich her, allerdings nicht zur Haustür, sondern in den Hinterhof. Die frische Luft tat ihm nicht gut. Er fröstelte. Und außerdem wurde ihm jetzt übel. Alina zog ihn unbeirrt hinter sich her in die Hofeinfahrt hinein. Durch die Fenster der großen Holztore hatte man einen guten Blick auf die neblige Straße. Sein Kopf. Er konnte nicht denken. Plötzlich war sie verschwunden. Er stand in der Durchfahrt gegen die Wand gelehnt und atmete flach, um sich nicht übergeben zu müssen. Kurz darauf schwammen gelbe Scheinwerferkegel auf dem Asphalt heran. Alina erschien, packte ihn am Arm und zog ihn hinter sich her zu einem Wagen.

»Deine Adresse … sag ihm deine Adresse!«

»Steglitz … Zimmermannstraße«, keuchte er

Sie sprach kein weiteres Wort, während sie durch die dunklen, nebligen Straßen fuhren. Edgar sah ihr Profil, ihre zusammengepreßten Lippen. Eine Mischung aus Wut und stummer Verzweiflung stand in ihren Augen. Er versuchte, sich zusammenzureimen, was passiert sein konnte. Jemand war in ihre Wohnung eingebrochen. Sie war nach Hause gekommen und hatte die aufgebrochene Tür gesehen. Sie war vorsichtig ins Wohnzimmer gegangen, hatte bemerkt, daß jemand hinter der Tür stand, und war auf ihn losgegangen in der Annahme, er sei der Eindringling. So könnte es gewesen sein. Aber warum hatte sie keine Straßenkleidung an, sondern diese bunten Seidenhosen und nur eine Bluse? Und warum trug sie keine normalen Schuhe? Aber viel weiter konnte er noch immer nicht denken. Immerhin war sie hier bei ihm. Sie war im Augenblick nicht sehr freundlich, aber das war verständlich. Sie mußte sehr wütend sein. So ein Einbruch war etwas Unangenehmes. Aber sie glaubte doch wohl nicht, daß er ihr Wohnzimmer so zugerichtet hatte? Nun, jetzt hätten sie ja gleich Zeit, sich in Ruhe zu unterhalten.

»Wir sind da«, sagte er leise, als sie in die Zimmermannstraße einbogen.

»Sag ihm, er soll weiterfahren«, flüsterte sie.

»Warum«, erwiderte er.

»Sag es ihm!«

Edgar gehorchte. Das Taxi rollte langsam die stille Straße hinab.

Alina schaute nervös um sich. Aber sie schien nichts Verdächtiges zu entdecken. »Hier soll er anhalten.«

Edgar übersetzte.

Sie stiegen aus.

»Sag ihm, er soll warten.«

»Warum?«

»Sag es ihm!«

Er tat, was sie verlangte. Jetzt schaute sie ihn das erste Mal ruhig an. Sie strich mit der Hand über seine Stirn und befühlte vorsichtig die blutige Schramme, die sie ihm dort mit der Tür geschlagen hatte. Er zuckte zusammen, aber ihre Berührung war dennoch wie eine Erlösung. Als habe er auf ein Zeichen gewartet. Er schlang seine Arme um sie, drückte sie an sich und küßte sie leidenschaftlich.

Sie ließ es kurz geschehen, aber dann entwand sie sich ihm

wieder. »Nicht jetzt«, flüsterte sie. »Ich muß noch einmal weg. Geh nach Hause, Edgar. Warte auf mich.«

»Was? Nein. Du mußt mir erzählen, was passiert ist.«

»Nicht jetzt. Ich muß noch einmal weg.«

»War das mein Vetter?« stieß er hervor. »Alina, das ist alles ein Mißverständnis …«

»Hör auf«, schrie sie ihn an. »Nicht jetzt.«

»Alina, ich …«

Sie legte ihm die Hand auf den Mund und schaute ihn nun wieder so abweisend an, daß er unsicher zurückwich.

»Was ist geschehen, verdammt noch mal. Alina, ich bin … völlig durcheinander.«

»Ich weiß, Edgar. Aber nicht jetzt. Später. Ich muß noch einmal weg. Warte auf mich. Bis nachher.«

»Aber … wo willst du denn hin?«

»Ich muß … Manings suchen.«

»Ich komme mit dir.«

»Nein.«

»Das Blut … ist es von ihm?« Er ging wieder auf sie zu. Aber jetzt stieß sie ihn von sich.

»Jetzt nicht, Edgar, ich habe keine Zeit.«

Mit einer abrupten Bewegung drehte sie sich um und wollte wieder in das Taxi einsteigen.

Er ergriff sie am Arm. »Alina …«, stammelte er. »Was ist geschehen. Ich muß es wissen.«

»Laß mich.«

Er spürte, daß er wütend wurde. Warum war sie so kalt? Was hatte er denn getan?

»Dann stimmt es also doch, nicht wahr?« zischte er sie an. »Du bist nichts als eine kleine Hure. Du arbeitest für sie, für Wilhelm Falkenbeck und seine Leute …«

Sie schlug die Tür zu. Ihre Augen! Dieser Blick tiefster Verachtung. Sie machte dem Fahrer ein Zeichen loszufahren. Edgar versuchte noch, nach dem Türgriff zu greifen, doch er entglitt seiner Hand. Was hatte er da nur gesagt? Er mußte das zurücknehmen. Er glaubte, sein Kopf würde gleich platzen. Aber es war zu spät. Der Wagen entfernte sich unaufhaltsam. Die Rücklichter verschwanden im Nebel.

16.

Die Stunden bis zum Morgengrauen wollten nicht vergehen. Wie oft war er ans Fenster getreten, um hinauszuschauen? Aber der Anblick war immer der gleiche. Die verlassene Straße. Nebelschwaden. Alle zwanzig Meter ein geparkter Wagen am Straßenrand. Der trübe Schein der Gaslaternen. Gegen halb sechs verließen die ersten Menschen ihre Häuser, um zur Arbeit zu gehen. Irgendwo im Hof schippte jemand Kohlen. Das scharrende Geräusch der Kiepen drang durch die dünnen Fenster. Edgar legte zwei Briketts nach, wartete, bis der Kachelofen wieder hochgefeuert hatte, und schloß dann die Klappe. Die Brennkammer pochte. Wie sein Kopf, der ihm bestätigte, daß er die Vorfälle der letzten Nacht nicht geträumt hatte. Zusammengekauert unter einer Wolldecke, saß er auf dem Sofa und lauschte auf jedes Geräusch, das ihre Rückkehr ankündigen könnte.

Aber Alina kam nicht.

Irgendwann war er eingenickt. Als er erwachte, war es taghell. Sonnenstrahlen fielen ins Zimmer. Er kroch unter der Decke hervor und schaute auf die Uhr. Es war Mittag. Er fuhr hoch. Hatte er sie verpaßt? Hatte er sie womöglich überhört? Er lief ins Bad und wusch sich vorsichtig das Gesicht ab. Dann wählte er ihre Nummer. Aber es nahm niemand ab. Als nächstes rief er bei Manings an. Aber auch dort antwortete niemand.

Sollte er zu ihr fahren? Ob das einen Sinn hatte?

Er ging ins Café auf der Straßenseite gegenüber und trank eine große Tasse Kaffee. Immer wieder überdachte er den Vorabend. Das Abendessen. Robert, der ihn abgepaßt hatte. War das alles ein gemeiner Hinterhalt gewesen? Er brauchte Hilfe. Heute war Donnerstag. Daniel hatte gestern zwei Premieren gehabt. Mit etwas Glück könnte er ihn zu Hause antreffen.

Doch als er eine halbe Stunde später vor Daniels Wohnung stand, öffnete niemand. Selbst seine Wirtin war offenbar ausgegangen. Er lief die fünf Stockwerke des engen Seitenflügels wieder hinab und stand dann unschlüssig auf der Straße. Der Verkehr strömte an ihm vorbei. Passanten eilten mit hochgeschlagenen Krägen an ihm vorüber. Die Männer hielten ihre Hüte fest, die Frauen beugten die Köpfe gegen den kalten Wind. Die Mittagsausgaben der Zeitungen wurden noch ausgeschrien. Ebenso die Extrablätter. Putschgerüchte in Sachsen. Schon der sechzehnte Selbstmord seit Wochenbeginn. Schwierige Verhandlungen in Genf. Widerstände gegen die Aufnahme Deutschlands in den Völkerbund. Nazi-Randalierer schlagen Obdachlosen tot. Hochwasser am Rhein.

Die Untergrundbahn quoll über vor Menschen. Aber ins Zeitungsviertel kam er auf diese Weise am schnellsten. Vielleicht fand er Daniel bei Ullstein? Der Rezeptionist bestätigte ihm, daß Herr Rosenbaum im Hause sei. Ja, er sei vor einer Weile gekommen. Aber wo er sich gerade aufhielt, wußte er nicht. Edgar nahm in der Empfangshalle Platz, die unmittelbar neben der Treppe lag. Irgendwann würde er schon herauskommen. Es blieb ihm nichts anderes übrig, als zu warten und den Paternoster im Auge zu behalten, der unablässig Menschen aufsaugte und ausspuckte. Ullsteins Zeitungen und Zeitschriften lagen überall herum: für jedes erdenkliche Interesse ein Heft. Edgar griff nach dem *Uhu*, einer ganz neuen Monatsschrift in Buchform mit Berichten, witzigen Betrachtungen, ernsten Essays und vielen Photos. Aber er konnte sich nicht konzentrieren. Er warf das Heft wieder auf den Tisch zurück, und dabei fiel sein Blick auf ein Extrablatt der *B.Z.*, die zur Hälfte unter der *Berliner Illustrierten* hervorschaute. Die Schlagzeile ragte nur ein paar Zentimeter aus dem Stapel der anderen Zeitschriften heraus. Doch sie traf ihn wie ein Stromstoß. Zögernd griff er danach und zog das

Blatt hervor. Seine Hand zitterte. Ein Photo kam langsam zum Vorschein: eine Gruppe von Polizisten, die am Landwehrkanal um etwas herumstanden, das dort am Boden lag. Zwei Männer in Kitteln knieten daneben. Das Photo war aus zu großer Entfernung geschossen. Aber die reißerische Überschrift schrie es einem ja entgegen: Obdachloser brutal erschlagen!

Edgars Augen flogen über den Artikel hinweg, der die spärlichen Informationen über den Fall zusammenfaßte. Der unbekannte Tote war heute morgen am Gleisdreieck aus dem Landwehrkanal gezogen worden. Ein anonymer Zeuge, der sich einige Stunden zuvor per Telephon bei der Polizei gemeldet hatte, wollte beobachtet haben, wie eine Gruppe von drei oder vier Männern am Lützowufer einen Mann in den Kanal geworfen hätten. Der Zwischenfall hatte sich gegen ein Uhr morgens zugetragen. Die Polizei hatte bei ihrem Eintreffen am bezeichneten Ort jedoch nichts feststellen können. Möglicherweise war der Mann rasch untergegangen und erst heute morgen wieder an die Wasseroberfläche getrieben. Bei dem Opfer wurden keine Ausweispapiere gefunden, daher erging die Bitte an die Bevölkerung, bei der Identifizierung des Toten mitzuhelfen.

Edgar stand auf. Er taumelte. Das konnte nicht sein! Er sah wohl schon Gespenster. Er ging wie in Trance auf die Friedrichstraße hinaus, die Zeitung noch in der Hand, und winkte ein Taxi heran.

»Charité«, sagte er.

Das muß ein Irrtum sein, dachte er wie betäubt. Aber ganz in seinem Innersten war er sich bereits sicher, daß es keinesfalls so war. Roberts unverhohlene Drohungen. Der Einbruch bei Alina. Das Blut. Alinas rätselhaftes Verschwinden mitten in der Nacht. Und jetzt das! Das konnte kein Zufall sein. Oder doch? Er schloß die Augen und tat etwas, was er seit seiner Kindheit nicht mehr getan hatte: Er betete. Laß nicht zu, daß diesem Engländer etwas zugestoßen ist, flehte er. Er wagte kaum, sich auszumalen, daß seine Ahnung zutreffen könnte. Erst mußte er diesen Toten sehen. Und dann? Wenn er es war?

Vor dem Gerichtsmedizinischen Institut in der Hannoverschen Straße standen wie immer mehrere Polizeiwagen. Edgar ging zwischen ihnen hindurch und dann die Auffahrt zum Eingang hinauf. Dem Pförtner legte er einfach die Zeitung vor die Nase. Der Mann nickte und griff nach dem Telephon.

Keine zwei Minuten später erschien ein Polizist.

»Sie kennen den Mann?« fragte er ohne Umschweife.

»Ich bin nicht sicher.«

»Darf ich Ihre Papiere sehen.«

Edgar griff in seine Innentasche. »Ich habe nur meinen Studentenausweis dabei«, sagte er dann.

»Sie sind Student?« Der Polizist musterte ihn verwundert. Dann, als er den Namen gelesen hatte, nickte er. »Ach so«, sagte er und schaute Edgar jetzt etwas respektvoller an. »Können Sie mir bitte sagen, wen Sie vermissen?«

Auf diese Frage war er nicht vorbereitet gewesen. Er war auf gar nichts mehr vorbereitet. Er wollte so schnell wie möglich Gewißheit, ob Manings etwas zugestoßen war. Gewißheit, daß der Engländer nicht von einer Bande Schläger, die Robert oder womöglich sogar sein eigener Vater engagiert hatte, totgeprügelt worden war. Doch jetzt wurde ihm plötzlich klar, worauf er sich hier einließ. Wenn der Tote wirklich Manings war und er ihn identifizierte, dann würde er heute aus dem Polizeipräsidium nicht mehr herauskommen. Man würde ihn ausfragen, alles wissen wollen. Woher er ihn kannte? Warum? Womöglich würde die Britische Botschaft informiert. So schnell konnte er sich gar keine Geschichte ausdenken, wie die Polizei sie entlarven würde. Und Alinas Rolle in dieser ganzen Angelegenheit? Wollte er das alles erzählen? Und der Ruf seiner Familie? Er konnte doch unmöglich seine ganzen vagen Vermutungen in einem Verhör preisgeben. Sollte er Robert vielleicht offiziell belasten? Was würde geschehen, wenn die Presse davon Wind bekäme? Rabov-Sohn unter Mordverdacht! Allein die Vorstellung einer solchen Schlagzeile! Vielleicht war ja alles ganz anders? Er spürte, wie sein Kopf sich zu drehen begann. Wo war er hier nur hineingeraten? Wurde er langsam verrückt? Nein. Es war der Schock. Der machte ihn wirr. Und die letzten Tage. Was für eine Dummheit, hierhergekommen zu sein. Er mußte erst überlegen. In aller Ruhe überlegen.

»Ich … ich saß eben im Café und sah plötzlich dieses Extrablatt«, sagte er mit einer Nervosität, die er nicht einmal spielen mußte. »Deshalb bin ich sofort hergekommen.«

Der Polizist schaute ihn prüfend an. »Nun, Herr Falkenbeck-von Rabov, und warum glauben sie, daß Sie den Mann identifizieren können? Vermissen Sie jemanden?«

Edgar begann zu schwitzen. »Ich … ich … nun ja, ich dachte, die Bevölkerung sei aufgerufen mitzuhelfen.«

»Pflegen Sie Kontakte zu Landstreichern?«

Edgar antwortete nichts. Der Polizist sagte auch kein Wort, sondern schaute ihn nur an. Dann schlug er ein paarmal Edgars Studentenausweis gegen seine Handfläche, als wolle er etwas Verborgenes daraus hervorschütteln. Edgar fühlte sich wie ein gestellter Dieb. Der Polizist reichte ihm seinen Ausweis. Edgar nahm ihn nervös entgegen.

»Wissen Sie, wie viele Schaulustige wie Sie uns jeden Tag von der Arbeit abhalten.«

Edgar erwiderte nichts.

»Gehen Sie nach Hause, Herr von Rabov, bevor ich einen Strafbefehl gegen Sie ausfertigen lasse. Guten Tag.«

Damit drehte er sich um und ging den Flur hinab. Edgar fuhr sich nervös mit der Hand durch das Gesicht. Als er dabei seine Beule auf der Stirn berührte, zuckte er zusammen. Wie konnte er sich nur so idiotisch verhalten? Der Polizist würde noch auf ihn zurückkommen. Dessen war er sich sicher. Die Wunde auf seiner Stirn. Wenn der Tote wirklich Manings war, dann würde man ihm gewiß noch ein paar Fragen stellen wollen. Er war gestern abend mit Manings im Horcher gewesen. Sie hatten dort zwei Stunden lang miteinander gespeist. Man hatte sie sogar photographiert! Die Polizei konnte das leicht herausfinden. Und dann war er auch noch im Leichenschauhaus aufgetaucht. So eine verfluchte Dummheit! Manings war Engländer. Ein Botschaftsangehöriger. Ein Bürger der Entente, der Siegermächte. Edgar wagte gar nicht, sich alle denkbaren Konsequenzen auszumalen.

Er fuhr sofort ins Horcher. Das Photo. Er mußte das Photo wiederhaben. Doch als er vor dem Schaukasten in der Eingangshalle stand, sank sein Herz noch tiefer. Es war nirgends zu sehen. Sollte er Marius fragen? Aber wäre das nicht noch verdächtiger. Dann stutzte er. Wenn es nicht ausgestellt war, dann drohte ihm auch keine Gefahr. Aber es bedeutete auch, daß jemand das Photo gekauft hatte.

Verstört kehrte Edgar in seine Wohnung zurück. Er kauerte auf dem Sofa, rauchte nervös eine Zigarette nach der anderen und wartete. Was sollte er nur tun? Erst einmal abwarten, was die Abendzeitungen über den Obdachlosen schreiben würden. Vielleicht war ja doch alles ein Irrtum, ein Zufall?

Er wartete. Jede volle Stunde versuchte er, Alina und Manings anzurufen. Gegen fünf erreichte er endlich Manings Sekretärin.

»Herr Manings wohnt nicht mehr hier«, sagte die weibliche Stimme.

Wohnt nicht mehr hier?

»Verzeihen Sie bitte. Spreche ich mit der Britischen Botschaft?«

»Ach du liebe Güte, nein, tut mir leid. Wie kommen Sie denn darauf. Mein Name ist Galinski. Pension Galinski. In Charlottenburg.«

»Aber … Mr. Manings … Sie sagen, er sei abgereist?«

»Ja. Jedenfalls sind seine Sachen weg und er auch. Wer sind Sie bitte, wenn ich fragen darf?«

Edgar hängte sofort auf. Minutenlang starrte er das Telephon an. Also doch. Es war alles wahr. Er war betrogen worden. Manings war ein Agent. Und Alina? Was sollte er jetzt nur tun? Gegen sechs lief er die Kioske auf der Schloßstraße ab und kaufte alle Abendblätter in der Reihenfolge ihres Erscheinens. Die meisten brachten die Meldung, aber viel Neues hatte sich nicht ergeben. Der anonyme Zeuge hatte sich wohl aus Angst vor den Tätern, die er als rechtsradikale Randalierer bezeichnet hatte, nicht mehr gemeldet. Die Polizei, so hieß es, nehme diesen Zeugen dennoch ernst, denn es habe gestern abend im Tiergarten eine Rangelei zwischen Kommunisten und völkischen Gruppen gegeben, welche von der berittenen Polizei aufgelöst worden sei. Möglicherweise habe eine dieser gewalttätigen Gruppen ihre Aggressionen an einem völlig Unbeteiligten ausgelassen. Gewalt gegen die schwächsten Glieder der Gesellschaft sei ja eine beklagenswerte Tendenz, die mehr und mehr um sich greife. Der Tote sei nach wie vor nicht identifiziert, was darauf schließen lasse, daß es sich möglicherweise um einen Fremden handelte. Die Polizei prüfe gegenwärtig die Vermißtenmeldungen.

Edgar ging wieder in seine Wohnung zurück. Was sollte er nur tun? Warten, ob Alina doch noch zurückkäme? Sollte er noch einmal versuchen, Daniel zu finden? Aber wie sollte der ihm schon helfen. Seine verwünschte Familie, dachte er. Es gab keine andere Erklärung. Am Montag hatte sein Vater ihm bei Peltzer unmißverständlich zu verstehen gegeben, daß er nationale Gesinnung und entsprechendes Engagement von ihm erwartete. Dann all diese Enthüllungen von Edith am nächsten Tag im Adlon. Gestern der Einbruch bei Alina. Und nun war Manings fort, vielleicht sogar von Robert und seinen Leuten erschlagen. Und Manings hatte ihn angelogen. Der zornige Gesichtsausdruck seines Vaters stand ihm wieder vor Augen. Ich verbiete dir, mit Engländern Verkehr zu haben. Es ist Krieg! Er hatte ja recht. Oder ging seine Phantasie mit ihm durch?

Er hielt es nicht länger zu Hause aus und nahm die U-Bahn nach Wedding. Doch nach fünf Stationen stieg er wieder aus. Einen Versuch war es wert. Vielleicht wäre sie da? Er ging die Lietzenburger Straße entlang bis zu ihrem Haus. Aber die Fenster waren dunkel. Hinaufzugehen wagte er jetzt nicht.

Der weitere Weg zu Daniel erwies sich als sinnlose Unternehmung. Daniel war ausgegangen. Immerhin bewies Edgar diesmal genügend Geistesgegenwart, bei Daniels Wirtin eine Nachricht zu hinterlassen. Dann machte er sich wieder auf den Heimweg.

Mit düsterem Blick saß er in der U-Bahn. Er hatte fast nichts gegessen und viel geraucht. Der Bilderreigen in seinem Kopf nahm immer chaotischere Züge an. Die Leiche im Landwehrkanal. Robert, der einem Arbeiterjungen die Zähne einschlug. Alina bei Kajottke. Alina nackt, wie sie ihn mit Öl einrieb, ihn liebkoste. Der Prophet der cosmogonischen Augen. Die Blutleuchte. *Pearl of Kashmere.*

Vipàssana. Vipàssana.

17.

Herold nahm die Tabletten aus dem weißen Schälchen, steckte sie in den Mund, hob sein Wasserglas und spülte die Medizin hinunter. Edith schaute ihm stumm zu. Es war neun Uhr abends. In der Falkenbeck-Villa war bereits alles still. Agnes war schon lange zu Bett gegangen. Von den beiden Hausmädchen hatte eines heute abend frei, und das andere schien die Küchenarbeit schon erledigt zu haben. Jedenfalls war außer dem Knakken der Scheite im Kamin nichts zu hören.

»Nützt das überhaupt noch etwas?« fragte der alte Mann.

Edith wußte, daß es keine Frage war. Daher wartete sie einige Augenblicke, bis Herold sich zu ihr ans Feuer gesetzt hatte, bevor sie zu sprechen begann.

»Ich habe mit Arthur gesprochen.«

Herold nickte.

»Ich habe ihm gesagt, daß ich mir Robert zwar als Kurier und Materialbeschaffer vorstellen kann. Aber man kann ihm unmöglich eine leitende Position hier in Hamburg anvertrauen. Robert ist ein Rüpel. Er hat keinerlei Geschick oder Gespür.«

»Hast du ihm das so direkt gesagt?«

»Nein. Natürlich nicht. Das ist gar nicht notwendig. Arthur weiß selbst, was für einen miserablen Charakter sein Sohn hat.«

Herold nickte erneut. Wie müde er aussah. Edith erhob sich, griff nach der Wolldecke, die neben ihm auf der Couch lag, und warf sie behutsam über seinen Schoß. Herold quittierte die Geste mit einem kurzen Lächeln.

»Und du?« nahm Edith den Faden ihres Gesprächs wieder auf. »Was ist mit dir und deinem Sohn?«

»Edgar ist mir ein Rätsel«, seufzte er, »und wird es wohl auch bleiben. Wie war eure Unterredung?«

Edith ließ einige Augenblicke verstreichen, bevor sie die neue Lage zu erläutern begann.

»Ich habe ihm das Testament erläutert«, sagte sie. »Genau so, wie wir es abgesprochen hatten.«

»Und? Was hat er gesagt?«

»Er war schockiert.«

»Na, immerhin.«

»Ja, Herold. Aber ich fürchte, wir haben uns getäuscht.«

Der kranke Mann hob kurz den Kopf und blickte sie verstört an.

»Getäuscht? Schon wieder? Inwiefern?«

»Die ganze Sache scheint sehr viel komplizierter zu sein. Hat Robert dir nichts über das Mädchen gesagt, das sich an Edgar herangemacht hat?«

Herold schüttelte unwirsch den Kopf. Dann stand er auf und ging zu einem Schrank, hinter dessen Scheiben dickbauchige Rotweingläser zu sehen waren.

»Er hat von einer Prostituierten gesprochen«, erwiderte er, während er den Schrank öffnete. »Von einer Negerin. Du weißt ja, wie Robert sich ausdrückt.«

»Sie ist Inderin, Herold.«

Er hatte soeben nach einem Glas greifen wollen, drehte sich jetzt aber zu Edith herum und starrte sie an. Dann nahm er rasch zwei Gläser und kehrte zum Tisch zurück.

»Robert sprach von einem braunen Flittchen«, sagte Herold irritiert. »Eine Inderin. Bist du sicher?«

»Ja. Edgar hat es mir gesagt. Roberts Wahrnehmung ist nicht

sehr differenziert, wie du weißt. Für ihn gilt alles als Neger, was nicht blond und blauäugig ist.«

»Aber er kann doch wohl eine Inderin von einer Afrikanerin unterscheiden?«

»Ist das jetzt wirklich wichtig, Herold?«

»Nein. Natürlich nicht.«

Er schaute unschlüssig vor sich hin. Dann griff er nach der Weinflasche, entkorkte sie und schenkte ein.

»Er muß noch atmen«, sagte Edith.

»Kann er ja«, erwiderte Herold und goß sein Glas voll. »Ich habe genug Luft im Bauch. Prost.«

Er trank zwei Schluck und setzte dann ab. Edith rührte sich nicht. Sie musterte Herold Falkenbeck Graf von Rabov mit einem Blick, den sie sich für derartige Momente aufhob: als betrachte sie ein interessantes Tier im Zoo.

»Seit Anfang Januar«, fuhr sie dann fort, »schleicht dieser Engländer Edgar hinterher. Was sage ich: Er beschattet ihn. Vier Wochen lang. Als Robert davon berichtet hat, dachte ich auch zunächst, daß Wilhelm dahintersteckt ...«

»Natürlich steckt Wilhelm dahinter«, unterbrach Herold sie barsch. »Wer denn sonst? Ich habe immer befürchtet, daß er es versuchen wird. Wilhelm wird sich niemals damit abfinden, daß Vater ihn rausgeschmissen hat. Da kennst du ihn schlecht. Es nagt an ihm. Bohrt in ihm. Irgendwas führt er im Schilde, da bin ich mir ganz sicher.«

Edith wartete, bis Herold sich wieder beruhigt hatte. Wilhelm Falkenbeck war ein Reizthema. Aber im Zorn ließ sich schlecht nachdenken.

»Du weißt so gut wie ich, daß es noch eine zweite Möglichkeit gibt.«

Ohne weitere Erklärungen zog sie etwas aus ihrer Handtasche und schob es Herold hin. »Ich fürchte, Robert hat nicht nur bei der Beschreibung der Frau den Wald vor Bäumen nicht gesehen. Das hier ist der Engländer. Photographiert beim Abendessen mit Edgar. Bei Horcher.«

Herold nahm das Photo zur Hand. Sein Gesichtsausdruck verdüsterte sich augenblicklich. »Das kann doch nicht wahr sein.«

»Er ist es also?«

Herold warf das Bild vor sich auf den Tisch, griff erneut nach seinem Glas und trank. Diesmal jedoch nur einen Schluck, denn sein auf das Photo gehefteter Blick hinderte ihn daran, den Kopf ausreichend weit nach hinten zu neigen.

Edith wartete nicht, bis Herold sich erholt hatte. Sie hatte längst geahnt, wer der Mann war.

»Hör zu, Herold«, begann sie. »Edgar war mit diesem Mann essen. Robert war auf dem Posten. Er hat Edgar danach abgepaßt und eine ganze Weile aufgehalten. In der Zwischenzeit haben zwei seiner Kumpane sich das Mädchen vornehmen wollen …«

»Was? Warum denn das? Wer hat ihm das befohlen?«

»Niemand, Herold. Niemand. Ich habe dich ja gewarnt, ihn überhaupt mit dieser Sache zu betrauen.«

»Du? Mich gewarnt?« protestierte Herold. »Du wolltest doch, daß Robert sich ein wenig um Edgar kümmert, ihn ein wenig auf Spur bringt.«

»Auf Spur, ja. Aber nicht auf diese Spuren. Ich hatte doch keine Ahnung, daß Edgar bereits beobachtet wurde. Wir haben mehr Glück als Verstand, daß wir es überhaupt bemerkt haben. Dummerweise hat dadurch Robert von der Sache erfahren. Aber das ist ja gar nicht das eigentliche Problem.«

Herold schnaubte. »Robert! Diese Null. Was hat er getan? Los, ich muß es wissen.«

»Roberts Leute sind in die Wohnung dieser Frau eingedrungen. Aber sie war nicht da. Also haben sie gewartet. Dann tauchte der Engländer auf. Es kam zu einem Kampf und … ja, es ist nicht ganz klar. Sie haben ihn aus der Wohnung fortgeschafft und im Tiergarten aus dem Auto geworfen. Er soll ziemlich schwer verletzt gewesen sein.«

Herold starrte seine Schwiegermutter an. »Robert ist ein Vollidiot«, entfuhr es ihm.

»Ich weiß. Er ist unberechenbar.«

»Und die Frau? Wo ist sie?«

»Das wissen wir nicht. Robert hat Leute herumgeschickt, aber sie ist nirgendwo zu finden. Das einzige, was wir wissen, ist, daß am nächsten Morgen ein unbekannter Toter aus dem Landwehrkanal gefischt worden ist.«

»Großer Gott. Das kann doch alles nicht wahr sein. Ist Robert denn völlig verrückt geworden?«

»Vielleicht ist es ja Zufall. Wie soll der Engländer vom Tiergarten zum Landwehrkanal gekommen sein?«

»Und wenn Robert lügt. Wenn er ihn einfach in den Kanal geworfen hat und dir nur irgend etwas erzählt?«

»Im nachhinein wäre das fast das Beste«, sagte Edith, »findest du nicht auch?«

Herold schlug mit der flachen Hand auf den Tisch. Das war auch eine Antwort. »Ja, verdammt. Aber die Frau. Wo ist sie? Die ist doch vermutlich nicht weniger gefährlich.«

»Ich habe noch keine Nachricht aus Berlin. Robert wird anrufen, sobald er etwas erfährt. Aber ich fürchte, als sie bemerkt hat, was mit dem Engländer geschehen ist, wird sie verschwunden sein. Und das gibt uns erst einmal Zeit.«

Herold schnaufte schwer. Gottverdammte Neuigkeiten waren das. Als hätte er nicht schon genug Probleme mit der Gegenwart. Er blickte wieder auf das Photo. Dieser Mann! Er hätte nicht geglaubt, daß er ihn jemals wiedersehen würde. Er rechnete. So viele Jahre war das her. Und jetzt war er wieder aufgetaucht. Mit einer Inderin im Schlepptau, die sich an seinen Sohn herangemacht hatte. Hörte dieser Wahnsinn denn niemals auf? Er schaute kurz zu Edith hinüber. Wie scharfsinnig sie das alles geschlußfolgert hatte. Gut, die Inderin hätte ihn wohl auch auf diese Spur gebracht. Robert hatte das überhaupt nicht erwähnt. Ein unbekannter Engländer, der sich an Edgar herangemacht hatte. Da war ihm natürlich das Testament eingefallen. Denn es gab ja keinen Tag, an dem er nicht daran dachte. Aber diese Geschichte?

»Was sollen wir jetzt tun?« fragte Edith.

Herold überlegte. »Ich will mit Robert reden. Er soll mir genau erzählen, was vorgefallen ist. Hat er ihn verhört? Was hat er gesagt? Was wollte er von Edgar? Und wo ist die Frau? Wer ist sie? Ich muß das alles ganz genau wissen. Wo kann ich Robert erreichen?«

»Ich denke, bei Arthur im Büro, morgen.«

»Und Edgar?« fragte er besorgt. »Was ist mit ihm?«

18.

»Edgar?«

Es war Daniels Stimme.

»Ja?«

Er fröstelte. Es war halb acht. Der Ofen war ausgegangen. Draußen lag Schnee.

»Wie geht's dir. Hier liegt ein Liebesbrief von dir, den ich gar nicht deuten kann.«

»Endlich meldest du dich. Wo warst du denn?«

»Wenn ich dir das erzähle, wirst du vor Neid erblassen. Kennst du Karl Vollmoeller?«

»Den Schriftsteller?«

»Ja. Und von dieser Baker hast du doch sicher auch schon gehört.«

»Der Name klebt ja an jeder Litfaßsäule. Hör zu, ich habe …«

»Nichts hast du. Den besten Abend des Monats hast du verpaßt. Vollmoeller hat ja so eine Art privaten Harem am Pariser Platz. Ich wollte da schon lange mal hingehen, aber man muß eingeführt werden. Gestern hat sich das endlich mal ergeben.«

Edgar wollte ihn unterbrechen, aber Daniel war nicht zu bremsen.

»Er versammelt ja immer sonderbare Leute, keiner weiß, wer der andre ist. Seine Geliebte, die Landshoff, war wie üblich in Männerkleidern. Aber die andern. Ich sage dir, dir wären die Augen übergegangen. Lauter hübsche nackte Mädchen. Und mittendrin diese Baker, ebenfalls nackt bis auf einen rosa Mullschurz. Sie hat den ganzen Abend vorgetanzt. Völlig grotesk, wie eine ägyptische Tempeltänzerin. Sie ist wirklich bezaubernd, aber eigentlich völlig unerotisch. Am Ende saß sie auf dem Diwan und aß eine Bockwurst nach der anderen, *hot dogs* nennt sie das oder so ähnlich …«

»Daniel. Kann ich dich heute sprechen?« unterbrach Edgar ihn endlich.

»Heute. Sicher. Keine Premieren. Ich wollte ins Brausebad gehen.«

»Kannst du das nicht verschieben? Es ist wirklich wichtig.«

Daniel räusperte sich. Dann sagte er: »Komm doch einfach mit. Wo willst du denn sonst hin bei dem Sauwetter? Breite Straße? In einer Stunde?«

Edgar willigte ein. Je länger er darüber nachdachte, desto besser gefiel ihm die Idee. Wo konnte man sich besser vor der Welt verkriechen als in einer Sauna? Aber konnte man dort reden?

Man konnte. Es dauerte zwar eine Weile, bis Daniel endlich bereit und in der Lage war, ihm zuzuhören. Schließlich saßen sie jedoch in ihre Handtücher gehüllt in einer ruhigen Ecke auf einer der gewärmten Bänke der Schwimmhalle, und Edgar schüttete seinem Freund sein Herz aus. Je länger Daniel lauschte, desto düsterer wurde sein Miene.

»Mein Gott«, sagte Daniel, als Edgar von der Charité erzählte. »So eine Dummheit aber auch. Was machst du, wenn sie dich vorladen und verhören?«

»Ich weiß es nicht. Meinst du, sie werden zu mir kommen?«

Daniel nickte ernst. »Ganz sicher. Wenn der Tote dein Engländer ist, wird sich die Polizei bestimmt für dich interessieren.«

Er beobachtete einen kleinen Jungen, der sich nicht traute, ins Becken zu springen. Dann, als der Vater des Jungen das Problem durch einen kurzen Stoß erledigt hatte, fuhr er fort: »Bist du denn sicher, daß er es ist?«

Edgar zuckte mit den Schultern. »Das ganze Blut in der Wohnung. Von wem sollte es sonst sein.« Sein Stimme stockte. »Und Alina … sie hatte solche Angst. Sie war panisch vor Sorge um ihn.«

»Und wo ist sie jetzt?«

»Ich weiß es nicht.«

»Und Robert?«

Edgar schüttelte den Kopf. »Keine Ahnung.«

Daniel schaute nachdenklich vor sich hin. »Also, mir kommt das alles sehr seltsam vor. Die beiden stecken doch unter einer Decke. Die Kleine hat dich richtig eingewickelt, nach allen Regeln der Kunst, findest du nicht?«

Edgar runzelte die Stirn.

Doch Daniel ließ sich nicht beirren. »Sie hat sich gezielt an dich herangemacht. Und dein Vetter hat das offenbar bemerkt. Vielleicht war der Verdacht gar nicht unbegründet? Die Frau war bestimmt ein Köder …«

»Ich … ich habe bei ihm angerufen«, gestand Edgar. »Er arbeitet überhaupt nicht in der Botschaft.«

»Ach. Schau an.«

Edgar berichtete von dem Telephongespräch.

»Sie haben dich nach Strich und Faden belogen. Die Frau war sicher ein Flittchen.«

»Das ist nicht wahr«, protestierte Edgar.

»Du nimmst sie in Schutz, weil du verliebt bist.«

»Daniel, bitte, hilfst du mir beim Nachdenken?«

»Sicher. Gern. Aber nur, wenn wir es mit dem Kopf tun.« Daniel rollte sich auf die Seite und begann mit seinem Zeigefinger die grauen Fugen der Kacheln nachzufahren. »Warum fährst du nicht nach London zu deinem Onkel Wilhelm?«

Edgar stutzte. Auf diese Idee war er noch gar nicht gekommen. »Und was soll ich ihm sagen?« erwiderte er. »Ihn fragen, ob er mich ermorden lassen möchte?«

Daniel schaute ihn herausfordernd an. Machte er sich über ihn lustig? »Edgar, ernsthaft. Denk die ganze Sache einmal von Anfang bis Ende vernünftig durch. Dieses Testament, von dem deine Großmutter erzählt hat … ich meine, ist das wirklich plausibel?«

»Was meinst du damit?«

»Ganz methodisch, ja? Es gibt dieses uralte Testament. Aber es beweist im Augenblick eigentlich nur, wie deine Familie denkt. Sie machen sich Sorgen um dich, weil du dich überhaupt nicht einbringen willst. Weder geschäftlich noch politisch. Dein Vater ist schwer krank und denkt natürlich darüber nach, was aus dem Unternehmen werden soll. Dein Onkel Arthur hier in Berlin versucht, über Robert an dich heranzukommen. Du hast ja selbst vermutet, daß Robert dich beobachtet hat. Wahrscheinlich hat er deine Bekanntschaft mit Manings und dem Mädchen bemerkt. Er meldet das nach Hamburg, und dein Vater wird mißtrauisch.«

»Und weiter?«

»Warum sollte dein unbekannter Onkel in England dir plötzlich ans Leben wollen, ausgerechnet jetzt, im Februar 1926? Kannst du mir das erklären?«

»Weil mein Vater bald sterben wird.«

»Weiß er das überhaupt?«

»Vielleicht hat er Kontakte, Leute, die ihn darüber informieren. Vielleicht braucht er Geld?«

»Also gut. Wilhelm Falkenbeck ist in Geldnot. Er hat Fehler gemacht, und ihm droht der Ruin. Da erfährt er, daß sein Bruder bald sterben wird, und erinnert sich an die deutsche Firma, die eigentlich ihm zusteht. Er will an sein Erbe heran, und du bist ihm im Weg. Er muß dich also gemäß der Klauseln des Testaments aus dem Weg räumen Er engagiert einen erfahrenen Mann für besondere Aufgaben, einen Detektiv oder einen ausgedienten Geheimdienstmann, und schildert ihm sein Problem.

Dieser Mann ist ausgesprochen schlau. Er ist gebildet, gutaussehend und charmant, und er kommt auf eine zwar verrückte, aber eigentlich recht simple Idee: Er schlägt vor, dich mit einer Frau zu ködern, die dich um den Verstand bringen soll. Sie verdreht dir völlig den Kopf, dann verschwindet sie plötzlich, und du landest im Irrenhaus.«

»Du nimmst mich nicht ernst, nicht wahr?« sagte Edgar. »Was soll denn diese blödsinnige Phantasiegeschichte?«

»Doch, Edgar. Ich nehme dich ernst. Natürlich ist das kompletter Unfug, den ich hier zusammenspinne. Aber dein Vetter und dein Vater scheinen in diesen Gleisen zu denken. Schon dein Großvater hat so gedacht, sonst hätte er dieses Testament gar nicht erst aufgesetzt. Sein Sohn war zum Todfeind übergelaufen, nach England, das man ja hierzulande jeder Schandtat für fähig hält. Deine Familie denkt genauso wie das politische Deutschland. Warum sonst hat man dir ausgerechnet jetzt von diesem Testament erzählt? Warum hast du vorher nie davon erfahren? Und dein Vater verbietet dir sogar jeden Kontakt mit Engländern.«

Edgar schüttelte mißgestimmt den Kopf, erwiderte jedoch nichts.

Daniel fuhr fort: »Wir müssen natürlich noch weiterdenken. Wenn man etwas verstehen will, dann darf man sich nicht fragen, was wirklich ist. Auf diese Weise begreift man überhaupt nichts. Man muß sich vielmehr fragen, was unwirklich ist. Die Menschen handeln nicht aufgrund dessen, was sie wissen, sondern aufgrund dessen, was sie glauben. Daß sich das manchmal überschneidet, führt zu dem Irrglauben, der ganze Händel zwischen Menschen sei mit Vernunft zu verstehen. Allein der Glaube zählt. Wie in der Politik. Schau dir doch dieses Land an. Jeder weiß, daß Deutschland sich aus eigener Kraft und Überzeugung durch einen aberwitzigen Krieg ruiniert hat. Aus ureigenem Antrieb. Aber was wird als Erklärung für ein jegliches Übel angeführt, das uns angeblich überfallen hat: internationale Verschwörungen. Der Weltkapitalismus. Wir Juden natürlich auch. Demnächst sicher noch giftige Dämpfe aus Atlantis. Niemand hier interessiert sich einen Dreck für die Wirklichkeit.«

»Das hat dieser Manings auch gesagt«, murmelte Edgar.

»Deshalb muß es ja nicht falsch sein.«

»Mir ist speiübel, Daniel. Wenn Robert seine Leute auf Alina gehetzt hat … und wenn sie diesen Engländer wirklich totgeschlagen haben, was soll ich denn dann nur machen? Und vielleicht haben sie Alina später auch noch …« Er vermochte nicht, den Gedanken zu Ende zu denken.

»Aber du hast sie doch in der gleichen Nacht noch gesehen?«

»Ja. Sicher. Aber seither nicht mehr. Sie ist weg. Genauso wie er. Vielleicht sollte ich einfach zur Polizei gehen.«

Daniel kratzte sich am Kopf und blickte verdrießlich vor sich hin.

Edgar war klar, daß das unmöglich war. Sollte er Robert anzeigen? Ausgeschlossen. Er mußte vorsichtig sein. Er hatte Angst vor ihm. Er konnte sich nicht einfach so mit ihm anlegen. Außerdem hatte er keine Beweise.

Daniel schien seine Gedanken erraten zu haben.

»Laß uns erst einmal weiterdenken. Robert ist ein großes Problem für dich. Aber ich habe das Gefühl, es gibt da noch ein anderes. In gewisser Hinsicht kann ich sogar verstehen, wie Robert reagiert hat. Er wollte jemanden beseitigen, den er für einen englischen Agenten hielt. Er wollte dich beschützen, Edgar, beziehungsweise das Familieninteresse. Die Mittel sind vielleicht extrem, aber ich kann das noch nachvollziehen. Was ich allerdings nicht kapiere, ist das Verhalten dieser Frau. Ich meine, sie spricht dich einfach an, einen wildfremden Mann. Dann sollst du sie in erotische Clubs begleiten, weil sie angeblich jemanden sucht. Schließlich verführt sie dich nach allen Regeln der Kunst, verwöhnt dich tagelang wie eine fernöstliche Kurtisane. Schon als du mir am Dienstag davon erzählt hast, fand ich das alles sehr merkwürdig. Wie eine durchschnittliche Prostituierte kommt sie mir jedenfalls nicht vor. Die Sache mit dem Testament drängt sich natürlich auf. Es sieht ja wirklich so aus, als ob dies der einzige zwingende Zusammenhang wäre.«

Edgar blickte Daniel argwöhnisch an. »Was meinst du damit?«

»Nun, es scheint noch einen zu geben. Oder zumindest gibt es noch eine interessante Facette, die ich nicht weniger seltsam finde.«

»Inwiefern?«

Daniel richtete sich wieder ein wenig auf und winkelte sein Bein an. »Lange kann man auf diesen Steinen einfach nicht bequem liegen«, stöhnte er. »Hör zu. Du weißt ja, daß ich gestern bei Ullstein war. Ich wußte leider nicht, daß du im Empfang auf mich gewartet hast, sonst hätte ich dich von dieser törichten Fahrt ins Leichenschauhaus abgehalten. Aber stell dir vor, ich war dennoch mit dir beschäftigt.«

»So?«

»Ja. Ich war im Archiv. Ullstein hat ein Archiv, von dem du dir gar keine Vorstellung machst. Soviel ich weiß, ist es eins der umfangreichsten der Welt. Da sitzen Dutzende von Menschen, schneiden tagaus, tagein zahllose Zeitungen und Zeitschriften auseinander und erfassen Texte zu jedem erdenklichen Thema. Deshalb sind bei Ullstein diese Reportagen ja auch immer in Null Komma nichts fertig. Man fragt sich ja, wie die das immer schaffen: Der Präsident von Hinterwasistan ist gestorben und noch nicht erkaltet, da bringt Ullstein schon die ganze Geschichte. Es ist einfach phänomenal. Ein Griff, und alles, was die Zeitungen in den letzten Jahren zu irgendeinem Thema geschrieben haben, liegt vor dir auf dem Tisch.«

Edgar lauschte interessiert, begriff aber noch nicht, worauf Daniel hinauswollte.

»Manchmal, wenn ich meine Artikel abgegeben und noch etwas Zeit habe, gehe ich ins Archiv und stöbere herum. Vor allem, wenn ich irgendwo ein Wort aufgeschnappt habe, das mir nichts sagt. Ein Wort, mit dem ich überhaupt nichts anfangen kann. Wie zum Beispiel: Vipàssana.«

Obwohl die Kacheln warm waren, fröstelte Edgar jetzt ein wenig. Denn Daniels Gesichtsausdruck verhieß nichts Gutes.

»Und«, fragte er skeptisch. »Was hast du gefunden?«

Aber Daniel liebte es offenbar, ihn auf die Folter zu spannen. »Das Merkwürdige ist: Ich habe etwas gefunden. Das hat mich sehr stutzig gemacht. Ich hatte das nämlich überhaupt nicht erwartet. Ich dachte, es handelt sich nur um irgendein indisches Wort. Was spricht man eigentlich in Madras?«

»Ich weiß es nicht«, erwiderte Edgar ungeduldig. »Indisch vermutlich.«

»Indisch gib es gar nicht«, erwiderte Daniel. »Es gibt Hindi, die Sprache, die die Hindus sprechen. Aber daneben gibt es offenbar noch über ein Dutzend andere Sprachen und über tausend Dialekte.«

Edgar wurde nervös. Was interessierten ihn indische Sprachen? Er wollte wissen, was dieses Wort bedeutete.

Doch Daniel fuhr seelenruhig fort. »Im Archiv gab es also tatsächlich etwas zum Begriff Vipàssana. Ist das nicht verrückt?«

»Ja. Das ist verrückt. Vor allem machst du mich verrückt, indem du das alles so in die Länge ziehst.«

Daniel schaute ihn mitfühlend an. »Dann bist du ja in der geeigneten Verfassung, zu erfahren, was sich hinter Vipàssana verbirgt.«

»Ach ja?«

»Es ist eine indische Sekte.«

»Eine Sekte?«

»Ja. Eine religiöse Sekte, die in Indien offenbar bereits ziemlich viel Unheil angerichtet hat.«

Edgar sah seinen Freund fassungslos an.

»Und es ist nicht irgendeine Sekte«, fuhr Daniel unbeirrt fort, »sondern die merkwürdigste, von der ich jemals gehört habe. Vielleicht habe ich den Artikel nicht richtig verstanden, aber offenbar verfolgt diese Sekte nur ein Ziel. Und weißt du, welches: Sie ist darauf spezialisiert, Menschen verrückt zu machen. Ist das nicht komisch?«

Aber Edgar empfand gar nichts mehr als komisch. Er schlug sein Handtuch fester um seine Hüften, winkelte die Beine an und starrte ins Schwimmbecken.

Das Wasser glitzerte.

19.

Jemand hatte die Tür mit einem Vorhängeschloß versehen. Edgar rüttelte ein wenig am Türgriff, aber das Schloß bewegte sich keinen Millimeter. Das Treppenlicht erlosch. Es dämmerte. Irgendwo schlug eine Kirchturmuhr fünfmal. Nach dem Besuch im Schwimmbad waren sie zu Daniel gegangen, und er hatte ihm den Artikel gegeben. Edgar hatte ihn gelesen und beschlossen, daß er keine Zeit zu verlieren hatte. Die wenigen Spuren, die es vielleicht noch gab, mußte er verfolgen. Daniel war skeptisch gewesen. Edgar wolle noch einmal in diese Wohnung gehen? Wozu? War das nicht unvorsichtig? Wollte er nicht erst herausfinden, mit wem er es überhaupt zu tun hatte? Mit welchen dubiosen Praktiken? Aber genau darüber erhoffte Edgar sich Aufschluß. Und vor allem wollte er nicht warten. Dieser völlig neue Aspekt war ihm unheimlich. Und Alinas Wohnung war vielleicht der letzte Ort, an dem er Hinweise finden könnte. Er konnte doch nicht einfach nichts tun.

Der Einbruch war offenbar entdeckt und gemeldet worden. Hatte Alina ihn möglicherweise selbst angezeigt? Nein, das erschien ihm unwahrscheinlich. Sie war bestimmt nicht mehr zurückgekommen. Sein Gefühl sagte ihm, daß sie nicht einmal mehr in Berlin war. Manings war ermordet worden, und sie war geflohen. Irgend etwas war geschehen, das ihre Pläne zunichte gemacht hatte. Aber was war ihr Plan gewesen?

Jemand hatte zwei Blechlaschen an die Tür und den Rahmen geschraubt und diese mit einem Vorhängeschloß verbunden. Mit einem beherzten Schlag bekäme er die Tür sicher auf. Lohnte sich das Risiko? Er brannte darauf, in die Wohnung hineinzukommen, aber konnte er es wagen, das Schloß aufzubrechen? Er dachte an das Blut auf dem Boden. Ihm war unbehaglich zumute. Dann kam ihm eine bessere Idee. So leise wie möglich ging er die Treppenstufen in den nächsten Stock hinauf und knipste das Licht an. Es sah hier genauso aus wie im dritten Stock. Die Treppe führte noch ein weiteres Stockwerk hinauf. Er musterte die verstaubten Stufen.

Und dann sah er die Fußspuren. Es waren Spuren von nackten Füssen. Er stieg langsam Stufe um Stufe hinauf. Auf halber Strecke sah er nach unten. Und auf einmal wurde ihm klar, was am Donnerstag geschehen sein mußte, während er mit Manings bei Horcher gesessen und gespeist hatte: Jemand war bei Alina eingedrungen, vielleicht, um mit ihr das gleiche zu machen wie später mit Manings. Das war die einzig plausible Erklärung. Aber sie war nicht zu Hause gewesen. Oder sie war entkommen. Durch die Dienstbotentür am Ende der Wohnung! Alle Häuser dieser Bauart hatten einen Dienstbotenaufgang hinter der Küche. So mußte es gewesen sein. Als die Tür aufgebrochen wurde, war sie unbemerkt durch die Küche geflohen und die Dienstbotentreppe hinaufgeeilt. Sie hatte sich im Dachstuhl versteckt und gewartet. Der Staub an ihren Kleidern. Die Spinnweben in ihrem Haar. Kein Zweifel. Und später war sie hier wieder heruntergekommen, genau da, wo er jetzt stand, denn durch die Dienstbotentür konnte sie nicht wieder herein, weil die von außen ohne Schlüssel vermutlich nicht zu öffnen war.

Edgar rechnete. Gegen halb elf hatte er sich von Manings getrennt. War Manings direkt in Alinas Wohnung gegangen? Er selbst war erst eine dreiviertel Stunde später hier eingetroffen. Eine dreiviertel Stunde. Was war geschehen, während Robert ihn aufgehalten hatte? Ein Hinterhalt? Und Alina? Er stutzte. Wenn sie geflohen war, warum auf den Dachstuhl? War das klug? Ein Dachstuhl war eine Falle.

Er erklomm die letzten Stufen und stand nun auf dem obersten Treppenabsatz. Neben ihm befand sich der Maschinenraum des Fahrstuhls. Die Tür zum Dachstuhl bestand nur aus einigen ungehobelten Latten, die auf ein Z-förmiges Kreuz aus schmalen Balken genagelt waren. Sie ließ sich mühelos öffnen. Er tastete nach einem Lichtschalter. Was er dann sah, bestätigte seine Vermutung. Am anderen Ende des Dachstuhls ragte neben dem letzten Kamin ein Treppengeländer aus dem Boden heraus. Er ging einige Schritte in den Dachstuhl hinein und sah sich um. Hier hatte sie sich irgendwo versteckt, dachte er. Aber warum? Warum hatte sie sich nicht einfach in Sicherheit gebracht?

Er schritt langsam die ganze Fläche des Dachstuhls ab und schaute in jeden Winkel, soweit das Licht der einzelnen Glühbirne, die vom Giebel herabhing, das zuließ. Aber er konnte nichts entdecken, das ihm eine Erklärung geliefert hätte. Er erreichte die schmale Dienstbotentreppe, die steil nach unten führte. Sollte er hinabsteigen? Bis zur Hintertür der Wohnung? Was sollte das für einen Sinn haben? Aber er tat es dennoch. Er fand vor, was er erwartet hatte: eine mit Blechplatten verstärkte verschlossene Tür. Ohne Schlüssel oder Werkzeug würde er sie unmöglich öffnen können. Er ging wieder hinauf und entdeckte jetzt hier und da ihre Fußabdrücke auf den wohl schon lange unbenutzten Stufen. Wer hatte heutzutage schon noch Geld für Personal. Der Anblick der Abdrücke ihrer nackten Füße berührte ihn merkwürdig. Aber er riß sich zusammen. Alina hatte ihn getäuscht. Entweder Wilhelm Falkenbeck hatte sie geschickt oder irgendeine verfluchte indische Sekte, die sich aus weiß der Himmel welchen Gründen für ihn interessiert hatte. In jedem Fall war er der Betrogene.

Von der Dienstbotentreppe her kommend sah er nun besser, wo ihre Fußspuren auf dem Dachboden hinführten. Sie war nach links und nach rechts gelaufen, wahrscheinlich, um ein Versteck zu finden. Aber wo? Sie hatte doch vermutlich eine ganze Weile hier oben ausgeharrt aus Furcht, verfolgt zu werden. Die vier Kamine boten kaum Deckung. Und ansonsten gab es hier keine Verschläge oder Wände. Edgar fuhr herum. Natürlich! Der Maschinenraum.

Er durchquerte den Dachstuhl und nahm die Tür in Augenschein, die auf dem oberen Treppenabsatz schwarz schimmerte. Als er näher kam, bekam er plötzlich Angst. Ein ungutes Gefühl sagte ihm, daß hinter dieser Tür etwas war, das ihn bedrohte. Seine Schritte wurden langsamer, zögerlicher. Die Tür kam dennoch näher. Er faßte sich ein Herz und ging direkt darauf zu. Nein. Bestimmt war sie verschlossen. Er legte die Hand auf den Griff und drückte ihn leicht nach unten. Er gab nach. Ohne das geringste Geräusch öffnete sich die Tür und gab den Blick auf den Innenraum frei.

Jetzt sah er, warum sie hier hinauf geflohen war. Der einzig erkennbare Grund dafür lag vor ihm auf dem Boden. Er bückte sich und hob den aufgerissenen Umschlag auf. Er schaute hinein. Aber er war leer. Er musterte die äußere Hülle. Doch er fand keinerlei Anhaltspunkte dafür, was darin gewesen sein könnte. Undeutlich war eine Adresse darauf zu erkennen. Herrn P. Manings, entzifferte Edgar mit etwas Mühe. Bei Galinski. Katharinenstraße 8. Sie hatte Dokumente für ihn aufbewahrt. Und sie hatte sie hier oben versteckt. Das war ihr wichtiger gewesen, als sich selbst in Sicherheit zu bringen? War sie später noch einmal zurückgekommen, um die Dokumente zu holen? Er betrachtete den Umschlag unschlüssig. Er fühlte sich feucht an. Wenn sie ihn zurückgelassen hatte, dann konnte er schwerlich von Interesse sein. Aber schließlich steckte er ihn dennoch ein.

Unbemerkt verließ Edgar das Haus. Als er die andere Straßenseite erreichte, drehte er sich unwillkürlich noch einmal um und schaute zu den Fenstern ihrer Wohnung hinauf. Ein merkwürdiges Gefühl beschlich ihn, als er sich den Raum hinter den Fenstern vorstellte. Aber er war sich jetzt sicher, daß diese Wohnung verlassen war. Sie war nur ein Stützpunkt gewesen, eine Etappe.

Wie am Vorabend kaufte er sämtliche Abendzeitungen und fuhr dann nach Steglitz. Er zwang sich, in der U-Bahn weder die Zeitungen noch den Artikel zu lesen, den Daniel ihm besorgt hatte. Eins nach dem anderen. Er würde jetzt methodisch vorgehen. Daniels Denkweise hatte wirklich etwas für sich. Er mußte versuchen, all diese Dinge auseinanderzuhalten oder sie wenigstens so lange getrennt zu betrachten, wie er die Zusammenhänge nicht sicher beweisen konnte. Schließlich gab es auch noch den Faktor Zufall.

Doch die erste Nachricht, die er der Abendzeitung entnahm, war so niederschmetternd, daß er minutenlang nur stumm dasaß. Und dann stiegen ihm sogar Tränen in die Augen. Das war einfach alles zuviel für ihn. Dieser arme Mann! Bei allem Mißtrauen, das Edgar gegen den Engländer hegte, war er für ihn doch noch immer jener sympathische, zuvorkommende ältere Gentleman, mit dem er vor zwei Tagen vorzüglich gespeist und sich angeregt unterhalten hatte. Und nur wenige Stunden später hatte man ihn einfach totgeschlagen. Edgar las mit wachsendem Entsetzen, was die Polizei mittlerweile herausgefunden hatte.

Der Tote war noch immer nicht identifiziert worden. Das Opfer hatte sich vermutlich nur zufällig in Tiergartennähe aufgehalten und war dort wohl Zeuge der Ausschreitungen geworden, die zu diesem Zeitpunkt im Gange waren. Wahrscheinlich hatte der Mann sich in Richtung Lützowufer in Sicherheit bringen wollen, wo es dann aus ungeklärten Gründen zu der sinnlosen und grausamen Mordtat gekommen war. Der Obduktion zufolge war der Mann erstochen worden. Er lebte also schon nicht mehr, als er in den Kanal geworfen wurde.

Erstochen, dachte Edgar und schob die Zeitung angewidert zur Seite. Manings Gesicht stand ihm noch so lebendig vor Augen. Seine klugen, neugierigen Augen. Sein etwas mönchischer Habitus. Wie konnte die Polizei glauben, daß dies eine zufällige Gewalttat war? Gestern hatte es sich so angehört, als sei der Mann von einer Gruppe Betrunkener, möglicherweise rechtsradikaler Randalierer, zusammengeschlagen und dann in den Kanal geworfen worden. So etwas kam ja öfter vor. Aber erstochen! Das war etwas ganz anderes. Manings war kaltblütig und vorsätzlich ermordet worden.

Oder war er es doch nicht? Die Polizei prüfte die Vermißtenmeldungen. Wenn Manings für die Britische Botschaft arbeitete, dann müßte sein Verschwinden doch aufgefallen sein? Nein, der Engländer hatte ihn angelogen! Der angebliche Botschaftsattaché war nichts als ein Hochstapler, ein Agent seines unbekannten Onkels oder ein … ja, als was sollte er das eigentlich bezeichnen, was Daniel in Ullsteins Archiv ausgegraben hatte? Gehörten Manings und Alina zu dieser merkwürdigen Sekte, von der da die Rede war. Aber warum in drei Teufels Namen sollten sie sich dann für ihn interessieren? Oder hatte sein Onkel Wilhelm sich ihrer bedient, um seine Ziele zu erreichen?

Edgar holte den Artikel aus seiner Tasche, den Daniel für ihn abgeschrieben hatte, und las ihn aufmerksam durch. Er war auf englisch verfaßt und in einer Publikation erschienen, von der Edgar noch nie gehört hatte: *The Theosophist.* Das Wort ließ ihn aufmerken. Hatte Manings nicht erwähnt, daß er sich mit diesen Dingen beschäftigte? Theosophie? Ariosophie? Das Publikationsdatum hatte Daniel vermerkt: Juli 1921. Der Titel lautete schlicht:

Über Vipàssana

Ist es notwendig, noch einmal darauf hinzuweisen, daß unsere Gesellschaft sich von den angeblichen Praktiken der Vipàssana-Bewegung in Bengalen distanziert hat? Offenbar ja, denn einigen Leserbriefen zufolge, die der Redaktion vorliegen, hält sich das Gerücht hartnäckig, die Theosophische Gesellschaft unterhalte Beziehungen zu dieser so bezeichneten Bewegung.

Dies ist nicht der Fall.

Nach den uns vorliegenden Zeugnissen handelt es sich bei der Vipàssana-Bewegung überhaupt nicht um eine Gruppe oder Bewegung, sondern vielmehr um einige Individuen, die an den Attentaten in Kalkutta im Jahre 1908 beteiligt waren und seither überhaupt nicht mehr in Erscheinung getreten sind. Es erscheint sogar zweifelhaft, daß die wenigen Vipàssana-Fälle, die seither überliefert wurden, überhaupt mit diesen Individuen in einem Zusammenhang stehen. Wir gehen vielmehr davon aus, daß diese Bewegung niemals wirklich existiert hat und alle ihr zugeschriebenen Phänomene weitgehend auf Gerüchte zurückzuführen sind.

Abschließend weisen wir allerdings nochmals darauf hin, daß wir die Vipàssana-Phänomene ebenso dokumentieren wie alle anderen spirituellen Erscheinungen. Unsere Bibliothek ist ein Archiv aller Erscheinungsformen menschlicher Spiritualität. Wir erfassen diese Phänomene unabhängig davon, ob sie historisch verbürgt oder nur mündlich überliefert sind. Auch ist für unsere Arbeit die Frage unerheblich, ob wir die Ansichten und Motive, die in manchen dieser Bewegungen zum Ausdruck kommen, billigen oder nicht. Wir werten nicht, sondern wir dokumentieren sämtliche Zeugnisse menschlicher Betätigung, welche darauf abzielt, den Menschen in die Lage zu versetzen, sein volles Bewußtsein zu erlangen.

Desungeachtet distanzieren wir uns jedoch ausdrücklich von Denkrichtungen und Praktiken, die dazu geeignet scheinen, Menschen geistig zu beschädigen oder sie zu manipulieren. Wir hoffen, daß diese Stellungnahme unsere verunsicherten Leser und Mitglieder zufriedenstellen wird.

Adyar, Juli 1921

Edgar starrte auf das Blatt und las den Artikel gleich noch einmal, Wort für Wort, Zeile für Zeile, als könne er dazwischen etwas Wichtiges übersehen haben. Aber danach war er so ratlos wie vorher. Adyar? Was war Adyar? Ein Ort? Der Name des Autors? Eine weitere Merkwürdigkeit, die nirgendwohin führte.

Er musterte die Wörter, die er sich unterstrichen hatte: Bengalen, Kalkutta 1908, Theosophische Gesellschaft, Vipàssana-Phänomene. Er schüttelte ratlos den Kopf. Es gab nur eine einzige Erklärung für diesen ganzen Irrsinn: man hatte ihn verwechselt. Alles lief nur immer wieder darauf hinaus. Es war die einzige Erklärung, die einen Sinn ergab.

Nur der letzte Satz aus dem Artikel bot eine vage Möglichkeit, daß es vielleicht doch anders war: *Desungeachtet distanzieren wir uns jedoch ausdrücklich von Denkrichtungen und Praktiken, die dazu geeignet scheinen, Menschen geistig zu beschädigen oder sie zu manipulieren.* Hier war die einzige Verbindung zu einer perfiden Intrige, deren Opfer er vielleicht hatte werden sollen. Diese seltsame Sekte war darauf spezialisiert, Menschen zu manipulieren, »geistig zu beschädigen« stand dort sogar. Aber was sollte das heißen? Das, was Daniel vermutet hatte? Daß man ihn verrückt machen wollte, damit Wilhelm Falkenbeck an sein Erbe herankam?

Mutlos ließ er seinen Blick über den Wohnzimmertisch schweifen, über die zerlesenen Zeitungen und die Abschrift des Artikels.

Der leere Umschlag, den er im Maschinenraum des Fahrstuhls gefunden hatte, kam ihm wieder in den Sinn. Er zog ihn hervor und betrachtete ihn genauer. Er war an drei Seiten aufgerissen. Er fuhr mit der Hand hinein, um zu prüfen, ob nicht doch irgend etwas darin zu finden war. Aber er fand nichts. Er drehte ihn um. Überall waren jetzt Wasserflecken zu sehen. Im Licht seiner Lampe war die Adresse nun sehr viel besser zu entziffern. P. Manings, las er wieder. Bei Galinski. Katharinenstraße 8. Berlin-Charlottenburg. Die Briefmarke war heruntergerissen, und somit war auch kein Datum zu sehen. Aber plötzlich wurden Edgars Augen groß vor Erstaunen. Links unten stand ein Absender. Die Stempelfarbe war ein wenig verblichen, und ein Riß ging an dieser Stelle mitten durch das Papier. Aber das wenige, das Edgar erkennen konnte, war aufschlußreich genug. Aufschlußreich und zugleich alarmierend. *Rendsburger*

Bote stand da. Edgar rieb sich die Augen. Rendsburg? Was hatte Manings mit Rendsburg zu tun gehabt?

Er lehnte sich nach hinten und griff nach seinen Zigaretten. Es war seine letzte. Er zündete sie an und zerknüllte bedächtig das leere Päckchen. Dann schloß er die Augen. Rendsburg, dachte er wieder. Nur wenige Kilometer davon entfernt stand das Stammhaus der von Rabov. Seine Mutter war dort aufgewachsen. Und er war dort zur Welt gekommen. Auf Gut Niendorf.

20.

Der Graf sah müde aus, aber seine Miene hellte sich auf, als er sah, daß Edgar vor seiner Tür stand. »Edgar«, rief er erfreut aus. »Komm herein. So eine Überraschung!«

Edgar betrat das Büro.

»Ich habe völlig die Zeit vergessen«, sagte der Graf entschuldigend und schaltete die Deckenbeleuchtung an.

Zuvor hatte nur die Schreibtischlampe gebrannt und den Rest des Büros in Dämmerlicht getaucht.

»Was verschafft mir die Ehre?« fragte er dann. »Ach, ich habe Durst. Du doch sicher auch, oder? Was kann ich dir anbieten? Ein Bier vielleicht?«

»Gerne«, antwortete Edgar. »Aber störe ich auch nicht? Ich hätte nicht gedacht, daß du sogar am Samstagabend arbeitest. Ich war am Gendarmenmarkt und habe Licht gesehen. Daher mein spontaner Besuch.«

Er nahm auf demselben Sessel Platz, auf dem er am Montag zuvor der Strafpredigt seines Vaters gelauscht hatte. Montag? War das alles erst fünf Tage her? Es kam ihm vor, als seien bereits Wochen vergangen. Der Graf verschwand kurz in einem Nebenraum und kehrte mit zwei Bierflaschen und Gläsern zurück, die er auf dem Tisch vor Edgar abstellte. Er ließ die Verschlüsse aufschnappen und goß ein.

»Was für eine gute Idee, Edgar. Ich freue mich aufrichtig, dich zu sehen. Hier. Bitte. Laß es dir schmecken.«

Edgar trank. Sein Blick fiel auf den Schreibtisch. Er quoll regelrecht über. Zeitungen lagen da, Zeitungen aus allen möglichen Landesteilen. Daneben stapelten sich Akten. Womit beschäftigte sich eigentlich ein Abgeordneter?

Der Graf folgte Edgars Blick und fuhr sich müde mit der Hand durch das schüttere graue Haar. »Ja, schau sie dir an, diese Stapel. Kein Mensch kommt da noch hinterher. Anträge, Entwürfe, Beschlüsse, Eingaben, Vorentwürfe. Ein Irrsinn. Ich kann ja sehen, daß ein Tausendfüßler sich bewegen kann. Aber ein Tausendköpfler? Blanker Wahnsinn. Aber gut. Lassen wir das. Was führt dich her? Wie geht es dir?«

»Ganz gut«, erwiderte Edgar. »Die letzte Woche war ein wenig bewegt, aber es geht.«

»Bewegt? Hm. Darf ich erfahren, warum?«

»Nun ja ... das Treffen mit Vater war nicht sehr angenehm, und ich habe viel nachgedacht. Deshalb wollte ich mit dir sprechen. Ich sehe ein, daß ich nicht einfach so weiter in den Tag hinein leben kann. Aber Vater ist ... ich weiß nicht, ich kann kaum mit ihm reden.«

Arthur von Rabov wog sein Glas in der Hand und schlug die Beine übereinander. »Ich weiß, Edgar. Und ich bedaure das. Herold war äußerst brüsk zu dir. Aber das darfst du ihm nicht übelnehmen. Er ist sehr krank. Und er liebt dich sehr, das weiß ich. Er erwartet große Dinge von dir, und du scheinst dafür keinerlei Interesse zu haben. Das macht ihm Sorgen. Deshalb ist er so ungehalten.«

Edgar nickte. »Und Robert?« fragte er dann. »Warum spioniert er mir nach? Warum schikaniert er mich so?«

Arthur von Rabovs Gesicht wurde ernst. »Ach, Edgar, ich bin froh, daß du gekommen bist. Wir müssen wirklich einmal miteinander reden. Nur du und ich. Weißt du, das Tragische an unserer Situation ist, daß die Krise dieses Landes sich durch alles hindurchfrißt, sogar durch die Familien. Meinst du, ich mache mir keine Sorgen um Robert?«

Edgar nahm allen Mut zusammen. Er mußte jetzt einfach Klarheit haben. Arthur wußte bestimmt Bescheid. Er mußte es einfach wissen. »Robert hat etwas Furchtbares getan, nicht wahr? Er hat diesen Engländer umgebracht, oder?«

Arthur schaute ihn bestürzt an. »Was? Edgar, bist du von Sinnen?«

»Er hat ihn abgepaßt. In der Wohnung von dieser Frau. Ich war dort. Alles war verwüstet. Da war sogar Blut. Und jetzt ist die Frau verschwunden, und im Landwehrkanal wurde ein unbekannter Toter gefunden. Ermordet. Erstochen. Kannst du mir das bitte erklären. Robert hat mich an dem Abend abgefangen und ...«

»Halt!« rief Arthur von Rabov jetzt entsetzt. »Edgar. Komm zu dir. Was redest du denn da? Ist dir klar, was du da sagst. Robert ein Mörder? Bist du von Sinnen?«

Edgar verstummte.

Arthur wartete einen Augenblick, bevor er zu sprechen begann. »Ich erzähle dir, was geschehen ist, einverstanden? Aber ich verbiete dir, solche ungeheuerlichen Dinge auch nur zu denken.«

Edgar nickte stumm.

Der Graf starrte ihn an, als zweifle er an seinem Verstand. Er schien zu überlegen, wie er überhaupt beginnen sollte. Schließlich begann er: »Herold war im November hier in Berlin und hat sich bei mir über dich beklagt. Er wollte wissen, ob ich darüber informiert bin, was du eigentlich treibst. Robert war auch anwesend. Halb im Spaß schlug er deinem Vater vor, dich ein wenig unter seine Fittiche zu nehmen. Ich habe das gar nicht sonderlich ernst genommen und danach auch nicht mehr darüber nachgedacht. Doch dein Vater hat Robert offenbar beim Wort genommen und ihn beauftragt, ein wenig zu schauen, was du so machst. Ist es nicht so?«

Edgar nickte. »Ja. Wir sind einige Male zusammen ausgewesen. Und seit geraumer Zeit beschattet er mich. Er verfolgt mich geradezu.«

»Ja, Edgar. Aber weißt du warum? Weil du bereits von jemand anderem beschattet wurdest. Von diesem Engländer.«

»Seit wann genau?«

»Soviel ich weiß, seit Anfang Januar. Robert fiel das auf. Und als er Herold und mir berichtete, daß ein unbekannter Engländer dich heimlich beobachtete, sind wir natürlich mißtrauisch geworden. Herolds Krankheit, das Testament. Du kennst ja jetzt die Zusammenhänge. Und dann tauchte auch noch dieses Mädchen auf. Es kann überhaupt kein Zweifel daran bestehen, daß Wilhelm Falkenbeck dahintersteckt.«

Edgar wollte etwas einwenden, aber Arthur kam ihm zuvor: »Was Robert vorgestern getan hat, ist ungeheuerlich. Keiner von uns hat das vorhersehen können und schon gar nicht gewollt. Robert hat die Kontrolle verloren, als du schon wieder mit diesem Engländer unterwegs warst.«

»Ich wollte ihm doch nur auf den Zahn fühlen.«

»Ja. Das kann ich mir denken. Und da ist ja auch noch diese junge Frau, nicht wahr?«

Edgar antwortete nicht.

»Du brauchst mir nichts zu erklären, Edgar. Wilhelm ist ein gerissener Hund. Sein Agent hat dich beobachtet und sehr schnell erkannt, wie man dich am besten ködert. Also: Wir wollten die Sache natürlich ganz anders handhaben. Du sollst das Unternehmen jetzt so schnell wie möglich übertragen bekommen, damit diese unselige und lächerliche Scharade im Keim erstickt wird. Natürlich mußt du dafür nach Hamburg gehen, denn es gibt sehr viele Formalitäten zu erledigen. Du mußt dich einarbeiten, die Prokuristen kennenlernen, die ganze Situation erfassen, in der wir gegenwärtig stehen. Das hätte ja auch alles längst beginnen können, Edgar, wenn du nicht … wie soll ich sagen … so verantwortungslos gewesen wärst.«

Edgar wurde rot. Was sollte er auf diesen Vorwurf schon erwidern. »Was ist am Mittwoch geschehen?« fragte er tonlos.

»Robert hat dich nach dem Essen abgepaßt. In der Zwischenzeit sind zwei seiner Leute in diese Wohnung eingedrungen, wo du dich mit dem Mädchen getroffen hast.«

»Warum?«

»Robert dachte, er findet dort vielleicht Beweismaterial, das Wilhelm belasten würde. Während sie die Wohnung durchsuchten, kam plötzlich der Engländer. Er wurde frech. Was dann genau geschah, weiß ich nicht. Robert sagt, seine Leute hätten ihn erst einmal beruhigen müssen. Sie haben ihn mitgenommen und im Auto auf Robert gewartet. Robert hat ihn dann sehr detailliert ausgefragt. Der Engländer hat zwar nicht zugegeben, für Wilhelm Falkenbeck zu arbeiten, aber er verwickelte sich in derart viele Widersprüche, daß Robert meinte, so viele Lügen auf einmal habe er noch nie gehört. Robert versicherte ihm, daß er, falls er noch einmal auch nur in deine Nähe käme, für nichts garantieren könne. Dann ließen sie ihn wieder aussteigen, irgendwo im Tiergarten. Das ist alles, Edgar. Robert hat es mir so erzählt, und ich habe keinen Grund, ihm nicht zu glauben.«

»Sie haben ihn zusammengeschlagen«, entgegnete Edgar. »In der Wohnung war Blut.«

»Nein. Robert sagt, er sei bei dem Versuch zu fliehen gestürzt. Aber Edgar, mein Gott! Selbst wenn er sich eine blutige Nase geholt hat: Er war ein Agent von Wilhelm. Ist dir das klar? Begreifst du die Gefahr überhaupt, aus der Robert dich gerettet hat?«

»Und die Frau? Was ist mit ihr?«

»Das wissen wir nicht. Sie muß geflohen sein. Robert hat sie jedenfalls nicht angerührt. Das hat er mir hoch und heilig geschworen. Er hat sie nicht mehr gesehen … seit jener Abendveranstaltung in dieser Villa bei Potsdam, die du mit ihr besucht hast.«

Edgar wurde steif vor Scham. Also auch dort. Sogar dorthin hatte Robert ihn verfolgt. War er im Haus gewesen? Wohl kaum. Es hatten nur geladene Gäste Zutritt gehabt. Aber vielleicht hatte er die Aufführung im Garten gesehen? Und später, als sie zu ihr gefahren waren. Hatte er das alles beobachtet?

»Ich glaube Robert kein Wort«, sagte er mit unterdrücktem Zorn. »Wer sagt dir, daß er den Engländer nicht doch in den Kanal geworfen hat. Du kennst ihn doch. Du weißt, wie er ist, wenn er getrunken hat. Er weiß dann nicht mehr, was er tut. Robert ist voller Haß. Er ist gewalttätig und gefährlich. Als er mich vor zwei Wochen in deinem Wagen nach Hause gebracht hat, hat er einem jungen Bengel, der kommunistische Plakate geklebt hat, die Zähne eingeschlagen. Wie kannst du nur zulassen, daß er unter deinem Schutz solche Dinge tut?«

Von Rabov verzog angewidert das Gesicht. »Unter meinem Schutz?« protestierte er. »Keineswegs. Davon weiß ich nichts und würde es niemals billigen.«

Ein resignierter Ton wurde jetzt in seiner Stimme hörbar.

»Ach, Edgar. Worüber streiten wir denn? Du bist ja nicht der einzige, der ein wenig über die Stränge geschlagen hat. Robert entgleitet mir auch immer mehr.«

Edgar schaute verwundert auf. Er hatte noch gar nicht in Erwägung gezogen, daß der Onkel die extremen Ansichten seines Sohnes nicht teilte.

»Robert begreift überhaupt nichts von Politik«, fügte der Graf verstimmt hinzu. »Er läuft einer Bewegung hinterher, die wir zwar benutzen müssen, um die einzig vernünftige Ordnung dieses Landes wiederherzustellen. Aber er läuft ihr blind hinterher, anstatt zu überlegen, wie man sie für unsere Zwecke lenken kann. Wir brauchen mehr Leute wie dich, Edgar, Leute, die nicht mit Fäusten, sondern mit Ideen und Argumenten, mit List und Entschlossenheit unsere Sache voranbringen. Ich weiß doch auch, was für ein Mensch Robert ist. Aber ich weiß ebensogut, was er durchgemacht hat. Ich bemühe mich, so gut ich kann, ihn zu bremsen.«

»Aber du läßt ihn mit diesen Nazihorden marschieren, mit diesen primitiven Schlägern. Das begreife ich nicht. Ist dir denn nicht klar, was das für Leute sind?«

Von Rabov erhob sich und ging ein paar Schritte durchs Zimmer. Es war schwer zu glauben, daß dieser Mann Roberts Vater war. Ja, von ihrer Persönlichkeit her schienen sie aus völlig unterschiedlichen Kulturen zu stammen. Doch ihre Statur war verblüffend ähnlich. Beide waren sie großgewachsen. Freilich neigte der Graf altersbedingt bereits zu ersten Ansätzen von Körperfülle, aber das beeinträchtigte das imposante Erscheinungsbild dieses norddeutschen Adligen keineswegs. Warum hatte er wohl keine militärische Karriere gemacht? Er wäre doch geradezu prädestiniert gewesen. Er hatte sogar eine erfolgreiche Offizierslaufbahn begonnen, dann aber abgebrochen, um sich jahrelang als erfolgloser Publizist durchzuschlagen, bis ihm das Falkenbeck-Geld den Weg in den Reichstag geebnet hatte.

»Du begreifst das nicht, weil du zu jung bist«, holte der Onkel ihn wieder in die Gegenwart zurück. »Du hast das alles nicht erlebt, Edgar. Wir haben im Moment keine andere Wahl. Wir müssen uns auch bisweilen gewisser Mittel bedienen, vor denen uns vielleicht ekelt. Politik ist ein schmutziges Geschäft. Aber man zwingt es uns auf. Wie soll ein Land überleben, dessen Bestes zerstört wurde? Du erfaßt das Ausmaß der Zerstörung, in der wir leben müssen, nicht, weil du das nicht am eigenen Leib erfahren hast. Das beste Blut dieses Landes ist in vier Jahren auf dem Schlachtfeld gefallen. Vier Jahre hieß es an der Front immer wieder: Freiwillige vor. Achtung, aus dem Graben heraus. Und wer schoß zuerst heraus? Wer schoß voran? Das war immer wieder das Beste, was Deutschland an Menschen zu bieten hatte, angefangen von jenen Herbsttagen 1914, als die ersten Freiwilligenregimenter zusammengeschossen wurden. Was ist jetzt noch übrig? Ein demoralisiertes, in seinem Kern zerstörtes Land, das von den Feiglingen und Schwächlingen regiert wird, die den Kopf unten gehalten haben. Und das ist nur das halbe Übel, Edgar. Diesen Zustand könnten wir vielleicht noch aushalten und allmählich überwinden, wenn wir genügend Zeit hätten. Es ist ja nicht das erste Mal, daß man versucht, Deutschland auszulöschen. Wir haben den Dreißigjährigen Krieg überlebt und auch die napoleonische Invasion. Aber diesmal ist die Lage ungleich gefährlicher, weil in den letzten Jahrzehnten zwei ganz neue Gefahren entstanden sind, die es in dieser Form bisher niemals gegeben hat: der Kommunismus und der Kapitalismus, beides menschenverachtende, zutiefst materialistische Systeme, die keinerlei menschliche oder göttliche Werte anerkennen, sondern nur das Aufgehen, das Untergehen jedes einzelnen im großen internationalen Gehandele. Amerika und Rußland, Edgar, das sind die zwei Köpfe der Hydra, die nach uns schnappt. Doch was tun wir? Wir laden das Ungeheuer auch noch zu uns ein, damit es uns erst politisch vergiftet und dann wirtschaftlich ruiniert. Keiner sieht das, keiner will es wahrhaben, daß wir zwischen der Scylla einer kommunistischen und der Charybdis einer kapitalistischen Diktatur hindurchmüssen. Allein Hitler hat das erkannt. Daß er jetzt noch mit Radaubrüdern paktieren muß, um auf sich aufmerksam zu machen, ist eine bedauerliche, aber normale Sache. Das wird von selbst aufhören, wenn diese Bewegung andere Wege gefunden hat als den Stammtisch oder die Straße, um sich Gehör zu verschaffen. Was soll er denn tun? Jeder Kommunist, jeder Kapitalist darf im Reichstag reden. Doch Hitler hat Redeverbot.«

Edgar wußte nicht, was er auf all diese Dinge erwidern sollte. Auf diesem Terrain fühlte er sich dem Grafen nicht gewachsen. Wenn Daniel hier gewesen wäre, hätte es bestimmt ein Rededuell gegeben, dem er gelauscht, in das er sich jedoch kaum eingemischt hätte. Außerdem interessierte es ihn auch nicht wirklich. Er war doch wegen etwas ganz anderem gekommen.

»Ich will mich gerne mehr mit diesen Fragen auseinandersetzen«, sagte Edgar. »Ich weiß darüber zuwenig, um mir ein Urteil bilden zu können.«

Der Graf nickte zufrieden. »Du kommst doch nächstes Wochenende zu Mutters Geburtstag nach Hamburg, oder?«

»Ja. Natürlich.«

»Dann solltest du am Sonntag abend mit uns in den Nationalklub gehen. Wir haben Hitler eingeladen, um das Redeverbot zu umgehen. Er wird zu uns sprechen. Ich würde mich sehr freuen, wenn du kommen würdest.«

»Gut, ich werde da sein«, antwortete Edgar. »Aber … dürfte ich dich noch etwas ganz anderes fragen?«

»Natürlich. Worum geht es?«

»Um Wilhelm Falkenbeck.«

Arthur von Rabov kehrte zu seinem Sessel zurück und setzte sich wieder. »Was willst du wissen?«

»Du sagtest, er sei ein gerissener Hund. Kanntest du ihn?«

Von Rabov nickte. »Nicht persönlich. Als meine Schwester und dein Vater sich kennenlernten, war er bereits nach England gegangen. Aber es war natürlich damals noch oft von ihm die Rede.«

»Und du kanntest seine Ansichten?«

Arthur von Rabov wiegte den Kopf ein wenig hin und her. »Ich weiß in etwa, wie er dachte. Warum?«

»Ich verstehe nicht, daß er auf so üble Art verstoßen wurde, nur weil er eine Jüdin geheiratet hat und englischen Ideen zuneigte.«

Von Rabovs Gesichtsausdruck verspannte sich zusehends. Das Thema schien ihm nicht sehr angenehm zu sein. »Das ist eine sehr komplizierte Frage, Edgar, die ich dir unmöglich in ein paar Sätzen beantworten kann. Aber warte, ich glaube, ich habe etwas für dich, das dir helfen kann.«

Er stand auf, ging zu seinem Bücherregal und zog einen kleinen Band heraus, den er Edgar reichte. Edgar betrachtete verwundert den Titel des Buches: *Die neue Wirtschaft*, stand auf dem Umschlag, von Walther Rathenau.

»Hierin wirst du alle Irrtümer finden, denen meines Wissens auch dein Onkel anhing.«

Edgar legte das Buch wieder auf dem Tisch ab und wartete einen Augenblick. Ein gelinder Schreck war ihm in die Glieder gefahren. Rathenau! Dieser großartige Mann, den Leute vom Schlage Roberts vor drei Jahren brutal ermordet hatten! Ein faszinierenderes Bild von Wilhelm Falkenbeck hätte der Graf schwerlich malen können. War das Absicht? Oder verbarg sich dahinter eine unausgesprochene Drohung. Wo genau stand Arthur von Rabov überhaupt?

»Wo haben sich meine Eltern eigentlich kennengelernt?« wollte Edgar als nächstes wissen.

Arthurs Gesichtsausdruck hellte sich wieder auf. »Bei einem Ball, soviel ich weiß. War es nicht so?«

»In Rendsburg?«

Der Graf schien sich jetzt wieder erheblich wohler zu fühlen. Die kurze Anspannung jedenfalls, die Edgar soeben noch gespürt hatte, war wie weggeblasen.

»Nein. Ich glaube, das war in Kiel, beim Reederball. Ich lebte damals schon in Berlin. Daher weiß ich das nicht mehr so genau. Aber warum fragst du?«

»Ich habe vor ein paar Tagen in einer Zeitschrift ein altes Photo von Rendsburg gesehen«, log er. »Da ist mir aufgefallen, daß ich über diese Zeit so gut wie nichts weiß. Auch über Rendsburg nicht.«

»Nun, das ist kein Wunder. Du hast ja dort nicht lange gelebt. Schon bald nachdem Agnes und dein Vater geheiratet haben, mußten wir das Gut aufgeben. Es war leider nicht mehr zu halten gewesen.«

»Das war wirklich Rettung in höchster Not, nicht wahr?« sagte Edgar spitz. »Mutter und Großmutter in diesem baufälligen alten Gut. Dein Vater sterbenskrank. Du selbst in Berlin. Herold Falkenbeck war ein großer Glücksfall für euch alle, nicht wahr?«

Edgar spürte, daß er wieder ein heikles Thema berührte. Aber er hatte keine Wahl. Was hatte Manings in Rendsburg gesucht? Das paßte doch einfach nicht zu all diesen Vorfällen. Edgar mußte jetzt in alle Richtungen in diesem Nebel herumstochern. Offenbar auch in den Anfängen seiner Familiengeschichte. Um der Frage jedoch eine andere Richtung zu geben, fügte er jetzt hinzu: »Meine Eltern haben sich nicht geliebt. Sie haben nicht aus Liebe geheiratet, oder?«

»Edgar, wie kommst du nur auf all diese Fragen?« erwiderte Arthur von Rabov erstaunt. »Warum sollen deine Eltern sich nicht geliebt haben?«

»Weil sie einander nicht ausstehen können. Weil ich mich nicht erinnern kann, daß es jemals ein liebes Wort zwischen ihnen gegeben hat. Weil Vater fast nie zu Hause war. Ich weiß, daß die meisten Ehen so enden. Aber fing es auch so an?«

»Bestimmt nicht. Warum hätten sie sonst geheiratet? Dein Vater war der Sohn eines wohlhabenden Industriellen. Agnes war eine bildschöne junge Frau aus einer alten Adelsfamilie. Ich gebe zu, mein Vater hat viele falsche Entscheidungen getroffen und unser Vermögen schlecht verwaltet. Aber wir waren keineswegs ruiniert. Agnes hatte jede Menge hochkarätiger Prätendenten. Sicher, Geld spielt natürlich immer eine gewisse Rolle. Aber das war sicher nicht der Grund. Außerdem ... Edgar, einmal müssen sie sich schon geliebt haben, sonst säßest du jetzt wohl nicht hier, oder?«

Edgar lächelte gequält.

Der Graf erhob sich. »Edgar, es tut mir leid, aber ein wenig muß ich heute noch arbeiten. Warum setzen wir unser Gespräch nicht nächste Woche fort? In Hamburg, bei einem guten Glas?«

Edgar stand auf. »Ja. Entschuldige. Ich habe mich völlig vergessen.«

»Nein, bitte entschuldige dich nicht. Ich fand es sehr aufschlußreich, mit dir zu plaudern. Wir sollten das viel öfter tun.« Er brachte ihn zur Tür. »Und vergiß nicht, nächsten Sonntag im Hotel Atlantic in Hamburg.«

Edgar nickte.

»Neunzehn Uhr«, ergänzte von Rabov noch. »Ich lasse dir eine Einladung zukommen.«

Edgar blieb noch einen Moment auf der Schwelle stehen.

»Ist noch etwas?« fragte Arthur.

»Ja. Würdest du Robert bitte sagen, er soll mich ab jetzt bitte in Ruhe lassen. Ich kann selbst auf mich aufpassen und finde es entwürdigend, beobachtet zu werden. Sagst du es ihm, oder soll ich es selbst tun?«

»Betrachte es als bereits geschehen. Robert wird dich nicht weiter behelligen. Ich verspreche es dir.«

»Danke. Guten Abend.«

Edgar ging rasch die Treppe hinab, ohne die Erwiderung des Grußes abzuwarten. Lügen, dachte er grimmig. Überall Lügen.

21.

»Was wollte er?«

»Er hat nach Rendsburg gefragt, Herold. Er ist völlig durcheinander. Ich habe den Eindruck, daß er irgend etwas ahnt.«

»Das ist alles Roberts Schuld. Warum hast du ihn nicht zurückgepfiffen, verdammt noch mal! Er stiftet doch nichts als Unheil.«

»Wer hat ihn denn auf Edgar angesetzt? Das war doch deine Idee?«

»Ja, Arthur, das war meine Idee. Aber ich habe erwartet, daß du ein wenig die Hand darüberhältst. Schließlich ist Robert dein Sohn.«

»Ich habe über Robert ebensowenig Kontrolle wie du über Edgar, verdammt noch mal. Er hat seinen eigenen Kopf.«

»Was ist mit dem Mädchen. Irgendeine Spur?«

»Nein. Robert war gerade hier. Er hat die halbe Stadt durchkämmt. Wie es aussieht, sind beide über alle Berge.«

»Und Manings? Was hat er mit Manings gemacht? Ich will es genau wissen?«

»Er beteuert, er habe ihn im Tiergarten rausgelassen. Er hat ihn nicht in den Kanal geworfen.«

»Und seine Helfer? Haben die ihn vielleicht erledigt?«

»Nein. Ich sage dir doch. Er hat ihm einen Schuß vor den Bug gegeben, sonst nichts.«

»Wahrscheinlich war das ein Fehler.«

»Ach ja?«

»Ja. Wenn ich gewußt hätte, daß es Manings ist, dann hätte ich ganz anders reagiert. Verdammt noch mal. Robert muß ihn suchen und ausschalten. Mama will mit dir sprechen. Ich gebe sie dir. Wir sehen uns nächsten Samstag, nicht wahr?«

»Ja. Bis Samstag.«

»Arthur.«

»Hallo, Mama.«

»Wie geht es dir, mein Junge?«

»Es geht so. Edgar war vor ein paar Stunden hier.«

»Und?«

»Er stellt sich sehr viele Fragen.«

»Was für Fragen?«

»Fragen, die in eine Richtung gehen, die mir nicht gefallen. Er hat nach Rendsburg gefragt.«

»Wie kommt er denn darauf?«

»Ich habe keine Ahnung. Er hat von irgendeinem Zeitungsartikel gesprochen.«

»Wir warten jetzt erst einmal ab. Aber wir müssen uns genau überlegen, was wir tun sollen, wenn er weiter nachbohrt ... Arthur?«

»Ja. Ich bin noch da?«

»Was denkst du?«

»Ich ... ich bin ziemlich ratlos. Warum taucht er ausgerechnet jetzt hier auf, verstehst du das?«

»Manings?«

»Ja.«

»Ich weiß es nicht.«

»Und was will er?«

»Das weiß ich noch viel weniger.«

»Kann es sein, daß er doch mit Wilhelm unter einer Decke steckt? Machen sie vielleicht gemeinsame Sache?«

»Alles ist möglich, Arthur. Ich werde versuchen, es herauszufinden. Mach dir keine Gedanken. Wir sehen uns Samstag. Kommt Edgar mit euch?«

»Ich habe noch nicht darüber nachgedacht. Ich werde versuchen, ihn mitzubringen. Aber er ist auf Robert nicht sehr gut zu sprechen. Ich muß sehen, was ich tun kann. Und du? Was willst du jetzt tun?«

»Ich fahre heute abend nach Mariagrün. Ich wollte längst wieder mal nach dem Rechten sehen.«

»Nimmst du Agnes mit?«

»Nein. Wozu. Das bringt auch nichts.«

»Edgar ist ein guter Junge. Wir dürfen ihn nicht verprellen, Mutter.«

»Ich kümmere mich schon um ihn, wenn er nach Hamburg kommt.«

»Soll Robert ihn weiterhin beschatten?«

»Nein, Arthur. Laß Edgar jetzt erst einmal in Ruhe.«

»Aber ist das nicht gefährlich? Was geschieht, wenn Manings oder das Mädchen wieder Kontakt zu ihm aufnimmt?«

»Das können wir nicht verhindern. Aber denk mal nach, Arthur. Es ist sehr unwahrscheinlich. Manings hatte alle Zeit der Welt, mit Edgar zu sprechen. Aber er hat ihm offensichtlich nichts gesagt. Das ist ja das wirklich Unheimliche daran. Sein Plan muß sehr viel hinterhältiger sein, als wir es uns im Moment noch vorstellen können. Er ist ein Teufel. Er hat irgend etwas anderes vor. Das müssen wir schnellstens herausfinden. Ich werde schon dahinterkommen.«

»Glaubst du, er will uns erpressen?«

»Möglich.«

»Aber wozu dann diese Frau? Was soll das?«

»Ich weiß es nicht. Vielleicht ist das nur Staub, den er uns in die Augen streut. Mach dir keine Sorgen, Arthur. Ich werde es herausfinden. Halte du Robert auf Spur. Nächsten Samstag sehen wir weiter.«

»Wie geht es Herold?«

»Nicht gut. Unverändert. Aber er trägt es mit Würde.«
»Ich bete für ihn.«
»Ja. Tu das. Gute Nacht, Arthur.«
»Gute Nacht, Mutter.«

22.

»Normalerweise lasse ich mich für so etwas bezahlen.« Daniel warf einen beschriebenen Notizblock auf den Tisch.

Sie saßen im Café Josty am Potsdamer Platz. Edgar wollte antworten, wurde jedoch abgelenkt durch ein unglaubliches Bild: Draußen trottete ein Elefant vorüber. Kraftwagen und Omnibusse blieben stehen. Passanten bildeten kleine Gruppen und kommentierten die ungewöhnliche Erscheinung. Nur das Tier selbst blieb völlig unbeeindruckt und zog seine Last seelenruhig durch den Verkehr.

Daniel drehte sich kurz um. »Reklame für Knorr«, sagte er trocken. »Jetzt machen sie es schon am Sonntag. Ich garantiere dir, wenn sie jemals einen Außerirdischen fangen, bekommt der noch vor der Schutzimpfung einen Werbevertrag.«

Wie zur Bestätigung wurde jetzt auch der umgebaute Waggon sichtbar, den das Tier hinter sich herzog, randvoll mit Knorr-Paketen.

»War es schwierig?« fragte Edgar.

»Wie man's nimmt. Manings' Wirtin war am einfachsten. Aber das hatte ich mir schon gedacht.«

»Ach ja?«

»Wie die Engländer sagen: Es gibt drei Möglichkeiten, Informationen zu verbreiten. Telephon. Telegraph. Tellawoman.«

»Deine Witze waren schon mal besser.«

»Deine Bekanntschaften auch. Mein lieber Edgar, an diesem Manings stimmt überhaupt nichts.«

»Ich weiß«, sagte Edgar.

Daniel schlug seinen Notizblock auf und berichtete.

»Also: Wie du bereits vermutet hast, arbeitete er weder in der Britischen Botschaft noch überhaupt irgendwo. Die Frau, mit der du zweimal telephoniert hast, heißt Frau Elfriede Galinski und wohnt in der Katharinenstraße 8, wo Manings bei ihr am 4. Januar ein Zimmer gemietet hat.«

Daniel machte eine kurze Pause, dann fuhr er fort.

»Er gab an, Privatgelehrter zu sein und sich zu Studienzwekken für einige Wochen in der Stadt aufhalten zu wollen. Erst hat er das Zimmer nur für Januar gemietet, dann aber um einen Monat verlängert. Ende Februar wollte er eigentlich abreisen, angeblich zurück nach London. Aber dann verlängerte er noch einmal und erklärte, auch den März noch bleiben zu wollen. Du siehst also, er war noch nicht ganz fertig mit dir.«

Edgar gab keinen Kommentar ab. Manings war ihm ein Rätsel. Aber er hatte ihn gemocht, trotz des Argwohns, den er jetzt gegen ihn hegte. Wenn er nur selbst mit dieser Vermieterin hätte sprechen können. Aber das wagte er nicht. Er wollte auf keinen Fall Gefahr laufen, offiziell mit dieser Sache in Verbindung gebracht zu werden. Er mußte sich vorerst auf Daniel verlassen. Niemand wunderte sich über einen neugierigen Pressemenschen.

»Das Mädchen ist im Februar in Berlin aufgetaucht. Wann genau, daran konnte sich Frau Galinski nicht erinnern. Aber die schöne Inderin hat sie mächtig beeindruckt. So ein faszinierendes Mädchen! Daß ein reifer Mann eine so junge Geliebte hatte, irritierte sie zwar, aber die beiden waren einfach so charmant und zuvorkommend …«

»Geliebte?« warf Edgar ein. »Hat sie tatsächlich diesen Begriff benutzt?«

Daniel nickte. »Ja. So hat sie das ausgedrückt.«

»Und hat sie das genauer erläutert?«

Sein Freund kaute einen Moment lang auf seinem Stift herum. »Wenn ich ihre blumigen Andeutungen richtig verstanden habe, dann hatte Manings etwas mit ihr. Ist es das, was du wissen willst?«

Edgar nickte kurz und wartete, daß sein Magen sich wieder entkrampfte. »Aber wann genau sie nach Berlin gekommen ist, wußte sie nicht?«

»Nein. Aber ich weiß es. Sie hatte um die Ecke ein Hotelzimmer gemietet. Sie ist dort am 1. Februar angekommen und am 4. wieder ausgezogen.«

»Am 4.? Und wo ist sie dann hingegangen? Wir sind uns doch erst am 6. begegnet.«

»In die Lietzenburger Straße. Die Wohnung dort wurde am 4. Februar übergeben. Alles ganz logisch.«

Das hatte Daniel also auch herausgefunden. Edgar nickte anerkennend. »Hat sie die Wohnung gemietet?« fragte er.

»Nein. Die Wohnung gehört irgend jemandem, der offenbar nie da ist und sie daher untervermietet. Ein Verwalter kümmert sich darum. Ich habe meine besten Tricks versucht, aber der Mann hat mir nicht viel sagen können. Ich vermute, der Besitzer der Wohnung gehört auch zu ihnen.«

»Zu wem?«

»Dazu komme ich gleich. Die Wohnung war verwüstet, als du sie das letzte Mal gesehen hast, oder?«

»Ja.«

»Und du bist sicher, daß du Blutspuren gesehen hast?«

»Ja doch.«

»Nur ruhig. Außer dir hat das nämlich offenbar niemand bemerkt.«

»Was?«

»Ja. Der Verwalter sagt, das Mädchen, das dort ein paar Tage gewohnt hat, sei am letzten Donnerstag abgereist.«

»Abgereist. Und was ist mit dem Einbruch?«

»Er weiß von keinem Einbruch. Sie hat ihn am Donnerstag angerufen und gesagt, sie habe am Mittwoch spätabends die Tür aufbrechen müssen, da sie ihren Schlüssel verloren habe. Da sie abreisen müsse, habe sie keine Zeit mehr, den Schaden zu reparieren. In der Küche liege Geld bereit, und er möge das Schloß reparieren lassen.«

Daniel schaute Edgar prüfend an. Der blickte nur mißmutig vor sich hin.

»Der Verwalter fuhr hin und sah sich den Schaden an.«

»Und das Durcheinander? Die Blutspuren?«

»Die Wohnung war in Ordnung. Nur das Schloß war kaputt. Er schraubte ein Notschloß an die Tür. Das war alles. Die Wohnung steht offenbar die meiste Zeit über leer. Der Besitzer kommt seit Jahren nicht mehr nach Berlin. Der Verwalter kennt ihn nicht einmal persönlich. Irgend jemand in München entscheidet, wer dort wohnen darf. Der Verwalter wird angerufen und instruiert, wem er die Schlüssel geben soll. Das ist alles.«

»Klingt ja sehr geheimnisvoll.«

»Ja. Nicht wahr. Wenn du mich fragst, dann gehört die Wohnung jemandem, der mit Manings und Alina bekannt ist. Vermutlich einer Person, die etwas mit dieser Theosophischen Gesellschaft zu tun hat. Vielleicht gehört die Wohnung sogar dieser Gesellschaft.«

»Was für eine Gesellschaft?«

»Geduld, eins nach dem anderen. Die Frage ist zunächst, warum wohnte das Mädchen erst im Hotel und dann in dieser Wohnung? Warum ist sie nicht gleich dort untergekommen?«

Edgar überlegte. Es wurde immer mysteriöser. »Vielleicht war die Wohnung nicht frei?«

»Doch, das war sie.«

Edgar hatte keine Erklärung. Doch Daniel hatte eine.

»Überleg doch mal. Am Montag, bevor wir sie im Eldorado das erste Mal gesehen haben, ist sie zu Manings gestoßen. Bis Donnerstag wohnte sie im Hotel. Dann erst bezog sie diese Wohnung. Für mich ist das ziemlich eindeutig.«

»Was ist eindeutig?«

»Sie hat sich die Situation erst ein paar Tage lang angeschaut, bevor sie beschloß mitzumachen. So könnte es jedenfalls gewesen sein. Manings hat alles vorbereitet. Er hatte ja über einen Monat Zeit gehabt. Als es soweit war, kam sie. Ich vermute, sie wollte dich erst einmal in Ruhe aus der Ferne beobachten, um zu sehen, ob die Sache überhaupt funktionieren könnte. Ihr Auftrag war ja nicht ganz ohne. Sie sollte sich an dich heranmachen. Nach einigen Tagen hat sie offenbar beschlossen, es zu versuchen, und mußte sich natürlich nach einem Ort umsehen, wo sie dich empfangen konnte. Und dann mußte sich ja noch eine günstige Gelegenheit für die erste Begegnung ergeben, was bis Samstag gedauert hat. Wer weiß, vielleicht hat sie dir vorher schon irgendwo schöne Augen gemacht hat, und du hast es gar nicht bemerkt?«

Edgar überlegte, was er vor dem 6. Februar unternommen hatte. Einen Abend hatte er beim Boxkampf verbracht, einen anderen in Zuckmayers *Fröhlichem Weinberg*, ausnahmsweise ohne Daniel, der natürlich die Premiere gesehen hatte und befand, die Katzbalgerei lohne keinen zweiten Besuch. War sie da etwa auch schon in seiner Nähe gewesen?

»Sie wohnte also nicht bei ihm?« sagte Edgar und fühlte sich dadurch merkwürdigerweise erleichtert.

»Nein. So modern ist Frau Galinski nun auch wieder nicht, daß sie unverheiratete Paare beherbergt. Aber sie waren den ganzen Tag zusammen.«

»Hast du sein Zimmer gesehen?«

»Nein. Es ist bereits wieder vermietet. Er ist weg. Verschwunden. In der Nacht von Mittwoch auf Donnerstag. Er hat eine Nachricht hinterlassen, er müsse dringend nach England zurück.«

Edgar brauchte einen Augenblick, bis er das verstanden hatte. »Dann ... dann ist er nicht tot.«

»Vermutlich nicht. Es sei denn, Robert hat ihn später erwischt, nachdem er seine Sachen geholt hat. Ich weiß es nicht.«

»Und Alina?«

»Hat niemand gesehen. Möglicherweise hat sie ihn aber abgeholt. Frau Galinski geht um neun zu Bett. Die beiden können also ohne Probleme Manings' Sachen geholt haben. Dann sind sie vielleicht in die Wohnung in der Lietzenburger Straße gefahren, haben alle Spuren beseitigt, Alinas Gepäck geholt und die Stadt verlassen. Vielleicht sind sie aber auch getrennt geflüchtet?«

Edgar starrte mißmutig vor sich hin. Das half ihm alles nicht viel.

»Ich habe da aber noch etwas«, fuhr Daniel fort. »Dieser komische Vortrag, von dem du mir erzählt hast, dieser Prophet ...«

Edgar trank einen Schluck Kaffee und ließ dann seinen Blick durch das Josty schweifen. Warum konnte er nicht einfach hier sitzen, die eleganten jungen Frauen anschauen und sich auf den nächsten Tanzabend freuen. Aber er konnte nicht. Er war bedrückt. Eine lähmende Schwermut lastete auf ihm.

Daniel schaute ihn erwartungsvoll an. »Soll ich weitersprechen?«

»Ja. Bitte. Sei mir nicht böse, aber ich bin noch immer völlig durcheinander von dieser Geschichte.«

»Ich fürchte, das Durcheinander wird noch größer«, erwiderte Daniel skeptisch. »Deine feine Familie wird nämlich immer interessanter.«

»Was soll das heißen?«

»Dieser mysteriöse Vortrag letzten Mittwoch, am Abend vor Roberts Überfall. Manings war dort. Aber eben auch Robert, dein Vetter. Ist doch ein ziemlich merkwürdiger Zufall, findest du nicht?«

»Ich habe auch schon darüber nachgedacht«, sagte Edgar.

»Und?«

Edgar zuckte mit den Schultern.

»Robert kann dir nicht gefolgt sein«, argumentierte Daniel. »Denn als du dort eintrafst, war er ja schon da. Er saß sogar in der ersten Reihe.«

»Robert wird Manings gefolgt sein«, schlug Edgar vor. »Deshalb war er dort.«

»Oder umgekehrt«, widersprach Daniel. »Vielleicht hat der Engländer ja auch deinen Vetter beschattet. Noch interessanter wäre allerdings eine dritte Möglichkeit.«

»Und die wäre?«

Daniels Augen glänzten vor Aufregung, während er weitersprach: »Überleg doch mal. Warum hat das Mädchen dich überhaupt dorthin geschickt. Manings wollte dich angeblich treffen. In einem Vortragssaal? Könnte es sein, daß Manings vielleicht erreichen wollte, daß du siehst, wo Robert sich heimlich herumtreibt? Und ist das vielleicht ein Grund dafür, daß Robert ausgerechnet an jenem Abend zuschlug? Hatte Robert herausgefunden, daß Manings ihm auf die Schliche gekommen war? Hatte er erfahren, daß du in diesem Vortrag warst? Warum hat Manings dich dorthin gelockt? Warum hat Robert ausgerechnet an diesem Abend losgeschlagen? Warum nicht früher? Oder später? Es muß doch einen Grund dafür geben, oder?«

Obwohl um sie herum das Leben tobte, fühlte Edgar kurzzeitig eine große Stille. Er versuchte, den Überblick zu behalten, aber das gelang ihm nicht mehr. Wer hatte hier wen verfolgt und beschattet? Wenn Manings ihn den ganzen Januar über beobachtet hatte, dann hatte er zwangsläufig auch Robert bemerkt. Somit war der Engländer mit Sicherheit vor Robert auf der Hut gewesen. Er würde ihn mitüberwacht haben. Und dabei hatte er entdeckt, in welchen Zirkeln Robert verkehrte. Aber wie stand es umgekehrt mit Robert? Hatte er Manings womöglich ausgetrickst und in dem Glauben gelassen, er wisse nichts von ihm. Hatte Robert gewartet? Aber worauf? Warum?

Daniel ergriff wieder das Wort. »Ich habe mir die Gesellschaft, die diesen Vortrag veranstaltet hat, einmal genauer angesehen. Du weißt ja vermutlich nicht viel darüber, oder?«

»Nein. Woher denn?«

»Bis gestern hatte ich auch noch nie von einer Guido-von-List-Gesellschaft gehört.«

Edgar wartete stumm darauf, daß Daniel fortfuhr, aber der hatte begonnen, in seinem Notizbuch zu blättern. »Hier«, sagte er dann und riß ein Blatt heraus. »Nimm das schon mal an dich. Der Mann heißt Seskow. Ein Russe. Er wohnt wie fast alle Russen in Charlottenburg und betreibt dort eine esoterische Buchhandlung. Ein schräger Vogel, aber er weiß alles über diese okkulten Gruppen. Er ist nämlich davon überzeugt, daß sie die Revolution in Rußland verschuldet haben.«

»Okkulte Gruppen?«

»Ja. Dein Vetter Robert ist nicht nur politisch ein gefährlicher Spinner. Er gehört zu dieser Guido-von-List-Gesellschaft, und ich denke sogar, daß er dort eine ziemlich hohe Funktion innehat. Aber hör zu, ich kann dir nur ein paar Hinweise geben. Danach mußt du mit diesem Seskow sprechen, wenn du das alles überhaupt weiterverfolgen willst. Ich kann dir nur die groben Verbindungen erklären. Was wirklich dahintersteckt, begreife ich vermutlich sowieso nicht. Was Seskow mir am Telephon erklärt hat, reicht mir völlig. Also, Edgar: Ich drehe dir die Steine um. Aber in das ekelhafte Gewimmel darunter stecke ich meine Finger nicht. Das mußt du selber machen, einverstanden?«

Edgar wurde mulmig zumute, aber gleichzeitig wurde er ungeduldig. »Bitte. So rede doch endlich.«

»Diese Gesellschaft sitzt in Lichterfelde. Die Berliner Abteilung ist recht neu. Guido von List war Österreicher und hat seine obskuren Theorien um die Jahrhundertwende vor allem dort und in München verbreitet. Ende 1918 kam er jedoch nach Berlin. Warum, weiß ich nicht, Seskow wird es dir sagen können. Gleich nach seiner Ankunft wurde er krank und starb hier im Mai 1919 in irgendeiner Pension. Einer seiner Schüler, ein gewisser Philipp Stauff, hat dann 1920 diese Gesellschaft gegründet. Stauff mußt du dir nicht merken. Er hat sich 1923 umgebracht. Es ist seine Frau Berta, die das Ganze weiterführt.«

»Was weiterführt?«

»Die Gesellschaft, das heißt: den Verlag. Sie bringt die Schriften von diesem Guido von List heraus, des Erfinders des Mythos vom Arier. Wie gesagt, frag Seskow. Ich kann dir das im einzelnen nicht erklären. Wichtig ist zunächst nur, daß du weißt, daß dein Vetter Robert sehr intensiv germanische Heilsgeschichte, Runenkunde und okkulte Studien betreibt. Und noch etwas: Dein Vater scheint das alles zu finanzieren.«

»Wie bitte?«

»Ich konnte natürlich nicht in dieses Haus hineingehen. Aber die interessanteste Informationsquelle in der Welt sind und bleiben die Eigentumsverhältnisse. Das war auch vor Marx schon so. Solange wir noch erfahren dürfen, wem was gehört, besteht die Hoffnung, daß die Welt verstehbar bleibt. Die Villa in Lichterfelde, in der Frau Berta Stauff Hakenkreuzforschung und Arierstudien betreibt, gehört deinem Vater, Edgar. Dein Vater finanziert den pangermanischen Misthaufen, auf dem Leute wie dieser Hitler ihre Kreaturen heranzüchten.«

Daniel gefiel sich offenbar in der Rolle des Überbringers schlechter Nachrichten.

Denn er fügte hinzu: »Ich frage mich außerdem, ob deine indische Freundin nicht vielleicht sogar eine kleine arische Hexe war, die dich in diesen völkischen Dung hineinziehen sollte? Dir eine kleine Teufelin auf den Hals zu schicken, die dir so richtig den Kopf verdreht – das paßt genau in das Erweckungsprogramm dieser Sekten und okkulten Gruppen. Was Manings damit zu tun hat, ist mir zwar überhaupt nicht klar, aber Seskow meinte, er könne durchaus ein britischer Agent sein, der für die Theosophische Gesellschaft arbeitet.«

Edgar verstand überhaupt nichts mehr. »Das geht mir alles zu schnell«, unterbrach er Daniel unwirsch. »Was zum Teufel ist die Theosophische Gesellschaft?«

Daniel atmete tief durch.

»Das versuche ich dir ja gerade zu erklären. Manings und das Mädchen hatten irgend etwas mit dir vor. Davon bin ich überzeugt. Diese Begegnung war kein Zufall. Die Frage ist: Wer hat sie geschickt? Und wozu? Dein Onkel Wilhelm? Möglich. Aber warum brachte dich Manings zum Vortrag bei dieser Geheimgesellschaft, die dein Vater finanziert? Und warum nimmt er ausgerechnet ein indisches Flittchen, um sich an dich heranzumachen? Warum die Hinweise auf diese Vipàssana-Sekte? Wer sind diese Leute? Das überschneidet sich alles. Aber es ergibt sich kein klares Muster. Wir wissen nur, wo sich das alles überschneidet.«

»Ach ja. Und wo?«

»In dir.«

Edgar war völlig verloren.

Daniel fuhr fort: »Dieser Artikel, der im *Theosophist* erschienen ist, du erinnerst dich doch? Die Herausgeber warnen vor einer Vipàssana-Sekte. Darüber wußte Seskow nichts. Aber die Theosophische Gesellschaft kennt er. So, und jetzt wird es richtig interessant. Seskow behauptet nämlich, die Theosophische Gesellschaft sei nichts anderes als ein Ableger des britischen Geheimdienstes. Er hat mir auch erklärt, warum: Wer Indien langfristig kontrollieren will, der muß das religiöse Leben dort kontrollieren. Seskow zufolge sei die Theosophische Gesellschaft eines der wichtigsten Instrumente des britischen Kolonialismus, ein Wolf im Schafspelz, eine Pseudokirche, mit der Indien in die Moderne geholt werden soll. Er hält das allerdings für eine fatale Strategie. Er meint, der Schuß würde nach hinten losgehen. Die Engländer würden sich noch wundern. Diese Gesellschaft sei wirklich ein Wolf im Schafspelz, aber in einem ganz anderen Sinne, als man glaube. England mische auf diese Weise das gefährlichste Sprengpulver zusammen, das es überhaupt gibt: Religion und Politik.«

»Und was hat das alles mit mir zu tun?« fragte Edgar mürrisch.

»Diese Gruppen, die dein Vater finanziert und bei denen dein Vetter sich offenbar engagiert, tun das gleiche. Gewisse Kreise in Deutschland sind ja in einer ähnlichen Situation wie Indien. Sie weigern sich hartnäckig, in der Gegenwart anzukommen. Sie wehren sich mit Klauen und Zähnen gegen die Verwestlichung, gegen die Entdeutschung ihrer Kultur, oder was sie dafür halten. Aber im Gegensatz zu Indien, das von der Gegenwart und vom Westen ja auch gar nichts will und nur von England dafür zugeritten werden soll, wollen diese Arierforscher und Runenkundler ihn erobern. Sie sehen sich als letztes Bollwerk gegen die Vernichtung durch … ja, was weiß ich, einfach alles: Franzosen, Mammon, Juden, Kapital, Slawen, Geist, Zivilisation. Das Ganze ist derart wirr, man kann es gar nicht recht ernst nehmen oder zusammenfassen …«

Edgars Gedanken schweiften ab, während sich Daniel auf einen seiner üblichen zeitpolitischen Exkurse begab. »Die deutsche Seele neigt leider zum Totalitären«, hörte er ihn noch sagen, »sie haßt den Kompromiß, den Ausgleich. Du mußt dir mal auf der Zunge zergehen lassen, was da so geschrieben wird. Unsere besten Schriftsteller geifern gegen die Zivilisation, als sei es das Schlimmste, was jemals über die Menschheit hereingebrochen ist. Thomas Mann zum Beispiel. Er redet ernsthaft vom *Terrorismus* der Politik, ist das noch zu fassen …?«

Was hatte Manings von ihm gewollt? Und Alina. Wo führte das alles zusammen? Alina war ein Köder gewesen. Der Gedanke versetzte ihm noch immer einen Stich. Aber wie lange wollte er sich denn noch dagegen wehren. Alles sprach dafür. Er zündete eine Zigarette an und blies den Rauch gegen die Tischplatte. Ein Köder wofür?

23.

Selbst im Februar gab es Unermüdliche, die morgens um sieben die Stille der Brunnenpromenade im Zoologischen Garten aufsuchten. Das Kurleben en miniature, das hier im Sommer herrschte, wenn jedermann mit seinem Becher einherwandelte, um Rakoczy, Karlsbader Sprudel oder Bonifaciusbrunnen zu trinken, war zwar jetzt nicht zu beobachten. Aber Edgar war dennoch nicht allein hier. Einige wohlbeleibte Damen aus dem feinen Westen hatten sich schon vor ihm eingefunden. Man sah ihren ernsten Gesichtern an, daß sie das Frühaufstehen und Spazierengehen als wesentlichen Teil ihrer Kur betrachteten. Sie hatten volle Kriegsbemalung angelegt, was ein Aufstehen schon um sechs Uhr voraussetzte. Der eine oder andere Typ Generaldirektor, der sich hier verjüngen wollte, um in der nächsten Saison wieder in den Frack zu passen, war ebenso hier anzutreffen wie junge Büroangestellte, die sich Kissingen oder Karlsbad nicht leisten konnten und schon allein deshalb mit frühmorgendlichen Spaziergängen im Zoologischen Garten vorliebnehmen mußten.

Edgar kam manchmal hierher, wenn er ein Stück Natur genießen wollte. Heute war es jedoch Schlaflosigkeit gewesen, die ihn so früh aus der Wohnung getrieben hatte, Schlaflosigkeit und die Einsicht, daß er seit Tagen ein endloses Selbstgespräch mit Alina führte. Immer wieder spielte ihm seine Erinnerung die Momente ihrer letzten Begegnungen vor. Am Montag und Dienstag hatte er seine Wohnung nur verlassen, um Zigaretten zu kaufen oder eine Kleinigkeit zu essen. Aber er brachte kaum etwas herunter. Statt dessen rauchte er viel und ertappte sich immer wieder dabei, daß er minutenlang vor sich hin ins Leere starrte. Manchmal brach er ganz plötzlich in Tränen aus. Am Telephon war er einsilbig, wenn Edith oder Arthur bei ihm anriefen, was mehrmals geschah. Ja, er würde am Samstag nach Hamburg kommen. Nein, er wolle alleine reisen. Mit dem Zug. Nein, er wollte nicht im Wagen fahren.

Immerhin ließen sie ihn in Ruhe. Daniel meldete sich am Dienstag, hatte aber außer aufmunternden Sprüchen wenig Hilfreiches anzubieten. Und dann war dieser Brief gekommen. Ein Brief von ihr. Wie oft hatte er ihn schon gelesen? Diesen Abschiedsbrief, der keinerlei Erklärung enthielt.

Edgar,

bitte folge mir nicht. Es war alles falsch. Vergiß mich. Es tut mir unendlich leid, was geschehen ist. Bitte hasse mich nicht. Und Du würdest mich hassen, wenn wir uns noch einmal begegnen wür-

den. Auch deshalb gehe ich. Was immer Du glauben magst: Auf meine Weise war ich immer ehrlich zu Dir. Auch mein Körper, vor allem mein Körper, der noch immer nach Dir ruft. Ohnehin sind nur unsere Körper ehrlich.

Bitte vergiß, was geschehen ist. Wenn Du es kannst. Ich würde einiges dafür geben, wenn ich die Zeit zurückdrehen und alles ungeschehen machen könnte. Auch wegen Phil. Allein ich bin an allem schuld.

Ich habe diesen Brief zahllose Male geschrieben und wieder zerrissen. Denn wie sollte ich Worte für uns finden. Oder gar letzte Worte.

Leb wohl. Alina

Die Briefmarke auf dem Umschlag war italienisch, abgestempelt in Genua.

Zwei Stunden später stand er vor dem Schaufenster der Norddeutschen Lloyd am Tauentzien und studierte die Linienpläne nach Ostasien. In einem Schaukasten am Eingang klebte ein Zeitungsausschnitt aus dem *Berliner Tageblatt* vom 8. Januar und informierte unter anderem darüber, daß die britische Regierung das Besuchsverbot für Deutsche jüngst aufgehoben und die Zahl der Deutschen in Indien nun schon wieder um mehrere hundert zugenommen hatte. »Dem deutschen Weltenbummler«, so stand weiterhin zu lesen, »ist nach längerer Sperre nun auch der Besuch der Insel Ceylon wieder gestattet. Er hat nur seinen ordnungsgemäßen Reisepaß einem englischen Konsulat vorzulegen, bei dem er das Visum gegen eine Gebühr von fünfzehn Mark erhält. Von Hamburg ist Ceylon mit den Ostasiendampfern der Norddeutschen Lloyd zu erreichen, die etwa vierwöchentlich verkehren und in den Häfen Antwerpen, Rotterdam, Genua, Port Said anlegen. Die Reise bis Colombo dauert vier bis fünf Wochen. Es bietet an sich schon eine ausgezeichnete Erholung und Abwechslung, die durch den Besuch von Ceylon noch gekrönt wird. Der Fahrpreis beträgt in der ersten Klasse sechzig bis fünfundsiebzig Pfund Sterling, in der Mittelklasse fünfunddreißig bis vierzig Pfund. Für Rückfahrkarten wird Ermäßigung gegeben.«

Eine Weiterfahrt nach Madras und Kalkutta war ohne weiteres möglich. Edgar blickte versonnen auf die Fahrpläne. Einen Reisepaß besaß er. Der Gedanke war natürlich aberwitzig. Er würde niemals dorthin fahren. Seine Phantasie ging mit ihm durch. Oder sein Herz. Schließlich betrat er das Büro der Lloydschen Linien dennoch und nahm einige Broschüren mit, die dort auslagen. Wenigstens im Geist konnte er sie verfolgen. Wohin würde sie jetzt wohl gehen. Nach Madras? Oder in diesen Ashram, von dem Manings gesprochen hatte. Oder waren das auch alles nur Lügen gewesen, dieser Brief nur ein weiterer Betrug? Edgar drehte sich ruckartig um wie jemand, der plötzlich spürt, daß er beobachtet wird. Ein Passant musterte ihn befremdet. Edgar wurde rot und ging weiter. Warum hatte sie ihm das angetan? Warum?

Heute nachmittag hatte er einen Termin bei diesem Seskow. Aber was sollte er bis dahin tun? Er spazierte ziellos durch die Stadt. Gegen Mittag bekam er Hunger. Und da er wieder in der Nähe des Zoologischen Gartens angekommen war, kam ihm plötzlich eine Idee. Er bog in die Hardenbergstraße ein. Schon nach wenigen Schritten sah er in der Ferne das Reklameschild des Barberina. Man ging dort eigentlich abends oder nachts hin, aber es war auch tagsüber geöffnet und dann fast immer angenehm leer.

Edgar beglückwünschte sich sogleich zu seinem Einfall, als er das Restaurant betrat. Der junge Mann mit den mongolischen Zügen lehnte tatsächlich am Tresen. Es kam Edgar jetzt merkwürdig vor, ihm hier zu begegnen. Schließlich hatte er ihn das letztemal ekstatisch tanzend von drei halbnackten Frauen umringt gesehen.

Der junge Mann musterte ihn auch etwas länger als üblich, als er auf ihn zukam.

»Ich würde gerne etwas essen«, sagte Edgar zu ihm und nahm an einem Tisch neben dem Tresen Platz.

Der Ober griff nach der Speisekarte, aber Edgar kam ihm zuvor: »Ich nehme das Tagesgericht. Kalbsleber mit Apfelscheiben. Und einen trockenen Weißwein dazu.«

Bis auf eine ältere Dame, die am Fenster saß und Tee trank, war niemand hier. Edgar überlegte noch, wie er den Kellner ausfragen sollte, da kam der bereits zurück, brachte den Weißwein und blieb neben dem Tisch stehen, um zu sehen, ob Edgar ihn für gut befand. Edgar nippte an seinem Glas und schaute zu ihm auf.

»Sehr gut«, sagte er und fügte hinzu: »Bitte nehmen Sie es mir nicht übel, wenn ich Sie einfach so frage, aber … kann es sein, daß wir uns letztes Wochenende begegnet sind?«

Der Kellner lächelte erleichtert. »Ich hatte auch schon diesen Eindruck, mein Herr«, antwortete er mit gesenkter Stimme. »Aber ich war mir nicht ganz sicher. Sie waren also auch … auf diesem Empfang?«

»Ja. Aber Empfang ist wohl nicht das richtige Wort, finden Sie nicht auch?«

Der Kellner schaute sich kurz um. Aber die Dame am Fenster schien gegenwärtig keinen Wunsch zu haben, und aus der Küche war auch noch kein Klingelzeichen zu hören.

»Wenn ich ehrlich sein soll«, begann der Kellner, »so habe ich mich in den letzten Tagen auch schon gefragt, wann jemand von Ihnen hier vorbeikommen würde. Ich meine, es wäre ja schon interessant zu erfahren, ob das Experiment geglückt ist. Es war doch sicher sehr kostspielig für Sie und Ihre Kollegen, oder?«

»Kostspielig?« antwortete Edgar ein wenig irritiert.

»Oder gehören Sie nicht zu den Organisatoren? Sagen Sie bloß, man hatte Sie auch nur engagiert?«

»Engagiert? Ich habe eine Dame begleitet. Aber was meinen Sie mit engagiert?«

Der Kellner senkte die Stimme ein wenig. »Sie sind also keiner der Ärzte? Schade.« Ein wenig Enttäuschung schwang in seiner Stimme mit. »Nun, wenn Sie nicht bezahlt wurden, dann gehörten Sie vermutlich zu den Testpersonen.« Er grinste jetzt und fügte hinzu: »Ich habe mich natürlich den ganzen Abend gefragt, wer von den Anwesenden zu den Darstellern, zu den Ärzten und wer zu den Testpersonen gehörte.«

Edgar verstand immer weniger. Er konnte gar nicht all die Fragen stellen, die ihm durch den Kopf schossen.

»Sie wurden also dafür bezahlt, um ...«, er flüsterte jetzt, »... um an diesem Fest teilzunehmen?«

Der Kellner nickte. »Ja. Die meisten Leuten dort waren Schauspieler und Tänzer. Eben, als ich Sie wiedersah, dachte ich, Sie wären vielleicht einer der Ärzte.«

»Ärzte?«

»Ja. Das Ganze war ein psychologisches Experiment.«

Ein Klingelzeichen ertönte.

»Entschuldigen Sie bitte. Ihr Essen.«

Edgar griff nach seinem Weinglas, trank jedoch nicht. Er schaute reglos dem Kellner hinterher. Ein Experiment?

»Ich lasse Sie erst einmal in Ruhe essen«, sagte der Mann und stellte Edgar sein Essen hin. Es duftete vorzüglich.

Edgar aß in aller Ruhe. Das wurde ja alles immer besser. Hatte Manings diese ganzen Leute engagiert? Für ein Experiment? Als er fertiggegessen hatte, erhob er sich, ging zum Tresen, setzte sich auf einen der Barhocker und holte seine Zigaretten hervor. Er bot dem Kellner auch eine an und gab ihm Feuer.

»Sie sind mit dieser Inderin gekommen, nicht wahr? Tolle Frau. Beneidenswert.«

Edgar überging die Bemerkung. »Würden Sie mir erzählen, wie Sie zu diesem Fest eingeladen wurden?« fragte er.

»Hier, in der Barberina«, erklärte der junge Mann bereitwillig. »Drei oder vier Tage davor sprach mich ein junger Mann an und fragte mich, ob ich keine Lust hätte, mir auf interessante und angenehme Weise hundert Mark zu verdienen. Er erzählte mir, eine Gruppe englischer Ärzte wollte ein psychologisches Experiment durchführen. Er sagte, er suche freizügige Statisten, am besten Schauspieler. Ich ließ mir die Sache erklären. Nun ja, hundert Mark, um bei einer wilden Feier mitzumachen. Da habe ich natürlich zugesagt.«

»Kennen Sie noch andere Personen, die für das Fest engagiert wurden?«

»Nur die, die ich selbst mitgebracht habe.«

»Und wer war das?«

»Ein paar Mädchen. Ich bin mit drei jungen Damen lokker befreundet, die in bestimmten Filmen mitspielen und überhaupt wenig Hemmungen haben, sich zu zeigen. Sie bekamen auch hundert Mark.«

»Aber … fanden Sie das nicht seltsam?«

»Einerseits schon. Aber der Mann sagte, die ganze Sache sei seriös und wissenschaftlich abgesichert. Das Hirschfeld-Institut sei beteiligt und bürge dafür, daß die ganze Sache geordnet verliefe.«

»Hirschfeld-Institut? Was ist das?«

»Das Institut für Sexualwissenschaft. Kennen Sie das etwa nicht?«

Edgar schüttelte den Kopf. Schon das Wort allein verblüffte ihn. Wurde Sexualität jetzt auch schon erforscht? An neuen Wissenschaften war ja gegenwärtig kein Mangel. Hörbigers Welteistheorie, nach der ein auf die Erde gestürzter Mond die Sintflut ausgelöst und Atlantis unter sich begraben haben sollte, war zur Zeit ein Lieblingsthema der Sensationspresse. Daneben machte in den seriösen Zeitungen eine sogenannte Relativitätstheorie immer mehr von sich reden. Sie war aber offenbar noch weitaus phantastischer als die Welteistheorie und galt außerdem als jüdisch. Jetzt also Sexualwissenschaft.

»Das sollten Sie sich einmal ansehen«, sagte der Kellner mit den schmalen Augen. »Es gibt dort eine faszinierende Ausstellung über alle Sexualpraktiken der Welt.«

»Der Mann, der Sie angesprochen hat, wie sah der aus?«

»Groß, gut gebaut, dunkelhaarig. Eine angenehme Erscheinung. Ein Engländer übrigens.«

»Wissen Sie, wie er hieß?«

»Er nannte sich Sparrow, Dr. Sparrow.«

Der Mann aus dem Keller? dachte Edgar sofort. Der Mann, der Alina vor seinen Augen beschlafen hatte. Ihr Partner! Er drängte den Kellner, den Mann genauer zu beschreiben. Und mit jedem zusätzlichen Detail verstärkte sich die Gewißheit. War es nur die Eifersucht, die ihm jetzt den Schweiß auf die Stirn trieb? Oder die Erniedrigung, derart manipuliert und genarrt worden zu sein?

Er bezahlte und verließ das Barberina noch weit niedergeschlagener, als er es betreten hatte.

24.

Wladimir Seskows Buchhandlung befand sich in der Goethestraße. Edgar studierte die Auslagen, bevor er eintrat. Gut die Hälfte der Titel war russisch. Die andere Hälfte bestand, soweit Edgar das beurteilen konnte, aus Büchern in den restlichen Weltsprachen. Die deutschen Titel klangen fremdartig: *Rasse und Weib und seine Vorliebe für den Mann der niederen Artung – Rassenpflege bei den alten Indo-Ariern – Die Blonden als Schöpfer der Sprachen.*

Ein Mann saß hinter dem Verkaufstisch und studierte irgendwelche Listen, als Edgars Eintreten die Türglocke bimmeln ließ. Er sah genauso aus, wie Daniel ihn beschrieben hatte: hager, mit einem feinen grauen Haarkranz um einen ansonsten kahlen Schädel, auf dem eine längliche Narbe an der Stelle zu sehen war, wo das Rad der Weltgeschichte ihn gestreift hatte. Einzelheiten hatte Daniel nicht erzählt, aber die Greuel der Oktoberrevolution waren ja durch das Heer der in Berlin gestrandeten Exilrussen weidlich bekannt. Seskow blickte zu ihm auf, nahm seine Brille von der Nase und fixierte Edgar mit sympathischen, aber untröstlichen Augen. Man sah diesen Augen an, was sie mitangesehen hatten.

»Falkenbeck-von Rabov«, sagte Edgar und streckte die Hand aus. »Herr Rosenbaum gab mir Ihre Adresse.«

»Ah ja«, erwiderte der Mann. »Ich habe Sie erwartet. Bitte. Kommen Sie. Gehen wir nach hinten, da ist es wärmer.«

Er erhob sich, schlug eine Decke zur Seite, die an den Türrahmen genagelt war, und ging voran. Edgar warf einen raschen Blick auf die überladenen Regale und die unsortierten Stapel von Heften und Büchern, die überall herumlagen. Ein Schild fiel ihm ins Auge, das neben der Tür an die Wand geschraubt war: »Sind Sie blond? Dann sind Sie Kultur-Schöpfer und Kultur-Erhalter! Lesen Sie daher die *Ostara*, Bücherei der Blonden und Mannesrechtler!«

Ein Kanonenofen und ein Samowar waren neben einem Tisch mit drei Stühlen die einzigen Einrichtungsgegenstände in dem winzigen Raum. Dafür war es hier behaglich warm. Edgar nahm seinen Hut ab und zog seinen Mantel aus.

»Wundern Sie sich nicht«, begann der Mann, der mit Akzent, aber ansonsten einwandfrei deutsch sprach. »Wer Krankheiten studiert, der muß sich die Keime anschauen. Hat Rosenbaum Ihnen doch hoffentlich gesagt, oder?«

»Ich danke Ihnen, daß Sie sich überhaupt Zeit für mich nehmen«, erwiderte Edgar.

Seskow füllte zwei hellblaue Blechtassen mit einer dampfenden Flüssigkeit, die gurgelnd aus dem Samowar heraussickerte, und schob Edgar eine davon hin.

»Rosenbaum sagte, Sie hätte einige Fragen über gewisse philosophische Neigungen Ihres Vetters?«

»Ja, so etwa«, begann Edgar, unsicher, wo er überhaupt beginnen sollte, »meine Familie ist offenbar mit einer Guido-von-List-Gesellschaft verbunden. Wissen Sie, was das ist?«

Seskow nickte. »Ja. Das ist eine von mehreren Vereinigungen, welche die arische Rasse reinzüchten und die Weltherrschaft über alle Unterrassen erringen möchte.«

Edgar nickte stumm. »Und was ist die arische Rasse?« fragte er dann.

»Nun, hellhäutige, hochgewachsene Menschen. Sie, mein lieber Freund, sind zum Beispiel braunhaarig und haben auch keine blauen Augen, sondern braune. Ich kann Ihnen also nicht garantieren, ob Sie weiterleben dürfen, falls diese Herren jemals ihr Ziel erreichen sollten.«

Edgar mußte lachen. »Machen Sie Witze?«

»Nein«, sagte er. »Aber ich sehe, daß ich mich nicht richtig verständlich gemacht habe.«

Er nahm seine Brille ab und begann sie zu putzen.

»Ich kann Ihre Frage auf zweierlei Arten beantworten, Herr von Rabov. Was diese Leute wollen, ist schnell erklärt. Aber das erklärt nichts. Deshalb mußten Sie ja auch mit Recht lachen. Aber es ist leider überhaupt nicht zum Lachen. Um dies jedoch zu begreifen, muß man verstehen, warum diese Leute wollen, was sie wollen. Und dazu muß man recht weit ausholen. Zu weit leider für den durchschnittlichen Zeitgenossen. Daher kann sich dieser Irrsinn ja auch ganz unbehelligt ausbreiten. Niemand nimmt es ernst, weil keiner den Ernst der Sache begreift. Darf ich fragen, welcher Religion Sie angehören?«

»Ich bin protestantisch getauft.«

»Und praktizieren Sie diese Religion?«

»Nein.«

»Ist Religion überhaupt etwas, womit Sie sich beschäftigen?«

»Nein, eher nicht.«

Seskow schüttelte den Kopf. »Ich fürchte, dann kann ich Ihnen nicht helfen.«

Edgar trank einen Schluck. Der Tee schmeckte etwas rauchig, hatte aber ein angenehmes Aroma.

»Könnten Sie es nicht wenigstens versuchen«, fragte er vorsichtig.

»Schauen Sie«, sagte Seskow langsam, »vor dreißig oder vierzig Jahren sprach sich in der westlichen Kultur eine Neuigkeit herum, die zwar schon lange nicht mehr neu war, aber eben zu diesem Zeitpunkt erst allgemein bekannt wurde: die Erkenntnis nämlich, daß es Gott wahrscheinlich wirklich nicht gibt. Den Verdacht gab es ja schon länger. Aber im letzten Drittel des neunzehnten Jahrhunderts wurden einige diesbezügliche Beweise vorgelegt, die sehr nachdenklich stimmen mußten. Nun, einige oberflächliche Menschen begrüßten diese Neuigkeit. Die große Mehrheit jedoch fühlte sich verständlicherweise unbehaglich. Die Nachricht griff immer weiter um sich. Sogar die katholische Kirche wurde derart davon erfaßt, daß sie den wohl größten Fehler ihrer Geschichte beging. Sie verkündete ein völlig absurdes Dogma: Der Papst wurde für unfehlbar erklärt. Einen besseren Beweis dafür, wie schlimm es stand, hätte man kaum liefern können. Verstehen Sie?«

»Nein. Warum?«

»Nun, wie soll denn ein Mensch unfehlbar sein? Unfehlbar ist nur Gott, wenn man denn an einen glauben will. Ein unfehlbarer Papst ist theologischer Selbstmord. Das versteht sogar der geistig unbedarfteste Christ. Nun ja, die römische Kirche liegt seither im Sterben und wird sich von diesem Fehler auch nicht mehr erholen.«

Er setzte seine Brille wieder auf, und Edgar hatte den Eindruck, daß Seskow gar nicht so unglücklich über diese Entwicklung war, die er gerade beschrieb. Aber wo sollte das alles nur hinführen?

»In der Folge«, begann er wieder, »kam es zu einem weiteren Phänomen. Heidnische, barbarische Lehren griffen plötzlich um sich. Diese älteren Lehren waren vom Christentum verdrängt worden. Es stand also zu erwarten, daß sie nun wieder aufkeimen würden. Rußland wurde von esoterischen Zirkeln geradezu überrollt. Okkultes Gedankengut brach sich überall Bahn, und wenn wir mehr Zeit hätten, so würde ich Ihnen Punkt für Punkt nachzeichnen, daß die ganze sogenannte kommunistische Revolution nichts anderes ist als ein heidnisches, barbarisches Erlösungsunternehmen, an dessen Ende ein monströser Götze stehen wird, ein unvorstellbares Ungeheuer. Aber ich fürchte, so viel Zeit haben Sie nicht, oder? Können Sie mir überhaupt folgen?«

Seskow sah Edgar an, der zögerte, Fragen zu stellen, aus Furcht, der Mann könne beschließen, daß er für seine Ausführungen zu ungebildet sei. Aber Seskow fuhr fort: »Es ist eine fürchterliche Ironie in dieser ganzen Geschichte enthalten. Und ich spreche hier nur als Mensch zu Ihnen, als armer russischer Jude, der mitleidet, wenn er mit ansehen muß, wie die einzige Grundlage, auf der wir alle stehen könnten, allmählich wegschmilzt. Ich versuche einfach, zu verstehen, wie es dazu kommen konnte, daß in einer zweitausend Jahre alten jüdisch-christlichen Zivilisation wieder heidnisches, barbarisches Denken um sich greifen kann. Denn was in Rußland geschehen ist, das ist ja erst der Anfang. Der Beginn von etwas, das sich seit Jahrzehnten anbahnt und sich nun allmählich in seiner ganzen Monstrosität ausformt. Die Welt will ins Heidentum zurückfallen. Und die Gnosis kehrt zurück.«

Sein Mund verzog sich regelrecht vor Ekel und Abscheu. Gnosis? Edgar verstand überhaupt nichts. Aber das mochte er freilich nicht zugeben. Daher fragte er zunächst vorsichtig: »Sie sagen also, daß das alles in Rußland begann?«

»Ja und nein. Es begann dort, wo das Christentum an das Heidentum, wo Europa an Asien grenzt. Aber das ist nicht mehr Rußland. Es ist eine Gegend, wo sich zwei Welten überschneiden, die nichts miteinander zu tun haben und daher eine phantastische Mischung von allem bilden. Alles geht dort ineinander über, Christentum und Sufismus, Buddhismus und Schamanismus bis zur Teufelsanbeterei. Aber dort fing das alles an. Blavatsky, Uspenski, Gurdjieff, sagt Ihnen das nichts?«

Edgar verneinte. Er hatte diese Namen noch nie gehört.

»Das ist eben das Problem. Sie haben gar nicht die Voraussetzungen, um zu begreifen, was sich gegenwärtig abspielt. Das ist nicht Ihre Schuld. Sie kennen ja nur die Geschichte der Oberfläche. Ihre ganze Generation ist ohne jeglichen Begriff von Religion aufgewachsen. Daher haben sie keine Ahnung von den unterirdischen Strömungen der Welt. Sie verstehen überhaupt nicht, welche Kräfte dort verborgen liegen. Sie können all diese Dinge nicht wahrnehmen, weil Sie niemals erfahren haben, wo sie eigentlich herkommen. So wie ein Mensch, der die Natur nur aus dem Zoo kennt, keine wirkliche Vorstellung von der Natur haben kann. Er kennt ja nur ihren domestizierten Zustand.«

Seskow schüttelte resigniert den Kopf und trank nun seinerseits einen Schluck Tee. Edgar fühlte sich zunehmend unwohl. Er hatte gehofft, Informationen zu erhalten, die ihm irgendwie helfen könnten, die Vorgänge der letzten Woche ein wenig aufzuhellen. Statt dessen geriet er nur mit jedem Schritt, den er machte, in immer undurchsichtigere Gefilde. Was sollte sein Vetter oder sein Vater mit russischen Okkultisten zu schaffen haben?

Sein ratloses Gesicht schien Seskow indessen wieder etwas milder zu stimmen. Er lächelte ihn an und sagte: »Lieber Freund. Ich glaube, so kommen wir nicht weiter. Aber ich will dennoch versuchen, Ihnen zu helfen. Die Guido-von-List-Gesellschaft ist, wie ich Ihnen schon sagte, eine von vielen neuheidnischen Gruppen. Es sind extrem nationalistische und rassistische Gruppen. Sie suchen ihr Heil in Naturmythen und wollen eine Einheit mit der Natur – oder was sie dafür halten – wiederherstellen. Auch sind sie sich einig in der Überzeugung, daß die Juden und Christen diese Einheit zerstört haben und deshalb überwunden werden müssen. Sie glauben, daß es einmal einen reinen Herrenmenschen gegeben hat, der durch die Verschmelzung mit niederen Rassen degeneriert ist und nur wiederhergestellt werden kann, indem man diese niederen Rassen wieder aus ihm herauszüchtet. Das mag für Ihre Ohren verrückt klingen, doch diese Ideen finden immer mehr Anhänger und stecken sogar Menschen an, die überhaupt nicht wissen, von welchem Gedankengut sie da gesteuert werden.«

»Wie meinen Sie das?« fragte Edgar.

»Nehmen Sie die Freikörperbewegung. Oder die radikalen Vegetarier. Nicht zuletzt die ganzen Indienfahrer der letzten Jahre. Sie sind im Grunde harmlos. Aber sie schwimmen ahnungslos in einem Strom mit, der sie in einen entsetzlichen Strudel herunterziehen wird. Da erwacht eine Bestie, die zu allen Zeiten da war und immer dann ihr mächtiges Haupt erhebt, wenn die jüdisch-christliche Lehre ermattet: die Gnosis.«

Seskow schaute Edgar an, als wolle er prüfen, ob dieses Wort irgend etwas in ihm auslöste. Aber das war noch immer nicht der Fall. Edgar war fasziniert und zugleich völlig verloren.

»Die Gnosis«, wiederholte er ratlos.

»Ja«, fuhr Seskow fort, »darf ich fragen, womit Sie sich üblicherweise beschäftigen? Haben Sie einen Beruf?«

»Ich studiere Chemie«, erwiderte Edgar.

»Aha. Naturwissenschaft. Das hätte ich mir denken sollen. Da fehlt Ihnen natürlich die Begrifflichkeit für psychische Wirklichkeiten. Es ist schlimm. Bald werden wir genau wissen, woraus die Materie besteht und wie wir sie in jede erdenkliche Form bringen können. Aber niemand studiert, woraus unsere Vorstellungen entstehen. Unsere fünf Sinne werden auf revolutionäre Weise erweitert. Aber der sechste verkümmert völlig. Ja, er wird offenbar nur noch von denen mißbraucht, die ihrer fünf Sinne nicht recht mächtig sind.«

»Und welcher Sinn ist das?« wollte Edgar wissen.

»Der sechste Sinn? Er hat zahllose Namen. Intuition, unsere innerste Ahnung, das Divinatorische, Jenseitige, Transzendente in uns. Es ist jener Sinn, über den die anderen fünf absolut nichts sagen können und der sie dennoch überragt und umschließt. Es ist unsere Einbildungskraft, unsere völlig rätselhafte Fähigkeit, Undenkbares zu denken und Unsichtbares zu sehen.«

Seskow machte eine Pause. »Aber wir waren bei der Gnosis«, sagte er dann. »Was ist so verführerisch an ihr? Schauen Sie, lieber Freund, es gibt eine Frage, auf welche die christliche Religion niemals eine zufriedenstellende Antwort gefunden hat. Wissen Sie, welche das ist?«

Edgar kam sich jetzt vor wie im Religionsunterricht. Er verschwendete seine Zeit mit diesem Kauz. Aber er konnte ja schwerlich aufstehen und gehen.

»Nein. Das weiß ich nicht.«

»Unde malum?« sagte Seskow langsam und betonte jede einzelne Silbe. »Wie kommt das Böse in die Welt? Wenn Gott allmächtig ist, wie kann er das Böse zulassen? Der letzte große Versuch, dieses Paradox aufzulösen, hat nur gezeigt, daß das nicht möglich ist, denn Luthers Argument, das Böse sei der Preis der Freiheit, sich für oder gegen das Böse entscheiden zu können, verlagert das Problem ja nur auf die Frage, wem mit solch einer Freiheit gedient ist? Das Grundproblem bleibt bestehen: Wenn es nur einen Gott oder eine Wahrheit geben soll, so kann man das Böse nicht erklären. Wie kann das Gute zugleich böse sein? Wie erklärt man das? Es geht nicht. Eine Religion aber, die das Böse in der Welt nicht erklären kann, ist sehr unbefriedigend. Sie kann keine Ethik, keine Moral anbieten.«

Seskow machte eine Pause. Edgar wartete gespannt. Nun wurde es doch wieder interessant.

»Es gibt natürlich eine naheliegende Lösung für das Problem«, setzte Seskow wieder an. »Anstatt einer kann man zwei Gottheiten behaupten, nicht nur ein Reich, sondern zwei: das Reich des Lichtes und das Reich der Finsternis. Können Sie mir soweit folgen?«

»Ja, sicher«, sagte Edgar und versuchte sich zugleich in Erinnerung zu rufen, was das alles eigentlich noch mit Alina und Manings, mit Robert und seinem Vater zu tun haben sollte. Die drastische Formulierung von Daniel kam ihm in Erinnerung: Ich drehe dir die Steine um, aber in das ekelhafte Gewimmel darunter stecke ich meine Finger nicht.

»Aber damit stellt sich sogleich die nächste Frage«, fuhr Seskow fort. »Welche der beiden Gottheiten hat die Welt erschaffen? Der Lichtgott oder der Gott der Finsternis? Offenbar keiner allein, denn man findet ja Gut und Böse gleichermaßen in der Welt. Vermutlich hat also eine fatale Vermischung von beidem die Welt erzeugt. Das Böse ist in das Gute eingedrungen, oder das Gute hat sich teilweise dem Bösen ergeben. Aus unbegreiflichen Gründen ist das Licht mit der Materie, ist die Seele mit dem Körper verwachsen, hat sich das Lebendige mit dem Toten vermählt. Nach gnostischer Vorstellung ist daraus die Welt hervorgegangen. Aus dieser Spannung, aus diesem Widerspruch. Und dieser Zustand ist schlecht. Dies ist der Grundgedanke dieser Zwei-Reiche-Lehre. Die Welt ist ein Fehler, der behoben werden muß. Die Seele, das Licht, die Wahrheit, ist im Körper, in der Materie, in der Lüge gefangen und muß befreit werden. Ja, die Seele ist sogar derart gefangen, daß sie es noch nicht einmal merkt. Daher muß die Seele zunächst einmal überhaupt erfahren, daß sie in einem Gefängnis sitzt. Sie muß erweckt werden, sie muß um ihren Zustand wissen. Die Anhänger der Gnosis betrachten sich als Träger oder Überbringer dieser Geheimlehre. Daher ihr Name, abgeleitet vom griechischen Wort für Erkenntnis: Gnosis.«

Die Ladenglocke bimmelte. Edgar schrak noch heftiger zusammen als Seskow, der sich sofort erhob und hinauseilte. Neugierig blickte Edgar durch den Spalt im Türvorhang, um zu schauen, was für ein Kunde dort erschienen war. Der Mann, der dort stand, sah zwar ärmlich und ausgehungert aus, wirkte aber ansonsten in keiner Weise auffällig. Bemerkenswert war vielleicht nur, daß er sein Geld für Bücher ausgab, wobei er einen warmen Mantel und eine kräftige Suppe wohl dringlicher gebraucht hätte. Seskow legte ein Bündel Zeitschriften vor den Mann hin, das er offenbar für ihn vorbereitet hatte. Er nahm das Geld entgegen, das der ihm reichte, und dankte freundlich. Der Mann setzte seine Lederkappe auf und verschwand wortlos.

»Ein Runenokkultist«, sagte Seskow, als er Edgar wieder gegenübersaß. »Kommt jede Woche und kauft die *Arische Freiheit*, die *Arische Rundschau*, das *Runen-Raunen* und alle gebrauchten *Ostara*-Hefte, die ich so bekommen kann. Er gehört dem ›Germanenorden‹ oder der ›Thule-Gesellschaft‹ an, oder beiden. Wo waren wir stehengeblieben?«

»Bei der Gnosis«, sagte Edgar und fügte hinzu: »Haben Sie etwas dagegen, wenn ich mir Notizen mache?«

»Nein, keineswegs. Bitte.«

Er wartete, bis Edgar bereit war, und fuhr dann fort.

»Selbst wenn Sie nichts oder wenig über die christliche Religion wissen, können Sie sich wohl vorstellen, daß das gnostische Denken aus christlicher Sicht eine der schlimmsten vorstellbaren Ketzereien ist. Dem Christen mag die Welt ein Rätsel sein; dem Gnostiker ist sie zutiefst feindlich und fremd. Der Christ mag an der Welt leiden; der Gnostiker erwartet und begrüßt ihre Vernichtung. Deshalb existierten gnostische Sekten fast immer im Untergrund. Wann immer sie sichtbar wurden oder sich gar offen in Opposition zur Kirche stellten, wurden sie aufs grausamste verfolgt und erbarmungslos ausgerottet. Die Katharer sind der bekannteste Fall ...«

Seskow unterbrach sich wieder und schüttelte resigniert den Kopf. »Was wäre ich für ein schlechter Lehrer, nicht wahr? Ich überschwemme Sie mit Fakten, ohne Ihnen eine Anschauung zu vermitteln. Dieser gnostische Glaube hat zu den furchtbarsten Entartungen geführt: zu Massenselbstmorden etwa, und auch zu Kindstötungen, denn der Zeugungsakt, bei dem eine Seele in einen Körper gezwungen wird, galt den Anhängern dieser Lehre logischerweise als satanisch. Sie begriffen den Geschlechtstrieb als Aufforderung des Teufels an die armen Seelen, ihre Knechtschaft in der Hölle immer von neuem und ad infinitum zu verlängern. Von den Katharern wird berichtet, manche von ihnen hätten durch eine Zuckerwasserdiät, die Endura, absichtlich ihr Leben beendet und versucht, auf diese Weise die Vereinigung mit dem göttlichen Licht zu erreichen. Es ist ein Glaube, der zur widernatürlichsten Verneinung alles Lebendigen führt.«

»Aber warum sollte irgend jemand an so etwas glauben?« fragte Edgar.

»Zum einen, weil es den Menschen von jeglicher Verantwortung für das Böse freispricht. Es gilt ja als in ihn hineingewoben, somit kann er überhaupt nichts tun, um etwas daran zu verändern. Zum andern, weil die Seele quasi von selbst erlöst wird, sobald der Körper gestorben ist. Es gibt kein Jüngstes Gericht, keine Abrechnung am Ende, keinerlei Moral. Das Pneuma, der gute göttliche Geist, kehrt immer zum guten Gott zurück, so wie der Körper immer dem schlechten Prinzip anheimfällt. Die Gnosis ist eine Erlösungsbewegung, der Versuch, sich aus dem Grundwiderspruch des Daseins, ja, aus allen Widersprüchen zu befreien. Doch das ist nicht das Schlimmste. Denn, wie gesagt, bis vor einigen Jahren war dieses Denken nur eine allmählich verschwindende alte Häresie, die letzten Reste der irrigen Versuchung, die Welt dualistisch oder schwarzweiß zu denken.«

Seskows Blick fiel auf Edgars Becher. »Möchten Sie noch etwas Tee?« fragte er.

»Ja, bitte«, antwortete Edgar, gespannt auf den Fortgang der Erzählung.

»Vor einigen Jahren ist etwas geschehen, das niemand vorhersehen konnte: Das gnostische Denken, anstatt auszusterben, hat einen völlig neuen Trieb gebildet. Vielleicht ist es mit den Ideen doch nicht viel anders als mit allem Lebendigen: Sie tun alles, um zu überleben, und wenn sie vom Aussterben bedroht sind, dann verändern sie sich und suchen jeden möglichen Weg, um fortzubestehen. Die Gnosis verband sich plötzlich mit etwas völlig Fremdem, Andersartigem, mit etwas über alle Maßen Gewaltigem. Sie legte sich die Maske einer der ältesten und tiefsten Weisheitslehren zu, die wir kennen: die Weisheit des Ostens. Oder vielleicht sollte ich besser sagen: seine Begrifflichkeit. Natürlich sind die östlichen Religionen mit dem gnostischen Denken ebensowenig vereinbar wie die westlichen. Aber wer weiß das schon? Selbst Frau Blavatsky, die diese neue Lehre in die Welt gesetzt hat, war sich vermutlich nicht einmal bewußt, daß ihre sogenannte Geheimlehre nur die äußerlichen Merkmale der östlichen Religionen, die durchaus gnostisch aussehen, ohne es jedoch zu sein, bis zur Unkenntlichkeit mit den Irrlehren der Gnosis vermischt und verschmolzen hat. Das Resultat war in jedem Fall monströs: ein okkultes Gebräu, das unter dem edlen Namen ›Theosophie‹ seit Jahrzehnten durch die Welt geht. Diese scheinbar so harmlose, gutmeinende Lehre dringt wie ein unaufhaltsamer Spuk in alle Bereiche unseres Glaubens und Denkens ein und erzeugt Vorstellungen, die ein friedliches Zusammenleben der Menschen für alle Zeit unmöglich machen werden. Der üble Rassismus, aus dem sie sich speist, ist wie eine neue Krankheit, die nun ihren Siegeszug durch die Welt angetreten hat. Die Lehre von den Wurzelrassen …«

»Wurzelrassen?«

»Ja. Das ist einer ihrer Kernbegriffe. Überall ist die Rede von Wurzelrassen, von Ariern, von Untermenschen und Herrenrassen, von der Blutleuchte der Erweckten und der Entlichtung der Verdammten. Ich könnte Ihnen die Schriften zeigen, die allein jede Saison über Atlantis erscheinen. Eine im wahrsten Sinne des Wortes irrwitzige Entwicklungsgeschichte beginnt sich in den Köpfen der Menschen hier festzusetzen: daß es nämlich ursprünglich einmal eine Rasse von Riesen oder Lichtgestalten gegeben habe, die in Atlantis oder auf einem verschwundenen nördlichen Kontinent gelebt haben soll. Diese Fortschrittsrasse sind die Arier. Sie sind für sämtliche Kulturleistungen verantwortlich. Sie haben sich mit den angeblich niederen südlichen Rassen vermischt und sind dabei degeneriert. Sie haben sich entlichtet. Diese Entlichtung muß nun unterbunden, rückgängig gemacht werden. Daher findet sich neuerdings überall das Symbol dieser Blutleuchte: das Sonnenrad, das Hakenkreuz.«

Edgar hielt mit dem Schreiben inne. Die Blutleuchte. Das Hakenkreuz. Die Entlichtung. Das hatte er ja alles schon einmal gehört: in diesem Vortrag, zu dem Manings ihn gelockt hatte. Immerhin hatte er jetzt einen groben Überblick über diese merkwürdige Gedankenwelt, die nach ihm gegriffen hatte.

»Haben Sie vielleicht ein paar Bücher zu diesem Thema?« fragte Edgar und schlug sein Notizbuch zu. Er spürte, daß er nichts mehr aufnehmen konnte. Und gleichzeitig war ihm plötzlich ein Gedanke gekommen, der seine Aufmerksamkeit in eine ganz andere Richtung lenkte. Irgendwo hinter all diesen wirren Ideen mochte wohl ein Teil der Erklärung zu finden sein. Aber den Grund, warum ausgerechnet er damit konfrontiert worden war, den mußte er ganz woanders suchen. Denn er war mit diesen Dingen niemals auch nur im entferntesten in Berührung gekommen. Es ergab einfach keinen Sinn, daß ihn jemand auf so verschlungene Weise mit derartigen Phänomenen in Kontakt gebracht hatte. Es mußte eine simple Erklärung für diese komplizierte Situation geben. Und er würde sie finden. Ja, er würde zunächst die einzige Spur verfolgen, die direkt mit ihm zu tun hatte.

Er würde nach Rendsburg fahren.

25.

Das Gespräch mit Seskow hatte mit der Versicherung des Russen seinen Abschluß gefunden, daß Edgar gerne jederzeit wiederkommen könne, es wahrscheinlich jedoch besser sei, wenn er die eine oder andere theosophische oder ariosophische Schrift lesen würde. Die Geheimlehre der Helena Blavatsky und ein Buch mit dem Titel *Theozoologie* eines gewissen Lanz von Liebenfels lagen in Edgars Reisetasche. Allerdings hatte er in die Bücher bisher noch nicht einmal hineingeschaut. Statt dessen war er am nächsten Morgen schon bald nach der Abfahrt vom Spandauer Bahnhof eingenickt, und als er aufwachte, sah er draußen bereits Heidelandschaft vorüberziehen. Die letzte Stunde bis Hamburg verbrachte er mit Zeitungslektüre und überlegte außerdem, wie er in Rendsburg überhaupt vorgehen sollte. Vor vier Uhr würde er nicht ankommen, zu spät also, um noch in der Redaktion der Lokalzeitung vorsprechen zu können. Was hatte Manings sich von dort wohl schicken lassen? Hatte er Erkundigungen über ihn oder seine Familie eingezogen? Aber was wußte man beim *Rendsburger Boten* schon über ihn? Edgar war auf Gut Niendorf geboren. Aber das war auch schon alles. Bald nach seiner Geburt waren sie nach Hamburg gezogen. Das Geschlecht von Rabov dürfte in Rendsburg natürlich noch bekannt sein. Schließlich hatte die Familie bis zum preußisch-dänischen Krieg immer wieder eine mehr oder minder wichtige Rolle in der hiesigen Landespolitik gespielt. Doch nach 1866 und der Eingliederung des Landes in den preußischen Staat war das alles zum Erliegen gekommen. Und was danach folgte, läutete das Ende ein. Die Welt, in der seine Familie verwurzelt gewesen war: Der Adel, die landsässigen Schichten, die Bauern und Handwerker, ja, letztlich sogar die Monarchie, brach schlicht weg. Daß Agnes von Rabov den Sohn eines Industriellen geheiratet hatte, den Sproß dieser eigentlich verhaßten bürgerlichen Aufsteigergesellschaft mit ihrem Geschäfts- und Profitsinn, das war das Ende gewesen. Edgar hatte schon seinen ersten Geburtstag nicht mehr in Niendorf gefeiert, denn im Frühjahr 1903 waren sie in die Falkenbeck-Villa nach Hamburg gezogen.

Ob Rendsburg sich in den letzten zweiundzwanzig Jahren verändert hatte, konnte er nicht beurteilen. Vermutlich jedoch nicht. Das Städtchen machte einen aufgeräumten, aber verschlafenen Eindruck auf ihn. In der Nähe des Bahnhofs fand er ein Logierzimmer, und es dauerte kaum mehr als eine halbe Stunde, da hatte er den Ort durchmessen, das Redaktionsbüro der Lokalzeitung ausfindig gemacht und außerdem ein Restaurant entdeckt, das eine ansprechende Fischkarte aushängen hatte. In einem Antiquitätenladen fand er ein gelungenes Aquarell, eine alte Stadtansicht, die er kurz entschlossen in der Absicht erwarb, seiner Großmutter damit eine besondere Geburtstagsfreude zu machen. Erst als er das zum Geschenk verpackte Bild in seinem Logierzimmer deponierte, kam ihm der Gedanke, daß sie mit dem Stammland ihrer Familie möglicherweise schmerzliche Erinnerungen verbanden. Aber er entschied, daß er ihr das Bild dennoch schenken würde. Seit ihrem Weggang war fast ein Vierteljahrhundert vergangen. Sie würde damit ihren Frieden gemacht haben.

Kurzzeitig war er versucht, gleich einen Wagen nach Niendorf zu nehmen und zum alten Gut hinüberzufahren. Doch es war bereits dunkel. So zog er sich zum Essen um und verzehrte kurz darauf eine ausgezeichnete Scholle. Er war fast der einzige Gast im Restaurant. Die Nachwirkungen der Inflationszeit stellten sich auf dem Land doch ganz anders dar als in Berlin, wo wenigstens in den Schaufenstern wieder Überfluß herrschte, auch wenn die meisten Menschen nicht viel kaufen konnten. Hier spürte man in allem eine stumme, ratlose Verzweiflung darüber, wie es eigentlich weitergehen sollte. An einem Nachbartisch wurde etwas Bier getrunken. Kurz bevor Edgar wieder aufbrach, erschien ein später Gast und leistete sich immerhin eine Suppe.

Später, als er im Bett lag und draußen der Regen auf die Fensterbank trommelte, versuchte er, ein paar Seiten in einem der Bücher zu lesen, die Seskow ihm mitgegeben hatte. Aber wie sollte man so etwas nur lesen?

Die Zeit ist gekommen! Verkommen und verelendet ist die alte Sodomsbrut in Vorderasien und um's ganze Mittelmeer herum. Unsere Leiber sind vergrindet, trotz aller Seifen. Nie war das Leben der Menschen trotz aller technischen Errungenschaften so armselig wie heute. Teuflische Menschenbestien drücken von oben, schlachten gewissenlos Millionen Menschen in mörderischen Kriegen, die zur Bereicherung ihres persönlichen Geldbeutels geführt werden. Wilde Menschenbestien rütteln von unter her an den festen Säulen der Kultur. Was wollt ihr da noch eine Hölle im Jenseits! Ist die, in der wir leben und die in uns brennt, nicht schauerlich genug?

Edgar musterte ratlos den Titel des seltsamen Werkes: *Theozoologie oder Die Kunde von den Sodoms-Äfflingen und dem Götter-Elektron*. Erschienen war das Buch schon 1905 in Wien. Er klappte es wieder zu und ging ohne weitere Lektüre schlafen.

Heftiges Geklapper weckte ihn um halb sechs. Ein Blick durch die Vorhänge lieferte als Erklärung den Freitagsmarkt, der auf dem Platz aufgebaut wurde. Für einen Besuch in der Redaktion des *Rendsburger Boten* war es nach dem Frühstück noch zu früh, und so beschloß er, Gut Niendorf einen kurzen Besuch abzustatten. Die Wirtin besorgte ihm einen Wagen, und eine halbe Stunde später fuhr ihn ein redseliger Chauffeur bei passablem Wetter über Schülldorf und Ostenfeld Richtung Niendorf. Sie passierten Höbek und Haßmoor, dann den Borksee, an den Edgar sich jetzt zu erinnern glaubte. Graublau schimmerte er im Morgenlicht. War er vielleicht doch später noch einmal hiergewesen? Hatten Agnes und Edith bisweilen ihre alte Heimat besucht und ihn mitgenommen? Der merkwürdig geformte kleine Hügel zu seiner Linken kam ihm jedenfalls bekannt vor. Jenseits des Borksees und des Hügels schloß sich offenes Heideland an. Hier wohnte niemand mehr, erklärte ihm der Fahrer. Hier fuhr man nur noch entlang, wenn man nach Bordesholm oder Wattenbeck mußte. Die neue Straße führte sogar gut hundert Meter am ehemaligen Gut Niendorf vorbei, dessen zerfallenes Dach Edgar jetzt aus der Ferne erkennen konnte.

Der Fahrer bremste den Wagen und fuhr rechts heran. Edgar stieg aus. Die Vegetation hatte das ehemalige Anwesen schon lange von der restlichen Welt abgeschnitten. Der Weg, der einmal dorthin geführt haben mußte, war nicht einmal mehr zu sehen. Edgar spazierte über das an die Fahrbahn angrenzende Feld hinweg und auf eine Baumgruppe zu, hinter der sich die verfallenen Mauern des Gutes abzeichneten. Der Himmel war hellgrau, die Heidelandschaft von einem schmutzigen, bräunlichen Grün. Die kahlen Bäume standen reglos im Frühlicht. Edgar ging bis auf Sichtweite an das alte Gebäude heran und blieb dann stehen. Das Dach war eingestürzt. Die Außenmauern waren noch vorhanden, aber aus den scheibenlosen Fenstern ragten Zweige von jungen Bäumen. Das Herrenhaus stand noch. Von den beiden Diensthäusern, die sich links und rechts davon befunden hatten, war nichts mehr zu sehen außer einem verwitterten, kaum hüfthohen Kranz von Mauerwerk. Edgar bahnte sich einen Weg durch das Gestrüpp und stand schließlich im ehemaligen Vorhof des Gutes. Er drehte sich um und blickte zur Straße. Einsam stand dort der Wagen, mit dem er gekommen war. Im übrigen schien diese Gegend völlig menschenleer. Die Dienstgebäude waren anscheinend einem Feuer zum Opfer gefallen. Aber das mußte auch schon lange her sein. Er ging um das Haupthaus herum und schaute hier und da hinein. Aber es war nichts mehr da. Keine Zimmer, keine Böden, keine Treppen. Die Zeit hatte alles geholt. Oder die Natur. Oder die Menschen. Er warf noch einen Blick auf das, was einmal Garten und Felder gewesen sein mußten. Hier war seine Mutter aufgewachsen. Hier hatte Arthur von Rabov laufen gelernt. Seine Großmutter Edith würde an einem dieser Fenster gestanden und Agnes und Arthur beim Spielen zugeschaut haben. Und irgendwann einmal war er vielleicht selbst auf dieser Wiese herumgekrabbelt, auch wenn er daran keine Erinnerung mehr hatte.

Er nahm den Anblick noch einmal in sich auf, drehte sich dann um und kehrte zum Wagen zurück. Er hatte jetzt eine Idee, unter welchem Vorwand er die Redaktion des *Rendsburger Boten* aufsuchen würde. Und da er spätestens morgen nach Hamburg fahren mußte, blieb ihm nur wenig Zeit.

26.

»Von Rabov?« erwiderte der Chefredakteur respektvoll.

Falkenbeck-von Rabov, war Edgar versucht zu korrigieren, ließ es jedoch bleiben. Der alte Glanz überstrahlte hier den neuen. Das konnte ihm nur nutzen.

»Ich bin der Enkel des Grafen Leopold«, erläuterte er dann rasch und fügte unnützerweise hinzu: »Edith von Rabov ist meine Großmutter.«

Der Mann senkte unterwürfig den Kopf und antwortete dann: »Welch eine Ehre. Bitte, kommen Sie herein. Ich … ich bin leider überhaupt nicht auf Besuch eingerichtet. Sehen Sie, das hier ist ein kleines Lokalblatt …«

»Ich bin es, der sich entschuldigen muß, daß ich so unangemeldet hier auftauche. Aber Sie werden gleich verstehen, warum ich so überfallartig hier erscheine. Darf ich mich setzen?«

»Aber sicher, bitte, hier, äh, nein, hier. Ach, was ist das für ein Durcheinander.«

Der Mann begann eiligst damit, einen der herumstehenden Stühle freizuschaufeln. Überall lagen Druckwerke jeglicher Art und Güte herum. Das Lokalblättchen war offenbar nur ein kleiner Teil des Geschäfts.

»Edith von Rabov wird morgen vierundsiebzig Jahre alt«, begann Edgar.

»Gott sei es gedankt«, rief der Mann erfreut aus. »Die herzensgute Frau.«

»Ich hatte die Idee, einen kleinen Vortrag vorzubereiten. Der Zufall wollte es, daß ich mich einen Tag früher als erwartet freimachen konnte, und so bin ich aus Berlin hergefahren, um ein wenig Information über die Familiengeschichte zusammenzutragen. Ich dachte, vielleicht findet sich sogar noch das eine oder andere alte Photo. Meinen Sie, ich könnte bei Ihnen fündig werden. In ihrem Zeitungsarchiv vielleicht?«

Die Reaktion des Mannes war bemerkenswert. Ein zufriedenes Lächeln ließ sein Gesicht buchstäblich aufleuchten.

»So etwas aber auch. Nun, da sind Sie bei mir genau an der richtigen Adresse. Aber ich hoffe nur, Ihr Verwandter aus England, der kürzlich hier war, hatte nicht die gleiche Idee. Oder hat er Sie etwa an mich verwiesen?«

Edgar spürte, wie ihm heiß und kalt wurde. »Nein, nein. Keineswegs. Hm. Das ist ja interessant. Welcher meiner Verwandten, sagten Sie, sei hier gewesen?«

»Herr Wilhelm Falkenbeck ... aus London«, antwortete der Redakteur. »Der Bruder Ihres Vaters, wenn ich mich nicht irre?«

Edgar nickte rasch.

»Er hatte ein ähnliches Anliegen wie Sie«, fügte der Redakteur zufrieden hinzu. »Familienforschung.«

»So ein Zufall«, erwiderte Edgar und versuchte, so ruhig und entspannt wie möglich zu wirken. »Wann war mein Onkel denn hier?«

»Im November letzten Jahres«, antwortete der Mann. »Er befand sich auf dem Rückweg von einem Kuraufenthalt in der Schweiz«.

»Ach ja, er muß dort öfter einige Zeit verbringen«, flunkerte Edgar. »Aber ich wußte nicht, daß er sich mit Familiengeschichte beschäftigt.«

»Ach, es ist doch erfreulich, wenn gleich mehrere Verwandte Ahnenforschung betreiben.«

»Ahnenforschung?« Edgar machte eine abwehrende Handbewegung. »Nein, nein«, sagte er lachend, »so weit geht das Interesse bei mir nun doch nicht. Aber sagen Sie, war mein Onkel länger hier?«

»Nun, eine Woche wird es schon gewesen sein.«

»Und ist er fündig geworden? Ich werde ihn natürlich bei nächster Gelegenheit selbst fragen, denn er wird bestimmt gerne mit mir darüber plaudern. Aber ich bin doch zu neugierig.«

Wilhelm Falkenbeck war hier gewesen! Edgar hatte Mühe, seine Verblüffung zu überspielen. Wenn er einfach so weiterfragen würde, dann würde der Mann sicher mißtrauisch werden.

»Da müßte ich nachschauen. Wir haben eine ganze Reihe von alten Ausgaben für ihn abphotographieren und nach England schicken lassen.«

Wilhelm war hiergewesen. Edgar wurde unheimlich zumute. Aber der Umschlag, den er gefunden hatte, war doch nach Berlin geschickt worden?

Indessen lieferte der Redakteur die Erklärung dafür sogleich nach. »Im Januar haben wir seinem Assistenten in Berlin auch noch etwas Material geschickt. Aber die Originale sind natürlich alle noch hier und stehen zu Ihrer Verfügung. Für welchen Zeitraum interessieren Sie sich denn?«

Seinem Assistenten? Das konnte nur Manings gewesen sein. Das wurde ja immer besser! Edgar hatte keine Zeit zu verschwenden. Der Redakteur war völlig arglos. Was sollte er auch für einen Verdacht hegen? Schließlich bat Edgar ja nur darum, alte Zeitungen anschauen zu dürfen.

»Ach, wissen Sie«, begann er, »vielleicht sollte ich mir zunächst einmal das vornehmen, was mein Onkel schon bearbeitet hat, denn es wäre ja zu dumm, wenn wir beide die gleiche Arbeit zweimal machen. Würde es Ihnen große Mühe bereiten, mir die Ausgaben herauszusuchen, die Sie für ihn reproduziert haben?«

»Nein. Keineswegs. Kommen Sie, ich bringe Sie hinunter.«

Das Archiv im Keller war eigentlich nur eine Ablage. In endlosen Regalreihen standen numerierte Kartons. Das war alles. Auf einem Tisch am Eingang lag ein großes Buch. Der Redakteur schlug es auf. Auf jeder Seite waren mehrere Spalten vorgesehen, wo man seinen Namen, das Datum, die Jahrgangsnummer, die Uhrzeit und seine Unterschrift eintragen mußte. Der Name sprang Edgar sofort ins Auge, als der Mann einige Seiten zurückgeblättert hatte: Falkenbeck, Wilhelm. 4. November 1925, RB 00/05, 9:15. 16:45.

»Hier sehen Sie es. Am 4. November letzten Jahres hat er begonnen. Mit dem *Rendsburger Boten* vom Mai 1900.«

Er blätterte um. Überall fanden sich weitere Eintragungen.

»5. November: Juni und Juli 1902. 7. November: August. Das geht so weiter bis … aha, hier, der letzte Eintrag: 7. November, Februar 1903. Das sind fast vier komplette Jahrgänge. Möchten Sie die alle sehen?«

Edgar bejahte, hatte jedoch Mühe, seinen Blick von den Eintragungen loszureißen. Nein, nicht Wilhelm Falkenbeck hatte hier recherchiert. Die Zahlen! Das war Manings Handschrift. Die Sieben mit dem geschwungenen Strich in der Mitte. Die Drei mit dem kleinen Haken am oberen Halbmond. Ein ungeheuerlicher Gedanke durchfuhr ihn: War Manings Wilhelm Falkenbeck? Der Engländer, der perfekt deutsch sprach? War das sein Onkel gewesen? Er selbst, höchstpersönlich?

Edgar versuchte, sich wieder auf die Dokumente vor sich auf dem Tisch zu konzentrieren. Vom 4. bis 7. November war er hier gewesen und dann nach England gereist, wohin er sich das Material hatte nachschicken lassen. Unter Wilhelm Falkenbecks Namen. Und als er im Januar von Berlin aus noch etwas nachforderte, hatte er unter seinem falschen Namen einen Assistenten erfunden? War es so gewesen? Aber was hatte er hier gesucht?

Der Redakteur war mittlerweile vorausgegangen und vor einem der Regale stehengeblieben. »Hier sind die entsprechenden Jahrgänge«, sagte er zufrieden und deutete auf mehrere Reihen.

Edgar musterte skeptisch den Umfang der Sammlung. Er würde Tage brauchen, wenn er das alles lesen wollte. Und er wußte ja nicht einmal, wonach er suchte.

»Ich hole Ihnen die Reproduktionsliste«, erklärte der Redakteur hilfsbereit und verschwand. Edgar zog einen der Kartons heraus und öffnete ihn. Säuberlich aufeinandergestapelt lagen dort die alten Ausgaben. Die Zeitung hatte damals nur aus wenigen Blättern bestanden. Er nahm ein Exemplar vom April 1902 in die Hand und überflog die sechzehn Seiten. Eine Woche aus dem Vermählungsjahr seiner Eltern zog an ihm vorüber, fern und fremd. Vier Seiten Lokalnachrichten. Dann Meldungen aus dem Reich. Ein Bericht über die erste U-Bahn-Linie in Berlin vom Stralauer Tor zum Potsdamer Platz. Edgar blätterte weiter. Internationale Nachrichten. Ein Erdbeben in Guatemala hatte 2000 Todesopfer gefordert. Sportmeldungen. Beim ersten Skirennen in der Schweiz hatte ein Deutscher gesiegt: Heinrich von Dieskau.

Edgar legte die Zeitung zurück, verschloß den Karton und schob ihn wieder auf seinen Platz. Dann hörte er die Schritte des Redakteurs auf der Treppe.

»Hier ist die Liste«, sagte der Mann zufrieden und reichte ihm ein Blatt Papier.

»Vielen Dank. Das ist wirklich sehr hilfreich.«

»Kein Ursache. Bedienen Sie sich einfach. Ich ersuche Sie nur, vorne im Buch einzutragen, was Sie entnehmen. Das ist alles. Wenn Sie Fragen haben, so finden Sie mich oben im Büro.« Damit verschwand er.

Edgar kehrte an den großen Tisch zurück und studierte die

Liste. Wer hatte hier recherchiert? Alle Bestellungen waren fein säuberlich verzeichnet. Offenbar war es die Kopie der Rechnung, die der Photograph gestellt hatte. Edgar musterte entgeistert die Adresse des Empfängers: Wilhelm Falkenbeck. 8-21 Landsing Gardens. Richmond, London. United Kingdom. Wie einfach das alles war. Er konnte die Spur des Mannes bis nach England verfolgen, wenn er wollte. Aber wer war er wirklich? Hielt sich Alina möglicherweise jetzt dort auf? Sie gehörte doch zu ihm? Wohnte sie vielleicht auch dort, oder war das nur eine Deckadresse gewesen? Landsing Gardens. Edgar notierte sich die Adresse.

Er mußte sich die Zeitungen vornehmen. Manings hatte im November acht Ausgaben bestellt und im Februar noch eine weitere. Mit welcher sollte er beginnen? Er entschied sich für die letzte vom 27. Februar 1903. Sein Herz klopfte, als er den Karton gefunden hatte. Warum war er nur so aufgeregt? Was würde sich darin schon finden? Wettermeldungen beherrschten den Lokalteil. Ein längerer Artikel befaßte sich mit der jüngst in Kraft getretenen Rechtschreibreform, die als kostspielig und unnötig betrachtet wurde. Ein Verdachtsfall von Tollwut war gemeldet worden. Edgar wollte schon umblättern, da blieb sein Blick an einem Photo hängen: Der Borksee war dort abgebildet. Der seltsame Hügel dahinter war gut zu erkennen. Die Bildunterschrift lautete: *Unbekannter im Borksee ertrunken.* Die Meldung war darunter abgedruckt:

Unbekannter Toter im Borksee gibt Rätsel auf

Am Freitag wurde im Borksee die Leiche eines dunkelhäutigen Fremden gefunden. Der Unbekannte, der sich vermutlich in der Nacht von Donnerstag auf Freitag hier verirrt hat und dem der nur leicht zugefrorene See zum Verhängnis geworden ist, konnte bisher noch nicht identifiziert werden. Wie aus dem Forensischen Institut in Kiel mitgeteilt wurde, handelt es sich bei dem Toten mit Sicherheit um einen Orientalen, vielleicht um einen Untertan des britischen Königs, der ja, wie wir berichteten, am 1. Januar Kaiser von Indien geworden ist. Nach Aussage der zuständigen Stellen soll der Mann zwischen 30 und 45 Jahren alt gewesen sein und aus dem ostasiatischen Raum stammen. Allerdings gibt es keinerlei Erklärung dafür, wie der Unbekannte sich in unsere Gegend verirrt haben soll. Nach den Erkenntnissen der forensischen Untersuchung ist der Mann beim Betreten des Borksees eingebrochen und ertrunken. Starke Schürfwunden am Kopf lassen den Schluß zu, daß der Umherirrende sich bei seinem Sturz schwer verletzt hat und sich wohl auch deshalb nicht aus dem Wasser befreien konnte.

Die Polizei erbittet Hinweise von der Bevölkerung, wer diesen Mann in der Zeit in der Gegend gesehen hat. Da er auf Grund seiner dunklen Hautfarbe aufgefallen sein muß, erwartet man baldige Aufklärung.

Ein ertrunkener Inder im Borksee? Edgar nahm den *Rendsburger Boten* der darauffolgenden Woche zur Hand und suchte nach der Fortsetzung der Geschichte. Aber er fand nichts. Auch in den nächsten Ausgaben stand nichts mehr über den Fall zu lesen. Ratlos studierte er ein zweites Mal die Ausgabe vom 27. Februar. Ein toter Inder? Hier in Rendsburg?

Edgar lehnte sich zurück und schaute unschlüssig das Photo vor sich in der Zeitung an: ein Winterbild des Borksees. Wie war der Fremde dort nur hingelangt? Der See lag weitab von der Stadt und den umliegenden Höfen und Landgütern. Freilich wußte ein Orientale wahrscheinlich nicht, daß ein zugefrorener See etwas sehr Gefährliches ist. War der Mann vielleicht vor lauter Verwunderung oder Begeisterung über das Eis arglos auf den See hinausgelaufen?

Edgar legte die Zeitung wieder in den Karton zurück und nahm erneut die Reproduktionsliste zur Hand. Zehn Minuten später lagen die anderen acht Ausgaben neben ihm auf dem Tisch. Er erkannte allmählich, warum aus den über hundert Ausgaben des Zeitraums vom Juni 1902 bis März 1904 ausgerechnet diese herausgesucht worden waren: In jedem Exemplar gab es eine Meldung über seine Familie. Mal wurde über einen Ball berichtet, an dem Agnes von Rabov teilgenommen hatte. Ein anderes Mal fand Arthur von Rabov Erwähnung. Edgar blätterte weiter. Wo war der Bericht über die Hochzeitsfeier? Soviel er wußte, hatten seine Eltern im Herbst 1902 geheiratet. Er blätterte die nachfolgenden Ausgaben durch, wurde jedoch nicht fündig. Auch seine Geburt am 2. Februar 1903 war im *Rendsburger Boten* nicht angezeigt worden. Und plötzlich begriff er: Seine Mutter hatte schwanger geheiratet! Deshalb war nirgendwo die Rede von einer großen Hochzeitsfeier. Und seine Geburt war hier vermutlich gar nicht gemeldet worden, sondern erst bei der Taufe im fernen Hamburg.

Edgar dachte an seine Mutter, die er sein Leben lang immer nur als kränkliches, unglückliches Wesen erlebt hatte. Lag hier der Ursprung ihres Übels? Eine ungewollte Schwangerschaft, die nur durch eine rasche Eheschließung kaschiert werden konnte? Kein Wunder, daß er nie etwas davon erfahren hatte. Herold und Agnes waren unvorsichtig gewesen, und als es geschehen war, taten die beiden Familien alles, um einen Skandal zu verhindern. Die beiden mußten schnellstens heiraten. Für die Familien war die Verbindung ja in beiderseitigem Interesse. Wahrscheinlich hingen sogar der Umzug nach Hamburg und die endgültige Aufgabe des Gutes mit dem Bestreben der Familie zusammen, in eine Gegend zu ziehen, wo niemand etwas von dieser Schande wußte. Edgar versuchte sich vorzustellen, wie Edith auf diesen Skandal reagiert haben mochte. Seine Großmutter, der nichts heiliger war als ein tadelloser Ruf. Die Situation mußte unerträglich für sie gewesen sein.

Und dann, während seine Phantasie noch damit beschäftigt war, sich das Drama auszumalen, welches vor fast einem Vierteljahrhundert möglicherweise das Schicksal seiner Eltern geschürzt hatte, entdeckte er plötzlich etwas, das ihn auf seinem Stuhl zusammenzucken ließ. Er hob das Blatt hoch, um besser lesen zu können. Nein, es war kein Druckfehler. Er hatte mittlerweile das erste Exemplar der Serie in die Hand genommen und kursorisch die Seiten angeschaut. Wieder war es eine Photographie, die seine Aufmerksamkeit gefesselt hatte. Aber die Bildunterschrift! Wer … wer war das? Er las Wort für Wort und spürte, wie sich seine Kehle zuschnürte. *Debütantinnen beim Herbstball der Kaiserlichen Reedergesellschaft zu Kiel*, war unter dem Bild zu lesen. Fünf junge Mädchen standen da beieinander und blickten in die Kamera. Wieder und wieder las er die Namen. Und immer aufs neue blieb er an einem davon hängen, den er noch nie gehört hatte: Leonie Gräfin von Rabov.

27.

»Ja, das ist Komteß Leonie«, versicherte ihm der Redakteur. »Ohne jeden Zweifel. Die dritte von links.«

Edgar hatte den Mann sofort herbeigerufen. Jetzt stand er neben ihm über das Blatt gebeugt und bestätigte ihm, daß er weder träumte noch irgendwelche Halluzinationen hatte. Und im gleichen Moment zermarterte er sich den Kopf, wie um alles in der Welt er diesen Mann ausfragen konnte, ohne ihn merken zu lassen, daß er von einer Leonie von Rabov im Leben noch nie etwas gehört hatte.

»Sie steht neben Agnes«, sagte Edgar, nur um überhaupt etwas zu sagen.

»Ja, sicher. Die Töchter der adeligen Familien wurden früher immer gemeinsam auf die Bälle geschickt. So auch Ihre Mutter und ihre Schwester. Das war damals so. Brautschau. Eine kostspielige Sache, für die man einiges investieren mußte. Schauen Sie nur, die herrlichen Kleider. Und der Schmuck.«

Schwester? Seine Mutter hatte eine Schwester?

»Ich hätte sie nicht so ohne weiteres wiedererkannt«, erwiderte Edgar vorsichtig, um nur nichts zu sagen, das ihn verraten könnte. Er mußte den Redakteur dazu bringen, weiterzureden.

Der Mann zuckte mit den Schultern: »Diese Photos sind sehr alt, und das Papier bleicht allmählich aus. Aber das hier ist Ihre Tante, Gräfin Leonie von Rabov, beim Reederball in Kiel.«

Und dann bekreuzigte er sich.

Edgar blickte stumm vor sich hin. Nein. Jedes weitere Wort würde ihn verraten. Was zum Teufel wurde hier gespielt? Seit drei Wochen stieß er auf Schritt und Tritt gegen Mauern, in die verborgene Türen eingelassen waren. Und hinter jeder Tür befand sich nur wieder eine weitere. Er starrte wie verhext auf das Photo vor ihm auf dem Tisch.

»Aber jetzt verstehe ich«, sagte der Redakteur nach einer Pause. »Sie dürften sie nicht mehr gekannt haben. Der Unfall geschah ja, bevor Sie geboren wurden.«

Edgar nickte wortlos. Der Unfall?

»Sicher«, erwiderte er, so ruhig er konnte. »Eine traurige Geschichte. Davon erwähne ich beim Geburtstag der Gräfin lieber nichts.«

»Beim Heiland, nein, das sollten Sie auf keinen Fall tun!« rief der Zeitungsmann alarmiert. »Die Gräfin und auch Ihre Mutter sind damals fast wahnsinnig geworden vor Kummer.«

Edgar nickte nur. »Ich glaube, Sie wissen mehr darüber als ich«, sagte er und versuchte so traurig wie möglich zu klingen. »Bei uns spricht man fast nie über sie.«

»Das kann ich gut verstehen«, erwiderte der Redakteur, sichtlich bewegt von den Erinnerungen, die nun in ihm aufstiegen. »Wissen Sie, Komteß Leonie war wie ein helles Licht, das jeden bezauberte. Ich war damals ein junger Mann und genauso fasziniert von ihr wie alle jungen Männer hier im Kreis. Sie war so anders, ein wenig wild, aber auch so natürlich. Stellen Sie sich vor, sie ging allein nach München, um zu studieren. Aber ihr

Ungestüm war auch ihr Schicksal. Warum muß eine Frau auch bergsteigen?«

Edgar lauschte. Seine Sinne waren überwach.

»Ich glaube sogar, es war Leonies Tod, der mit dazu geführt hat, daß Ihre Familie Gut Niendorf verließ. Die Öffentlichkeit hat erst sehr viel später von dem Ereignis erfahren. Es war ein so furchtbarer Schlag für Ihre Familie. Sogar die Hochzeit Ihrer werten Mutter wurde verschoben und dann im ganz kleinen Kreis ohne große Feierlichkeiten begangen. Es gab natürlich Gerüchte. Jeder erfuhr irgendwann von dem Unglück. Aber aus Gründen der Pietät sprach niemand offen über die Sache. Es wurde auch nicht darüber geschrieben. Einzelheiten erfuhr man erst später, als Ihre Familie die Gegend bereits verlassen hatte. Nein, ich denke nicht, daß Sie an diese alte Wunde rühren sollten.«

»Gewiß nicht«, antwortete Edgar, unfähig, seine Gedanken zu sammeln. »Ich glaube, meine Familie hat das bis heute nicht verwunden. Meine Mutter muß ihre Schwester sehr geliebt haben, nicht wahr?«

»Schauen Sie sich das Photo an. So wie hier waren sie immer. Unzertrennlich. Völlig unterschiedlich und doch aufeinander angewiesen, wie zwei entgegengesetzte Kräfte, die sich gegenseitig auf Kurs halten. Als die eine wegbrach, geriet auch die andere aus der Bahn. Aber verzeihen Sie, ich werde sentimental, wenn ich an Ihre Tante Leonie denke. Sie war so jung und ihr Tod so … so unbegreiflich. Ihre Mutter wurde fast wahnsinnig vor Trauer. Der Mann, der sie auf dem Gewissen hat, schmort hoffentlich in der Hölle.«

»Was für ein Mann?«

»Sie war mit einem Freund in die Berge aufgebrochen, irgendeinem Engländer. Offenbar kamen sie in schlechtes Wetter. Ihre Tante Leonie stürzte ab. Der Engländer konnte sich zu einer Zollstation retten und benachrichtigte die Polizei. Man suchte wochenlang nach ihr, aber Ihre Tante wurde nicht gefunden. Ihr Begleiter hatte auch nur sehr ungenaue Angaben über den Ort gemacht, wo sie abgestürzt war, und das Gebirge dort ist sehr unzugänglich.«

»Und der Engländer?« fragte Edgar hastig. »Wer war er? Was geschah mit ihm?«

»Der Mann hat sich noch während der Suchaktion aus dem Staub gemacht. Ich vermute, er hatte Angst, er könne von der Familie zur Rechenschaft gezogen werden.«

Der Redakteur schaute bekümmert auf das Photo.

»Ach, was für eine traurige Sache. Ich mag gar nicht daran zurückdenken.«

Er machte Anstalten, sich zu entfernen.

»Warten Sie«, entfuhr es Edgar, der vor lauter Fragen, die ihm durch den Kopf schossen, kaum wußte, wie er sich noch beherrschen sollte. Er griff nach der Ausgabe vom 27. Februar. »Ich wollte Sie gerne noch etwas ganz anderes fragen. Schauen Sie, diese Geschichte mit dem unbekannten Toten im Borksee. Erinnern Sie sich noch daran?«

Der Redakteur nahm Edgar das Blatt aus der Hand und studierte die Meldung.

»Ja«, murmelte er, »das war eine merkwürdige Sache. Vermutlich Spionage. Daß darüber überhaupt berichtet wurde, hat meinen Vorgänger fast seine Stelle gekostet.«

»Spionage?« fragte Edgar verwundert. »Hier in Rendsburg?«

»Nein. In Kiel natürlich. Damals war ja dort der Flottenbau in Gang. Das wissen Sie wahrscheinlich nicht mehr. Die Sache war so heikel, weil die Öffentlichkeit wegen der Geheimpapiere von Tirpitz so aufgebracht war.«

»Könnten Sie mir das erklären?«

»Im Januar 1903, also nur einen Monat zuvor, hatte der *Vorwärts* ein Geheimpapier von Vizeadmiral von Tirpitz veröffentlicht, worin detaillierte Rüstungspläne über eine Flottenerweiterung aufgeführt waren. Das Ganze war ein Skandal, denn nicht einmal das regierungstreue Zentrum hatte davon etwas gewußt. Das heikle Thema des Flottenbaus kochte wieder einmal hoch. Und natürlich wußte man, daß die Briten mächtig nervös wurden. Es war bekannt, daß vor allem in der Umgebung von Kiel britische Spitzel unterwegs sein würden.«

»In Kiel? Warum denn in Kiel?«

»Wegen der Geheimwaffe, die dort unter Wasser lag.«

Unter Wasser? Edgar brauchte einen Augenblick. Dann begriff er endlich. Der Redakteur schmunzelte.

»Aus dem unbekannten Toten, der im Borksee lag, wurde sofort eine politische Angelegenheit. Die Geheimpolizei riß die Untersuchung an sich, da sie glaubte, es handle sich um einen Inder, der für die Briten die deutsche U-Boot-Produktion ausspionieren sollte. Womöglich sollten sogar Sabotageakte vorbereitet werden. Der damalige Redakteur wußte angeblich nichts von der Nachrichtensperre. Daher ging dieser Artikel in Druck, was ihn, wie gesagt, fast den Kopf gekostet hätte.«

Der Redakteur zog vielsagend die Augenbrauen hoch. Dann fügte er hinzu: »Der Mann hatte sozialdemokratische Neigungen. Da kam ihm diese Geschichte, an der die Gefahr der deutschen Flottenrüstung augenfällig wurde, gerade recht. Ich frage mich bis heute, wie er sich da wieder herausgeredet hat.«

»Und wie ging die Geschichte aus?«

»Wie es eben so ist bei Spionagefällen. Man hörte nie wieder etwas von der Sache. Außer dem Kaiser glaubte wahrscheinlich auch niemand, daß der Mann wirklich ein Spion war. Er wäre doch hier viel zu sehr aufgefallen.«

Edgar wurde immer ratloser. »Aber da er bis zum Borksee gelangt ist, ohne daß ihn jemand gesehen hat, muß er sich tatsächlich sehr unauffällig bewegt haben.«

»Ja. Das war auch der Verdacht der Spionageabwehr. Man vermutete, daß ein ganzes Kommando von Dunkelhäutigen in der Gegend gewesen sein könnte, das sich immer nur nachts bewegt und tagsüber verborgen hatte. Einer von ihnen war im Borksee eingebrochen und ertrunken. Aber die Sache wurde nie aufgeklärt, und wir haben uns natürlich gehütet, nachzufragen.«

Edgar suchte vergeblich einen Zusammenhang für all diese

wirren Informationen. Flottenbau und britische Spionage? Ein toter Inder keine drei Kilometer vom Haus seiner Familie entfernt? Die Schiffslacke der Falkenbeck-Werke. Ein enterbter, nach England ausgewanderter Onkel, von dem er bis vor zwei Wochen noch nie etwas gehört hatte. Und jetzt auch noch eine jung verstorbene Tante, über die niemand jemals sprach und für deren Tod auch ein Engländer verantwortlich sein sollte? Und zu guter Letzt noch all das, was in den letzten zwei Wochen in Berlin geschehen war. Was für ein Durcheinander!

»Ich denke, ich werde noch ein wenig weiterlesen«, sagte Edgar. »Ich habe schon ein paar Anekdoten gefunden, die ich einbauen kann. Ich glaube nicht, daß ich noch sehr lange bleiben werde.«

»Oh, lassen Sie sich nur Zeit. Wir sind bis zwanzig Uhr hier. Heute abend ist Redaktionssitzung.«

»Danke. Sehr freundlich. Ich melde mich, wenn ich fertig bin.«

Edgar wollte den Mann jetzt wieder los sein. Er wollte seine Ruhe haben, allein nachdenken. Über alles. Da war etwas Großes, etwas Gewaltiges, das auf ihn zutrieb. Er spürte es. Aber er konnte es nicht sehen. Die stille, riesenhafte Präsenz von etwas, das ihm angst machte. Oder war das alles Teil des perfiden Spiels, das sich Wilhelm Falkenbeck oder diese Sekte für ihn ausgedacht hatte? Wollte ihn jemand verrückt machen? Mit Gespenstern aus der Vergangenheit?

28.

»Mein Junge. Mein lieber, lieber Junge.« Edith umarmte ihn. Er spürte die unnatürliche Kühle ihrer alten Haut. Sie hielt ihn fest, überglücklich und sichtlich bewegt, ihn wieder einmal bei sich zu haben.

»Wie dünn du noch immer bist«, sagte sie dann vorwurfsvoll und musterte ihn mißbilligend. »Und so blaß. Was hält dich nur in dieser schrecklichen Stadt, die dir doch gar nicht bekommt?«

Statt zu antworten, löste er sich von ihr und reichte ihr einen großen Blumenstrauß, den er am Hamburger Hauptbahnhof besorgt hatte. Während Edith ihn entgegennahm, erschien seine Mutter oben auf der Treppe. Edgar ließ seine Großmutter mit den Blumen stehen und lief rasch die Stufen zu ihr hinauf.

»Guten Tag, Mutter«, sagte er und küßte ihre Wangen.

»Guten Tag, Edgar«, erwiderte Agnes leise. »Schön, daß du gekommen bist. Mutter ist so froh.«

Edgar versuchte, ihr in die Augen zu blicken und sich nicht von den vielen Spuren ablenken zu lassen, die von ihrem Zustand kündeten. Aber es gelang ihm nur mühsam. Die Reste des Pulvers, mit dem sie ihre Magenschmerzen bekämpfte, zeichneten sich in einer dünnen weißen Linie auf ihrer Unterlippe ab. Ihr Atem roch nach Alkohol. Dunkle Schatten lagen auf ihren Lidern. Edgar konnte nicht umhin, an die Photographie zu denken, auf die er gestern im *Rendsburger Boten* gestoßen war. Welche Zerstörung hatten fünfundzwanzig Jahre in diesem Gesicht angerichtet! Das hübsche, prächtig herausgeputzte Mädchen vom Reederball in Kiel war nur noch ein einsamer, melancholischer Schatten seiner selbst. Es war schwer zu begreifen und ebenso schwer zu ertragen.

»Wo sind denn die anderen alle?« fragte Edgar und versuchte, gelöst und natürlich zu wirken trotz der vielen Fragen, die ihn beschäftigten.

Seine Mutter zuckte mit den Schultern und wandte sich zum Gehen. »Großmutter wird es wissen. Ich muß mich ausruhen.«

Er schaute ihr hinterher, wie sie in den Seitenflügel verschwand. Dann hörte er Ediths Stimme, die am Telephon einer Bekannten wichtige Instruktionen über den Verlauf des morgigen Geburtstagsfrühstücks zu geben schien: »... ja, meine Liebe, um zehn Uhr. Und seien Sie bitte vorbereitet, daß auch Menschen da sein werden.«

Menschen! dachte Edgar, halb amüsiert, halb irritiert. Ediths Bezeichnung für Nichtadelige. Er nahm seine Reisetasche und machte sich auf den Weg in sein Zimmer. Eine halbe Stunde später saß er ihr im Salon gegenüber und beobachtete gespannt, wie sie das Aquarell auspackte.

»Oh, Edgar, was für eine Überraschung!« entfuhr es ihr, als sie erkannte, worum es sich handelte. »Wo hast du das nur gefunden?«

»Ich bin in Rendsburg gewesen«, sagte er zufrieden. »Ich bin einfach hingefahren, um mir das Städtchen einmal anzuschauen, wo wir alle herkommen. Und ich habe sogar Gut Niendorf besucht.«

»Niendorf«, wiederholte sie betreten und legte das Bild auf ihrem Schoß ab. »Mein Gott, ich würde es nicht ertragen, es wiederzusehen.«

Edgar zögerte einen Augenblick, aber dann erzählte er doch von seinem Ausflug zu dem verlassenen Hofgut.

»Es ist nicht mehr viel da. Die Häuser sind verfallen. Aber du solltest froh sein, daß dich das Schicksal dort weggeholt hat. Die ganze Gegend ist menschenleer.«

Edith erwiderte nichts, sondern betrachtete nur das Bild in ihrem Schoß. Sie war genauso gekleidet, wie Edgar sie seit ewigen Zeiten kannte: Kaum ein Stück Haut blieb unbedeckt. Die Ärmel ihres Kleides zogen sich bis weit über ihre Handrücken. Ein hochaufragender Blusenkragen umhüllte ihren Hals. Edgar erinnerte sich daran, wie bitter sie sich einmal beklagt hatte, als es vor dem Krieg unter Backfischen Mode geworden war, die Strümpfe auf die Gelenke herunterzurollen.

»Wann kommen denn die anderen?« fragte Edgar jetzt. »Wo ist Vater? Wie geht es ihm?«

»Er muß noch eine Behandlung hinter sich bringen. Arthur und Robert sind schon heute morgen gekommen und haben ihn freundlicherweise ins Krankenhaus gefahren. Sie werden gegen vier oder fünf Uhr zurücksein. Warum bist du eigentlich nicht mit ihnen gefahren?«

Edgar überschlug, daß er zwei Stunden Zeit hatte, bis sie eintreffen würde. Zwei Stunden, die er ausnutzen sollte.

»Ich bin noch immer durcheinander von den Vorfällen der letzten Woche«, sagte er.

»Das verstehe ich gut, mein Junge. Das war eine schreckliche Sache.«

»Daher wollte ich ein wenig ausspannen und bin einfach am Donnerstag in den Zug gestiegen.«

»Einfach so?«

»Ja. Ich bin erst am Bahnhof auf die Idee gekommen, nach Rendsburg zu fahren«, sagte er. »Dein Geburtstag hat mich auf meinen eigenen neugierig gemacht. Ich wollte einmal sehen, wo ich geboren wurde. Und außerdem wollte ich ein besonderes Geschenk für dich finden.«

»Du warst also tatsächlich in Niendorf«, murmelte sie.

Edith von Rabov nahm das kleine Aquarell wieder in die Hand, erhob sich und stellte es behutsam auf der Kommode neben dem Fenster ab. Dann drehte sie sich zu Edgar herum und sagte: »Du hast mir eine große Freude mit diesem Bild gemacht, Edgar. Rendsburg ist eine hübsche Stadt. An Niendorf denke ich nicht so gerne zurück, denn es fehlt mir. Wir sind eben Landmenschen.«

»Das tut mir leid«, sagte Edgar, »ich wollte natürlich keine unangenehmen Erinnerungen wecken. Diese ganze unselige Geschichte der letzten Woche hat mich einfach neugierig gemacht. Ich weiß ja fast nichts über diese Vergangenheit. Mutters Hochzeit zum Beispiel. Oder als ich geboren wurde.«

»Ach, diese Zeit ist lange vorbei, mein Kind«, sagte sie. »Sie war besser, viel besser. Doch heute will das keiner mehr wahrhaben.«

»Wo haben Vater und Mutter sich eigentlich kennengelernt?« fragte Edgar weiter.

Edith strich ihm über den Kopf und lächelte. »Siehst du, Edgar, allein diese Frage zeigt schon, wie fern das heute alles ist. Sie haben natürlich über ihre Väter zueinandergefunden. Wie es sich gehört. Dein Großvater hat für Agnes eine auskömmliche Situation gesucht, und so hat es sich gefügt.«

Edgar nickte beherrscht. Sollte er einfach sagen, was er in Rendsburg herausgefunden hatte? Warum log man ihn an? Wie konnte man ihm verheimlicht haben, daß Agnes eine Schwester gehabt hatte. Aber Edith erwähnte sie auch jetzt mit keinem Wort. Wie viele Vorfälle hatte es wohl noch in seiner Familie gegeben, über die nicht geredet wurde und über die er offenbar nichts wissen sollte.

»Du hast recht«, lenkte Edgar ein. »Heute kann man sich das kaum noch vorstellen. Außerdem ist schließlich dein Geburtstag, und wir feiern die Gegenwart, nicht wahr?«

»So ist es. Denn das ist eine Gnade Gottes, fürwahr.«

»Kann ich irgend etwas tun?« fragte er dann. »Sind noch Vorbereitungen zu treffen?«

»Nein, nein. Wo denkst du hin. Es ist alles längst getan. Möchtest du noch etwas ausruhen?«

Er hatte das Gefühl, daß seine Großmutter äußerst erleichtert darüber war, daß er das Thema gewechselt hatte.

»Nein. Ich bin nicht müde. Aber ich glaube, du hättest durchaus etwas Ruhe nötig, denn es wird ein langer Abend werden, nicht wahr? Ich setze mich einfach eine Stunde in Vaters Bibliothek, und du ruhst dich ein wenig aus, einverstanden?«

Edith nahm den Vorschlag dankbar an und zog sich zurück. Er war einfach zu ungeschickt.

Wenn es verborgene Gespenster gab, dann mußte er klüger vorgehen, um sie hervorzulocken.

Der mit Hirschgeweihen und anderen Gehörnen förmlich tapezierte Raum im Erdgeschoß des linken Gebäudeflügels war der einzige Ort, an dem er früher nach dem Kirchgang manchmal einige Zeit mit seinem Vater alleine verbracht hatte. Diese Bibliothek war, neben der Fabrik in Hamburg, für Herold das Allerheiligste. Zum einen lag dies an der Zeitschrift *Wild und Hund*, die er dort neben vielen anderen weidmännischen

Büchern seit Jahrzehnten sammelte. Zum andern standen dort sämtliche Jahrgänge der Gothaischen genealogischen Taschenbücher.

Für seinen Vater hatte es mit Sicherheit keinen schöneren Moment in seinem Leben gegeben als den Tag, da sein Name in den gräflichen Taschenbüchern erschienen war. Wie oft hatte er für Edgar das dunkelgrün gebundene Bändchen aus dem Jahre 1903 vom Regal geholt und den Eintrag herausgesucht, der seine Erhebung in den Adelsstand für alle Zeiten festhielt.

Als Edgar die Bibliothek jetzt betrat, erkannte er sofort den leicht säuerlichen Geruch wieder, der vermutlich von den vielen Geweihen stammte. Er ließ seinen Blick über die endlosen Regalreihen wandern, auf denen die verschiedenfarbigen, nach Rangklassen unterschiedenen Bändchen der Genealogien säuberlich sortiert nebeneinanderstanden. Die farblichen Unterschiede waren ihm geläufig. Er wußte, daß die gräflichen Bücher dunkelgrün, die freiherrlichen violett, die uradligen hellblau und die briefadeligen hellgrün gebunden waren. Allerdings erinnerte er sich ebenso, daß die verschiedenfarbigen Umschläge nur die Pforten zu einem undurchschaubaren Labyrinth waren. Jetzt wünschte er sich fast, er hätte sich von der Besessenheit seines Vaters, der jeden Sonntagmorgen in diesem Irrgarten der adeligen Familien verbrachte, anstecken lassen. Seine Kinder- und Jugendphantasie hatte sich jedoch nicht an reichsständischen und landständischen fürstlichen Familien entzündet, sondern an den relativ simplen Verhältnissen, die in den Grimmschen Märchen herrschten und in denen Grafen vorkamen, von denen nicht einmal gesagt wurde, ob sie überhaupt reichsständisch waren. Es hatte ihn nicht interessiert, wer hochwohlgeboren oder erlaucht zu betiteln war oder wie sich der Unterschied zwischen reichsgräflichen und reichsfreiherrlichen Geschlechtern erklärte. Jetzt bedauerte Edgar dies. Denn wie sollte er sich in diesen ganzen Hofkalendern und fürstlichen Taschenbüchern zurechtfinden? Das einzige, woran er sich mit Bestimmtheit erinnerte, war, daß seine Familie dem niederen Adel angehörte. Er würde also in den dunkelgrünen Taschenbüchern nachzuschlagen haben.

Den Eintrag von 1903 fand er sofort. Aber nachdem er einige Seiten vor- und zurückgeblättert hatte, erinnerte er sich, daß man sich natürlich sehr viel besser mit Hilfe der in größeren Abständen erscheinenden Gesamtverzeichnisse orientieren konnte. Sie standen auch auf dem Regal, und er entschied sich für das Exemplar von 1902. Obwohl er den Namen bereits kannte, bereitete es ihm dennoch ein unheimliches Gefühl, ihn jetzt wieder zu lesen. Komteß Leonie von Rabov, geboren am 14. April 1878. Tochter von Leopold Graf von Rabov und Edith Gräfin von Rabov. Sie war ein Jahr älter als Agnes gewesen, die Edgar nun auch ohne Schwierigkeiten fand. Ohne zu bemerken, wie die Zeit verging, versank er in den zahlreichen Eintragungen. Schon bald stapelten sich die dunkelgrünen Bändchen und die Gesamtverzeichnisse früherer und späterer Perioden um ihn herum auf dem Boden, und er rekonstruierte mit Staunen die Familiengeschichte seiner mütterlichen Vorfahren.

Merkwürdigerweise wurde Komteß Leonie im Verzeichnis aus dem Jahr 1906 gar nicht mehr erwähnt. Und auch danach tauchte sie nirgends mehr auf. Aber warum war ihr Todesdatum nirgends verzeichnet? Edgar durchsuchte alle Bände bis zum Ausbruch des Krieges. Erst 1913 wurde er fündig. Dort stieß er plötzlich auf ihren Namen und ihre Lebensdaten: geboren in Niendorf zu Rendsburg am 14. April 1878, gestorben am 3. September 1902. Ohne Ortsangabe. Warum hatte es über zehn Jahre gedauert, bis das Todesdatum eingetragen worden war? Hatte sie so lange nur als vermißt gegolten? Hatte die Familie so lange gewartet und ihren Tod erst dann gemeldet?

Er nahm ein leeres Blatt vom Schreibtisch seines Vaters und begann, sich Notizen zu machen. Mutlos betrachtete er die vielen aufgeschlagenen Bände, die vor ihm lagen. Was versprach er sich eigentlich von dieser Suche? Aber dann beschloß er, doch weiterzulesen. Diese Gelegenheit, den kompletten Gotha zu durchforsten, würde sich so leicht nicht noch einmal ergeben. Er würde alles nachprüfen. Gab es neben Komteß Leonie und Wilhelm Falkenbeck vielleicht noch weitere Verwandte, von denen er nichts wußte? Wie stand es mit Arthur von Rabov? Oder mit Robert? Wenn er die gräflichen Bücher nun schon einmal vor sich liegen hatte, dann könnte er ebensogut gleich alle Eintragungen kontrollieren.

Die Informationen, die er über seinen berühmten Onkel fand, deckten sich allerdings mit dem, was er bereits wußte. Er hatte im Jahre 1899 die Französin Marie Gabrielle Gräfin von Mellamont geheiratet. Edgar hatte Roberts Mutter nie kennengelernt. Sie war vor drei Jahren in Berlin an einer Lungenkrankheit gestorben, nur wenige Monate, bevor Edgar dorthin gezogen war. Ihre Verbindung mit Arthur von Rabov war von der Familie niemals akzeptiert worden, und es hatte hier nie einen gesellschaftlichen Kontakt gegeben. Arthur kam stets alleine nach Hamburg oder in Begleitung von Robert. Die Gräfin blieb in Berlin. Woran das gelegen hatte, könnte er sicher auch in diesen Büchern entdecken. War die französische Familie Mellamont nicht vornehm genug gewesen, um in gesellschaftlichen Umgang mit den von Rabovs treten zu können?

Aber was Edgar nach einer halben Stunde hartnäckigen Suchens in den französischen Adelsverzeichnissen herausfand, war noch viel merkwürdiger: Es gab im Gesamtverzeichnis für Frankreich überhaupt keine Grafenfamilie dieses Namens. Und schon gar nicht in Metz, dem Ort, der im Gotha von 1914 als Geburtsort der Gräfin von Rabov, geborene Mellamont, ausgewiesen war. Verblüfft konsultierte Edgar weitere Jahrgänge. Auch das Geburtsdatum der Gräfin gab Rätsel auf. Es änderte sich von Jahr zu Jahr. 1914 war der 19. September 1872 angegeben worden. Doch Edgar fand noch drei weitere Eintragungen, die davon abwichen. 1874. 1878. 1879. Edgar verglich die immer wieder unterschiedlichen Angaben. Was für einen Sinn hatten all diese sichtlich falschen Eintragungen?

Edgar erhob sich kurz, um sich die Beine zu vertreten. Im Haus war alles still. Seine Mutter saß bestimmt wie immer in ihrem Sessel am Fenster und häkelte oder stickte. Vielleicht malte sie auch. Edith vermutete er im Küchentrakt, wo sie wahrscheinlich noch einmal überprüfte, ob alles vorbereitet war. Draußen dämmerte es. Edgar sah auf die Uhr. Es war halb vier. Eine Stunde hatte er wohl noch. Sollte er weiterlesen? War denn überhaupt irgend etwas in seiner Familie so, wie er geglaubt hatte? Heutzutage waren all diese Standesfragen natürlich belanglos. Aber die seltsamen Ereignisse der letzten Wochen mußten etwas mit Vorfällen aus der Vergangenheit zu tun haben. Und in dieser Vergangenheit hatten andere Wahrheiten gegolten.

Er schaute auf seine Notizen. Die immer wieder geänderten Geburtsdaten von Roberts Mutter irritierten ihn. Es mußte doch eine Erklärung dafür geben. Er kniete sich erneut hin und durchforstete die genealogischen Bände nach Eintragungen über Arthur von Rabovs Familie. Sein Frau wurde bis 1899 überhaupt nicht im Gotha erwähnt. Auch Robert, der nach Edgars Wissen im Jahr 1896 geboren war, fand nirgends Erwähnung. Erst im Jahre 1900 wurde eine Comtesse de Mellamont genannt, die sich im Februar 1899 mit Graf Arthur von Rabov verlobt hatte. Edgar stutzte. Also war Robert unehelich geboren? Er las weiter. 1903 war der Eintrag geändert worden. »Vermählt mit« stand da jetzt, und für die Gräfin wurde das Geburtsdatum 19. September 1878 angegeben. Ein Geburtsort fehlte. Ort und Zeit der Eheschließung wurden ebensowenig erwähnt. 1919 erschien erstmals eine Erwähnung von Robert. Er wurde als preußischer Fähnrich mit einem Geburtsdatum aus dem Jahr 1896 geführt. Als weitere Neuerung wurde nun das Datum der Eheschließung genannt, allerdings nicht mit 1899, sondern mit dem 12. März 1895 angegeben. Das Geburtsjahr der Comtesse de Mellamont lautete plötzlich 1874. Edgar begann zu begreifen. Die Vorverlegung des Hochzeitsdatums, mit der wohl Roberts uneheliche Geburt kaschiert werden sollte, führte zu Widersprüchen bezüglich des Alters der Braut, die nach den alten Eintragungen mit siebzehn Jahren ihr Kind bekommen hätte. Daher hatte man ihr Geburtsjahr gleichfalls als vier Jahre früher angegeben.

In der Folge ging es weiter durcheinander. Der Ort der Eheschließung wurde einmal als Altona angegeben, dann wieder weggelassen. Aber sein Onkel hatte doch in Berlin geheiratet? Arthur von Rabov hatte alles getan, um die Herkunft seiner Gemahlin und seines Sohnes so weit wie möglich zu verdunkeln. Und jetzt dämmerte ihm auch, warum Arthur von Rabov die Offizierslaufbahn quittiert haben mußte. All diese falschen Eintragungen konnten nur eines bedeuten: Sein Onkel war eine nicht standesgemäße Ehe eingegangen. Wer immer Marie Gabrielle de Mellamont gewesen war: Sie war höchstwahrscheinlich nicht einmal adelig gewesen. Und der Gotha war offenbar das geeignete Instrument, diesen Umstand zu kaschieren. Aber das bedeutete auch, daß es sinnlos war, hier weiterzuforschen. Diese ganzen genealogischen Listen unterschieden sich wohl doch nicht sehr von der Märchensammlung der Gebrüder Grimm. Eine weitere Tür, die nirgendwohin führte.

29.

Motorenlärm drang in die Bibliothek. Dann hörte er das Knirschen von Reifen auf Kies. Edgar trat ans Fenster und sah hinaus. Die Männer waren schon ausgestiegen. Wie krank sein Vater aussah! Arthur stützte ihn, während Robert das Gepäck auslud. Edgar zog sich vom Fenster zurück und wartete. Er wollte sie überhaupt nicht sehen. Und Robert schon gar nicht.

Er lauschte den Geräuschen im Flur und auf der Treppe. Niemand schien nach ihm zu fragen. Um so besser. So hatte er noch etwas Zeit. Sein Vater würde sich sicherlich ausruhen müssen. Und bis Arthur und Robert sich umgezogen und frisch gemacht haben würden, könnte er die Zeit nutzen und den Salon für sich alleine haben. Eine Stunde ließ man ihn auch unbehelligt. Aber dann war es ausgerechnet Robert, der zuerst dort auftauchte.

»Hallo, Cousin, was machen die Studien«, begrüßt er ihn spöttisch und ließ sich dann direkt ihm gegenüber auf einen der samtbezogenen Sessel fallen.

»Gut. Ich lerne täglich dazu«, antwortet Edgar kühl und versuchte dabei, im Mienenspiel seines Vetters zu lesen, was ihm wie üblich nicht gelang.

»Wie geht es Vater?« fragte er dann.

»Stabil«, antwortete Robert. »Was soll man schon sagen. Wie war die Anreise?«

»Lang und ereignislos, wie jede Zugfahrt«, antwortete Edgar. »Ich bin schon vorgestern gefahren.«

»Das habe ich gemerkt. Ich wollte dich abholen, aber du warst bereits weg. Schade.« Robert machte eine kurze Pause, wippte mit dem übergeschlagenen rechten Bein und sagte dann: »Ich war übrigens nicht der einzige, der erfolglos bei dir angeklopft hat. Die Polizei will offenbar mit dir sprechen. Verstehst du das?«

Während er das sagte, zog er ein blaues Couvert aus der Tasche und reichte es ihm. Edgar starrte entgeistert auf den amtlichen Umschlag. Polizei?

»Ich hoffe, du nimmst es mir nicht übel, daß ich deine Post mitgebracht habe. Aber der Umschlag steckte in der Zarge. Ich dachte, es wäre dir vielleicht peinlich, wenn er dort tagelang sichtbar ist. Ich meine … dieser Stempel … Polizeipräsidium.«

Edgar riß den Umschlag auf und überflog die Mitteilung. Es war eine Vorladung. Nervös überflog er den kurzen Schriftsatz. Das konnte nur eines bedeuten: Sie hatten sich an den merkwürdigen Herrn von Rabov erinnert, der am Morgen nach dem Mord im Leichenschauhaus aufgetaucht war. Ohne sich seine Bestürzung anmerken zu lassen, ließ er das Dokument in seine Jackentasche gleiten.

»Keine ernste Sache, hoffe ich?« sagte Robert mit seinem typischen lauernden Lächeln.

»Nein. Sicher nur irgendeine Bagatelle. Aber falls es ernst werden sollte, wird es das wohl auch für dich, oder?«

Robert schaute ihn herausfordernd an. »Wohl kaum. Ich habe nichts getan.«

»Immerhin eine Wohnung verwüstet und einen britischen Staatsbürger verletzt, wenn nicht sogar …«

»… sogar was? Willst du mir etwas unterstellen, Edgar? Der letzte, mit dem er an jenem Abend in Berlin gesehen wurde, bist schließlich du. Es gibt sogar ein Photo davon.«

Robert grinste unverschämt. Edgar schwieg.

»Unter uns, mein Lieber: Ich habe ihm nur eine Abreibung verpaßt. Mit so einem Anfänger belaste ich mein Konto nicht, verstehst du. Und nun fürs Protokoll: Ich weiß nicht einmal, wovon du redest, Edgar.«

Edgars Rücken war bereits schweißgebadet. Er versuchte vergeblich, ruhig durchzuatmen. Aber das half auch nicht viel. Es war unerträglich, mit diesem Menschen auch noch verwandt zu sein.

Glücklicherweise betraten in diesem Augenblick Arthur und der Rest der Gesellschaft den Raum, und man begab sich ins Speisezimmer.

Die Bediensteten hatten fürstlich eingedeckt. An jedem Platz türmten sich die Teller. Die Wasser-, Weißwein- und Rotweingläser standen Spalier. Das komplette Silber lag ausgebreitet daneben und funkelte wie Operationsbesteck. Herold saß am Kopfende. Edgar hatte die Ehre, zu seiner Rechten sitzen zu dürfen. Ihm gegenüber hatte Arthur Platz genommen. Robert saß neben Arthur, Edith am anderen Kopfende, so daß der Platz neben Edgar von Agnes eingenommen wurde. Zwei Diener servierten die Speisen. Ein dritter die Getränke.

Herold hatte etwas Rouge aufgelegt, um seine sehr blasse Gesichtsfarbe zu verbergen, was das Geisterhafte seiner Erscheinung noch unterstrich. Edgar sah deutlich, daß sein Vater bereits vom Tode gezeichnet war. War es eine Frage von Tagen. Oder von Wochen? In seinen Gesprächsbeiträgen jedoch ließ er sich nichts von seinem Zustand anmerken. Im Gegenteil. Er sprach mit großer Hoffnung von den Erwartungen, mit denen man

Hitlers Rede morgen im Nationalklub entgegensah. Alle seien wie aus dem Häuschen über den Besuch des »Führers«.

»Schaut euch das an«, sagte er und zog einen geöffneten Umschlag heraus, aus dem ein dickes Bündel Banknoten hervorquoll. »Weit über vierhundert Vormerkungen. Und alle haben gezahlt, ohne zu murren. Seit Tagen muß ich die Leute abweisen. Das zeigt doch, daß die Intelligenten im Lande begriffen haben, wer die Dinge richten wird.«

Edith blickte pikiert zu Boden, sagte jedoch nichts. Auch Arthur war es sichtlich peinlich, seinen Schwager an einem vorzüglich gedeckten Tisch mit Geldscheinen herumwedeln zu sehen.

»Für den Kampfverlag«, sagte Herold zu Edgar und schob den prallen Umschlag wieder in die Innentasche seines Jacketts. »Am Montag wird er in Berlin gegründet.«

Fast die ganze Abendunterhaltung stand im Zeichen des Hitler-Besuchs. Herold richtete wiederholt das Wort an Edgar, der nicht wußte, was er zu diesem Thema beisteuern sollte. Er begriff einfach nicht, was seine Familie mit diesen Viehhändlern, Chauffeuren, Rausschmeißern und ehemaligen Berufssoldaten zu schaffen hatte. Solch eine primitive Versammlung, wie sie dieser Hitler um sich scharte, schloß sich doch von selbst aus.

Das Tischgespräch verdeutlichte ihm allerdings, daß er mit dieser Auffassung allein stand. Seine gesamte Familie war von diesem Mann fasziniert, wenn auch jeder etwas anderes und teilweise sogar Gegensätzliches von ihm erwartete: Robert den Aufstand der Massen, Arthur die Rückkehr des Kaisers und Herold Rache an England und Frankreich für die Schmach von Versailles. Einigkeit bestand in dem Wunsch, das gegenwärtige System zu beseitigen und eine Beruhigung der Verhältnisse auf alle Fälle zu verhindern.

»Deshalb ist es ein Fehler, sich von den Waffenverbänden zu trennen«, rief Robert irgendwann. »Den bewaffneten Kampf aufzugeben werden wir noch einmal bereuen.«

»Du weißt doch, was der Führer gesagt hat«, entgegnete Herold. »Entscheidend ist, revolutionär und zugleich als Verteidiger der bestehenden Verhältnisse zu erscheinen. Zwar mag es länger dauern, die Volksvertreter zu überstimmen, als sie zu erschießen, aber am Ende wird uns die Verfassung selbst das Land liefern.«

»Das dauert zu lange. Wir brauchen eine Katastrophenpolitik. Wir erreichen alles, wenn wir Hunger und Verzweiflung in Marsch setzen. Wir müssen Fanale anstecken, ein Feuer nationaler und sozialistischer Verzweiflung.«

Edgar betrachtete Arthur, während dieser seinem Sohn kühl erwiderte: »Hitler ist nur der Trommler, Robert, vergiß das nicht. Und der Trommler wird entfernt, wenn der Heerführer auf dem Feld erscheint. Der Kaisersohn Prinz August Wilhelm wird der Bewegung beitreten, wie ich aus gut informierter Quelle weiß. Hitler spürt genau, wie weit sein Atem wirklich reicht. Deshalb hat er auch auf uns gehört und in Bamberg die Fürstenenteigner zurückgepfiffen. Genau so, wie wir es ihm aufgetragen haben. Vergiß also nicht: Er ist nur der Hund vor unserem Karren. Und ein Politiker ist er schon gar nicht.«

»Politiker«, schnaubte Herold verächtlich. »Da unterscheiden wir uns doch beträchtlich, Arthur. An Politikern haben wir ja nun wirklich keinen Mangel. In unserer Situation ist Politik Selbstmord. Schaut doch auf diese Bande und was sie in Locarno unterschrieben haben. Alles Verhandeln ist Gift. Ideenstreit ist Sektierertum. Zweifel, Diskussionen, Abwägen, genau das ist es, was uns den Sieg gekostet hat. Der Feind kennt diese Zweifel nicht. Ihr seid angekränkelt durch Eure Tätigkeit in der Quatschbude.«

Arthur von Rabov hob sein Rotweinglas und trank einen Schluck. Dann antwortete er ruhig: »Keineswegs. Aber verfrühter Aktionismus bringt gar nichts. Der Franzose wartet nur, daß wir mucken, um uns köpfen zu dürfen.«

Eine kurze, bleischwere Stille folgte auf diese Feststellung. Edith und Agnes beteiligten sich überhaupt nicht an der Unterhaltung, sondern aßen schweigend ihren Braten. Edgar konnte sich an nur wenige Tischgespräche dieser Art erinnern. Es war eine relativ neue Erscheinung, daß bei Tisch über Politik gesprochen wurde. In jedem Fall würde es damit enden, daß seine Mutter wortlos den Tisch verlassen und seine Großmutter seufzend beklagen würde, daß solche Konversationsthemen früher einfach undenkbar gewesen wären. Er musterte sie verstohlen. Es gehörte nicht viel Phantasie dazu, sich auszumalen, was sie dachte: daß es doch eine deutliche Verrohung der Sitten sei, wenn derartige Themen überhaupt über die Schwelle ihres Hauses gelangen konnten. Zu Kaisers Zeiten wäre das ein Affront und überhaupt ein Skandal gewesen.

»Ich bin übrigens in Rendsburg gewesen«, warf Edgar daher jetzt in die Runde, um das Thema zu wechseln. »Ein wirklich hübscher Ort. Man erinnert sich dort noch sehr gut an dich, Großmutter. Meine Wirtin hat sich vor Ehrfurcht die Hand auf den Mund gelegt, als ich ihr meinen Namen sagte.«

Arthur griff Edgars Vorlage auf und sagte: »Hast du Fayencen kaufen wollen? Oder was hat dich nach Rendsburg getrieben?«

»Nun, einmal Großmutters Geburtstag. Ich habe ein hübsches Aquarell für sie gefunden. Aber vor allem wollte ich mir Gut Niendorf anschauen.«

»Niendorf?« rief Herold und verzog säuerlich den Mund. »Ich bin ewig nicht dort gewesen. Wie steht es damit?«

»Schlimm. Es ist gänzlich verfallen. Die Dienstgebäude sind abgebrannt.«

»Das sind sie schon vor neunzehn Jahren«, meldete sich jetzt Edith zu Wort. »Seid ihr soweit? Soll ich das Dessert kommen lassen?«

»Und wer hat sie angezündet?« versuchte sich Edgar bei seiner Mutter zu erkundigen.

Aber Agnes von Rabov, obschon immer still und teilnahmslos bei Tischgesellschaften, schien in einer noch größeren Stille als gewöhnlich versunken zu sein. »Was … wie bitte?« fragte sie ihren Sohn verwirrt, als der seine Frage wiederholte.

»Die Dienstgebäude in Niendorf. Warum sind sie verbrannt?«

Herold schaltete sich ein. »Blitzschlag«, sagte er kurz angebunden. »Die ganze Gegend ist verwünscht. Schlechte Böden. Viele Unwetter. Von mir aus hätten die Preußen den Dänen den wertlosen Bauernsprengel lassen können.«

Arthur wurde steif, sagte aber nichts. Es war interessant, mit anzusehen, wie er mit Herolds brüskierender Art umging. Immerhin war der von Herold leichtfertig zum Abschuß freigegebene Landstrich drei Jahrhunderte lang das Stammland der von Rabov gewesen. Daß dies heute kaum mehr von Bedeutung war, war bedauerlich genug. Doch Herolds Taktlosigkeit blieb unerwidert im Raum stehen. Statt dessen war es Robert, der das Gespräch erneut dorthin zurücklenkte, wo Edgar es auf die Familiengeschichte hatte umleiten wollen.

»Wen interessiert denn heute Niendorf?« fragte er gereizt. »Was mich auf die Palme bringt, ist, daß der Führer sich von Ludendorff getrennt hat.«

»Ach ja?« fragte Arthur von Rabov spöttisch.

»Jawohl«, zischte Robert aggressiv. »Weil er der einzige ist, der begriffen hat, wie die ganze Sache allein zu gewinnen ist. Nur die Festigkeit, mit der etwas vertreten wird, begründet den Sieg. Der Inhalt ist dabei fast egal. Schaut euch doch die katholische Kirche an. Worauf ist ihr Erfolg gestützt? Auf die Unabänderlichkeit ihrer absurden Dogmen. In der Unnachgiebigkeit, mit der sie geglaubt werden, liegt die Ursache ihres Erfolgs. Und sonst in gar nichts. Wir brauchen einen neuen Glauben. Wenn Hitler kein Messias werden will, dann hat er keine Chance. Aber was ist sein Evangelium? Ludendorff hat eines. Doch der Führer lacht darüber.«

Edgar wurde hellhörig. »Und was für einen Glauben?« fragte er.

Robert schaute ihn mit glänzenden Augen an.

»Daß es nur Herrscher und Beherrschte geben kann. Alles andere ist Illusion. Die Welt ist krank, und daher kann es nur eine Antwort geben: Gesundheit, Reinheit, Stärke. Kompromisse führen nur zu Schwäche. Wir sind vergiftet von der jüdischen und christlichen Kompromißseuche. Diskutiert ein Wolf mit einem Schaf? Nein. Er reißt es. Zögert der Franzose im Rheinland, die Aufständischen hinzurichten, nur weil sie unbewaffnet sind? Nein. Er hängt sie um so höher. Und schickt uns auch noch seine afrikanischen Negersöldner, um unsere Frauen zu beschlafen und unser Blut durch die Einschleusung niedrigster Rasseelemente zu verunreinigen. Jedes Stück Schlachtvieh kontrollieren wir an den Grenzen. Und deren Fleisch wird nur gefressen. Aber die Tausende von Slawen und Ostjuden, die ins Reich hineinströmen und unser wehrloses Volk begatten, die müssen wir einfach aufnehmen. Wir werden untergehen, weil wir den grundlegenden, heiligen Glauben verloren haben, mit dem jedes Volk lebt oder stirbt: den der Reinhaltung der Rasse. Dies muß unsere Religion werden, sonst ist alles nichts.«

Erneut wurde es still am Tisch. Arthur räusperte sich betreten. Aber es war Edith, die als erste das Wort ergriff. »Gut gesprochen«, sagte sie zu Edgars Erstaunen. »Wenn man alleine sieht, welch katastrophalen Folgen bereits die Vermischung der Stände mit sich gebracht hat. Was ist dann erst von der Vermischung der Rassen zu erwarten?«

Hörte außer ihm niemand die hintersinnige Ironie dieser Äußerung? fragte sich Edgar. Merkte Edith es vielleicht selbst nicht einmal. Oder unterschätzte er seine Großmutter? Der einzige, der sofort reagierte, war Arthur.

»Glücklicherweise«, so bemerkte er lächelnd, »sind die Stände eine Leistung der Zivilisation und damit dem menschlichen Einfluß unterworfen, im Gegensatz zur Natur, der wir weitgehend machtlos gegenüberstehen.«

»Zivilisation«, sagte Robert verächtlich. »Das ist ja die Leimrute, mit der sie uns ködern. In diesem Wort ist das ganze Gift enthalten. Es gibt keine, kann keine deutsche Zivilisation geben. Es gibt nur eine deutsche Kultur. Die tiefen Wurzeln der germanischen Rasse. Alles, was Zivilisation genannt wird, ist Kastration unserer natürlichen Kultur, ist Entdeutschung. Es ist fremd, kosmopolitisch, amerikanisch, jüdisch.«

Edgar lauschte staunend. Aber noch bemerkenswerter als Roberts wirres Geschwätz war Arthurs Gesichtsausdruck, der sich zunehmend verdunkelte. »Lassen wir das für heute«, versuchte der Graf seinen hochfahrenden Sohn zu beruhigen. »Schau nur, meiner armen Schwester wird ganz bang von deinem Gerede.«

Agnes war tatsächlich ein wenig in sich zusammengesunken, wirkte aber nicht ängstlich, sondern einfach nur abwesend. Als Edgar ihre Hand berührte, zuckte sie kurz zusammen und richtete sich dann auf.

»Möchtest du etwas Wasser haben, Mutter?« fragte er liebevoll.

Agnes nickte nur teilnahmslos und schaute betreten in die Runde.

Edgar ergriff die Gelegenheit. Er mußte doch irgendwie versuchen, auf seine Fragen eine Antwort zu finden. Wen sollte er denn fragen, wenn nicht seine Eltern? Er würde das Thema einfach behutsam anrühren. Falls er spüren sollte, daß niemand darüber sprechen wollte, könnte er ja leicht wieder davon ablassen. Es gab ja das Hitler-Thema, auf das man immer zurückkommen konnte.

»Stellt euch vor«, begann er und schaute lächelnd in die Runde. »Die Wirtin in Rendsburg hat sich eingehend nach euch allen erkundigt. Nach dir, Großmutter, und auch nach Arthur und Agnes. Ihr seid dort alle rechte Berühmtheiten, obwohl ihr schon so lange weg seid. Man hat mich sogar nach einer verstorbenen Tante gefragt, die ich gar nicht kenne. Eine Komteß Leonie.«

Jetzt wurde es zum drittenmal still um den Tisch herum. Aber diese Stille hatte eine ganze besondere Tönung. Sie wirkte betäubend. Und plötzlich gab es ein knackendes Geräusch. Im ersten Augenblick wußte niemand, wo das Geräusch hergekommen war. Plötzlich schrie Edith gellend auf. Blut. Überall. Edgar begriff nicht. Wo kam das ganze Blut her? Herold war aufgesprungen. Aber Edith hatte ihre Tochter bereits vom Tisch weggerissen und hielt deren blutüberströmte Hände fest. Glassplitter fielen klirrend aufs Parkett. Agnes stand vor ihnen und starrte ihre Hände an. Und plötzlich entwich ihr ein Schrei, der Edgar erschauern ließ. Er fixierte ihr Gesicht und dann ihre blutigen Hände, die Herold jetzt mit einer weißen Serviette notdürftig verband.

Sie hat ihr Wasserglas mit ihren Händen zerdrückt, durchfuhr es Edgar. Mit ihren bloßen Händen! Arthur war bereits hinausgestürmt, gefolgt von Robert. Edgar wußte nicht, was er tun sollte. Er hörte, wie jemand nach dem Fahrer rief. Der Motor wurde angeworfen. Türen schlugen. Anfahrende Reifen schleuderten Kies auf. Dann war alles still.

30.

Edith redete unablässig auf ihn ein. Es war bereits Mitternacht. Herold hatte einen Schwächeanfall erlitten und lag zu Bett. Arthur und Robert waren noch immer nicht zurück. Robert hatte vor einer Stunde aus dem Krankenhaus angerufen und gesagt, daß die Wunden genäht worden seien und keine Gefahr einer Infektion bestehe. Es seien nur noch ein paar Formalitäten zu erledigen, dann würden sie zurückkommen.

Edgar graute davor. Und vor seiner Großmutter, die ihn seit zwei Stunden mit bittersten Vorwürfen überhäufte. Ob ihm überhaupt klar sei, was die Erwähnung dieses Namens in Agnes anrichten könnte? Ob er sich nicht hätte denken können, daß es sehr, sehr gute Gründe dafür geben mußte, daß über diese Person in der Familie nicht gesprochen wurde. Und ob er nicht für fünf Gramm Feingefühl hätte, das es ihm gestatte zu erahnen, daß der Zustand seiner Mutter, der ohnehin bedenklich und besorgniserregend sei, durch die Erinnerung an ihre tragisch verunglückte Schwester sich bestimmt nicht verbessern würde?

Edgar saß mit gesenktem Kopf da und versuchte, irgendeinen Anknüpfungspunkt für eine Rechtfertigung oder Erwiderung zu finden, ohne Ediths Rage weiter aufzustacheln. So wütend hatte er sie noch nie erlebt. Freilich war der Zwischenfall bei Tisch entsetzlich gewesen. Agnes' Schoß hatte sich in wenigen Augenblicken blutrot gefärbt, so schwer mußte sie sich geschnitten haben. Aber er hatte ja keine Ahnung gehabt, welche Reaktion allein die Erwähnung dieses Namens hervorrufen würde.

»Und warum, glaubst du, spricht niemand jemals über sie? Hast du dir das nicht überlegt?« rief Edith mit zitternden Lippen. »Hättest du doch wenigstens zuerst mich gefragt! Ich habe nicht nur eine, nein, ich habe zwei Töchter in diesen verfluchten Bergen verloren. Seit sie von uns gegangen ist, ist Agnes nur noch ein Schatten ihrer selbst. Das wußtest du doch.«

»Aber ich wußte nichts von ihr«, hielt Edgar ihr flehend entgegen.

»Ja. Und dies aus gutem Grund. Wir mußten sie hergeben, in der Blüte ihrer Jahre. Keiner von uns erträgt die Erinnerung an diesen Verlust. Deshalb weißt du nichts von ihr.«

Edgar wollte etwas erwidern, aber er kam nicht zu Wort. Edith überschüttete ihn mit Vorwürfen.

»Ich habe dich immer gegen Herold verteidigt, Edgar, dich immer in Schutz genommen. Aber allmählich glaube ich fast, daß er recht hat. Was ist nur mit dir los? Was führst du überhaupt für ein Leben? Kümmert dich deine Familie denn überhaupt nicht? Wie kannst du deine Mutter nur so quälen. Was zum Teufel hast du in Rendsburg verloren? Keiner dort hat uns jemals geholfen oder auch nur eine Träne nachgeweint, als Großvater an den neuen Verhältnissen allmählich zugrunde ging. Wenn sie dort jetzt unseren Namen hören, dann verstummen sie nur deshalb, weil ihnen vermutlich das Schamgefühl über ihre Niedertracht die Sprache verschlägt. Wir sind gefallen, Edgar, aber es gibt keinen Grund, uns ständig daran zu erinnern. Verstehst du das nicht? Wir haben alles verloren. Unser Land. Unsere Stellung. Unseren Ruf. Und ich mußte dem Schicksal sogar noch eine Tochter geben. Begreifst du nicht, daß man daran nicht erinnert werden möchte, vor allem wenn man keine robuste Natur hat wie Agnes? Woher diese Taktlosigkeit, dieses mangelnde Einfühlungsvermögen?«

Edgar schaute hilflos um sich. »Aber … aber das war doch überhaupt nicht meine Absicht«, beteuerte er immer wieder. Edith ging im Salon auf und ab und beachtete ihn gar nicht. Edgar wurde immer unbehaglicher zumute. Er hatte mit allem gerechnet, aber nicht mit einer derart heftigen Reaktion. Die wüsten Anschuldigungen seiner Großmutter trafen ihn schwer. Er liebte Edith. Sie war die einzige Person in seiner ganzen Familie, der er sich nah fühlte, der er vertraute. Und sie wußte das. Aber offenbar minderte dies in keiner Weise die Heftigkeit ihrer Ausfälle gegen ihn.

»Deine Absicht! Was ist denn deine Absicht? Was gedenkst du eigentlich zu tun, um uns vor dem Untergang zu retten, der überall lauert? In Berlin das verkommene Leben genießen? Ist das deine Absicht? Pflicht und Ehre? Sind das überhaupt noch Begriffe für dich, die etwas bedeuten?«

Edgar wurde steif. Wie tief verletzt mußte sie sein, daß sie ihn ihrerseits so tief verletzen wollte? Wenn auch mit ihren Begriffen, die ihm in der Tat fremd und gleichgültig waren? Pflicht? Ehre? Lächerliche Worte angesichts eines geflüchteten Kaisers. Aber Edgar wußte, daß Edith an diese Begriffe glaubte wie sonst an nichts in der Welt. Sie hatte ihr schärfstes Messer gezückt. War der Name der totgeschwiegenen Leonie das Zauberwort, das über diese Gespenster der Vergangenheit gebot? Und er hatte ihn ausgesprochen, diesen Namen, dessen alleinige Erwähnung seiner Mutter die Haut öffnete. Er wußte nur eines: Keine Macht dieser Welt würde ihn jetzt davon abhalten, herauszufinden, wer diese Frau gewesen war.

Aber wie sollte er vorgehen? Wie konnte er nur so schnell wie möglich von hier verschwinden? Der Gedanke an Flucht überraschte ihn selbst. Aber es war tatsächlich so. Er wollte nur noch fort. Fort aus diesem Haus. Er erwiderte überhaupt nichts mehr auf Ediths Vorwürfe und wartete lediglich, bis ihr Zorn ermattet sein würde. Als das Motorengeräusch des zurückkehrenden Autos hörbar wurde, eilte Edith hinaus und gab ihm damit Gelegenheit, unbemerkt in sein Zimmer zu verschwinden. Er lauschte auf die Geräusche im Haus, aber offenbar hatte niemand vor, ihn heute abend mit weiteren Vorwürfen zu überziehen. Der einzige, den er im Augenblick wirklich fürchtete, war Robert. Aber Robert ließ sich nicht bei ihm blicken. Allmählich erstarben die letzten Geräusche. Edgar saß bekleidet auf seinem Bett und wartete. Sein Herz schlug kräftig, als sei er gerannt. Und plötzlich merkte er, daß er weinte. Er blickte sich in seinem Zimmer um. Was war nur mit ihm los? Er kauerte sich auf seinem Bett zusammen und versuchte, den Knoten, den er in seiner Kehle spürte, durch ruhiges Atmen zu lösen. Aber das ging nicht. Es ging ihm selbst ja gar nicht viel anders als seiner Mutter. Auch er kannte einen Namen, der ihm durch die Haut schnitt.

Edgar schloß die Augen und kämpfte nicht mehr gegen seine Trauer und Sehnsucht an. Sie war überall. Die Erinnerungen an sie waren kaum noch zu ertragen. Er lauschte auf das langsam still werdende Haus. Dann erhob er sich plötzlich. Er streifte seine Kleider vom Leib, griff nach der Porzellankanne auf dem kleinen Tisch vor dem Fenster und füllte die daneben stehende Schüssel mit Wasser. Dann stellte er sie auf den Boden, hockte sich hin und wusch sich im Mondlicht. Das kalte Wasser tat ihm wohl. Er fühlte, wie seine Lebensgeister zurückkehrten. Er spülte mit dem restlichen Wasser die Seife ab, erhob sich dann und spürte einen Augenblick ganz bewußt dem herrlichen Gefühl nach, das die eigene Nacktheit bisweilen erzeugen kann. Dann kleidete er sich wieder an, setzte sich erneut auf das Bett und wartete.

Im Haus war kein Laut war zu hören. Er überlegte, wie er die Strecke bis in die Stadt zurücklegen sollte. Aber die Lösung dieses Problems war noch das geringste. Ein anderes Hindernis war weitaus größer. Er brauchte Geld. Die Vorstellung war ungeheuerlich. War er von allen guten Geistern verlassen?

Er öffnete lautlos die Tür und lauschte. Aber kein Laut drang an sein Ohr. Die Schuhe in der linken Hand, schlich er den Gang entlang, der nur spärlich vom Mondlicht beleuchtet war, das durch die Fenster fiel. Die Steintreppe, die nach unten in die Eingangshalle führte, schluckte jedes Geräusch. Er hielt inne und lauschte angestrengt in die Stille hinein. Aber nichts rührte sich. Wie spät es wohl war? Nach seiner Schätzung konnte es höchstens zwei oder halb drei Uhr sein. Nach dem furchtbaren Zwischenfall heute abend und all der Aufregung danach dürften jetzt alle in tiefem Schlaf liegen.

Während er vorwärtsschlich, wurde ihm klar, daß er im Begriff stand, eine unumkehrbare Entscheidung zu treffen. Noch konnte er es sich anders überlegen und in sein Zimmer zurückkehren. Er würde sich morgen Vorhaltungen anhören müssen, aber irgendwann wäre es damit vorbei. Sein Leben würde weitergehen wie bisher. Fast wurde ihm übel angesichts dieser Aussicht. Nein. Er hatte keine Wahl, auch wenn das, was er jetzt tat, ins Ungewisse führte. Er wagte kaum, sich die Konsequenzen auszumalen. Wohin sollte er gehen? Er mußte Alina finden. Gleichgültig wo und auf welche Weise. Er fuhr sich mit der Hand durch das Gesicht und warf nervös einen Blick in den Salon, dessen Umrisse nun allmählich sichtbar wurden. Aber er betrat den Salon nicht, sondern ging direkt in die Eingangshalle und von dort zur Garderobe. Die Mäntel und Jacken der späten Heimkehrer hingen noch feucht an der Garderobe. Und auch die Jacke seines Vaters hing dort. Noch einmal zögerte Edgar. Dann griff er zu. Das Durcheinander hatte auch sein Gutes gehabt. Der prall gefüllte Umschlag steckte noch in der Innentasche. Er zog ihn heraus. Welche Summe hatten die Hamburger Kaufleute und Wirtschaftsführer wohl für diesen Hitler gesammelt? Aber er würde jetzt nicht nachzählen. Das Geldbündel war in jedem Fall dick genug für seine Pläne.

Noch einmal hielt er inne. Nein, das wäre Wahnsinn. Man würde ihn jagen. Gab es keine andere Möglichkeit, an Geld zu kommen? Edgar zögerte. Er brauchte Geld. Zum Teufel mit diesen Nazis. Er teilte das Geldbündel, steckte die Hälfte in den Umschlag zurück und schob ihn wieder in die Innentasche der Jacke seines Vaters. Womöglich hatte Herold noch gar nicht gezählt? Die Hälfte wäre gerade genug für diesen Hitler.

Er schlich am Haus entlang und bog dann zum Geräteschuppen ab. Trotz der Kälte begann er zu schwitzen. Er war auf der Flucht. Noch keine fünfzig Meter von der Villa seiner Eltern entfernt, spürte er bereits, wie sich das anfühlte. Wollte er das wirklich. Er, der Falkenbeck-Erbe? Er konnte doch nicht einfach vor seiner Familie fliehen? Prüfend umfaßte er die Holzgriffe des Fahrrads, das am Schuppen lehnte, und schob es behutsam einige Meter auf die Ausfahrt zu. Die Reifen und seine Schuhe knirschten auf dem Kies. Er schulterte das schwere Rad und schlich über die Grasrabatten auf das Tor zu. Erst auf der gepflasterten Straße setzte er seine Last wieder ab und schaute ein letztes Mal auf die Falkenbeck-Villa zurück.

Zu seiner eigenen Verwunderung war seine Entschlossenheit nun größer geworden. Er fühlte etwas, von dem er immer geglaubt hatte, daß er es besaß: Freiheit. Er war doch völlig frei gewesen, dachte er verwirrt. Frei, der zu sein, der er war. Doch auf einmal schien eine ganz andere Freiheit vor ihm auf: der zu sein, der er nicht war. Das war ungleich gewaltiger. Und diese Freiheit fühlte sich ganz anders an. Sie war das genaue Gegenteil von der, die er kannte. Nicht angenehm oder beruhigend, sondern erregend und furchteinflößend. Oder hatte sein Freund Daniel recht, der ihn von Anfang an vor Alina gewarnt hatte? War er drauf und dran, verrückt zu werden?

Edgar saß auf und radelte los. Den Fünf-Uhr-Zug nach Berlin würde er ohne Schwierigkeiten erreichen. Er würde seine Wohnung aufsuchen und seine Habseligkeiten zusammenraffen. Und dann? Sollte er – nach Indien fahren? Wie lange würde es dauern, bis sein Vater nach ihm suchen lassen würde? Würde er Robert losschicken? Gewiß. Und wenn nicht, dann würde sein fanatischer Vetter auf eigene Faust losziehen, um das Geld für den Kampfverlag der Nationalsozialisten zurückzuholen und den Falkenbeck-Erben wieder einzufangen. Nein, in Berlin konnte er auf keinen Fall bleiben. London? Zu … Wilhelm?

Seine Hände umklammerten nervös die Holzgriffe des Fahrradlenkers. Der Gurt seiner Tasche schnitt ihm in den Hals, aber er wollte nicht anhalten. Er hatte nur wenige Stunden. Spätestens um sechs oder sieben Uhr würde sein Verschwinden bemerkt werden. Doch wo sollte er nur hin?

Edgar schrak zusammen. Motorenlärm drang an sein Ohr. Sofort sprang er ab, schob das Fahrrad von der Straße und verbarg sich hinter einem Gebüsch. Die Scheinwerfer kamen näher. Doch es war kein Maybach. Es war eine Horch-Droschke. Der Wagen fuhr an ihm vorüber. Edgar saß wieder auf. Ohne weitere Zwischenfälle erreichte er die Innenstadt von Hamburg. Sich hier um diese Zeit aufzuhalten war nicht ganz ungefährlich. Jeden Augenblick konnte er einem Streifenpolizisten in die Arme laufen. Ohne lange zu überlegen, schob er das Fahrrad zum nächstbesten Fleet und warf es hinein. Dann bog er in eine der kleinen Straßen des Viertels ein und suchte sich einen Hauseingang, der dunkel genug war, um ihn vor Polizistenblicken zu schützen. Er kauerte sich in die Ecke und wartete. Alles war still. Die Nacht war hell und klar. Eine schöne Nacht, dachte er, bemerkte allerdings schon jetzt, daß sein Mantel die Kälte der steinernen Treppen nicht lange aufhalten würde. Aber die Kälte würde ihn wach halten.

Edgar ging in die Hocke, schlang seine Arme um seine angewinkelten Knie und starrte auf die Straße. Alina. Sie war ihm eine Antwort, ein Erklärung schuldig. Und wenn er dafür um die halbe Welt reisen mußte. Aber wo sollte er mit seiner Suche beginnen? In England?

Er preßte seine Lippen gegen seine Handflächen. Er würde sie finden.

31.

»Daniel?«

»Edgar. Wo bist du?«

»In London. Hör zu, ich habe nicht viel Zeit …«

»Dein Scheißcousin war hier, verdammt noch mal.«

»Sag ihm bloß nicht, wo ich bin.«

»Was machst du in London?«

»Ich gehe zu meinem Onkel. Alles ist noch viel verwickelter, als ich dachte. Ich muß das jetzt aufklären. Also gehe ich in die Höhle des Löwen. Kannst du bitte bei mir vorbeischauen und nach der Post sehen? Ich bin schon seit letzten Donnerstag weg aus Berlin. Nur für den Fall, daß Alina geschrieben hat, tust du das bitte?«

»Geschrieben? Sie schreibt dir?«

»Ja, einmal bisher. Vielleicht tut sie es noch einmal.«

»Wo bist du in London. Bei deinem Onkel?«

»Nein. Im Moment bin ich in einem Telegraphenamt um die Ecke von Manings' Wohnung.«

»Was? Hast du ihn gefunden?«

»Ihn nicht. Aber seine Adresse. Es ist eine lange Geschichte, Daniel. Ich werde dir alles erklären. Aber bitte, sieh nach meiner Post, ja?«

»Ja. In Ordnung. Wirst du wieder anrufen?«

»Heute abend oder morgen. Wahrscheinlich morgen. Mittwoch.«

»Wann gehst du zu deinem Onkel?«

»Jetzt. Jetzt gleich. Gott sei Dank war er es nicht.«

»Was redest du da? Was war wer nicht?«

»Manings ist nicht Wilhelm Falkenbeck. Es sah kurzzeitig so aus, als wäre Manings Falkenbeck. Aber es ist nicht so. Manings hat hier eine Wohnung in Richmond. Aber er ist weg. Verreist. Ich habe mit einem Nachbarn gesprochen. Er sagte, Manings sei nach Indien gefahren, schon vor über einem Monat.«

»Aber das stimmt doch nicht, Edgar, er war doch in Berlin.«

»Ja. Aber offenbar wollte er von dort nach Indien weiterreisen, wie Alina. Jedenfalls haben die beiden anscheinend überhaupt nichts mit Falkenbeck zu tun. Ich bin noch nicht sicher, aber wenn das stimmt, dann habe ich Alina furchtbar Unrecht getan. Dann war sie ... die Frau meines Lebens, und meine verdammte Familie hat mich ...«

»Edgar! Die Frau deines Lebens hat dich belogen und betrogen. Und Manings auch!«

»Ja, aber meine Familie belügt mich genauso. Alle haben mich belogen, Daniel. Alle. Ich werde das jetzt aufklären. Und ich werde Alina finden, das schwöre ich dir.«

»Nun, ich will deinem Glück ja nicht im Wege stehen, aber ...«

»Du mußt noch etwas für mich tun, Daniel. Es hört sich vermutlich merkwürdig an, aber es ist sehr wichtig für mich.«

»Wie kommst du darauf, daß ich bei dir noch irgend etwas merkwürdig finde?«

»Bitte jetzt keine Witze. Dieses Fest in dieser Villa bei Potsdam ... du erinnerst dich doch?«

»Ja, sicher.«

»Ich habe einen der Teilnehmer wiedergefunden, einen Tänzer, der im Barberina kellnert. Er hat mir erzählt, diese ganze Sache sei ein Experiment gewesen, ein psychologisches Experiment, das vom Institut für Sexualwissenschaft in Berlin organisiert worden sei. Könntest du herausfinden, ob das stimmt?«

»Du meinst das Hirschfeld-Institut?«

»Ja. Du kennst es?«

»Nein. Aber ich habe davon gehört.«

»Kannst du das für mich tun?«

»Einverstanden. Aber Edgar, was mache ich mit deinem Vetter, wenn er wieder hier aufkreuzt? Er ist fest davon überzeugt, daß ich weiß, wo du steckst.«

»Nichts. Du weißt nichts. Ich bin einfach ein paar Tage verschwunden. Das geschieht ihnen gerade recht. Tausend Dank, Daniel. Bis morgen.«

Sollte er einfach in Manings' Wohnung einbrechen? Damit er Klarheit hatte? Aber ein Blick auf die Fassade des Hauses und das Portal zeigte ihm, daß das keine gute Idee war. Jedenfalls nicht jetzt, mitten am Tag. Er hatte nicht einmal Werkzeug.

Statt dessen nahm er sich die Adreßbücher vor, die hier im Telegraphenamt auslagen. Ein merkwürdiges Gefühl überkam ihn, als er den Namen ohne weitere Mühe tatsächlich entdeckt hatte. William Falkenbeck, stand da. Ebenfalls Richmond. Ein Zufall? Er schrieb die Adresse auf und ließ sich erklären, wo sich das Haus befand. Immerhin fünfzehn Minuten zu Fuß. Er marschierte los. Es regnete, aber kalt war es nicht. Der Stadtteil gefiel ihm. Viele Grünflächen. Zweistöckige Stadthäuser, die meisten aus Backstein, mit Vorgärten, einige mit Veranda. Überall schöner, alter Baumbestand. Kurz darauf sah er das Haus. Er blieb in einiger Entfernung stehen und musterte es eine Weile. William Falkenbeck mußte ein sehr erfolgreicher Kaufmann geworden sein. Das Haus stand ein ganzes Stück von der Straße zurückgesetzt in einem kleinen Park. Ein von Säulen getragenes Vordach gab ihm ein südliches Gepräge. Insgesamt wirkte das Anwesen ein wenig verwunschen. Vielleicht lag es an dem Efeu, der die Mauern überwuchert hatte. Oder an dem weitgehend sich selbst überlassenen Garten? Sollte er hier einfach vorsprechen? Edgar überlegte. Dann gab er sich einen Ruck und überquerte die Straße.

Edgar ging auf das Tor zu und betätigte einen Messingknopf, der in die rechte Mauer eingelassen war. Nach einer Weile öffnete sich die Haustür. Ein Bediensteter trat heraus, spannte einen Schirm auf und kam auf ihn zu.

»Sie wünschen, Sir?« fragte er.

»Ich möchte gerne Mr. William Falkenbeck sprechen«, sagte Edgar.

»Mr. Falkenbeck ist nicht zu Hause, Sir.«

»Ja. Das habe ich mir schon gedacht. Könnten Sie mir vielleicht sagen, wo sein Büro ist, damit ich ihn dort aufsuchen kann?«

Der Butler schien diese Frage ein wenig merkwürdig zu finden.

»Entschuldigen Sie bitte, Sir, aber dürfte ich erfahren, wer Sie sind?«

»Mein Name ist Edgar Falkenbeck«, sagte Edgar. »Ich bin Mr. Falkenbecks Neffe. Aus Deutschland.«

»Familie? Man hat mir nichts von Familienbesuch gesagt.«

»Das ist auch nicht verwunderlich. Ich bin völlig unangemeldet hier. Dürfte ich Sie um etwas bitten? Rufen Sie doch bitte Herrn Falkenbeck an und melden Sie ihm, sein Neffe aus Deutschland sei hier und würde gerne mit ihm sprechen. Ich bin sicher, er wird Ihnen dann sagen, wie Sie sich verhalten sollen. Ich warte so lange hier.«

»Bitte, Sir, kommen Sie herein. Ich werde das sofort tun, aber im Regen werde ich Sie nicht stehen lassen. Bitte, kommen Sie.«

Edgar folgte dem Mann in die Empfangshalle und nahm dort auf einer Holzbank Platz, während der Butler verschwand, um zu telephonieren. Sein Blick schweifte über die Gemälde und Teppiche, die Lüster und Spiegel. Lebte so ein Erbschleicher? Kaum vorstellbar. Sein Onkel war offenbar reicher als sein Vater. Und seine Familie? War niemand im Haus? Anscheinend nicht, denn es war kein Geräusch zu hören.

Der Butler kam zurück.

»Mr. Falkenbeck möchte mit Ihnen sprechen. Kommen Sie, bitte?«

Falkenbeck. War er denn hier? Der Butler führte ihn in ein kleines Zimmer hinter der Treppe und dort vor ein Telephon.

»Hello?« sagte Edgar unsicher.

»Hello«, kam es von der anderen Seite. »Ist dort Edgar Falkenbeck?«

Die Stimme. Im ersten Moment war er richtig erschrokken. Der Mann klang genau wie sein Vater. Und dann folgte die Erleichterung. Jetzt konnte er ganz sicher sein. Er war nicht Manings.

»Ja, Mr. Falkenbeck. Hier ist Edgar.«

Es wurde kurz still in der Leitung.

»Ist Herold auch da?« lautete die nächste Frage.

»Nein. Ich bin allein. Es tut mir leid, daß ich hier einfach so erscheine, Mr. Falkenbeck. Aber ich … ich möchte gerne mit Ihnen sprechen. Es ist sehr wichtig.«

Wieder wurde es still. Jemand hielt wohl die Hand auf die Muschel, denn es waren gedämpfte Geräusche zu hören.

»Ich werde einen Wagen schicken, der dich abholt, Edgar. Einverstanden? Ich habe gleich eine wichtige Sitzung, aber mittags habe ich Zeit. Paßt dir das?«

»Ja. Ich habe keine Termine.«

»Bis nachher.«

Edgar reichte dem Butler, der neben ihm stehengeblieben war, den Hörer zurück. Warum fühlte er sich plötzlich so gut? Lag es daran, daß Wilhelm ihn einfach geduzt hatte?

»Haben Sie vielleicht eine Karte, Sir?« fragte die Empfangsdame.

»Nein. Tut mir leid. Meine Name ist Edgar Falkenbeck. Ich habe eine Verabredung mit Mr. Falkenbeck.«

»Ja, ich weiß«, antwortete sie und lächelte. »Aber ich muß Ihre Personalien aufnehmen. Dürfte ich Ihren Paß sehen?«

»Selbstverständlich.« Edgar reichte ihr das Dokument.

Die Empfangshalle des Gebäudes, vor dem der Wagen ihn abgesetzt hatte, sah aus wie das Foyer eines Museums. Farbige Marmorintarsien schmückten den Boden. Durch hohe Fenster, zwischen denen Säulen aus schwarzem Granit bis zur gewölbten

Decke hinaufwuchsen, fiel jetzt ein wenig Sonnenlicht herein. Edgar betrachtete die polierten Messingschilder auf der Wand neben dem Eingang, auf denen die unterschiedlichen Firmen ausgewiesen waren, die hier ein Büro unterhielten. Vor allem Rechtsanwälte und Notare arbeiteten hier. Ein Import-Export-Unternehmen. Und an zweiter Stelle von oben: William Falkenbeck and Partners. India Freight Insurance Company Ltd. Sein Onkel war Versicherungsmakler.

»Bitte schön, Sir. Fünfter Stock. Have a good day, Sir.«

Der Warteraum war holzgetäfelt. Jeweils drei Sessel standen an den gegenüberliegenden Wänden, dazwischen ein niedriger Tisch mit Zeitschriften. *Maritime Quarterly*. Edgar blätterte einige davon durch, aber Frachtschiffahrt interessierte ihn nicht. Er stand auf und schaute aus dem Fenster. Die Nelson-Säule erhob sich keine zwanzig Meter entfernt. Er konnte dem Admiral in Napoleon-Pose fast in die Augen sehen. Regen schlug gegen die Scheiben. Märzwetter. Eine endlose Flut von Automobilen schob sich am Trafalgar Square vorbei. Irgendwo schlug eine Glocke zwölfmal. Gleich würde er seinem Onkel gegenüberstehen. War es richtig gewesen, herzukommen? Wie würde er reagieren?

Kurz darauf öffnete sich die Tür. Edgar drehte sich um. Die Statur. Die Haltung. Die lebendigen, unruhigen Augen. Die Verwandtschaft sprach aus allem. Allerdings trug William Falkenbeck einen Bart und war ein wenig beleibter als Herold.

Edgar wartete. Falkenbeck stand vor ihm, sagte jedoch noch immer nichts und musterte ihn wohl mit der gleichen Verwunderung wie er ihn. Was mochte er denken?

Edgar ging auf ihn zu, räusperte sich und sagte: »Ich freue mich, dich kennenzulernen, Onkel Wilhelm.«

»Ganz meinerseits, Edgar. Ich muß sagen, diese Überraschung ist dir gelungen. Bitte. Komm herein.« Er schaute ihn noch immer ein wenig fassungslos an. Dennoch öffnete er jetzt die Tür zum nächsten Raum, einem geräumigen Büro von der Art, wo Arbeit nicht erledigt, sondern delegiert wird. Der Schreibtisch war weitgehend leer. Die Bücher in den Regalen sahen auch nicht so aus, als ob sie häufig bewegt wurden.

»Seit wann bist du in der Stadt, Edgar?« fragte William und führte ihn in den hinteren Teil des Büros, wo mehrere Sessel um einen kleinen Tisch standen.

»Seit gestern«, antwortete Edgar. »Ich bin am Sonntag übergesetzt und habe einen Tag in Dover verbracht. Am Montag habe ich den Zug nach London genommen.«

»Ich … ich weiß, ehrlich gesagt, gar nicht, wo ich anfangen soll mit meinen Fragen«, sagte Wilhelm nach einer weiteren Pause des Staunens. »Wie geht es … der Familie? Was macht Herold?«

»Er ist todkrank. Er wird nicht mehr lange leben.«

»Der arme Kerl«, sagte Wilhelm bestürzt. »Was hat er?«

Edgar zuckte mit den Schultern. »Niemand weiß es so genau. Das Herz, die Nieren. Es scheint eine der Krankheiten zu sein, für die es keinen klaren Namen gibt.«

Ein weiteres längeres Schweigen entstand. Edgar wußte nicht, wohin er schauen sollte. Die Situation war merkwürdig. Wilhelm Falkenbeck war sichtlich überrascht über seinen Besuch. Und dabei hatte er fast zwei Stunden Zeit gehabt, sich innerlich darauf vorzubereiten. Dennoch konnte er es offenbar noch immer nicht fassen. Edgar atmete tief durch. Dieser Mann da vor ihm hatte gewiß keine Ahnung von den Dingen, die sich in den letzten Wochen in Berlin abgespielt hatten.

»Onkel Wilhelm, ich erzähle dir gerne alles über Herold und die Familie, wenn du es wissen möchtest. Aber ich bin zu dir gekommen, weil in den letzten Wochen merkwürdige Dinge geschehen sind. Außerdem mußt du wissen, daß ich bis vor einer Woche noch nicht einmal wußte, daß es dich gibt. Großmutter hat es mir letzte Woche erzählt, und wenn du erfährst, warum, dann wirst du sicher nicht erfreut sein. Sie hat mir das Testament deines Vaters eröffnet, vor allem die merkwürdige Klausel, die dich wieder als Erben einsetzt, falls mir etwas zustoßen sollte.«

Wilhelms Augenbrauen schnellten nach oben. Der Mann begriff rasch.

»Ach so«, sagte er kühl. »Da Herold sehr krank ist, befürchtet man, ich würde demnächst versuchen …«

»Ja. Es ist genauso häßlich gedacht, wie es sich anhört. Herold ist überzeugt, daß du alles in deiner Macht Stehende tun wirst, um an dein Erbe heranzukommen, wenn er erst einmal gestorben ist.«

Wilhelm erhob sich brüsk.

Edgar ließ ihm erst gar keine Zeit, etwas zu erwidern, sondern fuhr fort. »Hast du ein wenig Zeit?« fragte er. »Darf ich dir schildern, was in den letzten Wochen in Berlin geschehen ist?«

»Ich habe Zeit, Edgar. Aber glaubst du etwa wirklich, ich …«

»Nein. Aber bitte höre mich erst an.«

Wilhelm setzte sich wieder. »Gut. Ich höre.«

Edgar begann zu erzählen, von Manings und Alina, von den Abenden mit ihr, von Robert und Arthur. Edgar sah, daß Wilhelm wirklich aus allen Wolken fiel. Und er erkannte außerdem, was für ein Licht die Annahme, daß Wilhelm überhaupt etwas mit diesen Vorgängen zu tun hatte, auf seine Hamburger Familie warf. Es war eine Zumutung, und entsprechend verzogen sich bisweilen Wilhelms Mundwinkel. Sie blieben dann auch die ganze Zeit heruntergezogen, bis der Name Leonie zum ersten Mal fiel.

»Leonie«, entfuhr es ihm spontan, als Edgar sie erwähnte.

»Du kanntest sie?«

»Kennen ist zuviel gesagt. Ich habe sie einmal gesehen. In München. Herold war ja unsterblich verliebt in sie.«

»Herold? Verliebt in Leonie?«

»Ja. Er wollte sie heiraten.«

»Aber … er hat Agnes geheiratet«, sagte Edgar stotternd. »Leonies Schwester.«

»Ja. Leonie hatte einen tragischen Unfall. Irgendwann im Spätsommer 1902. Du kennst doch diese unrühmliche Episode, nicht wahr? Ich war damals schon nicht mehr in Deutschland, und ich erfuhr erst viel später von Leonies Unfall und der Verbindung von Agnes und Herold. Aber ich hätte gedacht, daß zwischen Leonies Tod und der Ehe von Herold und ihrer Schwester sehr viel mehr Zeit verstrichen sei. Das muß damals alles sehr schnell gegangen sein. Wann bist du eigentlich geboren, Edgar?«

»Am 2. Februar 1903«, antwortete er.

»Februar 1903 …«, murmelte Wilhelm und zog verwundert die Augenbrauen hoch. »Verzeih bitte, wenn ich hier so herumrechne, aber wenn du im Februar 1903 geboren wurdest, dann würde das bedeuten, daß Herold und Agnes bereits im Mai oder Juni 1902 miteinander verkehrt haben müßten. Eines weiß ich sicher: Im Frühjahr 1902 war Herold mit Leonie liiert. Sie waren verlobt.«

Edgar war sprachlos. Er rieb sich die Schläfen. Was sollte das nur bedeuten?

Wilhelm schien seine Bestürzung bemerkt zu haben, ging zu ihm hin und legte ihm die Hand auf die Schulter. »Es gibt sicher eine Erklärung dafür«, beruhigte er ihn. »Ich glaube, ich kann dir so einiges erzählen, das dich interessieren dürfte. Wo bist du untergebracht? In einem Hotel? Das kann ich nicht zulassen. Du bist mein Gast. Sarah und die Kinder sind leider diese Woche in Kent. Das ist sehr schade, denn ich bin sicher, sie brennen darauf, dich kennenzulernen. Aber vielleicht kommen sie früher zurück, wenn ich ihr sage, wer gekommen ist. Der Fahrer soll dich zu deinem Hotel und dann zu uns nach Hause bringen. Frederic wird das Gästezimmer herrichten. Ich werde um sechs Uhr dasein, und heute abend sprechen wir in aller Ruhe miteinander. Einverstanden?«

Edgar nickte nur.

32.

Edgar holte sein Gepäck im Hotel ab, fuhr nach Richmond hinaus, ließ sich vom Butler, den er ja bereits kannte, das Gästezimmer zeigen und blieb dann bis zum Abend auf dem Bett liegen, die Arme hinter dem Kopf verschränkt, den Blick auf den Deckenstuck gerichtet. Er sehnte den Abend herbei, Wilhelms Bericht über die Vorgänge in Hamburg oder München oder wo immer sich das alles abgespielt hatte. Ein irrwitziges Karussell von Möglichkeiten drehte sich in seinem Kopf. Daß sein Geburtsdatum und das Hochzeitsdatum seiner Eltern merkwürdig nah beieinanderlagen, war ihm ja bereits in Rendsburg aufgefallen. Doch nun auch noch das: Sein Vater war mit Leonie von Rabov verlobt gewesen!

Ein furchtbarer Verdacht keimte in ihm auf, so ungeheuerlich, daß er ihn kaum zulassen wollte. Sein übersteigerter Argwohn mußte daran schuld sein. Aber der Gedanke ergriff mehr und mehr Besitz von ihm. War das vorstellbar? War er vielleicht … Leonies Sohn? Hatte sich das Drama, das er sich zwischen Agnes und Herold ausgemalt hatte, in Wirklichkeit zwischen Leonie und Herold abgespielt? War Leonie von Herold schwanger und die Zeit zu knapp gewesen, den Skandal durch eine Hochzeit zu verdecken? Hatte man das Kind heimlich zur Welt kommen lassen wollen? War Leonie bei seiner Geburt gestorben und hatte daher Agnes Herold heiraten müssen, um die Verbindung und vor allem die Ehre der beiden Familien zu retten? Und hatte man seinen Geburtstag bei der Taufe einfach falsch angegeben? Wie man in seiner Familie mit Geburtsdaten umging, hatte er ja gesehen. Alles in ihm wehrte sich gegen diese Vermutungen. Nein, er wurde offenbar allmählich verrückt. Die Ereignisse der letzten Wochen setzten seinem gesunden Menschenverstand zu sehr zu. Er dachte an Agnes. War dies vielleicht der Grund für ihre dauerhafte Schwermut? Hatte sie das uneheliche Kind ihrer verstorbenen Schwester großziehen müssen, um der Familienehre willen?

Er schrak hoch, als es klopfte. Er war eingenickt. Frederic, der Butler, stand in der Tür. »Mr. Falkenbeck ist jetzt da. Er erwartet Sie im Speisezimmer. Wenn Sie mir bitte folgen würden?«

Edgar tat, wie ihm geheißen. Wilhelm kam ihm entgegen, als er den Raum betrat. Am Eßtisch war für zwei Personen gedeckt.

»Bitte, Edgar, nimm Platz. Du mußt doch hungrig sein, oder? Ich bin es jedenfalls sehr. Frederic, Sie können sofort auftragen. Ich kümmere mich schon selbst um den Wein.«

Der Wein war bereits dekantiert, und Wilhelm schenkte Edgar ein.

»Sarah ist untröstlich, daß sie nicht hiersein kann. Und die Kinder platzen vor Neugier. Sie sind ganz aus dem Häuschen.«

»Wie alt sind sie denn?« wollte Edgar wissen.

»Sam ist dreiundzwanzig. David ist neunzehn, und Vivian, die Jüngste, ist siebzehn. Sie sind alle drei Pferdenarren. Daher verbringen sie eine Woche bei Freunden auf deren Gestüt.«

»Wissen sie von mir?«

Wilhelm stellte die Karaffe ab und begab sich auf seinen Platz.

»Sicher. Ich habe Ihnen die Situation bereits vor Jahren erklärt. Weißt du, Edgar, der Haß zwischen Deutschland und England nimmt auf beiden Seiten immer absurdere Formen an. Wobei ich sagen muß: in der Gesamtbilanz schneidet England immer noch besser ab als meine alte Heimat. Aber ich wollte immer, daß meine Kinder tolerante, offene Menschen werden und sich nicht von nationalem Chauvinismus irremachen lassen. Daher habe ich ihnen erzählt, warum ich Deutschland verlassen habe.«

»Und warum?«

»Das politische Deutschland der Jahrhundertwende war größenwahnsinnig. Wilhelm war nicht zurechnungsfähig. Und mein Vater war es in seiner absoluten Kaisertreue ebensowenig. Natürlich verdiente er blendend am Flottenbau. Wir konnten die Schiffslacke gar nicht so schnell abfüllen, wie man sie uns aus den Händen riß. Das hat ihm völlig die Sinne vernebelt.

Aber vielleicht war es auch seine seelische Grundhaltung, dieses ekelhafte Pangermanentum, diese widerwärtige, dumme Deutschtümelei, die aus dem besiegten und zerfallenden Österreich nach Deutschland hineintrieb und so viele dort erfaßte.«

»Was meinst du damit?«

Frederic erschien mit der Suppe.

»Nach 1866«, erklärte Wilhelm, »waren die österreichischen Deutschen vom Rest des Reiches getrennt. Sie mußten sich jetzt als ein Volk unter vielen in der Donaumonarchie behaupten. Es bildeten sich viele völkische Vereine zum Schutz des Deutschtums, radikal-nationalistische Vereinigungen wie der Alldeutsche Verband. Das griff bald nach Deutschland über, das unter dem Kaiser ja auch unter Verfolgungswahn litt. Mein Vater war sehr aktiv im Alldeutschen Verband. Das war schon die erste gewichtige Differenz zwischen uns. Aber das war es nicht allein. Ich war immer der Ansicht, Deutschlands Zukunft liege im Westen, und es müsse sich daher immer entweder mit Frankreich oder mit England verbünden. Am besten mit beiden. Um 1900 war eine Aussöhnung mit Frankreich wegen Elsaß-Lothringen leider kaum vorstellbar. Um so wichtiger war es, nicht auch noch England zu verprellen oder womöglich an die französische Seite zu treiben. Aber genau das bewirkte die Politik des Kaisers. Die Flottenpolitik war Irrsinn. Aber mein Vater war ebenso wie seine alldeutschen Freunde fest davon überzeugt, Deutschland und Österreich, das Germanenreich sozusagen, könnte es mit dem Rest der Welt aufnehmen. Nun ja, das Ergebnis kennen wir.«

Wilhelm hob sein Glas und prostete Edgar zu. »Auf dein Wohl, und daß uns weitere pangermanische Welteroberungsversuche erspart bleiben mögen.«

Sie tranken und aßen dann schweigend ihre Suppe.

»Weiß deine Familie eigentlich, wo du gegenwärtig bist?« fragte Wilhelm, nachdem er die Suppe beendet hatte.

Edgar schüttelte den Kopf und lehnte sich zurück, damit Frederic abräumen konnte. »Ich bin am Sonntag einfach weggefahren. Ich hatte das Gefühl, an den ganzen Lügen zu ersticken. Ich will auch nicht, daß sie erfahren, wo ich bin. Ich will erst Klarheit haben. Über mich. Über uns alle. Und vor allem auch über Manings und das Mädchen.«

Wilhelm reichte Edgar den Brotkorb und nahm sich dann selbst auch eine Scheibe.

»Diese beiden sind mir bisher noch ein Rätsel«, gestand Falkenbeck. »Das Mädchen hat es dir offenbar angetan, oder irre ich mich?«

»Nein«, sagte Edgar ehrlich. »Du irrst dich nicht. Und bis ich herausgefunden habe, was sie wirklich von mir wollte, weiß ich nur, daß ich ihr Unrecht getan habe. Du hast sie ja offenbar nicht geschickt, oder?«

»Nein«, stieß Wilhelm amüsiert aus und lachte kurz. »Ich kann mich nicht einmal rühmen, solch eine interessante Dame überhaupt zu kennen. Wir haben allerdings viele Kontakte nach Indien. Geschäftlich. Ich kann mir also vorstellen, woher das Mädchen kommt.«

Der Hauptgang erschien, ein Braten im Blätterteig mit Erbsen und Möhrengemüse. Der Duft war unwiderstehlich. Edgar aß mit Appetit, und für einige Minuten erstarb die Konversation wieder.

»Wie war die Situation für deinen Vater?« fragte Edgar dann. »Wie kam es zu eurem Zerwürfnis?«

»Mein Vater war in einer nicht ganz einfachen Lage. Keiner seiner Söhne war so, wie er es sich wünschte.«

»Ach ja?«

Wilhelm trank einen Schluck Rotwein und tupfte sich die Lippen ab. »Ich galt als international angekränkelt. So hieß es damals, wenn man Kritik am Kaiser äußerte. Mir gefiel einfach das englische Modell. Freihandel erschien mir als nicht der schlechteste Weg, die vielen irrationalen Faktoren, welche die Feindschaft zwischen den Völkern anheizte, zu beseitigen. Das durfte man natürlich nicht laut sagen. Deutschland suchte keinen Ausgleich oder Kompromiß. Deutschland wollte sich unbedingt schlagen. Es war zu schnell zu erfolgreich gewesen. Es war wie betrunken. Aber gleichzeitig war es seelisch leer. Denn man darf nicht vergessen, wie wichtig für die Deutschen die romantischen Zauberwälder sind, die sie in der Seele tragen. Die Deutschen sind und bleiben Idealisten. Sie leben vor allem in der Phantasie. In spekulativen und metaphysischen Rätselwelten. Vielleicht sollte man nicht verallgemeinern. Es gibt auch nüchterne Menschen unter uns, mich zum Beispiel. Aber eines ist sicher: Herold war ein Phantast. Er war so extrem, daß er sogar noch mehr Schwierigkeiten mit meinem Vater hatte als ich. Ich war zwar in fast allen Dingen anderer Meinung als mein Vater, aber wir bewohnten die gleiche Wirklichkeit. Herold hingegen lebte in einer abstrusen Traumwelt. Er hatte nur eine Leidenschaft: Mystik.«

Edgar verschluckte sich fast. »Mein Vater. Mystik?«

»Ja. Da staunst du, nicht wahr? Aber es ist die Wahrheit. Ich habe Herold nie begriffen. Mir ist alles Übersinnliche und Religiöse grundsätzlich verdächtig. Das geht so weit, daß sogar meine Frau sich manchmal fragt, ob ich statt eines Herzens womöglich nur ein paar Drähte in meiner Brust habe.«

»Du bist Atheist und hast trotzdem eine Jüdin geheiratet?«

»Ich bin nicht einmal Atheist, Edgar. Schon ein Nein zu Gott ist mir zuviel. Wozu soll man gegen etwas sein, das es gar nicht gibt? Mir ist jegliche Jenseitsfaselei zuwider. Pure Zeitverschwendung. Die Familie meiner Frau ist übrigens genauso jüdisch, wie du protestantisch bist. Sie praktizieren ihre Religion nicht. Sonst hätte sie mich ja nie heiraten können. Mein Bruder nun war nicht eigentlich religiös. Damit hätte mein Vater ja durchaus leben können. Nein, er war wie verhext. Er beschäftigte sich mit Dingen, die soweit wie möglich von jeglicher Vernunft entfernt waren. Alchemie, Astrologie, Hexenkunde, Theosophie natürlich, was ja damals gerade in Mode kam. Irgendwann kam dann der Okkultismus dazu, also der ganze Zauberspuk von Maurerei, Illuminaten und Spiritismus.«

Edgar spießte nachdenklich eine Möhre auf. Herold ein

Theosoph? Er dachte an Seskow und den Vortrag über cosmogonische Augen. Immerhin gab es allmählich wiederkehrende Motive.

»Mein Vater hätte im Traum nicht daran gedacht, Herold das Unternehmen zu übergeben. Herold war eine kaufmännische Niete. Er wollte nichts lernen. Er hatte keinerlei Talent zur Menschenführung, keinerelei Interesse an praktischen Dingen. Soviel ich weiß, hat er keine einzige Chemievorlesung besucht.«

Edgar wurde rot. Nun, immerhin das hatte er mit seinem Vater gemein. »Aber er studierte in München?«

»Ja. Caféhäuser und Nachtlokale. Und okkulten Blödsinn wie Magnetisieren und Wiedergeburt. Im Herbst 1901 habe ich ihn dort besucht. Er wußte es natürlich nicht, aber ich war dort, weil mein Vater mich gebeten hatte, nach dem Rechten zu sehen. Und dabei habe ich Leonie kennengelernt. Diese Menschen haben ja nur gefeiert. In Herolds Umgebung gab es lediglich Verrückte. Gräfin Leonie lebte als Künstlerin in diesen Kreisen. Für ihre Familie war das natürlich höchst kompromittierend. Herold war hingerissen von ihr, und ich muß zugeben, sie hatte einen sehr gewinnenden Charme. Ich war allerdings schockiert, denn es war zwischen den beiden offenbar schon zu Vertraulichkeiten gekommen. Herold glaubte außerdem, wenn er eine Gräfin als Braut nach Hause bringen würde, dann hätte er mehr für die Familie geleistet als ich mit meinen ganzen chemischen Formeln. Und das Verrückte war: Er hatte vollkommen recht.«

Frederic erschien wieder und fragte, ob er noch nachlegen dürfe. Edgar nickte.

»Ich kann mir das alles gar nicht vorstellen«, gab er zu.

»Vermutlich ist nichts schwieriger, als sich seine eigenen Eltern als junge Menschen vorzustellen. Ich erlebe das gerade selbst. Manchmal stellt mein Sohn mir Fragen, die mich annehmen lassen, er denkt, ich sei bärtig und im Frack zur Welt gekommen. Nun ja, ich war nicht lange in München, vielleicht eine Woche. Es war im Oktober. Kurz nach meiner Rückkehr nach Hamburg, also im November 1901, kam es zwischen mir und meinem Vater zu einem furchtbaren Streit. Ich hatte mich damals auch verliebt, doch für meinen Vater war eine jüdische Schwiegertochter, selbst aus einem völlig assimilierten Milieu, schlechterdings undenkbar. Er drohte mir unverhohlen mit Enterbung, falls ich diese Rassenschande, wie er das nannte, begehen würde. Die Auseinandersetzung zog sich einige Wochen hin. Plötzlich tauchte Herold auf. Er kam gerade aus Rendsburg, wo er um die Hand seiner holsteinischen Komteß angehalten hatte. Die von Rabov hatten akzeptiert. Mein Vater war tief beeindruckt. Das Ganze nahm ihn derart gefangen, daß er gar nicht bemerkte, wie sehr mich sein Verhalten verletzte und befremdete. Es war nur noch die Rede von Grafen und Adelstiteln, von der Gesellschaft, in die man auf diese Weise hineinheiraten würde. Am Ende war ich so angewidert von der ganzen Situation, daß ich beschloß, einfach gegen den Willen meines Vaters zu heiraten. Vor allem meine Mutter hat schrecklich unter diesem Zerwürfnis gelitten. Wir zogen schon im Frühjahr nach England, wo meine Frau auch Familie hatte. Ich wollte weg aus Deutschland. Aber natürlich dachte ich damals noch nicht, daß es für immer sein würde. Ich hoffte, in einigen Monaten würden die Wogen sich glätten. Dann erfuhr ich von dem Testament. Das war mehr als eine Beleidigung. Es zeigte mir, wie verbohrt, geradezu gefährlich verbohrt mein Vater bereits war. Es war ekelhaft. Ich brach alle Kontakte ab, stets in der Hoffnung natürlich, daß dieser traurige Zustand nicht von Dauer sein würde. Aber du bist seither der erste Besucher aus Deutschland.«

Wilhelm unterbrach seine lange Rede und blickte ein wenig bekümmert auf seinen Teller, wo sein Essen mittlerweile kalt geworden war. Er griff nach einer silbernen Klingel, und Frederic erschien.

»Bringen Sie doch bitte etwas Käse, Frederic.«

Edgar tupfte sich den Mund ab. Ein Bild hatte sich ihm regelrecht eingebrannt. Herold, Wilhelm und Leonie in München.

»Was für eine Frau war diese Leonie?« fragte er seinen Onkel.

»Ich habe sie zweimal gesehen. Einmal im Café Leopold. Dort verbrachte Herold sein Studentenleben. Ein anderes Mal gingen wir alle drei an der Isar spazieren. Sie war, wie soll ich sagen, ein wenig bizarr. Keine gewöhnliche Frau. Ich konnte mir ehrlich gesagt nicht vorstellen, wie Herold mit ihr leben sollte. Ich habe eine Theorie: Wenn man jung ist, fließt die Persönlichkeit noch. Man verändert sich laufend, und da kann es geschehen, daß zwei sich treffen, die vorübergehend zusammenzupassen scheinen. Sie hatten, soweit ich es sehen konnte, nur eine Gemeinsamkeit: die Mystik. Herold betrachtete Leonie als ein Art heidnische Göttin, und sie spielte dieses Spiel wohl auch. Sie hatte durchaus etwas von einer römischen Tempelpriesterin. Sie war sehr sinnlich, um nicht zu sagen fast ein wenig zu aufreizend für meinen Geschmack. Allerdings wirkte sie so natürlich dabei, daß man ihr das nicht übelnehmen konnte. Sie verkehrte in verrufenen Kreisen, angeblich stand sie sogar Malern Modell und dergleichen. Eine Gräfin! Als Aktmodell!«

»War sie in Herold verliebt?«

»Ein wenig schon, denke ich. Er überschüttete sie mit Geschenken und machte ihr so galant den Hof, daß sie schon aus Stein hätte sein müssen, um nicht davon berührt zu sein. Und aus Stein war sie keineswegs, sondern äußerst lebendig und begehrenswert. Ich konnte verstehen, daß Herold in sie verliebt war, aber als Ehefrau war sie nicht akzeptabel.«

Wilhelm verstummte und wartete, bis Frederic die Käseplatte aufgetragen hatte. Edgar fiel auf, daß dieses Abendessen recht französisch angehaucht war.

»Ich wußte gar nicht, daß man in England so vorzüglich speist«, bemerkte er.

»Das ist Sarahs Verdienst«, antwortete Wilhelm. »Sie hat in so vielen Ländern Familie und nimmt von überall etwas mit, wenn es ihr gelungen scheint. Englischer Service und französische Küche. Ich hoffe, die Kombination gefällt dir.«

»Außerordentlich«, antwortete Edgar und erhob sein Glas. »Ich danke dir, Wilhelm. Du hilfst mir sehr.«

Wilhelm lächelte und trank ebenfalls. »Man hat dir übel mitgespielt, Edgar.«

Edgar schwieg. Er war versucht, Wilhelm von seine Vermutungen zu erzählen. Doch er wagte es nicht. Es war schlechterdings unvorstellbar.

Wilhelm schien indessen zu spüren, daß er ihm etwas verschwieg. Er schaute ihn neugierig an. »Woran denkst du, Edgar?«

»Ich … ich hatte vorhin einen absurden Verdacht«, sagte er leise.

»Wegen Agnes und Herold?« fragte Wilhelm nach einer kurzen Pause.

Edgar zögerte. Aber dann ließ er seinen Gedanken freien Lauf. Klang das alles vielleicht doch nicht so abwegig?

Wilhelm hörte schweigend zu. Als Edgar geendet hatte, sagte er zunächst gar nichts, sondern schaute ihn lange an.

»Es klingt in der Tat verrückt«, begann er dann, »aber wir können den Gedanken ja einmal durchspielen. Herold hielt im November um Leonies Hand an. Im Dezember trafen sich das Paar und die beiden Familien auf dem Reederball in Kiel. Kurz danach hat Leonie der Verlobung zugestimmt.«

»Und warum haben sie nicht gleich geheiratet?«

»Ich weiß es nicht. So eine Hochzeit kann man nicht so schnell über die Bühne bringen. Meine Familie ist sehr bekannt. Und erst die von Rabovs! Alter holsteinischer Adel! Das war ein gesellschaftliches Ereignis ersten Ranges.«

»Und falls Leonie schwanger war?« wollte Edgar wissen. »Was wäre in diesem Fall geschehen?«

»Wahrscheinlich hätte man dafür gesorgt, daß sie zunächst in aller Stille ihr Kind bekommt. Die Hochzeit hätte man später gefeiert, und das Paar hätte sich anschließend für geraume Zeit in eine andere Umgebung abgesetzt. Längere Reisen sind bei solchen Problemen sehr beliebt. Ein paar Monate lang sieht man niemanden, dann ist das Kind auf einmal da, und die kleine Unregelmäßigkeit ist vergessen.«

Edgar nickte. »Doch Leonie ist plötzlich gestorben. Sie soll im September 1902 in den Alpen abgestürzt sein. Bei einem Bergunfall.«

»Nun«, erwiderte Wilhelm, »dann kann sie schwerlich schwanger gewesen sein, und deine schöne Theorie fällt in sich zusammen.«

»Aber warum geht sie kurz vor ihrer Hochzeit mit einem anderen Mann bergsteigen? Sie soll mit einem Engländer unterwegs gewesen sein. Eine verlobte Gräfin mit einem unbekannten Engländer auf einer Bergwanderung.«

Wilhelm blickte ratlos vor sich hin. Dann zuckte er mit den Schultern. »Magst du noch etwas?« wollte er dann wissen.

»Nein, danke. Es war ausgezeichnet. Wirklich vorzüglich.«

Wilhelm erhob sich. »Dann laß uns ins Kaminzimmer gehen. Ich denke, unser Nachtisch ist bereits angerichtet.«

Wilhelm ging voraus. Das Kaminfeuer brannte. Auf einem Tisch davor standen zwei Cognacgläser und daneben eine Karaffe. Wilhelm nahm in einem der beiden Sessel Platz, signalisierte Edgar, es sich gleichfalls bequem zu machen, und schenkte ein. Was für ein stilvoller Luxus, dachte Edgar. Wenn Herold sehen könnte, wie sein Bruder lebt.

Wilhelm schwenkte sein Glas, schnupperte daran und trank mit sichtlichem Hochgenuß. Dann lehnte er sich gemütlich nach hinten und blickte versonnen ins Feuer. Nach einer Weile schaute er wieder zu Edgar hinüber und strahlte.

»Du kannst dir gar nicht vorstellen, wie ich mich freue, dich zu sehen«, sagte er. »Ich verstehe, daß du bedrückt bist. Aber immerhin sind wir uns auf diese Weise endlich einmal begegnet.«

»Ich bin auch froh, daß ich hergekommen bin.«

»Und wir werden dieses Rätsel lösen.«

»Es sind ja mehrere«, entgegnete Edgar. »Alles überschneidet sich irgendwie, aber ich weiß nicht, ob es Zufall ist oder nicht.«

»Dieser Manings ist Engländer, oder? Was weißt du über ihn?«

»So gut wie nichts. Er hat sich als Wilhelm Falkenbeck ausgegeben, als er in Rendsburg recherchiert hat.«

»Ach ja?« entfuhr es Wilhelm. »Er kennt mich?«

»Offensichtlich. Ich habe das Gefühl, er kennt unsere ganze Familie. Warum sollte er sonst diese alten Zeitungen durchforstet haben?«

Wilhelm nickte. »Vielleicht war ja er mit Leonie in den Alpen unterwegs, als sie dort abstürzte?«

Edgar setzte sein Glas ab. »Du meinst, er war ein Bekannter von ihr?«

Wilhelm zuckte mit den Schultern. »Es ist immerhin möglich.«

»Aber warum schleicht er sich dann nach so vielen Jahren plötzlich heimlich in mein Leben hinein?«

»Er hat offenbar irgendein Interesse an unserer Familie.«

»Und die Scharade mit dem Mädchen? Was soll das?«

Darauf hatte Wilhelm keine Antwort. Statt dessen fragte er: »Du hast doch seine Wohnung ausfindig gemacht, oder?«

»Ja.«

»Und?«

»Es ist niemand dort. Ein Nachbar sagte mir, er sei Anfang Januar nach Indien gefahren.«

»Nun, das kann man feststellen. Es gibt Passagierlisten.«

»Er ist nicht gefahren. Er war doch in Berlin. Er kann frühestens ...« Edgar hielt inne. »Ja, er hatte bereits Fahrscheine für Alina besorgt. Ab Genua. Und sie hat mir aus Italien geschrieben. Vielleicht sind sie gemeinsam gefahren.«

»Das Mädchen wohnt in Madras, sagst du?«

»Nein. Dort ist sie geboren und aufgewachsen. Angeblich lebt sie in Pondicherry.«

»Das gehört zu Frankreich.«

»Davon weiß ich nichts. Bist du schon einmal in Indien gewesen?«

Wilhelm verneinte. »Ich hatte es schon immer vor, aber es hat sich noch nie ergeben. Es ist eine ziemliche Strapaze. Schon die lange Schiffsreise. Man macht sich offenbar auch viele falsche Vorstellungen von dem Land. Die Berichte, die ich gehört habe, sind recht gemischt. Aber faszinierend ist es allemal.«

Wilhelm machte eine Pause, bevor er hinzufügte: »Warum fährst du nicht einfach hin, Edgar?«

Edgar starrte ihn fassungslos an. »Machst du Witze?«

Wilhelm schüttelte den Kopf. Dann beugte er sich vor und sagte: »Du liebst dieses Mädchen, nicht wahr?«

Edgar sagte nichts. Das war soviel wie eine Antwort.

»Vielleicht ist dies der dümmste Rat, den ich dir geben kann, Edgar. Aber bei aller Nüchternheit, mit der ich nun einmal ausgestattet bin, glaube ich doch an eine Sache: an die Wege des Herzens. Ich glaube, du bist vor allem deshalb hier, weil du diese Frau suchst. Offenbar hat sie einiges auf sich genommen, um mit dir in Kontakt zu kommen. Und diesen Manings hat es sogar fast das Leben gekostet. Wer weiß, was Robert mit dem Mädchen gemacht hätte, wenn sie ihm in die Hände gefallen wäre. Ich kann mir nicht helfen, aber ich habe das Gefühl, daß Manings und das Mädchen dich auf eine Spur bringen, dir etwas sagen wollten. Aber sie haben es nicht getan. Oder eben nur sehr verrätselt. Warum, das ist mir schleierhaft. Dieser Vortrag. Die Zeitungsausschnitte. Indien. Es muß doch einen Grund dafür geben, daß das alles so heimlich und verborgen ...«

Er verstummte kurz. »... und dieser erschlagene Inder ...«, murmelte er dann, wie zu sich selbst. »Alina, eine Halbinderin. Vielleicht liegt des Rätsels Lösung dort. Nun ja, ich spinne nur so vor mich hin. Sarah würde mich wahrscheinlich für verrückt erklären, daß ich dich überhaupt auf diesen Gedanken bringe. Aber das Herz ist der einzige Kompaß im Leben, Edgar. So war es jedenfalls für mich. Ich begreife nicht, was es mit dieser Alina auf sich hat. Aber mein Gefühl sagt mir, daß die Antwort bei ihr liegt. Warum fährst du nicht zu ihr? Stell sie zur Rede.«

Edgar hatte sein Glas wieder in die Hand genommen, trank jedoch nicht. Was für eine phantastische Vorstellung. Nach Indien?

33.

»Das ist nicht dein Ernst?«

»Doch, Daniel. Ich fahre am Freitag.«

»Das … das kann doch nicht wahr sein!«

»Ist Post gekommen?«

»Post? Nein. Nichts. Aber dein Cousin läßt offenbar deine Wohnung überwachen.«

»Ach?«

»Ja. Ich stand kaum vor der Tür, da erschien so ein finsterer Geselle.«

»Und?«

»Ich habe mich natürlich ahnungslos gestellt, gesagt, ich hätte tagelang nichts von dir gehört und wollte mal schauen, ob du vielleicht krank bist.«

»Gut gemacht.«

»Du hast dich nicht bei ihnen gemeldet?«

»Nein. Aber ich werde mich abmelden, bevor ich fahre.«

»Aber … wie lange wirst du weg sein?«

»Sechs bis acht Wochen. Die Überfahrt dauert drei Wochen. Es gibt nur zwei Orte, wo ich sie suchen kann: Madras und Pondicherry. Wenn ich sie dort nicht finde, muß ich ohnehin aufgeben. Aber eine Reise wird mir guttun.«

»Aber Edgar, dein Vater ist todkrank.«

»Ja. Ich weiß. Aber du ahnst ja nicht, was ich hier alles erfahren habe, Daniel. Meine Familie ist dermaßen verlogen. Sie lügen, wenn sie nur den Mund aufmachen. Und wenn ich jetzt nicht fahre und die einzige Person finde, die vielleicht die Wahrheit kennt, dann werde ich sie nie erfahren. Außerdem denke ich ständig an Alina. Ich kann sie nicht vergessen. Und ich habe ihr Unrecht getan. Ich weiß, daß es Irrsinn ist. Vermutlich werde ich sie nicht finden. Aber ich muß es versuchen. Warst du schon in diesem Institut?«

»Nein. Noch nicht. Ich gehe aber noch diese Woche hin.«

»Danke, Daniel. Ich weiß nicht, ob ich noch einmal anrufen

kann. Aber in Marseille wird das Schiff wieder anlegen. Falls du etwas Interessantes herausfindest, dann schreib mir postlagernd nach Marseille, einverstanden?«

»Ja, gut. Meine Güte. Das ist ja wie in einer Verschwörungsgeschichte.«

»Es ist doch auch ein wenig so, Daniel.«

»Und dein Onkel? Wie ist er?«

»Er ist ein perfekter Gentleman. Er hilft mir sehr. Er hatte keine Ahnung von den Vorgängen in Berlin. Er wußte nicht einmal, daß mein Vater so krank ist. Er hat sehr gute Kontakte zu Reedereien, und von hier gehen laufend Schiffe nach Britisch-Indien. Es ist keine große Sache. Ohne ihn müßte ich allerdings erst lange auf ein Visum warten. Da er für mich bürgt, geht es ganz schnell. Wie gesagt, ich reise schon übermorgen. Ich habe jetzt auch nicht mehr viel Zeit. Ich brauche noch eine Tropenausrüstung.«

»Ein Tropenausrüstung. Du machst mir Spaß. Hier herrschen minus acht Grad.«

»Dort sind es achtunddreißig. Ich lese gerade einen Reiseführer. Dieses Land muß völlig verrückt sein.«

»Dann paßt du dort ja gut hin.«

In der vorletzten Nacht vor der Abreise hätte er beinahe alles abgesagt. Ein gräßlicher Alptraum hielt ihn bis in die frühen Morgenstunden gefangen, und nachdem er endlich erwacht war, lag Edgar noch minutenlang starr da und wartete ängstlich, bis die Traumbilder sich auflösten. Den Rest des Tages hatte er glücklicherweise genug zu tun gehabt, um sich von allen Gefahren abzulenken, denen er sich auszusetzen im Begriff stand. Ein Tropenhelm mußte angeschafft werden. Außerdem zwei leichte Anzüge, entsprechende Hemden, Schuhe, ein Strohhut, tropentaugliche Unterwäsche, nicht zu vergessen ein Moskitonetz und eine ganze Kassette voller Pillen und Cremes gegen Sonnenbrand, Pilzinfektionen, Insektenstiche und Verdauungsstörungen. Edgar hatte das Gefühl, auf einen anderen Planeten zu reisen. Einen Koffer brauchte er nicht. Wilhelm verfügte über eine ganze Sammlung, und Frederic wußte auch, wie man solche Hochseekoffer fachmännisch packte, so daß man sie in der Kabine an den Wänden verankern und wie einen Kleiderschrank benutzen konnte, was lästiges Umpacken ersparte.

Per Telephon machte Edgar auch noch die Bekanntschaft von Sarah Falkenbeck, die es sehr bedauerte, ihn noch nicht kennengelernt zu haben, jedoch die Hoffnung äußerte, ihn nach seiner Rückkehr empfangen und als Gast beherbergen zu dürfen.

Wilhelm überschlug sich vor Hilfsbereitschaft. Er war derart zuvorkommend, daß Edgar manchmal für Sekunden ganz tief in seinem Herzen das alte Mißtrauen spürte, das ihn in Berlin immer wieder überkommen hatte. Und wenn Herold, Robert und Arthur doch recht hatten? Er durfte gar nicht daran denken! Er war drauf und dran, auf ein Schiff nach Indien zu steigen. Und wenn ihm etwas zustoßen würde? Ein Unfall? Das Schiff konnte untergehen. Dann würde Wilhelm das Unternehmen erben. Sofort schämte sich Edgar allein für den Gedanken. Dieser Mann? Ihm übelwollen? Er konnte es einfach nicht glauben. Und dennoch nagte der Verdacht immer in ihm. Wäre dies nicht ein perfekt ausgedachter Plan, ihn zu beseitigen? War Alina noch immer nur ein Köder, dem er blind ins Verderben folgte?

Fast hätte er Wilhelm von seinem Argwohn erzählt. So viel Vertrauen hatte er mittlerweile zu diesem Mann gefaßt, daß er ihn am liebsten in alle Nuancen seines endlosen Nachdenkens eingeweiht hätte, auch in die dunklen, schattigen Seiten, in das bohrende Mißtrauen gegen alles und jeden. Am Ende tat er es aber nicht. Ihm blieb nur noch sein Instinkt, sein Herz. Wie hatte Falkenbeck es noch genannt: den einzig verläßlichen Kompaß. Wem sollte er sonst folgen?

Am Vorabend der Abreise hatten sie in einem vornehmen Londoner Restaurant gespeist. Wilhelm hatte sich etwas Besonderes ausgedacht, aber Edgar bekam vor Reisefieber fast keinen Bissen hinunter. Im nachhinein sei das vielleicht sogar besser, meinte Wilhelm auf dem Heimweg, denn die ersten Stunden auf einem Schiff seien oft sehr unangenehm und mit nicht zu vollem Magen besser zu ertragen.

Am nächsten Morgen fuhren sie zeitig los und passierten noch im Frühnebel die Außenbezirke Londons. Sunbury, las Edgar auf einem Schild. Dann Virginia Water, Bageshot, Camberley. Was tat er nur? Schon hier war er völlig fremd und verloren. Als sie nach etwa vier Stunden Fahrzeit Portsmouth erreichten, war er schweißgebadet. Aber er ließ sich nichts anmerken. Der Anblick der riesigen Schiffe, der vielen Menschen, die aus allen Erdteilen stammten oder dorthin unterwegs waren, verwirrte Edgar vollständig. Wilhelm begleitete ihn noch bis zur Gepäckabgabe und übernahm einen großen Teil der Unterhaltung mit dem Zollbeamten, dessen Englisch Edgar kaum verstehen konnte.

»Hier«, sagte Wilhelm. »Dein Kontrollabschnitt. Der Koffer wird direkt in deine Kabine gebracht. Bei deiner Ankunft wirst du dir leider auch jede Menge Fragen gefallen lassen müssen. Das ist lästig, aber normal. Sag einfach, du reist als Tourist. Fall du irgendwelche Probleme hast, dann telegraphiere mir. Ich kann dir von hier aus durchaus helfen. Und meine Partner in Madras werden dir auch helfen, wenn du Probleme haben solltest. Denk an die Empfehlungsschreiben, die ich dir gegeben habe.«

»Danke, Wilhelm. Ich weiß gar nicht, wie ich dir für all das danken soll.«

»Komm gesund wieder, Edgar. Paß auf dich auf. Aber hab keine Angst. Du fährst zwar um die halbe Welt, aber du bleibst in England. Ich werde versuchen, herauszufinden, ob ein Phil Manings oder eine Alina Vernon in Madras bekannt oder dort kürzlich eingereist sind. Das dauert eine Weile, aber ich werde schon etwas erfahren. Ich kable dir nach Madras zum Hauptpostamt, in Ordnung?«

Edgar nickte verzagt. Ihm war inzwischen derart mulmig zumute, daß er sich beinahe übergeben hätte.

Wilhelm umarmte ihn fest. »Viel Glück, mein Junge.«

War da nicht doch etwas? Ein Anflug von gespielter Sorge, hinter der sich in Wirklichkeit Erleichterung darüber verbarg, daß er genau das tat, was der Plan vorgesehen hatte? Edgar fühlte, wie der Boden unter ihm wankte. Er gibt mir Geld, besorgt mir eine Kabine, schickt mich auf eine Reise ans Ende der Welt. Ist er ein Teufel? Ein perfekter Täuscher? Stand womöglich Manings irgendwo und schaute lachend zu. Und Alina?

Fast wäre Edgar umgekehrt. Aber dann marschierte er doch los, auf die Stelle zu, an der die Passagiere bereits eine Schlange vor dem kleinen Durchgang gebildet hatten, durch den man zur Gangway gelangte. Wilhelm schaute ihm nach und winkte. Edgar winkte zurück. Als er sich das nächste Mal umschaute, war sein Onkel bereits verschwunden. Er dachte an das Telegramm, das morgen früh von London nach Hamburg gehen würde, um exakt neun Uhr, wenn er längst auf hoher See wäre.

Bin auf Reisen – stop – Rückkehr Ende April – stop – Edgar.

Wilhelm Falkenbeck traf an jenem Freitag erst gegen sechzehn Uhr in seinem Büro ein. Er arbeitete rasch die Post ab, die sich angesammelt hatte. Dann führte er einige Telephonate, was ihn bis kurz vor sechs beschäftigte. Er rief seinen Fahrer an, der ihn kurz darauf vor dem Gebäude erwartete und auf dem üblichen Weg nach Hause fuhr. Wilhelm Falkenbecks Miene war äußerst nachdenklich. Er schaute die ganze Zeit aus dem Fenster, nahm jedoch weder die vorüberziehenden Gebäude noch die Bäume wahr, welche die Bebauung allmählich ablösten. Eine unbestimmte Unruhe hatte ihn ergriffen. Er dachte an Edgar, an die Gespräche mit ihm, an seine Verwirrung, seine Fragen. Bisweilen strich sich Wilhelm Falkenbeck durch das Haar, als könne er dadurch auch seine Gedanken ordnen. Als der Wagen sich dem Haus näherte, sah er, daß sein Besucher bereits eingetroffen war. Das Licht im Kaminzimmer brannte. Frederic hatte ihn also schon hereingeführt und ihm hoffentlich einen guten doppelten Malt kredenzt.

Es würde ein langer Abend werden, dachte Falkenbeck, als er das Haus betrat. Es gab so viel zu besprechen.

Er reichte Frederic seinen Mantel. »Ist er da?« fragte er den Butler nur.

»Ja, Sir. Er kam vor einer halben Stunde.«

»Gut. Machen Sie uns bitte ein paar Sandwiches. Wir haben zu arbeiten und werden kein Abendessen zu uns nehmen. Servieren Sie im Kaminzimmer.«

»Wie Sie wünschen, Sir.«

Falkenbeck schaute kurz in den Spiegel und strich seinen Bart glatt. Dann machte er sich auf den Weg zu seinem Gast.

Er saß mit dem Rücken zur Tür in einem Sessel. Falkenbeck sah nur seinen kahlen Schädel über der Lehne aufragen. Ein Schädel wie von einem Mönch, dachte er, während er in den Raum hineinging. Der Besucher hatte wohl seine Schritte gehört. Er erhob sich jetzt und drehte sich um.

Falkenbeck streckte seine Hand aus und sagte freundlich: »Guten Abend, Mr. Manings. Wie geht es Ihnen?«

Zweiter Teil

1.

Monsieur Edgar Falkenbeck-v. Rabov
Poste Restante
– Recommandé –
Marseille, France

Berlin, Freitag, den 5. März 1926

Lieber Edgar,

in der Hoffnung, daß Dich dieser Brief noch erreicht, bevor Du die Weiterreise antrittst, hier mein Bericht: Zunächst zu Deinen Befürchtungen, die sich alsbald erfüllt haben. Dein Vetter ist gestern schon wieder bei mir aufgetaucht. Es gehörte nicht viel dazu, seine Stimmung zu erraten. Er hat eine sehr unangenehme Art, Fragen zu stellen. Ich antwortete natürlich wie abgesprochen, und es ist mir wohl noch einmal gelungen, ihn zu täuschen. Den Blick, den er mir daraufhin zuwarf, kann ich unmöglich mit Worten beschreiben. Daher beigefügt eine kleine Zeichnung. Ein weiteres Treffen dieser Art bleibt mir hoffentlich erspart.

Zufällig traf ich gestern einige Gewerkschaftskollegen, die just vor wenigen Tagen von einer Besuchsreise nach Bombay zurückkehrt sind. Sie haben dort die unmenschlichen Bedingungen der Textilproduktion besichtigt, die bei uns so viele Arbeitsplätze bedroht. Sie erzählten mir unter anderem, daß jeder Ausländer, der durch Indien reist, ohne Ausnahme von der politischen Polizei beobachtet wird. Die dafür zuständige Stelle ist das C.I.D., was für *criminal intelligence department* steht. Nach Auskunft meines Kollegen beschäftigt die britische Kolonialregierung eine ganze Armee von Gehilfen, die sie für ein paar Rupien leicht aus dem Abschaum der Gesellschaft rekrutieren kann. Dies nur als Warnung. Sei schon bei Deiner Ankunft auf der Hut. Man wird Dich dort auf Schritt und Tritt beobachten, denn offenbar haben die britischen Kolonialherren vor nichts mehr Angst als vor realistischen Schilderungen der barbarischen Unterdrückung, die in ihren Kolonien herrscht.

Nun jedoch zu dem Teil meiner Nachforschungen, der Dich besonders interessieren dürfte. Das Schöne an dieser schrecklichen Stadt, deren kultureller Verfall stündlich voranschreitet (heute wurde wieder ein Stück gegeben, bei dem man sich wirklich fragen muß, ob man im Narrenhaus lebt), ist, daß man noch für das abseitigste Thema einen Spezialisten findet. Ich spreche natürlich von jenem bizarren Institut für Sexualwissenschaft, das ich heute besucht haben. Es hat mich nicht gerade wenig Überwindung gekostet, dort hinzugehen, denn Du weißt ja, daß ich zu geschlechtlichen Dingen ein etwas gespanntes Verhältnis habe, da es zu meiner religiösen Erziehung in einen schwer aufzulösenden Widerspruch tritt.

Das Institut für Sexualwissenschaft wird nun auch noch ausgerechnet von einem meiner Glaubensbrüder betrieben. Vermutlich hat er aus der geschlechtlichen Not, die uns alle ein wenig umtreibt, eine wissenschaftliche Tugend gemacht, die es ihm nun gestattet, ganz offen über Dinge zu sprechen, über die öffentlich zu dozieren noch vor wenigen Jahren undenkbar gewesen wäre.

Das Institut von Dr. Hirschfeld (so heißt der Mann, der es gegründet hat) beschäftigt sich mit allem, was auch nur im entferntesten mit geschlechtlichen Fragen zu tun hat. Ein besonderes Anliegen von Herrn Hirschfeld sind die sexuellen Mischformen. Ein Vertreter dieser Gattung führte mich höchstpersönlich durch die Ausstellungsräume. Es handelte sich um einen sogenannten Herrn Alfred, eine, ja, wie soll ich sagen, eine bayerische Bauersfrau, die körperlich eine Frau, in allem anderen jedoch ein Mann zu sein schien. Umgekehrt traf ich kurz darauf einen Herrn, bei dem ich überhaupt nicht mehr zu sagen vermochte, zu welchem Geschlecht er gehörte, da er von allem etwas besaß. Ich will nicht in die Einzelheiten gehen.

Du mußt Dir das nach Deiner Rückkehr einmal selbst ansehen. Es gibt hier wohl die größte Sammlung erotischer und pornographischer Literatur, außerdem eine umfangreiche Ausstellung von sogenannten Masturbiermaschinen (ich erröte, während ich dies niederschreibe), sogar dampfbetriebene, die meisten davon übrigens für Frauen!, daneben die unvorstellbarsten Werkzeuge und Instrumente, die Herr Hirschfeld offenbar weltweit in Bordellen hat sammeln lassen, außerdem – und hier sträubt sich mir gänzlich die Feder – Damenunterwäsche, die man in den Hosentaschen von Offizieren entdeckt hat, die beim Untergang der *Hindenburg* den Heldentod gefunden haben.

Zur Ehrenrettung von Herrn Hirschfeld sei gesagt, daß er sein Institut in rein wissenschaftlicher und aufklärerischer Absicht betreibt. Es finden sehr viele Seminare und Vorträge statt, außerdem bietet er kostenfrei Sexual- und Eheberatung an sowie Rat und Hilfe für zahllose sexuelle Abweichler wie Homosexuelle, Transvestiten, Hermaphroditen und dgl. mehr.

Du weißt ja, daß ich bei allem, was mich wundert, zunächst die Eigentumsverhältnisse prüfe, und angesichts der Größe des Instituts und der vielen kostenfreien Dienste, die es anbietet, drängt sich die Frage der Finanzierung geradezu auf. Offenbar gibt es eine ganze Reihe homosexueller Industriemagnaten bei uns, die Herrn Hirschfeld verschlossene Umschläge zukommen lassen, damit er sein Aufklärungswerk betreiben kann.

Bei Herrn Hirschfeld selbst konnte ich leider keinen Termin bekommen, aber einer seiner wissenschaftlichen Mitarbeiter gab mir die Auskünfte, die ich wünschte. Du hattest recht mit Deiner Vermutung: Weder hat das Hirschfeld-Institut ein wie auch immer geartetes Experiment, wie es Dein Informant geschildert hat, organisiert oder unterstützt, noch ist etwas Derartiges geplant. Es muß sich also um einen Irrtum oder, was wahrscheinlicher ist, um eine Verleumdung handeln, was ständig vorkommt. Ich wurde gebeten, so genau wie möglich über die Umstände zu berichten, in deren Zusammenhang das Institut erwähnt wurde. Ich beließ es bei der vagen Schilderung, die

Du mir gegeben hast, und erwähnte Dich natürlich mit keinem Wort.

Im weiteren Verlauf unseres Gesprächs kamen wir dann auf einem Umweg doch noch einmal auf Dich zurück. Der Mann, der mich empfing, hatte nämlich in seinem Zimmer eine beeindruckende Sammlung von Figuren und Skulpturen stehen, die anscheinend von allen fünf Erdteilen stammten. Die meisten von ihnen waren aus Holz, und Du wirst Dir denken können, was sie darstellten. Eine dieser Skulpturen fiel mir jedoch auf, weil sie genauso aussah wie die Skulptur, die Du mir beschrieben hast. Du weißt schon, die kriegerische Dame. Ich fragte den Herrn also, was sein Forschungsgebiet sei und was die Wissenschaft aus diesen ganzen geschnitzten Figuren herauszulesen vermochte.

Ich erfuhr auf diese Weise von einem ganz neuen Forschungszweig, der sich Sexualethnologie nennt. Es geht dabei wohl darum, Verständnis dafür zu entwickeln, daß unsere Sexualität nur einen winzigen Ausschnitt des Existierenden darstellt und daß Sexualität dem gleichen kulturellen Relativismus unterliegt wie Tischsitten oder der Hausbau. Ich war in keiner Position, diesbezüglich einen Disput mit ihm zu beginnen, zeigte statt dessen lieber auf Deine Skulptur und fragte ihn, in welcher Kultur es denn üblich sei, daß nackte Frauen auf enthaupteten Männerkörpern tanzten und dabei ein abgeschlagenes Haupt schwangen. Dazu erklärte er, diese Figur heiße Kali und sei das zentrale Motiv des sogenannten Tantrakults, eines frühindischen Ritus, der während des Übergangs vom Matriarchat zum Patriarchat aus dem Widerstand gegen diese Entwicklung entstanden sein soll. Die Figur personifiziere das weibliche, irrationale, rauschhafte, kreatürliche Prinzip, das sich hier gegen das männliche, kontrollierte, vernünftige, ordnende Prinzip zur Wehr setzt. Tantrasekten, so erklärte er mir, existierten bis heute in bestimmten Teilen Indiens, seien jedoch kaum erforscht, da sie ihrer blutigen und sexuell anstößigen Rituale wegen streng verboten seien. Sie fänden allerdings dennoch statt, in äußerster Heimlichkeit, in verborgenen Waldhöhlen oder hinter dicken Tempelmauern. Was ich in der Folge über diese Sekte zu hören bekam, war so ekelerregend, daß ich es hier unmöglich wiedergeben kann. Ich möchte Dich nur warnen, Edgar. Halte Dich bloß fern von diesen Dingen, und sei äußerst vorsichtig. Viele scheinbar harmlose religiöse Gemeinschaften in Indien sind nur eine Fassade für unheimliche Kulte der übelsten Sorte.

Sehr merkwürdig ist zudem, daß sich hier eine Verknüpfung zu den Gruppen ergibt, welchen Dein Vetter zuneigt. Ich war nach meinem Besuch in Hirschfelds Institut so schockiert, daß ich sogleich Seskow aufsuchte, um mir von ihm die Zusammenhänge genauer erklären zu lassen. Er ist davon überzeugt, daß die Theosophische Gesellschaft in Madras die Verbindung zwischen diesen unheilvollen indischen Sekten und den okkulten Gruppen in Europa herstellt. Er sieht hier eine regelrechte Inkubation stattfinden, eine Ansteckung Europas durch primitives esoterisches Gedankengut. Seskow war fassungslos, als er hörte, wohin Du unterwegs bist. Er kenne niemanden, so sagte er, der unbeschädigt aus Indien zurückgekehrt sei. Dieses Land mache jeden verrückt. Und die Theosophische Gesellschaft sei die scheinbar harmlose Pforte in dieses Narrenhaus.

Du kennst ja Seskow und seine extremen Ansichten. Vorsichtshalber habe ich daher selbst noch einmal nachgeschaut, was man über die Gesellschaft in Adyar weiß. Niemand scheint wirklich sagen zu können, welche Rolle diese Gesellschaft in Indien spielt, aber es zeichnen sich deutlich zwei Meinungen ab: Die einen behaupten, die Gesellschaft sei nichts anderes als eine Sonderabteilung des britischen Geheimdienstes, welche die religiösen Strömungen Indiens zu infiltrieren sucht, um das Volk zu kontrollieren. Andere vertreten genau die gegenteilige Auffassung und sind davon überzeugt, daß die Theosophische Gesellschaft früher vielleicht einmal eine harmlose Vereinigung religiöser Schwärmer war, heute jedoch das gefährlichste Instrument des indischen Terrorismus sei. Unter dem Deckmantel einer harmlosen Menschheitsreligion verbreite sich über diese Organisation seit einigen Jahren okkultes, irrationales, esoterisches Denken in der ganzen Welt und soll die schlimmste Gefahr für die westliche Zivilisation darstellen. Manche sagen, daß die Bedrohung, die von der Theosophie ausgehe, überhaupt nicht überschätzt werden könne.

Auffallend ist in jedem Fall, daß die Mitglieder der Guido-von-List-Gesellschaft größtenteils aus einem theosophischen Umfeld stammen, was zu der einigermaßen verstörenden Schlußfolgerung führt, daß Manings, Alina und Dein Vater und Vetter auf irgendeine Weise miteinander verbunden sind. Dies nur, um Dich zu warnen. Du mißtraust Deinen Eltern. So sei es. Aber dann mißtraue auch dieser Frau, der Du um die halbe Welt folgst!

Sei fest umarmt, Edgar, und sieh Dich vor.

Wenn ich etwas für Dich tun kann, so laß es mich wissen.

Daniel

2.

Herrn Daniel Rosenbaum
Müllerstraße 81
Berlin-Wedding

Aden, Dienstag, den 16. März 1926

Lieber Daniel,

es hat mir so gutgetan, Deinen Brief zu lesen. Nach fünf Tagen auf dem Schiff und zwei Tagen des Wartens auf die verzögerte Weiterfahrt in einer billigen Pension im Hafenviertel von Marseille war es sozusagen das erste Gespräch mit einer verwandten Seele. Ich danke Dir für alles, was Du getan hast.

Wir sind nun schon fast wieder eine Woche unterwegs, und ich kann Dir unmöglich schildern, was sich bereits alles zugetragen hat. Zudem bin ich in einer mir völlig rätselhaften Stimmung. Vielleicht rührt sie von der Unendlichkeit des Ozeans her, auf die das Schiff zusteuert und dessen Macht man bereits spüren kann. Gleichzeitig frage ich mich, ob diese Unendlichkeit nicht vor mir, sondern viel mehr in mir liegt? Aber mehr davon später.

Während ich dies schreibe, durchqueren wir den Suezkanal. Es ist sehr heiß an Deck, und ohne dunkle Brille ist die Helligkeit kaum auszuhalten. Die meisten Passagiere dösen in ihren Chaiselongues vor sich hin oder betrachten die an uns vorüberziehende Wüste. Mein Schiff heißt *Rajputana* und fährt für die englische Peninsular & Oriental Navigation Company. Meine Kabine ist winzig, ich kann mich kaum darin umdrehen. Aber immerhin genieße ich den Luxus, keinen schnarchenden Mitreisenden erdulden zu müssen.

Abgesehen von den regelmäßigen Probealarmen, bei denen wir mit umgeschnallten Korkgürteln auf Deck antreten müssen, ist der Tagesablauf recht ereignislos. Ein Sturm zwischen Marseille und Alexandria hat uns einige Stunden stark durchgeschüttelt, aber ich bin nicht seekrank geworden. Vielleicht liegt es an dem vielen Kaffee und den Zigaretten. Oder mein Kopf ist derart beschäftigt, daß ich meinen Körper gar nicht richtig wahrnehme?

Ich habe wie einige meiner Mitreisenden in Alexandria das Schiff verlassen und bin auf dem Landweg über Kairo nach Port Said gefahren, wo das Schiff uns wieder aufgenommen hat. Ein zweites Mal würde ich das nicht tun. Die Strapazen stehen in keinem Verhältnis zu den Eindrücken, die man dabei gewinnt. Man kann keinen Schritt tun, ohne von aufdringlichen Straßenhändlern belästigt zu werden, die jede erdenkliche Ware oder Dienstleistung verkaufen wollen. Man findet unter ihrem Ansturm nicht einmal zwei Minuten Zeit, irgendein Straßenbild oder Denkmal auf sich wirken zu lassen.

Du wirst natürlich wissen wollen, was ich über Kairo und die Pyramiden zu sagen habe? Aber wenn ich jetzt an die beiden Tage zurückdenke, die ich dort verbracht habe, dann scheint mir nur ein herrlicher Garten als wirklich der Erinnerung wert. Er heißt Azabakiyyah und ist der einzige Ort in dieser übervölkerten Stadt, an dem man Ruhe und eine Spur von orientalischem Zauber findet. Ich habe viele Stunden dort gesessen und nur den Duft der Blumen genossen, der sich in Abhängigkeit von der Tageszeit ständig ändert. Alle anderen Orte, die ich besucht habe, waren enttäuschend. Vor den Pyramiden wälzt sich ein unablässiger Strom von Gruppenreisenden, um die herum stets ein Heer von Führern und Souvenirhändlern wie die Schmeißfliegen schwirren. Das Museum von Kairo stellt vor allem Steine und Mumien zur Schau. Der Anblick ist deprimierend und kaum interessanter als der Blick auf eine Moorleiche. Man steht ratlos davor und hat nicht einmal das tröstliche Gefühl des Memento mori, das einen auf einem Friedhof überkommt. Die bandagierten, halb ausgewickelten Leichen sehen aus wie Dörrfleisch und wirken einfach nur lächerlich auf mich. Schädel von Königen, an denen jetzt tagaus, tagein Fremde vorbeidefilieren. Aber vielleicht ist mein innerer Zustand daran schuld, daß ich all diese Dinge nicht würdigen kann. Wer liebt, ist ja bereits auf einer Reise, nicht wahr?

Ja, ich habe Deine Warnung natürlich vernommen. Aber es vergeht dennoch kein Augenblick, da ich nicht an sie denke. Und so weiß ich auch in den verfahrensten Augenblicken, warum ich zum Beispiel in einem heißen, stinkenden Kaffeehaus von Port Said sitze und gleichzeitig drei ägyptische Schuhputzer davon abhalten muß, sich auf meine Füße zu stürzen, anstatt in Berlin mein gewohntes Leben zu führen. Ich liege in meiner Koje und starre stundenlang an die Kabinendecke. Oder mein Blick verliert sich im sternenübersäten Nachthimmel, während wir langsam auf Aden zusteuern. Mein Onkel sprach davon, daß man seinem Herzen folgen solle, es sei der einzig verläßliche Kompaß. Mir kommt es so vor, als trage ich einen unter der Haut, einen ganz besonderen Kompaß, dessen Norden eine Frau ist. Ist das ein Unglück? Ich kann mich nicht einmal mehr erinnern, ob ich zuvor jemals wirklich Glück oder Unglück empfunden habe. Selbst in den dunkelsten Stunden, und es gab davon in den letzten Wochen nicht wenige, habe ich doch so etwas wie Befreiung gespürt, Befreiung davon, nichts gespürt zu haben. Begreifst Du das? Ergibt das überhaupt einen Sinn, was ich hier schreibe? Ich weiß es nicht.

Die Passagiere an Bord sind bunt zusammengewürfelt. In der ersten Klasse reisen einige Maharadschas, die in der Passagierliste als Hoheit ausgewiesen sind. Ansonsten finden sich dort vor allem indische Großkaufleute, Grundbesitzer und Rechtsanwälte, die offenbar sehr wohlhabend sind. An Europäern findet man in der ersten Klasse ebenfalls vor allem Kaufleute, Fabrikanten und höhere Regierungsbeamte, letztere mit ihren Familien, mit denen sie alle drei Jahre für ein paar Monate nach England zurückkehren dürfen. Die zweite Klasse ist weitaus interessanter. Man kann eigentlich gar keine Verallgemeinerung vornehmen. Es reisen zum Beispiel einige Jockeys mit, die für die englische Trabrennbahn in Kalkutta arbeiten werden. Ein mexikanischer Journalist sitzt an meinem Mittagstisch, außerdem ein Schmuckhändler aus Paris und ein junger Seminarist aus Leipzig namens Rudolf, der ebenfalls nach Madras reist und mir schon sehr viele interessante Dinge über die Stadt erzählt hat. Offiziere in Zivil sowie die ganzen unteren Chargen der britischen Kolonialverwaltung reisen gleichfalls in der zweiten Klasse. Dann sind noch eine ganze Reihe von Bürofräuleins mit von der Partie, außerdem nicht wenige alleinstehende Frauen, die ich zunächst nicht einzuordnen wußte. Mittlerweile kenne ich ihr Geheimnis. Die Offiziere bezeichnen sie herablassend als *fishing fleet*, also als Fischereiflotte. Wie man mir erklärt hat, fahren viele dieser Frauen in der Hoffnung nach Indien, durch arrangierte Ehen mit Kolonialbeamten dem düsteren Los der Altjungfernschaft entgehen zu können. Ein gravierender Mangel an europäischen Frauen hat hier einen regelrechten Wanderungsstrom ausgelöst. Die meisten von ihnen fahren allerdings auf Probe, und nicht wenige reisen schon bald retour. Alinas Mutter ist vor vielen Jahren auch auf diese Art nach Indien gekommen. Die Tradition ist noch lebendig.

Neben dem Seminaristen aus Leipzig habe ich mich auch ein wenig mit einem Schweizer angefreundet, der sich als Anarchist bezeichnet. Er scheint Indien sehr gut zu kennen und hat mir schon hilfreiche Hinweise gegeben. Leider sind seine Ansichten denen des Seminaristen, der auch sehr kenntnisreich ist, diametral entgegengesetzt, so daß ich mich immer nur mit dem einen oder dem andern unterhalten kann. Paul, so heißt der Schweizer, zählt zu den Europäern, die ihr Heil in der indischen Religion suchen, also just in den Überlieferungen, welche Rudolf, der Leipziger Seminarist, durch das Evangelium zu überwinden sucht. Einen größeren Gegensatz kannst Du Dir überhaupt nicht vorstellen, und wenn ich den beiden zuhöre, habe ich das Gefühl, daß sie unmöglich in dasselbe Land unterwegs sein können.

Unsere Route führt heute an Aden vorbei, wo wir Post mit einem entgegenkommenden Schiff tauschen werden. Daher muß ich diesen Brief bald beenden, denn die zehn Tage danach durchqueren wir den immensen Ozean ohne jeglichen Kontakt mit der restlichen Welt. Ich hoffe, meine Schilderungen ergeben in etwa ein zusammenhängendes Bild von meinem Zustand. Es wird bald dunkel, und ich freue mich wie jeden Abend auf das ungeheuerliche Sternenleuchten, das einen innerlich sehr still werden läßt. Warum habe ich es früher nie erwogen, auf Reisen zu gehen? Ich begreife schon gar nicht mehr so recht, wer da in Marseille auf das Schiff gestiegen ist, denn nur wenige Tage in dieser fremden Umgebung haben mich ganz merkwürdig berührt. Bisweilen überfällt mich eine mir völlig unbekannte Empfindung. Ich habe keine Worte dafür. Aber ich bin wohl nicht der einzige, dem es so geht. Ein junger Rumäne, der Religionen erforscht und zu Studienzwecken nach Indien unterwegs ist, umschrieb es gestern sehr treffend. Wir standen gemeinsam an der Reling und plauderten ein wenig über diese Unendlichkeit um uns herum. Er sagte, es sei wie ein plötzliches Gefühl allumfassenden Seins, ein Wirbel, der das Bewußtsein auf eine Nadelspitze treibt und im nächsten Moment auflöst. Angeblich sei dies ein Gefühl, das dem Subkontinent vorauseilt, zu dem wir unterwegs sind.

Wir haben backbord zwei Boote mit Arabern im Schlepptau. Sie singen eine friedliche, traurige Melodie. Vielleicht ende ich damit, mit dieser Melodie, die Dir gefallen würde.

Edgar

3.

»Warum möchten Sie Indien besuchen?« fragte der englische Beamte ohne eine Spur von Freundlichkeit in der Stimme.

»Zu Studienzwecken.«

»Was studieren Sie?«

»Kulturgeschichte.«

»Ist das Ihr Reisepaß?«

»Ja.«

»In Berlin ausgestellt?«

»Ja.«

»Aber das Visum wurde in London ausgestellt?«

»Ja. Ich bin ab London gereist.«

»Sind darin schon irgendwelche anderen Visa enthalten?«

»Ja. Das Visum der Immigrationsbehörde in Dover.«

»Waren Sie schon einmal in der Sowjetunion?«

»Nein.«

»Sprechen Sie Russisch?«

»Nein.«

»Wo wollen Sie in Madras wohnen?«

»Ich habe eine Reservierung in einem Hotel.«
»In welchem Hotel?«
»Im Hotel d'Angelis. Man hat es mir empfohlen.«
Der Beamte machte sich Notizen.
»Kennen Sie jemanden in Indien?«
»Nein.«
»Welche Bankverbindung haben Sie?«
»Keine.«
Der Engländer schaute ihn streng an.
»Wer verwaltet dann während Ihrer Reise Ihr Vermögen?«
»Ich trage mein Geld bei mir.«
»Über welche Mittel verfügen Sie?«

Edgar legte eine lederne Brieftasche auf den Tisch, in der sein Geld verwahrt war. Der Beamte nahm es heraus, zählte, notierte den Betrag und schob Brieftasche und Geldscheine wieder zu ihm hin.

»Warum reisen Sie ausgerechnet nach Madras?«
»Ich möchte die Bibliothek von Adyar besuchen.«

Die Befragung war endlos. Würde er jemals von diesem Schiff herunterkommen? Die *Rajputana* hatte am 29. März um fünf Uhr morgens, genau einundzwanzig Tage nach dem Auslaufen aus dem Hafen in Marseille, an der Mole von Madras angelegt. Seit neun Uhr waren Zoll- und Polizeibeamte an Bord. Das Festland wäre mit einem beherzten Sprung von der Reling leicht zu erreichen gewesen. Aber zwischen Edgar und dem indischen Kontinent lag noch die englische Kolonialbürokratie.

Rudolf, der Seminarist aus Leipzig, war, ohne kontrolliert zu werden, bereits um kurz nach neun von Bord gegangen und von einem Wagen der Mission abgeholt worden. Aber Rudolf war hier bereits bekannt und durch die Mission protegiert. Er hatte Edgar vor einigen Tagen versprochen, sich für ihn um einen Kontakt zur Theosophischen Gesellschaft zu bemühen, und ihm heute morgen die Adresse der Madras-Mission gegeben, wo er ihn morgen aufsuchen sollte. Dann war er mit wehender Soutane die Gangway hinabgegangen, ein Bild, das Edgar merkwürdig berührt hatte. Es sah einfach zu seltsam aus. Was hatte die katholische Kirche hier eigentlich verloren?

Der englische Zollbeamte schien sich bezüglich seiner eigenen Person die gleiche Frage gestellt zu haben.

»Auf Deutsche ist man hier nicht sehr gut zu sprechen«, hatte der Beamte irgendwann gesagt und Edgar darüber aufgeklärt, daß die Kriegsfregatte *Emden* die Stadt im ersten Weltkrieg tagelang beschossen hatte. Ob er darüber informiert sei? Edgar hatte den Kopf geschüttelt. Auch dies war eine seltsame Vorstellung. Ein Schiff namens *Emden* lag im Golf von Bengalen und feuerte auf eine weitgehend leere Küste am Ende der Welt.

Die Hitze war unerträglich. Seine tropentauglichen Kleider, die er schon seit Port Said trug, klebten auf der Haut. Selbst unter den Ventilatoren, die sich in der Offiziersmesse, wo die Befragung durchgeführt wurde, unablässig drehten, liefen ihm Sturzbäche von Schweiß über die Stirn und in die Augen.

»Man gewöhnt sich daran«, sagte der Beamte, der allmählich etwas freundlicher wurde. »Mit der Zeit schwitzt man weniger. Wie lange wollen Sie sich in Indien aufhalten?«

»Ich denke, nicht länger als einige Wochen.«

Der Beamte musterte ihn ein letztes Mal eindringlich. Dann reichte er ihm seine Papiere zurück. »Viel Glück. Bitte melden Sie sich ab, wenn Sie die Stadt verlassen und zu einem anderen Reiseziel aufbrechen. Haben Sie noch Fragen?«

»Nein«, sagte Edgar. Keine, die dieser Beamte ihm hätte beantworten können.

Um kurz nach vierzehn Uhr trat er endlich von der Gangway auf die Hafenmole. Im Nu umzingelten ihn dunkelhäutige Rikschafahrer und Gepäckträger, die ihm ihre Dienste anboten. Edgar musterte argwöhnisch die dünnen Körper und ausgemergelten Gesichter. Dutzende dunkler Augenpaare ruhten auf ihm. Nackte, dürre Kinder kamen herbeigerannt, blieben in einigen Metern Entfernung stehen und warfen ihm ebenfalls neugierige Blicke zu. Im Gegensatz zur Port Said waren die Menschen hier eher scheu und sehr viel weniger aufdringlich. Wenn er sich bewegte, dann öffnete sich vor ihm wie von selbst eine Gasse. Man starrte ihn zwar an, rief ihm Worte zu, die er nicht verstand, gestikulierte hoffnungsvoll, er möge doch in dieser oder jener Rikscha Platz nehmen, doch niemals fühlte er sich wirklich bedrängt.

Schließlich entdeckte er das Taxi des Hotels, einen Vauxhall, auf dessen Türen in großen Lettern *Hotel d'Angelis Now Open* gemalt war. Der Fahrer, in weißer Uniform und Turban, stand kerzengerade neben seinem Wagen und kam sofort herbei, als Edgar ihm ein Zeichen machte. Seine betelkauenden Konkurrenten traten zur Seite und sahen stumm zu, wie Edgars Gepäck verladen wurde und der fremde weiße Mann in dem Taxi Platz nahm. Die Kinder lachten ihm zu, manche mit Zähnen so rot, als bluteten sie.

Edgar hatte sich keinerlei Vorstellung von der Stadt gemacht. Auf den ersten Blick erschien sie ihm europäisch. Einige große Gebäude in viktorianischem Stil säumten einen breiten Boulevard, der am Meer entlang in die Stadt führte. *North Beach Road* las er auf einem Schild. Der Fahrer bemerkte seinen interessierten Blick und sagte: »Madras High Court, Sir. And next Central Post Office.« Edgar nickte und musterte die enormen Türme, welche dem Hauptpostamt, an dem sie jetzt vorbeifuhren, den Anschein einer mittelalterlichen Festung verliehen. Die roten Backsteine leuchteten in der Sonne. Eine kleine Straßenbahn mühte sich den völlig verlassenen Boulevard hinauf und wirkte seltsam verloren vor den hohen neoklassischen Fassaden, welche das gesammelte Selbst- und Sendungsbewußtsein des Britischen Empire in Form einer geschlossenen Front in den Golf von Bengalen hinauszustrahlen schienen.

Der Wagen bog ab. War dies bereits Egmore, der Stadtteil, in dem sein Hotel liegen sollte? Akazien und Palmen säumten die breite Straße. Hier und da schimmerte die Veranda einer Villa oder der Giebel eines prächtigen säulenverzierten Hauses aus verwunschen daliegenden Gärten. Allein der ein oder andere eingeborene Fahrradfahrer und die verschwenderische

Blumenpracht hinter den schmiedeeisernen Zäunen erinnerten daran, daß man hier nicht in Europa war. Und natürlich der fremdartige Geruch der heißen Luft. Sie fuhren durch einen Kreisverkehr, in dessen Mitte mehrere Pferderikschas reglos in der Sonne standen. Die Fahrer lagen unter den Sonnendächern ihrer Kutschen und schliefen. Kurz darauf erreichten sie einen weiteren Kreisverkehr. *Mount Road*, las Edgar auf einem Schild. Und dann sah er das Hotel.

Es war ein weißer, dreistöckiger Flachbau, der fast einen ganzen Straßenblock einnahm. Ein zweistöckiger, verandaartiger Vorbau mit kleinen Terrassen, über die schützend weiße Markisen herabhingen, war dem Haupthaus zur Straße hin vorgelagert. Edgar betrat staunend die Lobby, welche mit allen Raffinements italienischer Einrichtungskunst ausgestattet war. Marmorböden, Holzvertäfelung an den Wänden, exquisite Polstermöbel und überall Blumen und Pflanzen in allen Formen und Farben. Es gab sogar einen elektrischen Lift, der in die oberen Stockwerke führte. Edgar kam aus dem Staunen gar nicht mehr heraus, als er dem Boy in sein Zimmer folgte. Es war eigentlich eine kleine Wohnung und verfügte nicht nur über ein eigenes Bad, in dem ständig heißes und kaltes Wasser bereitstand, sondern auch noch über einen separaten Toilettenraum. Die Zimmerdecken waren zum Schutz vor Insekten mit gehämmerten Metallplatten versehen. Alle Räume sahen hinaus auf den begrünten Innenhof, in dem mehrere kleine Brunnen friedlich vor sich hin plätscherten.

Sehr angetan von den vielen neuen Eindrücken, machte er einen kurzen Rundgang durch das Hotel, besuchte den Speisesaal, der gut hundert Gäste fassen konnte, den Salon, der einem Schweizer Chalet nachempfunden war, die Lese- und Schreibzimmer und die drei Billardtische, die offenbar auch in einem italienisch geführten Hotel nicht fehlen durften, sofern sich dieses auf englischem Boden befand.

Edgar dankte seinem Onkel Wilhelm stumm für diese Empfehlung, beschloß, daß er es für den Augenblick nicht besser hätte treffen können, ging in sein Zimmer zurück, nahm eine ausgiebige Dusche und legte sich auf das Bett, wo die warme Luft ihn rasch trocknete. Was sollte er als nächstes tun? Auf dem Schiff hatte er immer wieder überlegt und war jedesmal zu dem Schluß gekommen, daß er zuerst herausfinden wollte, was es mit dieser Vipàssana-Bewegung auf sich hatte, bevor er sich auf den Weg nach Pondicherry machte. Und die Theosophische Gesellschaft schien dafür die beste Anlaufstelle zu sein. Sollte er sie nicht am besten gleich aufsuchen? Oder sollte er keine Zeit verschwenden und sich lieber sofort in den Süden aufmachen? Wäre es besser, so schnell wie möglich Alina in ihrem Ashram ausfindig zu machen und sie zur Rede zu stellen? Und was sollte er tun, wenn sie nicht da war?

Als er schweißüberströmt wieder zu sich kam, war es dunkle Nacht. Das Zirpen unbekannter Insekten drang an sein Ohr. Fast eine Minute lang wußte er nicht, wo er sich befand. Dann kehrte die Erinnerung zurück. Wie spät war es? Halb neun, zeigte seine Uhr an. Er duschte, öffnete seinen Koffer und zog den leichtesten der drei Anzüge heraus, die er in London gekauft hatte. Mit Glück bekam er noch etwas zu essen, denn es war bereits neun Uhr abends. Als er das Hotel gegen zehn Uhr verlassen wollte, um noch einen kleinen Spaziergang zu machen, stellte er fest, daß die Straßen ausgestorben waren. Nirgendwo brannte ein Licht. Der Portier, der am Eingang stand, musterte ihn verwundert.

»Can I help you, Sir?« fragte er und verbeugte sich leicht.

»Ja«, antwortete Edgar unsicher. »Ich wollte mir ein wenig die Beine vertreten.«

Der Portier lächelte und machte eine etwas unbestimmte Bewegung mit der Hand. »Late hour, Sir«, sagte er dann. »Nachts sollten Sie besser nicht spazierengehen. Aber möchten Sie vielleicht morgen eine Stadtrundfahrt buchen? Wir können das leicht arrangieren«

Edgar überlegte einen Augenblick lang. Dann nickte er. »Ja. Gern. Um wieviel Uhr geht es los?«

»Nine o'clock, Sir. Right after breakfast.«

»Gut. Danke.«

»At your service, Sir. Good night, Sir.«

Ein dunkler Schatten flog plötzlich nur wenige Zentimeter an seinem Kopf vorbei. Er zuckte erschrocken zusammen. Der Portier hatte überhaupt nicht reagiert.

»Bat, Sir«, sagte er nur und lächelte immer noch. »Bat. No problem.«

Edgar nickte und ging langsam in die Lobby zurück. Offenbar war dies ein Land der frühen Bettruhe. Und der Fledermäuse.

4.

Das Kloster lag etwas außerhalb auf einem Hügel. Eine Steinkirche bildete das Herz der Anlage. Um sie herum standen einfache Wohnhäuser aus Holz, in denen die Nonnen und Mönche untergebracht waren. Obwohl das Kloster auf einem Hügel lag, sah man doch nicht viel von der Stadt. Nur grüne Matten, die in der Entfernung vom unwirklichen Blau des Golfes von Bengalen abgelöst wurden.

Edgar wartete auf dem Vorplatz der kleinen Kirche. Einige Nonnen in weißer Kolonialkluft, weißen Hüten und Pelerine gingen an ihm vorüber und betraten die Kirche zum Gebet. Die Oberin, die ihn hergeführt hatte, war nun schon seit fast einer Viertelstunde verschwunden. Offenbar war Rudolf in diesem weitläufigen Areal nicht ganz einfach zu finden. Womöglich grübelte er gerade über einer schwierigen Stelle in den Quellen, welche die Ankunft des heiligen Thomas an der Küste von Malabar überlieferten?

Davon hatte er auf dem Schiff immer wieder gesprochen: daß der heilige Thomas im Jahre 52 nach Madras gekommen und dort nach zwanzigjährigem Wirken gestorben sei. Beweise gab es dafür zwar nicht, ebensowenig wie für die noch weitaus kühnere Behauptung, welche Rudolf einem staunenden Publikum bei einem der vielen Mittagstische an Bord der *Rajputana* vorgetragen hatte: daß viele Indizien dafürsprächen, daß Jesus seine spirituelle Ausbildung in Indien erhalten habe und dorthin auch nach dem Scheitern seiner Mission in Palästina zurückgekehrt und erst im Jahre 50 gestorben sei. Dies würde auch erklären, warum Thomas zwei Jahre später in Madras aufgetaucht sei, eine Theorie, für die er allerdings nur ein mitleidiges Lächeln geerntet hatte. Paul, der Schweizer Anarchist, hatte sich entnervt abgewandt und nur gemurmelt, die Juden, Christen und Mohammedaner seien doch alle wie Affen vor einem Spiegel, in dem sie immer nur sich selber wiederfänden.

Bezeichnenderweise war die Santhome-Kathedrale am Strand von Mylapore die erste Station auf Edgars Stadtrundfahrt heute morgen gewesen, denn man zeigte den europäischen Besuchern vor allem die Wirkstätten christlicher Mission und britischer Verwaltung. Nach zwei Stunden Führung dieser Art hatte Edgar sich in eine Rikscha gesetzt und dem Fahrer mühsam erklärt, daß er die kleineren Straßen und die Tempelbezirke zu besuchen gedenke. Bald fand er sich in staubigen Gassen wieder, in denen vor allem bettelnde Kinder und Reis zerstampfende Frauen das Straßenbild beherrschten. Streunende Hunde rannten kläffend ein paar Meter neben ihm her, bis sie sich an der nächsten Straßenecke für irgendeinen der vielen Müllhaufen zu interessieren begannen und ihn sofort wieder vergaßen. Am Parthasarathy-Tempel hatte er angehalten und durch die Metallgitterstäbe in der äußeren Ringmauer das Treiben der Menschen im Innern des Tempelbezirks beobachtet. Dann war er wieder ins Hotel zurückgefahren, unschlüssig, was er von dieser Stadt halten sollte. Die eine Hälfte schien ihm zu vertraut, die andere zu fremd. Schließlich hatte er sich auf den Weg gemacht, Rudolf in seiner Mission aufzusuchen.

Jetzt kam er den Weg entlang, eine Gartenschere in der einen und einen Holzeimer in der anderen Hand. Recht besehen hätte er in seiner schwarzen Soutane einen glaubwürdigen Apostel abgegeben. Nur die Brille paßte nicht ins Bild. Rudolf schwitzte, sein Kopf war von der Sonne gerötet, aber er wirkte nicht erschöpft, sondern überglücklich darüber, nach der ewig langen Schiffsreise endlich wieder tätig sein zu können.

Sie spazierten durch den Garten. Kleine Affen saßen an den Wegen und sprangen erst im letzen Augenblick mit wildem Geschrei zur Seite, während die beiden Männer leise plaudernd den gestampften Weg entlangspazierten. Edgar hörte zunächst zu, stellte ein paar Fragen zum Klosterleben und zum Sinn und Zweck der Mission. Die Antworten hatte er so bereits auf dem Schiff gehört: Man bete hier für die Ungläubigen und versuche, das Evangelium zu verbreiten. Ob er schon die Höhle des heiligen Thomas besucht habe? Die Stadtrundfahrt hatte diesen Ort natürlich nicht ausgelassen. Aber außer einigen Spinnen und einem Skorpion hatte er in der kleinen Felsengrotte, wo der Heilige gelebt haben sollte, nichts gesehen. Und der Sankt-Thomas-Berg einige Kilometer weiter, wo er im Jahre 72 angeblich zu Tode gefoltert worden war, hatte in Edgar auch keine besonderen Gefühle ausgelöst. Es war eben ein Felsen mit einem Kirchlein obendrauf, das von einem Garten umgeben war. Aber diese Eindrücke behielt er für sich und erklärte lediglich, daß er dortgewesen war. Dann kam Rudolf endlich von sich aus auf das Anliegen zu sprechen, das Edgar hergeführt hatte.

»Ich habe gestern mit Pater Guillon gesprochen. Er ist schon sehr lange hier. Wir unterhalten keine offiziellen Kontakte zu den Theosophen, aber Pater Guillon wird dir helfen können. Was willst du eigentlich von ihnen?«

»Ich suche Informationen über eine religiöse Sekte«, sagte Edgar.

»Aha«, erwiderte Rudolf interessiert. »Und welche?«

»Ich weiß nicht einmal, ob es eine Sekte ist«, erklärte Edgar. »Aber es hört sich so an. Hier. Ich habe im *Theosophist* einen Artikel darüber gefunden.«

Rudolf nahm das Blatt entgegen, das Edgar ihm reichte. »Woher hast du das?«

»Ein Freund hat es für mich in einem Berliner Zeitungsarchiv ausgegraben.«

Rudolf begann zu lesen.

»Ich dachte, vielleicht kann ich den Mann finden, der das geschrieben hat. Offenbar gibt es in der Bibliothek dieser Gesellschaft Dokumente darüber. Meinst du, ich kann dort irgendwie hineingelangen?«

Rudolfs Miene wurde plötzlich todernst. Dann gab er Edgar das Blatt zurück und schüttelte den Kopf.

»Das hättest du mir vorher sagen sollen, Edgar. Dieses Thema ist hier sehr, sehr heikel.«

»Welches Thema? Diese Vipàssana-Bewegung?«

»Nein. Davon habe ich noch nie etwas gehört.« Er senkte die Stimme. »Ich meine die Attentate von Kalkutta von 1908.«

Edgar wartete, aber Rudolf schwieg.

»Aber ... was ist denn damit?« fragte Edgar nach einer längeren Pause. »Ich meine, das ist doch alles sehr lange her, nicht wahr?«

Rudolf nahm Edgar am Arm und führte ihn ein wenig weiter in den Garten hinein. Mehrmals schaute er sich um, als wolle er sichergehen, daß niemand sie hören konnte. Dann begann er mit leiser Stimme in kurzen, raschen Sätzen zu sprechen: »Hör zu. Der Kopf dieser Terroristen, die im April 1908 die Bomben geworfen haben, lebt nicht weit von hier im Süden. Er ist einer der meistgesuchten Männer des englischen Kolonialreichs. Er ist mindestens so gefährlich wie Gandhi. Vielleicht sogar noch gefährlicher, denn er glaubt nicht an Gewaltlosigkeit als Mittel des Widerstands.«

»Aber wenn er so gefährlich ist und man weiß, wo er sich aufhält, warum verhaften die Engländer ihn dann nicht?« unterbrach Edgar ihn.

»Weil die Stadt, in der er sich eingenistet hat, unter französischer Hoheit steht. Die Franzosen weigern sich, ihn auszuliefern.

Die Engländer sind überzeugt, daß er von dort aus nach wie vor die Attentate der bengalischen Terroristen steuert. Seit Jahren versuchen sie, des Mannes habhaft zu werden.«

Rudolf schaute sich nervös um, als befürchtete er immer noch, belauscht zu werden. Dann fügte er drohend hinzu: »Edgar, falls irgend jemand hier erfährt, daß du dich für diesen Terroristen interessierst, wird man dich vermutlich sofort ausweisen!«

»Wie heißt der Mann denn?« fragte Edgar nach einer Pause.

Rudolf senkte die Stimme noch mehr. »Er heißt Aurobindo Ghose. Aber ich rate dir dringend davon ab, diesen Namen hier auch nur zu erwähnen. Wie viele Menschen er wirklich auf dem Gewissen hat, weiß niemand genau. Aber mit Sicherheit ist er für den Mord an zwei völlig unschuldigen englischen Damen verantwortlich, die das Pech hatten, in der falschen Kutsche zu sitzen, als die Bomben geworfen wurden. Wenn man sich vorstellt, was dieser Mann England alles verdankt. Er hat jahrelang dort gelebt und wurde auf die besten Universitäten geschickt. Er hätte eine brillante Karriere im indischen Staatsdienst machen können. Doch kaum kehrte er nach Indien zurück, verwirrte ihm der Nationalismus die Sinne, und er warf Bomben auf unschuldige Menschen. Er sollte damals zum Tode verurteilt und hingerichtet werden, doch der Prozeß zog sich hin, da die Beweislage schwierig war. Leute wie er werfen ihre Bomben natürlich nicht selbst. Vor der Verurteilung gelang ihm die Flucht nach Pondicherry. Seit 1910 lebt er dort und tut so, als habe er der Politik abgeschworen. Doch die Engländer sind überzeugt, daß sein Ashram das Zentrum des bengalischen Terrorismus ist. Sieh dich also vor.«

Zentrum des Terrorismus? Und dort sollte Alina sich aufhalten? Edgar steckte ratlos die Hände in die Taschen. »Ich kann dich beruhigen, nichts liegt mir ferner, als mich in die indische Politik einmischen zu wollen.«

»Das würde ich dir auch raten. Vor allem als Deutscher solltest du dich hier gut benehmen und keinen Ärger machen. Die Engländer warten nur darauf, daß wir ihnen Gründe liefern, uns ausweisen zu können.«

»Ich will niemandem Ärger machen«, sagte Edgar irritiert. »Ich möchte nur herausfinden, was es mit dieser Vipàssana-Bewegung auf sich hat. Das ist alles. Oder ist das verboten?«

Rudolf schien das Gespräch zunehmend unangenehm zu werden. Daher versuchte Edgar, auf ein anderes Thema abzulenken.

»Was ist eigentlich die Theosophische Gesellschaft?« fragte er. »Jeder scheint eine andere Meinung über sie zu haben. In Berlin habe ich einen Russen getroffen, der fest davon überzeugt war, diese Gesellschaft sei die größte Bedrohung des Abend lands.«

Rudolf lächelte. »Nun ja, das ist vielleicht ein wenig übertrieben. Aber komm, von hier drüben kannst du einen Blick auf das Anwesen von Frau Besant werfen.«

»Frau Besant?«

»Ja. So heißt die gegenwärtige Präsidentin. Das dort ist ihre Residenz.«

Rudolf war auf einen kleinen Vorsprung hinausspaziert, wo der Klostergarten an einem steilen Abhang endete. In einiger Entfernung sah man eine weitläufige Bucht, über die eine Brücke auf eine dichtbewaldete Halbinsel führte. Sie war ein ganzes Stück von dem Ort entfernt, an dem sie standen. Dennoch konnte man mit bloßem Auge am jenseitigen Ufer der Bucht die weiße Fassade einer in römischem Stil erbauten zweistöckigen Villa erkennen. Der Bau sah aus wie eine Fürstenresidenz, mit Säulengängen und Rundbögen.

»Das ist nur das Hauptgebäude«, sagte Rudolf. »Es gibt noch weitere Villen dieser Art auf dem Gelände. Der ganze Küstenstreifen gehört der Gesellschaft.«

Edgar war sprachlos. Diese Leute mußten enorm reich sein.

Rudolf bemerkte Edgars Erstaunen. »Jeder, der dort hinüberschaut, fragt sich, wo das ganze Geld herkommt«, erklärte er. »Und das hier ist ja nur der Hauptsitz. Seit Frau Besant die Präsidentschaft übernommen hat, wurden überall auf der Welt Grundstücke dazugekauft und weitere Zentren eröffnet.«

»Sie macht euch also Konkurrenz?« fragte Edgar ein wenig spöttisch.

Rudolf schüttelte selbstsicher den Kopf. »Diesen Eindruck würde Frau Besant sicher gerne entstehen lassen. Aber ich kenne keine intelligenten Menschen, die lange im Bannkreis dieser Gesellschaft verharren. Die Theosophie lebt hauptsächlich von den Gerüchten, die ihre Freunde und vor allem auch ihre Feinde über sie verbreiten. Frau Blavatsky, die Gründerin der Bewegung, war eine geniale Blenderin, der es gelungen ist, spirituell ausgehungerte, einflußreiche amerikanische Frauen mit spiritistischem Mumpitz dazu zu bringen, ihr viel Geld für ihre abstrusen Projekte zu geben.«

»Was für Projekte?«

»Ja, nicht einmal das kann man so ganz genau sagen. Offenbar geht es hauptsächlich darum, an ausgesucht schönen Plätzen der Welt herrliche Villen zu errichten.«

Rudolf nahm seine Brille ab und rieb sich mit einem Taschentuch den Schweiß von der Stirn. »Die theosophische Lehre ist nichts als ein blödsinniger Mischmasch aus sämtlichen mystischen Strömungen der großen Religionen. Eine der größten Torheiten, die jemals die Hirne der Menschen vernebelt haben. Da von allem etwas darin enthalten ist, erkennen sich so viele einfache Geister darin wieder.«

»Aber was genau besagt diese Lehre?«

Rudolf ging in die Hocke und ließ seinen Blick über die Ebene schweifen.

»Frau Blavatsky hat etwas versucht, wofür man ihr zwar eine gute Absicht unterstellen kann, dessen Ergebnis jedoch völlig absurd ist: Sie hat versucht, die Religion zu modernisieren. Sie hat aus etwas Absolutem etwas Relatives gemacht, etwas Beliebiges. Wenn du die Haupthalle dieser Villa dort besichtigst, wirst du sehen, was ich meine. Die Wände sind mit den Symbolen sämtlicher Religionen bemalt. Für die Theosophen ist alles gleichrangig und gleichwertig, weil ihrer Auffassung nach alles seinen Anteil an der absoluten Wahrheit hat.«

»Und welche Wahrheit soll das sein?«

»Tja, das mußt du Frau Besant fragen. Den Schriften zufolge, die ich gelesen habe, betrachten sie sich als die Hüter einer spirituellen Grundwahrheit, welche in allen Religionen nur teilweise, in der Theosophie hingegen vollständig zum Ausdruck kommen soll.«

»Und was ist an dieser Vorstellung so schlimm?«

»Nun, man sieht dieser Theorie eben die Zeit an, in der sie entstanden ist. Das letzte Viertel des neunzehnten Jahrhunderts stand ganz im Zeichen des Glaubens an die Evolution. Der Glaube an Gott, oder vielleicht sollte ich besser sagen: der Glaube daran, daß es überhaupt einen überweltlichen Sinn der Welt gibt, kam damals durch die Naturwissenschaften unter sehr starken Rechtfertigungsdruck. Die Religion lag mal wieder im Sterben, und allerorten traten selbsternannte Heiler auf, um sie zu retten. Und Ärzte verschreiben eben meist die gerade gängigen Mittel. Der Glaube des neunzehnten Jahrhunderts war Fortschritt, Evolution. Die Theosophen haben versucht, Religion mit dem Fortschrittsgedanken zu verbinden. Sie wollten die zivilisierte, moderne, die Welt des Relativen mit Religion vereinbar machen. Dazu mußten sie aus der Religion etwas Zahmes, Vernünftiges, Heimeliges machen. Etwas Moralisches. Eine Karikatur eben. Und die Ironie der Geschichte ist, daß sie ihren Sitz ausgerechnet in dem Land aufgeschlagen hat, wo das wirklich Religiöse, nämlich das absolut andere, unvereinbar Fremde, Kolossale, Erhebende, aber eben auch Bösartige, Groteske, Barbarische und Erniedrigende der mystischen Erfahrung, an jeder Straßenecke erfahrbar und sichtbar ist. Die Theosophen glauben im Ernst, Religion sei etwas, das sich entwickelt, etwas Evolutionäres, ein Teil der Zivilisation. Da zeigt sich die ganze stupide Oberflächlichkeit dieser Bewegung. Die meisten Anhänger dieser Bewegung sind weiche, halbwache Freundlichkeitsautomaten. Das ist das Gefährliche an der ganzen Bewegung. Sie ist zutiefst naiv, moralisch, romantisch. Es ist eben überhaupt keine Religion, sondern eine Farce.«

»Ist Religion nicht immer naiv?« fragte Edgar.

»Was soll naiv daran sein, das Absolute zu befragen? Man mag ja oder nein dazu sagen. Aber nicht vielleicht. Nur wer vielleicht sagt, ist naiv.«

»Ach ja? Warum?«

»Wer vielleicht sagt, der hat Hoffnung. Hoffnung ist naiv.«

»Ist Hoffnung nicht der Kern der christlichen Lehre?«

»Nein. Hoffnung ist Zweifel. Hoffnung ist eine Wette ohne Einsatz. Sie gehört der gleichen Ordnung an wie der Kompromiß oder überhaupt alles Relative: dem Politischen. Diese beiden Welten, das Religiöse und das Politische, darf man nicht vermischen. Früher war alles Religion. Jetzt wird alles Politik. Das Ergebnis wird eine Katastrophe sein. Keine Religion oder totale Religion. Ein seelenloser kommunistischer Superstaat oder ein mystisch-faschistisches Regime mit einem Diktator als Gott und Erlöser. Europa zeigt ja bereits den Weg: Stalin und Mussolini. Vielleicht ist es das, wovor dein Russe in Berlin gewarnt hat.«

Edgar lauschte aufmerksam. Er war sich nicht sicher, ob er alles verstand, was Rudolf da von sich gab. Aber er hatte das Gefühl, daß es wichtig war, was er da hörte. Er wußte viel zuwenig von diesen Dingen. Es war so abstrakt. Und er hatte sich noch nie viele Gedanken über Religion gemacht. Ja, wenn er ganz ehrlich war, so betrachtete er Religion als eine milde Form von Geisteskrankheit, als eine Fehlleistung des Verstandes. Doch offenbar sah der junge Seminarist das ebenso, zog jedoch genau die gegenteiligen Konsequenzen daraus.

»Für mich ist Religion etwas völlig Irrationales«, sagte Edgar.

»Natürlich ist es etwas Irrationales«, stimmte Rudolf ihm zu. »Zu glauben ist das Verrückteste, was es gibt. Aber nichts zu glauben ist noch viel verrückter. Diese beiden Verrücktheiten müssen im richtigen Maß zueinander bleiben. Solange sie sich gegenseitig in Schach halten, ist die Welt gesund. Wenn eine davon wegbricht, dann gnade uns Gott, dann wird die Welt irre.«

Beide Verrücktheiten? Edgar schwieg. Er dachte an Daniel

und dessen Kommentar zu dem Artikel, den er gefunden hatte. Eine Sekte, die sich darauf spezialisiert, Menschen verrückt zu machen? Er schaute über die Bucht zu der Villa hinüber. Nichts rührte sich, bis auf ein paar Fischer, die aufrecht in ihren langgestreckten Holzbooten auf dem Wasser standen und mit eleganten Bewegungen immer wieder ihre Netze auswarfen und einholten. Die Villa sah völlig unbewohnt aus. Die Läden waren geschlossen. Nirgendwo war ein Mensch zu sehen. Zwei Verrücktheiten, die die Welt im Gleichgewicht halten sollten? War das eine Spur? Die Antwort lag vielleicht dort unten, in dieser Villa. Er mußte dort hineinkommen.

5.

Er bemerkte ihn erst am dritten Tag. Edgar hatte Daniels Brief wieder gelesen und sich anschließend die vielen dunklen Gesichter der ein und ausgehenden Kulis etwas genauer angeschaut. Und kurz darauf hatte er den Mann entdeckt. Er lungerte vor dem Hotel herum und gab sich nicht einmal besondere Mühe, sich zu verbergen. Schwer zu sagen, wie alt er war. Edgar schätzte ihn auf Mitte Dreißig. Er trug knielange weiße Hosen, ein buntes Hüfttuch, ein grünes Hemd und einen schwarzen Turban. Wie fast alle Kulis hier ging er barfuß und verbrachte die meiste Zeit mit dem Kauen von Betelnüssen. Edgar machte zwei kurze Ausflüge, um seinen Verdacht bestätigt zu finden. Wohin er auch ging, das grüne Hemd und der schwarze Turban waren nicht weit. Wahrscheinlich war er bereits am Hafen gewesen. Erstattete er täglich Bericht über ihn? Bisher hatte Edgar sich wie ein normaler Tourist verhalten. Und sein Ausflug nach Adyar, der heute auf dem Programm stand, war wohl auch keine politisch verdächtige Handlung. Aber wie stand es mit seinen weiteren Plänen? Der Versuch, nach Pondicherry zu reisen, konnte ihm Ärger einbringen. Würde man ihn allein dafür ausweisen können? Ein Blick auf die Fahrpläne hatte ergeben, daß es keine direkten Zugverbindungen gab. Und keines der großen Hotels bot Ausflüge in diesen Landesteil an. Das waren schlechte Zeichen. War es überhaupt ratsam zu fragen, wie man dort hingelangen konnte? Es gab natürlich eine Reiseauskunft im Hotel. Aber sich dort zu erkundigen war mit Sicherheit der direkteste Weg, die Aufmerksamkeit der Behörden auf sich zu lenken. Das Territorium selbst war auf den Karten, die auslagen, einfach nur weiß verzeichnet. Ein leerer Fleck an der Südküste, nur hundertfünfzig Kilometer entfernt.

Trotz seiner Vorbehalte hatte Rudolf ihn am Ende zu Pater Guillon gebracht. Edgar trug sein Anliegen vor und erklärte, daß er leider keinerlei Empfehlungsschreiben vorweisen könne. Pater Guillon, ein freundlicher älterer Herr aus dem Elsaß, der sogar gut Deutsch sprach, schüttelte zwar verwundert den Kopf, da er noch nie etwas von einer Vipàssana-Bewegung gehört hatte, bestätigte aber, daß Adyar wohl der beste Ort sei, um derartige Dinge herauszufinden. Er versprach, für Edgar einen Kontakt herzustellen, und der Mann hatte Wort gehalten. Bereits am nächsten Morgen steckte eine Nachricht in Edgars Schlüsselfach. Ein gewisser Nandan erbot sich, ihn am darauffolgenden Tag zu empfangen, falls er geruhe, sich um zehn Uhr morgens in der Halle des Hauptgebäudes der Theosophischen Gesellschaft einzufinden.

Die Fahrt quer durch Madras zu den weitläufigen Besitzungen der umstrittenen Gesellschaft dauerte fast eine Stunde. Seit seiner Ankunft hier vor drei Tagen war es noch heißer geworden. Jedenfalls kam es ihm so vor. Die Nächte brachten kaum Abkühlung. Es hieß, bis zur Regenzeit in zwei Monaten würde es täglich unerträglicher werden. Außerdem war es offensichtlich: Fast alle Villen, an denen Edgar vorüberkam, waren verlassen. Die meisten der hier ansässigen Europäer hatten sich für die heißen Monate schon längst in die höher gelegenen *hill stations* begeben, wo man der Gluthitze des indischen Sommers entgehen konnte. Edgar hatte schon mehrere vollgepackte Wagen die Stadt verlassen sehen.

Als der Wagen die Brücke über den Adyarfluß überquerte, war Edgar bereits völlig durchgeschwitzt. Dabei trug er nur Hemd und Hose und hatte sein Jackett neben sich auf dem Sitz abgelegt. Vor einem großen Tor hielt der Wagen. Edgar stieg aus und reichte einem uniformierten Wächter seine Einladung. Der Mann öffnete das Tor, bedeutete ihm mit Gesten, er solle nur immer dem Weg folgen, und ließ ihn passieren.

Mißtrauisch schaute Edgar sich um. Doch zugleich hatte er das Gefühl, einen Garten Eden zu betreten. Ein von mächtigen Baumkronen beschatteter Weg führte in das Anwesen hinein. Schon nach wenige Schritten war nur noch Vogelgezwitscher zu hören. Er blieb stehen und schaute sich um. Palmen wiegten sich im Wind. Dazwischen standen phantastisch aussehende Bäume, deren Äste nach allen Seiten austrieben und zum Teil wieder in den Boden zurückwuchsen. Er ging weiter. Der Pfad schlängelte sich durch den üppigen Wald. Nach etwa fünf Minuten erreichte er einen großen Rasenplatz. Vor ihm erhob sich die prächtige Villa, die er vor zwei Tagen aus der Entfernung gesehen hatte. Allerdings war die landseitige Fassade des Gebäudes ein wenig schlichter gehalten. Von hier sah er jetzt, daß es zwei Gebäude waren. Er ging darauf zu. Das Haupthaus bestand nur aus einer großen Halle, auf deren Flachdach ein zusätzliches Geschoß aufgesetzt worden war. Rundbögen und Säulen ließen die Halle nach allen drei landseitigen Richtungen hin offen. Das angrenzende Gebäude rechts daneben war vollständig verschlossen. Es gab nicht einmal Fenster, lediglich kleine Öffnungen knapp unter dem Flachdach, die wohl der Belüftung dienten. Befand sich darin die berühmte Bibliothek? Wenn dem so war, dann mußte sie tatsächlich riesig sein.

Im letzten Moment bemerkte er die Sandalen auf den Stufen der Haupthalle. Er zog rasch seine Schuhe aus, stellte sie daneben, betrat dann die Haupthalle und schaute sich um. Aber es war niemand hier. Drei Sitzgruppen aus hellen Bambustischen und -stühlen standen verwaist auf den sandfarbenen Steinfliesen. Da die Halle nach drei Seiten hin offen war, hatte man eher den Eindruck, auf einer enormen ebenerdigen Veranda zu stehen. Doch die Wandverzierungen und das Motto der Gesellschaft, das in schwarzen Lettern über dem Durchgang zur Seeseite des Gebäudes geschrieben war, ließen keinen Zweifel daran, daß man sich hier in einer Tempelhalle befand. *There is no Religion higher than truth.*

Edgar betrachtete die Fresken an den Wänden, welche die Stifter der großen Weltreligionen darstellten. Zarathustra, Krishna, Buddha, Jesus. Die Gründer der Theosophischen Gesellschaft, Colonel Olcott und Helena Blavatsky, waren gleichfalls in Gips verewigt und hatten einen Ehrenplatz gegenüber der illustren Ahnenreihe der Propheten bekommen. Das Emblem der Gesellschaft prangte darüber. Edgar erkannte nur den Davidstern und das Hakenkreuz wieder, das er in den letzten Tagen schon oft an Häuserwänden und auf kleinen Tempeln gesehen hatte. Ein Kreuz mit einem aufgesetzten Kreis, das in den Davidstern hineingemalt war, konnte er nicht zuordnen, ebensowenig wie die Schlange, die sich in den Schwanz biß und das Ganze einrahmte. Ein vermutlich indisches Schriftzeichen war über das Hakenkreuz gemalt. Soweit hatte Rudolf wohl recht gehabt: ein ziemliches Durcheinander.

»Sir?«

Edgar fuhr herum. Ein junger Inder stand vor ihm und schaute ihn freundlich an.

»Ich bin Nandan«, sagte er in akzentfreiem Englisch und verbeugte sich auf die hier übliche Weise. »Sie müssen Edgar sein.«

Edgar imitierte unbeholfen die Begrüßung des Inders, legte seine Hände vor der Brust zusammen und verbeugte sich ebenfalls. Der Inder quittierte Edgars Bemühung, indem er die Geste gleich noch einmal wiederholte.

»Namaste«, sagte Nandan dann und fügte hinzu: »Es freut mich, Sie kennenzulernen. Bitte, nehmen Sie Platz. Möchten Sie etwas trinken. Darf ich Ihnen einen Tee bringen lassen?«

Der Mann trug europäische Kleidung, lange weiße Leinenhosen und ein weites blaues Hemd mit Kragen. Sein Gesicht war hübsch und sehr ebenmäßig. Seine Haare schimmerten genauso blauschwarz wie die seiner Landsleute hier in der Stadt, aber seine Haut war sehr viel heller. Er war sicher kein Tamile, sondern mußte weiter aus dem Norden stammen.

»Ein Glas Wasser hätte ich sehr gerne, wenn es Ihnen keine Umstände bereitet«, antwortete Edgar höflich.

»Gewiß. Natürlich. Die Hitze muß Ihnen sehr zu schaffen machen. In Berlin gibt es solche Temperaturen wohl nicht?«

»Ah, Pater Guillon hat Ihnen bereits gesagt, woher ich komme?«

Nandan schüttelte den Kopf. »Nein. Aber wir hatten am Montag eine Anfrage von der Polizei, ob wir einen Besucher aus Berlin erwarten. Daher weiß ich bereits seit vorgestern, daß Sie in der Stadt sind.«

Edgar schaute verdutzt vor sich auf den Tisch.

»Die meisten Europäer, die nach Madras kommen, wollen zu uns«, erklärte Nandan freundlich. »Der Beamte, der Sie bei Ihrer Ankunft verhört hat, hat bei uns nachgefragt, ob wir Sie erwarten. Ein ganz üblicher Vorgang, dessentwegen Sie sich keine Sorgen machen müssen.«

»Wirklich sehr effizient, diese britische Verwaltung.«

»Sie sagen es. Schließlich gelingt es ihr, mit knapp hunderttausend Mann ein Volk von dreihundert Millionen in Schach zu halten. Einen besseren Beweis für Effizienz gibt es wohl nicht. Ich bin sofort zurück.«

Edgar mußte nicht lange warten. Nandan brachte eine Karaffe mit Wasser und zwei Gläser.

»Sie sind also Student?« fragte er als nächstes und ließ sich wieder am Tisch nieder.

»Ja.«

»Und was studieren Sie, wenn ich fragen darf?«

»Chemie«, antwortete Edgar ehrlich. Er würde diesem Mann nichts vorlügen. Die Bemerkung über die britischen Besatzer hatte ihn völlig entwaffnet. Dieser junge Mann war außerdem so liebenswürdig und zuvorkommend, daß er gar keinen Grund sah, mißtrauisch zu sein. Seit er das Tor zu diesem Anwesen durchschritten hatte, hatte er zwar versucht, Anzeichen dafür zu finden, daß er sich hier auf dem Gelände einer gefährlichen Sekte befand. Doch bisher hatte er nur einen zauberhaften Garten, eine märchenhaft schöne Villa, eine Galerie von Heiligen, meditative Stille und nun auch noch einen freundlichen und gebildeten Inder angetroffen, der sogar ganz von sich aus die Anfrage der britischen Polizei erwähnt hatte.

»Aber ich bin mir nicht ganz sicher, ob es das richtige Fach für mich ist.«

»Und wie ist die Situation jetzt bei Ihnen, ich meine nach Locarno?«

Edgars Verblüffung wurde noch größer.

»Gespalten«, antwortete er. »Es gibt viel Verbitterung bei uns über den ungerechten Friedensschluß. Solange die Reparationen nicht gesenkt werden, wird kein Vertrag die Ressentiments im Volk mildern.«

Nandan nickte. »Das sehe ich auch so. Haben Sie gehört, daß die Verhandlungen in Genf gescheitert sind?«

»Nein. Ich habe noch keine Zeitung gelesen.«

»Brasilien hat bis zuletzt blockiert und am 16. März gegen die Aufnahme Deutschlands in den Völkerbund gestimmt. Wenn es dabei bleibt und Deutschland nicht aufgenommen wird, dann war Locarno umsonst. Das ist eine Katastrophe für Ihren Außenminister, meinen Sie nicht auch?«

Edgar kam aus dem Staunen überhaupt nicht mehr heraus. »Sie verfolgen die Entwicklung in Europa sehr aufmerksam?«

»Ja, natürlich. Falls es wieder Krieg geben sollte, wird Indien erneut furchtbar bluten. Wir haben Tausende von Menschen auf Ihren Schlachtfeldern verloren. Man kann nur hoffen, daß die westlichen Mächte sich besinnen und endlich Frieden schließen.«

»Das hoffen wir alle, das kann ich Ihnen versichern.«

Nandan füllte die Gläser erneut.

»Nun, Edgar, was führt Sie her? Neugier? Oder lassen Sie mich raten.« Er schaute ihn durchdringend an. »Nein. Sie gehören nicht zu den üblichen Indienfahrern, die bei uns Station machen, nicht wahr? Es muß wohl unser schlechter Ruf sein, der Sie angelockt hat, oder irre ich mich?«

Edgar mußte lachen. Der Mann war wirklich entwaffnend. Aber hatte Manings ihn nicht auf die gleiche elegante Art und Weise getäuscht? Ob er wollte oder nicht, er mußte sich hier doppelt vorsehen. Edgar zog Daniels Abschrift des Artikels aus der Tasche und legte ihn vor Nandan auf den Tisch.

»Sie haben recht, Nandan. Ich habe bisher noch niemanden gefunden, der ein gutes Wort über Ihre Gesellschaft zu sagen gehabt hätte. Aber erstens bilde ich mir gerne selbst ein Urteil. Und zweitens brauche ich Ihre Hilfe. Deshalb bin ich hier.«

Nandan nickte. »Soll ich das lesen?« fragte er und nahm das Blatt zur Hand.

»Ja, bitte.«

Der Inder überflog die wenigen Zeilen. »Woher haben Sie das?« fragte er dann.

»Aus einem Zeitungsarchiv in Berlin.«

»Und die Quelle stimmt? Der Artikel ist von uns?«

»Es sieht so aus, ja. Wissen Sie, wer ihn verfaßt hat?«

»Nein. Nicht auf Anhieb. Aber ich kann es herausfinden. Möchten Sie das?«

Edgar zögerte einen Augenblick. Dann sagte er: »Ich würde gerne wissen, was in Ihrer Bibliothek über diese Vipàssana-Bewegung gesammelt ist. Das ist alles.«

»Sind Sie ein Opfer?« fragte Nandan.

Edgar erstarrte. Nandan lehnte sich zurück und wartete. Edgar nahm sein Glas und trank es leer. Nun gut, der Mann war sehr direkt. Dann wollte er es auch sein.

»Ich weiß nicht, ob ich Ihnen das alles erzählen möchte«, antwortete er.

»Natürlich nicht. Sie sind vermutlich verwirrt, durcheinander und ein wenig orientierungslos. Und verständlicherweise sind Sie sehr mißtrauisch geworden. Merkwürdige Dinge sind Ihnen zugestoßen. Sie sind Menschen begegnet, von denen Sie dachten, der Zufall habe Sie zusammengebracht, und dann hat sich herausgestellt, daß diese Begegnungen bewußt herbeigeführt wurden. Möglicherweise sind Sie sogar unglücklich verliebt. Sie haben eine wunderschöne Frau kennengelernt, und sie ist plötzlich ohne jede Erklärung verschwunden …«

»Hören Sie bitte auf«, sagte Edgar erregt.

Nandan verstummte. Dann legte er das Blatt vor sich auf dem Tisch ab und wartete.

Edgar wußte nicht, was er sagen sollte, sondern starrte nur vor sich hin.

»Sie haben meine Frage bereits beantwortet«, sagte der Inder nach einer Weile. »Es tut mir sehr leid. Was Ihnen da zugestoßen ist, ist in der Tat unangenehm. Ich weiß es, weil ich andere Fälle kenne. Aber Sie haben Glück im Unglück. Denn Sie sind am einzigen Ort der Welt, wo ein Teil Ihrer Fragen beantwortet werden kann. Nur ein Teil freilich. Aber ich hoffe, das wird Ihnen weiterhelfen.«

Edgar wußte gar nicht, wie ihm geschah. Er starrte den Mann an wie einen Geist. »Andere Fälle?« fragte er verstört. »Was für andere Fälle?«

Aber Nandan beantwortete die Frage nicht. »Wo wohnen Sie gegenwärtig?« fragte er statt dessen.

»Im Hotel d'Angelis.«

»Ein sehr gutes Haus. Vergleichbare Annehmlichkeiten können wir hier leider nicht bieten. Aber ich möchte Sie dennoch einladen, einige Tage unser Gast zu sein. Wir werden viel zu besprechen haben. Es steht Ihnen natürlich frei, außerhalb zu wohnen. Sie könnten also auch jeden Tag herkommen, um an ihrem Fall zu arbeiten. Aber ich denke, es geht rascher, wenn Sie hier bei uns logieren.«

»Rascher?« stammelte Edgar, völlig im unklaren darüber, was er jetzt tun sollte. »Was geht rascher?«

»Was Ihnen zugestoßen ist, ist sehr zweischneidig«, erklärte der Inder. »Es wird einige Tage dauern, bis Sie das begreifen werden. Und wir können hier auch nur den ersten Schritt tun. Danach müssen Sie alleine weitergehen. Aber je nachdem, wie Sie es betrachten, kann es auch sehr positiv sein. Es hängt von Ihnen ab. Es ist nicht ganz einfach, das in Ihrer Sprache auszudrükken. Ich will es mal so sagen: Jemand hat versucht, Sie aufzuwekken. Aber das ist nicht gelungen. Der Zustand, in dem Sie sich jetzt befinden, ist übel und sollte nicht lange fortgesetzt werden. Ich kenne Ihren Fall nicht, daher kann ich nicht beurteilen, warum man Sie zunächst ausgewählt und dann offenbar auf halber Strecke wieder fallengelassen hat. Ich vermute, daß es irgendeinen Zwischenfall gegeben hat. Aber das können wir erst herausfinden, wenn Sie uns erzählen, was sich zugetragen hat. Vipàssana ist ein mächtiges Instrument, ein Segen oder ein Fluch wie jede Technik. Es kommt darauf an, wer sie benutzt. Und wozu.«

»Mich aufwecken?« wiederholte Edgar brüsk. »Was soll das heißen?«

»Genau das, was es besagt. Daß Sie schlafen. Wir alle schlafen. Mehr oder minder jedenfalls. Ich werde Ihnen das gerne genauer erklären. Aber dafür werden wir etwas Zeit brauchen. Außerdem können Sie das nicht auf die Ihnen gewohnte Weise begreifen. Sie kommen aus einer Kultur des Verstehens. Vipàssana kommt aus einer Welt des Erlebens.«

»Und Sie?« fragte Edgar. Er war jetzt wieder sehr mißtrauisch geworden. »Aus welcher Welt kommen Sie?«

»Aus beiden«, antwortete der Inder kühl. Edgars veränderter Tonfall war ihm nicht entgangen. »Wir versuchen, zwischen diesen beiden Welten eine Brücke zu bauen. Daher mag man uns nicht besonders, denn wir sind weder das eine noch das andere und dennoch beides auf einmal. Nun ja, mehr kann ich Ihnen leider nicht anbieten. Kommen Sie morgen früh wieder, wenn Sie möchten. Aber nur, wenn Sie möchten.«

Der Mann erhob sich. »Auf Wiedersehen, Edgar.«

Er verbeugte sich. Edgar wollte aufstehen, doch der Inder hielt ihn zurück.

»Bleiben Sie noch einen Moment hier. Genießen Sie die Ruhe. Es sind zur Zeit wenige Besucher hier.«

Dann deutete er auf die Heiligen an den Wänden und fügte hinzu. »Es ist selten, daß man ganz mit ihnen alleine ist.«

Edgar blieb sitzen und schaute zu dem Mann auf, unfähig, ein Wort zu sagen.

»Namaste«, sagte Nandan dann und verbeugte sich.

Dann ging er davon.

6.

Edgar war noch lange in der Halle sitzen geblieben, den Blick auf die Fresken der Heiligen gerichtet. Die großen Holzventilatoren über seinem Kopf drehten sich mit einem leicht schabenden Geräusch. Durch die Rundbögen fiel Sonnenlicht auf den sandfarbenen Fußboden. Vogelgezwitscher war zu hören, und weit entfernt vernahm er jetzt sogar das Murmeln der Brandung. Irgendwann war er aufgestanden und ziellos durch das Anwesen spaziert. Er gelangte bis zum Meer und schaute lange Zeit einigen Kindern zu, die am Strand spielten. Auf dem Rückweg zum Eingangstor, der fast eine halbe Stunde in Anspruch nahm, begegnete er keiner Menschenseele. Die Sonne brannte jetzt so erbarmungslos, daß selbst das Laubdach über seinem Kopf kaum noch Schutz bot. Zu seiner Überraschung stellte er fest, daß sein Fahrer gewartet hatte. Und noch jemand lungerte auf der anderen Straßenseite herum. Edgar warf einen mißmutigen Blick zu seinem Verfolger hinüber, aber der schwang sich nur seelenruhig auf sein Moped und wartete.

Während der ganzen Rückfahrt grübelte Edgar darüber nach, was er jetzt tun sollte. Wäre es nicht besser, gleich nach Pondicherry zu fahren? Selbst auf das Risiko hin, die englischen Behörden zu provozieren? Auf französischem Territorium könnten sie ihm ja nichts anhaben. Er mußte Alina finden. Sie mußte mit ihm sprechen, seine Fragen anhören und ihm in die Augen sehen. Dann wäre der Zweck dieser Reise zunächst einmal erfüllt. Er hatte keinerlei Vorstellung davon, was danach geschehen sollte. Es war sinnlos, über diesen Zeitpunkt hinauszudenken. Er mußte nach Pondicherry. Und dafür brauchte er ein Visum.

Edgar drehte sich um und starrte auf das Moped, das keine dreißig Meter hinter ihm auf dem Asphalt klebte. Sein »Schatten« hatte keinerlei Mühe, ihnen zu folgen. Nein, er würde noch warten. Wenn er jetzt das französische Konsulat aufsuchen würde, wäre offensichtlich, was er vorhatte.

Er aß im Hotel zu Mittag und zog sich dann in sein Zimmer zurück. Er war müde, aber schlafen konnte er nicht. Die Hitze und die Gedanken, die ihm durch den Kopf gingen, hinderten ihn daran. Er lauschte dem Plätschern der Brunnen im Hof, starrte auf die hölzernen Rotorblätter des Ventilators über seinem Kopf und studierte eine Weile interessiert die vergeblichen Bemühungen einer Stechmücke, durch das engmaschige Moskitonetz seinen nur wenige Zentimeter dahinter befindlichen nackten Schenkel zu erreichen. Alles erschien ihm unwirklich. Was versprach er sich von dieser absurden Reise? Was, wenn Alina gar nicht in Pondicherry war?

Er richtete sich auf. Schweiß floß seinen Körper hinab. Mit einer energischen Bewegung schob er das Moskitonetz beiseite und machte sich auf den Weg unter die Dusche. Dann zog er sich an, ging nach unten an die Rezeption und stornierte seine Reservierung für die nächsten drei Tage. Als nächstes fuhr er zum Hauptpostamt. Ob die Briten auch seine Telegramme überprüfen würden? Nein, das konnte er sich beim besten Willen nicht vorstellen. Schließlich war er nur ein gewöhnlicher Tourist. Sie würden bald das Interesse an ihm verlieren. Dennoch wählte er seine Worte so unverfänglich wie möglich, als er ein Telegramm an Daniel aufgab: *Reise bereits weiter – stop – Eventuelle Post bitte an Hauptpostamt des Ortes senden, wo ich Alina zu finden hoffe – stop – Danke in Freundschaft – Edgar.*

Als er das Postamt wieder verließ, hatte sich irgend etwas in der Stadt verändert. Er begriff nicht gleich, was es war. Erst nach einigen Minuten spürte er es ganz deutlich. Eine Spannung lag in der Luft. Erst waren es nur kleine Einzelheiten, etwa der haßerfüllte Blick eines jungen Mannes, der an ihm vorüberging. Dann eine Gruppe von Jugendlichen, die auf der anderen Straßenseite zusammenstanden und feindselig zu ihm herüberschauten. Plötzlich verschwanden sie in den Park, der die Uferpromenade säumte. Verunsichert spazierte Edgar weiter. Überall tauchten plötzlich kleine Gruppen von Polizisten auf, grimmig vor sich hin starrende uniformierte Inder. Sie waren weniger dunkel als die örtliche Bevölkerung. Sie mußten aus einem ganz anderen Landesteil stammen. Eine Abteilung marschierte direkt an ihm vorbei und steuerte auf den Park zu. Furchtsam musterte Edgar die metallbewehrten Schlagstöcke, die sie einsatzbereit in der Hand trugen. Und dann begriff er. In der Stadt waren Unruhen ausgebrochen. Doch bevor er noch überlegen konnte, wohin er sich flüchten sollte, brach das Chaos aus. Reiterei erschien. In vollem Galopp preschten Soldaten heran. Und wie aus dem Nichts füllte sich der Boulevard mit Menschen, welche die Reiter offensichtlich bis hierher vor sich her getrieben hatten. Edgar drückte sich voller Panik gegen die nächstbeste Hauswand. Aber er war gefangen. Er war mittendrin. Keine zwanzig Meter vor ihm auf der Straße lagerten plötzlich Hunderte von Menschen, vor allem Frauen und Kinder. Sie bildeten einen Schutzring um eine Gruppe von jungen Männern, die sich gleichfalls auf die Straße gehockt hatten. Sie skandierten etwas, das Edgar nicht verstehen konnte. Dann ging alles ganz schnell, den Anfang machten die Pferde. Sie stampften die erste Reihe nieder. Edgar sah, wie keine zehn Meter von ihm entfernt der Kopf eines vielleicht dreijährigen Kindes unter dem Huf eines Pferdes buchstäblich explodierte. Die Reiter preschten in die dasitzende Menge hinein und ließen ihre Pferde scheuen. Sofort war alles rot vor Blut. Die weißen Gewänder brüllten die Farben von Tod und Verstümmelung lautlos in den heißen Nachmittag. Dann kamen die Stöcke. Die Brutalität der Soldaten war mechanisch und erbarmungslos, als spalteten sie Holz und nicht die Gesichter und Köpfe von Frauen und Kindern. Manche versuchten zu fliehen. Eine Mutter rannte schreiend und mit blutverschmierten Haaren auf Edgar zu und kauerte zu seinen Füßen. Sie trug ein kleines Kind auf dem Arm. Sein Schädel war wie verschoben. Sein rechtes Auge war aus der Höhle getreten und lag blutig auf seiner Wange. Edgar würgte. Aber er vermochte sich nicht zu rühren. Die Kreatur schien ihn anzustarren. Stumm fixierte sie ihn. Die Mutter sank in sich zusammen. Edgar wich zurück. Das Geräusch der niedergehenden Stöcke erfüllte die Luft wie das regelmäßige Klappern eines Dreschflegels. Zaghaft drückte sich Edgar an der Hauswand entlang, mehr und mehr vom Hauptplatz des Geschehens weg. Überall war Blut. Er konnte es riechen. Aber die Schläge hörten nicht auf. Er begann schneller zu gehen. Und schließlich rannte er, hinein in die verwinkelten Gassen, wo schon nach wenigen Straßenecken von der Vorgängen auf dem großen Boulevard niemand etwas zu ahnen schien. Weiter und weiter hastete er durch die staubigen Straßen, verfolgt von dem entsetzlichen Blick dieses erschlagenen Kindes.

Irgendwann wurde ihm klar, daß er weinte. Er blieb keuchend stehen und wischte sich die Augen. Dann ging er langsam weiter. Er mußte zurück. Er durfte hier nicht bleiben. Er war weiß. Er war ein Teil von denen, die dort auf der Küstenstraße Frauen und Kinder massakrierten.

Als es bereits dunkel wurde, irrte Edgar noch immer ziellos umher. Die ersten Händler in ihren Buden entzündeten ihre Acetylenlampen. War dieser Aufstand nur ein Spuk gewesen? Und wo befand er sich? Er war auf einem Platz angekommen. Vor kümmerlich beleuchteten Hütten hockten Familien an ihren offenen Feuerstellen neben der Straße und bereiteten sich ihr Essen zu. Ein paar Kühe standen auf dem Platz herum und durchforsteten die Abfälle, die man ihnen zuwarf. Eine von ihnen war gerade dabei, eine alte Tageszeitung zu verspeisen. Fassungslos schaute Edgar zu, wie die englischsprachige Schlagzeile aus Europa allmählich im Maul der gleichgültig kauenden Kuh verschwand: *Brasilien sagt nein zu deutscher Mitgliedschaft im Völkerbund!*

Edgar schlief schlecht und erwachte bereits gegen fünf Uhr morgens. Um halb sechs saß er im Frühstücksraum, verspeiste mit Mühe einen halben Apfel und verbrachte die nächste Stunde mit Rauchen und Teetrinken. Dann ließ er seine beiden Koffer aufladen und fuhr zum zweiten Mal die Strecke nach Adyar. Diesmal war sein Schatten nirgendwo zu sehen. Hatte er noch nicht ausgeschlafen? Oder gab es eine geheime Kommunikation zwischen dem Hotel und der Theosophischen Gesellschaft? Betrachtete man ihn in Adyar bereits als überwacht genug? Vermutlich war es so, denn als sein Wagen dort eintraf, öffnete sich das Tor sogleich. Ein Wagen der Gesellschaft, ein klappriger Austin, erwartete ihn. Sein Gepäck wurde umgeladen. Ein indischer Mönch mit weißen Streifen und einem knallroten Punkt auf der Stirn signalisierte ihm freundlich einzusteigen. Aber wo fuhren sie nur hin? Der Weg führte durch immer enger werdende, fast völlig zugewachsene Pfade. Die Äste und Zweige der Büsche schrammten an der Karosserie entlang. Nach etwa zehnminütiger Fahrt erreichten sie endlich eine Lichtung. Nandan erwartete ihn.

»Guten Morgen, Edgar«, sagte er ernst. »Herzlich willkommen.«

Edgar stieg aus, klopfte sich Blätter und Blütenstaub von der Hose, die durch das halbgeöffnete Fenster auf seinen Schoß gefallen waren.

»Was ist gestern in der Stadt geschehen?« fragte Edgar verstört. »Sie wissen das doch bestimmt?«

»Nichts. Einige Menschen haben zum Ausdruck gebracht, daß Indien ihnen gehört.«

Edgar schüttelte stumm den Kopf.

»Kommen Sie. Wenn Sie möchten, können wir nachher darüber sprechen. Ich habe leider nicht viel Zeit. Wir haben viele Verwundete hier.«

Edgar wollte noch viele Fragen stellen, aber er riß sich zusammen. Dieses Gemetzel. Er schämte sich. Wie Hohn erschien ihm die Villa im Renaissancestil, die zu betreten er im Begriff stand. Wie ein südfranzösisches Schlößchen sah sie aus, mit italienischen Kolonnaden und einer weitläufigen Veranda, von der aus man das Meer sehen konnte. Aber was hatte diese Villa, was hatte Europa hier verloren? Zugleich regte sich wieder sein Mißtrauen.

»Während der heißen Zeit haben wir sehr wenige Gäste«, sagte Nandan, »daher kann ich Ihnen ein sehr schönes Zimmer anbieten. Ich hoffe, es wird Ihnen gefallen.«

»Sie wußten, daß ich kommen würde?«

»Ja und nein. Aber wie ich Ihnen ja gestern schon sagte, sind wir gezwungen, Kontakt mit den britischen Behörden zu halten. Nach den Vorfällen gestern in der Stadt ist man natürlich sehr nervös. Die Geheimpolizei arbeitet auf Hochtouren und prüft alles und jeden, und sie tut dies noch gründlicher als sonst. Da Sie Ihr Zimmer im Hotel gekündigt haben, ohne eine Adresse für Ihre Weiterreise zu nennen, fragte man bei uns an, ob wir Sie als Gast aufgenommen haben. Das haben wir erst einmal bejaht.«

»Verfolgt man hier alle Touristen mit einer derartigen Aufmerksamkeit?«

»Ja. Und nach Unruhen besonders. Außerdem sind Sie Deutscher. Aber bitte kommen Sie, ich zeige Ihnen Ihr Zimmer.«

Der Fahrer war bereits mit den beiden Koffern im Haus verschwunden. Edgar folgte Nandan die Stufen auf die Veranda hinauf. Dann betraten sie das Haus, gingen über eine Freitreppe in den ersten Stock und gelangten in ein geräumiges Zimmer, das direkt über der Eingangshalle lag. Nandan durchschritt den großen Raum und öffnete kurz die Fensterläden. Eine Terrasse mit einer Steinbalustrade wurde sichtbar. Dahinter zog sich noch etwa hundert Meter weit der Garten hin, und dann begann das Meer. Nandan schloß die Läden wieder. Edgar schaute sich um, musterte den Stuck an der hohen Decke und die weiß lackierte Holztäfelung an den Wänden. Die Einrichtung war denkbar einfach: ein großes Bett mit vier hochaufragenden Bettpfosten, an denen das Moskitonetz befestigt war, an der Wand daneben ein kleiner Schreibtisch und ein Holzstuhl. Das war alles. Allerdings fehlte es nicht an elektrischem Licht, und es gab auch den lebenswichtigen Ventilator an der Decke. Doch es war auch so angenehm dämmerig und kühl hier. Das Sonnenlicht, das durch die nun wieder geschlossenen Fensterläden hereinfiel, zeichnete helle Streifen auf den Steinboden. Die Gluthitze konnte hier nicht eindringen.

»Und? Gefällt es Ihnen?« wollte Nandan wissen, der neben der Verandatür stehengeblieben war.

»Ich kann mir kaum einen schöneren Ort vorstellen«, antwortete Edgar ehrlich. Und dann fügte er hinzu: »Aber auch keinen schrecklicheren.«

Nandan blickte ihn stumm an.

»Es hat Tote gegeben, nicht wahr?« fragte Edgar dann.

»Es gibt immer Tote«, erwiderte Nandan tonlos. »Aber wer gegen die Dunkelheit kämpft, der füttert sie nur. Mein Volk hat das leider vergessen. Die Aktion gestern war völlig sinnlos.«

Sie schwiegen einen Augenblick lang. Dann fragte Edgar: »Wessen Haus ist das?«

»Colonel Olcott hat es gebaut«, erklärte Nandan. »Der Mitbegründer der Gesellschaft.«

Er öffnete eine Tür, und Edgar warf einen Blick in das geräumige Badezimmer.

»Ich habe Ihnen einen kleinen Plan der Besitzung mitgebracht. Darin finden Sie alle praktischen Hinweise, die Sie brauchen, also wo sie zu welchen Zeiten etwas zu essen bekommen können, wer sich Ihrer Wäsche annimmt und so weiter. Ich muß mich jetzt um die Krankenstation kümmern. Es tut mir leid, das war nicht vorauszusehen. Ich werde Sie aber gegen fünf Uhr abholen. Dann verlassen die Forscher, die zur Zeit hier sind, die Bibliothek, und wir sind ungestört. Ein Kollege wird Ihnen die Akten zeigen, die wir gesammelt haben. Bis dahin können Sie sich natürlich gerne selbst ein wenig auf unserem Anwesen umsehen.«

Edgar war völlig niedergeschlagen. Das Kind ging ihm nicht aus dem Sinn. Wie nichtig waren doch seine Probleme.

»Sie sind sehr freundlich«, antwortete er nur. »Danke.«

»Es sind zur Zeit nur etwa zwei Dutzend Gäste hier«, fuhr Nandan fort. »Das einzige, worum ich Sie bitten möchte, ist, die anderen Besucher nicht zu stören. Manchen von ihnen werden Sie vermutlich bei Ihren Spaziergängen begegnen. Andere sitzen in kleinen Gruppen im Garten und meditieren oder konferieren mit einem unserer Mönche. Ignorieren Sie die anderen einfach. Hier ist jeder mit sich selbst beschäftigt, das ist anstrengend genug.«

Er reichte Edgar ein schwarzes Notizbuch. »Das ist für Sie.«

Edgar nahm es entgegen. Das Notizbuch war in weiches schwarzes Leder gebunden. Es knarrte ein wenig, als er es aufschlug. Die Seiten waren leer.

»Falls Sie etwas aufschreiben möchten. Bei viele Menschen, die sich ein paar Tage hier aufhalten, stellt sich das Bedürfnis ein, Tagebuch zu schreiben. Daher ist das unser Willkommensgeschenk. Bis später, Edgar.«

Edgar schaute zu, wie der zerbeulte Austin zwischen den Büschen und Bäumen verschwand. Eine Weile lang war noch der Motor zu hören. Dann war alles still. Er blickte auf die Uhr. Es war noch nicht einmal zehn.

Er inspizierte das Haus. Die Empfangs- und Wirtschaftsräume im Erdgeschoß waren alle zugänglich. Aber gegenwärtig wurden sie offenbar nicht benutzt. Alle Schränke waren verschlossen, die Böden und Arbeitsflächen blank geputzt. Die anderen Schlafzimmer, die sich auf die beide Etagen verteilten, waren verschlossen. Er war also wirklich alleine hier. Zu seiner freudigen Überraschung entdeckte er einen kleinen Lesesaal mit einer Bibliothek. Er machte es sich darin bequem, griff nach einigen Broschüren, die allerorten herumlagen, und las die Gründungsgeschichte der Theosophischen Gesellschaft nach.

Blavatsky und Olcott waren sich im Jahre 1874 auf einer Farm in Neuengland begegnet, wo sich damals übernatürliche Phänomene ereignet haben sollen. Olcott war als Journalist anwesend, Blavatsky angeblich bereits in ihrer Mission unterwegs, welche sie schon seit fast dreißig Jahren durch die halbe Welt geführt hatte. Ihr Vater war ein deutscher Generalleutnant aus Mecklenburg gewesen, der eine Russin geheiratet und sich in Rußland niedergelassen hatte. Die Tochter Helena, die später solche Berühmtheit erlangen sollte, wurde 1831 geboren. Bereits mit sechzehn Jahren verheiratete man sie mit einem alten General namens Nicéphore Blavatsky, dem sie nach Eriwan folgte. Doch bereits nach den ersten Differenzen verließ sie das Haus ihres Gatten und begann ein Jahrzehnte andauerndes Nomadenleben. Sie reiste kreuz und quer durch Kleinasien, geriet unter den Einfluß eines koptischen Mystikers, mit dem sie sich fast drei Jahre lang in Griechenland und Ägypten aufhielt. 1851 strandete sie fast mittellos in London und schlug sich dort mit Klavierstunden durch. 1865 tauchte sie in Italien auf, angeblich auf Befehl der Carbonari, stieß dort zu Garibaldi, kämpfte in den Schlachten von Viterbo und Mentana, wo sie schwerverwundet und vermeintlich tot auf dem Schlachtfeld zurückgelassen wurde. Sie überlebte jedoch und erholte sich in Paris, wo sie erneut Kontakt zu spiritistischen Gruppen aufnahm.

Ihre nächste Station war Kairo, wo sie sich als Medium niederließ. Die Anzeige aus einer spiritistischen Zeitschrift aus dem Jahre 1872 war in der Broschüre abgedruckt: »Unter der Leitung der Russin Helena Blavatsky ist in Kairo (Ägypten) eine spiritistische Gesellschaft gegründet worden. Die Sitzungen finden zweimal pro Woche, am Dienstag und Freitag, statt. Nur Mitglieder sind zugelassen.« Was aus diesem Projekt wurde, war nicht vermerkt. 1873 war sie wieder in Paris und lebte einige Monate bei ihrem Bruder, bevor sie sich im Sommer nach Amerika einschiffte.

Dort hatte der Spiritismus bereits weite Kreise des wohlhabenden Bürgertums erfaßt, was der weitgereisten Russin sehr schnell sehr viele Anhänger und vor allem Anhängerinnen zuführte. 1875 gründete sie mit Colonel Olcott in New York eine Gesellschaft für »spiritistische Untersuchungen«, welche wenige Wochen später in »Theosophische Gesellschaft« umgetauft wurde. Gut betuchte Anhänger finanzierten die weitere Entwicklung. 1878 erfolgte der Entschluß, nach Indien zu gehen, wo im Jahre 1882 die Besitzung in Adyar als Hauptquartier der Gesellschaft erworben wurde.

Edgar blätterte vor. Seite um Seite war mit Berichten und Textauszügen aus dieser Zeit gefüllt. Es war eine beredte Dokumentation der Bildung einer mittlerweile weltumspannenden Bewegung, deren Botschaft und Anziehungskraft Edgar noch immer nicht so recht begriff. Von Seelenwanderung und Karma war da die Rede. Übernatürliche Ereignisse wurden berichtet. Edgar las einige, dann legte er die Broschüre wieder auf den Tisch zurück. Er konnte solchen Unsinn nicht ernst nehmen. Es widersprach jeglichem gesunden Menschenverstand.

Im Hinausgehen warf er noch einen kurzen Blick auf das Bücherregal. Es sah hier ähnlich aus wie in Seskows Buchhandlung in Charlottenburg. Esoterische Schriften reihten sich Rükken an Rücken. *Die geheime Bruderschaft zu Luxor. Der Schlüssel zur Geheimlehre der Veden. Die Totenbücher. Der Orden des Golden Dawn.*

Edgar hörte Schritte in der Halle und trat rasch hinaus. Eine ältere Frau mit Bettwäsche und Handtüchern auf dem Arm ging an ihm vorüber und lächelte ihn scheu an. Die Hände in den Taschen, blieb er unschlüssig stehen und schaute ihr hinterher, als sie geräuschlos die Treppe hinaufschlich.

Sein Magen knurrte. Er nahm Nandans Plan zur Hand und suchte das Restaurant. Er brauchte nur wenige Minuten, bis er es erreicht hatte. Es handelte sich nur um eine Art Zelt aus geflochtenen Palmblattmatten. An langen Holztischen saßen vor allem sehr ärmlich aussehende Inder, die schweigend etwas Reis und einen Gemüsesud von großen, grünen Bananenblättern aßen. Edgar ging an die Ausgabestelle für das Essen, bekam gleichfalls ein Bananenblatt mit Reis und Gemüse und setzte sich an einen freien Tisch. Besteck gab es nicht. Er beobachtete verstohlen, wie die Inder um ihn herum es fertigbrachten, mit den Fingern zu essen. Mit viel Mühe gelang es ihm, ein paar Reiskörner und Gemüsestückchen so zusammenzukleben, daß sie ihm auf dem Weg in den Mund nicht herunterfielen. Doch sehr weit kam er damit nicht.

Es fiel ihm auf, daß überhaupt niemand hier ein Wort sprach. Verstreut saßen auch ein paar europäisch aussehende Menschen an den Tischen, vor allem ältere Frauen, die in ihren indischen Gewändern eher merkwürdig aussahen. Als Edgar später durch den Park spazierte, begegnete ihm die eine oder andere wieder. Aber sie nahmen keine Notiz von ihm. Manche von ihnen blickten sogar recht wirr vor sich hin und hatten eine durchgeistigte Miene aufgesetzt, die jegliche Konversation von vornherein auszuschließen schien. Irritiert kehrte er in sein Zimmer zurück. Ein Gefühl von absoluter Fremdheit umgab ihn. Er saß reglos da, lauschte auf die Geräusche, die von draußen durch die geschlossenen Fensterläden an sein Ohr drangen. Er hörte das Meer, den Wind in den Palmblättern, bisweilen das Summen eines Insekts oder den Schrei eines exotischen Vogels. Aber all diese Eindrücke, die sich eigentlich zu Zeichen einer wohlmeinenden und harmlosen Natur verbanden, erweckten plötzlich ein stummes Grauen in ihm. Und die Bilder vom Vortag spukten nach wie vor ihn ihm herum. Was war diese Welt eigentlich? Was hatte er mit ihr zu tun? Ein Gefühl wallte in ihm auf, ein entsetzliches Gefühl vollkommener Fremdheit, des Ausgestoßenseins. Dieser Ort war schrecklich.

7.

Das Photo war gespenstisch. Edgar schaute kurz in den Nebenraum, wo Nandan sich leise mit dem Mönch unterhielt, der alle diese alten Akten und Zeitungen zusammengestellt und für ihn zur Ansicht ausgelegt hatte. Dann starrte er wieder fassungslos die Photos vor sich auf dem Tisch an. Es war eine ganze Sammlung. Aber dieses eine elektrisierte ihn. Er spürte einen merkwürdigen Druck auf seinen Schläfen, einen leichten Schmerz, der sich schon länger angekündigt hatte. Sicher war auch die stickige Luft daran schuld, der Staub in diesem riesigen Archiv voller jahrhundertealter Manuskripte. Aber das einzige, was Edgar im Augenblick interessierte, war die Photoserie vor ihm auf dem Tisch. Wie konnte das sein? Oder irrte er sich? Nein. Es gab keinen Zweifel. Der Mann, der dort mit drei weiteren Personen um einen Tisch herum stand, war Manings. Die Augen. Der kahle Schädel. Diese Haltung. Er trug einen weißen Anzug, blickte im Moment der Aufnahme gerade vom Tisch auf, auf dem irgendwelche Papiere herumlagen. Offenbar mißfiel ihm, daß photographiert wurde. Jedenfalls war sein Gesichtsausdruck sehr ernst, wenn nicht sogar abweisend. Eine Frau stand neben Manings und hatte ihre Hand auf seinen Unterarm gelegt.

Leonie. Leonie von Rabov!

Ihr Gesicht strahlte. Ihre Augen schauten direkt in die Kamera. Die Körperhaltung der beiden signalisierte, daß sie zusammengehören mußten. Fremde standen nicht so eng beieinander. Edgar nahm das Photo in die Hand und drehte es um. Baroda, 1902, hatte jemand auf die Rückseite geschrieben. Darunter standen drei Namen: Mahendra, Sri Aurobindo, Sister Nivedita. Warum nur drei Namen? Es waren doch vier Personen auf dem Bild zu sehen. Er drehte es wieder um und suchte es nach Hinweisen darauf ab, welcher Name zu welcher Person gehörte. Aber immer wieder gefror sein Blick auf dem Gesicht der jungen Frau neben Manings. Baroda, 1902? Was war Baroda? Ein

Ort in Indien? Seine Tante war hier in Indien gewesen? Mit Phil Manings!

Das mußte ein Irrtum sein. Leonie von Rabov war doch im September 1902 in den Alpen verunglückt. Seine Gedanken jagten sich. Der tote Inder im Borksee im Februar 1903! Phil Manings im Jahr 1902 mit Leonie hier in Indien. Edgar legte das Photo behutsam wieder hin wie ein wertvolles Beweisstück. Nandan schien die Bestürzung auf Edgars Gesicht zu bemerken und kam zu ihm.

»Haben Sie etwas gefunden?« fragte er.

Edgar deutete auf das Photo. »Wer ist das?« fragte er.

Nandan winkte den indischen Bibliothekar herbei. Der musterte das Bild kurz. Dann drehte er es um, las die Namen und nickte. »Sri Aurobindo, Sister Nivedita und Mahendra.«

»Drei Namen«, sagte Edgar. »Aber es sind vier Personen.«

Der Bibliothekar musterte das Bild genauer. Nandan schaute Edgar erwartungsvoll an.

»Diese Frau ist meine Tante«, sagte Edgar.

Nandan und der Bibliothekar wechselten einen vielsagenden Blick.

»Welcher der beiden Männer heißt Mahendra?« fragte Edgar.

»Der Mann ohne Haare«, antwortete der Bibliothekar. »Der Engländer. Er gehörte anfänglich in die Gruppe um Aurobindo. 1902 hielt er sich ein paar Monate lang in Kalkutta auf, um bei *Bande Mataram* mitzuarbeiten.«

»Was ist das?«

»So hieß die Zeitung der Widerstandsbewegung«, erklärte der Mann.

Edgar wartete.

»Die Vipàssana-Bewegung geht auf Mahendra zurück«, setzte jetzt Nandan die Erläuterungen fort. »Jedenfalls gibt es dafür viele Indizien. Wahrscheinlich war Mahendra jedoch in Wirklichkeit ein britischer Spion. Ich glaube, Aurobindo kam selbst zu dieser Überzeugung. Deshalb wurden kurz darauf alle Ausländer aus der Widerstandsbewegung ausgeschlossen. Mahendra verließ Kalkutta im Herbst 1902 und verschwand von der Bildfläche. Später gab es diese Gerüchte über eine Vipàssana-Bewegung, die er gegründet oder unterstützt haben soll.«

»Er hat mich in Berlin beobachtet«, sagte Edgar matt. »Er hat das Mädchen auf mich angesetzt.«

Nandan verschränkte die Arme und nickte stumm. Dann flüsterte er dem Bibliothekar etwas zu, das Edgar nicht verstehen konnte. Der Mann verschwand. Nandan setzte sich neben Edgar an den Tisch.

Edgar war ratlos. Was sollte das alles nur bedeuten?

»Der Mann und das Mädchen sind nach dem Zwischenfall, den ich Ihnen geschildert habe, spurlos aus Berlin verschwunden.«

»Wann genau war das?«

»Am achtzehnten Februar«, antwortete Edgar.

»Also vor über sechs Wochen.«

»Ja. Das Mädchen hat mir aus Genua geschrieben. Kann es sein, daß sie beide nach Pondicherry gegangen sind, in diesen Ashram?«

»Warum nicht? Aber ich halte es für unwahrscheinlich, daß Aurobindo seine Meinung über Mahendra geändert hat. Daher wüßte ich nicht, warum Mahendra in Pondicherry sein sollte. Aber ...«

Nandan unterbrach sich. Dann schüttelte er den Kopf.

»... daß Ihre Tante 1902 mit Mahendra hiergewesen ist, ändert natürlich alles.«

»Wie meinen Sie das?«

»Ich werde es Ihnen gleich erklären. Aber das wird etwas länger dauern.«

Edgar nickte, den Blick noch immer auf Leonie von Rabov geheftet. Sie trug ein weißes Gewand mit einem breiten, geflochtenen Stoffgürtel. Ihre Augen glänzten, als hätte sie gerade eine sehr gute Nachricht erhalten. Manings hingegen, oder Mahendra, oder wie immer er wirklich hieß, sah unzufrieden, ungeduldig aus. Die beiden anderen Personen saßen mit dem Rücken zur Kamera, hatten sich jedoch zum Photographen umgedreht. Ihre Mienen waren ausdruckslos. Der Inder sah ein wenig traurig aus, aber es war schwierig, in seinem Gesicht zu lesen. Er trug einen Turban, war ansonsten jedoch europäisch gekleidet. Ja, er sah aus wie ein Geschäftsmann in Tweed, Samtweste und Krawatte. Die Frau neben ihm trug das gleiche Kleid wie seine Tante. Warum hatte niemand aus seiner Familie jemals über sie gesprochen?

»Woher kommt dieses Photo?« fragte Edgar, den Blick noch immer darauf gerichtet. »Warum sind diese Leute dort versammelt?«

»Aurobindo arbeitete damals für den Maharadscha von Baroda«, erklärte Nandan. »Zugleich organisierte er jedoch bereits die bengalische Widerstandsbewegung, allerdings zum Teil unter dem Deckmantel von sozialen Projekten. Die Frau neben Aurobindo ist eine Schülerin von Swami Vivekananda aus der Ramakrishna-Mission in Kalkutta. Ihr Geburtsname ist Margaret Noble, doch hier kennt sie jeder unter dem Namen, den Vivekananda ihr gegeben hat: Sister Nivedita. Sie ist eine der Frauen, die Vivekananda damals nach Kalkutta gefolgt sind, um ihm beim Aufbau der Ramakrishna-Mission zu helfen. Nach diesem Photo zu schließen, hat Ihre Tante auch in dieser Mission gelebt, denn sie trägt das gleiche Gewand. Offenbar ist sie in Begleitung von Sister Nivedita zu diesem Treffen in Baroda gekommen, wo das Bild aufgenommen wurde. Es sei denn, Mahendra hat sie mitgebracht.«

Edgar nickte nur, ohne irgend etwas zu begreifen. Vivekananda? Ramakrishna? Alles Namen, die ihm nichts sagten.

»Es ist jedenfalls die plausibelste Erklärung. Wir könnten in der Ramakrishna-Mission in Kalkutta nachfragen. Falls Ihre Tante dort gearbeitet hat, wird man sich an sie erinnern. Es ist ja noch nicht so lange her.«

»Meine Tante soll in einer indischen Mission gearbeitet haben? Ist das Ihr Ernst?«

»Warum nicht? Es gab damals eine ganze Reihe von Frauen aus Europa und Amerika, die Vivekananda nach Indien gefolgt sind. Sister Nivedita war nur eine von ihnen. Wenn Ihre Tante um 1902 hiergewesen ist – und da es dieses Photo gibt –, kann eigentlich kein Zweifel daran bestehen, dann wird sie vermutlich Sister Christine getroffen haben. Sister Nivedita lebt nicht mehr, aber Sister Christine könnten Sie fragen. Allerdings müßte ich herausfinden, wo sie sich aufhält. Ich habe gehört, daß sie sehr krank und wieder nach Amerika zurückgekehrt ist.«

Nandan berührte ihn leicht am Arm und sagte: »Kommen Sie. Es ist ein schöner Abend. Lassen Sie uns eine Weile hinausgehen. Es ist so stickig hier. Ich will Ihnen lieber unter freiem Himmel erzählen, was ich über die Hintergründe dieses Photos weiß. Ich denke, das wird Ihnen weiterhelfen. Ich könnte mir sogar vorstellen, daß Sie deshalb hierherkommen sollten.«

»Was wollen Sie damit sagen?«

»Mahendra wollte offensichtlich, daß Sie etwas über Ihre Tante erfahren. Ich glaube, er hat Sie hierhergelockt. Aber bitte haben Sie etwas Geduld. Kommen Sie. Ich werde versuchen, Ihnen das alles zu erklären, soweit ich es erklären kann.«

Sie verließen die Bibliothek, durchquerten die Halle, wo sie gestern morgen das erstemal zusammengesessen hatten, und gingen nun die Treppe zum ersten Stock hinauf. Der Blick von der Terrasse war atemberaubend. Der Sonnenuntergang tauchte den Himmel in leuchtendes Orange, die Wasseroberfläche des Adyar glitzerte, am gegenüberliegenden Ufer stieg bereits ein leichter Dunst auf und legte sich über die Stadt, von der nur noch Schemen zu sehen waren. Auf einem weit entfernten Hügel entdeckte Edgar die Kirchturmspitze des Kirchleins aus Rudolfs Kloster, und er konnte sogar die Stelle im Garten ausmachen, wo er vor einigen Tagen gestanden und einen ersten Blick auf Adyar geworfen hatte.

Nandan bot ihm an, auf einem der Bambusstühle Platz zu nehmen, und begann mit seinem Bericht.

8.

»Ich beginne mit dem Jahr 1893«, sagte Nandan und schlug die Beine übereinander. »Während der Weltausstellung in Chicago wurde ein Parlament der Religionen einberufen. Vertreter aller Glaubensrichtungen kamen dort zusammen und wollten sich über ihre unterschiedlichen Glaubensauffassungen austauschen. Sie können sich wohl vorstellen, wie so etwas vonstatten geht. Schon der Name Parlament gab dem Ganzen ein entsprechendes Gepräge. Hohe Würdenträger der verschiedenen Kirchen trafen aufeinander und verhielten sich nicht viel anders als Politiker. Jeder warb von seinem Standpunkt aus für seine Sache. Doch im Grunde zeigte dieser ganze Kongreß nur, daß der religiöse Gedanke längst in Leichenstarre übergegangen war. Einige Wochen zuvor war ein unbekannter Mönch aus Kalkutta in Chicago gestrandet. Er hatte bereits eine sehr lange Reise hinter sich. Er war jahrelang durch Indien gewandert und hatte im Vorjahr zufällig erfahren, daß es eine Weltkonferenz der Religionen geben sollte. Freilich war niemand auf die Idee gekommen, ihn einzuladen, denn kein Mensch wußte, daß er überhaupt existierte. Er gehörte keiner der etablierten religiösen Organisationen an. Für seine Religion gab es auch keine Kirche, oder eben nur jene, die jedem Hindu offensteht: Indien, der Boden unter seinen nackten Füßen.

Dieser Mönch war überzeugt, daß er eine Botschaft zu überbringen hatte, und mit wenig mehr als dieser Überzeugung ausgestattet, machte er sich auf den Weg nach Chicago. Er hatte zwar einige Spenden erhalten, die ihm die Überfahrt nach Vancouver ermöglichten, aber im Grunde war er völlig mittellos. Halb erfroren und ausgehungert erreichte er im Juli 1893 Chicago, wo die Weltausstellung bereits in vollem Gange war. Doch jetzt erfuhr er, daß das Parlament der Religionen erst im September tagen würde. Wie sollte er die zwei Monate bis dahin überbrücken? Ein Bittgesuch nach Madras, wo einige seiner Freunde sich bemühten, bei einer der offiziellen Religionsgemeinschaften etwas Geld für ihn zu bekommen, wurde mit der Antwort beschieden, der Teufel solle doch erfrieren. Er habe dort ohnehin nichts verloren. Er vertrete niemanden.

Der junge Mönch erregte jedoch die Aufmerksamkeit einer wohlhabenden Amerikanerin. Sie lud ihn nach Boston ein und brachte ihn mit einem Griechischprofessor in Kontakt. Der war von den Worten diese Mönchs so beeindruckt, daß er alles daransetzte, ihn als einen wichtigen Vertreter des Hinduismus beim Parlament der Religionen registrieren zu lassen. Mit viel Mühe gelang dies auch. Im September kehrte er also nach Chicago zurück. Das Schicksal hatte ihm die notwendigen Empfehlungsschreiben verschafft, und als Delegierter hatte er nun auch Anspruch auf eine Unterkunft. Doch als er Chicago erreichte, hatte er die Adresse verloren. Natürlich gab niemand dem dunkelhäutigen Mann auch nur eine Auskunft. Er übernachtete am Bahnhof in einer leeren Kiste. Am nächsten Morgen irrte er durch die Stadt, auf der Suche nach dem Kongreßzentrum. Doch niemand sprach mit ihm, da man ihn für einen Schwarzen hielt. Das Viertel, in das er sich verirrt hatte, war außerdem von Deutschen bewohnt, die kein Englisch verstanden. Man schlug ihm die Tür vor der Nase zu, hielt ihn für einen stinkenden Bettler, vertrieb ihn mit Flüchen und warf Steine nach ihm. Endlich kam irgend jemand auf die Idee, daß der hilflos umherirrende dunkelhäutige Mann mit dem Turban möglicherweise das Parlament der Religionen suchte. So gelangte er endlich an sein Ziel und zu seiner Unterkunft.

Am 11. September wurde das Parlament eröffnet. Der Neuankömmling, von dem noch niemand jemals gehört hatte und der keiner offiziellen Vereinigung angehörte, erregte seltsamerweise sofort Aufmerksamkeit. Man betrachtete ihn mit Verwunderung und zunehmend mit gespannter Neugier. Er hatte in der Gruppe der östlichen Religionen seinen Platz gefunden und lauschte den Reden. Und plötzlich geschah etwas Merkwürdiges. Dieser Mönch zog alle Aufmerksamkeit auf sich. Viele Menschen, die dabeigewesen sind, haben mir das immer wieder bestätigt. Der Mann saß einfach schweigend da, vor einem Publikum von Tausenden, und diese Tausende nahmen ihn wahr, schauten immer wieder zu ihm hin, fragten sich, wer er sei und was er wohl zu sagen haben würde. Schließlich kam die Reihe an ihn. Und er, der noch nie vor einer solchen Versammlung gesprochen hatte, erhob sich und sprach nur einen einzigen Satz. Was dann geschah, ist oft berichtet worden. Aber mir hat sich vor allem eingeprägt, was meine Mutter mir erzählt hat. Sie sagte, sie habe das Gefühl gehabt, als habe in diesem Augenblick jemand das Fenster zur Welt aufgerissen, als habe inmitten des Grau in Grau der akademischen, theoretischen Vorträge plötzlich jemand einen Funken geschlagen, der ein Feuer entfachte. Der Mönch sprach einen einzigen Satz, und im nächsten Augenblick stand das Publikum wie erlöst von den Stühlen auf und begann zu klatschen. Es war, als sei ein Zauber von ihnen allen abgefallen. Er erhob seine Stimme und sagte nur: ›Schwestern und Brüder von Amerika‹.«

Nandan machte eine Pause und schaute auf den Fluß, der orangefarben zu glühen begonnen hatte.

Edgar mußte lächeln. Die Geschichte des kleinen Mönchs gefiel ihm. Es klang zwar wie ein Märchen, aber nach den Ereignissen der letzten Tage nahm er die Gelegenheit, sich von Märchen trösten zu lassen, gerne wahr.

Nandan räusperte sich und fuhr fort.

»Mit Swami Vivekanandas Rede vor dem Parlament der Religionen war die älteste Religion der Menschheit nach jahrhundertelangem Vergessen plötzlich wieder da. Und sie war nicht nur einfach da. Nein. Sie sprang, quicklebendig wie ein Heer von Engeln, aus dem Mund dieses Mannes und rüttelte an der Welt wie an einem morschen Baum. Er sprach nur die einfachen Wahrheiten der Veden aus, und die Welt wurde erst stumm vor Staunen und dann kurzzeitig wie trunken. Alle Redner vor ihm hatten von ihrem Gott gesprochen, von ihrer Wahrheit. Doch Vivekananda sprach überhaupt nicht von Gott oder von Wahrheit. Er sprach einfach nur die Universalsprache der Veden. Die

Wirkung war kolossal. Es war wie ein Erdbeben. Vivekananda war in aller Munde. Jeder wollte ihn hören. Alle wollten ihm Fragen stellen. Und er antwortete. Monatelang zog er durch die USA und Europa und verbreitete seine Botschaft, deren Zeit offenbar gekommen war. Denn wo immer er hinkam, öffneten sich die Türen, und man bat ihn, zu sprechen. Die Welt war ausgehungert. Und da war einer, der hatte Speise im Übermaß. Vor allem Frauen folgten ihm. Und es folgten ihm nicht etwa die Schwachen, die Trostsuchenden, sondern vor allem die Starken, die sozial Engagierten. Es folgten ihm Frauen, die der Kirche und jeglicher Religion zuvor angewidert den Rücken gekehrt hatten, Atheistinnen und Sozialistinnen, die den Kampf für eine bessere, gerechtere Welt, den noch keine Kirche jemals wirklich geführt hat, längst selbst in die Hand genommen hatten. Ausgerechnet diese Frauen folgten Vivekananda nach Indien, nach Kalkutta, um ihm bei seinem Projekt zu helfen, den Osten aus seiner materiellen und den Westen aus seiner spirituellen Armut zu befreien. Dies war das Ereignis, das bis heute mit seinem Namen verbunden ist. Sie haben noch nie von ihm gehört?«

Edgar schüttelte den Kopf. »Nein. Aber so wie Sie ihn schildern, erinnert er mich an das, was man von Gandhi berichtet.«

»Gandhi ist ein ganz anderer Fall. Aber Sie haben natürlich recht, wenn Sie an ihn denken. Und vielleicht ist das auch die beste Überleitung zu jenem anderen Mönch, von dem ich Ihnen erzählen will. Denn im gleichen Jahr, als Vivekananda vom Osten in den Westen reiste, um ein Licht anzuzünden, da kehrte eine junger Inder, der im Westen aufgewachsen war, nach Indien zurück, um ein Feuer zu entfachen. Dieser Mann war nun eigentlich das genaue Gegenteil von Vivekananda. Er war der Sohn eines wohlhabenden indischen Arztes, der unter der britischen Besatzung Indiens eine ausgezeichnete Karriere gemacht hatte. Er gehörte zu jener Schicht von Indern, welche die Besatzung und Kolonisierung ihres Landes als einen Segen betrachteten, für den man dankbar sein sollte. Er war überzeugter Atheist und von der englischen Weltanschauung und Kultur dermaßen geprägt, daß er seine Söhne ganz in England erziehen ließ. Auf diese Weise würden sie am besten für ein Amt im britischen Staatsdienst und eine glanzvolle Karriere in Britisch-Indien vorbereitet. Aurobindo Ghose wurde also im Alter von sieben Jahren mit seinen beiden älteren Brüdern nach England gebracht, wo die drei getrennt von ihrer Familie aufgezogen wurden. Aurobindo wurde zunächst im Haus der Pflegefamilie privat unterrichtet, während die Brüder schon alt genug waren, um zur Schule zu gehen. Auf jeden Fall sollten alle drei eine rein englische Erziehung erhalten. Kontakte mit andere Indern war ihnen vom Vater sogar streng verboten. Alles Indische war tabu.«

»Aber warum?« fragte Edgar spontan.

Nandan hob die Augenbrauen. »Aurobindos Vater war das perfekte Beispiel einer gelungenen Kolonisierung. Er war Engländer geworden. Ja, er war englischer als die Engländer selbst. Indessen hatte er jedoch wirtschaftliche Probleme, die dazu führten, daß ihm die Kosten der Ausbildung seiner Söhne über den Kopf wuchsen. Die oft ausbleibenden finanziellen Zuwendungen des Vaters bedeuteten ein äußerst karges Schülerleben für die drei Brüder. Aber dank ihrer sehr guten Leistungen wurden sie für die Sankt-Pauls-Schule in London zugelassen. Aurobindo erhielt die übliche humanistische Ausbildung, zu der vor allem Griechisch, Latein und die klassische Literatur gehörten. Bald las er auch Französisch, Italienisch, Deutsch und Spanisch und gewann Poesiepreise. Der talentierte junge Mann erhielt ein Stipendium für das King's College in Cambridge und war auf dem besten Weg, ebenso wie zuvor sein Vater ein Vorzeigebeispiel erfolgreicher Kolonisierung zu werden.«

Die bittere Ironie, die plötzlich in Nandans Stimme hörbar wurde, ließ Edgar aufhorchen. Beschämt stellte er fest, daß die Erzählung ihn kurzzeitig hatte vergessen lassen, was mit diesen Kindern eigentlich geschah: daß man ihnen alles genommen hatte, um ihnen etwas zu geben, wonach sie nie verlangt hatten. Man hatte sie zu Europäern, zu Engländern dressiert. Er mußte plötzlich wieder an Alina denken, an die Verachtung, mit der sie von ihrer Mutter gesprochen hatte, und von den erzwungenen Jahren in einem englischen Internat.

»Es konnte natürlich auf Dauer nicht ausbleiben, daß Kontakte zu anderen Indern erfolgten. In Cambridge gab es eine Gruppe, die sich um die indischen Studenten kümmerte und auch versuchte, sie politisch zu sensibilisieren. Jetzt zeigte sich, welche Gedanken und Ideen wirklich in dem bisher eher stillen, schüchternen jungen Aurobindo steckten. Er wurde Sekretär dieser Gruppe und schrieb schon bald in klarer Sprache von der Notwendigkeit der Befreiung Indiens von der englischen Herrschaft. Daß er es damit ernst meinte, zeigte sich nach dem Examen. Um nicht in die Verlegenheit zu kommen, für den britischen Staatsdienst arbeiten zu müssen, beschloß er, zur vorgeschriebenen Reitprüfung, der sich alle Anwärter auf den Staatsdienst unterziehen mußten, gar nicht erst anzutreten. Eine Karriere als Kolonialbeamter war damit hinfällig geworden. Eine Weile hielt er sich dann noch in London auf, wo eine kurzlebige Geheimgesellschaft namens ›Lotus und Dolch‹ die ersten zukünftigen indischen Revolutionäre versammelte. Es gehörten nicht nur Inder dazu, sondern auch Engländer aus sozialistischen und kommunistischen Kreisen, welche die britische Kolonialpolitik ablehnten und es als schockierend empfanden, Staatsbürger eines Sklavenhalterstaates zu sein. Dort sollen Aurobindo und Mahendra sich zum ersten Mal begegnet sein.«

»Warum heißt Manings hier Mahendra?«

Nandan schüttelte den Kopf. »Ich weiß es nicht. Ich kenne ihn nur unter seinem indischen Namen. Wir wissen ohnehin nur sehr wenig über ihn. Tatsache ist, daß er neun Jahre später, als Aurobindo in Indien ernsthaft damit begann, Revolutionäre für die Befreiung Indiens zu gewinnen, plötzlich in Kalkutta auftauchte und Kontakt zu ihm suchte.«

»Wann genau war das?«

»Im Herbst 1902. Aber noch sind wir nicht ganz soweit. Aurobindo war 1893 nach Indien zurückgekehrt und hatte eine Anstellung beim Maharadscha von Baroda gefunden. Er stand also im Verwaltungsdienst eines regionalen Machthabers und konnte sich neben seiner Arbeit in Ruhe mit der Problematik seines Landes auseinandersetzen. Schon in den ersten Artikeln, die er damals schrieb, erklärte er dem indischen Nationalkongreß offen die Gegnerschaft und machte keinen Hehl daraus, daß er sie für Kollaborateure der Besatzer hielt. Erstes Ziel mußte für ihn die Befreiung von der britischen Herrschaft sein. Solche Äußerungen waren natürlich nicht ungefährlich. Es brodelte und gärte ja schon gehörig. Bengalen war immer ein unruhiger Landesteil gewesen. Man sagt, wir seien die Italiener Indiens. Nun ja, die Spannungen nahmen jedenfalls sichtbar zu. Keine Fremdherrschaft kann ewig dauern. Indien war England wie ein reifer Apfel in den Schoß gefallen. Es hatte ihn ungestört geschält und genüßlich verspeist. Doch dabei waren ein paar Kerne auf den Boden gefallen, die gekeimt und getrieben hatten. Und nun wuchs ein neuer Baum heran, der seinen Platz beanspruchte. Mochte der fremde Parasit ruhig verweilen und versuchen, auch die neuen Früchte noch anzufressen: Es würde den unweigerlichen Sturz nicht aufhalten können. Es war nur eine Frage der Fallhöhe. Die Welt veränderte sich, und der Raubzug der europäischen Mächte begann zu erlahmen. Einerseits, weil sie sich beim Schlachten und Fressen zunehmend gegenseitig störten, andererseits, weil das Gift des Kolonialismus nicht nur nach außen, sondern auch nach innen wirkt. Ein chinesisches Sprichwort sagt: Wer vom Schwein frißt, wird selbst zum Schwein. Das gleiche gilt für den Kolonialisten. Noch haben wir kein neues Weltgewissen, aber den Industriearbeitern in Europa dämmert allmählich, daß es vielleicht einen Zusammenhang geben könnte zwischen ihrem Elend und dem Elend der rechtlosen Sklaven in den Kolonien. Der erste Impuls war religiösen Ursprungs gewesen. Vivekanandas Rede in Chicago hatte einen unsichtbaren Nerv getroffen. Frauen machten sich auf, in den Slums von Kalkutta zu arbeiten, um das entsetzliche Los der Menschen dort zu mildern. Man kommt jedoch über die Religion zwangsweise zur Politik. Allerdings stimmt auch die Umkehrung. Alle großen politischen Fragen münden in religiöse Fragen, in Fragen des Seins. Ich denke, Aurobindo ist ein gutes Beispiel für diese Wegrichtung. Er arbeitete unermüdlich für die Revolution in Bengalen, gründete *Bande Mataram*, dessen Artikel wie keine zuvor das indische Nationalbewußtsein aufrichteten und Bengalen jahrelang in Atem hielten. Die Engländer gingen sogar so weit, Bengalen zu teilen, in der Hoffnung, es dadurch besser kontrollieren zu können, was jedoch nicht gelang. Attentate und Aufstände wechselten sich ab. Die Situation eskalierte im April 1908. Eine Bombe auf die Kutsche eines Distriktsverwalters tötete zwei britische Damen, die anstelle des Verwalters in der Kutsche gesessen hatten. Aurobindo wurde verhaftet.

Es muß an diesem Tag jedoch zwei Explosionen gegeben haben. Eine in Muzaffarpur und eine andere im Kopf von Aurobindo. Bereits im Gefängnis wurde die Veränderung sichtbar. Es war nicht Angst oder Reue. Es fand eine Transformation in ihm statt. Als er 1909 freigesprochen werden mußte, da ihm keine Tatbeteiligung nachgewiesen werden konnte, ging man davon aus, daß er seine politische Arbeit fortführen würde. Aber dem war nicht so. Er zog sich zurück. Auf das Drängen seiner vielen Anhänger reagierte er schließlich mit einer Rede, die er im Mai 1909 vor zehntausend Menschen in Uttarpara hielt. Sie sollten Sie lesen. Ich geben Ihnen gern eine Kopie davon. Jeder Mystiker gerät in Ausdrucksnot, wenn er den Moment beschreiben soll, da er dem Einen begegnet ist. Es ist nicht mitteilbar. Außenstehende begreifen es nicht, und diejenigen, die es begreifen, können es nicht ausdrücken. Aurobindo bildet hier keine Ausnahme. Dennoch sollten Sie es lesen, falls Sie zu ihm fahren wollen. Denn das werden Sie ja, oder?«

Edgar nickte nachdenklich. »Es soll nicht ganz einfach sein, dorthin zu kommen«, sagte er dann. »Aber ja, ich werde dorthin fahren. Doch wie geht die Geschichte aus? Was geschah nach dieser Rede?«

»Aurobindo war mangels Beweisen freigesprochen worden, aber man würde natürlich alles tun, um ihn aus dem Verkehr zu ziehen. Seine innere Wandlung nahmen die Machthaber nicht ernst. Er mußte fliehen. Eine innere Stimme sagte ihm, nach Pondicherry zu gehen. Und dort ist er bis heute.«

»Und was tut er dort?«

»Er meditiert.«

Edgar wartete. Aber Nandan betrachtete die Frage damit offenbar als beantwortet. Edgar blickte skeptisch über das Wasser.

»Und Manings?« fragte Edgar nach einer Pause. »Ich meine Mahendra. Was wurde aus ihm? Hat er auch Bomben geworfen?«

»Nein. Das heißt, es kommt darauf an, wie Sie es betrachten. Im Grunde waren Mahendra und Aurobindo sich sehr ähnlich. Mahendra haßte seine englischen Landsleute für das, was sie in Indien angerichtet hatten. Er haßte die westliche Lebens- und Denkungsart. Daher hatte er sich Aurobindo angenähert, denn sie teilten viele Ansichten. Aber Mahendra war zugleich zutiefst europäisch. Er wollte unbedingt etwas tun, um die Situation zu verändern. Daher war er auch recht schnell von Vivekananda und dessen Ramakrishna-Mission enttäuscht und suchte die Annäherung an Aurobindo und dessen bombenwerfende Revolutionäre. Das Photo, das Sie in der Bibliothek gesehen haben, stammt aus dieser Zeit. Vivekananda war im Jahr 1902 gestorben, und seine Schüler mußten entscheiden, wie es weitergehen sollte. Vivekananda und Aurobindo waren zwei Alternativen, die sich berührten, aber auch widersprachen. Demut oder Aufstand? Geduld oder Kampf? Es sind ja immer die gleichen Konflikte, die gleichen Widersprüche. Letztlich gingen alle Personen auf dem Photo einen anderen Weg. Sister Nivedita, die Vivekananda nach Indien gefolgt war, verließ den spirituellen und humanistischen Orden, den er gegründet hatte, um den politischen Kampf aufzunehmen. Aurobindo tat später genau das Gegenteil. Er zog sich völlig aus der aktiven Politik zurück, weil er zu der Erkenntnis gelangt war, daß nur ein neues Bewußtsein die

Verhältnisse ändern würde. Und ein neues Bewußtsein schafft man nicht mit Waffen. Mahendra hingegen wollte wieder etwas anderes. Er war überzeugt, man müsse Politik und Religion miteinander verbinden. Und das Ergebnis war die Vipàssana-Bewegung.«

9.

Nandan trank einen Schluck Wasser. Edgar wartete gespannt. Wer hätte das gedacht. Der distinguierte ältere Herr, mit dem er in Berlin zu Abend gegessen hatte, war ein Freiheitskämpfer für Indien gewesen? Und Gräfin Leonie? War sie möglicherweise seine Frau oder seine Geliebte gewesen? Aber was zum Teufel hatte Manings von ihm gewollt? Hatte er von ihm möglicherweise etwas über Leonie erfahren wollen? Der tote Inder aus dem Borksee kam ihm wieder in den Sinn. Was war 1903 auf Gut Niendorf geschehen? Es war bizarr. Er dachte an Edith, an Agnes. Wie hatten sie wohl darauf reagiert, daß Leonie nach Indien gegangen war? Mit einem Engländer? Lebte sie womöglich noch hier? War sie verschollen? Hatte sie einen Inder geheiratet? War Alina womöglich ihre Tochter? Zweifellos kam er den ganzen Zusammenhängen allmählich näher. Aber ein klares Bild ergab sich noch immer nicht. Oder ging seine Phantasie mit ihm durch?

»Vipàssana ist eine recht anspruchsvolle Meditationstechnik«, begann Nandan erneut. »Sie wissen, was Meditation ist?«

»Eine Art Versenkung?«

»Ja. So sollte man meinen. Aber eigentlich ist es das Gegenteil, der Versuch nämlich, Wachheit herzustellen. Wir Inder betrachten das, was Sie als Wachzustand bezeichnen, als eine Art Tiefschlaf.«

»So? Warum?«

»Wir sitzen hier. Ihre fünf Sinne empfangen Signale und Eindrücke, und ihr Gehirn formt daraus ein Bild der Wirklichkeit. Ihre Sprache, Ihr Denken, Ihr kultureller Hintergrund sind unauflöslich damit verwoben, bringen sich sozusagen ständig selbst hervor durch Ordnen und Vergleichen. Es ist eine weitgehend mechanische Tätigkeit des Gehirns. Diese Beschäftigung ruht niemals. Sie ist so konstant, daß man nicht einmal bemerkt, daß sie überhaupt stattfindet. Es ist eine Art Selbstgespräch der Natur mit sich selbst, ein unablässiges Murmeln. In Ihrem Kulturkreis nennt man das Bewußtsein. Aber für uns ist es genau das Gegenteil: Bewußtlosigkeit. Denn dieser Prozeß findet ja weitgehend ohne unser Zutun statt. Man sollte daher besser sagen: Es läßt uns stattfinden, ohne daß wir einen großen Einfluß darauf haben. Und daß es etwas Automatisches, Fremdes ist, erkennt man sehr schnell, wenn man den Versuch unternimmt, diesen Vorgang anzuhalten. Versuchen Sie einmal, Ihr Denken anzuhalten, das amorphe Gemurmel in Ihrem Kopf auszuschalten, aus ihrem Ich oder Ego auszusteigen. Sie werden schnell sehen, wie unendlich schwer, ja, unmöglich das ist. Aber mit etwas Mühe werden Sie schon allein durch diese Bemühung etwas sehr Interessantes erkennen. Sie werden nämlich feststellen, daß nicht etwa Sie etwas denken, sondern daß da etwas ist, das Sie denkt, ein mysteriöser, geschäftiger Mechanismus in ihrem Inneren, der Sie und dadurch auch Ihre Realität erzeugt.«

Edgar runzelte die Stirn.

Aber Nandan ließ sich nicht beirren.

»Ich sehe, daß Sie sich innerlich bereits distanzieren. Das ist gut so. Bleiben Sie aufmerksam und kritisch. Was ich Ihnen erklären will, hat nichts mit übersinnlichen oder irrationalen Dingen zu tun. Im Gegenteil. Um aus der Vernunftfalle herauszukommen, müssen sie ganz tief in sie hineingehen. Die Vernunft ist sowohl das Schloß als auch der Schlüssel. Die Denkfalle, von der ich spreche, ist ein derart großes Gefängnis, daß man Mühe hat, die Kerkerwände überhaupt zu finden. Und wenn man sie endlich erreicht hat, stellt man fest, daß das Denken selber die Wand ist. An dieser Wand nun beginnt ein großes Abenteuer.«

Edgar trank einen Schluck Wasser. Es war wirklich wie eine Märchenstunde. Aber einen Versuch war es vielleicht wert, dieses merkwürdige Denken einmal genauer kennenzulernen.

»Zu allen Zeiten und in allen Kulturen«, sagte Nandan, »hat es Menschen gegeben, die es irgendwie geschafft haben, dieses unablässige Gemurmel in ihrem Kopf abzustellen. Sie haben, bildlich gesprochen, die Wand überwunden. Diese Menschen machten alle eine ähnliche Erfahrung: Soweit sie danach überhaupt noch in der Lage waren, irgend etwas zu sagen, beteuerten sie nämlich übereinstimmend, daß jenseits des Gemurmels etwas existiere, das so gewaltig und überwältigend sei, daß man es unmöglich beschreiben könne. Man könne es nur selbst besuchen und erleben, keinesfalls mitteilen. Das ewige Dilemma von Mystikern. Sie wissen etwas. Sie haben etwas gefunden, das jeder Mensch zu suchen scheint, aber sie können es leider nur sein. Sie können es selbst nicht geben. Aber gut, genügend Menschen lassen sich durch die Begegnung mit diesen transformierten Rückkehrern immerhin dazu verleiten, selbst den Versuch eines Besuches jenseits der Wand zu unternehmen. Und wenn auch kein Mystiker jemals Worte für seine Erfahrung gefunden hat, so haben doch sehr viele von ihnen eine Landkarte oder eine Wegbeschreibung hinterlassen, wie sie an die Wand und über sie hinaus gelangt sind. Diese Wegbeschreibungen sind sehr unterschiedlich, denn sie sind von sehr unterschiedlichen Reisenden für unterschiedliche Leser verfaßt worden, nicht selten auch von Chronisten, welche die Route nur vom Hörensagen kannten. In unserer Bibliothek haben wir sie alle gesammelt. Nun ja, sicher nicht alle, aber alle, von denen wir wissen. Es gibt leichtere und schwerere, längere und kürzere Wege. Aber alle beginnen am gleichen Ort: hier und jetzt, mitten im Gemurmel, das in unseren Köpfen im Gang ist. Die meisten religiösen Texte sind solche Wegbeschreibungen. Meist beschreiben sie alte Pfade, beschwerliche Routen ohne schöne Aussichten bis kurz vor dem Ziel. Es gibt auch keine bequemen Herbergen. Aber so reiste man eben vor zwei- oder dreitausend Jahren. Man hatte mehr Zeit und war anspruchsloser. Für spätere Wanderer sind diese alten Wege kaum noch passierbar. Die alten Wegbeschreibungen waren für einen ganz anderen Menschentyp gedacht, für Bergsteiger, nicht für Spaziergänger. Daher sind die alten Texte heute weitgehend unbrauchbar.«

Nandan unterbrach sich und streckte die Beine aus. Edgar lauschte nun wieder aufmerksamer. Er hatte unwillkürlich damit begonnen, auf eine Art und Weise in sich hineinzuhören, wie er das noch nie getan hatte. Wovon Nandan sprach, war ihm vertraut. Er war sich seiner Gedanken bewußt. Doch diese leicht veränderte Perspektive auf sein Nachdenken war ihm unbehaglich. Es war ein unangenehmes Gefühl. Daher war sein Blick nun wieder nach außen und auf das Kirchlein von Rudolfs Kloster auf dem Hügel gegenüber gefallen. Auch so eine alte Wegmarkierung.

»Indische Yogis sind also solche Wanderer?« fragte Edgar.

»Ja, aber nicht nur sie. Fast alle Menschen, die überlieferte religiöse Rituale befolgen, sind Spaziergänger, die ein Bergsteigerbuch in der Tasche haben. Sie wollen mit Sandalen und einem Apfel in der Tasche eine Gletscherwand hinauf. Deshalb wirken religiöse Menschen heute oft so naiv, wenn nicht sogar lächerlich. Die meisten von ihnen verwechseln zudem Ursache und Wirkung. Sie beobachten etwa, daß Mystiker keinen Sex brauchen. Daraus schließen sie, daß sexuelle Enthaltsamkeit Teil der Wegbeschreibung sei. Sie verweigern ihrem Körper diese Erfüllung und behaupten gar, Sex sei etwas Schlechtes. Das ist natürlich absurd. Manche Mystiker saßen, nachdem sie die Wand überwunden hatten, für den Rest ihres Lebens nur noch in einer Höhle, aßen kaum noch etwas und lachten viel. Entsprechend finden Sie heute im Himalaja jede Menge Verrückte, die glauben, sie könnten Erleuchtung finden, indem sie in einer Höhle herumsitzen und den ganzen Tag lachen. Es wimmelt in Indien von solchen Dummköpfen. Natürlich nicht nur in Indien. Alle Religionen sind Wegbeschreibungen, die einmal für einen einzigen abenteuerlichen Menschen funktioniert haben. Nur selten kommen Nachfolgende auch damit zurecht. Die meisten verirren sich hoffnungslos oder stürzen irgendwo ab. Daher das Heer der Bergführer: Päpste, Rabbiner, Imame, die von diesen Verirrten leben. Dabei kennen die meisten den Weg selbst nicht.«

Edgar schmunzelte. Nandans bengalisches Temperament blitzte jetzt aus seinen Augen. Der Mann war in seiner ganzen Widersprüchlichkeit sehr unterhaltsam. Daß religiöse Menschen lächerlich seien, war das letzte, was er aus dem Mund eines Theosophen erwartete hätte. War Theosophie denn vielleicht keine Religion?

»Vipàssana ist auch eine dieser alten Wegbeschreibungen und kennt ebenso viele Verirrte. Daher kam vor langer Zeit einmal ein Meister auf den Gedanken, seinen Schülern, von denen er mehr und mehr enttäuscht war, eine Lektion zu erteilen. Während sie meditierten, schlug er ihnen bisweilen mit einem Stöckchen leicht auf den Kopf. Das irritierte die Schüler natürlich enorm. Wie sollte man sich denn auf den richtigen Weg konzentrieren und die äußerst schwierigen Atemübungen machen, die sich ja über Tage und Wochen hinziehen, wenn einem der Meister dabei regelmäßig auf den Kopf schlug? Aber weder erklärte der Meister, was dieser Unfug zu bedeuten hatte, noch hörte er damit auf. Allmählich verließen die Schüler diesen Meister. Nur ein einziger blieb übrig. Er kam auch ans Ziel, und, wie er später geschrieben hat, nicht trotz, sondern wegen der Schläge. Auf dem alten Pfad, der nirgendwo mehr hinführte, war eine neue Abzweigung notwendig geworden. Ein neuer Weg.«

»Aber ich verstehe nicht, was das mit Manings zu tun hat?« fragte Edgar ein wenig ungeduldig.

»Nun, eigentlich ist damit schon alles gesagt. Was Ihnen in Berlin zugestoßen ist, ist genau dies. Sie haben einen Schlag auf den Kopf erhalten.«

Edgar stutzte. Dann blieb ihm vor Staunen der Mund offenstehen.

»Sie wollen damit sagen, Manings betrachtete sich als mein Meister?«

»Ja. Dessen bin ich mir sogar völlig sicher. Mahendra ist ein Meister. Vielleicht kein besonders guter. Eben nur ein Meister aus England.«

Nandan lachte verschmitzt und setzte dann hinzu: »Es heißt, Mahendra habe Aurobindo damals einen recht ungewöhnlichen Vorschlag gemacht. Er wollte ihn für eine Geheimgesellschaft gewinnen. Er meinte, es sei gut und schön, einzelne Schüler wachzurütteln, die bereits den Weg in eine Mysterienschule gefunden hätten. Aber viel effektiver wäre es doch, die Vipàssana-Technik auf jene anzuwenden, welche die Macht in den Händen halten. Die Mächtigen der Welt müßten eine Mysterienschule durchlaufen, die politischen Führer, die Wirtschaftsmagnaten, die Könige und Minister. Ihnen müsse man mit dem Stöckchen auf den Kopf schlagen. Er hatte einen Plan entworfen, wie man dabei vorgehen könnte. Der Kern war immer der gleiche. Man mußte versuchen, im Leben von sorgfältig auserwählten Menschen einen Augenblick von Außeralltäglichkeit zu erzeugen. Es sei völlig sinnlos, Botschaften oder Überzeugungen vermitteln zu wollen. Alle psychologischen oder ideologischen Manipulationsvorhaben, die gegenwärtig in Rußland und Europa entwickelt würden, seien von vornherein zum Scheitern verurteilt. Es würden immer nur Automaten dabei herauskommen. Ihm ging es nur um den Schlag auf den Kopf, das kurzzeitig erzwungene Anhalten und Innehalten: eine geplante Verirrung in einen Abgrund des Staunens.«

»Und wie sollte das funktionieren?« fragte Edgar befremdet.

»Genau wie die Vipàssana-Meditation. Sie wurde lediglich in die Welt des Schülers hineingetragen. Man studierte ihn zuvor sehr aufmerksam, bis man den Weg genau kannte, auf dem er unterwegs war. Dann baute man die Abzweigung ein.«

»Und dann?«

»Dann konnte man nur warten und hoffen. Wie der Meister. Die meisten Schüler würden nach einigen Schritten wieder umkehren. Andere würden weitergehen und sich vielleicht verirren. Doch einige wenige kämen ans Ziel. Und da es sich um ausgesuchte Persönlichkeiten mit Einfluß handelte, wäre das kein geringer Erfolg.«

»Und Aurobindo. Was hielt er von dieser Idee?«

»Ich weiß es nicht. Aber ich glaube, nicht besonders viel. Es hatte etwas Missionarisches. Es kam ja auch zu keiner Zusammenarbeit. Mahendra verschwand kurz darauf aus Kalkutta, und abgesehen von den Gerüchten über die Bewegung, die er ins Leben gerufen haben soll, habe ich nie wieder etwas von ihm gehört.«

Nandan machte eine kurze Pause und fügte dann hinzu: »Jedenfalls nicht bis heute. Nicht bis Sie zu uns gekommen sind und uns Ihre Geschichte erzählt haben.«

Die Sonne war untergegangen. Eine leichte Brise war aufgekommen und trug den Geruch des Meeres heran. Die ersten Sterne waren zu sehen. Edgar wußte nicht, was er mit all diesen ganzen Informationen anfangen sollte.

»Ich bin nicht einflußreich. Warum sollte Manings sich mit mir abgegeben haben? Und warum hat er mir dieses Mädchen geschickt?«

Nandan zuckte mit den Schultern. »Was das Mädchen betrifft, so muß er zu dem Schluß gekommen sein, daß diese Art von Abzweigung bei Ihnen am besten funktionieren würde. Soviel ich weiß, hat es noch sehr viel dramatischere Fälle gegeben.«

»Ach ja?«

»Nun, man mußte die Methode zunächst einmal ausprobieren. Mit Testpersonen. Die meisten Fälle, von denen ich gehört habe, waren wohl solche Experimente.«

»Wie bitte?«

»Ja. Wie sollte man denn sonst vorgehen? Einmal wurde zum Beispiel einem begabten Studenten in Bombay eine sehr vielversprechende berufliche Karriere ermöglicht. Nach zwei Jahren wurde sie absichtlich wieder zerstört. Das Experiment ging schief. Der junge Mann wuchs nicht an dieser Erfahrung, sondern beging Selbstmord. Es gab eine Untersuchung, und man fand jede Menge Hinweise, aber nie die Verantwortlichen.«

»Das ist furchtbar«, entfuhr es Edgar.

»Ja. Wobei man allerdings nicht vergessen darf, daß sich derartiges tausendfach abspielt, ohne daß eine Mysterienschule mit immerhin guten Absichten dahintersteckt.«

»Das ist doch etwas völlig anderes.«

»Inwiefern?«

»Das eine geschieht mit Absicht. Vorsätzlich.«

»Entlassungen sind immer vorsätzlich.«

»Ja, sicher. Aber im Normalfall gibt es einen Grund, ökonomische Zwänge.«

»Hier gab es auch einen Grund: spirituelle Zwänge.«

»Aber niemand hat das Opfer gefragt, ob es an so etwas teilnehmen will.«

»Der Kapitalist fragt auch nicht. Er entläßt.«

»Aber der Grund ist bekannt.«

»Ja«, sagte Nandan, »sicher. Der Grund ist der Egoismus des Kapitalisten. Oder der Egoismus anderer Kapitalisten, die ihm Konkurrenz machen.«

»Also, das ist doch ein Unterschied.«

»Wirklich? Das Opfer ist mit einer Situation konfrontiert, die es nicht ändern kann. Im einen Fall hat eine Mysterienschule beschlossen, daß er arbeitslos werden und sein soziales Ansehen verlieren soll. Im anderen Fall ist vielleicht das Wirtschaftssystem schuld oder eine Dürre oder ein Krieg oder eine Laune der Finanzmärkte. Es sind Millionen von Faktoren, die zusammenspielen. Aber wer ist wirklich verantwortlich? Wer ist letztlich zuständig? Keiner will es sein. Jeder zeigt auf den anderen. Und niemand weiß es am Ende ganz genau. Wo also ist der Unterschied? Beides entzieht sich der Kontrolle des Opfers. Es gibt nur eine einzige Sache, die nicht der Kontrolle des Opfers entzogen ist: seine Haltung gegenüber dem Ereignis. Nur darum geht es. Um diese Haltung. Damit fängt alles an. Denn nur diese Haltung kann wirklich eine Veränderung erzeugen.«

Edgar schnaubte empört. »Wie kann man so etwas nur befürworten?«

»Ich befürworte es nicht. Ich versuche Ihnen nur zu erklären, wie es gedacht ist.«

»Das ist doch pure Manipulation!«

»Es ist ein Spiel, eine Schule.«

»Eine Schule der Lügen«, stieß Edgar wütend hervor.

»Ja. Wenn Sie so wollen. Aber vergessen Sie nicht: Jede Form von Erziehung enthält Elemente von Manipulation. Für uns ist alles in dieser Welt nur Maske und Illusion, Lüge und Täuschung, Heuchelei und Verstellung. Vipàssana antwortet darauf mit einem Spiel. Das ist alles.«

Edgar verstummte. Er war erschöpft von dem langen Gespräch und aufgebracht über diese Wendung, die das Ganze genommen hatte. Er wollte nicht mehr weiterreden. Er erhob sich brüsk und ging zur Balustrade der Terrasse. Auf was für eine verwünschte Reise hatte er sich nur begeben? War das überhaupt sein Weg, oder war das hier alles ein Teil der verfluchten Abzweigung? Wie konnte er überhaupt sicher sein, daß das Spiel zu Ende war? Er atmete tief durch und drehte sich um. Doch Nandan war lautlos gegangen.

Hilflos starrte Edgar in die Nacht. Frösche quakten. Wie herrlich die Luft hier roch! Allmählich beruhigte er sich wieder und blickte in den Sternenhimmel hinauf. Alles um ihn herum war still. Die vier Menschen auf dem Photo standen ihm wieder vor Augen. Was hatte Nandan noch über sie gesagt: *Letztlich gingen alle Personen auf dem Photo einen anderen Weg*. Er hatte auch gesagt, welchen. Bis auf eine Ausnahme. Ein Weg lag noch immer völlig im dunkeln. Der von Leonie.

10.

Seit zwei Stunden saß er schon neben einem wortkargen Fischer in diesem Kahn am Ufer und wartete. Das Schlimmste waren die Stechmücken. Edgar hatte sich mit einem Mittel eingerieben, das Nandan ihm gegeben hatte. Auf dem Boden des Kahns glühten einige kleine Moskito-Coils, die einen ekelhaften Gestank verbreiteten. Aber die Mücken stachen dennoch. Beruhigend war immerhin, daß es in der heißen Zeit angeblich kaum Malariafälle gab.

Edgar kauerte zwischen seinen beiden Koffern und starrte auf das Meer hinaus. War es richtig, diesen heimlichen Weg zu wählen? Der Fischkutter, auf den sie warteten, würde ihn morgen mittag am Pier von Pondicherry absetzen. Die Franzosen scherten sich offenbar nicht darum, wenn Touristen auf diese Weise bei ihnen ankamen. Doch nach Britisch-Indien käme er danach nicht mehr ohne weiteres hinein. Man würde ihm große Schwierigkeiten machen, wahrscheinlich sein Visum annullieren und ihn auf das nächste Schiff nach Europa bringen. Falls Alina nicht in Pondicherry war, war seine Suche nach ihr beendet. Er könnte dann nur noch auf den französischen Dampfer aus Japan warten, der auf dem Weg nach Europa in Pondicherry anlegte, und die Rückreise beginnen.

Aber der Landweg war nicht weniger riskant. Bis Villupuram würde man ihn nicht behelligen. Aber wenn er dort den Zug nach Pondicherry nahm, würde man ihn wieder eingehend verhören. Denn nach britischer Auffassung gab es nur einen einzigen nachvollziehbaren Grund, sich in Pondicherry aufzuhalten: Franzose zu sein und das entlegene Departement dazu zu benutzen, um sich mit den gekauften Stimmen der Eingeborenen einen Sitz in der französischen Nationalversammlung zu verschaffen. Wer sonst dorthin wollte, mußte entweder ein indischer Terrorist oder einer ihrer Sympathisanten sein, die aus der geschützten Enklave heraus Attentate planten, allen voran Sri Aurobindo, der Kopf der Separatisten. Da Edgar kein Franzose war, konnte er also nur zu dieser Kategorie gehören. Nein, das Verhör auf der *Rajputana* war ihm noch zu gut in Erinnerung. Er hatte sich für den Seeweg entschieden.

Die letzten zwei Tage hatte Nandan kaum Zeit für ihn gehabt. Die Unruhen in der Stadt forderten ihm einiges ab. Die Situation war heikel, denn verwundete Aufständische zu beherbergen oder in der Krankenstation zu behandeln konnte leicht als Komplizenschaft gedeutet werden. Andererseits waren einige Familien, die hier arbeiteten, von den brutalen Einsätzen der Polizei betroffen und suchten begreiflicherweise Schutz. Es herrschte angespannte Stimmung. Das entsetzliche Bild des zertrampelten Kindes kehrte regelmäßig in Edgars Erinnerung wieder und ließ ihn jedesmal schaudern.

Er unternahm ausgedehnte Spaziergänge, auf denen er über das nachdachte, was Nandan ihm erzählt hatte. Auch die Bibliothek besuchte er noch zweimal und schaute sich das Photo an, welches seine Tante und Manings zeigte. Beim Hinausgehen streifte sein Blick die endlosen Regalreihen mit den mystischen Schriften, Nandans uralte »Wegbeschreibungen«. Es gab sogar welche, die auf Palmblätter geschrieben waren. Wie zusammengefaltete Fächer sahen diese Palmblattbücher aus, die wer weiß wie viele Hunderte von Jahren alt waren. Winzige Schriftzeichen waren in die Blätter hineingeritzt worden, mit bloßem Auge kaum zu entziffern.

Ein Rascheln schreckte ihn auf. Zwei Gestalten kamen vom Wald her den Strand herab. Es waren Nandan und einer der beiden Fischer. Der Fischer stieg wortlos zu seinem Kollegen ins Boot. Nandan wandte sich an Edgar.

»Es geht gleich los. Der Kutter müßte schon da sein. Die beiden werden Sie hinausrudern. Haben Sie alles, was Sie brauchen?«

»Ja«, sagte Edgar. »Danke, Nandan.«

»Reisen Sie von Pondicherry auf jeden Fall direkt nach Europa zurück. Die Situation ist sehr angespannt. In anderen Provinzen hat es auch Unruhen gegeben. Die Gandhi-Bewegung wird immer stärker. England reagiert mit verzweifelter Härte. Sie müssen sehr vorsichtig sein. Lassen Sie sich auf keine Diskussionen ein. Zur Zeit verhaftet man selbst Kinder.«

Edgar nickte stumm.

»Hier«, fügte Nandan dann hinzu. »Das ist für Sie. Ich habe es abphotographieren lassen. Wenn Sie es Aurobindo zeigen, wird er sich vielleicht erinnern. Gott schütze Sie. Gute Reise.«

Edgar nahm den kleinen Umschlag entgegen und steckte ihn in seine Tasche. Dann erhob er sich und zog nun gleichfalls einen Umschlag hervor.

»Nandan, ich habe vor vier Tagen zugesehen, wie ein Kind bei dem Aufruhr in der Stadt vor den Augen seiner Mutter von einem Polizeipferd totgetrampelt wurde. Ich möchte etwas für die Mutter tun, für die anderen Kinder, die sie vielleicht hat. Bitte geben Sie ihr das. Oder geben Sie es einfach irgend jemandem, der es brauchen kann. Es ist alles, was ich erübrigen kann. Aber ich möchte wenigstens etwas tun.«

Nandan nahm den Umschlag entgegen. »Danke. Ich werde dafür sorgen, daß sie es bekommt. Haben Sie Ihre Berliner Adresse im Gästebuch hinterlassen?«

»Ja. Es ist die Adresse eines Freundes. Ich weiß noch nicht, wo ich wohnen werde, wenn ich zurückkomme. Wie kann ich Ihnen für Ihre Hilfe danken?«

Nandan reichte ihm die Hand. »Indem sie nicht allzu schlecht von uns sprechen, Edgar.«

»Das werde ich nicht tun. Ich glaube nicht, daß ich Ihre Gesellschaft verstehe, aber ich denke, jeder sollte einmal ein paar Tage hier verbringen.«

»Nun, hier ist jeder willkommen. Es gibt viele Mißverständnisse über uns. An einigen sind wir wahrscheinlich sogar selbst schuld. Viel Glück.«

Nandan trat vom Boot zurück. »Noch etwas, Edgar. Haben Sie das Notizbuch noch, das ich Ihnen gegeben habe?«

»Ja. Aber es ist noch immer leer.«

»Das macht nichts. Aber falls Sie eines Tages Ihre Wegbeschreibung verfassen sollten, schicken Sie mir eine Kopie für unsere Bibliothek?«

»Ich? Ich bin kein spiritueller Sucher. Und erst recht kein Heiliger.«

»Wer redet von Heiligen. Das sind leere Worte. Es kommt nicht oft vor, daß man einem Vipàssana-Menschen begegnet. Ich bin sehr neugierig, wie Ihre Geschichte weitergehen wird. Leben Sie wohl.«

Das Boot legte ab. Nach etwa zwanzig Minuten vernahm Edgar das gleichmäßige Pochen eines Dieselmotors. Kurz darauf sah er den Kutter. Das Boot drehte längsseits, und schon zogen ihn kräftige Arme an Bord des Kutters. Sein Gepäck folgte. Im Mondlicht konnte er halbwegs erkennen, wo er sich befand. Die Besatzung bestand aus vier Männern, die lediglich einen Hüftschurz trugen. Hätte Nandan ihm nicht versichert, daß diese Fischer absolut vertrauenswürdig seien, wäre er bestimmt umgekehrt. Er schämte sich fast für den Gedanken, aber sie sahen aus wie Menschenfresser. Ihre Köpfe waren bis zur Schädelmitte rasiert, und erst ab dort wuchsen ihnen die Haare in langen Strähnen den Hinterkopf hinab. Ihre sehnigen Körper waren klein und gedrungen, von ganz anderem Knochenbau als bei den Menschen, die er in Madras gesehen hatte. Ob sie die gleiche Sprache sprachen, konnte Edgar nicht sagen. Englisch konnten sie jedenfalls nicht. Aber die Fischer wußten, wohin Edgar wollte. Und kaum hatte das Boot aus Adyar, das ihn hergebracht hatte, sich vom Rumpf des Kutters abgestoßen, drehte der ins offene Meer ab. Edgar ließ sich am Heck nieder. Seine Koffer standen dort bereits zwischen zusammengerollten Seilen.

Trotz der Hitze und der schweren Luft war Edgar irgendwann eingeschlafen. Das Meer war völlig ruhig, als er wieder zu sich kam. Kein Windhauch war zu spüren. Sein Mund war ausgetrocknet, und seine Glieder waren steif. Er reckte sich, trank einen Schluck Wasser und schaute sich um. Am Horizont, wo Himmel und Meer aneinanderstießen, hatte sich bereits ein hellblauer Streifen zwischen die beiden riesigen dunklen Flächen geschoben. Wenn er sich richtig erinnerte, dann lag dort irgendwo die Inselgruppe der Andamanen und dahinter das Königreich Siam. Was für ein merkwürdiges Gefühl, in der Nähe von Orten zu sein, an denen sich beim Geographieunterricht manchmal seine Phantasie entzündet hatte. Seltsam, daß sie wirklich existierten.

Die Sonne ging auf. Rasch wurde es unerträglich heiß. Edgar tauchte seinen Tropenhelm ins Wasser und setzte ihn sich naß auf den Kopf, was er die nächsten drei Stunden regelmäßig wiederholte. Er aß etwas Obst, das er sich aus Adyar mitgenommen hatte, und hoffte, daß es nicht mehr lange dauern würde, bis sie den Hafen und endlich Schatten erreichen würden. Der Fischkutter fuhr inzwischen in Küstennähe, doch auch nach zwei weiteren Stunden war noch immer kein Hafen zu sehen. Nur eine grüne Wand. Um Mittag dachte Edgar, es keine Minute länger auszuhalten. Die blendende Helligkeit des Sonnenlichts machte ihm fast noch heftiger zu schaffen als die Hitze. Die Augen zu schließen, vermochte er nicht, denn dann verursachte ihm der Seegang Übelkeit. So saß er da, die Augen zusammengekniffen, vermummt wie ein Beduine, mit dröhnenden Kopfschmerzen. Ein hohes Pfeifen schien die sengenden Sonnenstrahlen zu begleiten.

Er glaubte schon, den Verstand zu verlieren, als er endlich Anzeichen einer Siedlung am Ufer entdeckte. Etwas Weißes wuchs aus dem allgegenwärtigen Grün und entpuppte sich als Leuchtturm. Davor ragten dürre Stäbe in die Luft. Sie waren halbkreisförmig angeordnet, wie aufgepflanzte Speere. Dann entdeckte er den Pier, der zwischen diesen merkwürdigen Stäben ins Meer hinauswuchs. Zuletzt sah er eine Reihe von Gebäuden, die ähnlich wie in Madras eindeutig europäischer Herkunft, allerdings bescheidener und vor allem niedriger gehalten waren.

Keine Menschenseele befand sich auf dem Pier, als sie anlegten. Ein paar verrostete Kräne und eine verwaiste Laderampe zeugten davon, daß dieses französische Handelskontor seine besten Tage wohl hinter sich hatte. Edgar hätte nicht geglaubt, daß es möglich war, aber an Land war es noch heißer. Er konnte kaum atmen. Zwei der vier Fischer gingen mit ihm an Land und trugen seine beiden Koffer den Pier entlang zu einem großen Platz. Was aus der Ferne wie Speere ausgesehen hatte, waren in Wirklichkeit acht riesige, kunstvoll gemeißelte Stelen, die den Platz umkränzten. Ihnen gegenüber stand ein vermutlich französischer General oder König in Herrscherpose auf einem Sokkel und blickte auf den leeren Ozean hinaus. Edgar eilte daran vorbei unter eine Gruppe von Bäumen, wo ihn die Fischer mit seinem Gepäck erwarteten.

»Hotel, Hotel«, stammelte er mehrmals.

Offenbar verstand man ihn. Die beiden verschwanden und kehrten kurz darauf mit einer dreirädrigen Kutsche zurück, die von zwei Einheimischen geschoben wurde. Glücklicherweise hatte das seltsame Gefährt ein Sonnendach. Seine Koffer wurden neben ihm auf dem Sitz gestapelt. Dann schoben die Einheimischen ihn an. Die Fischer schauten ihm nach. Plötzlich begannen sie zu schreien. Die Kutsche hielt direkt auf einen Baum zu. Edgar drehte sich um. Aber die beiden Kulis, die ihn schoben, reagierten nicht. Apathisch schoben sie die Kutsche einfach weiter. Jetzt bemerkte Edgar den seltsamen Hebel. Erschrocken umfaßte er ihn und zog ihn aufs Geratewohl nach links. Mit knapper Not entging er einer Kollision. Er fluchte. Was war das für ein Irrsinn? Er sollte selbst lenken? Aber wohin denn nur? Die Rufe der Fischer aus der Ferne bestätigten ihm wenigstens, daß er offenbar das Richtige getan hatte. Er schaute sich suchend um und lenkte das Gefährt dann dorthin, wo er die Stadt vermutete. Tatsächlich stieß er schon bald auf einen hübsch angelegten Platz und dahinter auf eine befestigte Straße, die auf beiden Seiten von zweistöckigen Stadthäusern gesäumt war. Rue Suffren, las Edgar auf einem Schild. Und dann entdeckte er ein weiteres Schild, das endlich ein Ende dieser mühseligen Reise versprach: Hôtel de l'Europe.

Er lenkte nach rechts gegen den Bordstein. Das Gefährt wäre fast vornübergestürzt. Die beiden Kulis schienen dergleichen Bremsmanöver gewohnt und blieben einfach stehen. Dann luden sie wortlos die Koffer ab und brachten sie ins Hotel, wo Edgar bereits in der Empfangshalle auf sie wartete.

Was war dies nur für ein Ort? Eine Geisterstadt? Über seinem Kopf rührten zwei Ventilatoren sinnlos in der stickigen Luft herum. Alles war feucht und heiß. Er sah Eidechsen über die Wände huschen. Ein älterer Mann erschien hinter dem Empfangstresen und musterte Edgar mit einer Mischung aus Argwohn und Verwunderung.

»Bonjour, Monsieur«, sagte er dann. »Une chambre pour vous?«

»Ja, bitte, falls Sie etwas frei haben«, erwiderte er auf englisch.

»Hier ist alles frei, Monsieur. Fonctionnaire?«

»Wie bitte?«

»Ob Sie Beamter sind?«

»Nein. Ich bin Tourist.«

Edgar reichte dem Mann seinen Paß. Der blätterte kurz darin herum, notierte dann etwas auf einen Zettel und gab ihn ihm zurück.

»Sie haben kein Visum?«

»Nein.«

»Dann müssen Sie auf die Präfektur.«

»Ich bin völlig erschöpft, Monsieur, kann ich das bitte später machen?«

Der Mann nickte. »Ja, sicher. Morgen. Sonntags ist ohnehin geschlossen. Aber gehen Sie früh. Morgen wird es heiß.«

»Aha«, sagte Edgar nur.

»Wie viele Nächte bleiben Sie?«

»Ich warte auf den Dampfer aus Japan.«

»Der kommt erst am achtzehnten«, sagte der Mann. »Das macht dreizehn Nächte.« Dann griff er nach einem Schlüssel und sagte: »Kommen Sie. Ich zeige Ihnen Ihr Zimmer.«

Die nächsten Stunden waren das Unwirklichste, was Edgar je erlebt hatte. Er duschte ausgiebig, soweit das unter dem Rinnsal möglich war, das aus dem verrosteten Brausekopf herauströpfelte. Die Kunst bestand vor allem darin, dabei nicht mit den verschimmelten Wänden der Dusche in Berührung zu kommen. Dann lag er wie schon eine Woche zuvor auf seinem Bett, starrte auf die Holzflügel eines Ventilators über ihm, die bei jeder Umdrehung das Stromkabel streiften, das sich samt Putz von der Decke gelöst hatte und in den Raum herabhing. Klack. Klack. Das Kabel war bereits ein wenig blankgewetzt. Wie lange würde es dauern bis zum unvermeidlichen Kurz schluß?

Er sehnte sich nach der relativen Kühle des Hotel d'Angelis zurück. Was war das hier nur für ein entsetzlicher Glutofen! Unbegreiflicherweise konnte man die Fenster nur einen Spalt weit öffnen. Dicke, schwere Vorhänge blockierten zwar das Sonnenlicht, ließen aber auch kaum Luft herein.

Irgendwann war er dann doch eingeschlummert, allerdings nur um beim Erwachen festzustellen, daß es – unfaßbar – noch heißer geworden war. Ein Wind, der sich wie Feuer anfühlte, blies ihm durch die Fensterritze ins Gesicht, als er versuchte, es doch zu öffnen.

»Er heißt *nerpoucatou*«, erklärte ihm der Hotelbesitzer, als Edgar heruntergekommen war, um eine Flasche Wasser zu kaufen und sich in die relativ erträgliche Eingangshalle zu flüchten. »Das heißt Feueratem. Das Fenster dürfen Sie auf keinen Fall öffnen. Dann wird es nur noch schlimmer.«

Edgar trank gierig die Flasche leer und verlangte gleich nach einer weiteren.

»Es sind wohl keine Touristen hier?« fragte er.

»Nein. Jetzt schon gar nicht. Wenn überhaupt, dann kommen nur von November bis Februar Besucher. Ab April bleiben nur noch Verrückte hier. Und ein paar Beamte.«

»Und Sie?«

»Ich schließe Mitte April und nehme denselben Dampfer wie Sie. Sie sind vermutlich mein letzter Gast für diese Saison. Was hat Sie denn hierher verschlagen?«

Edgar zuckte mit den Schultern. »Neugier. Ich bin auf dem Weg nach Hause.«

Der Mann streckte ihm die Hand entgegen. »Ich heiße André. Herzliches Beileid. Diese Neugier werden Sie noch bereuen.« Er grinste.

Edgar versuchte zu lächeln. »Ist es so schlimm?«

»Nein. Schlimmer. Schauen Sie mal hinaus. Es fängt schon an.«

Die Luft vor dem Haus hatte sich verändert. Sand- oder Staubwolken verdunkelten die Sicht auf die gegenüberliegenden Häuser.

»Das ist erst der Anfang«, sagte André. »Die heiße Luft kommt aus dem Landesinneren und trifft hier auf etwas weniger heiße Luftschichten. Dabei passiert das gleiche, wie wenn Sie in einen vollen Aschenbecher hineinblasen. Der ganze Dreck fliegt uns um die Ohren. Tagelang sieht man den Himmel nicht.«

Wie zur Bestätigung flog ein kleiner Stein gegen das Fenster.

»Das ist die zweite schlechte Nachricht«, kommentierte André. »Caryas.«

Edgar hob fragend die Augenbrauen.

»Eine Mischung aus Heuschrecke und Libelle. Widerlich. Sie stechen nicht, aber wenn Ihnen drei oder vier davon gegen den Kopf knallen, ist es ekelhaft genug. Auch deshalb darf man die Fenster nicht öffnen.«

Edgar ging zur Tür und schaute hinaus. Eine stumme Verzweiflung keimte in ihm auf. Was für ein erbärmliches Nest! Wozu wollten die Engländer diesen Aurobindo eigentlich verhaften? Er saß doch bereits in einer Strafkolonie.

»Wie lange halten diese Winde an?« fragte er resigniert.

»Bis fünf oder sechs Uhr, also bis kurz vor Einbruch der Dunkelheit. Falls Sie dann spazierengehen wollen, meiden Sie bitte die dunklen Gassen und die Grasflächen. Es gibt hier Schlangen. Sie brauchen keine Angst vor Ihnen zu haben, sollten aber nicht auf sie drauftreten. Wollen Sie eigentlich etwas zu Abend essen?

Ich koche heute nicht, aber am Ende der Straße gibt es heute Fisch. Haben Sie Lust?«

»Ja, sehr gern«, antwortete Edgar. »Gibt es eigentlich auch eine gute Nachricht für jemanden, der hier ankommt?« wollte er dann noch wissen.

»Ja, sicher«, antwortete der Franzose und goß zwei Gläser mit Whiskey voll.

»Am achtzehnten kommt der Dampfer.«

11.

Nur in den Morgenstunden schien es hier Leben zu geben. Edgar war mehrfach durch die vier oder fünf Straßen spaziert, welche zu beiden Seiten des Hauptplatzes parallel zur Küste verliefen und den französischen Teil des Städtchens bildeten. Dabei hatte er aus der Ferne ein paar vermummte Damen in weißen Kleidern und weiten Hüten gesehen. Im übrigen waren ihm allerlei Kulis mit schwarzen Sonnenschirmen begegnet, die auf Botengängen zu sein schienen. Gelegentlich war er an kaum bekleideten Eingeborenen vorbeigegangen, die hier herumlungerten. Sie schauten ihn zwar neugierig an, rührten sich jedoch nicht von der Stelle, sondern saßen apathisch am Straßenrand oder lehnten an ihren Handkarren. Vereinzelt stand eine dieser Kutschen herum, mit denen er gestern angekommen war. Von André wußte er mittlerweile, daß sie aus dem achtzehnten Jahrhundert stammten und *pousse-pousse* genannt wurden. Mögliche Fahrgäste waren weit und breit nicht zu sehen.

Der Blick vom Pier auf das Meer war nicht weniger trostlos. Wurde hier jemals irgend etwas verladen? Von reger Handelstätigkeit war jedenfalls nichts zu bemerken. Drei größere Schiffe trieben weit draußen vor einem milchigweißen Horizont vorüber, aber sie würden hier offenbar nicht anlegen. Der aus Stein gemeißelte französische Herr namens Dupleix schien ihnen bedauernd nachzuschauen. Wie ein stummer Vorwurf ragten die Stelen in den farblosen Himmel.

Auf der Präfektur fragte man Edgar nur, wie lange er hier zu verbleiben gedenke, und stempelte ihm dann, ohne weiteres Aufheben um die Tatsache zu machen, daß er ohne Genehmigung eingereist war, einen Sichtvermerk in seinen Paß.

Edgar holte die Skizze hervor, die André ihm von der Stadt gemacht hatte, und ging die Rue de la Marine hinauf. Der Franzose hatte gestern abend zwar ein wenig den Mund verzogen, als Edgar ihn nach der Adresse des Ashrams gefragt hatte, doch er hatte ihm bereitwillig erzählt, was er darüber wußte.

»Deutsche gibt es hier keine«, hatte er gesagt, als er ihm die Wegbeschreibung reichte. »Im Moment sind nur zwei Europäer da, ein Franzose und eine Engländerin. Sonst sind wohl nur Inder hier. Mutter natürlich ausgenommen.«

»Mutter? Wessen Mutter?«

André lächelte und erklärte: »Vor einigen Jahren ist hier eine französische Spiritistin angekommen. Sie heißt Mira Alfassa, aber alle nennen sie nur ›die Mutter‹. Das hat in Indien nicht viel zu bedeuten. Es heißt nur, daß man diese Person als göttlich anerkennt und anbetet. Aurobindo hält offenbar sehr viel von ihr, denn er überläßt ihr die ganze Organisation des Ashram.«

»Und eine Engländerin ist auch da?« fragte Edgar mit unterdrückter Erregung.

»Ja. Datta. In Wirklichkeit heißt sie Dorothy Hodgson. Aber das ist immer das erste. Wer hier ankommt, dem verpassen sie einen neuen Namen. Der Franzose heißt Philippe. Aurobindo hat ihn Pavitra getauft.«

»Kennen Sie diese Miss Hodgson?«

»Ja, sicher. Es leben ja nur etwa zwanzig Leute dort im Ashram. Hier kennt jeder jeden. Wollen Sie den Ashram besuchen?«

Edgar hatte kurz überlegt und sich dann für die unverfänglichste Version seiner Geschichte entschieden. Er zog das Photo heraus, das Nandan ihm gegeben hatte, und zeigte mit dem Finger auf Gräfin Leonie.

»Das ist meine Tante«, erklärte er.

»Sehr hübsch«, bemerkte André.

»Das Photo ist über zwanzig Jahre alt. Sie ist sehr jung gestorben, 1902, bei einem Bergunfall. Das heißt, eigentlich ist sie verschollen. Ich habe sie nie kennengelernt. Sie muß kurz vor ihrem Tod oder Verschwinden in Indien gewesen sein. Wie Sie sehen, hat sie Aurobindo damals besucht. Ich möchte ihn gerne fragen, ob er sie gekannt hat. Das ist alles.«

»Aha. Deshalb sind Sie hier. Ahnenforschung. Nun, das ist wenigstens verzeihlich.«

André betrachtete das Bild etwas genauer. »Ja. Tatsächlich. Jetzt, da Sie es sagen, erkenne ich Aurobindo wieder. Er trägt die Haare heute lang und außerdem einen Vollbart. Wer sind die beiden anderen?«

»Der Mann neben meiner Tante ist irgendein Engländer. Ich glaube, sie reisten zusammen. Die Frau neben Aurobindo soll eine gewisse Sister Nivedita sein, ebenfalls Engländerin.«

André nickte. Dann stutzte er. Er nahm das Bild noch einmal zur Hand und betrachtete es eindringlich. »Wenn ich mich nicht irre, war der auch schon mal hier«, sagte er dann und deutete auf Manings. »Aber nicht vor zwanzig Jahren, sondern vor zwei oder drei.«

»Ach ja?« sagte Edgar mit gespielter Ruhe. »Was Sie nicht sagen.«

»Sieht jedenfalls aus wie ein Engländer, der mal hier gewohnt hat. 1924 war das. Manings. So hieß er. Phil Manings.«

Edgar schluckte.

»Offenbar war er ein Freund Ihrer Tante«, sagte André. »So wie die beiden da abgelichtet sind.«

Sein Instinkt sagte Edgar, daß er den Franzosen leichter würde ausfragen können, wenn er so tat, als ob er Manings nicht kannte.

»Wie lange war er denn damals hier?« erkundigte er sich.

»Drei, vier Wochen vielleicht. Im Hotel habe ich das Gästebuch. Da wird es drinstehen. Aber ich bin ziemlich sicher, es war im Januar 1924. Sehr viel bessere Reisezeit, kann ich Ihnen sagen.«

»Und was tat er hier?«

»Blieb ein paar Wochen und ging immer in den Ashram. Das übliche. Hat eine kleine Novizin von Aurobindo verführt. Die beiden sind sogar ein paar Tage an die Küste im Norden verschwunden. Solche Begegnungen sind im Ashram nicht gerngesehen. Ist ein recht prüder Haufen, wenn Sie mich fragen. Na ja. Der Engländer fuhr ja bald wieder.«

»Und das Mädchen?« fragte Edgar mit trockenem Mund.

»Angelina«, sagte André. »Nein. Warten Sie. Alina. Ja, so heißt sie. Sie ist immer mal hier und dann wieder weg. Eigentlich seit Jahren. Die meisten dieser Leute, die sich in Ashrams herumtreiben, sind Nomaden, immer auf der Suche nach einem Guru. Ihre Tante damals ja wohl auch.«

André betrachtete wieder das Photo. »Diese Sister Nivedita war doch eine der Vivekananda-Frauen, oder? Schon verrückt, diese Gurus, nicht wahr? Was macht sie nur so anziehend für all diese schönen Frauen? Sie kommen und gehen. Bis vor kurzem war eine Jüdin aus Südafrika hier. Sie hieß Jenny. Dabei blieb es auch. Sie haben ihr keinen indischen Namen gegeben. Eine ziemlich verlorene Seele. Die war wohl eher auf der Suche nach einem Mann.«

»Und wo ist sie jetzt?«

André zuckte mit den Schultern. »Ich vermute, nach Benares. Dort fahren sie am Ende alle hin. Und wenn sie nicht vorher schon verrückt geworden sind, dann werden sie es spätestens dort. Vielleicht ist sie auch mit den anderen zum Kali-Fest nach Tiruvannamalai gefahren.«

Edgar hielt es nicht mehr aus. Er mußte die Frage einfach loswerden. »Und diese Alina? Sie hat diesen Manings gekannt, und der wiederum kannte offenbar meine Tante. Vielleicht könnte ich einmal mit ihr sprechen?«

»Ja. Warum nicht?« sagte der Franzose, als sei es die selbstverständlichste Sache der Welt. »Sie ist wieder hier. Jedenfalls habe ich sie vor zwei Tagen am Cours Chabrol gesehen.«

Andrés Antwort hatte Edgar kurzzeitig alles vergessen lassen. Die Hitze, die Einöde und sogar die Caryas. Sie war wieder hier. Dann mußte sie es wirklich sein. Edgars Herz hatte aufgeregt zu schlagen begonnen. Und gleichzeitig war ihm flau geworden. Manings und Alina hatten sich vor zwei Jahren hier getroffen. Und geliebt. Sie waren ein verfluchtes Liebespaar!

»Ein wirklich hübsches Mädchen«, hörte er André sagen. »Aber mittlerweile ist sie wohl genauso keusch und vergeistigt wie alle hier.« André drehte die Augen zum Himmel.

»Wie besucht man so einen Ashram?« fragte Edgar und versuchte, seine Nervosität im Zaum zu halten.

André zuckte mit den Schultern. »Ganz einfach. Sie gehen zu einem Darshan.«

»Was ist das ?«

»Was das ist? Sie sind wirklich keiner der üblichen Indienfahrer, oder?«

»Nein. Ich fürchte nicht.«

»Ein Darshan ist eine Zusammenkunft mit dem Guru. Ein Gottesdienst, wenn Sie so wollen. Das findet dort jeden Abend statt. Es ist zwar nicht öffentlich, aber wenn Sie nur still dasitzen und zuhören, wird man Sie bestimmt nicht vertreiben. Fragen Sie die Mutter.«

Edgar nickte schweigend. Die Mutter? Das Ganze wurde ihm immer fremder.

»Und Sie meinen, ich kann dort einfach hingehen und mich dazusetzen?«

»Sicher. Es ist ja nichts anderes als eine Art Kirchgang. Mehr nicht. Die sitzen dort zusammen, und die meiste Zeit passiert gar nichts. Sie schweigen. Meistens kommt irgendwann Aurobindo zum Vorschein, und dann stellen sie ihm Fragen. Manchmal antwortet er sehr ausführlich. Manchmal sagt er gar nichts. Das ist alles.«

»Und deshalb will England ihn unbedingt verhaften?«

»Ach, Staaten sind nun mal nachtragend. Aber Frankreich wird ihn nicht ausliefern. Der Mann ist völlig harmlos.«

Ein harmloser Kirchgang? Wenn dem so war, so war es das erstemal, daß er sich einer Kirche mit zugeschnürter Kehle näherte. Würde er Alina gleich begegnen? Nach all diesen Wochen? Sie war hier. André hatte es bestätigt. Edgar blieb stehen und musterte das Gebäude. Rue de la Marine Nummer 9 nahm einen ganzen Straßenblock in Anspruch. Doch es gab nur einen Eingang, ein schmiedeeisernes Tor, das geöffnet war und den Weg in einen üppig bepflanzten Innenhof freigab. Edgar überquerte langsam die Straße und betrat zögernd den Hof. Er war völlig verlassen bis auf einen Inder, der dort im Schatten eines Baumes saß und las. Als er Edgar bemerkte, erhob er sich und kam auf ihn zu. Edgar legte die Hände vor der Brust zusammen und murmelte »Namaste.«

Der Inder tat es ihm gleich.

»Was wünschen Sie?« fragte er dann.

»Ich suche Aurobindo Ghose. Ich möchte ihn sprechen.«

Der Mann schaute ihn lächelnd an, doch es war deutlich zu spüren, daß er Edgars Ansinnen für absurd hielt.

»Das ist leider nicht möglich, Sir. Es gibt keine Privataudienzen.«

Edgar wartete einen Moment, um zu schauen, ob der Mönch eine Erklärung folgen lassen würde. Dem war jedoch nicht so.

»Würden Sie den Meister bitte fragen, ob er für mich eine Ausnahme macht?« fragte Edgar jetzt strenger. »Bitte bringen Sie ihm das hier.«

Damit reichte er dem Inder das Photo. Edgars direkte Frage und sein veränderter Tonfall hatten den Mann immerhin ein wenig verunsichert. Er betrachtete das Photo, dann wieder Edgar. Schließlich verschwand er im Haus. Edgar blieb, wo er war, und schaute sich um. Das Haus war in einem ebenso schäbigen Zustand wie sein Hotel. Allerdings wurde hier öfter gefegt. Dennoch sah alles heruntergekommen und verwittert aus. Die Fensterläden, die Veranda, der abblätternde Putz überall. Wovon lebten diese Menschen überhaupt? Von Spenden?

Zu seiner Überraschung kam der junge Inder bereits zurück. Er blieb vor ihm stehen und reichte ihm das Photo: »Wie ich Ihnen sagte. Er kann Sie nicht empfangen. Aber er hat eine Botschaft für Sie.«

Edgar nahm enttäuscht das Photo entgegen. »Wie lautet sie?«

»Der Meister sagt, sie sollen Mahendra meiden. Sein Einfluß ist von Übel.«

»Übel«, wiederholte Edgar. Das Wort fühlte sich seltsam an. *Evil*?

Der Inder nickte.

»Hören Sie, ich muß mit Ihrem Meister sprechen. Bitte.«

»Nein. Das ist unmöglich.«

Edgar stand unschlüssig da. »Ich bin um die halbe Welt gereist«, sagte er flehend.

»Niemand hat Sie gebeten, herzukommen.«

»Bitte«, wiederholte Edgar nach einer peinlichen Pause. »Bitte gehen Sie noch einmal zu ihm, und fragen Sie ihn, ob er diese Frau gekannt hat.« Er deutete auf Gräfin Leonie. »Es ist eine Verwandte von mir. Aurobindo muß sie gekannt haben. Bitte fragen Sie ihn wenigstens das. Dann werde ich gehen. Ich verspreche es Ihnen.«

Der Inder zögerte, dann nahm er das Photo wieder an sich und verschwand erneut im Haus.

Edgar stand bedrückt da. Er schaute sich suchend um. War Alina hier irgendwo? Am liebsten wäre er einfach hinter dem Mann hergegangen. Warum wollte Aurobindo ihn nicht empfangen?

Es vergingen mehrere Minuten. Plötzlich tauchte der Inder im Türrahmen des Hauses auf, in dem er kurz zuvor verschwunden war, und machte ihm energisch ein Zeichen, ihm zu folgen. Edgar durchquerte den Hof. Was der Inder davon hielt, daß Edgar nun doch vorgelassen wurde, stand ihm ins Gesicht geschrieben. Er wirkte verstört und mißmutig.

»Ihre Schuhe!« zischte er, als Edgar die Schwelle betrat.

Edgar zuckte zusammen. Er zog seine Schuhe aus und betrat die enge Treppe, die in den ersten Stock führte. Ein dämmeriger Flur führte tief in das Gebäude hinein. Hier oben herrschte völlige Stille. Der junge Inder bog nach rechts ab. Als auch Edgar den Türrahmen erreicht hatte, lag der junge Mann bereits ausgestreckt auf dem Boden. Edgar schaute verwundert in den Raum hinein. Der Mann, den er suchte, saß reglos auf einem Sessel. Der junge Inder richtete sich langsam wieder auf und verließ in gebückter Haltung den Raum.

»Please come in«, sagte Aurobindo leise.

Edgar machte zwei unsichere Schritte in das Zimmer hinein. Erwartete man von ihm vielleicht auch, daß er sich auf den Boden warf?

»What is your name?« fragte Aurobindo.

Edgar nannte seinen Namen.

»Please, sit down.«

Edgar ließ sich auf dem Boden nieder. Er betrachtete Aurobindo und dachte an die Gerüchte und Geschichten, die er über ihn gehört hatte. All diese Aufregung wegen eines Mannes, der hier am Ende der Welt in einem abgedunkelten Zimmer saß und meditierte?

»You wanted to speak to me?« fragte der Inder. Er schaute ihn ausdruckslos an und wartete.

Edgar räusperte sich. Wo sollte er nur beginnen?

»Ich wollte Sie fragen, ob Sie diese Frau auf dem Photo gekannt haben.«

Aurobindo erwiderte nichts.

Edgar fügte hinzu: »Diese Frau ist meine Tante. Ich möchte herausfinden, warum sie damals nach Indien gereist ist.«

»Und warum fragen Sie sie das nicht selbst?«

»Sie lebt nicht mehr. Sie ist nur wenige Monate, nachdem dieses Photo aufgenommen wurde, gestorben. Ich bin ihr nie begegnet.«

Aurobindo nickte. Dann sagte er: »Wußte Ihre Tante denn, warum sie in Indien war?«

Die Frage verblüffte ihn. Aurobindo wartete.

»Das weiß ich nicht«, antwortete Edgar. »Ich weiß fast nichts über sie. Vielleicht folgte sie diesem Mann hier. Er soll Mahendra heißen. Ich würde auch gerne erfahren, wer er ist. Deshalb habe ich Sie aufgesucht ...«

Der Inder zog erstaunt die Augenbrauen hoch: »Sie kennen also Mahendra?«

»Ja.«

Ein Anflug von Bedauern huschte über Aurobindos Gesicht.

»Sie kennen ihn auch, nicht wahr?« fragte Edgar.

»Ja.«

Aurobindo schwieg einen Augenblick lang. Dann fuhr er fort: »Sie haben viele Fragen, junger Mann. Das Photo, das Sie mitgebracht haben, ist im Oktober 1902 entstanden. Sister Nivedita kam damals zu mir und brachte Mahendra und die junge Frau mit, von der Sie sagen, sie sei Ihre Tante. Ich kannte Mahendra flüchtig. Wir sind uns vor vielen Jahren schon einmal in London begegnet. Aber wir hatten niemals irgendwelche Gemeinsamkeiten.«

»Und meine Tante?«

»Soweit ich mich erinnere, war sie eine von Swami Vivekanandas Frauen.«

»Kannte sie ihn denn?«

»Ich nehme es an. Warum wäre sie ihm sonst nach Kalkutta gefolgt?«

»Aber woher sollte sie ihn gekannt haben?«

Aurobindo zuckte mit den Schultern. »Das kann ich Ihnen leider nicht sagen. Vivekananda war mehrere Monate in Europa. Danach kamen sehr viele. Aber die meisten blieben nicht lange. Auch Mahendra verschwand damals schon bald wieder.«

Aurobindo verstummte wieder.

Aber Edgar hatte das Gefühl, daß er gleich weitersprechen würde. Daher wartete er.

»Ich habe Mahendra vor zwei Jahren das letztemal gesehen. Er kam nach Pondicherry, um mir noch einmal den gleichen Vorschlag zu unterbreiten wie damals in Baroda. Er wollte mir Schüler bringen, Schüler aus dem Westen, die ich ausbilden sollte. Ich habe natürlich abgelehnt und ihm erneut erklärt, daß sein Vorhaben von Übel sei. Danach habe ich ihn nicht mehr gesehen. Ich hatte gehört, er sei nach Europa zurückgekehrt. Stellt Sie diese Antwort zufrieden?«

Edgar nickte.

»Und meine Tante … ich meine, all diese Frauen, die damals kamen. Was wollten sie hier?«

»Warum sind Sie hier?«

Edgar wußte darauf keine Antwort.

»Wer reist, der sucht«, beantwortete der Inder seine Frage indessen selbst. »Er sucht vermutlich am falschen Ort, aber er sucht. Viele kommen hierher, weil sie etwas suchen.«

Es entstand eine längere Pause. Er würde keine zweite Möglichkeit bekommen, diesem Mann allein gegenüberzusitzen, dachte Edgar nervös.

»Vor etwas mehr als einem Monat hat Mahendra sich in Berlin mit mir in Verbindung gesetzt«, begann er und erzählte in groben Zügen, was sich bisher zugetragen hatte. Er mußte jemanden finden, der ihm dieses Rätsel lösen half.

Als er Alina erwähnte, verdunkelte sich Aurobindos Gesichtsausdruck. Aber er hörte Edgar bis zum Ende zu, ohne ihn zu unterbrechen. Dann sagte er: »Sie suchen also das Mädchen, nicht wahr?«

»Ja.«

»Sie ist nicht mehr hier. Ich habe sie weggeschickt. Ihre Erzählung bestätigt meinen Eindruck von ihr. Sie ist wie Mahendra. Wenn Sie einen Rat von mir möchten, dann meiden Sie sie.«

Edgar schüttelte den Kopf. »Ich muß sie finden. Ich muß mit ihr sprechen. Können Sie mir sagen, wo ich sie finden kann?«

»Sie ist vor zwei Tagen abgereist, nach Tiruvannamalai, zum Durga-Fest.«

Edgars Herz schlug zweimal kräftig. Dann schien es auszusetzen. »Wo ist das?« fragte er matt.

»Zwei Tagesreisen westlich von hier.«

»Auf britischem Gebiet?«

Aurobindo nickte.

»Und wann kommt sie zurück?«

»Ich denke nicht, daß sie zurückkommt.«

Edgar sank in sich zusammen. Vor zwei Tagen! Verwünschtes Madras. Warum war er nicht gleich hierhergefahren? Und wie sollte er sie dort finden? Aurobindo betrachtete ihn jetzt mit einer Mischung aus Verwunderung und Neugier.

»Sie hat Sie belogen und betrogen, und dennoch folgen Sie ihr. Warum?«

»Weil sie mir erklären soll, warum sie das getan hat.«

Aurobindo schloß kurz die Augen.

Etwas war sehr merkwürdig an dem Mann. Edgar hatte den unerklärlichen Eindruck, als bereite es ihm Schwierigkeiten, hierzusein. Nicht hier in diesem Raum, sondern überhaupt hier. Stand er möglicherweise unter Drogen? Aber dafür gab es keinerlei Anzeichen. Er sprach hervorragendes Englisch, wirkte völlig wach und gegenwärtig. Und dennoch schien er ganz woanders zu sein.

»Alina wird Ihnen nichts erklären können. Wenn Sie bei Mahendra war, dann wird Mahendra sie gelenkt haben. Mahendra hat immer alle gelenkt, die mit ihm zu tun hatten. Er ist auf seine Weise sehr mächtig.«

»Aber warum ich?« fragte Edgar. »Was wollte er von mir? Verstehen Sie nicht, daß ich das wissen muß?«

»Doch. Das verstehe ich durchaus. Aber dieser Mann bringt Unglück. Ihrer Tante, Alina und jetzt sogar Ihnen. Er steuert Sie.«

Edgar wurde unbehaglich zumute. Was sollte denn das heißen? »Wie meinen Sie das?«

»Sehen Sie sich doch an, Edgar. Wo befinden Sie sich? Er hat Ihnen seinen Willen aufgezwungen. Sie sind um die halbe Welt gereist und wissen nicht einmal, warum.«

»Ich … natürlich weiß ich, warum ich hier bin.«

»So. Und warum? Um einem Mädchen zu folgen, das Sie im Auftrag eines Verführers verführt hat?« entgegnete Aurobindo. »Um die Motive einer entfernten Verwandten zu ergründen, die selbst nicht einmal gewußt haben dürfte, was sie hier soll? Ich glaube, nichts davon hat wirklich etwas mit Ihnen zu tun, Edgar. Sie sind einzig und allein deshalb hier, weil Mahendra es wollte.«

Edgar starrte wie gebannt auf den Mann vor sich. Aber der war noch nicht fertig.

»Die wirkliche Frage lautet: Was wollen Sie? Mahendra hat Macht über Sie, weil Sie sich diese Frage nicht stellen wollen. Daher stellt er Ihnen seine.«

Edgar spürte, daß ihm Tränen in die Augen stiegen. Wieso? Weil der Mann ausgesprochen hatte, was er längst fühlte. Daß das Spiel noch immer nicht zu Ende war. Daß er aus Manings' perfidem Netz einfach nicht herausfand und daß er im übrigen keine Ahnung hatte, was ihn jenseits davon erwartete. Er war ein Niemand, eine umherirrende Frage. Aber diese Frage war alles, was er gegenwärtig hatte. Ein Versprechen auf eine Antwort. Daran klammerte er sich. Es mußte eine Antwort, einen Sinn geben.

Er erhob sich. Aurobindo schaute ihn an. Aber Edgar wandte sich ab.

»Ich danke Ihnen«, stammelte er und wollte gehen.

»Kommen Sie heute abend zum Darshan«, sagte Aurobindo ruhig. »Sie sind willkommen.«

12.

Edgar begann, diese Welt zu hassen.

Er lief die Rue Suffren zu seinem Hotel zurück. Am Horizont ballten sich bereits wieder dunkle Sandwolken zusammen. Mit Erleichterung stellte er fest, daß André hinter seinem Empfangstresen saß.

»Nun, haben Sie unsere hübsche Stadt besichtigt?« fragte er spöttisch.

Edgar ließ sich in einen Sessel fallen.

»Auch ein Gläschen für Sie?«

Er nickte. »Wie halten Sie es hier nur aus?« fragte Edgar.

»Ich lese viel. Von November bis Februar ist es auch angenehmer. Mehr Betrieb. Sie haben die schlechteste Zeit erwischt. Hier. Bitte.«

Edgar trank.

»Und. Waren Sie dort?«

Er nickte.

»Merkwürdige Versammlung, nicht wahr?«

»Ja.«

»Haben Sie die Mutter getroffen?«

Edgar schüttelte den Kopf. »Nein. Nur ihn.«

»Aurobindo hat Sie empfangen?« André nickte respektvoll.

»Ist das so außergewöhnlich?«

»Für persönliche Audienzen soll er immer unzugänglicher werden. Die meisten, die ihn sehen wollen, werden abgewiesen.«

Ein Windstoß rüttelte am Fenster. Von einem Augenblick auf den anderen verdunkelte sich die soeben noch sonnenbeschienene Straße. André schloß die Eingangstür.

»Er hat mich für heute abend zum Darshan eingeladen.«

»Und. Werden Sie hingehen?«

»Nein. Ich glaube nicht.« Er nippte an seinem Glas. Dann fügte er hinzu: »André, ich will nach Tiruvannamalai. Wie komme ich dort hin?«

Der Franzose verzog das Gesicht. »Was wollen Sie denn dort?«

»Ich will mir das Tempelfest anschauen. Und noch etwas: Ich muß die britische Grenzkontrolle umgehen. Wissen Sie, wie man so etwas macht?«

Der Franzose schaute Edgar mit großen Augen an. »Finden Sie mein Hotel so schlecht?«

Edgar lächelte. Er mochte den trockenen Humor des Franzosen. »Ich behalte mein Zimmer«, bot er an. »Ich mache ja nur einen Ausflug.«

»Ist Ihnen klar, was Sie da vorhaben? So ein Tempelfest ist kein Spaß. Ein völliger Irrsinn ist es. Tausende von Pilgern aus allen Landesteilen kommen dort zusammen. Die Hitze, der Gestank, das können Sie sich gar nicht vorstellen. Jede Menge Kranke mit ansteckenden Krankheiten. Und erst das Gedränge. Es gibt jedes Jahr Tote.«

»Ich muß dorthin«, entgegnete er bestimmt. »Es soll zwei Tagesreisen entfernt sein. Ich habe also genügend Zeit. Der Dampfer kommt erst in zwölf Tagen. Sie kennen sich hier aus. Sie können mir bestimmt sagen, wie ich dort hinkommen kann.«

»Nehmen Sie den Zug von Villupuram.«

»Das kann ich nicht. Ich bin von Madras abgereist, ohne mich abzumelden. Wenn man mich kontrolliert, bekomme ich große Probleme. Möglicherweise weist man mich dann sofort aus.«

Der Franzose nickte. Dann sah er Edgar wieder an, als habe er den Verstand verloren. »Es gibt natürlich eine Möglichkeit. Aber schauen Sie doch hinaus. Die Sandstürme, die Caryas, die Hitze. Vom Weg selbst ganz zu schweigen. Es ist eine einzige Strapaze. Wo wollen Sie übernachten? Zwischen Villupuram und Tiruvannamalai gibt es nichts, das auch nur entfernt an ein Hotel oder eine Herberge erinnert. Wollen Sie vielleicht zwischen Ratten und Affen in einem dieser verdreckten Tempel übernachten? Sie wissen ja nicht, worauf Sie sich da einlassen. Es gibt kaum sauberes Wasser. Nur Abfälle überall von Tausenden von Pilgern. Und die ganzen Krankheiten. Lassen Sie das lieber sein.«

»Ich habe keine Wahl. Kennen Sie nicht jemanden, der mich hinbringen kann?«

André starrte halb amüsiert, halb entsetzt vor sich hin.

»Bitte helfen Sie mir. Ich bezahle jeden Preis.«

Der Franzose schüttelte irritiert den Kopf. »Ich warne Sie«, sagte er, »Sie berühren da einen wunden Punkt bei mir.«

»Wieviel?«

Alina war dort. Es war die letzte Spur, die er von ihr hatte. Der Himmel wußte, wohin sie gehen würde. Er würde sie niemals wiederfinden. Er hatte schon viel zuviel Zeit vergeudet. Sie noch einmal sehen.

Wenigstens auf eine Frage wollte er eine klare Antwort. Und fiele sie noch so niederschmetternd aus. Gräfin Leonie, Manings, seine Familie in Hamburg oder London – das könnte ihm tatsächlich alles gleichgültig sein. Aber nicht Alina. Denn sie stand für etwas anderes, etwas Elementares. Das Gespräch mit Aurobindo hatte ihm das gezeigt. Die wirkliche Frage: Was wollen Sie? Er wollte Alina. Sonst nichts. Die stumme Unendlichkeit, die er in intimen Momenten mir ihr erlebt hatte. Das war alles. Und wenn das eine Täuschung war, dann blieb ihm nichts mehr. Auch kein Sprung über irgendwelche Mauern am Ende der Welt. Auch keine Stille in seinem Kopf. Es ging um die einzige Sicherheit, die er hatte, um den einzigen Glauben, den er sich nicht zerreden konnte. Er liebte diese Frau. Aus einem Instinkt, aus einer Tiefe heraus, die namenlos und unbedingt war. Allein das hatte ihn bis in diese Einöde getrieben und würde ihn nun auch noch das letzte Stück zurücklegen lassen. Sie sollte ihm in die Augen sehen und ihm die Wahrheit sagen. Das war alles.

»Es gibt natürlich eine Möglichkeit«, lenkte André endlich ein. »Und es ist nicht einmal teuer. Aber das machen wirklich nur Verrückte.«

»Wieviel?« wollte Edgar erneut wissen.

»Das ist nicht die Frage«, sagte André. »Die Frage ist: Wie färben wir Ihre braunen Haare schwarz? Kommen Sie.«

War es ein Test? Eine Prüfung? Wo ging er mit ihm hin? Was war das nur für eine Welt? Sie waren nur zwei Häuserblocks weiter gegangen und hatten einen übelriechenden Kanal überquert. Jenseits davon endete schlagartig die europäische Architektur. Und nicht nur das. Der *nerpoucatou* blies auch hier. Aber der Sandsturm war die geringste Plage. Erbärmliche Hütten krallten sich in die rote Erde. Wie war das nur möglich? Kaum einen Steinwurf vom französischen Gouverneurspalast entfernt lag diese Hölle? Edgar starrte fassungslos auf die ausgemergelten Gestalten, die auf der Erde kauerten. Kinder mit aufgeblähten Bäuchen stolperten auf sie zu und hielten ihre Hände auf. André warf ein paar Münzen auf den Boden und zog Edgar rasch hinter sich her. Ein Bettler krümmte sich am Straßenrand. Seine Augen waren verdreht, schmutzstarrend der von Geschwüren bedeckte Körper. Fliegen umschwirrten seinen Mund. André beachtete weder den offenbar sterbenden Menschen noch Edgars geweitete Augen.

»Wohin gehen wir?« fragte Edgar keuchend.

»Zum Manakula-Tempel. Wir müssen eine Gruppe für Sie finden. Der Preis wird nicht das Problem sein. Aber wir brauchen eine Ausrüstung. Rote Pajamas, Durka, Beutel, Schal und so weiter.«

War dies ein Vorgeschmack auf das, was Edgar bevorstand? Mit stummem Entsetzen blickte er auf all das Elend, an dem sie vorübergingen. Er sah zerfressene Gesichter, Blinde mit zerlaufenen Pupillen, Kinder mit abgefaulten Gliedmaßen. Doch niemand nahm Notiz von den Elendsgestalten.

Der Tempel war überfüllt von Menschen. Rote Roben waren die vorherrschenden Kleidungsstücke. Selbst in der staubigen Luft leuchteten sie. André erklärte Edgar, der Tempel sei Ganesha geweiht, dem Gott mit dem Elefantenkopf. Aber Edgar hörte ihm gar nicht richtig zu. Beklommen musterte er die Versammlung von Pilgern. Und auch er wurde mißtrauisch angestarrt. Edgar sagte sich immer wieder, daß dies doch nur Menschen waren, Menschen wie er, die nun einmal schwarze Gesichter hatten und rote und weiße Farbstriche auf der Stirn trugen. Aber das war natürlich eine Illusion. Er kam nicht nur aus einer anderen Welt, sondern auch aus einer anderen Zeit. All diese Sadhus mit ihren Kränzen aus geschnitzten kleinen Totenschädeln um den Hals, mit ihren zu Klumpen verfilzten Haaren und ihren von aberwitzigen Askeseübungen ruinierten Körpern.

André schien seine Gedanken zu erraten. »Sollen wir umkehren?«

Edgar schüttelte den Kopf.

»Manche hier werden sich den ganzen Weg über bei jedem Schritt auf den Boden werfen«, erklärte André. »Sie können sich vorstellen, wie sie aussehen, wenn sie dort ankommen. Dagegen war Golgatha ein Spaziergang. Das bringt natürlich ein enormes Ansehen. Sehen Sie den mit dem hochgestreckten Arm?«

Ja, Edgar sah ihn. Aber er begriff nicht, was er sah. Was war mit diesem Körper passiert?

»Eine Form von Buße, die mehr und mehr Nachahmer findet. Sie lassen sich den Arm an einem Deckenbalken festbinden und sich gleichzeitig auf einem Stuhl festschnallen. Dann werden die Adern abgebunden. Der Arm stirbt ab. Die Sehnen und das Fleisch schrumpfen und trocknen. Das Ergebnis sehen Sie.«

Edgar traute seinen Augen kaum. Dem Mann wuchs etwas aus der Schulter empor, das wie ein verdrehter Ast aussah.

»Nun ja«, bemerkte André spöttisch. »Unsereins steigt auf den Everest und bricht sich dabei den Hals.«

Edgar war angeekelt, schaute aber dennoch wie gebannt zu dem Mann hinüber. Etwas Leben war sogar noch in dem toten Arm. War das möglich? Alles in ihm sperrte sich gegen den Anblick: Die Nägel der geballten Faust waren durch das Fleisch der Handfläche hindurchgewachsen und ragten als lange Krallen auf der anderen Seite wieder heraus.

Edgar würgte. André schüttelte nur den Kopf. »Ich habe Sie ja gewarnt. Das ist nur der Anfang. Wollen Sie sich das wirklich antun?«

Edgar versuchte, ruhig zu atmen und seine Sinne unter Kontrolle zu halten. »Ich muß dorthin«, flüsterte er.

»Nun gut, Monsieur. Hier hinein.«

13.

Er gab es schon bald auf, sein Gesicht abzuwischen. Er hielt nur regelmäßig den roten Schal feucht, den er zum Schutz gegen die Sonne über seinen Kopf geworfen hatten. Sich die Haare schwarz zu färben wäre gar nicht notwendig gewesen. Keiner der britischen Polizisten würdigte ihn in der Masse der Pilger auch nur eines Blickes. Er war einer von Tausenden, ein Tupfen in diesem Meer von roten Leibern, das sich auf die Tempelstadt zuwälzte. Selbst wenn es jemand gewollt hätte, hätte niemand diesen Zug kontrollieren können.

Edgar lief und lief, den Blick auf den Boden geheftet, um Steinen und Mulden auszuweichen. Sechs Stunden waren es bis zur Grenze gewesen. Dieses Hindernis lag jetzt hinter ihm. Blieb noch der Marsch bis in die Nacht und dann ein weiterer Tag, der nach Andrés Auskunft durch eine Ebene führen würde, in der die Hitze entsetzlich zu sein versprach. Aber noch war er hier, kurz hinter Villupuram, versorgt mit frischem Wasser und Obst, das er bei jedem Schritt in seinem Beutel gegen seine Seite schlagen spürte.

Niemand kümmerte sich um ihn. Es war ihm recht. Er brauchte seine ganze Kraft, um diesen Marsch durchzustehen. Bisweilen überkam ihn Angst, insbesondere wenn sie sich wieder einem der Dörfer näherten, an denen sich der Pilgerweg vorbeischlängelte. Immer das gleiche Bild: Elend und Wahnsinn. André hatte ihn davor gewarnt. Es herrschte Dürre. Es gab Seuchen. Er hatte ihm eingeschärft, nur geschältes Obst zu essen. Kritisch war die Strecke zwischen Villupuram und Tiruvannamalai. Dort gab es nirgends sauberes Trinkwasser. Er müsse versuchen, am Abend in Ginji, oder wo immer er übernachten würde, welches abzukochen. Aber würde es genügend Holz geben? So viele Tote mußten verbrannt werden. Schon für sie war nicht genug da. Er hatte Eltern mit einem toten Kind auf dem Arm gesehen, die um Holz für die Bestattung bettelten.

Während einer Rast war er Zeuge einer Verbrennung geworden. Die Tote lag, mit kunstvoll gebrochenen Gliedern, fast rechteckig gefügt, auf einem kleinen Holzstoß. Die Bestatter hatten Mühe, die allgegenwärtigen Krähen zu vertreiben. Einer gelang es dann doch, der Toten im Gesicht herumzupicken, bevor die Flammen das grausige Mahl vereitelten. Edgar wunderte sich über seine eigene Teilnahmslosigkeit. Lag es an der Erschöpfung? An der Hitze? Er roch den süßlichen Gestank des verbrennenden Fleisches, hörte das Knacken des Feuers. Als der Schädel mit einem lauten Knall aufplatzte, war auch in Edgar etwas gesprungen. Er hatte plötzlich das Gefühl, auf eine andere Weise da zu sein. Seine Wahrnehmung änderte sich. Sein Wille schien plötzlich nichts mehr mit ihm selbst zu tun zu haben. Ein Fremdkörper. Er fühlte eine pelzige Taubheit. Ihm war kalt und warm zugleich. Und im selben Augenblick spürte er eine fürchterliche, endgültige Einsamkeit.

Edgar erhob sich. Sein Blick fiel auf einen Skorpion, keine Handbreit neben der Stelle, an der soeben noch sein Fuß geruht hatte. Da ist ein Skorpion, sagte eine Stimme in seinem Kopf. Das war alles. Im nächsten Augenblick spürte er einen brennenden Schmerz an der Ferse. War er gestochen worden? Er untersuchte seinen Fuß. Aber er sah keinen Einstich. Nur etliche Blasen. Hatte André ihm nicht Verbandszeug eingepackt? Er humpelte auf die Straße zurück, zurück zu den anderen.

Dieser taube Zustand dauerte bis in die Abendstunden an, dann kehrten andere Gefühle zurück: Schmerzen, Angst und

Beklommenheit. Er saß in der Masse der Pilger in einem Tempel, starrte vor sich hin, stellte sich irgendwann in die Schlange, an deren Ende Reis und Gemüse verteilt wurden. Er aß schweigend, kaum fähig zu schlucken vor Traurigkeit und Verzweiflung. Er hatte die Gewißheit, morgen nicht mehr aufstehen zu können. Seine Füße waren geschwollen. Sein Kopf dröhnte. Noch hatte er zwar keinen Hitzschlag erlitten, aber sein Körper war für diese Strapaze nicht ausreichend vorbereitet. Mit äußerster Anstrengung käme er vielleicht noch eine Tagesreise weiter. Aber dann wäre er am Ende. Zurückkehren? Oder riskieren, daß er völlig am Ende seiner Kräfte in Tiruvannamalai zusammenbrach, zertrampelt in einer Massenpanik. Sein Zimmer im Hôtel d'Europe hing wie eine Fata Morgana vor seinem geistigen Auge, während fremdartige Gesänge an sein Ohr drangen. Etwas zupfte an seinem Proviantbeutel. Er fuhr herum. Ein Affe! Nein zwei, drei. Erschrocken schlug er mit einem Stock nach ihnen und traf einen direkt am Kopf. Kreischend sprang das Tier ihn an, machte jedoch im letzten Augenblick kehrt und stürzte mit den anderen davon. Kalter Schweiß lief Edgar den Rücken hinab. Er konnte das Tier noch riechen. Haßerfüllt schaute er ihm nach, wie es einen der mit tausend Götterbildern ausgemeißelten Türme erklomm.

Edgar sank in sich zusammen, zitternd vor Angst oder vielleicht auch wegen der Nachtkälte, die jetzt mühelos durch den dünnen roten Baumwollstoff drang. Seine Glieder schmerzten. Stechmücken plagten ihn unablässig. Alle paar Minuten drehte er sich herum, um eine weniger schmerzhafte Position zu finden. Die Kälte. Der harte Boden. Immer wieder hörte er den Knall des aufplatzenden Schädels. Er flüsterte Alinas Namen. Er starrte zu den Sternen hinauf. Die Sterne waren da. Das war alles. Alles war nur einfach da. Der Schmerz. Der wütende Affe. Tausende von Menschen um ihn herum, nicht weniger einsam als er unter diesem schweigenden Himmel.

Als die ersten sich erhoben, torkelte er hinter ihnen her. Er trank einen Schluck Wasser und stellte bestürzt fest, daß er völlig vergessen hatte, eine neue Ration abzukochen. Aber es war ohnehin nicht möglich gewesen. Er mußte es sich gut einteilen. Mit einem Griff versicherte er sich, daß sein Obst noch da war. Aber er aß noch nichts. Es war noch dunkel, noch relativ kühl. Die frühe Stunde mußte er nutzen. Er marschierte heute schon besser als gestern, trotz erheblicher Schmerzen in den Schenkeln. Die Sonne ging auf. In der Ferne schälte sich ein Geröllhügel aus dem Morgendunst. Eine gewaltige Festung thronte obenauf, eine Ruine, wie er eine Stunde später erkennen konnte.

»Ginji, Ginji«, rief einer seiner Weggenossen ihm im Vorbeigehen zu. Edgar nickte dankbar. Das alte Fort hatte André ihm gestern auch genannt. Dann waren es jetzt nur noch sieben Stunden. Er stützte sich gegen einen der hausgroßen Felsbrokken, mit denen diese Ebene übersät war. Wer hatte sie zu einem Hügel aufgeschichtet? Mit welchem Werkzeug? Und dann noch das gigantische Fort obendrauf, in gut hundert Meter Höhe! Warum war es verlassen?

Dann stutzte er. Wer fragte sich all diese Dinge? Was ging ihn das alles an? Er biß die Zähne zusammen, denn seine Füße schmerzten immer heftiger. Er würde niemals zu Fuß zurückkehren können. Es war aussichtslos. Er entschied schon jetzt, daß er … doch er konnte den Gedanken nicht mehr zu Ende denken. Er schwebte vor ihm wie ein verschwommenes Bild, aber er vermochte ihn nicht zu fassen. Erstaunt wohnte er einem merkwürdigen Phänomen bei. Sein Bewußtsein vollzog merkwürdige Kapriolen. Es schien sich zu zersetzen und gleichzeitig neuerlich zusammenzusetzen. Es wurde zerschnitten, doch die Schnittstellen wuchsen sogleich wieder an anderen Stellen fest, wo sie nicht hingehörten. Ein merkwürdiger Kreislauf war in Gang gekommen. Edgar sah sich gehen. Er spürte, wie die Energie, die ihn vorwärtsbewegte, durch ihn hindurchging. Doch im gleichen Augenblick wußte er auch, daß das nicht er war. Nein, der Impuls kam aus einer rätselhaften Ferne, aus einem Ort in seinem Kopf, wo sich immerzu etwas zusammenzog und ausdehnte. Von dort floß die Bewegung in seine Gliedmaßen und verlief sich dann wieder in den rätselhaften Verzweigungen seines Wachseins. Er mußte stundenlang so gelaufen sein. Wie ein Zeuge seiner eigenen Wahrnehmungen. Dann brachen diese Eindrücke mit einem Schlag ab. Ein entsetzlicher Lärm drang an seine Ohren. Da war er wieder. Der Lärm, den er auf dem Meer schon einmal gehört hatte. Der Lärm der Hitze. Mit Mühe schaffte er es in den handtuchbreiten Schatten eines Felsens und kauerte sich dort nieder. Ihm war speiübel. Er trank etwas Wasser, aber das linderte seine Not nicht. Die wenigen Zentimeter Schatten schmolzen in Windeseile dahin. Schon trafen ihn wieder die ersten Strahlen der sengenden Sonne. Er raffte sich auf. Noch vier Stunden. In einem dreckigen Tümpel tränkte er seinen Schal und ignorierte den üblen Gestank, der ihn begleitete. Über und über verdreckt war er jetzt ohnehin. Seine Augen zu Schlitzen verengt, die Lippen aufgesprungen, die Füße geschwollen, stolperte er weiter. Noch drei Stunden. Eine düstere Ahnung stieg in ihm auf, daß es jetzt nur noch um eines ging: diese Stadt lebendig zu erreichen. Er kämpfte gegen die Versuchung an, sich einfach fallen zu lassen. Wie vielversprechend sah doch der Boden aus, diese weiche Mulde dort, in der er ausruhen könnte. Aber jetzt zeichnete sich am Horizont bereits der heilige Berg von Tiruvannamalai ab. Der heilige Berg? Edgar mußte kichern bei dem Gedanken. Was war schon heilig? Und was nicht? Wie närrisch war das doch alles. Er war sich darüber im klaren, daß er nicht recht bei Sinnen war. Doch der Zustand hatte seine ganz eigene Klarheit, eine fremdartige Reinheit.

Alles ist.

Mehr war nicht festzustellen. Das war seltsam befreiend. Er stank wie ein Vieh. Er war völlig erschöpft. Vielleicht wäre seine Reise hier zu Ende. Nicht nur seine Reise. Alles. So sei es. Amüsiert betrachtete er, wie sich etwas in ihm aufrichtete. Ein zorniger Widerspruch. Er war schön, dieser Widerspruch. Männlich kam er ihm vor. Und lächerlich zugleich. Er wollte ihn in den Arm nehmen, ihn trösten. Es ist, wie es ist, wollte er ihm sagen. Aber der Widerspruch ließ sich nichts sagen. Und dann war er wieder in ihm. Jawohl. Recht hatte er. Er war in ihm, der Widerspruch. Oder wer war in wem? Die Sonne. Es war die Sonne. Oder das Gedränge. Warum jetzt wieder so viele Pilger? Er spürte die Körper um sich her. Wie sollte man denn an diesem Ort atmen? Staub stieg ihm in die Nase. Aha. Da waren sie. Die Türme des Tempels, riesenhaft. Alle vierzigtausend Götter dieses Landes auf einer Pyramide zusammengepfercht. Wie Totempfähle standen sie sich gegenüber. Und unter sich die Massen von Pilgern, die hereinströmten, um einen Platz in der dunklen Brühe des Beckens zu ergattern. Musik von allen Seiten. Blumen. Gesang. Dann stockte alles. Der Druck wurde stärker. Wirre Befehle erklangen. Oder was schrien diese Rufer alle durcheinander?

Edgar war mitten unter ihnen. Er konnte sich nicht bewegen. Er war eingeklemmt. Panik stieg in ihm auf. Er drückte und preßte. Mißbilligende Blicke trafen ihn. Empfand nur er diese entsetzliche Enge? Er schloß die Augen und versuchte zu vergessen, wo er sich befand. Einige Minuten gelang es ihm. Doch dann brach die Vorstellung wieder in sein Bewußtsein ein. Er war hier gefangen. In jeder Richtung standen Tausende von Menschen und konnten ihn jederzeit erdrücken. Eine rasche Bewegung, ein winziges Sich-zur-Seite-Neigen dieser Masse, und er wäre verloren. Er mußte fort von hier.

Möglichst behutsam drückte er sich zwischen die Leiber. Aber sie gaben nicht nach. Im Gegenteil. Sie erhöhten den Gegendruck. Edgar hob die Arme. Nach allem, nach dem gräßlichen Marsch nun das. Wie war er hier hereingeraten? André hatte ihn doch gewarnt. Er war unaufmerksam gewesen, war mechanisch weitergelaufen. Er ruderte mit den Armen in der Luft. Aber er erntete nur verständnislose Blicke. Zum Becken. Sie alle wollten zum Becken. Alles andere war gleichgültig.

So sei es.

Alles ist.

Nein, er konnte nicht mehr. Er mußte hier raus. Jetzt schlug er um sich. Jemand packte seine Hände, hielt ihn fest. Wenn er jetzt hinfiel, war er verloren. Nur nicht hinfallen. Er schrie auf. Plötzlich waren seine Hände wieder frei. Aber er stürzte. Sein Kinn schlug auf die Schulter des Mannes vor ihm. Aber noch stand er. Sein gehetzter, fiebriger Blick jagte über die Köpfe hinweg. Ein Ausgang. Er mußte hier heraus. Mit aller Kraft stemmte er sich gegen die Leiber, die ihn von der nächstgelegenen Mauer trennten. Für einen Augenblick ließen sie sich auseinanderdrücken. Doch er war kaum einen Meter vorangekommen. Er stemmte sich erneut gegen den Widerstand der anderen. Nichts geschah. Ein weiterer Versuch brachte ihn auf Armeslänge an die Mauer heran. Dann ertastete seine Hand den Stein. Er schmiegte sich dagegen, rollte sich gegen die hereinströmende Menge an ihr entlang, riß sich die Haut auf, doch was kümmerte es ihn. Meter für Meter kämpfte er sich weiter, bis er endlich den Ausgang sah, das Ende.

Plötzlich wurde ihm schwarz vor Augen. Im nächsten Augenblick spürte er etwas Warmes, Feuchtes auf der Stirn. Blut. Dann kam der Schmerz. Er faßte an seine Stirn. Sie war völlig naß. Sein Kopf. Jemand hatte seinen Kopf gegen die Steinwand geschlagen. Er riß seinen Schal herunter und band ihn um seine Stirn. Noch ein kurzes Stück. Er würde hier nicht untergehen. Sein Kopf dröhnte. Gleich würde er stürzen. Er spürte es. Er sah schon Dinge, die es nicht gab. Daniel zum Beispiel. Daniel im Café Josty am Potsdamer Platz. Normalerweise lasse ich mich für so etwas bezahlen. Noch zwei Meter. Diese Schimären würden ihn nicht ablenken. Robert stand ja auch da. Und Graf Rabov. Sie waren auch alle hier? Merkwürdig. Warum war er überhaupt gekommen? Noch ein Meter. Ein warmes Rinnsal ließ sein linkes Auge blind werden. Und jetzt rief sogar jemand nach ihm. Diese Stimme. Davon hatte er schon lange geträumt. Diese Stimme noch einmal zu hören. Er spürte, daß er stürzte. Nun ja. Es war nicht mehr zu ändern. Immerhin hatte er Alinas Stimme noch einmal gehört. Immerhin.

14.

Ein Grab. Er lag in einem Grab. Die Steindecke über ihm, die Fugen zwischen den großen Steinquadern. Doch woher kam das Licht? Er drehte leicht den Kopf zur Seite. Das Grab hatte Fenster. Spitz zulaufende Löcher im Stein. Schießscharten? Da waren Säulen. Viereckige Säulen. Handgemeißelt. Man sah die Meißelspuren. Flirrende weiße Streifen und Punkte. Er hörte Wind rauschen. Jetzt spürte er seine Handflächen. Er bewegte sie leicht. Stoff. Er lag nicht auf Stein. Da war eine Decke. Und ein Kissen in seinem Genick. Er stützte sich auf seine angewinkelten Unterarme. Das war kein Grab. Durch die Luken sah man den Himmel. Frische Luft strich über sein Gesicht. Es lagen noch mehr Decken herum. Und Kissen. Einige rote Proviantbeutel wie der seine. Aber es war niemand da. Er hörte keine Stimmen oder sonstige Anzeichen von Menschen. Konnte er aufstehen? Wie war er hierhergekommen. Welcher Tag mochte es sein?

Er versuchte aufzustehen, aber es gelang ihm nicht. Er war zu schwach. Seine Knie zitterten ein wenig. Sein Mund war ausgetrocknet. Er drehte den Kopf nach hinten, so weit er konnte, aber außer viereckigen Stücken von blauem Himmel hinter den Schießscharten konnte er kaum etwas sehen.

Dann hörte er ein Geräusch. Er wandte den Kopf auf die andere Seite. Jemand kam auf ihn zu. Eine Frau. Er erkannte sie erst, als sie neben ihm niederkniete, sanft seinen Kopf in ihre Hände nahm und ihn auf das Kissen zurückdrückte.

»Du mußt noch ausruhen«, flüsterte Alina. »Bitte. Nicht bewegen.«

Er wollte etwas sagen, stellte jedoch fest, daß er keine Stimme hatte. Seine Kehle brannte. Er öffnete die Lippen, um ihr zu signalisieren, daß er Durst hatte. Sie griff hinter sich, nahm einen gefüllten Becher und flößte ihm etwas Wasser ein. Er starrte sie mißtrauisch an, während er trank, aber sie lächelte ihm aufmunternd zu.

»Es ist nicht schlimm, Edgar, du hast einen Sonnenstich. Du mußt dich ausruhen.«

Sie legte ihren Handrücken auf seine Stirn.

»Das Fieber ist schon gesunken. Aber ein paar Stunden mußt du noch liegenbleiben.«

Er fröstelte plötzlich. Sie zog die Decke, unter der er lag, bis unter seinen Hals hinauf und schlug sie fest um ihn. Dann umarmte sie ihn kurz.

Er spürte ihr Haar auf seinem Gesicht, ihre Wange an seiner.

»Du bist gekommen, Edgar«, flüsterte sie. »Ich kann es nicht glauben, aber es ist wahr.«

Er versuchte, den Sinn dieses Satzes zu verstehen. Er wollte so viele Fragen stellen. Aber seine Kehle war wie verbrannt. Und diese Kopfschmerzen. Diese Müdigkeit. Er schloß die Augen und öffnete sie erst wieder, als er ihre Berührung nicht mehr spürte. Sie war gegangen.

Als er das nächstemal zu sich kam, war es stockdunkel. Und er fror furchtbar. Aber er fühlte sich bereits besser. Das Klopfen in seinem Kopf war verschwunden. Aber er mußte unbedingt Wasser lassen. Er nahm alle Kraft zusammen und erhob sich mitsamt der Decke, die er fest um sich geschlungen hielt. In dieser Position konnte er nun schon etwas mehr erkennen. Er wankte auf den Ausgang zu und stand kurz darauf im Freien. Nirgendwo war ein Mensch zu sehen. Nirgendwo ein Licht. Nur der Sternenhimmel. Er ging zwei Schritte nach rechts und entleerte sich gegen einen Felsen. Die Nacht war warm. Doch dann erinnerte er sich an Andrés Warnung. Es gab hier überall Schlangen. Ohne Stock oder ein Licht in der Dunkelheit herumzuspazieren war lebensgefährlich.

Wo war nur Alina? Er versuchte zu rufen, aber das Ergebnis war nur eine schwaches Krächzen. Seine Stimme versagte ihm vollständig den Dienst. Wieso nur? Er hatte doch seit zwei Tagen fast überhaupt nicht geredet. Er hatte Hunger. Wie lange schlief er denn schon? Seit gestern nachmittag? Seit er in diesem Tempel zusammengebrochen war? Oder war das möglicherweise länger her? Nein, das konnte nicht sein. Dann wäre er ja längst verdurstet.

»Edgar? Edgar, wo bist du?«

Ein Schatten kam auf ihn zu.

»Hier«, flüsterte er mühsam. Sie trat neben ihn. Es war so dunkel. Er konnte sie kaum sehen.

»Wie geht es dir?« fragte sie.

»Wo bin ich? Was ist passiert?«

»Wir sind in Ginji.«

»Dem Fort?«

»Ja. Wir haben dich hierhergebracht.«

»Wir?«

»Freunde von mir.«

»Wie hast du mich gefunden?«

Sie hakte sich bei ihm unter. »Du hast mich gefunden, Edgar. Komm, laß uns hineingehen. Du mußt Hunger haben.«

Er ließ sich führen. Sie brachte ihn zu seinem Lager zurück, holte dann aus einer Ecke der Höhle eine Tasche und zog Kerzen hervor, die sie sogleich entzündete. Jetzt erst sah er, daß neben seinem Lager eine Schale mit Obst stand. Er griff gierig nach einem Apfel und biß hinein.

»Du hast lange geschlafen«, sagte sie. »Es ist halb acht abends. Du mußt völlig erschöpft gewesen sein. Wie bist du nur hierhergekommen?«

Er kaute seinen Apfel und schaute sie stumm an. Sie trug das gleiche Gewand wie all die anderen Pilgerinnen, einen roten Sari. Ansonsten hatte sie sich kaum verändert. Er genoß die Wärme in ihren Augen. Sie strahlte ihn an. Sie war sichtlich froh, ihn zu sehen. Das spürte er. Und er wollte diesen Zustand so lange wie möglich erhalten. Und es war gut, daß zur Abwechslung einmal sie die Fragen hatte.

»Zu Fuß«, sagte er. »Ich bin von Pondicherry gekommen.«

Sie strich ihm mit der Hand über die Stirn. Dann umarmte sie ihn. Er schloß die Augen. Er spürte ihren Herzschlag. Seine Hände legten sich auf ihre Schultern, glitten dann ihren schmalen Rücken hinab und umfaßten ihre Taille. Dann schloß er sie fest in seine Arme.

Nach einer Weile löste sie sich wieder von ihm. »Iß«, sagte sie sanft. »Und du mußt viel trinken. Hier.« Sie reichte ihm Wasser.

Er griff nach dem Becher. »Wo ist Manings?« fragte er.

»Er ist in Europa«, sagte sie nach einer Pause, »ich glaube, in London.«

»Warum, Alina?«

Sie blickte zu Boden.

»Warum das alles?« insistierte er.

Bisher hatte sie neben ihm gekniet. Jetzt verschränkte sie ihre Beine im Schneidersitz.

»Ich werde dir alles erzählen. Aber nicht jetzt.«

»Warum nicht?«

»Weil du zuvor etwas lesen mußt.«

»Was?«

»Ich werde es holen.«

»Kannst du dir nicht vorstellen, daß ich die Nase voll habe von deinen Heimlichkeiten, Alina? Von eurem Theater?«

Was empfand diese Frau für ihn? Wer war sie nur? Und was fühlte er für sie? War es vielleicht das, was ihn irritierte und nun ein wenig gegen sie aufbrachte? Daß er selbst immer weniger wußte, warum er überhaupt hier war? Liebte er diese Frau denn wirklich, oder war er nur einer Illusion aufgesessen. Einer erotischen Illusion?

Der geänderte Ton seiner Stimme war ihr nicht entgangen. Sie erhob sich.

So schnell er konnte, stand er auf und trat vor sie hin. »Ich bin um die halbe Welt gefahren, um dich zu sehen.«

»Ich weiß«, sagte sie. »Und das macht mich sehr glücklich. Du kannst dir gar nicht vorstellen, was es für mich bedeutet. Alles ist schiefgegangen. Und doch ist alles so gekommen, wie es kommen sollte.«

»Sollte? Du hast mich hierhergelockt, das ist alles. Aber warum nur, verflucht noch mal?«

»Du wirst es gleich verstehen, Edgar. Ich könnte es dir auch erzählen. Aber es gibt jemanden, der das sehr viel besser kann als ich.«

»Ach ja. Und wer?«

Alina hob den Kopf ein wenig. Und nach einer langen Pause sagte sie: »Deine Mutter.«

Sein Herz schlug mehrmals sehr stark gegen seinen Brustkorb, als wollte es gegen diese Mitteilung protestieren. War sie hier? Leonie?

»Wo … wo ist sie?« fragte er.

»Hier«, sagte sie. Damit nahm sie ihn in den Arm. Dann löste sie sich von ihm und ging rasch hinaus.

Edgar rührte sich nicht. Er dachte an Wilhelm Falkenbeck. An Agnes. Die letzten Wochen zogen erneut an ihm vorüber. Berlin, Hamburg, seine Reise hierher, Madras, Pondicherry. Gräfin Leonie? War sie gar nicht tot? Lebte sie hier in Indien? Hatte sie Alina und Manings nach Europa geschickt, um ihn zu holen?

Alina kam zurück.

»Hier«, sagte sie und reichte ihm ein schwarzes Notizbuch. Es sah genauso aus wie das Notizbuch, das Nandan ihm gegeben hatte.

»Bitte lies das«, sagte sie. »Danach reden wir.«

Er nahm das Buch entgegen und schlug es auf. Ein Briefbogen lag obenauf. Die Schrift war bemerkenswert. Sehr gedrängt. Er konnte den Ton ahnen, die Stimmung der Person, die diese Buchstaben gesetzt hatte.

Phil!

So stand es auf dem Briefbogen.

Phil!

Ungelenk und zugleich wie ein Aufschrei. Er hockte sich hin und las. Das Ausrufezeichen. Doppelt so lang wie das Wort breit. Ohne innezuhalten, las er den kurzen Brief bis zur kraftvollen Unterschrift.

Phil!

Minou ist Dein Kind. Diese Aufzeichnungen sind für ihn. Wenn Du dies liest, dann ist es mir nicht gelungen, ihn zu holen. Dann mußt Du etwas für mich tun. Versprichst Du es mir? Du weißt schon ... Vipàssana.

Ich will, daß Du ihm einen solchen Moment schenkst. Ich will, daß er erlebt, wer ich war. Mag er bei ihnen aufwachsen. Mag er so werden, wie sie es sich vorstellen. Doch dann öffne ihn bitte – für meine, für unsere Welt. Nur einen Augenblick lang. Natürlich kannst Du ihn nicht aufwecken. Das muß er schon selbst tun. Aber führe ihn an dieses Fenster. Mehr will ich nicht.

Bitte!

Ascona, 23. Februar 1903
Leonie

15.

Bombay, 4. Februar 1903

Natürlich besteht immer die Möglichkeit, daß Du nie erfahren wirst, wer ich war.

Ich kann diese Aufzeichnungen verstecken, wo ich will. Ich weiß nicht, ob Du sie jemals bekommen wirst. Jetzt bist Du bei jenem, der sich für Deinen Vater hält. Herold, dieser arme Mensch. Er hat Dich geraubt. Er hat mich mit dem Tod bedroht, falls ich versuchen sollte, mich Dir zu nähern. Mein kleiner, süßer Minou. Als riskierte ich nicht tausend Tode, um Dich bei mir zu haben. Um Dich vor ihnen zu schützen. Doch was tun, wenn mir das nicht gelingt? Wie sollst Du dann jemals erfahren, wer Du bist, was für ein Herz für Dich schlägt?

Wer magst Du geworden sein, wenn Du diese Aufzeichnungen in den Händen hältst. Ein Krüppel wie sie? Ein wandelnder Leichnam aus verwesten Begierden, die Du nie hast leben dürfen? Ein junger Mann, zu allem Übel vielleicht schon verheiratet mit einem sittsamen Weib von der Sorte, zu der sie mich immer machen wollten? Oder schon ein Greis? Oder gar ein Kind noch? Spazierst Du träumend und mit großen Augen durch den schönen Garten von Gut Niendorf, durch diese hübsche Lügenlandschaft? Nein. Sie würden Dir diese Aufzeichnungen aus der Hand reißen, als habe der Teufel persönlich sie verfaßt. Ich sehe die Szene vor mir: Edith, meine herzlose Mutter, oder Agnes, dieses Miststück. Wie viele Lügen werden sie Dir über mich erzählt haben? Oder haben sie mich womöglich totgeschwiegen?

Es sind nun fast sechs Monate vergangen, seit Herold nach Ascona gekommen ist und Dich geraubt hat. Ich werde Dir das alles schildern, wie er uns aufgelauert hat mit seinen gekauften Schlägern. Was für ein Vieh ist dieser Mann! Aber ich will nicht über ihn richten. Das tut er schon selbst durch jede seiner absurden Handlungen. Wie sie alle.

Ich werde Dir meine Geschichte erzählen, Minou. Denn ich werde ja allmählich verrückt vor Sehnsucht nach Dir, nach dem Duft deiner Haut, dem Blick Deiner Augen, die noch gar nichts sehen konnten, als ich sie das letztemal geküßt habe. Sie können Dir alles nehmen, selbst Deine Mutter. Aber nicht Deine Geschichte. Deine Geschichte wird Dich finden, mein kleiner, süßer Minou. Irgendwann.

5. Februar

Da fahren wir schon. Wie wunderbar ist das Meer! Bis zum Horizont ausgestreckt in schläfriger Unendlichkeit, an alles hingegeben, aufgelöst in stummer Wildheit. Die europäischen Herren, die mit mir darauf herumfahren, geben mir bereits einen Vorgeschmack auf das, was mich erwartet. Sie beäugen argwöhnisch meinen Begleiter, als sei er ein Halbaffe. Dabei ist Mohan ein freundlicher, unscheinbarer junger Mönch, der mich begleitet und beschützt. Aber eine Frau in Begleitung eines dunkelhäutigen Menschen ist noch unfaßlicher für sie als eine Frau ohne jede Begleitung. Wie soll das nur werden, wenn wir Europa erreicht haben?

Aber Du, mein süßer Minou, Du wirst Dich natürlich fragen, warum ich mich überhaupt auf diesem Schiff befinde. Die Antwort ist schnell gegeben: wegen Dir. Allein deshalb fahre ich ein letztes Mal in dieses verwünschte Europa. Um Dich zu holen. Und es ist nicht nur meine Sehnsucht nach Dir, die mich dazu treibt. Es ist etwas anderes, etwas viel Größeres als meine egoistische Liebe. Ich weiß jetzt, daß es eine andere Welt gibt. Ich weiß, daß Du in der Welt der größten denkbaren Unwahrheit, der jämmerlichsten Stufe des Menschseins heranwachsen sollst. Sie werden all ihre verlogene Kleinheit in Dich hineinstopfen, um einen seelischen Zwerg aus Dir zu machen, eine ängstliche, verbogene Seele für ihre Geschäfte, für ihre Kriege. Sie werden einfach einen weiteren Menschenautomaten aus Dir machen, der ihr stupides und gewalttätiges Dasein fortführt.

Ich weiß es, weil ich es am eigenen Leib erfahren habe. Was für ein wundervoller Ort war doch Gut Niendorf. Eine verträumte Gegend, melancholisch und unheimlich, wenn der Herbstwind heulte und der Nebel vom Meer heraufstieg, geheimnisvoll und verwunschen im Sommer. Alles war magisch: die unerschöpfliche Märchenwelt von Abhängen, Gebüschen und zugewachsenen Wegen. Doch was für entsetzliche Menschen! Was für eine Gesellschaft! Nichts an ihnen war natürlich. Alles nur andressiert und abgerichtet. Ich glaube, ich habe in meiner ganzen Kindheit und Jugend nicht einen einzigen normalen Menschen gesehen. Ihre Sprache, ihr Habitus, das gespreizte Deutsch, das sie im Mund führten. Die falschen Komplimente, die verlogenen Bemerkungen, die schneidende Kritik, sobald jemand auch nur im geringsten von dem abwich, was als höfisch und artig galt. Ich erinnere mich noch gut an eine Bemerkung meiner Mutter über irgendeine andere Familie, deren gesellschaftliche Lebensführung so tadellos war, daß zum allgemeinen Bedauern keinerlei Gehässigkeiten über sie erzählt werden konnten. Aber selbst das war ihnen nicht recht. Statt dessen hieß es über sie: Über xy läßt sich einfach gar nichts sagen.

Warum haßte ich dieses Leben so? Warum gelang es mir nicht, mich wie meine Schwester Agnes als einen Teil der Hausdekoration zu betrachten oder wie mein Bruder Arthur nach außen hin ernsthaft und gewissenhaft zu sein und die tausend Verbote nur im geheimen zu umgehen? Du wirst sie ja kennen, meine prächtigen Geschwister. Agnes, dieses Miststück, und Arthur, diesen Schwächling. Ich kann es ihnen ja gar nicht recht verübeln, daß sie mich am Ende verraten haben. Jeder auf seine Weise. Arthur, der große Bruder mit den interessanten Freunden und den verbotenen Büchern, die ich nicht lesen sollte. Und Agnes in ihrer permanenten Furcht, durch mein Verhalten keinen Offizier abzubekommen. Von Ball zu Ball wurde sie nervöser, machte mir Vorhaltungen, weil ich auf diese Männer pfiff und auch darauf, daß demnächst womöglich kein Geld mehr dasein würde, um die teuren Bälle überhaupt standesgemäß zu besuchen. Sie begann mich zu hassen, weil ich sie auslachte, wenn sie sich wie eine Pfingstkuh verschnüren ließ zum Reederball in Kiel. Sollte dies ihr erbärmliches Schicksal sein? Aber genau danach sehnte sie sich: gewinnbringend verheiratet zu werden. Als ich ihr meine Meinung sagte, wurde sie bleich, warf mit dem Milcheimer nach mir, denn dieser Streit spielte sich passenderweise im Stall ab. Ich sehe sie noch vor mir, mit vor Haß glühenden Augen. Und dabei liebte ich sie doch, meine arme Schwester, die nicht einmal bemerkte, in was für einen Käfig man uns gesteckt hatte. Was ist die Frau in dieser Welt? Heiratsmaterial. Als kleines Mädchen artig in die Schule und mit Eltern oder irgendwelchen Fräuleins spazierengehen. Als großes Mädchen, je nach den Verhältnissen, als Nutzobjekt oder Dekorationsgegenstand im Haus figurieren, als zukünftige Braut sittlich errötend an der Aussteuer nähen, als Frau dem Gatten sorgend und liebend zur Seite stehen und die Kinder zu der gleichen trostlosen Lebenslangeweile erziehen.

Man riß mich von den Bäumen herunter, auf die ich klettern wollte, schlug mir die Bücher um die Ohren, die ich las, verbot mir, einen Beruf zu erlernen, der es mir vielleicht gestattet hätte, ein selbstbestimmtes Leben zu führen. Ach, diese Menschen, die es ja nur gut mit einem meinen. Sie können eben nicht anders. Sie wissen überhaupt nicht, was sie tun. Sie leben als Herde. Wer nicht so ist wie sie, der macht ihnen angst. Sie nennen es übrigens Liebe, daß sie ihre Töchter zu verdorrten Automaten abrichten, zu Wesen, die zu nichts anderem taugen, als je nach sozialem Stand die Drecksarbeit oder das Luxushurengewerbe für einen Mann zu verrichten. Ich wäre eher ins Wasser gegangen, bevor ich mich in solch ein Leben gefügt hätte. Die Prügel und die strengen Ermahnungen nützten auch gar nichts. Wenn Edith mich schlug, so wurde ich nur noch wacher, als ich es ohnehin war. Wenn Agnes mir Vorhaltungen machte, ich sei ein egoistisches Scheusal, das den Ruf der Familie ruiniere, so hörte ich daraus nur immer die Angstschreie ihrer feigen Seele. War unsere Familie nicht längst ruiniert? Wurden nicht vielleicht deshalb die Töchter feilgeboten wie Schlachtvieh, um durch eine gute Partie den Ruin aufzuhalten? Und mein Bruder Arthur? Er war vielleicht der einzige, der wirklich Mitleid mit mir hatte. Er konnte es sich leisten, denn ein Mann lebt in einer anderen Welt. Für ihn gelten keine Gesetze. Er macht sie. Daher nahm er mich bisweilen mit in den Ibsen-Club und gab mir die Bücher, die ich nicht lesen sollte, weil in ihnen das gleiche Feuer brannte wie in mir. *Peer Gynt* und *Brand* waren damals meine festen Begleiter. Es kam mir vor, als ob jedes Wort für mich geschrieben wäre, ich wußte auf einmal, daß es keine Hirngespinste waren, mit denen ich kämpfte, wenn sich alles in mir sträubte gegen das Leben, das man mir aufzwingen wollte. Denn natürlich empfand ich es lange Zeit als ein Unrecht, mich so gegen meine Eltern aufzulehnen und heimliche Sachen zu tun. Aber nun begriff ich, daß jeder ein unveräußerliches Recht auf sein Ich und sein eigenes Leben hat.

Ich las Bebel und Lassalle. Und immer wieder Nietzsche. Aber es waren eben immer nur heimliche Spaziergänge im Kerkerhof.

Kaum verbarg ich die kostbaren Gesänge der Freiheit unter der Matratze, da schlug der Sargdeckel über meinem Leben wieder zu. Ich starrte in die Dunkelheit, den Kopf voller kolossaler Ideen. Doch vor allem spürte ich meinen Körper. Ich erkundete ihn und entdeckte, daß er natürlich für ganz andere Dinge gemacht war, als zusammengeschnürt in einem Haus herumzusitzen, zu nähen und zu sticken. Welche Genüsse waren darin versteckt! Ich erforschte sie mit wachsender Begeisterung. Was war das für eine grandiose Macht, die in meinem Köper verborgen war? Diese Lust. Hatten das alle? Agnes etwa auch? Eines Tages fragte ich sie, ob sie sich auch unter der Bettdecke berührte. Sie schaute mich an, als sei ich verrückt geworden. Ich fürchte, ich habe niemals solche Prügel bezogen wie nach dieser unvorsichtigen Bemerkung. Sünde! schrie meine Mutter und schlug mit einem Stock meine Hände grün und blau. Wenn ich heute daran zurückdenke, so kommen mir fast die Tränen. Nicht wegen der Schmerzen, die sie mir zufügte, sondern wegen ihrer eigenen, die hundertmal schlimmer gewesen sein müssen. Die arme, grausame, kalte Frau in ihrem verdorrten Körper. Wäre der Widerstand gegen sie und ihre entsetzliche Welt nur aus meinem Kopf gekommen, so hätte ich vielleicht am Ende klein beigegeben, mich gefügt. Doch gegen meinen Körper war ich machtlos. Und sie waren es auch. Niemand kommt gegen die Natur an.

Nicht einmal der liebe Gott. Nein, der schon gar nicht.

6. Februar

So kam also der Mann in mein Leben. Nicht als Individuum, sondern als Erscheinung. Er kam glücklicherweise früh und rettete mich. Vor meiner Feigheit, die in jedem steckt und mächtig genährt wird von den Feiglingen, die uns erziehen. Vor dieser Gesellschaft, aber insbesondere vor den Frauen. Denn Du mußt wissen, Minou, die schlimmsten Feinde der Freiheit der Frauen sind – die Frauen. Du bist ein Mann und hast daher wenig von ihnen zu befürchten. Sie werden Dich anhimmeln, schnurren und seufzen, wenn Du Dich durch ihre Leiber wühlst. (Denn das wirst Du. Du bist von meiner Art, ein Liebender. Es kann gar nicht anders sein. Auch Dich wird Deine Sinnlichkeit eines Tages aus der verlogenen, abgestorbenen Welt herausführen, in die sie Dich hineinpressen wollen.) Doch Gnade mir Gott, sollte ich noch einmal unter Frauen geraten. Agnes und Edith. Meine Schwester und meine Mutter. Was hätten sie wohl nicht getan, um mir ihre absurde Leichenmoral einzubleuen.

Der Mann. Einmal mußte es ja soweit kommen. Trotz der strengsten Mutter und der wachsamsten Gouvernanten. Es kommt unweigerlich der Moment, da das junge Mädchen anfängt, etwas zu fühlen und zu begreifen, diese Vorempfindung des anderen Geschlechts im eigenen Blut. Man hat es ja schon immer gewußt, ihn gefühlt durch seine begehrlichen Blicke. Aber wie er beschaffen ist, wie sein ganzes Dasein sich aufbaut, das wird uns solange wie möglich verborgen gehalten – bis zur unweigerlichen Katastrophe. Denn wie soll die Frau ein normales Verhältnis zum Mann bekommen, wenn man ihr jahrelang einen allmächtigen Gott verspricht und dann einen ausgehungerten Teufel ins Bett legt? Glücklicherweise fand sich in meinem Fall ein junges, noch kaum in der Ausbildung befindliches Teufelchen ein, das mir die Augen, das Herz und vor allem den zarten Schoß für die Wahrheit öffnete. Ihm werde ich immer zu größtem Dank verpflichtet bleiben. Denn wäre ich andernfalls nicht auch ein deutsches Gretchen geworden, ein chronisches Gretchen wie meine Schwester Agnes, das stille deutsche Mädchen, das in Gedanken, Worten und Werken stets auf dem rechten Weg bleibt, mit Scheuklappen vor den Augen und einem unerschöpflichen Vorrat von himmelblau und rosa gestreiften Illusionen? Für diese sind die Männer entweder Halbgötter oder Schurken. Sie träumen jedoch nur vom Großen und Edlen. Es ist daher ein furchtbarer Moment, wenn sie schließlich entdecken, daß alle Männer »so«

sind. Die arme getäuschte Braut muß plötzlich sehen, was das Mädchen nie erfahren durfte. Der Altar des Gottes stürzt zusammen. An die Stelle des überhöhten Idols tritt das gleichfalls verzerrte Bild des niederen Scheusals: der Mann, ihr Mann, jeder Mann ohne Ausnahme. Was bleibt dann noch anderes, als an der Seite des Scheusals, des Sünders auszuharren und zu versuchen, in tausendfacher Entsagung das zertrümmerte Götterbild wieder zusammenzuflicken? Wenn sie dann Mütter werden, bauen sie in ihren unschuldigen Kindern das verlorene und verlogene Ideal einfach wieder auf. Und der Teufelskreis beginnt von neuem.

Bedauernswerte Geschöpfe all diese Frauen, bei denen sich die Tür zur Lust zu spät und daher meist nur schockartig und unter Schmerzen öffnet. Ich habe jahrelang darüber nachgedacht, warum die Schöpfung bei der Frau die erste Lust mit Schmerz verbunden haben sollte. Vielleicht auch deshalb, weil es bei mir nicht so war? Einige Jahre später, auf dem Monte Verità, von dem ich Dir noch erzählen werde, hörte ich einen Vortrag eines Naturforschers, der das Geschlechtsleben von Wilden auf den Trobriandinseln untersucht und Erstaunliches über das sogenannte Jungfernhäutchen zu berichten hatte. Der Forscher berichtete, daß bei jenem Volk die Mädchen über zehn Jahre bereits eine erweiterte Hymenöffnung hatten, das Hymen selbst aber nicht zerstört war, und dies, obwohl die Mädchen bereits Geschlechtsverkehr mit gleichaltrigen Knaben hatten. Das Hymen schien nach seinen Untersuchungen die Aufgabe zu haben, den noch kleinen Penis der Knaben festzuhalten, und seine allmähliche Erweiterung ging mit dem zunehmenden Wachstum der Knabenglieder einher. Eine einmalige, schmerzhafte Zerstörung schien also ursprünglich durchaus nicht im Plane der Schöpfung vorgesehen gewesen zu sein. Wer nun gewohnt ist, im Geiste Goethes und Nietzsches sich überall das Prinzip vor Augen zu halten: »Die Natur macht keine Sprünge«, begreift schon durch reine Logik die Richtigkeit der Behauptung der Sexualfunktion des Hymens. Denn junge Menschen jahrelang voneinander wegzusperren und sie dann unvermittelt aufeinander loszulassen: Solche Sprünge macht wohl das menschliche Denken, wo es sich aus den Banden der Natur zu befreien und als selbständiges Ich dem Weltall gegenüberzutreten trachtet; die Natur aber entwickelt alles langsam. Dieser Zustand langsamer, spielender Annäherung der Geschlechter aneinander ist auf den Trobriandinseln bis in unsere Tage erhalten geblieben. Vielleicht kam mein Teufelchen ja von dort?

Im September 1899, wenige Tage nach meinem einundzwanzigsten Geburtstag, floh ich aus dem Haus meiner Eltern. Keinen Tag länger hätte ich es ausgehalten. Ein Freund begleitete mich. Wir fuhren nach München. Auf Niendorf und in Rendsburg war ich eine unbegreifliche Exotin gewesen. Doch hier in München gab es tatsächlich eine Welt, die von gleich mehreren Exemplaren meiner Art bevölkert war. Sie waren alle jung, ein wenig verloren und durchweg arm. Wir hatten nur das Notwendigste dabei und waren in einer recht feindlichen Umgebung. Aber wir hatten endlich Raum und Luft zum Atmen.

Wie soll ich Dir das alles schildern? Das Leben im Caféhaus, das Herumziehen von Wohnung zu Wohnung, denn man ließ uns ja nirgends lange in Ruhe. Unverheiratete Paare und alleinstehende Frauen mochten zwar in unserer Kolonie die Regel sein, aber die Kolonie lag nun mal leider mitten in München und nicht am Ende der Welt. Es dauerte noch einige Jahre, bis ein paar von uns sich aufmachten, um im Süden eine wirkliche Kolonie zu gründen, weitab von den erstickenden Konventionen, die in München natürlich nicht weniger ausgeprägt waren als in der dörflichen Adelswelt meiner Eltern. Doch davon später. Nur so viel vorweg: In dieser südlichen Kolonie bist Du geboren, mein süßer Minou, in einem neuen Land, fernab von Industriegestank und Christentum. Dorthin bin ich jetzt unterwegs. Dort werde ich Station machen, bevor ich Dich hole, bei echten Menschen. Ich werde es Dir noch beschreiben, wenn wir angekommen sind. Jetzt lenkt mich gerade ein wunderbares Schauspiel ab: Fliegende Fische begleiten seit einigen Minuten unser Schiff. Ich werde nachher weiterschreiben. Ich küsse Dich in Gedanken, wo immer Du sein magst.

7. Februar

Mohan hat mir soeben eine Geschichte erzählt. Da war ein Philosoph, der ging am Meer spazieren und dachte über die Welt nach, wie Philosophen das zu tun pflegen. Da sah der Philosoph einen Mann, der mit einer Kokosnußschale Wasser aus dem Meer schöpfte und dieses in ein kleines Loch im Sand schüttete, das er am Strand gegraben hatte. Der Philosoph ging an dem Mann vorüber, wunderte sich zwar über ihn, vergaß ihn jedoch bald. Als er nach einigen Stunden – und viele komplizierte Gedanken später – zurückkam, war der Mann immer noch dabei, Meerwasser in das kleine Loch zu schütten. Diesmal blieb der Philosoph stehen und schaute eine Weile lang zu.

»Was tust du da?« fragte er irgendwann, denn er war jemand, der gerne verstand, was um ihn herum geschah.

»Das siehst du doch«, antwortete der Mann. »Ich schöpfe das Meer in dieses Loch hinein.«

Der Philosoph überlegte eine Weile und kam zu dem Schluß, daß der Mann verrückt sein mußte. Aber er wollte nicht weitergehen, ohne wenigstens den Versuch gemacht zu haben, ihn zur Vernunft zu bringen.

»Aber das Meer paßt doch unmöglich in dieses Loch«, sagte er daher.

»Sicher«, sagte der Mann, leerte seine Nußschale aus und machte sich wieder auf den Weg zum Wasser. »Aber was macht das schon? Die Welt paßt ja auch nicht in deinen Kopf.«

Mohan kennt viele solche Geschichten. Wir amüsieren uns oft damit, denn die Stunden hier auf dem Schiff vergehen sehr langsam. Es ist heiß. Ich fürchte, daß ich bald seekrank werde. Daher sitze ich, sooft ich kann, hier draußen an der frischen Luft.

Meine Freunde in München waren auch alle ein wenig verrückt. Aber auf ihre Weise waren sie Zauberer. Sie ertrugen die Welt dort draußen nicht, das öde, geheimnislose Einerlei, und so spielten wir uns gegenseitig Zauberwelten vor. Es war aufregend. Natürlich hatten wir alle falsche Namen. Unsere Lieblingsbeschäftigung waren Maskenbälle. Wir hatten keine Mittel, uns großartig zu verkleiden. Aber Bettlaken und Federn taten schon ihren Dienst. Maler und Dichter gehörten zu unserem Kreis. Fast alle waren Studenten irgendeines praktischen Faches, zu dessen Ausübung keiner von ihnen die geringste Lust verspürte. Die Wechsel für juristische Lehrbücher gingen fast immer im Caféhaus drauf. Ich hatte überhaupt kein Geld, denn meine werten Eltern hofften, daß mich der Hunger bald wieder nach Niendorf zurücktreiben würde. Ach, was wußten sie schon über meinen wahren Hunger. Den nach Freiheit, nach Liebe, nach Lebendigsein. Wie lächerlich nimmt sich daneben ein knurrender Magen aus. Allerdings mußte ich natürlich wohnen und essen. Ich schlug mich mit Übersetzungen durch, denn Sprachen waren ja das einzig Nützliche, das ich gelernt hatte. Doch es ist ein mühseliges Geschäft und gar nicht nach meiner Natur, fremden Gedanken allzulange zu folgen, da ich doch so viele eigene habe.

Zudem trat neben der üblichen amourösen Situation, wenn sich zwei Habenichtse gegenseitig Dauerkredit gewähren, bisweilen ein Zustand ein, wo ein prosperierender Kandidat durchaus darauf bestand, Finanzhilfe zu leisten. Soll man diese Situationen mit dem abscheulichen Wort Prostitution umschreiben? Ich fürchte, es bleibt mir keine andere Wahl, auch wenn das Wort so häßlich klingt. Aber im Gegensatz zu meiner armen Schwester hatte ich ja immerhin die Freiheit, mir den vorübergehenden Bezahler meiner Rechnungen auszusuchen, und war nicht gezwungen, ihm für einen lächerlich niedrigen Pauschalpreis gleich ein Dauerabonnement auf die Benutzung meines Körpers auszustellen. Und ist, solange die Frau keine Möglichkeit hat, ihr Leben wirtschaftlich autonom zu gestalten, nicht ohnehin jede

Situation der Frau die einer Prostituierten? Wie viele geachtete Frauen leben in ihrer Ehe vollständig das Leben einer Dirne, mit dem einzigen Unterschied, daß es nur ein Mann ist anstatt mehrere, dem sie sich tagtäglich ohne Liebe, ohne Sinnlichkeit hingeben und der sie dafür versorgen muß.

Allerdings stand ich mit dieser Auffassung auch in unserer kleinen Kolonie recht allein. Mein Malerfreund, dem ich auch Modell stand, war fassungslos, als er erfuhr, daß ich einem diskreten, liquiden, aber auch sehr charmanten älteren Kommerzienrat bisweilen sein trauriges Ehelos mit einem nachmittäglichen Schäferstündchen versüßte. Hätte ich dem Maler auch noch gebeichtet, daß ich sogar Gefühle für diesen Mann hegte, was wäre dann wohl erst geschehen? Er hätte mich sofort verlassen, wobei diese Vokabel auf unsere Situation nicht recht paßt, denn man kann ja nur verlassen, was man hat.

Ich mußte also bald feststellen, daß in der sogenannten jungen Generation die Auffassungen und Einstellungen fast noch schlimmer waren als in meinem beklagenswerten Elternhaus. Dort forderte man ja nur eine perfekte Fassade. Doch hier wollte man auch noch das ganze Gebäude dazuhaben, eine mittelalterliche Ritterburg, mit Zinnen und Erkern, ja: die hohe Minne! Da war etwa ein junger Philosoph, mit dem ich oft an der Isar spazierenging und der mir in seitenlangen Liebesbriefen seine Gefühle schilderte. Es war ihm einfach nicht beizubringen, daß man, um ein Herz zu öffnen, bisweilen durchaus bei der Bluse beginnen kann. Aber dies wäre ihm gleichsam als unheiliger Akt erschienen. Teuerste, Ehrwürdigste, Unvergleichliche. Seine frigiden Lobpreisungen hallen noch in mir nach. Manchmal mußte ich kichern, wenn der Kommerzienrat bei mir die Tür aufschloß, durch die mein Philosoph nach einer seelenerhebenden Teestunde mit von heiligem Verzicht umwölkter Stirn gerade die Wohnung verlassen hatte. Liegt es vielleicht daran, daß man im allgemeinen die weniger gescheiten Männer den Intellektuellen vorzieht?

Ach, mein kleiner Minou, was wirst Du von mir denken? Daß sie recht damit hatten, mich zu verstoßen, mich von Dir fernzuhalten? Ich werde Dir keine Denkvorgaben machen. Du mußt selbst wissen, was für Dich richtig ist. Aber höre zuvor, wer ich war.

8. Februar

Sie schickten Arthur, um mich zur Vernunft zu bringen. Dabei schlingerte Arthur damals selbst durch noch viel tiefere Gewässer als ich. Niemand in der Familie wußte bisher davon. Er kam also hier an, doch anstatt die Vorwürfe und Drohungen über mir auszuschütten, welche Mutter ihm eingepackt hatte, schüttete er mir sein Herz aus. Er hatte sich in eine Frau verliebt, die bereits ein uneheliches Kind von einem anderen hatte. Zudem war sie Jüdin und überhaupt von zweifelhafter Herkunft. Sie zu heiraten kam nicht in Frage. Aber er wollte es dennoch tun. Seine Offizierskarriere wäre damit natürlich zu Ende. Aber er liebte diese Frau. Er wußte überhaupt nicht, was er tun sollte. Ich hatte Mitleid mit ihm. War er nicht ebenso ein Opfer wie ich selbst? Heirate sie, sagte ich also. Was kümmert dich die Offizierslaufbahn? Die Adelswelt ist ohnehin dem Untergang geweiht. Lerne einen richtigen Beruf. Ich wußte natürlich, daß das genauso schwierig werden würde wie mein Leben hier in der Kolonie. Aber wie sollten die Dinge sich jemals ändern, wenn nicht ein paar von uns damit anfingen. Komm mit ihr nach München, sagte ich. Hier gibt es viele von deiner Sorte, verarmte Adlige, die an der Universität studieren. Es bricht bald eine neue Zeit an. Das neue Jahrhundert ist nur noch ein Jahr entfernt.

Aber Arthur kam nicht. Er heulte sich bei mir aus, sammelte Kraft, kehrte nach Niendorf zurück und gestand seine Heiratsabsichten. Das Ergebnis war, daß man *mich* dafür verantwortlich machte. *Ich* hätte ihn korrumpiert, *mein* Beispiel wirke wie Gift auf alle, die mit mir in Berührung kämen. Arthur quittierte den Militärdienst. Arthur heiratete gegen den Willen meines Vaters diese Gräfin von Mellamont und zog mit ihr nach Berlin. *Ich* war schuld daran. Agnes schrieb mir einen Brief, verfluchte mich dafür, daß ich die Familie zerstörte, flehte mich an, zur Besinnung zu kommen, um ihren Ruin aufzuhalten. Man suchte noch immer einen Ehekandidaten für mich. München sei ja weit entfernt, schrieb sie. Mein Ruf sei vielleicht noch nicht ganz zerstört. Ich lachte darüber. Denn mittlerweile war etwas geschehen. Etwas Kolossales, etwas Großartiges. Und wie alles wirklich Große, trat es zweimal auf. Ich traf einen Mann und einen Mönch.

Es geschah während einer Wanderung in den Alpen. Erwähnte ich bereits, wie sehr ich das Bergwandern liebe? Und von München war diese Feenwelt ja ohne große Mühe zu erreichen. Der Philosoph war oft dabei, aber auch der Maler und einige andere, deren Namen ich hier lieber nicht erwähne für den Fall, daß sie mit den Jahren berühmte und geachtete Bürger werden und dann nicht an die Menschen erinnert werden möchten, die sie einmal waren. Es gab auf diesen Wanderungen immer eine unterschwellige »Situation«. Der Philosoph litt stets unter seiner eigenen Tatenlosigkeit. Ich hatte ihn als Möglichkeit längst abgeschrieben und genoß es fast schon, daß von ihm außer hohen Gedanken nichts zu befürchten stand. Diese waren allerdings von allerfeinstem Zuschnitt. Ich konnte ihm stundenlang zuhören, wenn er von Zeiten berichtete, in denen die Welt noch heil und die Menschen natürlich waren, die vorchristliche, heidnische Zeit, als Wollen und Tun noch nicht getrennt waren. Er war überzeugt, daß Leib und Seele einmal eins gewesen und erst durch den schädlichen Intellekt im modernen Menschen auseinandergefallen waren. Er konnte großartig über diesen schrecklichen Zustand reden. Allerdings gelang es ihm selber auch nicht, das eine wieder mit dem anderen zu verbinden. Ach, er war das tragische Beispiel dafür, daß es einem gar nichts nützt, etwas zu wissen, das zu sein man nicht imstande ist. Soll ich Dir ein paar Briefzeilen von ihm zitieren?

Ich trage sie ja immer noch mit mir herum, diese schrecklich-schönen Briefe, aus denen das tiefste romantische Deutschtum spricht. *O Liebe, Liebe. Nun bist du fort und ich allein* (dabei saß ich zuvor stundenlang neben ihm, ohne daß er auch nur einmal versucht hätte, mich zu küssen). *Dunkle Wolken ziehen leise am Sternenhimmel. Der ewige Strom rauscht aus der Tiefe, und ferne Stimmen klagen durch die schauernde Nacht. Ach wir, ohne es zu wissen, sind die inneren Schauplätze eine Kampfes dämonischer Mächte. Eros ist in flüchtiger Minute, und seine Gabe ist nicht »Lust«, sondern Rätselferne, der noch keiner nahte.*

So klingt es bisweilen, wenn Deutschland zu dichten anhebt, das unheimliche, fremde, orakelhafte Deutschland, vor dem Du Dich wie vor nichts sonst hüten mußt. Denn dieses Deutschland schaufelt sich gern so tief in Rätselsphären hinein, daß kaum mehr der Spatenstiel herausschaut.

Wir wanderten in der Nähe des Montblanc und hatten uns vorgenommen, den berühmten Mer-de-Glace-Gletscher zu überqueren. Wir waren eine kleine Gruppe: der Philosoph, der Maler, zwei weitere Paare und ich. Es ist zum Gletscher ein dreistündiger Aufstieg, den man auf Eselrücken hinter sich bringt. Danach geht es steil hinab zum Gletscher selbst und dann über ihn hinweg. Wir alle verstummten bei diesem Anblick: Wie erhaben wirkt dieses Meer aus aufgepeitschten, wie mitten in einem Sturm gefrorenen Wellen. Mein Denkerfreund mag darin ein schönes Bild seiner eigenen Seele erblickt haben. Mir indessen fiel etwas ganz anderes auf. Gar nicht weit vor uns schlängelte sich noch eine Gruppe in Ameisenformation über das Eis. Einer von ihnen schien direkt aus einer anderen Welt in dieses Eismeer hineingefallen zu sein. Er trug einen Turban, dazu einen Morgenmantel. Erst als wir ihnen näher gekommen waren, sah ich, daß es ein Mantel von der Art war, wie ihn Mönche in Asien tragen. Der Mann war dunkelhäutig. Seine Begleiter, zwei Frauen und ein Mann, sprachen englisch miteinander, so daß ich gleich vermutete, daß es wohl ein Inder war, dem man unsere schönen Alpen zeigte. Als ich an ihm vorüberging, streiften sich unsere

Blicke. Wie soll ich es Dir beschreiben? Ach, Minou, ich will es erst gar nicht versuchen, denn diese Dinge spielen sich so weit über unseren Köpfen ab, daß Worte nicht hinreichen. Ich nahm auch die anderen wahr, die beiden Frauen, eine ältere und eine junge, sowie einen jungen Mann, der wohl in meinem Alter war und mich aufmerksam musterte. Die ganze Begegnung im Eis dauerte nur wenige Sekunden. Aber wie geschah mir? Den ganzen Rest des Weges konnte ich an nichts anderes denken als an den Blick dieses Inders. Es geht ja, nachdem man das Eismeer überquert hat, auf dem Mauvaispas, einem engen Pfad, eine dreiviertel Stunde lang wieder hinauf. Dort oben, wo in einem kleinen Chalet Kaffee angeboten wird, rasteten wir.

Ich für meinen Teil wartete jedoch nur auf eines: auf diesen Inder. Ich weiß bis heute nicht, warum. Ich mußte ihn noch einmal sehen. Und als er endlich den Weg entlangkam, eine Erscheinung wie aus einem orientalischen Märchen, da geschah etwas ganz Merkwürdiges. Ich mußte weinen. Da war etwas in mir, das zu ihm wollte. Ich wußte weder, wer er war, noch, was sich da in mir gerührt hatte. Der Moment verging auch recht schnell. Sie nahmen unweit von uns Platz, tranken wie wir ihren Kaffee und genossen die herrliche Aussicht. Der junge Engländer lächelte mir manchmal zu, und auch der Inder schaute gelegentlich zu uns herüber.

Irgendwann hielt ich es nicht mehr aus. Ich ging zu ihm und fragte ihn, ob ich erfahren dürfte, wer er sei. Er sprach kein Deutsch und ich damals noch kaum Englisch. Doch der junge Engländer sprach fließend Deutsch und übersetzte bereitwillig das Gespräch, das nun zwischen uns begann.

Hatten die anderen es nicht bemerkt? Der Philosoph? Der Maler? Ging es nur mir so? Wenn dieser Inder mich anschaute, dann wurde plötzlich alles ruhig in mir. Was war das für eine Kraft? Ich weiß es nicht. Ich weiß ja nicht einmal mehr, was er zu mir sagte. Der Engländer übersetzte, aber ich hörte ohnehin nur den Augen dieses Mönches zu. Wenn ich jemals Liebe gesehen habe, dann in diesen Augen. Und ich meine Liebe, Minou. Nicht das, was wir uns darunter vorstellen, sondern ein angsteinflößendes, stumm machendes, alles überragendes Gefühl, für das es keine Worte gibt. Und ausgerechnet mir war es begegnet, hier oben, in diesem Eismeer? Und die Begegnung dauerte nur wenige Minuten. Schon bald trennten sich unsere Wege wieder. Das einzige, was zunächst davon blieb, war die Karte des jungen Engländers, der in München wohnte und aus wer weiß welchen Gründen mit diesem Inder und dem englischen Pärchen unterwegs war. Nach meiner Rückkehr nach München wurde ich von meinem alten Leben fortgerissen. Oft hatte ich die Karte des Engländers in der Hand und dachte über die Empfindung nach, die mich dort oben berührt hatte. Immer wieder wollte ich ihm ein Billett schicken, eine Verabredung mit ihm anbahnen, um zu erfahren, wer dieser Inder war. Doch dann ergab es sich von selbst, wie sich ja alles von selbst ergibt.

Wir bilden uns ja nur ein, daß es anders sei.

10. Februar

Minou, mein Engel. Zwei Tage lang konnte ich überhaupt nicht weiterschreiben. Sind es die Erinnerungen? So ein Tagebuch ist doch eine mißliche Sache. Niemals käme ich auf den Gedanken, es für mich zu führen. Man macht sich ja etwas vor, wenn man glaubt, man könne wirklich ehrlich sein zu sich oder zu anderen. Wer ist schon wirklich ehrlich? Und soll man denn alles sagen? Wer weiß, vielleicht gibt es ähnlich der Heilkunst, wo Gift und Medizin sich ja auch nur durch die richtige Dosierung unterscheiden, auch eine Kunst des Lügens? Große Lügen sind sicher nicht gesund. Aber können die kleinen nicht manchmal heilen? Die Geschichten, die wir uns erzählen? Und ich habe keine Wahl. Wenn ich scheitern sollte, muß doch etwas bleiben, das Dir wenigstens annähernd zeigt, wer ich war.

Fast ein Jahr war mittlerweile vergangen. Das neue Jahrhundert war mit viel Getöse begrüßt worden, hatte jedoch, vor dem

Lärm offenbar erschrocken, sogleich die Flucht ergriffen. Jedenfalls war danach alles wie zuvor. Neu war nur eine Mode, die bei uns die Runde machte: der Spiritismus. War es verwunderlich? Unsere geheimnislose Zeit schuf sich eben die Zauberer, nach denen sie sich sehnte. Allerlei merkwürdige Gestalten kreuzten in München auf und veranstalteten sogenannte Séancen. Tische schwebten. Kalte Hände griffen aus dem Dunkel. Horoskope und Prophezeiungen zirkulierten. Unsere Maskenbälle nahmen vorübergehend die Form von spiritistischen Sitzungen an, um dann jedoch bald wieder in römische Bacchanale zu münden. Auf einem dieser Feste stand plötzlich der junge Engländer vor mir. Ich war entzückt, wollte ihn gleich ausfragen über den Inder, der mir noch immer im Kopf herumging. Doch der Engländer war nicht allein gekommen. Er war in Begleitung eines Mannes erschienen, der mich nicht wenig beeindruckte. Er war stattlich und sprach mit norddeutschem Akzent, dem Tonfall meiner Heimat, was mein Herz rührte. Das waren sie also, die beiden Männer, die Dein Schicksal bestimmen sollten: Phil Manings und Herold Falkenbeck.

Sie trugen beide Lorbeerkranz und Toga, wie es sich gehörte, und wir wurden uns rasch einig, daß sie mir für den Abend durchaus beide dienen durften. Ich war als Astarte gekommen, als heidnische Göttin der Fruchtbarkeit, die Erdenmutter sozusagen, und wir hatten unseren Spaß. Unvermeidlich entstand daraus schon bald eine »Situation«. Phil hatte dabei den Vorteil, daß meine Neugier auf den Inder aus dem Eismeer mittlerweile ganz enorm geworden war. Herold hingegen erwies sich anfangs als einer der stilvollsten und großzügigsten Kavaliere, die mir bisher begegnet waren. Irgend jemand hatte ihm dummerweise meinen wahren Namen genannt, was ihm restlos den Kopf verdrehte. Als Bürgerlichen beeindruckten ihn Adelstitel ganz ungemein. Er stammte aus einer sehr wohlhabenden Hamburger Industriellenfamilie, hatte jedoch offenbar ebensolche Abneigungen gegen sein familiäres Los wie ich gegen das meinige. »Schnöde Geschäftswelt« war der Ausdruck, den er dauernd im Mund führte, wenn er darauf zu sprechen kam. Davor war er nach München geflohen und direkt Phil in die Arme gelaufen, der aus ähnlichen und doch ganz anderen Gründen England verlassen hatte. Sie suchten beide das Geheimnisvolle, das Okkulte, trieben sich in merkwürdigen Kreisen herum, die sich mit meinen gar nicht überschnitten. Denn es gibt ja einen unüberwindlichen Unterschied zwischen Leuten wie mir und Leuten wie ihnen. Wie soll ich es sagen? Es muß wohl eine Frage des Seelengewichts sein. Die einen graben sich immer tiefer ein, die anderen drohen stets, davonzufliegen. Warum also sollte ich mich in das Tiefdruckgebiet verflattert haben, in dem Phil und Herold ihr Heil suchten? Oder besser: wie hatten sich diese beiden Nebelgeister in unsere leichtsinnige Kolonie verirrt?

Phil war davon überzeugt, daß eine nicht vollzogene Liebesgeschichte aus einem unserer früheren Leben uns wieder zusammengeführt hatte. Er glaubte an Reinkarnation, was damit zusammenhing, daß er ja bereits mit einem Bein auf dem Schiff nach Indien stand, wohin er dem Mönch, den ich in den Alpen gesehen hatte, zu folgen gedachte. So erfuhr ich auch endlich seinen Namen: Vivekananda. Ach, muß ich dir überhaupt von ihm erzählen? Wird er nicht, solltest Du diese Zeilen in einigen Jahren vielleicht lesen, längst in aller Welt bekannt geworden sein? Kaum vorstellbar, daß es anders sein könnte.

Herolds Fall war indessen ganz anders gelagert. Er hielt sich für unwiderstehlich, was er auf den ersten Blick auch war. Aber leider gehörte er zu dem Typus Mann, der sich einbildet, die Frauen besser zu verstehen als sie sich selbst. Und wie fast alle selbsternannten Experten oder Spezialisten begriff er am allerwenigsten. Er hielt sich tatsächlich für den, der imstande war, mein zerflattertes Liebesleben einzufangen und auf den wahren Hauptpunkt zu konzentrieren, nämlich auf sich selbst. Wie alle diese Beschützertypen betrachtete er es als einen Jammer, daß eine Frau wie ich sich weggeworfen hatte an so viele, die es nicht wert waren. Der Grund dafür lag für ihn auf der Hand: Das

Schicksal hatte uns erst jetzt zusammengeführt, damit er endlich das Wunder vollbringen würde. Dabei war er sogar merkwürdig tolerant gegen mein »Vorleben«, wobei die Silbe »Vor-« freilich einzig und allein seinem Wunschdenken entsprang, daß es damit seit seinem Erscheinen vorüber sei. Gönnerhaft wurden meine Verfehlungen vergeben nach dem christlichen Motto: Wer viel geliebt hat, der kann nicht ganz verloren sein. Diese arme Seele hatte sich eben bisher nur in der Adresse geirrt. »Armes Kind«, sagte er oft zu mir und strich mir dabei die Haare aus der Stirn – eine unausstehliche Angewohnheit. Man darf nie vergessen, ein Taschenkämmchen mitzunehmen. Der Retter ist allerdings durchaus widersprüchlich. So verwirft er die illegitimen Liebesfreuden durchaus nicht, andernfalls wir uns ja auch gar nicht begegnet wären. Aber er faßt sie viel zu ernst auf, nach Schamanenart. Er sucht ihnen eine ethische Weihe zu verleihen, betrachtet jedes Schäferstündchen als Anlaß zu ernsten Gesprächen und zu heillosem Ausfragen. Dabei sagt man doch ohnehin nie die Wahrheit, schon gar nicht dem Retter, der sie gar nicht ertragen würde. Trotz der schlagendsten Gegenbeweise hält er sogar an dem Dogma von der monogamen Veranlagung der Frau fest.

Warum gab ich mich trotzdem mit ihm ab? Es war eine kurze Schwäche, die sich zu einer komplizierten Dauersache auswuchs. Er bombardierte mich mit Blumen, kreuzte plötzlich auf mit Billetts für die Oper und der Aussicht auf ein Abendessen mit Austern und Kerzenschein. Zudem war seine spätere Penetranz anfänglich noch durch den Umstand gemildert, daß wir oft zu dritt unterwegs waren. Es dauerte jedoch nicht lange, bis mein Interesse unweigerlich und unwiderruflich zu Phil gravitierte. Er verstand eben die Kunst des Abwartens, der stilvollen, allmählich sich intensivierenden Vorfreude auf eine Frucht, die man, auch wenn man sie bereits gepflückt hat, noch ein wenig nachreifen läßt, bevor man sie verzehrt. Herold, in seiner parvenühaften Art, spielte den Eroberer. Er schoß seine Blumenkanonen ab und nahm die Burg in einem Überraschungsangriff. Phil hingegen wartete souverän, bis alle Zinnen beflaggt waren, und hielt kurz darauf als König Einzug.

Diese kurze Doppelherrschaft ereignete sich im Oktober 1901. Und mitten in diesem Durcheinander hat Dein kleines Herz zum ersten Mal zu schlagen begonnen. Und meines erschrak nicht schlecht, vor Freude und vor Sorge.

11. Februar

Wie würde ein Leben aussehen, das ich mir nach Belieben zurechtwünschen könnte? Was will eine Frau wie ich vom Leben haben? Ich fürchte, die Antwort fällt zugleich erhebend und enttäuschend aus. Es ist ja jetzt allerorten die Rede von der Befreiung der Frau. Aber ich fürchte, es wird damit ausgehen wie mit den meisten Revolutionen: Auf den Schultern der Befreier sitzen schon die neuen Unterdrücker. Daß die gegenwärtige Situation der Frau ein himmelschreiendes Unrecht ist, wird niemand leugnen. Alles an ihr wird unterdrückt, beschnitten und verbogen. Sie wird in eine Form gepreßt, mit der letztendlich niemandem gedient ist. Sozial und wirtschaftlich abhängig, als Geschlechtswesen in die Einehe oder die Prostitution gezwungen, ist sie eine recht armselige Kreatur. Und wie fatal ihre Situation ist, zeigt sich unerbittlich, wenn sie außerhalb der geltenden Konventionen schwanger wird.

Ach, Minou, da saß ich nun, überglücklich einerseits, ein Leben in mir heranwachsen zu spüren, und zugleich zutiefst betrübt, wie es denn nun mit mir weitergehen sollte. Man gibt uns ja kein Geld dafür, daß wir Kinder in die Welt setzen. Dabei sind wir doch in erster Linie für diese schöne Aufgabe gemacht. Und alle könnten sich daran freuen. Aber man läßt uns nicht einfach Frauen sein, die Kinder haben. Nein. Wir sollen Ehefrauen und Mütter werden. Und auch die Männer werden so merkwürdig, wenn sie sich redupliziert sehen. Ja, tritt uns in der lebenslang erzwungenen Verbindung von Vater und Mutter nicht das ganze verlogene und verquere System gegenüber, die ganze Verkrustung, in der wir leben müssen? In Deinem Fall stellte sich ja die Frage, wer überhaupt Dein Vater war. Ich hatte eine Vermutung. Aber konnte ich sicher sein? Phil war der erste, der etwas bemerkte, denn die Sache mit ihm dauerte noch an, während sich die mit Herold, was das Geschlechtliche betraf, von meiner Seite aus bereits erheblich beruhigt hatte.

Phil fragte mich, wessen Kind es sei, und ich antwortete wahrheitsgemäß: »Es ist meins.« Er ließ die Sache damit auf sich beruhen. Doch als kurz darauf Herold Zeuge einer Unpäßlichkeit wurde und auf diese Weise davon erfuhr, da begann das Unglück seinen Lauf zu nehmen. Plötzlich tauchte meine Mutter hier auf. Sie war außer sich. Was ich mir einbilde, den Ruf der ganzen Familie aufs Spiel zu setzen? Ob ich mir überhaupt darüber im klaren sei, welche Konsequenzen mein Verhalten nach sich ziehen könnte? Nicht nur für mich, sondern vor allem für Agnes. Selbst Arthur habe seinem Fehltritt wenigstens nach außen hin einen legalen Schein verliehen.

Ich traute meinen Ohren kaum. Woher wußte meine Mutter eigentlich so viele Einzelheiten über mein gegenwärtiges Leben? Natürlich steckte Herold dahinter. Er hatte ohne mein Wissen um meine Hand angehalten und sich als diskreter Retter angeboten, freilich nicht ohne zu versäumen, ein tiefschwarzes Bild meiner gegenwärtigen Situation zu zeichnen.

Der Besuch meiner Mutter stürzte mich in tiefste Seelenzweifel. Ich bin eben nicht für schwere Dinge gemacht. Sie betrüben mich, ziehen mich in eine Atmosphäre hinab, in der ich nicht atmen kann. Warum sollte ich denn nicht allein mit meinem Kind leben? Wozu brauche ich einen Mann? Es fand sich ja immer einer für das Finanzielle. Und welchen anderen Grund sollte es geben, sich an einen zu binden? Das Glück mit einem ist doch eine Illusion. Warum denn nur *ein* Glück und nicht mehrere? Es will mir einfach nicht in den Kopf.

Doch es war November. Die Wolken hingen tief. In allen Taschen herrschte Ebbe. Viel schwermütige Poesie wurde geschrieben. Der Philosoph besuchte mich und bestärkte mich in meiner Absicht, der christlichen Versuchung zu widerstehen und das unschuldige Kind nicht dem Herrschaftsgesetz des Vaters auszuliefern, was ich ja ohnehin nicht vorhatte. Anschließend kam Herold, mit Pasteten und Wein. Er hatte sich in den Kopf gesetzt, daß mein Kind von ihm sei und ich daher seine Frau werden müsse. Er übertraf sich selbst in Zuvorkommenheit. Er stelle keinerlei Ansprüche, erklärte er gönnerhaft. Er kenne ja mein Naturell. Ich könne durchaus noch eine Weile in München bleiben, bis ich genug hätte von diesem Leben. Am Ende hätte ich jedoch einen Ort, an dem ich einkehren könnte nach den wilden Jahren, als seine Gemahlin in der Falkenbeck-Villa in Hamburg. So etwa versuchte er mir die Gruft schmackhaft zu machen, die man dort oben bereits für mich aushob. Er erzählte außerdem triumphierend von seinem jüdisch angekränkelten Bruder Wilhelm, der enterbt worden sei, weil er eine Angehörige dieser verkommenen Rasse geheiratet hatte. Nun würde er, Herold, das ganze Unternehmen erben. Was ich denn noch wollte? Ich wußte gar nicht, was ich auf so viel geballte Dummheit erwidern sollte, hatte aber merkwürdigerweise doch fast ein schlechtes Gewissen, als ich sofort danach zu Phil ging.

Ein Versprechen hatte er mir immerhin abgerungen: Ich sollte ihn auf den Reederball nach Kiel begleiten. Und ich fuhr tatsächlich hin, Anfang Dezember, gerade noch schlank genug, um nicht aufzufallen. Und jetzt erst wurde mir klar, daß die Falle bereits zuschnappte. Mein Vater machte mir in einem tragödienhaften Auftritt klar, daß er ohne das Falkenbeck-Geld ruiniert wäre. Niendorf war nicht mehr lange zu halten. Ein potenter Bewerber für Agnes war noch immer nicht in Sicht, angeblich weil niemand für die Jüngere bot, solange die Ältere noch frei und übel beleumundet war. Wäre ich doch niemals wieder dort hinaufgefahren. Und erst der Ball selbst. Überall waren längst Gerüchte gestreut. Die Photographen scharwenzelten dauernd um uns herum. Herold strahlte. Der alte Falkenbeck und mein Vater waren sich längst handelseinig. Was sollte ich schon tun? Ich sagte erst einmal ja. Und fuhr nach München zurück.

12. Februar

Im März habe ich Dich das erste Mal gespürt, wie Engelsflügel, die gegen meine Bauchdecke schlugen. Es war ein verregneter März. Meine Stimmung war auf einem Tiefpunkt. Der Hochzeitstermin war für den Spätsommer vorgesehen. Es war vereinbart, daß Du zuvor irgendwo außerhalb von München in einer diskreten Umgebung zur Welt kommen solltest. Dann sollten Herold und ich heiraten und noch ein Jahr in München bleiben. Danach würde sich niemand mehr fragen, wann Du zur Welt gekommen warst. Sie hatten das alles wunderbar eingefädelt.

Phil sah, wie ich litt. Ich floh zu ihm. Er verstand mich. Wenn wir uns liebten, dann war es ohne diese ganzen lästigen Gefühle, die einem ja immer nur die Lust verderben. Ich konnte ihm sagen, was ich wollte, und er tat es. Und wenn ich nicht wollte, dann hatte er irgendwo eine andere. Er suchte das gleiche wie ich. Denn was war es eigentlich in uns, das uns so vor sich hertrieb, diese ganzen Stimmungen, Fragen, Zweifel und Gefühle? Ich hatte mein ganzes Leben hindurch immer nur gekämpft. Nicht nur mit meiner Familie und den erstickenden Regeln. Nein, da war etwas in mir, das nach Ruhe schrie und sie mir auf diese Weise beständig raubte, eine Sehnsucht nach etwas, das ich in den Augen dieses Inders gesehen zu haben glaubte. Aber ich konnte es nicht fassen. Wollten wir nicht alle etwas vom Leben, das zu verbergen man uns ständig lehrte? Ganz gleich, in welche Richtung ich suchte, es kam damals immer nur eine erotische Situation dabei heraus.

Phils Antwort darauf lautete: »Der Weg zum Sinn führt durch die Sinne. Der Weg zu Gott führt durch den Sex. Aber im Sex geht alles durcheinander. Man muß durch den Sex hindurch. Das ist schwierig. Denn du hast ja sonst nichts.«

Was er damit meine?

Das Verhältnis von Sinn und Sinnlichkeit. Es sei das wichtigste Verhältnis überhaupt. Je stärker es gestört sei, desto kranker, destruktiver seien die Menschen, die Gesellschaften, die daraus hervorgingen. Meine sexuelle Gier sei nichts als die Kehrseite meiner spirituellen Leere, eine Droge, mein letztes Mittel, um mich über mein trauriges Automatendasein zu erheben.

Seine Worte ärgerten mich. Aber er kümmerte sich nicht darum.

Es sei nicht meine Schuld, sagte er lapidar. Es sei eben die letzte Stufe des modernen Menschen, die notwendige Folge. Ich sei nur etwas vorgeprescht: Sinnlichkeit ohne Sinn, der Beginn eines perversen Zeitalters. Von der Zukunft sei nur noch eine kolossale Zunahme von Sex, Drogen, Gewalt und Perversion zu erwarten. Sinnliche Erfüllung ohne Sinnerfüllung. Ein Rückfall auf die Bewußtseinsstufe von Tieren.

Wollte er mich beleidigen? Mich provozieren? Ich weiß noch, daß ich ihn wütend angestarrt habe. Wütend und zugleich getroffen. So sah er mich? Als Tier?

Er ging gar nicht auf meinen Protest ein. Ich solle doch mit ihm kommen. Wozu sich streiten? Wir suchten doch das gleiche. Ich hätte ja nichts mehr zu verlieren.

Ich dachte tagelang über dieses merkwürdige Gespräch nach. Mit ihm kommen? Nach Indien? Herold erzählte ich kein Wort. Er kam nun immer öfter, wollte wissen, wo ich die Zeit ohne ihn verbrachte, schleppte Geschenke heran, nur um einen Grund zu haben, unangemeldet vorbeizukommen. Manchmal schlief ich noch mit ihm. Ich beobachtete mich. Ich beobachtete Herold. Wie er mich auszog. Wie er mich streichelte, meinen Körper küßte, mich erregte. Ich ließ es geschehen, und gleichzeitig beobachtete ich uns. Unbeteiligt, distanziert, solange es eben ging, und doch wie besessen auf jedes Detail. Ich versuchte zu begreifen, was in mir vorging, was mein Körper mit mir anstellte. Ich sah meinem Körper zu, wie er auf den fremden, attraktiven männlichen Körper reagierte. Es war ein Rätsel, als lauschte ich einem Gespräch in einer fremden Sprache. Wo war ich? Und er? Wie fremd. Wie merkwürdig. Was geschah hier?

Meist bat ich ihn danach, zu gehen. Er war verstimmt, und ich ahnte bereits, wie er unsere Vereinbarung, mir meine Freiheit zu lassen, interpretieren würde. Die lange Kette würde immer kürzer werden. Und schließlich kam der Streit mit Phil.

Wir hatten seit einiger Zeit wieder einmal gemeinsam zu Abend gegessen und waren auf dem Weg in eine Weinstube. Herold überraschte uns mit der Ankündigung, es gäbe heute abend noch etwas Besonderes. Wir stiegen eine enge Treppe in eine Dachwohnung hinauf und fanden dort einen Kreis von Menschen vor, die wir zum Teil kannten, zum Teil noch nie gesehen hatten. Der Philosoph war da und auch der Maler, aber ansonsten viele fremde Gesichter. Es herrschte Schamanenstimmung. Kerzen brannten, kaum jemand sprach ein Wort. Ein Mann betrat den Raum. Augenblicklich herrschte erwartungsvolles Schweigen. Er sprach wie ein Prophet. Wovon? Ja, ich weiß es beim besten Willen nicht. Aber er zog das Publikum sogleich in seinen Bann. Von Blut und Reinheit war da die Rede, von Zuchtrassen und Atlantis. Wir erfuhren, daß wir im Zeitalter der Entlichtung lebten, der Periode des zerspalteten Lebens. Dunkle Mächte hätten die Oberhand gewonnen, welche die wenigen Träger des Lichts und der Blutleuchte mit tödlichem Haß bekämpften. An dieser Stelle zischte jemand im Publikum das Wort »Juden«, und allerorten wurde zustimmend genickt. Es konnte einem bange werden in diesem Kreise.

Der Philosoph schien hingerissen. Auch Herold hing an seinen Lippen. Verzückt starrten sie diesen Propheten an und sahen plötzlich alle aus wie galvanisierte Leichen. Phil hingegen wurde erst bleich vor Ekel und dann ganz rot vor unterdrücktem Zorn. Als das Ganze zu Ende war, zog er mich zur Tür. Herold wollte noch bleiben, war aber nicht gewillt, mich mit Phil alleine ziehen zu lassen. So endete es schließlich damit, daß wir alle drei bei mir einkehrten. Und dann begann es. Herold verteidigte jeden Satz, den dieser rätselhafte Mensch von sich gegeben hatte, während Phil immer düsterer dreinblickte und wütend entgegenhielt, dieses Aftergeschwätz sei der Anfang vom Ende. Alle Geisteskrankheiten Europas seien heute abend auf einmal versammelt ausgebrochen: der Antisemitismus, der Okkultismus, die Gnosis und die Esoterik. Ich wußte gar nicht, wovon die Rede war, und zog mich zurück. Am nächsten Morgen suchte ich Phil auf und fand ihn in übelster Laune.

»Ich fahre«, sagte er. »Das wird nur immer weiterwachsen. Ich bleibe nicht hier.«

Ich war bestürzt. Vielleicht sollte ich wirklich mit ihm gehen, dachte ich. Ich würde Dich weitab von all den Mauern zur Welt bringen, die sich um mich zu schließen begannen. Wer weiß, vielleicht gab es ja dort draußen wirklich eine Antwort auf diese Sehnsucht in mir. Doch Phil hatte einen anderen Vorschlag. In meinem Zustand die weite Reise nach Indien zu unternehmen sei Irrsinn. Erst solle ich mein Kind bekommen. Aber nicht hier. Er hatte von einer Kolonie gehört, einer ganz famosen Gruppe von Menschen, die ähnlich dachten wie wir. Als ich den Namen des Ortes hörte, war meine Entscheidung gefallen. Welch ein Name, dachte ich begeistert. Und so plante ich meine Flucht nach Ascona, zum Berg der Wahrheit.

12. Februar

Diese Geschichte hat mir nicht Mohan erzählt. Obwohl sie sich fast so anhört.

Es war einmal ein junger belgischer Industriellensohn. Er hieß Henri Oedenkoven. Er wuchs in einer verwöhnten und gelangweilten Gesellschaftsklasse auf, bis er schwer krank wurde. Er zog von Arzt zu Arzt, doch niemand konnte ihn von seinem Lebensekel heilen. Da traf er in Leipzig einen Naturheilkundigen, der ihm riet, er solle einfach aufhören, Fleisch zu essen, und gesund leben. Das Ergebnis war umwerfend. Es war wie ein Wunder. Henri blühte auf und erkannte, daß gar nicht er selber krank gewesen war – sondern seine Umgebung. Krank war die Lebensweise, die Zwänge und Regeln, die samt und sonders dem Wesen des Menschen widersprachen und nur dazu dienten, eine profitable Industrie zu füttern. Kurz darauf traf er auf eine Frau, die ähnlich dachte wie er. Sie hieß Ida Hofmann. Sie trennten sich zunächst wieder, denn Henri begab sich auf eine längere Reise durch die europäischen Großstädte, um sich das tolle Treiben noch einmal ganz bewußt aus seiner völlig veränderten Perspektive anzuschauen. Dann beschloß er, dieser krankmachenden Welt des Scheins den Rücken zu kehren und eine Gegenwelt zu errichten.

Im Oktober 1900 trafen sie sich in München, im Haus von Idas Angehörigen. Neben den beiden Initiatoren hatten sich dem Vorhaben, im Süden eine vegetarische Siedlung zu gründen, vier weitere Personen angeschlossen: ein Anarchist namens Karl Gräser, der gerade seine Erbschaft verschenkt hatte, weil er Geld für das Grundübel hielt; Lotte Hattemer, die äußerst hübsche Tochter eines Bürgermeisters, der die stumpfen Verhältnisse in ihrem Elternhaus unerträglich waren; Idas Schwester Jenny, die zunächst skeptisch war, dann aber doch mitmachte; und schließlich Gustav Gräser, der Bruder von Karl, den eigentlich niemand dabeihaben wollte, da er nur an grenzenlosem Faulenzen interessiert war. Aber man konnte ihn nicht loswerden, und so blieb er dabei.

Sie gingen zu Fuß los, barfuß zumeist oder mit Sandalen, luftig gekleidet, wie es ihren neuen Ideen entsprach. Die Männer wagten es, kniefreie Hosen zu tragen, und die Frauen waren kühn genug gewesen, kein Korsett anzulegen. In Oberammergau, wo die Passionsspiele in Gang waren, hielt man sie für Darsteller. Unbeirrt zogen sie weiter, über das Stilfser Joch nach Cadenabbia und von dort nach Lenno. Sie suchten in der Gegend um den Comer See, in Lugano und am Lago Maggiore. Schließlich verschlug es sie nach Locarno, denn von dort kam die hoffnungsfrohe Meldung, daß es dort wirkliche Menschen gäbe mit langen Haaren und sogar vegetarische Pensionen. Und dann, auf einem ihrer Streifzüge durch die Gegend oberhalb von Ascona, entdeckten sie den Berg, der damals noch Monte Monescia hieß, eine unberührte, romantische Felsenlandschaft, die jedoch eigentlich nicht mehr war als ein steiniges, verwildertes Weidegelände. Kaum hatte Henri anderthalb Hektar davon erworben, drängten sich die Besitzer der angrenzenden Grundstücke mit weiteren Verkaufsangeboten heran. Ja, es war fast so, als wollte der Berg zu ihnen kommen. Hier wollten sie ihr Projekt verwirklichen. Den Berg nannten sie: Monte Verità.

Ach, Minou, wie soll ich Dir meine Aufregung beschreiben, als mir Phil Photos von diesem Ort zeigte. Er war einige Monate zuvor schon einmal dort gewesen. Und wie ich jetzt erfuhr, hatte schon eine regelrechte Pilgerbewegung nach Ascona eingesetzt. Es gab ja so viele von unserer Sorte, so viele, die zu ersticken drohten an der stupiden Langeweile und den tausend Verboten um uns herum. Alles war entzaubert, geheimnislos. Doch dort unten im Tessin glühte plötzlich ein ganz neues Licht. Monte Verità. Diese Photos! Lauter Menschen mit langen Haaren und weißen Gewändern, die sich nur von Obst und Gemüse ernährten. Tagsüber liefen sie sogar nackt herum, Männer und Frauen, und bestellten die Gemüsebeete. Ein rechter Garten Eden. Ich konnte meinen Augen nicht trauen. Und welch herrliche Gegend außen herum. Der Lago Maggiore, und einen Fußmarsch entfernt begann schon Italien. Ich konnte es kaum erwarten, dort hinzukommen. Dabei mußte ich natürlich sehr vorsichtig vorgehen, denn Herold schien etwas zu ahnen. Hätte ich ihm sagen sollen, wie es stand? Aber ich hatte bereits jetzt Angst vor ihm. Es war etwas Unberechenbares, etwas Dunkles in ihm. Er faselte dauernd etwas von »seinem Kind«, was mir endlos auf die Nerven ging. Aber ich durfte die Kräfte nicht unterschätzen, die durch Herold wirkten. Es ging ja nicht nur um uns beide. Die Interessen von zwei Familien standen hinter uns. Höchste Zeit, daß ich mich aus dem Staub machte.

So ist es eben mit diesen Dauersachen. Sie werden kompliziert und am Ende würdelos. Wieviel angenehmer ist da doch die vorübergehende Situation, der fremde Mann. Er ist immer ein Gentleman mit dem infamen Charme, wie man so sagt, aber natürlich nicht mit Tätowierung oder Kittchengeruch. Vielleicht sollte man treffender sagen: der fremde Herr. Ich treffe ihn meist im Hotel. Er kommt auch auf der Straße oder im Theater vor, aber im Hotel hat das Ganze einfach mehr Stil. Ich sitze im Foyer und warte auf eine Verabredung, die nicht kommt. Er liest Zeitung, schaut bisweilen zu mir herüber, nimmt Witterung auf. Ich gehe zum Lift. Er legt die Zeitung weg, ganz langsam, ganz ruhig. Er hat keine Eile. Wir sind ja nicht auf der Jagd. Es hat mehr von einer Kommunion. Da stehen wir gemeinsam am Lift. Er sieht mir in die Augen. Wir betreten den Fahrkorb, er gleitet langsam nach oben, bleibt in jeder Etage stehen, denn der Liftboy ist recht unaufmerksam. Unsere Augen lassen sich indessen nicht los. Natürlich sprechen wir kein Wort. Es ist ja alles längst gesagt.

So ein Mann im Lift ist natürlich der Idealfall, der erfüllte Traum. Meist lernt man sich danach doch näher kennen, und alles ist dahin. Der Zauber verpufft spätestens beim gemeinsamen Frühstück. Seltsam, wie alle danach streben, sich bis in die letzten Seelenwinkel auszuforschen. Dabei ist doch die wahre Kunst, einander fremd zu bleiben. Man verschmelze die Körper, öffne ein wenig das Herz. Aber man lasse doch seine Seele unvermählt. Wahrer Genuß ist tiefe Sensation ohne Gemütsbeteiligung.

Die Nackten vom Monte Verità. Wie sehr entzündeten sie meine Phantasie. Und ach, wie weit entfernt war die Wirklichkeit von dem, was ich mir vorgestellt hatte. Doch davon morgen mehr. Es ist bereits dunkel dort draußen. Wir haben Kurs auf Aden genommen. Europa kommt ganz langsam näher. Und ich habe Angst, Angst, Dich zu verlieren. Denn was soll aus Dir werden, wenn ich Dich nicht finde?

Wir erzählten niemandem von unserer Flucht. Herold war oft in Hamburg, um die Hochzeit vorzubereiten und das Finanzielle zu regeln. Er schwebte über allen Wolken. Es ging ihm dabei überhaupt nicht um mich. Das Kind und der Adelstitel, davon war er besessen. Durch die Liaison mit mir gewann er plötzlich die Wertschätzung seines Vaters zurück, insbesondere nachdem sein Bruder Wilhelm, eigentlich der begabtere der beiden, sich in den Augen der Familie durch seine Heirat kompromittiert hatte. Der Judenhaß griff ja überall um sich. Insgeheim bewunderte ich diesen Wilhelm, der sein Erbe einfach in den Wind schlug. Sein Schritt erschien mir um vieles mutiger als meine Flucht zu den Vegetariern.

Wir erreichten Locarno in den ersten Junitagen. Man hielt Phil und mich für ein Ehepaar, und wir ließen das unwidersprochen. Wir wohnten zunächst im Hotel, denn wir wußten ja noch nicht, ob wir auf dem Berg überhaupt willkommen waren. Am nächsten Tag machten wir uns auf den etwa einstündigen Fußmarsch. Wir gingen von Locarno kommend an der Westseite des Sees entlang in Richtung Italien und trafen ungefähr in der Mitte zwischen Locarno und der italienischen Zollstation auf den ersten absonderlichen Haarmenschen. Er gehörte allerdings nach Ascona, einem Tausend-Seelen-Dorf, oberhalb dessen der Monescia-Hügel gelegen ist. Ein Grund dafür, daß die Monte Veritaner sich hier niederließen, war ja, daß es in dieser Gegend schon immer jede Menge Eigenbrötler gegeben hat.

Ein etwa zwanzigminütiger Aufstieg brachte uns zur Vegetariersiedlung. Der erste Besuch fiel etwas zwiespältig aus. Ich hatte in meinem Überschwang darüber, eine Reise in eine neue, freie Welt zu unternehmen, völlig vergessen, daß wir ja in ein Sanatorium unterwegs waren. Wenn auch kein Sanatorium der üblichen Art, so war man doch von Kranken umgeben, von Kranken einer ganzen Epoche, eines Kontinents, die sich hier zusammengefunden und vor dem Rest der Welt verschanzt hatten.

Wir verbrachten den ganzen Tag dort oben, sahen die rege Bautätigkeit, sprachen mit den Gründern, ließen uns deren Philosophie erklären und begegneten allerlei faszinierenden und merkwürdigen Figuren. Die ursprüngliche Gründergemeinschaft war bereits in Auflösung begriffen. Vegetarische Kost allein war offenbar ein zu dünnes Fundament für eine Siedlungsgründung gewesen. Die extremeren Naturen wie etwa jener Gräser hatten sich in der näheren Umgebung angesiedelt. Er lebte mit Jenny Hofmann in einer Höhle und wollte den Ausstieg aus der verdorbenen Zivilisation dadurch erreichen, daß er jegliche Teilnahme daran bis hin zum Werkzeuggebrauch ablehnte. Bei anderen war das vegetarische Element stark von spiritistischen, theosophischen und okkultistischen Neigungen überstrahlt worden, was zu Konflikten mit der eher pragmatischen Sanatoriumsplanung führte. Zur dritten Gruppe gehörten wir beide: zu all denen, welche die Neugier und die Hoffnung auf ein anderes Leben hergeführt hatte, die sich nun jedoch mit etwas konfrontiert sahen, das vor allem nach viel Landarbeit, recht primitiven Lebensverhältnissen und ziemlich eintöniger Nahrung aussah.

Ach, Minou, wie gerne hätte ich die Begeisterung dieser Leute vorbehaltlos geteilt, die in dieser schönen Natur Lufthütten bauten und alles Erdenkliche taten, um ihre vom Stadtleben ausgelaugten Körper zu regenerieren. Von früh bis spät aßen sie Rohkost, hatten sowohl dem Alkohol als auch dem Tabak entsagt und waren – wie alle Kranken – fast ausschließlich mit Fragen des Körpers beschäftigt. Warum überkam mich angesichts dieser Salat- und Gemüseutopie gleich solch ein Unbehagen? Weil zu meiner nicht geringen Überraschung fast alle diese Gesundheitsapostel Deutsche waren, die das Alleinseligmachende ihres Systems mit der gleichen Absolutheit vertraten wie meine Mutter ihre Standesdünkel? Nun ja, Festigkeit im Geiste ist ja kein Fehler. Aber war der Reformeifer nicht ein wenig extrem, wenn sogar die Orthographie vegetarisch wurde? Eine unübersehbare allgemeine Prüderie schwebte außerdem über dem Ganzen. Die vegetarischen Ehen entbehrten zwar eines Trauscheins, waren aber dennoch tiefromantische Seelenbündnisse von Menschen, denen jegliche geschlechtliche Befreiung so fernlag wie die Schneekuppen der umliegenden Berge. Insofern war die Nacktheit, die hier solchen Skandal gemacht hatte, gar nicht weiter von Belang. Sie war rein kreatürlich, ähnlich wie bei den Lebensreformern und den Nacktkulturgruppen in Berlin, das heißt: Sie war eher peinlich und unangenehm. Ähnliches galt für die einfache Kleidung. Sie schmeckte nach Entsagung und Büßergewand und keineswegs nach bunter, unbekümmerter Lebensfreude.

Unter dem Firnis der natürlichen Revolution müffelte es bereits säuerlich nach Moralin. An sich mochten ein paar Monate strikt vegetarischen Lebens auf dem Monte Verità einem Rekonvaleszenten ja vielleicht überaus nützlich sein. Doch zu glauben, man könne durch Radieschenverzehr zu einem höheren Menschen werden, schien mir zweifelhaft. Vor allem, wenn man gleichzeitig alle Liebhaber eines guten Steaks summarisch der Leichenfresserei anklagte.

Nichtsdestotrotz beeindruckten mich die beiden Gründer sehr. Vor allem bei Henri Oedenkoven spürte ich eine gewisse Seelenverwandtschaft, was vielleicht daran lag, daß er in einer ähnlichen Umgebung aufgewachsen war wie ich. Nachdem ich ihm eine Weile gelauscht und das Treiben um uns beobachtet hatte, erschien er mir fast ein wenig verloren in seinem eigenen Traum. Ein typischer Vordenker und Stifter einer Revolution, welche das bunte Heer seiner Anhänger wohl schon bald ad absurdum führen würde, wenn die simplen Wahrheiten erst einmal zu einer Religion geronnen waren.

Am Abend zogen Phil und ich in einer gemütlichen Locarneser Trattoria bei einer guten Flasche Rotwein und einem saftigen Steak Bilanz und beschlossen, nicht auf dem Berg, sondern lieber in Ascona Quartier zu beziehen. Auf diese Weise konnten wir dem Projekt für die Dauer unseres Aufenthalts sympathisch verbunden bleiben. Es war ohnehin nur eine Etappe für uns, ein

Rastplatz auf dem Weg in das ganz andere, das Phil mir allmählich näherbrachte.

14. Februar

Nur der Philosoph wußte, wohin wir gegangen waren. Ihm hatte ich als Adresse das Postlager von Locarno gegeben. Etwa zwei Wochen nach unserer Ankunft erhielt ich einen alarmierenden Brief von ihm. Teuerste, begann er und fuhr fort mit den eindringlichsten Warnungen. Wir schwebten in höchster Gefahr. Herold habe seit meinem Verschwinden halb München auf den Kopf gestellt, um herauszufinden, wohin ich sein Kind entführt hätte. Er sei rasend vor Wut und führe sich wie ein Berserker auf. Phil müsse sich vor ihm hüten. Irgend jemand habe Herold offenbar die Augen geöffnet, und der Arme sei absolut unfähig, diese Wahrheit zu verdauen. Jemand habe ihn sagen hören, Phil sei verloren. So etwas ließe ein Falkenbeck nicht mit sich machen. Phil habe seine Verlobte und sein Kind geraubt. Darauf stehe die Todesstrafe, und dergleichen mehr.

Ich war beunruhigt, doch Phil lachte nur. Er kenne Herold lange genug, um zu wissen, wie diese Ausbrüche zu deuten seien. Ich wurde neugierig, woher sie sich überhaupt kannten, zumal Phil und Herold derart unterschiedliche Menschen waren. Phil war es offenbar unangenehm, daran erinnert zu werden. Aber am Ende erzählte er mir, ihre Wege hätten sich um die Jahrhundertwende in einer theosophischen Geheimgesellschaft gekreuzt. Seither waren sie sich immer wieder begegnet, obwohl Phil bereits kurz darauf das theosophische Treiben nur mehr aus distanzierter Neugier weiter beobachtet hatte. Er schwankte noch, ob die Theosophie nicht vielleicht doch ein geeigneter Weg wäre, das indische Denken nach Europa zu schmuggeln. Doch je länger er die Entwicklung beobachtete, desto stärker wurde seine Überzeugung, daß dies eine Illusion war. Im Gegenteil. Anstatt den auf absolute Zerstörung zusteuernden Westen zur Besinnung zu bringen, rief die Theosophie die schlimmsten Tendenzen längst überwundener Bewußtseinsstufen wieder auf den Plan: Okkultismus, Obskurantismus, Aberglaube, kindische Esoterik und gefährliche Sehnsucht nach rauschhafter Überwindung eines sinnentleerten Daseins. Die Theosophen unterschieden sich kein bißchen von den naiven Anhängern zahlreicher anderer spiritistischer Bewegungen. Sie reagierten eben auch nur mit Wunderglaube und obskurem Kult auf den um sich greifenden zerstörerischen Materialismus und Rationalismus. Wie alle diese esoterischen Spinner wollten sie die Welt wiederverzaubern. Doch dabei verhexten sie sie. Um die Welt wieder an Engel glauben zu machen, waren sie bereit, sogar die Teufel zu rufen, anstatt das Naheliegendste zu benutzen, das jedem Menschen zur Verfügung steht, um das Göttliche zu erleben: die Vernunft und die Sinne.

Ich lauschte fasziniert. Ich hatte keine Ahnung von Theosophen und Esoterik, von Bruderschaften von Luxor und gnostischen Geheimlehren. Vor allem hatte ich Religion noch nie mit Vernunft, und schon gar nicht mit Sinnlichkeit in Verbindung gebracht. Religion sei doch das Gegenteil von denken und fühlen. Sicher, sagte er. Das sei eben der beklagenswerte Zustand der Gegenwart: Man habe eine Wahrheit in zwei Falschheiten auseinanderdividiert. Es war sehr verwirrend, was er dann alles erzählte. Vor allem sagte er immer wieder, ich könnte es ein Leben lang zu begreifen versuchen – es wäre sinnlos. Ich müsse es erst erleben. Es sei völlig zwecklos, sich diesen Dingen mit dem Kopf zu nähern. Ebensogut könnte ich versuchen, mit dem Kopf ein Kind zu bekommen.

Heute weiß ich, was er mit all diesen Dingen meinte. Und deshalb hole ich Dich. Denn ich will, daß Du das erfährst. Ich will, daß Du eine Wirklichkeit kennenlernst, von der die Welt, in der Du aufwachsen sollst, nicht die leiseste Ahnung hat: daß Du Teil von etwas, durchdrungen von etwas bist, das keinen Namen hat und auch keinen Namen braucht. Es umschließt Dich auf eine Art und Weise, wie ich Dich umschlossen habe, bevor Du zur Welt kamst. Du weißt nichts davon, weil alles, was Du jemals gehört und gelernt hast, darauf abzielt, diese Wirklichkeit zu leugnen. Du lebst in einer Welt, die sich vom Tod herleitet, von der Angst davor. Der, der sich für Deinen Vater hält, wird alles tun, um Dich dafür abzurichten. Er weiß das nicht einmal. Er schläft so tief, führt kaum mehr als ein Pflanzendasein, wie alle in dieser Familie. Sie halten nicht eine Sekunde ihres Lebens inne, um sich zu fragen, was sie eigentlich tun, wer sie eigentlich sind. Denn sie wissen es nicht. Schon allein die Frage macht sie nervös. Sie verbarrikadieren sich dagegen in ihren Rollen und Titeln, hinter ihrem pompösen Getue. Ich sehe immer Agnes vor mir, diese abgerichtete Puppe, die von nichts anderem träumt als von ihrem Puppenhaus mit ihrem Puppenmann und ihren Puppenkindern. Welche Kräfte wirken nur in ihr? Ach, Minou, wenn ich Dich nicht rechtzeitig finde, dann wirst Du auch so werden: hohl und leer, todkrank hinter Deiner blendenden Fassade, ein zynischer, entzauberter Mensch, der seine eigene Beschränktheit für die Beschränktheit der Welt hält, die er sich gezimmert hat. Ein feiger, seelischer Krüppel, dem man bestimmt ein wichtiges Amt geben wird. Ach, wo soll man denn nur hingehen in dieser Welt?

Phil mag es gar nicht, wenn ich so rede. Er schaut mich dann immer nur an, und ich weiß, was er denkt. Kleine Närrin. Es gibt nur einen Weg heraus: Hinein!

15. Februar

Am 1. August 1902 bist Du in einer Privatklinik in Lugano zur Welt gekommen. Nach schweren Schmerzen. Ja, ich glaubte wahnsinnig zu werden und wäre wohl fast aus dem Fenster gesprungen, wenn sie mich nicht gehalten hätten. Als ich aus der Narkose erwachte, dämmerte der Morgen. Der Arzt weckte mich und sagte mir, daß es ein Sohn sei. Alles war so sonderbar, wie ein schwerer Traum. Ich wollte nur wissen, ob Du lebtest. Phil saß blaß und erschöpft auf einem Stuhl am Fenster und rauchte. Ida war gekommen, um nach mir zu sehen, und auch ein paar weitere Bekannte vom Monte Verità. Dann gingen alle fort, ich lag mit halbem Bewußtsein und großen Schmerzen da. Alles in mir zitterte noch. Nachher brachten sie Dich, das kleine Süße, Herrliche, in einem weißen Kissen. So glatt und rosig warst Du, ich hätte Dich mir niemals so schön vorgestellt. Jetzt sah ich auch, daß Dein Vater hier im Zimmer stand. Phil schaute stumm auf uns herab. Und ich liebte ihn um so mehr dafür, daß er nicht einmal fragte. Ahnte er es? Ich habe es ihm nie gesagt. Bis heute nicht. Mit dem Besitzervater beginnt alles Unglück dieser Welt. Der Besitzermann. Er betrachtet Frau und Kind als sein Eigentum. Wehe, sie schläft mit einem anderen. Sein Kind ist sein Eigentum, denkt er, denn er hat es in seiner Furche angebaut. Lächerlich. Für mich ist nur der Mann ein Mann, der jedem Kind ein Vater ist, ohne Besitzanspruch. Mutterschaft ist ein Geschenk. Vaterschaft muß man verdienen.

Die erste Zeit ging es mir sehr schlecht. Vor Fieber, Schmerzen und Zerschlagenheit wußte ich kaum, wie mir war. Da war nur ein dunkles Gefühl, daß im Nebenzimmer mein kleines Kind lag und Wundervolles auf mich wartete. Doch dabei war es auch immer so, als ob ich den Schrecken gar nicht verwinden könnte, das Todesentsetzen in jener Nacht. Mit jedem Schmerz kam es wieder, daß alle Nerven bebten. Ich dachte, ich würde nie wieder gesund werden oder noch nachträglich den Verstand verlieren.

Dann kam ich langsam ins Leben zurück. Ich lag wieder im Zimmer unserer kleinen Pension in Ascona, sah grüne Bäume und Sonne, und ich hatte Dich, mein Kind, endlich mein Kind. Alles hing an Dir, mein kleiner Minou. Alles war wundervoll für mich geworden, überall Götter und Tempel und der blaue Himmel darüber. Glückselig ging ich am See mit Dir spazieren oder stattete den Kolonisten oben auf dem Berg einen Besuch ab. Ach, sie waren doch tolle Menschen, trotz ihrer vegetarischen Grillen. Wir legten Dich ins Gras, aus den Lufthütten kamen

Gratulanten vorbei und legten sich zu uns. Wir wärmten unsere nackten Leiber in der Sonne, ich stillte Dich und hätte weinen mögen vor Glück.

Phil hatte sich inzwischen darangemacht, eine Kabine auf einem Dampfer nach Indien zu reservieren. Glücklicherweise hatte er genügend Geld für uns zwei, denn ich war nun völlig mittellos. Das gab mir zu denken. Sollte ich einfach mit ihm ins Nichts aufbrechen? Ich vertraute ihm. Aber was, wenn das Feuer zwischen uns erlöschen sollte? Ich kannte das Phänomen ja nur zu gut. Von heute auf morgen konnte es ausgehen. Und wie unerträglich war es dann, schweigend vor dem erkalteten Aschehaufen sitzen zu bleiben. Eine ganz und gar würdelose Situation. Und wo sollte ich dann hingehen, in Bombay oder Kalkutta oder weiß der Himmel, wohin uns diese Reise führen sollte? Für mich allein hätte ich keine Sekunde gezögert. Es würde sich auch in Indien ein Rechnungsbezahler für mich finden. Doch nun warst Du da, ein schutzloses kleines Bündel in meinem Arm. Was sollte dort in diesem fernen Land mit Dir geschehen, wenn ich in Schwierigkeiten geraten würde?

Die Katastrophe traf uns völlig unvorbereitet. Später erfuhr ich, daß einer der vielen Sommerbesucher auf dem Berg nach seiner Rückkehr nach München dort von uns beiden erzählt hatte. Wie sich das bis zu Herold herumsprach, ist das Geheimnis des Schicksals. Warum ließ es uns nicht noch die wenigen Tage in Ruhe, die wir brauchten, bevor ich die Zugreise nach Triest und die Überfahrt auf dem Dampfer nach Bombay antreten konnte. Nur wenige Tage, und wir wären auf und davon gewesen, unerreichbar für Herold und den langen Arm unserer beiden Familien, die nur noch eines im Sinn zu haben schienen: mich zu zerstören, den Schandfleck in ihrer Mitte mit allen Mitteln, die ihnen zur Verfügung standen, zu tilgen. Es ging natürlich vor allem um die lukrative Heirat, die ich vereitelt hatte, das gute Geschäft, das angebahnt worden war.

Doch in Herolds Gesicht, als er mitten im schönsten August plötzlich mit unübersehbarer Mordlust in den Augen vor mir stand, spiegelte sich nicht nur der Haß eines verlassenen und gehörnten Liebhabers. Es war mehr als Haß. Hätte er mich erschlagen! Hätte er in seiner blinden, kindischen Wut heillose Zerstörung angerichtet! Meinetwegen! Niemand ist ganz frei von solchen Affekten. Doch er wollte gar nicht mich. Er wollte Dich. Er wollte mich in Dir ungeschehen machen. Wie ein leibhaftiger Teufel kam er, nicht um ein Leben, sondern um eine Seele zu nehmen.

Dabei war das Ganze in seiner überzogenen Melodramatik fast schon wieder lächerlich. Wie er mich kurz vor Ronco auf einem meiner Spaziergänge abpaßte und in sein Auto zwang, in dem seine zwei Schläger mich in Gewahrsam nahmen. Ich konnte das alles zunächst gar nicht ernst nehmen. Erst als sie mich in dieses einsame Chalet gebracht hatten, bekam ich Angst. Du warst indessen ganz ruhig, mein Kleiner. Ich stillte Dich und dachte mir, ein längeres Gespräch würde Herold schon wieder zur Besinnung bringen. Doch dann brachten sie Phil. Er blutete bereits aus der Nase, die sie ihm wohl schon im Auto gebrochen hatten. Dann banden sie ihn vor meinen Augen auf einem Stuhl fest. Ich dachte, ich verliere den Verstand. Aber Herold ließ auch mich festbinden. Er riß Dich aus meinen Armen, und dann …

Ach, sie haben ihn halb totgeschlagen. Ich sehe das alles noch vor mir, diese gräßlichen Stunden in diesem Haus, wohin sie uns verschleppt hatten. Ich will diese Seiten nicht mit dem Schmutz dieses Ereignisses beflecken. Er hätte Phil vor meinen Augen umgebracht, wenn ich Dich nicht hergegeben hätte. Denn das sollte meine Strafe sein. Ich sollte weiterleben in dem Wissen, daß er mein Kind nach seinem Willen formen würde. Mein kleiner Minou, ich hatte in diesem Augenblick nur die Wahl, Phil oder Dich zu retten. Phils Tod wäre eine Frage von Stunden gewesen. Dein Leben war nicht sofort in Gefahr. Du warst ja noch gar nicht recht angekommen in dieser Welt. Bis Herolds Gift Dir etwas anhaben konnte, würde einige Zeit vergehen, Zeit, die ich brauchte, um Deinen Vater zu retten. Dann würde ich Dich holen, sobald Phil in Sicherheit war. Wie gut, daß niemand außer mir wußte, daß Phil Dein Vater war, denn hätte Herold das in diesem Augenblick erfahren, ich bin sicher, er hätte uns beide umgebracht.

Herold schwor mir, mich eigenhändig zu erwürgen, sollte ich jemals in seiner Nähe oder der »seine Sohnes« auftauchen. Ich sei von nun an verstoßen, ein Niemand. Es habe mich niemals gegeben. Sie hatten all unsere Sachen durchwühlt und natürlich auch die Tickets für den Dampfer nach Indien entdeckt. Sie hielten sie uns unter die Nase. Herold war so außer sich, daß er Phil eigenhändig zwei schwere Fausthiebe mitten ins Gesicht verpaßte. Ich hätte mich fast übergeben. Und dann verschwand er mit Dir.

Die Schläger indessen packten uns in den Wagen und fuhren los. Ich dachte erst, es gehe jetzt in irgendein Seitental, wo sie uns beseitigen würden. Aber nichts davon. Wir fuhren nach Süden. Immer weiter nach Süden ging es, und der Gedanke, daß Du im gleichen Augenblick im Arm dieses Wahnsinnigen auf dem Weg nach Deutschland warst, raubte mir fast den Verstand. Ich wollte sofort umkehren, ihn verfolgen. Aber ich hatte keine Chance gegen sie, Minou. Die Männer hatten Pistolen, und sie hätten gewiß nicht gezögert, das zu tun, wofür Herold sie bezahlt hatte. Phil war so schwach. Er konnte unmöglich fliehen, und ich konnte ihn nicht alleine lassen.

Allmählich begriff ich. Sie brachten uns nach Triest. Zu unserem Schiff. Ich war wie erstarrt, als mir klarwurde, was hier geschah. Er hatte Dich geraubt! Mein Kind! Und jetzt würde er mich auf dieses Schiff zwingen, das weiß Gott wohin fuhr? Wußte meine Familie davon? Es konnte ja kaum anders sein. Wo sollte Herold denn mit Dir hin, wenn nicht nach Hamburg oder Niendorf? Meine eigene Familie hatte ihn wahrscheinlich noch unterstützt in seinem Plan.

Die beiden Schläger wußten genau, wie sie vorzugehen hatten. Sie trennten uns. Wenn einer von uns fliehen sollte, würde der andere erschossen. Phil erzählte mir später, wie er die drei Tage verbrachte: an ein Bett festgebunden in einem Hotelzimmer am Hafen. Und ich? Soll ich Dir sagen, was meinem Bewacher einfiel, um sich die Zeit bis zu unserer Abreise zu vertreiben? Willst Du wissen, wozu ein Mann seiner Sorte fähig ist, der eine Frau mit seiner Pistole in seiner Gewalt hat? Ich habe es stumm über mich ergehen lassen, diesen letzten Gruß aus Herolds Welt. Und bei ihnen solltest Du aufwachsen. Niemals!

Am 3. September 1902 legten wir ab. Sie hatten uns gebrochen. Wir wollten nur noch an einen Ort, wo wir ihre Visagen nicht mehr sehen mußten. Phil war noch immer sehr geschwächt. Sein Bewacher hatte ihm noch einmal klargemacht, daß sein Leben an einem seidenen Faden hing. Dabei wehrte sich Phil überhaupt nicht mehr. Er bemerkte nicht einmal, daß der Mann ihm auch noch seinen Paß stahl, was uns bei der Ankunft in Bombay endlose Scherereien bescherte.

Mit jeder Stunde, die wir vom Festland wegtrieben, wurde mein Herz schwerer. Wie sollte ich es Wochen oder möglicherweise sogar Monate ohne Dich aushalten? Wie sollte ich es nur anstellen, Dich zurückzubekommen?

16. Februar

Letzte Nacht sprach ich lange mit Mohan. Über das Böse, über die Dunkelheit. Wie immer beschämte er mich. Ich wollte, daß er mich tröstet, mir Mut macht, mich bestätigt in meinem Haß auf meine Familie. Was ist denn Haß, fragte er nur. Haß ist wie Dunkelheit. Aber was ist Dunkelheit? Ich wußte keine Antwort.

Dunkelheit, sagte er, ist eines der größten Geheimnisse des Daseins. Wir sind in sie hineingewoben. Sie umgibt uns überall. Und dabei existiert sie gar nicht. Sie existiert nicht und ist doch da. Sie ist wie der Schlaf, der Tod, die Unwissenheit. Sie sind aus dem gleichen Stoff gemacht.

Ich verstand das nicht.

Schau sie dir genau an, sagte er. Dunkelheit hat keine eigene Existenz. Sie ist nichts anderes als die Abwesenheit von Licht.

Für sich genommen existiert sie nicht. Sie ist einfach da, überall. Aber man kann sie weder herstellen noch vertreiben. Licht kannst du herstellen oder vernichten. Aber nicht die Dunkelheit. Sie ist immer da, ohne zu sein.

So ist es mit Mohan. Ich will, daß er mir hassen hilft, und er erzählt mir eine Geschichte, die mein Mitgefühl weckt.

Wenn du das erkannt hast, fuhr er fort, dann siehst du auch gleich, daß es keinen Sinn hat, gegen Dunkelheit zu kämpfen. Wie soll man gegen etwas kämpfen, das gar nicht da ist? Du kannst es versuchen, aber du wirst bald sehen, daß es nicht geht. Gegen etwas, das keine Existenz hat, kann man nicht kämpfen. Du wirst unterliegen. Aber das beweist nicht die Macht der Dunkelheit, sondern die Macht deiner Dummheit. Du kämpfst ja mit vielen Dingen, die es gar nicht gibt, mit unwirklichen Dingen.

Ich widersprach. Warum? Was meinte er damit?

Auch in dir ist noch viel Moral, sagte er. Moral ist genau das: ein Kampf gegen die Dunkelheit. Deshalb ist Moral ja so töricht. Moral füttert die Dunkelheit, indem sie sie bekämpft. Aber gegen die Dunkelheit hilft nur Licht. Dein Haß ist nichts Wirkliches, sondern die Abwesenheit von Liebe. Deine Wut ist nichts Wirkliches, sondern das Fehlen von Mitgefühl. Unwissenheit ist nichts Wirkliches, sondern nur die Abwesenheit von Bewußtsein.

Aber wie soll ich meinen Haß und meine Wut abstellen, wollte ich wissen.

Das ist die falsche Frage, antwortete er. Wie willst du denn etwas abstellen, das gar nicht da ist? Du bist schon wieder in der Falle. Wenn ein Feuer auszugehen droht, was machst du dann? Nimmst du vielleicht ein Gewehr und schießt Löcher in die zunehmende Dunkelheit? Oder greifst du nach einer Schaufel, um die Dunkelheit wegzuschaufeln? Siehst du nicht, wie absurd das ist? Genau so verhält sich der Moralist. Er will die Dunkelheit wegschaufeln. Das ist sinnlos. Man kann Nichts nicht beseitigen. Lege Holz nach und blase in die Glut. Mache Licht. Mehr ist nicht notwendig.

Mit Mohan zu sprechen ist wie Atemholen. Er weiß natürlich, daß ich ein hoffnungsloser Fall bin. Ich höre ihm zu, versuche, seinen Gedanken zu folgen. Doch schon beim ersten selbständigen Schritt stolpere ich. Er sagt, das sei ganz normal. Schließlich schliefe ich ja tief und fest. Ich hätte noch nicht laufen gelernt. Das sei aber nicht meine Schuld. Die Kultur, aus der ich käme, sei im Kleinkindalter. Wir zappelten viel herum, griffen nach allem, wollten alles gleich und sofort, und wenn wir es nicht bekämen, dann würden wir losschreien oder irgend etwas anderes kaputtmachen. Ich mußte lachen. Mohan ist manchmal wirklich komisch, gar kein Mönch, sondern ein Possenreißer.

Wer lacht, ist wach, meint er. Du bist auch nicht anders als sie, sagt er. Also sei nicht hochmütig. Versuche nur einmal, drei Sekunden lang auf diese Uhr zu schauen und an nichts anderes zu denken als an diese Uhr. Ich tat, was er sagte. Und? fragte er. Woran hast du gedacht. An nichts, log ich. So? Nun ja, ich habe gedacht, daß sie silbern ist, aber das war alles. Also noch einmal, sagte er. Ich versuchte es noch einmal. Ich hörte das Wasser gegen den Schiffsrumpf schlagen. Ich spürte den Schweiß auf meiner Stirn. Er hatte recht, ich konnte es nicht. Nicht einmal eine Sekunde lang.

Das ist die wahre Dunkelheit, sagte er dann. Dieser Mahlstrom in deinem Kopf, der dich davon abhält, dich zu erinnern, wer du bist. Gedanken fließen durch dich hindurch. Ein Wunsch jagt den nächsten. Das ist Dunkelheit. Du bist völlig zersplittert, deine Flamme flackert. Wenn das Flackern aufhört, dann wird ein neues Wesen geboren. Ein Lichtwesen. Du bist nichts als die Abwesenheit von etwas, das möglich ist. Aber du bist noch nicht wirklich. Du mußt dich erinnern. Mach dir bewußt, was ist. Dann gibt es keine Fragen mehr.

Aber wie? Ich verstehe nicht, wie?

Ganz einfach. Beginne mit den einfachen Dinge, dem Alltäglichen. Gehen. Geh bewußt. Iß bewußt. Erinnere dich, wenn du ißt, daß du ißt. Dann wirst du zum Beispiel von selbst aufhören, Fleisch zu essen. Nicht weil es gut oder böse ist. Sondern weil du dich erinnern wirst, weil du dich besinnst. Es wird dir einfach nicht mehr möglich sein, etwas derart Gewaltsames zu tun, wie Fleisch zu essen. Denn wenn dein Licht brennt, dann siehst du auch das Licht der anderen Lebewesen. Sie werden durchscheinend. Wie kann ich töten, um zu essen, wirst du dich fragen? Wie soll das gehen? Wenn du aufgewacht bist, dann erledigt sich diese Frage einfach. Es ist gar kein Prinzip, keine religiöse Vorschrift, keine Moral und auch kein Verzicht. Die Frage verpufft einfach. Sie war ja auch nie wirklich da. Sie war Teil der Dunkelheit, die entstand, weil du geschlafen hast. Das ist alles …

Wir fahren durch den Suezkanal. Ich stehe stundenlang an der Reling und schaue zu, wie sich das Schiff durch den Kanal schiebt. Die Welt, aus der ich komme, kommt unweigerlich näher. Ohne Mohan wäre ich wahrscheinlich ganz verzweifelt. Daß er diese Reise auf sich nimmt! Einfach so. Niemand hat ihn darum gebeten. Er weiß nicht einmal, wo Deutschland liegt. Er sagt einfach, er werde mich begleiten. Niemand stellt eine Frage. Keiner findet das seltsam. Und ich bin so glücklich, daß es mir die Stimme verschlägt.

Denn Phil hatte andere Pläne. Schon auf der Hinreise erklärte er mir, daß er mich nach Kalkutta zu Vivekananda bringen werde. Es seien einige Frauen aus dem Westen bei ihm, die sich um mich kümmern und mir helfen würden, mich dort einzufinden. Einzufinden? Worin? Warte einfach ab, sagte er nur. Geh einfach hin. Schau es dir an. Es ging mir auf die Nerven, diese Geheimnistuerei. Aber was sollte ich schon tun? Es sei überhaupt kein Geheimnis, beteuerte er immer wieder. Ich solle mich ein für allemal von dem Irrglauben verabschieden, es gäbe in spirituellen Dingen irgendwelche Geheimnisse. Alles, was damit zusammenhing, sei so glasklar und transparent wie die Luft, die wir atmen. Es bedürfe nur einer gewissen Konzentration und Disziplin. Man müsse nur zwei Dinge tun: seinen gesunden Menschenverstand bemühen und sein Herz beobachten. Nicht fühlen, betonte er immer wieder. Wach sein. Aufmerksam sein. Gefühle taugen nicht viel. Ich solle die Priester und Bibeln und Geister und Engel und den ganzen anderen Blödsinn einfach vergessen. Ich müsse nur einmal in die richtige Richtung schauen. Ich bräuchte dafür auch gar nicht nach Indien zu fahren. Es könne überall geschehen, sogar hier auf diesem Schiff. Manche kämen von selbst darauf. Ach, es sei einfach lästig, überhaupt darüber zu reden. Vergeudete Zeit. Geh hin und sieh, was passiert.

Du kennst mich mittlerweile wahrscheinlich gut genug, um zu verstehen, daß ich mit solchen Reden nicht viel anfangen konnte. Aber das Wesentliche daran war auch gar nicht, was er sagte, sondern wie. Phil hatte bereits etwas von dieser Festigkeit, die mich so beeindruckte. Nicht das, was ich während der Begegnung mit diesem Mönch gespürt hatte, aber ein Echo davon. Es zog mich unweigerlich an. Ich lehnte alles ab, was er sagte, aber ich war wie betrunken von dem, was er war, wie er war.

Er erklärte mir die politische Situation. Englands Schreckensregiment, das Gären des Widerstands. Phil wollte mit einem Inder Kontakt aufnehmen, den er vor einigen Jahren an der Universität in London kennengelernt hatte und der mittlerweile nach Indien zurückgekehrt war, um den Widerstand gegen die Engländer zu organisieren.

Und er wolle da mitmachen? Ja. Als Engländer? Ja. Aber wie? Er habe einen Plan. Er wolle eine Mysterienschule gründen, die nicht darauf wartet, bis die Schüler zu ihr kommen. Nein, er würde diese Schule zu den Menschen bringen. Es gäbe bereits so etwas Ähnliches, eine Gruppe in Bengalen. Aber sie wirkten nur vereinzelt in ihrer direkten Umgebung. Er wolle das ausweiten. Ich fand das sehr merkwürdig. Dann bist du ein Missionar? fragte ich. Nein, sagte er. Es sei ein Spiel, das Impulse erzeugt, das die Pforten der Wahrnehmung öffnet. Wie sich die Dinge gegenwärtig entwickelten, steuere alles auf eine Katastrophe zu.

Ich wollte Genaueres darüber wissen, aber mehr wollte er mir nicht erzählen. Kurz darauf versank ich in einer tagelangen Schwermut. Ich weinte viel, dachte so viel an Dich, daß mir irgendwann jede Faser meines Körpers weh tat. Wie sollte ich das nur aushalten? Ich würde das nächstbeste Schiff zurück nach Europa nehmen. Sollte Herold mich doch erwürgen. Ich konnte nicht ohne Dich sein, mein kleiner Engel. Aber je länger die Reise dauerte, desto stärker wurde auch mein Eindruck, daß irgendeine mir unbekannte Kraft wollte, daß ich hier war. Phil hat ja recht, wenn er sagt, daß man über diese Dinge am besten überhaupt nicht sprechen sollte. Wer kann schon wirklich Rechenschaft ablegen über die bizarren Spuren, die unsere Lebensläufe hinterlassen. Vor lauter Verzweiflung begann ich mit den Übungen, die Phil schon mehrfach erwähnt hatte und die er selbst jeden Tag mehrere Stunden in unserer Kabine praktizierte. Es waren ganz einfache Atemübungen. Schon nach wenigen Tagen spürte ich diese merkwürdige Gegenwart um mich herum, als wäre ich nicht allein, als wäre da noch etwas. Phil nickte nur, weigerte sich jedoch wie immer, diese Dinge zu erörtern. Gut, sagte er nur. Mach weiter.

Dann, nach einigen Tagen, sagte er, ich solle die gleichen Atemübungen machen, während wir uns liebten. Ich mußte lachen. Wie er sich das denn vorstellte? Aber er meinte, ich solle es einfach versuchen. Wir zogen uns also nackt aus und breiteten Decken auf dem Kabinenboden aus. Er hatte irgendwo Öl besorgt und bestrich erst meinen und dann seinen Körper damit. Es war sehr heiß. Sein Körper erregte mich sehr. Seine Männlichkeit stand prächtig von ihm ab, und ich bat ihn, in mich einzudringen. Er tat es auch. Ich saß auf ihm, spürte ihn, wie er mich ausfüllte. Es war sehr angenehm. Ich bewegte mich sanft auf und ab, konnte durch das Fenster das blaue Meer sehen und wartete nur darauf, auf dem Mann unter mir zu zerfließen. Aber plötzlich hielt er mich fest, richtete sich ein wenig auf und sagte, ich solle jetzt mit den Übungen beginnen. Ich versuchte es, aber wie sollte das gehen? Meine Lust war viel zu stark. Er umklammerte mein Gesäß und drückte mich fest auf seinen Schoß. Ich seufzte, drehte die Augen zum Himmel. Hm, das war ganz köstlich, so zärtlich aufgespießt zu sein. Er lachte, doch dann wurde er wieder ernst. Komm, versuch es wenigstens einmal, flüsterte er. Atme. Denk nicht an den Schwanz in deiner süßen kleinen Fotze, sondern geh ein Stück weiter. Das ist nur der Eingang, die Tür. Aber das Haus ist noch ganz dunkel. Laß uns ein wenig Licht machen. Warum diese derbe Sprache? Die Obszönität schockierte mich, doch zugleich spürte ich, daß sie mich mächtig erregte. Meine Schenkel zitterten. Dann begriff ich. Er wollte eine Grenze niederreißen. Gleich würde das Meer durch das Fenster kommen. Aber er ließ mich nicht. Ich wurde böse. Was sollte das nur? Ich wollte nicht atmen. Ich wollte zerfließen. Aber er bat mich so nett, daß ich einen neuen Versuch unternahm. Ich umschloß ihn fest, verharrte still, auch wenn es mir große Mühe bereitete, und versuchte, mich zu konzentrieren. Nur der Atem, flüsterte er, sonst nichts. Denk an nichts anderes. Es war seltsam. Nach einigen qualvollen Minuten ging da unten plötzlich etwas auf. Es floß heraus und strömte nach allen Seiten hin. Im nächsten Augenblick konnte ich mich nicht mehr halten. Ich wollte es einfangen. Mein Zerfließen. Es entglitt mir in dieser unbekannten Form. Ich wollte das nicht. Mein Becken fuhr hoch. Er konnte mich nicht mehr halten. Gut, gut, keuchte er. Los. Komm. Dann kicherte er amüsiert. Ich hörte ihn gar nicht richtig. Ich war schon gar nicht mehr hier in dieser Kabine. Das Fenster öffnete sich. Das Meer kam herein.

21. Februar

Seit fünf Tagen habe ich keine Zeile geschrieben. Furchtbare Traurigkeit in mir. Ich denke nur an Dich. Nur noch wenige Tagesreisen trennen mich von Dir, und zugleich wird mein Herz so bang, wenn ich an den Augenblick denke, da ich ihnen gegenübertreten muß.

Wir reisen erster Klasse, was uns dennoch keine neugierigen, mißtrauischen Blicke erspart. Eine weiße Frau mit einem schwarzen Mann? Dabei ist Mohan gar nicht schwarz. Wenn man genau hinschaut, dann ist seine Hautfarbe nur ein wenig matt getönt. Es sind allein seine durchdringenden dunklen Augen, die den dunklen Eindruck hervorrufen. Und natürlich sein Aufzug. Ich habe ihn bereits überredet, sich in Ascona europäisch einzukleiden, womit er durchaus einverstanden ist. Soll ich ihn überhaupt mit nach Hamburg nehmen? Soll ich Herold und meinen Eltern nicht besser alleine gegenübertreten? Was tun, wenn sie Dich nicht hergeben wollen?

22. Februar

Diese Kälte hier. Rasende Kopfschmerzen. Wir sind drei Stunden vor Bellinzona. Dann geht es mit dem Kraftwagen nach Ascona. Ich kann es kaum erwarten, mich dort auszuruhen. Mohan ist sehr neugierig auf die Vegetarier. Er hat noch nie einen vegetarischen Europäer gesehen.

Minou, ich kann dieses Tagebuch nicht weiterschreiben. Ich fühle mich, als seien die letzten sechs Monate gar nicht wirklich passiert. Die Ankunft in Bombay, die tagelange Zugfahrt nach Kalkutta. Ich habe keine Sprache für die Gegensätze, die Bilder. Niemand, der es nicht gesehen hat, kann ermessen, was eine indische Nacht ist.

Ich kann Dir nicht beschreiben, was dort mit mir geschehen ist.

Jetzt diese Berglandschaft dort draußen. Alles ist tief verschneit. Der Zug bleibt oft stehen, wegen irgendwelcher Probleme auf den Gleisen. Mohan spürt meine Angst. Er versucht, mich zu beruhigen. Ich erkläre ihm, welche Not ich damit habe, mein Tagebuch für Dich weiterzuschreiben. Denn jetzt, da der wichtigste Teil beginnt, fehlen mir die Worte. Er sagt, dann solle ich eben aufhören. Man könne nur das Sagbare sagen. Warum ich nur immer wieder Dinge tun wollte, die nicht möglich seien. Er versteht das nicht.

Danach habe ich wieder stundenlang aus dem Fenster geschaut. Mohan hat immer eine Antwort. Aber ich kann mich damit nicht zufriedengeben. Ich will, daß Du erfährst, wer ich bin. Ist das verwerflich? Sollte ich akzeptieren, was geschehen ist. Ist es vielleicht besser so? Ist es nicht ein tiefer Widerspruch, wenn ich Dich zu mir hole?

23. Februar

Wieder an diesem Ort, wo alles anfing, alles endet. Schnee. Wir sind bei Ida untergekommen. Unheimliche Gerüchte, ich sei tot, abgestürzt im Centovalli. Phil angeblich von der Polizei gesucht wegen einer Aussage, die er in Camedo gemacht haben soll, an der Grenze nach Italien, am Ponte Ribelasca. Ich verstehe gar nichts, habe Angst, will so schnell wie möglich weg hier. Nur keine Scherereien mit der Polizei. Auf dem Berg wollen sie auch nichts davon hören. Gut, daß Winter ist. Wenig Betrieb.

Ich werde dieses Buch hierlassen. Ich habe so viel zu sagen und finde keine Worte mehr. Übermorgen brechen wir nach Deutschland auf. Mohan sieht in seinem Anzug mit Hut und Mantel recht europäisch aus. Wir werden schon nicht zu sehr auffallen. Trotz allem ein ungutes Gefühl. Ich setze immer wieder die Feder ab und starre aus dem Fenster auf die verschneite Landschaft. Im Zug habe ich eine deutsche Zeitung gefunden mit einem Gedicht, das ich immer wieder lese.

Unsägliche Welt.

Minou!

16.

Es ist ein Weinen in der Welt
Als ob der liebe Gott gestorben wär,
Und der bleierne Schatten, der niederfällt,
Lastet grabesschwer.
Komm, wir wollen uns näher verbergen …
Das Leben liegt in aller Herzen
Wie in Särgen.
Du! wir wollen uns tief küssen –
Es pocht eine Sehnsucht an die Welt,
An der wir sterben müssen.

Sie war schon vor geraumer Zeit zurückgekommen. Er hatte kurz aufgeschaut, dann aber seine Lektüre fortgesetzt bis zum letzten Wort. Jetzt schloß er das Buch und legte es vor sich hin auf die nackte Erde. Die letzten Worte des Gedichts klangen noch in ihm nach.

»Es war nicht Phils Idee«, sagte Alina leise. »Es war meine. Ich habe das alles in Gang gesetzt.«

Sie saß gegen die Steinwand gelehnt im Halbdunkel. Mittlerweile war tiefe Nacht, aber Edgar war nun hellwach. Was er gelesen hatte, erschien ihm nur wie eine groteske Fortsetzung seiner irrwitzigen Reise. War dies das Ende? Oder wartete hinter der nächsten Ecke eine noch monströsere Wahrheit auf ihn? Phil Manings war sein Vater? Leonie seine Mutter? Edgar Falkenbeck-von Rabov war nichts als eine Erfindung zweier Familien, die seiner bedurft hatten, um eine auskömmliche Fassade aufzubauen. Je länger er darüber nachdachte, desto mehr entstand in ihm das Bedürfnis, einfach nur zu lachen. Und Manings war nichts Besseres eingefallen, als die ganze Fassade durch ein zweites Possenspiel ad absurdum zu führen. Oder wie hatte er sich das eigentlich vorgestellt? Was wäre denn geschehen, wenn Robert nicht dazwischengefunkt hätte?

»Wann fing das alles an?« fragte er matt.

»Als ich nach Berlin kam. Im Februar.«

»Aber da war Manings doch schon längst da?«

»Ja. Er hatte dich gefunden. Aber er wußte nicht, was er tun sollte. Er hielt den Wunsch deiner Mutter für vermessen. Es war ein Wunsch aus einer Vergangenheit, die ihm fremd geworden war. Vipàssana. Die Mysterienschule. Er glaubte schon lange nicht mehr daran. Ich allein bin schuld, daß das alles überhaupt geschehen ist.«

Sie unterbrach sich kurz und schaute ihn an. »Es war alles gar nicht geplant, Edgar«, fuhr sie dann fort. »Es war nur ein Spiel. Ein verrücktes Spiel. Ich habe es herausgefordert, aus Wut und Empörung über das gräßliche Verbrechen, das man deiner Mutter angetan hat. Und dann ist es mir einfach entglitten.«

»Entglitten?«

»Ja. Ich habe dir ja nur diesen Zettel zugesteckt. Danach lief alles wie von selbst. Als ich dich sah, in Berlin, in deinem Leben, da habe ich mir die ganze Zeit vorgestellt, was sie denken würde, wenn sie dich sehen könnte. Und was sie mit ihr gemacht haben. Phil ist überzeugt, daß Herold sie umgebracht hat. Phil hat mir das Tagebuch übersetzt. Ich habe es so oft gelesen, jedes Wort. Und er hat mir so viel von ihr erzählt. Es hat mich so zornig gemacht. Diese Frau, die sterben mußte, nur weil sie das Recht begehrte, ihr Kind in ihrem Sinn aufzuziehen. Und wie du dort am Tresen gestand hast in dieser Nachtbar. So ahnungslos. So völlig unwissend. Du hast mich immer wieder angeschaut. Weißt du noch? Ich kann dir auch nicht sagen, was dann mit mir geschah. Ich bekam solch eine Wut auf deine Familie, ihre Gewalttätigkeit und wie sie für dich Schicksal gespielt hat. Ich sagte Phil, er müsse mit dir reden, sich dir zu erkennen geben. Aber das wollte er nicht. Er meinte, er habe nur die Wahl, Leonies Wunsch zu erfüllen oder gar nichts zu tun. Keinesfalls werde er den Wunsch einer Toten mißachten und sie noch einmal verraten. Der letzte Wunsch deiner Mutter aber war, daß du ihre Welt kennenlernen sollst, daß du begreifen sollst, was für eine Frau sie war, warum sie so war und wo sie mit dir hinwollte.«

Sie schaute ihn an, aber er wich ihrem Blick aus.

»Ich weiß genau, wie sie gedacht hat«, sagte Alina leise, »wie sie gefühlt hat. Jeden ihrer Sätze hätte ich genauso geschrieben. Ich bin wie sie. Deshalb war ich in Berlin. Was mochte Leonies letzter Wunsch gewesen sein, fragte ich mich, an diesem Ort, wo sie Mohan erschlagen und Leonie vermutlich umgebracht und dann in diesem See versenkt haben? Wünsche erzeugen Wirklichkeiten, Edgar. Irgendwann wird alles, was wir denken, real. Davon bin ich überzeugt. Wenn die Gedanken nur stark genug sind. Als ich dich sah, hatte ich plötzlich dieses ungeheuerliche Gefühl. Ich war Leonies Wunsch. Du magst das vielleicht nicht glauben. Aber ich glaubte es. Deshalb habe ich dir diesen Zettel zugesteckt. Es hätte ja außerdem immer noch alles mögliche passieren können. Vielleicht wärst du am Montag nicht gekommen. Oder zwischen uns wäre gar nichts passiert, gar nichts möglich gewesen. Phil war wütend, als ich ihm gesagt habe, was ich getan hatte. Er machte mir wüste Vorhaltungen. Aber am Sonntag änderte er plötzlich seine Meinung. Er stimmte zu, daß ich dich traf, aber er wollte als erster mit dir sprechen. Den Rest kennst du. Wir dachten uns eine mehr oder weniger überzeugende Geschichte aus, aber in den wesentlichen Punkten entsprach ja alles der Wahrheit. Ich suchte ja wirklich jemanden, der sich in miesen Bars und Clubs herumtrieb. Ich wollte herausfinden, wer du bist und was du tust. Und je länger ich über dich nachdachte, desto überzeugter war ich plötzlich, daß es eine unleugbare Notwendigkeit gab, dich aus diesem Leben herauszuholen. Ich hatte Skrupel. Und ich hatte Angst. War das nicht Irrsinn? Aber ich mußte nur an Leonie denken, und alle Zweifel verflogen. Ich tat ja nur, was sie getan hätte. Sie hätte dir auch keine Wahl gelassen. Sie hätte dich einfach mitgenommen. Aus Liebe. Und genau das würde ich jetzt auch tun. Ich würde dich mitnehmen, nach Indien. Ich würde dir keine Wahl lassen, nicht zulassen, daß du zauderst, zweifelst. Nein. Ich würde dich hineinstürzen, mit der gleichen Entschlossenheit, mit der Herold und Edith dich in ihre Welt gezerrt haben. Zwischen diesen beiden Welten gibt es keine Kompromisse. Man muß sich für eine der beiden entscheiden. Aber dazu muß man sie kennen, wissen, daß es überhaupt mehrere gibt. Und Phil hatte ja recht. Es wäre sinnlos gewesen, dich nur aufzuklären. Eure Welt kann man verstehen. Diese hier kann man nur erleben. Es gab nur eine Möglichkeit: Ich mußte die erste Lüge durch eine zweite aufheben. Mehr Entscheidungsfreiheit haben wir ja ohnehin nicht. Wir können immer nur zwischen Illusionen wählen, die Höllen stiften, und jenen, die uns eine Ahnung vom Himmel geben. Das ist unser Leben, eine Schule der Lügen, ein Herumirren zwischen halben Wahrheiten und riesenhaften Illusionen, aus denen wir kaum je herausfinden, es sei denn, wir brechen daraus aus – indem wir spielen, vielleicht wie die Künstler, oder die Verrückten, die Verliebten. Oder solche Leute wie diese Vipàssana-Mönche.«

Sie unterbrach sich und suchte erneut Augenkontakt zu ihm. Aber er blickte zu Boden. Er konnte sie jetzt nicht ansehen. Es ging ihm zu schnell, wie sie lügen und lieben, lieben und spielen in einem Satz nannte. Er war ihr ahnungsloses Opfer gewesen. Ein Objekt für ihr Spiel.

Alina sprach weiter: »Tausendmal hätte das Schicksal verhindern können, daß ich dir gegenübersitze und überhaupt vor diese Entscheidung gestellt werde. Warum sind Phil und ich uns vor drei Jahren begegnet? Warum hat er mir das alles erzählt? Er schrieb mir am Ende fast täglich, von all den Orten, die er besucht hat, um etwas über Leonies und dein Schicksal zu erfahren? Er suchte überall nach ihren Spuren. Und dann suchte er dich. Warum hat mich das so berührt? Warum bin ich überhaupt nach Berlin gefahren? Es war nie meine Absicht. Bis zuletzt nicht. Und noch in den ersten Tagen hielt mich eine gewisse Scheu davon ab, dir zu begegnen. Ich wollte dich lieber nicht sehen. Ich dachte, ich würde es nicht ertragen. Nicht deinetwegen, sondern wegen ihr. Aber Phil wollte es. Er hatte einiges über dich herausgefunden. Er war in Lugano gewesen, in Ascona, in Hamburg und in der kleinen Stadt, aus der diese von Rabovs kommen. Er hat versucht, Leonies Schicksal aufzuklären. Ohne Erfolg. Und jetzt? Was blieb ihm jetzt noch zu tun? Er war ratlos. Er wollte nicht in dein Leben eingreifen, obwohl er manchmal sagte, daß vermutlich nur du die Macht hast, das Schicksal deiner Mutter aufzuklären. Aber er hatte Skrupel. Er zögerte, gerade weil die ganze Situation wie ein Vipàssana-Moment aussah. Phil hatte all diese alten Ideen längst begraben. Dein Vater war erloschen, Edgar. Genauso wie du. Aber jetzt warst du plötzlich da. Das hat ihn wachgerüttelt. Er wollte in deiner Nähe bleiben. Dabei war er völlig unschlüssig, was er nur tun sollte. Eine Zeitlang wollte er einfach versuchen, dein Freund zu werden, ohne dir jemals die Wahrheit zu sagen. Er meinte, dies sei ja auch ein Dienst an Leonies Schicksal. Er würde es sich verdienen, dein Vater gewesen zu sein, ohne daß du jemals davon erfahren würdest. Er würde Schaden von dir fernhalten, dir langsam die Augen öffnen für das, was sich in Deutschland anbahnt, welche Bestien man dort füttert im Glauben an Rache für den verlorenen Krieg. Denn es wird wieder Krieg geben, Edgar. Und dein Geld, dein Erbe, so du es antrittst, wird ihn mitfinanzieren. Phil wollte, daß du nicht als das endest, wozu Herold und Edith dich abgerichtet haben: als Arthurs und Roberts Marionette. Aber ich will nicht für ihn sprechen. Er wird dir das alles selbst erklären, falls du noch mit ihm reden willst.«

Ein leichter Wind war aufgekommen, und es wehte eine Brise durch die schmalen Fenster in den Unterstand hinein. Die Kerzen flackerten und ließen die Schatten auf den Wänden tanzen. In der Ferne hörte man leises Donnergrollen. Edgar wollte etwas sagen, aber Alina sprach schon weiter.

»Bitte, sag jetzt nichts, sondern höre mich einfach an«, sagte sie. »Du glaubst ja nicht, wie sehr es mich erleichtert, das alles loszuwerden. Nach dem Überfall, nach dieser gräßlichen Nacht und unserer Flucht aus Berlin, wollte ich dir alles beichten. Das Spiel war schneller zu Ende, als wir es uns hätten träumen lassen, und es hätte Phil beinahe das Leben gekostet. Aber du? Ich konnte doch nicht einfach verschwinden, dich so im unklaren lassen. Nach unserer Trennung vor deiner Wohnung habe ich zunächst Phil gesucht. Ich wußte ja nicht, was mit ihm geschehen war. Ich war auf den Dachboden geflüchtet, als diese Leute in die Wohnung eindrangen. Dann warst du plötzlich da. Alles war aus den Fugen. Ich fürchtete ernsthaft, daß sie Phil umbringen würden. Aber sie haben ihn nur zusammengeschlagen und dann irgendwo aus dem Auto geworfen. Ich fand ihn in seinem Zimmer in der Pension in Charlottenburg, in die er sich geschleppt hatte. Er sah furchtbar aus. Sein Gesicht war zugeschwollen von den Schlägen. Seine Lippen aufgeplatzt. Er konnte kaum sprechen. Er machte mir klar, daß wir so schnell wie möglich verschwinden mußten. Wir schlichen uns davon und mieteten uns in einem Hotel außerhalb von Berlin ein. Ich weiß nicht, wie der Ort hieß. Irgendein Dorf. Phil erzählte mir, was passiert war. Ich begriff überhaupt nicht, wie das geschehen konnte. Warum dieser Überfall? Phil meinte, Robert habe ihn angeschrien und die ganze Zeit von Wilhelm Falkenbeck geredet. Offenbar gab es da eine alte Erbschaftsgeschichte, von der er keine Ahnung gehabt hatte.

Phil war sich natürlich darüber im klaren gewesen, daß deine wahre Identität dich um dein Erbe bringen würde. Du bist nicht Herolds Sohn. Auch deshalb war er so unentschlossen. Doch andererseits würde das Falkenbeck-Geld immer nur von Arthur und Robert gesteuert, auch nach Herolds Tod, selbst wenn du das Erbe antreten solltest. Daher wollte er auf dich Einfluß nehmen. Dich interessierten all diese Dinge ja überhaupt nicht. Du wolltest nur deine Ruhe, deine Vergnügungen. Arthur und Robert würden leichtes Spiel mit dir haben. Das wollte Phil auf jeden Fall verhindern. Er wußte, daß er sich vor Robert in acht nehmen mußte und daß es über kurz oder lang gefährlich werden würde. Aber Roberts Überfall kam wie aus dem Nichts, völlig überraschend. Phil hatte ihn maßlos unterschätzt.«

»Mein Familie dachte, Wilhelm hätte euch auf mich angesetzt, um mich auszuschalten«, bestätigte Edgar.

Alina nickte. »Mir war das alles gleichgültig. Ich wollte nicht mehr weitermachen. Vor allem das Fest in dieser Villa, das Phil organisiert hatte, durchbrach eine Grenze für mich. Es erregte mich sehr, dieses Spiel zu spielen, eine Phantasie auszuleben, zu der mir diese Rolle die Möglichkeit gab. Als Alina hätte ich es nicht gewagt. Aber in jener Nacht war ich Leonie, die junge Leonie, bevor sie deine Mutter wurde. Ich fühlte sie regelrecht in mir, wie sie sich über alles hinwegsetzte, wie sie mit ihrem Köper und ihrer Lust experimentierte und spielte, einfach nur so, weil es ihr Spaß machte, weil sie es sich herausnahm. Es machte mir Spaß, als ihre Wiedergängerin das von ihr so verachtete sittsame Weibchen zu zerstören, das recht- und geschlechtslose Wesen, zu dem man die Frau macht, sobald sie ein Kind hat. Es erregte mich, das Instrument dieser Zerstörung zu sein, mich von einem anderen beschlafen zu lassen, während du zuschautest, hin- und hergerissen zwischen Lust und Ekel.

In dieser Welt seid ja nur ihr Männer frei, ihr mit euren Ehefrauen und euren Bordellen. Die Frau ist euch immer untergeordnet, abhängig von eurem Geld, eurer Macht, eurer Herrschaft. Das war es ja, was Herold und Leonies Familie nicht ertragen konnten: daß Leonie sich dagegen auflehnte, ein recht- und geschlechtsloses Objekt zur allgemeinen Verfügung von Ehemann und Familie zu werden. Und dies war nur der Teil ihrer Auflehnung, den sie begriffen. Von dem anderen, dem wesentlichen, hatten sie nicht einmal die leiseste Vorstellung.«

Alinas Augen hatten nun wieder diesen Glanz, den sie immer bekamen, wenn sie sich ereiferte. Edgar war unbehaglich zumute. Ihre Worte schockierten ihn. Nicht nur ihrer Grobheit wegen. Er fühlte sich zu Unrecht angegriffen.

»Ihr Tagebuch spricht es aus, soweit das möglich ist«, fuhr sie fort. »Aber der wichtigste Teil ist das, was nicht darin steht, das, wofür es keine Sprache gibt. Denn natürlich ist die Befreiung der Sinnlichkeit kein Endzweck. Deine Mutter hat eine geschlechtliche Freiheit gelebt, wie sie jedem Mann ohne Einschränkung zugebilligt wird. Aber was dann? Warum tun wir denn all das, was wir da tun? Warum suchst du dunkle Räume auf und schaust verschlungenen Körpern beim Kopulieren zu? Welches Geheimnis zieht dich so mächtig an? Wonach suchen wir eigentlich, wenn wir uns durch all diese Körper wühlen? Was passiert denn wirklich, wenn wir Liebe machen, wenn wir vögeln, wenn wir uns bis zum letzten aufreizen und übereinander herfallen? Was für eine Kraft spricht da aus uns? Ist es wirklich etwas Tierisches, etwas Animalisches, wie die Kirchen uns weismachen wollen? Ein blinder Instinkt, wie sie sagen? Nur ein biologischer Trieb zur Erhaltung der Art? Ein bewußtloser Akt? Warum sollte die Natur so viel Energie in etwas Blindes und Bewußtloses verschwendet haben? So viel Licht, um uns einzuschläfern, taub und blind zu machen? So viel Helligkeit, um solch ein Dunkel zu erzeugen wie das, das wir in Berlin durchwandert haben?«

Sie unterbrach sich, als erwarte sie eine Antwort. Edgar erwiderte nichts.

»Deine Mutter hat nur angedeutet, was sie mit Phil erlebt hat«, fuhr sie fort. »Es ist ihr nicht gelungen, es zu beschreiben. Man kann es auch nicht beschreiben. Man kann es nur paraphrasieren: daß die Sinnlichkeit eine der Pforten zum Göttlichen sein kann. Es ist eine mystische Erfahrung und wie alle diese Erfahrungen nicht mitteilbar. Deshalb wollte sie hierher zurückkommen. Das war ihre große Frage, das Mysterium, das sie für sich lösen wollte. Und hätte Herold davon auch nur eine Ahnung gehabt, er hätte sie erst recht totgeschlagen. Nicht nur, weil sie weder seine Ehehure noch die Viehmutter seiner Kinder sein wollte, sondern weil sie sich jetzt auch noch etwas nähern wollte, von dem man selbst hier in Indien nur im Flüsterton zu sprechen wagt: Kali. Dorthin sollte deine Reise eigentlich gehen, Edgar, zu Kali. Wäre dieses ganze verrückte Spiel tatsächlich so verlaufen, wie Phil sich das bisweilen ausgemalt hat, dann hätte sie nach Rishikesh zu einem Tantra-Meister geführt, der Phil vor vielen Jahren initiiert hat. Phil wollte dich dorthin bringen, dich begleiten. Kurzzeitig hatten wir uns das so ausgedacht. Ich würde verschwinden, du würdest mir folgen wollen, und er würde dich zu mir führen. Du würdest *mich* suchen, aber du würdest *dich* finden. Nicht Edgar, sondern Minou, der in einer anderen Ordnung der Dinge heranwachsen sollte, in einer Welt nämlich, wo man über die Idee eines einzigen, männlichen Vatergottes immer nur schallend gelacht hat – weil diese Idee so entsetzlich dumm, einfältig und bösartig ist, daß es sich nicht einmal lohnt, auch nur einen Atemzug an die Widerlegung solch eines Blödsinns zu verschwenden. In jedem Gänseblümchen ist mehr Göttliches enthalten als in euren herrlichsten Kathedralen. Jede Erdbeere ist kostbarer, wunderbarer und einmaliger als eure lächerlichen Reliquien, vor denen ihr niederkniet wie Geisteskranke. Aber was soll ich dir predigen. Du hast Augen, Ohren und ein Herz, um das alles selbst zu erfahren, wenn du willst. Diese ganze Welt ist ein Tempel. Aber dort, wo du lebst, kann diese Wahrnehmung nicht stattfinden. Ich weiß nicht, warum das so ist. Ich weiß nicht, warum die Idee eines einzigen, männlichen Gottes einen Teil der Menschheit ergriffen und dann auch noch zu den Herren und Führern der materiellen Welt gemacht hat. Vielleicht, weil diese Idee nur in Menschen Fuß fassen konnte, die sich kaum über die Materie erhoben hatten und auf einer quasi geistfreien Stufe des Daseins standen. Man sehe sich doch nur die Welt an, die daraus hervorgegangen ist: eine grausige, entsetzliche Wirklichkeit, denn seit dieser eine Gott sich zur Weltherrschaft aufgeschwungen hat, ist auch der andere nicht mehr wegzudenken: seine Negation nämlich, das Nichts als ständige Bedrohung. Die Entscheidung für *einen* Gott ist die schlimmste überhaupt. Sie bringt alle Gegensätze hervor. Wo zuvor alles war, eine Welt des und/und/und, ist nun eine Welt des entweder/oder getreten. Mann/Frau, weiß/schwarz, gut/böse, mein/dein, wir/ihr. Wer, außer einem Geisteskranken, soll in einer Welt des entweder/oder leben? Bin ich nicht Teil von allem? Ist denn nicht alles ein Teil von mir. Ist vielleicht nicht alles mit allem verbunden? Wenn nicht im Raum, dann in der Zeit? So verwerflich es für dich vielleicht klingen mag: Ich glaube, wenn die Umstände es gestattet hätten, dann hätte ich Leonies Wunsch erfüllt. Ich habe nächtelang wach gelegen und über uns nachgedacht, über meine Rolle in deinem Leben. Und immer kam ich zu demselben Schluß: Ich darf es nicht tun, und dennoch muß ich es tun. Wer liebt, der sündigt nicht, heißt es, selbst wenn er sündigt. Ich habe diesen Satz zuvor nie begriffen. Er ist so paradox. Jetzt glaube ich, daß er stimmt. Und ich meine nicht meine Liebe, Edgar, sondern die deiner Mutter. Sie wollte, daß du in diese Welt geworfen wirst. Ich war nur das Instrument. So dachte ich jedenfalls. Denn als ich abgereist war, sehnte mich nach dir und wußte doch, daß ich dich nie mehr wiedersehen würde. Ich fuhr hierher, nach Pondicherry, ohne zu wissen, was ich tun sollte. Im Ashram konnte ich nicht mehr bleiben. Es schien so sinnlos, dort zu sitzen und fortwährend an dich zu denken. Ich konnte dich nicht loswerden. Also habe ich versucht, was alle hier tun, wenn sie nicht mehr weiterwissen: Ich bin losgelaufen, zu diesem Berg dort. Er heißt Arunachala, und man sagt, wer um ihn herumgeht, der geht um die ganze Welt, denn sie sei ganz ihn ihm enthalten. Ich weiß nicht, ob das stimmt oder was es eigentlich bedeuten soll. Aber der Gedanke gefiel mir. Mehr Abstand von dir und unserer Geschichte könnte ich wohl kaum bekommen. Und als ich um die Welt herumgelaufen war, erzählte mir ein Pilger von einem seltsamen Europäer, der als Sadhu verkleidet von Pondicherry hergewandert und am Nordportal des Shivatempels zusammengebrochen sei. Ich lief so schnell ich konnte zu der Hütte, in die sie dich gebracht hatten. Und du warst es wirklich. Es hatte sich also doch alles erfüllt. Ich glaube, die Umstehenden hielten mich für verrückt, denn als ich dich da liegen sah, halb verdurstet und bewußtlos, da verlor ich kurz die Nerven. Aber glücklicherweise gelten Verrückte hier als heilig. Man ließ mich also in Ruhe und beschloß, daß ich für dich zuständig sei. Das ist die Geschichte, Edgar. Ich habe dich hierhergebracht. Leonies Spiel ist zu Ende. Ich weiß nicht, wie es weitergeht. Mit mir. Mit dir. Mit uns.«

Edgar saß reglos da. Was sollte er sagen? Es gab nichts mehr hinzuzufügen. Sie hatte alles erklärt, was mit Worten zu erklären war. Er schaute sie an. Sie blickte zu Boden. Dann erhob sie sich, legte ihren Kopf auf seine Schulter und umarmte ihn. Er erwiderte die Umarmung nicht. Erst allmählich ließ er sich auf ihre Nähe ein. Draußen rauschte der Regen. Eine kühle Brise strich über sie hinweg. Er spürte ihre Hand, die sich auf seine legte. Dann löste sie sich von ihm. Sie erhob sich und löschte die Kerzen. Im nächsten Augenblick war sie wieder neben ihm und zog ihn mit sich auf das Lager auf dem Boden. Sie umarmte ihn, schmiegte sich eng an ihn und atmete tief und fest. Dann bewegte sie sich nicht mehr. Der Regen rauschte. Weit entfernt zuckte bisweilen ein Blitz. Edgar starrte in die Finsternis und hielt Alina fest. Seine Kehle zog sich zusammen. Er wußte selbst nicht, warum. Er schloß die Augen. Aber es half nichts. Er hatte dennoch das Photo vor Augen. Baroda 1902. Das glückliche Lächeln seiner Mutter.

Dritter Teil

1.

Es war totenstill, als Edgar seinen Bericht beendet hatte. Daniel hatte sich erhoben und war ans Fenster getreten. Schneeregen schlug gegen die Scheiben. Der Mai war nur im Kalender angekommen. Dort draußen war allenfalls Februar. Irgendwo schlug eine Glocke achtmal. Edgar schaute sich in Daniels Zimmer um. Es sah noch genauso armselig und heruntergekommen aus wie vor zwei Monaten. Die vor Feuchtigkeit gewellte Tapete. Das abgewetzte Sofa, das tagsüber als Sitzgelegenheit und nachts als Bett diente. Das quer über zwei Stuhllehnen gelegte Brett, an dem Daniel seine Artikel schrieb. Und vor allem der Gestank des schlecht ziehenden Kohleofens. Daniels Zustand war eher schlechter geworden. Seine Zähne plagten ihn. Edgar betrachtete ihn mit gemischten Gefühlen. Würde er auch bald so ärmlich leben müssen, wenn er das Lügengebäude einriß, das ihn gegenwärtig noch beherbergte? Sollte er wirklich daran rühren?

Daniel drehte sich wieder zu ihm herum. »Darauf muß ich erst einmal etwas trinken«, sagte er und griff nach seinem Mantel. »Komm. Seit vier Stunden sitzen wir hier. Ich kann dieses miese Loch nicht länger ertragen.«

Sie stiegen die hundertvierzehn Stufen hinab, die in den Hinterhof führten. Erst nachdem sie zwei weitere Höfe durchquert hatten, in denen kalte, rußige Luft stand, erreichten sie die Straße. Pferdefuhrwerke warteten am Bordstein. Menschen waren kaum zu sehen. In einem Milchladen gegenüber ratterten die Rolläden herab. Fünfzig Meter weiter schimmerte Licht hinter den nikotingelben Vorhängen einer Destille. Eine Mischung aus Gestank von gekochtem Kohl und Tabaksqualm schlug ihnen beim Eintreten entgegen. Arbeiter mit Schirmmützen hockten an den Tischen und starrten auf ihre Gläser. Sie bestellten zwei Biere und fanden dann sogar einen Platz in der Nähe des Kachelofens. Daniel hob sein Glas und prostete Edgar zu.

»Erst einmal auf deine gesunde Rückkehr. Die Überraschung ist dir wirklich gelungen. Ich dachte vorhin, ich sehe einen Geist.« Er hielt inne. Dann fuhr er fort: »Aber es stimmt ja. Recht besehen gibt es dich nicht mehr.«

Edgar lächelte kaum merklich. Daniels halb gelungener Witz munterte ihn nicht besonders auf.

»Deine Familie muß doch mächtig nervös sein. Du hast ihnen überhaupt kein Lebenszeichen gegeben?«

»Nein.«

Daniel schnalzte mit der Zunge. »Dann wissen sie seit über zwei Monaten nicht, wo du steckst? Nicht schlecht. Geschieht ihnen ganz recht. Meine Güte, was für eine Geschichte. Und hast du Beweise?«

»Ja. Ich habe die Klinik in Lugano gefunden, wo ich zur Welt gekommen bin. Die Geburt steht dort im Register.«

»Und wer wurde als Vater eingetragen?«

»N.N. Unbekannt. Laut Tagebuch will Leonie nach meiner Geburt gewußt haben, daß Phil Manings mein Vater war. Aber sie hat es ihm nie gesagt und es auch nie amtlich angezeigt.«

Daniel schaute verständnislos vor sich hin. »Das verstehe ich nicht.«

»Ich auch nicht. Aber es gibt so viel, was ich nicht verstehe. Für meine Mutter war die Idee des Vaters das Grundübel, die Quelle aller Unterdrückung. Vielleicht ist das ja gar nicht so falsch. Aber darüber werde ich mir später Gedanken machen. Ich bin jedenfalls sicher, daß sie in ihrem Tagebuch die Wahrheit sagt. Was ich überprüfen konnte, stimmt. Die Sache mit dem fingierten Bergunfall hat sich auch bestätigt. Ich habe das Protokoll an der Zollstation vom Ponte Ribelasca mit eigenen Augen gesehen. Ein Mann, der sich als Phil Manings auswies, soll dort am 3. September 1902 den Absturz meiner Mutter gemeldet haben und ist kurz darauf verschwunden. Alles war sorgfältig geplant. Herolds Leute haben Manings den Paß abgenommen, als sie ihn auf das Schiff brachten. Auf diese Weise ließen sie Leonie offiziell verschwinden und schwärzten gleichzeitig Manings an. Herold oder sonst jemand hat einfach Manings' Paß vorgelegt, als er seine Aussage zu Protokoll gab. Sollte Leonie jemals zurückkehren, hatte die Familie ein gutes Druckmittel. Sie war offiziell tot. Und als sie tatsächlich kam, um mich zu holen, haben sie offenbar auch vor dem nächsten Schritt nicht zurückgeschreckt.«

»Du meinst, sie haben sie umgebracht?« flüsterte Daniel.

Edgar zuckte mit den Schultern. »Das werde ich herausfinden. Aber ich glaube gar nichts mehr, bis ich es mit meinen eigenen Augen sehe.«

»Aber ... wie willst du vorgehen?«

Edgar zündete sich eine Zigarette an. »Darüber denke ich seit Wochen nach. Wann war Robert das letztemal bei dir?«

»Das ist mindestens drei Wochen her. Kurz nach Ostern.«

»Aber er ist in Berlin?«

»Ich denke schon. Warum?«

»Ich muß genau wissen, wo er ist und was er tut. Er ist unberechenbar. Ich will nicht, daß er mir in Hamburg in die Quere kommt.«

Edgar ließ seinen Blick über die verhärmten Gestalten schweifen, die abgerissenen, zerlumpten Figuren, die man in der ganzen Stadt sehen konnte. Bildete er sich das nur ein, oder waren es noch mehr geworden? Auf dem Weg hierher hatte es jedenfalls so ausgesehen. Überall Schlangen vor den Ämtern. Gruppen von Männern wie diesen hier, die ratlos an den Straßenecken zusammenstanden, redeten und rauchten, sofern sie noch etwas zu rauchen hatten. Viele standen nur wortlos dabei, die Hände in den Taschen. Stumm. Verzweifelt.

»Ich werde das Unternehmen verkaufen«, sagte Edgar. »Es ist die einzige Lösung. Ich könnte niemals gegen Arthur und Robert operieren, gegen all die Prokuristen und Direktoren, den handverlesenen Führungsstab des Unternehmens. Sie denken alle in die gleiche Richtung. Und nicht nur sie. Die ganzen Geschäftspartner, die Banken und Zulieferer. Wieviel Einfluß hätte ich denn wirklich, wenn ich hierbliebe? Selbst wenn ich eine klare Vorstellung hätte, was gar nicht der Fall ist. Das einzige, was ich weiß, ist, was ich nicht will: Deutschlands Rachefeldzug gegen den Rest der Welt finanzieren. Die Kräfte unterstützen, mit denen Robert und Arthur von Rabov gemeinsame Sache machen wollen, um die alten Zustände wiederherzustellen.«

Daniel betrachtete ihn mit einer Mischung aus Fassungslosigkeit und Respekt. »Solltest du dann nicht besser gleich nach London fahren und die ganze Sache von dort aus regeln? Ich meine, wenn Robert von deinen Plänen erfährt, wird er sicher nicht erfreut sein?«

»Nein. Natürlich nicht. Deshalb wollte ich dich ja bitten, ihn ein wenig im Auge zu behalten, während ich in Hamburg bin.«

»Aber warum willst du überhaupt dorthin?«

»Ich will das Grab meiner Mutter sehen.«

Daniel schwieg betroffen. Er trank einen Schluck Bier, wischte sich den Mund ab und sagte dann: »Das ist aber ein großes Risiko, findest du nicht? Warum wartest du nicht, bis Herold Falkenbeck tot ist? Dann kannst du tun und lassen, was du willst. Was hindert dich daran, einfach noch eine Weile den Ahnungslosen zu spielen?«

»Und meine Mutter? Hat sie nicht verdient, daß Herold wenigstens erfährt, daß sein Plan gescheitert ist?«

»Du willst Rache?«

Edgar schüttelte den Kopf. »Erinnerst du dich an den merkwürdigen Propheten, zu dem Manings mich geführt hat? Und das ganze wirre Gerede von Seskow über okkulte Geheimlehren und verschüttete Kräfte, die sich angeblich allerorten formieren, um eine entsetzliche Katastrophe herbeizuführen?«

»Ja, sicher. Aber was hat das mit dieser Sache zu tun?«

»Einiges. Bevor ich auf diese Reise ging, habe ich das niemals so gesehen. Ich habe über religiöse und spirituelle Fragen immer nur gelacht. Aber jetzt habe ich den Eindruck, daß vieles von dem, was wir tun und was geschieht, in Bewußtseinsschichten hinabreicht, in denen ganz andere Gesetze gelten, als wir uns einbilden. Und diese Gesetze steuern uns um so mehr, je weniger wir uns mit ihnen auseinandersetzen. Schau dir doch einmal an, was sich hier gegenwärtig abspielt. Seit drei Tagen bin ich wieder in Berlin. Und was sehe ich an jeder Hauswand, an jeder Litfaßsäule? Deutschland, erwache! Ich weiß, daß ich den gleichen Satz vor einigen Monaten schon oft gelesen habe. Da fand ich ihn nur lächerlich. Ich wußte ja, wer ihn an jede Hauswand schmiert: Robert und seinesgleichen. Doch wenn ich ihn jetzt lese, dann bleibt mir das Lachen im Halse stecken. Insbesondere wenn ich die Fackelzüge sehe, diese marschierenden braunen Horden und den Glanz in den Augen derer, die zuschauen.«

»Das kann man doch nicht ernst nehmen«, erwiderte Daniel spöttisch.

»Doch, Daniel. Das muß man sehr ernst nehmen. Das Runenrad überall. Der menschenverachtende Rassismus. Hast du das Buch von diesem Hitler gelesen? Was er zum Beispiel über die Juden schreibt? Und das ganze andere Zeug, das in Seskows Laden herumliegt und dort reißenden Absatz findet? Ich habe Religion nie ernstgenommen. Es kam mir vor wie etwas für Kinder, Greise oder Geisteskranke. Ich habe es immer begrüßt, daß wir uns von allem religiösen Unsinn befreit haben. Aber was geschieht jetzt? Je mehr die Welt sich entzaubert, desto stärker scheint sie sich zu verhexen. Überall diese mystischen und magischen Zirkel. Gott mag tatsächlich gestorben sein. Doch sein verwaister Hofstaat sucht nun die Welt heim. Ich laufe durch Berlin und habe das Gefühl, bei den Vorbereitungen zu einer schwarzen Messe zuzuschauen. Und ich muß immer an einen Satz denken, den der junge Seminarist in Madras gesagt hat. Früher sei alles Religion gewesen, sagte er. Heute sei alles Politik. Und das eine sei so entsetzlich wie das andere, denn es würde nichts als ein umgedrehter Wahnsinn dabei herauskommen, eine heidnisch-faschistische Welt, die irgendeinem Diktator mit »Heil«-Rufen als Gott und Erlöser huldigt. Lies einmal das irre Gefasel von diesem Hitler. Er ist ein Religionsstifter, Daniel. Er predigt den germanischen Gottmenschen. Und das Schlimme ist: Ich fürchte, man wir ihm folgen. Denn es schlafen ja wirklich alle.«

Daniel antwortete nicht. Edgars Ausführungen waren ihm sichtlich unbehaglich.

»Aber woraus besteht eigentlich dieser Schlaf?« fuhr Edgar fort. »Wie soll ein Land erwachen? Das ist ja das Absurde, das Abgefeimte. Deutschland erwache! Der Aufruf enthält ja nur die nächste Betäubung! Ein Land gibt es ja überhaupt nur deshalb, weil wir schlafen. Daß wir uns in Länder und Nationen aufgespaltet haben und bekriegen – das ist doch schon das beste Anzeichen von Tiefschlaf, von völliger Bewußtlosigkeit. Wie irrsinnig sind all diese völlig willkürlichen Abgrenzungen und Unterscheidungen. Vier Jahre lang haben Engländer auf Deutsche, Deutsche auf Russen, Russen auf Österreicher, Österreicher auf Franzosen geschossen. Aber was ist wirklich geschehen? Menschen haben sich abgeschlachtet, Daniel, für nichts und wieder nichts. Für ihr Land. Für eine verlogene Illusion.«

Daniel sagte noch immer nichts, sondern trank schweigsam sein Bier.

Edgar fuhr fort: »Als ich vor zwei Monaten in Marseille das Schiff bestiegen habe, hatte ich lange Zeit das Gefühl, mich in einem Traum zu befinden, in einer großen Illusion, die ich nicht durchschaute. Dieses Gefühl habe ich noch immer. Aber mit einem Unterschied: An dem Traum, in dem ich gegenwärtig herumlaufe, kann ich nicht mehr teilnehmen. Die Wirklichkeit sehe ich auch noch nicht. Ich bin nicht weniger blind als alle anderen. Aber ich weiß, daß ich träume. Und zwar immer. In jedem Augenblick. Ich weiß nicht, wie das passiert ist. Liegt es am Wasser oder an der Luft des Landes, das ich besucht habe? Durchfährt man, wenn man sich dort hinbegibt, einen Magnetstrom, der diese Wirkung hat? Aber das kann nicht sein, weil offenbar nicht jeder diese Erfahrung macht. Es ist ja auch völlig gleichgültig, Daniel. Mich wird hier keiner aufwecken. Wie sollte ein Schlafmittel mich erwachen lassen? Wie sollten Träumende mich wecken können?«

»Du redest wie ein Mystiker«, sagte Daniel jetzt.

»Mag sein. Aber es ist gar nichts Geheimnisvolles daran. Ich habe einfach das Gefühl, über einen neuen Sinn zu verfügen. Ich weiß nicht, wie er heißt. Ich kann auch noch nicht mit ihm umgehen. Daher bin ich so durcheinander.«

»Sie hat es wirklich geschafft«, sagte Daniel irritiert. »Sie hat dich verrückt gemacht.«

Edgar spielte mit seinem Glas, antwortet jedoch nicht. Er sah die brennende Frauenleiche vor sich, hörte den Knall des zerplatzenden Schädels. Alles ist! Sollte er Daniel davon erzählen? Und von all den anderen Dingen und Eindrücken? Aber wozu? Es war sinnlos, darüber zu sprechen. Seine Gedanken eilten voraus. Morgen früh ging sein Zug nach Hamburg. Morgen um diese Zeit würde er ihnen gegenübersitzen. Und dann? Was sollte dann geschehen? Zwei Welten. Aber welche war seine?

»Sie hat gar nicht viel getan«, antwortete er schließlich. »Es ist vorher geschehen, bevor ich sie wiedertraf.«

»Wo ist sie überhaupt?«

»Im Hotel. Sie wartet auf mich.«

»Du bist immer noch mit ihr zusammen, obwohl sie dich derart getäuscht hat?«

»Alle Menschen, die mir nahestehen, haben mich getäuscht. Alina hat ein Spiel mit mir gespielt.«

»Ach, und siehst du da einen Unterschied?«

Edgar zögerte. »Mein Kopf sagt nein«, antwortete er dann, »doch mein Gefühl sagt ja.«

Daniel schaute ihn an und schüttelt den Kopf. »Sie hat dir völlig den Kopf verdreht, das ist alles.«

Edgar zuckte mit den Schultern: »Ich liebe sie, Daniel. Ich liebe sie auf eine so komplizierte Art und Weise, daß mir schon nach wenigen Sekunden schwindelig wird, sobald ich versuche, sie zu verstehen. Denn ich liebe ja eine Frau, die mir nicht einmal die Illusion gibt, daß ich sie jemals ganz für mich allein besitzen werde. Aber – das wird jetzt seltsam für dich klingen –

ich liebe sie auch, weil sie meiner Mutter so ähnlich ist. Ich habe ja nur ihr Tagebuch, die bizarre Spur ihres kurzen Lebens. Was wollte meine Mutter eigentlich? Was war es denn, das sie für ihre Umgebung so unerträglich machte? Ich glaube, im Grunde war es genau das: daß sie einfach nur spielen wollte. Sie haßte Endgültiges, auf ewig Gefügtes. Alina ist auch so, wenn auch aus ganz anderen Gründen. Durch sie habe ich das Gefühl, meine Mutter zu begreifen, ihren absoluten Freiheitswillen, ihre Weigerung, zu schlafen, zu träumen. Deshalb hat sie dieses Tagebuch für mich hinterlassen. Dieses Testament. Sie wollte, daß ich ein wirkliches Spiel spiele. Denn wirklich spielen heißt ja: Sei jemand anderes! Verändere dich! Sonst ist es kein Spiel, sondern nur Ablenkung, etwas Unernstes. Das war es, was sie mir geben wollte. Solch eine Schule sollte ich durchlaufen.«

»Eine Schule der Lügen«, bemerkte Daniel geringschätzig.

»Ja«, sagte Edgar und lächelte, »warum nicht.« Er schüttelte kurz den Kopf und fügte dann hinzu: »Wobei mir das Wort Lüge einfach nicht gefallen will. Merkwürdig, nicht wahr, wie armselig und häßlich die Sprache wird, wenn man versucht, an elementare Fragen zu rühren. Es ist fast wie mit geschlechtlichen Dingen. Aber lassen wir das. Es ist schwer zu erklären.«

Daniel schien überhaupt nicht überzeugt. Aber er verfolgte das Thema nicht weiter. »Was willst du jetzt tun?«

»Wir werden morgen nach Hamburg fahren.«

»Und dann.«

»Ich werde meine Großmutter, Agnes und Herold zwingen, mir zu sagen, was sie mit Leonie gemacht haben.«

»Und wenn sie es dir nicht sagen?«

»Sie werden es mir sagen. Ich habe so viele Beweise. Dann werde ich nach England gehen und mir von meinem Onkel erklären lassen, wie man eine Fabrik verkauft, vorausgesetzt, ich erbe sie überhaupt noch.«

»Was? Was soll denn das jetzt?« fragte Daniel verwirrt.

»Ich bin der Sohn von Leonie von Rabov und Phil Manings. Ich habe überhaupt nichts mit dieser Familie Falkenbeck zu tun.

Wilhelm Falkenbeck ist der einzige legitime Erbe dieses Unternehmens.«

»Aber niemand kann das beweisen. Es gibt kein offizielles Dokument. Nur dieses … dieses Tagebuch.«

»Soll ich von der Lüge leben, die meine Mutter das Leben gekostet hat?«

Daniel schüttelte stumm den Kopf.

»Nein, natürlich nicht. Aber ich sehe irgendwie nicht ein, daß du die Zeche für dieses ganze Spiel bezahlen sollst. Du wirst alles verlieren, Edgar. Alles.«

»Herold wird alles verlieren. Und das ist nur recht und billig, denn er hat Leonie alles genommen. Ich habe nichts zu verlieren, Daniel, denn was ich habe, bin nicht ich. Es ist nur eine Illusion. Ein Traum, ein Traum von Fremden. Es kann mir nichts anhaben. Ich weiß ja, daß ich träume. Hilfst du mir? Ein letztes Mal? Beobachtest du Robert für mich? Bitte?«

2.

Er roch ihren Duft, spürte ihre warme Haut an seiner Wange. Er küßte die weiche Rundung, wo ihr Hals und ihr Nacken sich trafen, und fühlte in seiner Handfläche den Herzschlag unter ihrer Brust. Er öffnete die Augen, konnte jedoch nichts sehen, da es noch dunkel war. Alina lag ganz still da, den Rücken zu ihm gekehrt. Ihr Atem ging regelmäßig. Er drückte sie sanft an sich und spürte, wie sie seine Zärtlichkeit im Halbschlaf ein wenig erwiderte. Dann lagen sie wieder still.

Er lauschte in die Dunkelheit. Wie still es hier war. Mitten in dieser riesigen Stadt, und doch so still. Wie spät war es? Keinerlei Frühlicht zeichnete sich zwischen den Vorhängen ab. Es dauerte nicht lange, bis er wieder einschlief. Aber die wenigen Minuten, die er wach gelegen hatte, kehrten den ganzen nächsten Tag immer wieder zu ihm zurück: Stunden später, als sie ihm im Zug gegenübersaß und auf die vorüberfliegende Landschaft hinausschaute; am Nachmittag, bei einem Spaziergang durch Hamburg; und auch am Abend, als sie in einem Fischrestaurant am Hafen zu Abend aßen. Immer wieder spürte er die Erwiderung seiner Zärtlichkeit, in ihren Augen, ihrem Lächeln, so zuverlässig wie ein Echo.

Als er am nächsten Morgen Daniel anrief, um sich zu versichern, daß Robert sich im fernen Berlin aufhielt, musterte er gerade ihren Rücken, ihre Schulterblätter, während sie sich am Frisiertisch die Haare bürstete. Er lauschte Daniels Stimme und nahm die Informationen über Roberts Bewegungen auf. Doch vor allem wollte er das Glücksgefühl festhalten, das ihr Anblick in ihm auslöste: wie sie sich dort die Haare bürstete, ihr Körper noch teilweise naß vom Badewasser.

»Ist der See weit entfernt von hier?« fragte Alina, nachdem er aufgelegt hatte.

»Welcher See?«

»Der See, in dem man Mohan gefunden hat?«

»Ja. Der Ort liegt ein ganzes Stück weiter im Norden.«

»Wirst du es ertragen, wenn sie dir sagen, daß sie in diesem See liegt?«

Er hatte nicht geantwortet. Und später, als er das Schieferdach der Falkenbeck-Villa bereits sehen konnte, wußte er es immer noch nicht. Würde er es ertragen, dort hinzufahren? Alina würde dies sicher wollen. Ja, manchmal hatte er den Verdacht, daß sie allein deshalb mit ihm zurückgekommen war: um Leonies Grab zu sehen. Sie schien viel stärker mit ihr verbunden zu sein als er.

Aus der Ferne sah alles so aus wie immer: die von Bäumen gesäumte Straße, die schmiedeeiserne Pforte, die umlaufenden hohen Mauern, das breit verfugte Sichtmauerwerk. Edgar erkannte den Wagen des Arztes in der Einfahrt. Er befahl dem Taxifahrer, nicht anzuhalten, sondern in die Stadt zurückzukehren. Er ließ sich zu einem Café bringen und verbrachte eine knappe

Stunde grübelnd vor einer Tasse Kaffee, die er nicht anrührte. Er wollte in jedem Fall warten, bis der Arzt gegangen war. Erst dann würde er das Haus betreten. Außer Edith, Agnes und Herold sollte niemand da sein. So hatte er es sich die ganzen letzten Wochen während der Rückreise vorgestellt. Was spielte sich wohl im Innern des Hauses ab? War Herolds Ende nah? Edgar versuchte, seine Gefühle für diesen Menschen zu erfassen. Aber es gelang ihm nicht. Die Bilder, die er von ihm hatte, paßten einfach nicht zusammen.

Als er das nächste Mal an der Villa vorbeifuhr, war die Einfahrt leer. Edgar wies den Fahrer an, ihn ein Stück entfernt abzusetzen. Dann näherte er sich dem Haus unbemerkt durch den Garten. Er fand das verrostete alte Türchen, durch das man unbemerkt in den Garten gelangen konnte. Er schlich zwischen den Büschen hindurch, trat jedoch noch nicht auf den Rasen, sondern musterte im Buschwerk verborgen das Haus.

Im oberen Stockwerk saß Agnes am geschlossenen Fenster, wie immer mit irgendeiner Handarbeit beschäftigt. Er beobachtete sie eine Weile. Mitleid stieg in ihm auf. Er mußte an die scharfen Worte denken, mit denen Leonie sie in ihrem Tagebuch bedacht hatte. Aber was für ein Leben hatte Agnes gehabt! Was mußte in all den Jahren in ihr vorgegangen sein, wenn sie ihn angesehen hatte: das Kind ihrer verhaßten Schwester? Er ließ seinen Blick über die restliche Fassade gleiten. Herolds Zimmer war dunkel. Die Vorhänge waren vorgezogen. Wie mochte es ihm gehen? Und wo war Großmutter? Der Salon war zwar erleuchtet, aber er konnte niemanden sehen. Im Küchentrakt brannte ebenfalls Licht. Er wartete noch einige Minuten, aber das Leben in der Falkenbeck-Villa schien stillzustehen. Der Tisch, an dem Agnes ihr Trinkglas zerdrückt hatte, stand verwaist im Raum.

Edgar bog die Zweige der Büsche auseinander und betrat den Rasen. Nach einigen Schritten hielt er inne. Agnes hatte ihn bemerkt. Sie erhob sich, trat näher ans Fenster und schaute verwundert zu ihm herab. Sie war es also, der er zuerst begegnen sollte. Ihre Blicke ruhten kurz aufeinander. Immerhin hatte sie niemals so getan, als sei sie seine Mutter, dachte Edgar. Sie hatte duldsam ihre Rolle gespielt, geschwiegen und ihn behandelt wie alle anderen Mitbewohner. Er war ihr jetzt fast dankbar dafür. Anscheinend hatte sie ihn jetzt erst erkannt, denn sie schlug jäh die Hände vor den Mund und starrte ihn mit weit aufgerissenen Augen an. Edgar winkte ihr zu. Das schien ihre Fassungslosigkeit noch zu steigern. Im nächsten Augenblick war sie verschwunden.

Ohne zu zögern, ging er nun auf das Haus zu, öffnete die Tür zum Salon und betrat den Raum. Das erste, was er hörte, war Getrappel auf der Treppe. Im nächsten Augenblick stand Edith im Türrahmen. Hinter ihr schob sich langsam Agnes in sein Blickfeld und sah über die Schulter ihrer Mutter.

Edgar ging zum Tisch, zog seine Lederhandschuhe aus, warf sie auf die Tischdecke und setzte sich. »Guten Tag, Großmutter. Guten Tag, Agnes«, sagte er dann. »Ich ...ich wollte euch nicht erschrecken.«

Edith kam einige Schritte auf ihn zu. Agnes blieb im Türrahmen stehen und verkrallte ihre Hände vor ihrer Brust, als sei ihr kalt oder als bete sie. Oder beides. Sie starrte ihn an wie einen Geist. Auch Edith starrte. Aber er kannte sie zu gut, um nicht zu sehen, daß die Überraschung sie keineswegs aus der Fassung gebracht hatte.

»Wo bist du gewesen, Edgar?« fragte sie scharf.

»Setzt euch bitte«, sagte Edgar ruhig. »Bitte. Ich möchte mit euch reden. Es gibt viel zu besprechen. Wie geht es euch? Ich war lange weg. Wie geht es Herold?«

Die beiden Frauen wechselten einen kurzen Blick. Dann folgte ein kurzes, wütendes Ausatmen seiner Großmutter. Aber es war Agnes, die antwortete: »Er liegt im Sterben, Edgar. Es geht nicht mehr lange.«

Edgar nickte. »Ich möchte auch ihn gerne sehen. Aber zunächst will ich mit euch beiden sprechen. Bitte, nehmt doch Platz.«

»Wo warst du, verdammt noch mal?« rief Edith aufgebracht. »Wie kannst du es wagen, wochenlang einfach so zu verschwinden!« Ihre Empörung verschlug ihr die Stimme.

»Ich habe euch doch geschrieben, daß ich eine längere Reise unternehme ...«

»Während dein Vater im Sterben liegt?«

Edgar hatte große Mühe, ernst zu bleiben. Das Groteske der ganzen Situation kam ihm nun auf eine so drastische Weise zu Bewußtsein, daß er am liebsten gleich mit allem herausgeplatzt wäre. Aber er beherrschte sich. Er wollte langsam vorgehen. Schritt für Schritt.

»Bitte«, sagte er wieder. »Nehmt doch Platz.«

Agnes kam näher und ließ sich schräg gegenüber am Tisch nieder. Edith blieb, wo sie war, und musterte ihn argwöhnisch. Spürte sie womöglich, daß er alles wußte?

»Wo kommst du her, Edgar? Weiß Arthur, daß du hier bist?«

Er überging die Frage und sagte: »Warum habt ihr mir nie gesagt, daß Leonie meine Mutter war?«

Wieder diese Stille. Derselbe Raum. Und im Grunde war es die gleiche Frage, die er schon vor zwei Monaten gestellt hatte. Nur wußte er es damals nicht. Alle anderen hatten es gewußt. Nur er nicht. Er hatte um die halbe Welt fahren müssen, um es zu erfahren. Er schaute Agnes an. Vor ihrer Reaktion hatte er sich am meisten gefürchtet. Doch zu seinem Erstaunen wurde sie zwar blaß, aber sie blieb einfach sitzen und starrte vor sich hin auf den Tisch. Indessen war es Edith, die hörbar ausatmete.

»Dieser Name hat kein Existenzrecht in diesem Haus«, sagte sie knapp. »Ich verbiete dir, ihn auszusprechen.«

»Du wirst mir gar nichts verbieten, Großmutter«, erwiderte Edgar ruhig. Wie sie dastand mit ihrer zugeschnürten Halskrause, das Gesicht gezeichnet von Müdigkeit. Herolds Pflege verlangte ihr sicherlich viel ab. Aber mit jeder Minute, die verstrich, verhärteten sich jetzt Edgars Gefühle gegen sie. Was für ein entsetzlicher Satz! Dieser Name hat kein Existenzrecht?

»Willst du es mir dann sagen?« fragte er Agnes.

Aber Agnes schüttelte nur zweimal heftig den Kopf und starrte unverwandt die Tischplatte an. Die arme Frau. Getrunken hatte sie heute offenbar nicht. Aber sicher lag wie immer ein Nebel aus Arznei über ihrem unglücklichen Gemüt. Bevor er die nächste Frage anschließen konnte, trat jetzt Edith neben sie, ergriff sie am Arm und zog sie vom Stuhl hoch.

»Geh bitte nach oben, Agnes. Ich will mit Edgar alleine sprechen.«

Wie oft hatte er dergleichen beobachtet. Agnes, die sich wie ein Lamm dem Willen ihrer Mutter fügte. Um so erstaunlicher war es jetzt, daß Agnes sich wieder hinsetzte.

»Ich will zuhören«, sagte sie.

Edith hielt irritiert inne. Dann fixierte sie Edgar mit einem vernichtenden Blick.

»Du weißt nicht, was du tust«, sagte sie dann. »Wo bist du gewesen, Edgar? Was, um alles in der Welt, geht in dir vor?«

»Ich will wissen, wo meine Mutter ist«, wiederholte er ruhig.

»Hier!« schrie Edith. »Das ist deine Mutter.« Sie deutete auf Agnes, die reglos dasaß. Ihre gesamte Existenz schien nur noch aus ihren furchtsam und wirr blickenden Augen zu bestehen. »Wo bist du gewesen, Edgar? Bei diesem Engländer? Was hat er dir erzählt? Daß es einmal eine junge Frau gegeben hat, die ein Kind zur Welt gebracht hat? Nun ja, das mag sein. Aber sie war nicht deine Mutter, Edgar, konnte nicht deine Mutter sein. Sie war eine verkommene Kreatur, die alles und jeden, mit dem sie in Berührung kam, zerstört hat. Sie war krank, Edgar, ein unbegreiflicher Fehler der Natur. Sie konnte keine Mutter sein.«

»Wo ist sie, Großmutter? Das ist alles, was ich wissen will. Was ist mit ihr geschehen?«

Edith machte eine schroffe Handbewegung. »Sie ist tot, Edgar. Und mehr werde ich dazu nicht sagen, verstehst du. Denn alles, was mit dieser unglücklichen Person zusammenhängt, ist so niederschmetternd, daß mir die Wände dieses Hauses zu schade dafür sind, es anhören zu müssen. Vergiß diesen Namen, Edgar.

Frag nicht danach, es lohnt die Mühe nicht. Sieh doch, was du anrichtest!«

Edgar schwieg einen Augenblick lang und musterte die beiden Frauen, die ihm gegenübersaßen. Ediths Augen blitzten zornig. Was für Worte! Wie konnte sie so von ihrer eigenen Tochter sprechen? Was sollte er tun? Würde sie sich nicht nur immer tiefer einmauern in ihren Haß?

Er schaute wieder zu Agnes. Sie schien unter jedem von Ediths Worten kleiner geworden zu sein. Zusammengekauert saß sie da, bleich und ängstlich.

»Wie hast du das nur ausgehalten?« fragte er sie. »Einen Mann zu heiraten, den du nicht liebst. Ein Kind als deines zu betrachten, das man deiner Schwester weggenommen hatte?«

»Edgar!« schrie Edith. »Ich verbiete dir, so zu sprechen. Was weißt du denn? Nichts weißt du! Du hast keine Ahnung!«

»So kläre mich bitte auf. Mehr verlange ich nicht.«

»Es gibt nichts zu erklären.«

Agnes' Augen zuckten leicht. Etwas arbeitete in ihr. Edgars Blick wanderte immer wieder zu ihr hin, während Edith weiter auf ihn einredete.

»Was willst du denn sonst noch wissen, Edgar? Daß wir Leonie davon abhalten mußten, uns alle auf ihrem selbstzerstörerischen Weg mit zu vernichten. Hätten wir vielleicht zulassen sollen, daß eine verlorene Seele alle anderen mit ins Verderben zieht? War es nicht genug, was sie bis dahin bereits alles angerichtet hatte? Sie hat den Ruin ihres Bruders gefördert und beinahe noch das Verderben ihrer Schwester besiegelt. Die ganze Familie litt unter ihrer maßlosen Verbohrtheit und ihren widernatürlichen Vorstellungen. Ihr Verhalten kompromittierte uns. Und als sich dennoch wie durch ein Wunder eine Rettung, eine Lösung präsentierte, da degenerierte sie vollständig zur Hure und brannte mit diesem Engländer durch, anstatt endlich ihre Pflicht zu tun. Was willst du hören, Edgar? Daß wir uns dagegen gewehrt haben, in diesen Schmutz, in diesen Abgrund hineingezogen zu werden? Ja, wir haben uns gewehrt. Ich habe mich gewehrt. Außer mir war ja niemand mehr da, denn deinem armen Großvater hatte ihr scheußlicher Charakter ja bereits das Leben so vergiftet, daß er gebrochen und fast schon tot war. Herold und ich haben ihren Teufeleien eine Grenze gesetzt. Dem Heil und Glück unserer beiden Familien würde sie nicht im Weg stehen. Soll ein Mann sein Kind mit einer Verrückten bei Verrückten leben lassen? Wenn jemand zu allem nein sagt, ist es dann verwunderlich, wenn man auch mit nein antwortet? Zumal ihr dauerndes Nein weit mehr war. Es war ein höhnender Angriff auf die Substanz unseres Daseins, Edgar, auf alles, was unser Leben bestimmt. Was willst du also von uns? Wir haben dir alles gegeben. Dank und Demut solltest du empfinden.«

»Ich soll dir dafür danken, daß jede Minute meines Lebens eine Farce war?« fragte er.

»Eine Farce? Genau davor haben wir dich doch bewahrt. Wir haben doch korrigiert, was krank und unnatürlich war. Leonie in ihrem irren Treiben keinen Einhalt zu gebieten, wäre das vielleicht lauter und ehrlich gewesen? Nein, feige und verkommen wäre es gewesen, eine verlogene Gleichgültigkeit gegenüber ihrer blinden Zerstörungswut, ihrem krankhaften Lebenswandel, der jeder Wahrhaftigkeit und jedem Ehrgefühl spottete. Wir hatten gar keine Wahl. Aber der Schmerz über ihr klägliches Ende hat uns stumm gemacht. Das ist alles, was du uns vorwerfen magst. Unsere Stummheit angesichts des Verlustes, denn das war es trotz allem. Eine tiefe Wunde, an die wir nicht erinnert werden möchten. Warum begreifst du das nicht?«

»Was habt ihr mit ihr gemacht?«

»Wir? Wir mit ihr? Wie redest du überhaupt mit mir?« Ediths Gesicht war jetzt rot vor Zorn. »Wir haben gar nichts mit ihr gemacht. Wir haben nur versucht, an ihrem jahrelangen Zerfallsprozeß nicht selbst zugrunde zu gehen. Sonst nichts. Wir haben gelitten, aber wir blieben standhaft. Es darf nicht sein, daß das Kranke das Gesunde überwuchert. Und sei es noch so schmerzhaft.«

»Wo ist sie?« fragte Edgar erneut.

»Sie ist tot.«

»Wo ist ihr Grab?«

»Niemand weiß es. Eine Felsschlucht ist ihr Grab. Irgendwo in den Bergen.«

Edgar schaute Agnes an. Sie hielt seinem Blick stand. Er war merkwürdig, dieser Blick. Es kam ihm so vor, als enthielte er ein stummes Flehen.

»Das ist nicht wahr«, sagte er.

»So ist es geschehen«, insistierte Edith. »Sie hat bei Irren gelebt, bei Wahnsinnigen in einer Kommune in der Schweiz. Dort ist sie abgestürzt.«

»Warum lügst du noch immer? Ist es dir zur zweiten Natur geworden?«

Edith von Rabov atmete tief durch. Doch bevor sie antworten konnte, fuhr Edgar fort: »Du wolltest wissen, wo ich gewesen bin. Ich will es dir sagen. Ich bin dorthin gegangen, wohin meine Mutter mich mitnehmen wollte. Ich war in Indien. Ich weiß, daß sie nicht in den Bergen abgestürzt ist. Sie wollte Herold nicht heiraten. Sie wollte überhaupt niemanden heiraten. Sie ist mit dem Engländer nach Ascona geflohen, um einer Zwangsheirat mit Herold zu entgehen. Doch Herold hat sie aufgespürt und mich geraubt. Danach hat er sie und den Engländer mit Gewalt auf das Schiff bringen lassen, mit dem sie vor euch hatte fliehen wollen. Aber meine Mutter ist zurückgekommen, nicht wahr? Herolds Morddrohungen zum Trotz. Im Februar 1903, in Begleitung eines Inders, dessen Leiche im Februar am Borksee gefunden wurde, keine drei Kilometer von Niendorf entfernt. Es stand ja sogar im *Rendsburger Boten*. Ich weiß, daß meine Mutter im Februar 1903 in Begleitung eines Inders nach Niendorf gereist ist, um mich zu holen. Also. Wo ist sie? Was ist mir ihr geschehen?«

Agnes' Augen hatten sich mit Tränen gefüllt. Diejenigen Ediths hingegen strahlten in eisigstem Blau. Den nächsten Satz spuckte sie ihrem Enkel buchstäblich entgegen:

»Dich mitnehmen? Der Gipfel des Irrsinns. Du verbohrter Narr …«

»So sag es ihm doch«, flüsterte Agnes. »Er weiß es doch, wenn er dort war. Sag es ihm.«

Edith schaute auf ihre Tochter herab. »Ich habe nichts zu sagen.«

Ein Stuhl fiel polternd um. Agnes stand plötzlich am Tisch und zitterte.

»Sag es ihm!« schrie sie. »Ich will nicht länger daran erstikken. Sag es ihm, Mutter. Wir haben doch nichts getan. Es war doch nicht unsere Schuld. So sag es ihm doch endlich!«

Edith schaute voller Verachtung von einem zum anderen. Fast eine Minute verging in völliger Stille. Dann klingelte plötzlich ein Glöckchen. Edith starrte Agnes an. Aber die machte keinerlei Anstalten zu reagieren.

»Dein Mann ruft dich!« sagte Edith.

Agnes bückte sich, hob den Stuhl wieder auf, der umgefallen war, und nahm wieder darauf Platz.

»Ich habe keinen Mann«, sagte sie leise und betrachtete Edgar. »Aber ich hatte eine Schwester. Laß mich mit Edgar alleine, Mutter. Laß mich. Ich will ihm alles sagen.«

Das Glöckchen klingelte erneut.

Edith schaute von einem zum andern. »Was für ein Wahnsinn«, flüsterte sie, halb zu sich selbst, halb in den Raum hinein.

Dann verließ sie den Raum.

3.

Agnes' Augen mieden Edgar, während sie sprach. Erst allmählich kam etwas Ruhe in ihre Stimme. Und dann war es, als könnte sie gar nicht weit genug zurückgehen, zurück in eine Zeit, aus der jene Photos stammten, die er vor zwei Monaten im Archiv des

Rendsburger Boten gesehen hatte. Eine Zeit, in der ein Mensch wie Agnes von Rabov noch existieren konnte: eine Welt adeliger Offiziere, auf deren Werbung man wartete, mit Tanzbällen, denen man entgegenfieberte, weil man dort vielleicht die Begegnung seines Lebens haben würde. Wenn da nur nicht das skandalöse Verhalten ihrer Schwester gewesen wäre, ihr liederlicher Lebenswandel, ihre verrückten Ideen, ihre Weigerung, auch nur den Anschein der Form zu wahren.

»Und dabei liebte ich sie doch. Ich haßte sie nicht. Selbst als ich allen Grund dafür gehabt hätte, haßte ich sie nicht. Ich wollte ja, daß sie ihr Glück findet. Aber wie konnte sie ein Glück haben wollen, dessen Preis die Zerstörung unserer Familie war? Nicht nur mein Ruf wurde durch sie ruiniert. Wir alle gingen an ihrer Wildheit zugrunde. Wir waren ihr wie ausgeliefert. Sie verführte uns zu den schlimmsten Fehlern. Als Arthur sie in einer Herzensangelegenheit um Rat fragte, bestärkte sie ihn auch noch, diese Zigeunerin zu heiraten, die ihm den Kopf verdreht hatte. Diese Zigeunerin ohne Familie, ohne Rang oder Titel, und auch noch mit einem Kind, das nicht einmal von Arthur war. So war sie eben. Von allen möglichen Wegen wählte sie grundsätzlich den schlimmsten. Arthur und ich unterlagen immer wieder ihrem verruchten Zauber. Ich konnte ihr nicht widerstehen. Ich litt, wenn sie mir von ihren unsäglichen Abenteuern erzählte. Aber ich schwieg, denn ich beneidete sie insgeheim um jede Sekunde ihrer verrückten Existenz. Selbst Arthur war ihr regelrecht hörig. Sie war genau das, wovon wir alle träumen: Sie war frei. Und sie verstand es, in anderen Menschen das gleiche Feuer zu entfachen. Aber wie viele Menschen können die Freiheit schon aushalten, Edgar? Wie viele von uns können wirklich frei sein, ohne Schaden daran zu nehmen, ohne an diesem Feuer zu verbrennen? Kannst du es vielleicht, Edgar? Sieh dich an! Und sieh dich vor, daß du dich nicht überschätzt!«

Agnes wischte sich die Augen. Edgar schwieg verwundert. Agnes sprach so zu ihm? Diese Frau konnte so sprechen? Wo hatte sie das all die Jahre verborgen?

»Alles begann im Oktober 1901, als Herold Falkenbeck auf Gut Niendorf auftauchte und um Leonies Hand anhielt. Meine Eltern waren damals so gut wie ruiniert, Edgar. Und da erschien ein reicher Fabrikantensohn und hielt um Leonies Hand an. Wir glaubten zunächst gar nicht an den Ernst seiner Absichten. Und Leonie? Wir wußten, daß sie niemals etwas gegen ihren Willen tun würde. Aber meine Mutter wollte es wenigstens versuchen. Leonie lebte ja in München. Wir wußten kaum, was sie dort trieb, und wollten es auch nicht wissen. Herold schien jedoch einen guten Einfluß auf sie zu haben. Wußte er vielleicht gar nicht, was für einen Fang zu machen er im Begriff stand? Ich weiß nicht, wie, aber es gelang ihm sogar, sie zum Reederball nach Kiel zu holen. Das war im Dezember 1901. Es war seit zwei Jahren das erste Mal, daß wir uns wiedersahen. Sie war so schön wie nie zuvor. Ich mußte weinen, als ich sie sah. Weil sie so schön war. Und so schrecklich. Sie hatte sich nicht verändert. Ich kannte sie ja durch und durch. Wie sie mit den Männern spielte, wie sie ihr zu Füßen lagen. Und ich wußte ja, daß sie es oft nicht dabei beließ, nur symbolische Huldigungen entgegenzunehmen. Herold war viel zu verliebt, um es überhaupt zu bemerken. Aber ich sah alles. Und ich sah auch, daß Leonie trotz allem ein wenig bedrückt war. Irgend etwas war anders als sonst. Sie sprach sogar mit Vater und Mutter, ohne daß es sofort zum Streit kam. Sie hörte sich geduldig an, wie es um uns stand. Ich war bei diesem Gespräch nicht dabei, aber es gelang meinem Vater wohl, sie für unsere furchtbare Situation zu erweichen. Er flehte sie an, nur einmal in ihrem Leben etwas für die Familie zu tun. Herold war kein Unmensch. Sie würde an einer sehr langen Leine leben dürfen. Zu meinem größten Erstaunen willigte Leonie ein. Ich war wie betäubt vor Erleichterung und Glück. Ich sah die beiden abfahren. Herold Falkenbeck, unseren Retter, mit meiner wunderschönen Schwester, die endlich auf den rechten Weg geraten würde.«

Agnes zog ein Taschentuch hervor und schneuzte sich. Edgar fröstelte. Sein Unbehagen wurde immer stärker. Er dachte an den Borksee. Die lebendige Schilderung machte ihm das unweigerlich folgende düstere Ende nur noch verhaßter. Aber er unterbrach Agnes nicht, sondern wartete, bis sie weitersprach.

»Bald erfuhren wir den wahren Grund für Leonies plötzlichen Seelenwandel. Sie war schwanger. Die Nachricht warf meinen Vater für Wochen nieder. Wie würde Herold reagieren? Würde er seinen Antrag nicht mit Fug und Recht zurückziehen? Aber er strahlte nur noch heller als zuvor. Er wollte Leonie trotzdem heiraten. So schnell wie möglich. Das in Schande empfangene Kind kümmerte ihn überhaupt nicht. Er war wohl ein wenig angesteckt von Leonies Verrücktheit. Oder war es die allgemeine Verkommenheit der Verhältnisse dort unten in München? Wir waren wie gelähmt vor Schreck. Doch Herold hatte auf alles eine Antwort. Er beruhigte seinen Vater, der natürlich ebenso aufgebracht war wie wir. Sie würden nach der Hochzeit noch eine Weile in München bleiben und erst später nach Hamburg ziehen, wenn niemand mehr Fragen stellen oder Geburtenkalender konsultieren würde. Alles war wunderbar vorbereitet. Unser aller Glück gesichert. Unsere beiden Familien näherten sich an und entdeckten trotz eigentlich unüberbrückbarer gesellschaftlicher Verschiedenheit allerlei Gemeinsamkeiten. Meine Mutter vollzog die entwürdigende Kehre mit grandioser Souveränität und überging lächelnd die vielen hochpeinlichen Momente im Umgang mit diesen unmanierlichen Kaufleuten. Aber es gab auch Gemeinsamkeiten. Auch bei Falkenbecks gab es einen mißratenen Sproß, Wilhelm. Er hatte eine Jüdin geheiratet und war liberal angekränkelt. Er war enterbt worden und daraufhin nach England ausgewandert. Mein Vater und der alte Falkenbeck konnten also beide ein Lied singen von der Krankheit der neuen Zeit, die ihnen beiden ein Kind genommen hatte. Mein Vater jedoch hatte nun die Aussicht, seine verlorene Tochter wiederzubekommen. Leonie würde Herold heiraten. In dieser Illusion verlebten wir den Frühling 1902. Herold kam oft. Ich himmelte ihn an. Durch die Gerüchte der anstehenden Hochzeit mit dem reichen Fabrikantensohn war unser Prestige auf einmal enorm gestiegen. Die Einladungen mehrten sich. Junge Herren tauchten auf, die sich für mich interessierten. Aber ich sah nur Herold. Unseren Retter. Er hatte Leonie zur Besinnung gebracht. Das konnte nur bedeuten, daß er allmächtig war. Wenn er wollte, so konnte er sicher auch die Planeten anhalten und dafür sorgen, daß eine ganze Woche lang die Sonne schien. Ich vergötterte ihn, und es mag sein, daß ich dabei das erstemal in meinem Leben unreine Gedanken gehabt habe. Aber ich verschloß sie tief und fest in meinem Herzen. Niemals hätte ich zugelassen, daß sie zutage traten. Niemals. Ich liebte ihn, weil er uns gerettet hatte. Und ich liebte Leonie. Ich habe sie immer geliebt. Das mußt du mir glauben, Edgar. Glaubst du mir?«

Edgar nickte nur. Er wollte, daß sie weitersprach. Er wollte nicht, daß sie überhaupt von ihm Notiz nahm. Das Ende der Geschichte wollte er hören. Endlich das Ende. Damit es vorüber war.

»Dann geschah die Katastrophe. Leonie verschwand. Wie sich bald herausstellte, mit einem anderen Mann. Einem Engländer. Ich weiß noch, daß ich im Garten spazierenging in der festen Überzeugung, daß der Boden sich nun öffnen und mich verschlingen würde. Unser Leben war zu Ende. Herold war nicht wiederzuerkennen. Er kam, machte meinen Eltern eine furchtbare Szene, schrie sie an, ihre Tochter sei das schlimmste Aas, das ihm jemals begegnet sei. Seine Ehre sei für immer beschmutzt. Und sein Kind. Sie habe sein Kind entführt. Wir wußten nicht mehr ein noch aus. Diese Schande! Alles war zu Ende. Meinen Vater warf diese letzte Gemeinheit Leonies völlig danieder. Arthur verkroch sich in Berlin bei seiner Zigeunerin und Robert, ihrem widerlichen Balg. Nur Edith behielt einen klaren Kopf. Sie spürte, daß Herold tief verletzt war. Aber sie hatte bemerkt, welche Gefühle mittlerweile in mir erwacht waren. Sie bekniete ihn, ein paar Tage zu bleiben. Sie erzählte ihm alles über Leonie, malte ein Bild, so schwarz wie die Farben der Hölle. Sie verglich sie mit Wilhelm, Herolds mißratenem Bruder. Und in all dieser Finsternis gelang es ihr allmählich, mich als das hellste Licht weit und breit erscheinen zu lassen. Sie lenkte seine Aufmerksamkeit auf mich, und es dauerte nicht lange, bis er mich wahrzunehmen begann. Dann erschien auch noch Herolds Vater, der nicht der Mann war, seine Pläne vereitelt zu sehen. Und war es denn nicht letztlich die Verbindung unserer beiden Familien, die im Vordergrund stand? War diese Verbindung denn nicht noch immer möglich? Die Schande wäre aufgehoben. Falkenbeck-von Rabov. Der doppelte Glanz von Reichtum und Adel war so verlockend. Wir hatten doch schon gespürt, welche Macht er ausstrahlen würde. Die Hochzeit könnte noch immer stattfinden. Daß ich die Braut war, wäre leicht zu erklären gewesen. Das Gerücht hatte eben wie so oft zur Hälfte getrogen. Ein offizielles Aufgebot war noch nicht erfolgt. Ich erbebte innerlich, als mir der Plan meiner Mutter allmählich dämmerte. Und Herold? Ach, er war ja nur ein Mann. Kein Gott. Ein Abend am Kaminfeuer, schwerer Wein, unsere Eltern, die sich alsbald zurückzogen und uns alleine ließen. Was hätte es sonst noch bedurft, um ihn einzufangen? Ich öffnete, was ich so lange verschlossen gehalten hatte, und er betrank sich daran, Nacht für Nacht. Ich starrte in die Dunkelheit über mir, dachte an meine Schwester, während ihr Verlobter mich beschlief.«

Sie hob den Kopf und fixierte Edgar lange, bevor der ungeheuerliche Satz ihre Lippen verließ.

»So wurdest du empfangen, Edgar. Das ist die Wahrheit.«

Edgars Herz schlug zweimal sehr stark, und dann setzte es zwei Schläge lang aus, bevor es seinen normalen Rhythmus wiederfand.

»Was … was sagst du da?« stammelte er.

»Das ist die Wahrheit, Edgar. Du bist mein Sohn. Und wer etwas anderes behauptet, dem möge die Zunge verfaulen, denn er lügt. Du bist mein Sohn, Edgar, empfangen in Sünde und Schande, aber du bist mein Fleisch und Blut.«

Edgar war bleich geworden. Er fühlte ein Würgen im Hals.

»Herold reiste ab. Nach München. Er wollte sein Kind suchen. Nach einigen Wochen erfuhren wir, daß er eine Spur hatte. Leonie war mit einem Engländer, den Herold sogar kannte, nach Ascona geflohen. Er kam erneut zu uns und sagte, er wolle sein Kind holen. Er müsse sein Kind retten. Da gestand ich ihm, daß ich schwanger war. Er verhielt sich, wie man es von einem Ehrenmann nicht anders erwarten konnte. Noch am selben Tag hielt er um meine Hand an und bat, anstelle von Leonie mich heimführen und als seine Ehefrau ehren zu dürfen. Es wurde ihm gewährt. Er sagte, er werde in einer Woche zurücksein, und reiste ab. Was dann alles geschah, erfuhren wir erst viel später: daß er nach Ascona gereist war, daß er Leonie und ihren Liebhaber aufgespürt, ihr sein Kind entrissen und sie auf das Schiff gezwungen hatte, mit dem zu fliehen ohnehin ihre Absicht gewesen war. Anfang September kam er schließlich hier an, das kaum fünf Wochen alte Kind in den Armen. Er hatte überhaupt nicht daran gedacht, wie zerbrechlich so ein junges Leben ist. Wir taten, was wir konnten. Es war doch das Kind meiner Schwester, mein kleiner Neffe. Ein winziges Geschöpf, unendlich zart und süß. Ich habe es keine Sekunde aus den Augen gelassen, Tag und Nacht um sein kleines, verlorenes Leben gebangt. Aber es sollte nicht sein, Edgar. Es starb in meinen Armen. Wir begruben es im Garten von Gut Niendorf, in aller Heimlichkeit. Was hätten wir denn tun sollen? Herold war wie zerstört. In seiner Raserei hatte er etwas Furchtbares getan. Die Sorge um das Kind hatte mir kaum Zeit gelassen, wirklich über all das nachzudenken. Doch jetzt, wo es darum ging, den nächsten Schritt zu tun, die Hochzeit mit diesem Mann zu begehen, da dämmerte mir auf einmal, wer meine Schwester wirklich war, welches Unrecht man ihr immer wieder zugefügt hatte und daß ihr ganzes Aufbäumen und Reißen und Zerren nicht der Fehler ihres Wesens, sondern ein Fehler der Welt war, in der zu leben man sie gezwungen hatte. Aber was sollte ich jetzt noch tun? Auch davonlaufen, mit meinem ungeborenen Kind im Leib? Was blieb mir denn übrig, Edgar, als die zu sein, zu der man mich gemacht hatte? Und was das Schlimmste war: Die Sache war ja noch immer nicht zu Ende. Ich wurde verheiratet. Ich brachte dich zur Welt. Ich fügte mich darein, die Frau eines Mannes zu sein, den ich von Tag zu Tag mehr verachten lernte und dessen Kind ich großziehen sollte. Es ging über meine Kraft. Ich konnte dir keine Mutter sein. Und dann kehrte Leonie zurück.«

Agnes ließ den Satz unvollendet im Raum stehen. Edgar war wie erstarrt. Es gab keine Wahrheit, nur Täuschung und Lügen, Schicht um Schicht, die nichts umschlossen.

»… es war mitten im Winter«, fuhr Agnes fort. »Schnee lag. Es war sehr kalt. Herold war in Hamburg. Unser Gut war ja schon fast aufgegeben. Wir warteten nur noch mit dem Umzug, weil Vater so krank war. Er sollte in seinem Haus sterben dürfen. Und plötzlich stand Leonie vor der Tür. Sie war halb erfroren, stammelte etwas vom Borksee und daß sie sofort Hilfe brauche. Wir schickten die Knechte hin. Die kamen schon bald zurück, völlig verstört. Dort liege eine toter schwarzer Mann im Eis, sagten sie. Sie wagten es nicht, ihn anzurühren. Leonie bekam einen Weinkrampf. Ich wußte gar nicht, was ich tun sollte. Mutter war eisig zu ihr. Vater sagten wir zunächst gar nicht, daß sie im Haus war. Dann wollte sie wissen, wo ihr Kind sei. Wir wagten es nicht, ihr die Wahrheit zu sagen. Sie weinte ohnehin schon. Mohan, Mohan, rief sie immer wieder. Offenbar hieß dieser schwarze Mann so. Sie war mit ihm von Rendsburg zu Fuß herübergekommen. Sie waren querfeldein gegangen, damit niemand sie bemerken würde. Sie wollte ihr Kind zurückholen, Edgar, ihr Kind. Sie wollte es stehlen. Aber im Schneetreiben fanden sie den Weg nicht gleich. Und sie verloren sich sogar kurz aus den Augen. Der Mann hatte noch nie in seinem Leben Eis oder Schnee gesehen. Er verirrte sich auf den Borksee und brach ein. Leonie konnte ihn nicht alleine herausholen. Er hatte sich bei seinem Sturz am Kopf verletzt, hing da im Eis, unerreichbar ohne Gerät. Leonie war so schnell wie möglich zum Gutshaus gelaufen, um Hilfe zu holen. Aber man konnte nichts mehr für ihn tun.«

Agnes schluckte. Tränen rollten ihre Wangen hinab.

»Leonie war so verzweifelt. Wo ist mein Kind, schrie sie immer wieder. Aber ... es war ja schon lange tot. Und da lagst du, wenige Wochen alt, genauso alt, wie damals ihr Kind gewesen war, als Herold es raubte. Sie starrte es immer nur an. Ich werde das nie vergessen. Wie sie schrie, immer wieder. Wo ist es? Was habt ihr mit ihm gemacht? Ich konnte mich nicht bewegen. Ich wollte sterben. Nur sterben. Mutter versuchte, sie zu beruhigen. Aber das war das Falscheste, was sie tun konnte. Leonie ging auf sie los, stieß sie von sich wie einen Teufel. Dann stürzte sie sich auf die Krippe und ... riß dich an sich, Edgar. Sie griff nach dir wie nach dem letzten, das ihr geblieben war. Wir mußten dich ihr mit Gewalt wieder wegnehmen. Und dann stand sie da, zitterte und schluchzte. Ich dachte, jetzt wird es gut, gleich kommt sie zu sich. Wir würden ihr helfen, alles für sie tun, um ihr über diesen schrecklichen Verlust hinwegzuhelfen. Doch da brach sie zusammen. Sie stürzte zu Boden, krümmte sich. Sie schlug sich den Kopf auf den Fliesen blutig. Ich habe so etwas noch nie gesehen, Edgar. Und ich kann das Bild bis heute nicht aus meinem Herzen verbannen. Ihr ganzes Feuer, Edgar. Es war aus ihr heraus. Es brannte lichterloh, auf ihrer Haut, in ihren Haaren. Man hatte sie immer umdrehen wollen. Jetzt war es gelungen. Und das Ergebnis war entsetzlich. Ich habe gesehen, Edgar, wie sie vor meinen Augen verrückt wurde. Zwei Knechte konnten sie nicht halten. Sie mußten sie binden, Edgar. Sie mußten ihr ein Kissen in den Mund schieben, damit sie sich die Lippen nicht noch weiter blutig biß. Und immer wieder schrie sie den Namen ihres Kindes. Immer wieder diesen einen Namen: Minou, Minou ...«

Edgar ertrug es nicht länger. Er ließ seinen Kopf vornüberfallen und begann zu schluchzen. Seine Schultern zitterten. Es war ihm gleichgültig. Er sah immer nur Leonies Gesicht vor sich, ihr erlöstes Lächeln auf dem Photo aus Adyar. Und er meinte, ihre Stimme zu hören, ihre helle, lebendige Stimme aus dem Tagebuch, das gar nicht für ihn bestimmt war. Oder doch? Warum weinte er denn so um sie, wenn sie nicht seine Mutter war? Was war das überhaupt, eine Mutter? Er begriff nichts mehr. Die

Worte klangen hohl und leer in seinem Kopf. Er weinte einfach. Schließlich schaute er auf. Agnes saß reglos da. Er erhob sich, ging um den Tisch herum, kniete sich neben ihr hin und legte seinen Kopf in ihren Schoß. Agnes erschrak erst ein wenig. Dann legte sie behutsam ihre Hand auf sein Haar. Er weinte einfach weiter.

»Wo ist sie«, stammelte er zwischen den Schluchzern. »Bitte sag mir doch endlich, wo sie ist?«

»Der Ort heißt Grüntal«, sagte Agnes leise. »Es ist südlich von hier. Unweit von Hittfeld. Es ist leicht zu finden. Kaum jemand dort weiß, wer sie wirklich ist. Es wäre nicht gut für die Familie gewesen, für unseren Namen, verstehst du? Du mußt nach der Inderin fragen, wenn du zu ihr willst.«

Edgar erhob sich wieder. Er rieb sich mit dem Ärmel das Gesicht ab. Er schaute auf Agnes herab.

»Warum?« stammelte er nur. »Warum?«

Agnes antwortete nicht. Sie preßte ihre geballte Faust gegen die Lippen. Edgar hörte Schritte auf der Treppe. Er beugte sich zu Agnes herab, ergriff ihr Handgelenk, löste mit sanftem Druck die Faust von ihren Lippen, nahm dann ihr Gesicht in seine Hände und schaute sie an. Dann küßte er ihre Stirn. Er verließ rasch den Raum, bevor Edith zurückkehrte. Er durchquerte den Garten, stürmte so rasch zwischen den Büschen hindurch, daß die Zweige sein Gesicht zerkratzten. Jenseits des verrosteten alten Türchens angekommen, begann er zu laufen. Die Mailuft strich über seine Haut. Alles roch nach Frühling.

4.

Sie fanden das Sanatorium ohne jegliche Schwierigkeiten. Es lag am Ende einer Pappelallee, die zwei Kilometer vor Hittfeld von der Landstraße abzweigte. Stift Grüntal, war auf einem großen Schild zu lesen. Alina hielt Edgars Hand. Er hatte es nicht vermocht, ihr einen zusammenhängenden Bericht zu erstatten. Nur das Wesentliche hatte er ihr mitgeteilt.

Das Wesentliche?

Alina hatte ungläubig geblinzelt, als sie begriffen hatte. Gesagt hatte sie nichts. Auch die ganze Fahrt über hatten sie geschwiegen. Es würde schon wieder eine Zeit für Worte geben. Jetzt nicht. Edgar hing seinen Gedanken nach, die in alle Richtungen liefen. Es war schon acht Uhr vorbei. Er rechnete. Wie lange würde es dauern, bis Robert hiersein könnte? Edith hatte ihn gewiß angerufen. Ohne jeden Zweifel hatte sie Arthur verständigt, daß er zurückgekommen war. Waren sie gleich losgefahren? Er durfte keine Zeit mehr verlieren. Nach London. Er würde nach London gehen. Sein Entschluß stand jetzt fest. Daß er Herold nicht mehr gesehen hatte, reute ihn. Er hätte ihm einiges zu sagen gehabt. Aber wozu noch? Alles, woran ihm auf dieser Welt noch etwas lag, hatte er jetzt. Neben ihm saß Alina, die ihm nun noch unersetzlicher erschien als jemals zuvor: seine getäuschte Täuscherin. Und dort vorne in der Dunkelheit wartete seit dreiundzwanzig Jahren seine Tante Leonie darauf, daß ihr letzter Wunsch in Erfüllung gehen möge. Er war vielleicht nicht Leonies Sohn. Aber er war Leonies Wunsch. So wie Alina entschieden hatte, Leonies Wunsch zu sein. Er würde sie holen, sie zu Phil bringen, zum Vater ihres toten Kindes. Und dann, dann würde er eine große Reise mit ihr machen, jene Reise, die Herold vereitelt hatte.

Unwillkürlich drückte er Alinas Hand. Sie erwiderte die Geste und schaute zu ihm auf. Dann küßte sie ihn zärtlich auf die Lippen.

Der Kies knirschte, als die Reifen des Taxis vor den Eingang des Stiftes rollten. Sie stiegen aus. Die Empfangshalle war verlassen. Ein kleines Lämpchen brannte an der Rezeption, aber es war niemand zu sehen. Sie wiesen den Fahrer an, zu warten. Dann klingelten sie. Nach einer Weile erschien eine Schwester. Sie öffnete die Tür und ließ sie eintreten.

»Was wünschen Sie?« fragte sie.

»Ich bin Edgar von Rabov«, sagte Edgar. »Ich möchte eine Patientin besuchen. Man sagte mir, ich solle nach der Inderin fragen.«

»Es ist keine Besuchszeit, mein Herr.«

»Schläft sie denn schon?«

»Nein. Das nicht.«

»Bekommt sie oft Besuch?«

»Nein. Fast nie.«

»Wäre es dann nicht vielleicht möglich, eine Ausnahme zu machen?«

Die Schwester lächelte verlegen. »Bitte«, sagte sie dann. »Kommen Sie.«

Jetzt war es Alina, die Edgars Hand fest umklammerte. Er spürte ihre Nervosität, die noch größer als seine sein mußte. Türschlösser wurden entriegelt und wieder verschlossen. Zimmerfluchten trieben an ihnen vorüber. Ein verlassener Speisesaal. Treppen. Türen. Überall Türen. Dann gelangten sie auf einen engen Flur.

»Es ist dort hinten rechts. Das letzte Zimmer. Sie hat es bekommen, weil sie mit am längsten hier ist. Man kann auf die Felder sehen. Das mag sie. Sie tut nichts anderes. Jetzt natürlich nicht mehr, nach Einbruch der Dunkelheit. Da sitzt sie nur so da. Es ist gleichgültig, da sie ja nichts von dem wahrnimmt, was sie sieht. Möchten Sie, daß ich Sie vorstelle, oder wollen Sie das selbst tun?«

Edgar und Alina wechselten einen kurzen Blick.

»Was ist hier üblich?« fragte Edgar. »Sollen wir anklopfen?«

»Nein, das ist nicht nötig. Sie würde ohnehin nicht antworten. Sie reagiert auf nichts und niemanden. Sie schläft tief und fest. Mit offenen Augen. Gehen Sie einfach hinein. Wenn Sie aufbrechen möchten, betätigen Sie einfach die Klingel über dem Bett. Ich hole Sie dann.«

Die Schwester verschwand. Edgar und Alina blieben unschlüssig stehen.

»Hast du Angst?« fragte sie ihn.

»Ja.«

»Wovor?«

Er umarmte sie.

»Dich zu verlieren.«

»Das wird nie geschehen. Komm.«

Sie gingen den Flur hinab und erreichten die Tür. Sie warteten noch einen Augenblick. Es war nichts zu hören. Alina trat einen Schritt zurück. Edgar drückte die Klinke. Die Tür schwang nach innen.

Der Raum war völlig dunkel. Edgar tastete nach einem Lichtschalter, fand ihn neben der Türzarge und knipste ihn an. Ein Bett stand unberührt an der rechten Wand, gegenüber ein Tisch mit einer Blumenvase, in der drei Margeritenstiele steckten. Da gab es einen Kleiderschrank und einen Waschtisch mit einem Spiegel. Die Wände waren hellbeige gestrichen. Edgar nahm das alles nur am Rande wahr, während sein Blick auf der Gestalt ruhte, die am Ende des Raumes in einer Art Rollstuhl saß. Die Frau blickte vor sich hin. Es war genauso, wie die Schwester gesagt hatte. Sie reagierte überhaupt nicht. Sie trug ein dunkelgrünes Kleid, zugeknöpft bis zum Hals. Sie saß aufrecht, ausdruckslos, ohne irgendein Anzeichen von Leben. Ihr Haar war aschgrau, in der Mitte gescheitelt und am Hinterkopf zu einem Dutt zusammengesteckt. Ihr Gesicht war blaß, aber abgesehen von ihrer völligen Teilnahmslosigkeit sah sie gesund aus.

Alina war neben ihn getreten und schaute auf die stumm dasitzende Frau hinab. Dann trat sie vor sie hin, ging in die Knie und schaute Leonie lange an. Sie nahm ihre rechte Hand, die schlaff in ihrem Schoß lag, umschloß sie mit ihren beiden Händen, führte sie an ihre Lippen und sprach leise einige Worte. Nichts geschah. Leonie von Rabov saß einfach still da, den Blick ins Nichts gerichtet.

Edgar setzte sich auf das Bett und wartete. Er versuchte, zwischen der Frau, die in den letzten Monaten in seiner Phantasie entstanden war, und jenem Wesen, das da vor ihm saß, einen Zusammenhang herzustellen.

Alina sprach leise Worte, die er nicht verstand, Worte, deren Singsang ihn jedoch tröstete. Trotz allem hatte er das Gefühl, endlich Grund unter den Füßen zu spüren. Er musterte Leonies Gesicht. Und im gleichen Augenblick schaute auch Alina auf und musterte ihn. Sie ließ ihren Blick zwischen ihm und seiner Tante hin und her gehen.

Ob sie sich die gleiche Frage stellte wie er? Hatte Agnes wirklich die Wahrheit gesagt? Kannte sie die Wahrheit überhaupt? Hatte man Leonie nach ihrer Rückkehr gewaltsam hier festgesetzt? War sie verrückt geworden, weil sie erkennen mußte, daß sie ihr Kind niemals zurückbekommen würde? Sollte er vielleicht nach Niendorf fahren, den Garten umgraben und das Skelett ihres Kindes suchen, damit er Gewißheit hatte? Oder sollte er einfach seiner Intuition folgen?

»Du siehst ihr ähnlich«, sagte Alina.

Edgar lächelte. Dann betätigte er den Klingelknopf.

»Es ist ein kompliziertes Verfahren«, sagte die Schwester, nachdem sie in die Vorhalle zurückgekehrt waren. »Aber ja, der Vormund könnte sie zu sich nach Hause nehmen. Es muß eine angemessene Versorgung gewährleistet sein. Das wäre von Amts wegen zu prüfen. Aber es ist möglich.«

»Wer ist der Vormund. Können Sie das feststellen?«

»Jetzt gleich?«

»Ja. Wenn es Ihnen keine große Mühe macht.«

Die Schwester blickte ein wenig argwöhnisch. »Sie könnten morgen im Büro anrufen.«

»Sicher. Aber ich reise morgen bereits nach London und würde das alles gerne vor meiner Abreise in die Wege leiten. Macht es große Umstände, den Namen in Erfahrung zu bringen? Ich kenne die Person bestimmt. Es muß ja jemand aus meiner Familie sein. Vermutlich meine Großmutter.«

Die Schwester zögerte noch. Aber dann sagte sie: »Warten Sie. Ich werde nachsehen.«

Sie schloß eine Tür hinter dem Empfangstresen auf und verschwand in dem dahinterliegenden Zimmer. Edgar wartete einige Sekunden.

Alina musterte ihn verwundert. »Was ist los? Ist etwas nicht in Ordnung?«

Edgar antwortete nicht. Statt dessen ging er um den Empfangstresen herum, schloß mit einer raschen Bewegung die Tür zu dem Büro, in dem die Frau verschwunden war, drehte den Schlüssel herum, der im Schloß steckte, und zog den Bund ab.

Alina starrte ihn entgeistert an. »Was tust du?«

»Los«, sagte er, »schnell.«

Er zog sie hinter sich her, den gleichen Weg, den sie zuvor schon genommen hatten. Als sie die erste Tür erreicht hatten, hörten sie das wütende Klopfen.

»Ich werde sie jetzt mitnehmen, verstehst du. Ich werde nie wieder hierher zurückkommen. Meine Familie verliert alles, wenn ich nach London gehe. Und du siehst ja, wie weit sie gehen, um sich zu schützen.«

Er mußte drei Schlüssel ausprobieren, bis die zweite Tür sich endlich öffnen ließ.

»Meine Großmutter hat mit Sicherheit Arthur und Robert benachrichtigt. Wenn sie gleich losgefahren sind, können sie noch heute nacht hier sein. Ich kann nicht riskieren, daß sie uns aufhalten. Sie würden mich niemals gehen lassen. Ich muß Leonie jetzt mitnehmen.«

Alina schaute sich furchtsam um.

»In zehn Minuten sind wir hier weg«, beruhigte er sie. »Es ist ja niemand hier, außer der Nachtschwester.«

War das wirklich so? Er wußte es nicht. Aber er würde es riskieren.

Schon hatten sie den Gang erreicht. Edgar lief jetzt. Er riß die Tür zu Leonies Zimmer auf, nahm eine Decke, wickelte sie um Leonies Gestalt und schob sie auf den Gang hinaus. Dann eilten sie zurück. Sie hatten alle Türen offen gelassen, um rascher in die Eingangshalle zurückzukommen. Das Klopfen hatte aufgehört. Gab es dort ein Telephon? Hatte die Schwester die Polizei alarmiert?

Das Taxi stand zwanzig Meter vom Eingang entfernt. Der Fahrer stand daneben und rauchte. Er schaute zwar etwas verwundert, als er Edgar und Alina mit der Frau im Rollstuhl kommen sah, schien jedoch von dem Vorfall in der Eingangshalle nichts bemerkt zu haben. Wortlos plazierten sie Leonie auf dem Rücksitz. Edgar schob den Rollstuhl zum Eingang zurück, ließ ihn jedoch auf halber Strecke stehen, eilte zum Wagen und stieg ein.

»Nach Hamburg, bitte«, sagte er, so ruhig er konnte, obwohl sein Herz vor Aufregung fast zersprungen wäre. »Hotel Alsterblick. Und bitte beeilen Sie sich.«

Die Scheinwerferkegel glitten über den Kies und beleuchteten dann die Pappeln auf dem Weg zur Hauptstraße. Edgar sah sich nervös um. Aber dort rührte sich nichts. Er konnte es kaum glauben. Es war gelungen. Alina saß vorne. Er sah, daß sie sich nervös auf die Unterlippe biß. Er hatte sie mit seinem Gerede von Robert beunruhigt. Nun ja, gleich wäre alles vorbei. Sie würden ins Hotel fahren. Niemand wußte, wo sie sich aufhielten. Wie er Leonie nach England bekommen sollte, war ihm noch schleierhaft. Sie hatte keinen Paß. Keine Papiere. Sie existierte überhaupt nicht. Wilhelm müßte ihm helfen. Oder Manings. Er würde schon eine Lösung finden.

Die Landstraße lag vor ihnen. Nirgends war ein Licht zu sehen. Sie waren allein. Völlig allein. Edgar jubilierte. Es war gelungen. Der Fahrer lenkte den Wagen nach rechts und beschleunigte. In diesem Augenblick bewegte sich etwas Großes, Dunkles neben ihnen. Edgar fuhr jäh herum und sah gerade noch den Schemen der mächtigen Karosse, die neben der Abzweigung am Straßenrand gewartet hatte. Jetzt blitzten starke Scheinwerfer hinter ihnen auf. Die Karosse rollte auf die Landstraße und folgte ihnen, erst langsam, dann näherte sie sich allmählich. Alina schaute sich ängstlich um. Edgar sagte kein Wort. Wie entsetzlich dumm er doch war! Als hätte Robert keine Handlanger, die er ihm auf den Hals hetzen konnte, bis er selbst zur Stelle war. Der Wagen hinter ihnen würde sie ohne Mühe einholen. Er war ein verdammter Narr.

Die wuchtige Droschke kam näher. Der Taxifahrer blickte irritiert in den Rückspiegel. Das Scheinwerferlicht blendete ihn. Edgar blickte Alina an. Ihre Augen waren weit aufgerissen. Keiner sagte etwas. Noch konnte es ein Zufall sein. Ein x-beliebiger Wagen. Jetzt setzte er zum Überholen an. Und dann war er vor ihnen.

»Was soll denn das«, fluchte der Taxifahrer und bremste. Im Wagen vor ihnen war ein Arm sichtbar geworden. Ein Arm, dessen winkende Auf-und-ab-Bewegung eindeutig zu verstehen gab, daß anzuhalten sei.

»Fahren Sie weiter«, befahl Edgar.

»Aber ... ich kann nicht. Er läßt mich nicht. Sehen Sie doch. Er fährt Schlangenlinien.«

Edgar sah es auch. »Dann rammen Sie ihn«, schrie er.

»Sind Sie verrückt geworden? Einen Maybach dieser Größe. Ausgeschlossen.«

Die Bremsen quietschten. Die beiden Wagen kamen in geringem Abstand voneinander zum Stehen. Die Türen öffneten sich. Vier Männer stiegen aus. Sie umstellten das Taxi. Der Fahrer klappte sein Fenster herunter und wollte eine Frage stellen. Doch plötzlich entfuhr ihm ein Schrei.

»Was ... was wollen Sie? Sind Sie wahnsinnig?«

Dann ging alles so schnell. Edgar sah noch die Mündung der Waffe vor Alinas Fenster. Und plötzlich begriff er, welche Botschaft Robert ihm schickte. Panisch stürzte er nach vorne. »Nein!« schrie er. »Nein, bitte nicht ...!«

Alina blickte ihn verwirrt an, während er auf sie zustürzte, ihr Gesicht nichts als Unverständnis. Im nächsten Augenblick zuckten in der Dunkelheit hinter ihrem Kopf drei kleine Blitze auf. Es klirrte. Alinas Augen erstarrten. Jetzt erfolgten überall Explosionen, auch auf der anderen Seite des Wagens. Eine Kugel durchschlug Edgars erhobene Hand, die sich schützend über

Alinas Kopf hatte legen wollen. Er fuhr zurück. Der Lauf der Pistole kam durch das zerschossene Seitenfenster herein, näherte sich auf wenige Zentimeter der Schläfe der bereits reglos daliegenden Frau und entließ krachend einen weiteren Schuß. Die Kugel durchschlug ihren Kopf.

»Nein, nein!« Edgar warf sich erneut nach vorne und begann, über die Rücklehne zu ihr auf den Vordersitz zu kriechen. »Alina!« Er hörte seine Stimme nicht. Sein Mund war weit aufgerissen. Er schrie und schrie. Aber es kam kein Ton heraus. Plötzlich war da der Klang einer Sirene. Einen Augenblick schien die Welt stillzustehen. Eine Sirene? Warum gab es hier plötzlich eine Sirene? Zwei weitere Schüsse krachten. Ein Zucken meldete ihm, daß noch eine Kugel Alinas Körper getroffen hatte. Die andere drang heiß und reißend in seinen rechten Oberarm ein. Er schrie auf, krümmte sich vor Schmerz. Dann hörte er das Geräusch von Stiefeln auf dem Pflaster, gefolgt vom satten Wummern des hochfahrenden Zwölfzylinders. Der Maybach begann, in die Nacht davonzuschwimmen. Edgar bäumte sich auf. Er suchte nach dem Türgriff, fand ihn, stieß den Wagenschlag auf und kroch hinaus. Seine rechte Körperhälfte glühte und pochte vor Schmerz. Aber er rannte dennoch los. Dann stürzte er, rappelte sich wieder auf. Aber es war sinnlos. Die roten Rücklichter verschwanden unweigerlich in der Ferne.

Edgar keuchte, rang nach Atem. Die Sirene kam näher. Ein Polizeiwagen. Die Krankenschwester mußte ihn alarmiert haben. Edgar taumelte zum Wagen zurück. Der Taxifahrer stand daneben. Fassungslos. Er starrte auf die blutüberströmte Frau. Edgar stieß ihn zur Seite und beugte sich über Alina. Sie lag da, die Augen weit aufgerissen. Aus zwei kleinen Löchern in ihrem Oberkörper sickerte noch immer Blut hervor, in kleinen, regelmäßigen Stößen.

»Alina«, stammelte er. »Bitte … Alina …«

Er nahm behutsam ihren Kopf zwischen die Hände, strich ihr das Haar aus der blutigen Stirn. Mit Schaudern streifte sein Daumen die Stelle, wo die Kugel ein Stück Schädelknochen weggesprengt hatte. Er ließ schluchzend von ihr ab und bettete sie behutsam auf den Sitz zurück. Der Polizeiwagen kam mit quietschenden Reifen neben ihnen zum Stehen. Edgar schaute auf.

Leonie von Rabov saß unbeweglich auf dem Rücksitz. Schaute sie ihn an? Ihn? Nein. Sie blickte genauso ins Leere wie zuvor. Es war nur Einbildung. Und doch galt dieser Blick ihm. Aber es war nicht Leonie, die ihn anschaute. Es war etwas Größeres, Unfaßliches, Gewaltiges, das ihn in seiner ganzen Fremdheit anstarrte.

Voll rasenden Zorns.

Voll grenzenlosen Mitleids.

Dann wurde alles weiß.

5.

Er hörte eine Stimme, ein Flüstern. Warum flüsterte der Mann? Anscheinend, damit die anderen Personen, die an der Tür standen, nicht hören konnten, was gesprochen wurde. Allmählich erkannte er das Gesicht des Mannes. Es war Wilhelm Falkenbeck. Wie kam er hierher? Was machte sein Gesicht keine Handbreit von seiner Wange entfernt. Er sprach ruhig, in kurzen, klaren Sätzen.

»Du mußt tun, was ich dir sage, Edgar. Hörst du mich? Kannst du verstehen, was ich sage?«

Wo war er? Was war mit seinem Körper? Er versuchte, sich zu bewegen, aber es gelang ihm nicht. Wilhelm schien bemerkt zu haben, daß er sich bewegen wollte.

»Du mußt liegenbleiben, Edgar«, flüsterte er. »Du bist außer Lebensgefahr. Aber du bist nicht in Sicherheit. Du bist in einem Krankenhaus in Hamburg. Man hat dich operiert. Du hast sehr viel Blut verloren.«

»Warum … warum bist du hier?« fragte Edgar.

»Arthur hat mich verständigt«, flüsterte Wilhelm. »Er ist fassungslos über das, was geschehen ist. Auch Edith und Agnes stehen unter Schock.«

Edgar schloß die Augen und versuchte, diese Namen zuzuordnen. Arthur. Edith. Mit großer Mühe gelang es ihm, seinen Blick auf die Personen an der Zimmertür zu richten. Ja. Dort stand Arthur. Aber wer war das neben ihm? Phil Manings? Manings war hier? Aber wo war … sein Atem stockte. Dann fühlte er ein entsetzliches Stechen genau zwischen seinen Augen, die sich sofort mit Tränen füllten.

Wilhelm sah, was geschah. Er beugte sich noch tiefer zu ihm herab und nahm ihn in den Arm, während ein Weinkrampf Edgar zu schütteln begann. Niemand sprach ein Wort. Wilhelm hielt ihn fest, die beiden Männer an der Zimmertür schauten betreten zu Boden. Nach einigen Minuten wurde Edgars Schluchzen schwächer. Wilhelm löste sich von ihm und setzte dann leise seine Unterweisung fort.

»Du mußt jetzt tapfer sein, Edgar. Und du mußt genau zuhören, damit du begreifst, was ich dir sage. Es geht jetzt nur noch darum, dein Leben zu retten. Alles andere ist zweitrangig. Dort draußen gibt es heute eine unübersehbare Zahl von Roberts. Und es werden täglich mehr. Niemand kann dich vor ihnen schützen. Die Polizei ermittelt. Vielleicht finden sie die Mörder. Aber sie werden niemals die Auftraggeber finden. Wir müssen mit ihnen verhandeln, Edgar. Es bleibt uns keine Wahl. Verstehst du?«

Edgar sagte nichts. Er starrte an die Decke des Krankenhauszimmers und sah nur immer ihr Gesicht, ihr blutüberströmtes Gesicht.

»Ich habe mit Arthur gesprochen. Er hat keine Kontrolle mehr über Robert. Er kann dich nicht vor ihm schützen. Robert wird dich töten lassen, wenn du der Familie ihr Erbe nimmst. Wenn du alles zurückläßt, dann lassen sie dich gehen. Verstehst du mich? Es geht um dein Leben, Edgar, das nackte Leben.«

Er machte ein Pause. Dann sprach er flüsternd weiter: »Du mußt ein Dokument unterzeichnen, womit du alle Ansprüche auf das Falkenbeck-Erbe auf Arthur von Rabov überträgst. Es muß rasch geschehen, denn Herold wird nicht mehr lange leben. Auch ich werde offiziell auf alle Ansprüche verzichten. Ich hätte ohnehin niemals etwas von diesem Erbe gewollt, aber das ist jetzt alles nicht wichtig. Ich will nur, daß du wohlbehalten nach London kommst, Edgar. Alles andere wird sich finden. Du mußt unterzeichnen. Verstehst du mich?«

Edgar schaute Wilhelm an. Leben? Wozu sollte er leben? Für weitere Lügen. Seine Augen füllten sich wieder mit Tränen. Und Alina. Sollte das der Sinn ihres Todes gewesen sein? Sinn? Wie sollte er mit dieser Schuld leben? Er war schuld.

»Wo ist Leonie?« fragte er.

»Sie ist wieder in Mariagrün. Aber wir werden sie mitnehmen. Das ist Teil der Vereinbarung.«

Edgar blickte erneut zu den beiden Männern an der Zimmertür hinüber. Sie schauten schweigend zu ihm herüber. Arthur sah sehr blaß aus. Seine Augen hatten jegliche Sicherheit verloren. Wie würde er wohl weiterleben? Im Bewußtsein, einen Teufel gezeugt zu haben. Gezeugt? Ach, Robert war ja nicht einmal von ihm, sondern von dieser … Zigeunerin? Und dennoch, Arthur hatte ihn erzogen. Seine Familie hatte ihn gemacht. Robert! Ekel, gemischt mit glühendem Haß, stieg in ihm auf. Konnte Robert denn tun und lassen, was er wollte? Verfügte er über Leben und Tod? War da niemand, der ihm Einhalt gebieten konnte? Er hatte Alina exekutieren lassen, vermutlich mit einem einzigen Telephonanruf. Als letzte Warnung und um ihm den größtmöglichen Schmerz zuzufügen, den er sich vorstellen konnte. Und niemand würde ihn dafür zur Rechenschaft ziehen? Nein. Statt dessen bekam er alles, was er wollte. Und er sollte dafür sein sinnloses kleines Leben retten, für diesen Handel mit jenem Teufel?

»Ich ziehe es vor, daß man mich erschießt«, sagte Edgar. »Ich will lieber sterben. Ich will, daß du dein Erbe einklagst, Wilhelm.

Ich will nicht, daß Alinas Tod nur dazu dienen soll, mein nutzloses Leben freizukaufen. Ich ... ich will nicht weiterleben mit dieser ...«

Die Stimme versagte ihm. Er begann wieder zu schluchzen.

Wilhelm schüttelt den Kopf. »Das ist sinnloses Heldentum, Edgar. Dein Tod nützt niemandem etwas. Und er verhindert nichts. Du kannst nur nein sagen und gehen. Wie Leonie. Wie ich. Es ist töricht, einer blinden Gewalt nicht auszuweichen, wenn du zu schwach bist, ihr zu widerstehen. Bitte, Edgar, unterschreibe. Komm zu uns. Alles wird sich finden.«

Edgar wandte sich ab.

Wilhelm wartete noch einen Augenblick. Dann erhob er sich. Unschlüssig stand er eine Weile vor Edgars Bett, dann ging er zur Tür.

Die drei Männer schauten zu Edgar hin. Er nahm sie durch den Tränenschleier nur schemenhaft wahr.

»Was steht ihr da so?« stammelte er. »Was soll ich denn tun? Ihr habt nicht gesehen, wie sie vor meinen Augen erschossen wurde. Wie soll ich damit weiterleben ...?«

Eine der drei Gestalten löste sich aus der Gruppe und kam zu ihm. Der Mann nahm neben ihm Platz. Erst jetzt sah Edgar, daß es Manings war.

Edgar starrte ihn an.

Der Mann nahm Edgars unverletzte linke Hand und drückte sie sanft. »Meinst du nicht, daß du ihr etwas schuldest?« fragte er leise. »Etwas, das nur du tun kannst?«

Edgar zog seine Hand zurück und wischte sich die Tränen ab. »Ich schulde ihr alles«, wimmerte er. »Ein Leben schulde ich ihr.«

»Eben«, sagte Manings. »Nichts anderes wollte sie für dich. Genau das hat sie dir geben wollen. Dein Leben. Freiheit. Warum willst du es wegwerfen? Der Tod ist keine Antwort, Edgar. Der Tod ist nicht einmal eine Frage. Nur für die, die schlafen.«

Edgar schüttelte nur stumm den Kopf. Er wollte nichts mehr hören.

Phil hatte etwas aus der Tasche gezogen. Ein Stück Papier. Er hielt es gefaltet in der Hand. »Ich habe etwas für dich. Es war bei ihren Sachen. Alina wollte ursprünglich nicht mit dir zurückkommen, nicht wahr?«

Edgar stutzte. Was sollte das alles?

»Nun, vielleicht hat sie es dir tatsächlich nicht gesagt. Aber sie hat dir einen Brief geschrieben. Einen Abschiedsbrief.«

»Wann?« fragte er irritiert.

Phil faltete das Blatt auseinander. »In Pondicherry«, sagte er. »Freitag, 16. April, steht hier.«

Er reichte Edgar das Blatt. Ihre Schrift. Das Papier. Es war ein Briefbogen aus Andrés Hotel, wo sie auf das Schiff nach Europa gewartet hatten.

Pondicherry, Freitag, 16. April 1926

Edgar,

Ich kann Dich nicht begleiten. Du mußt diesen Weg alleine gehen und dann entscheiden, wer Du bist, wie Du leben möchtest. Mein Leben ist hier. Die Schiffsreise wird Dein Gemüt beruhigen, Deine Sinne schärfen. Ich kann nicht mit Dir gehen. Ich werde dem Schiff hinterherschauen, bis es am Horizont verschwunden ist. Es wird mir sehr schwerfallen. Alles in mir wird nach Dir rufen. Aber ich kann nicht mit Dir kommen. Es ist unmöglich. Ich bereue nichts. Am allerwenigsten, daß ich Dich verführt habe. Ich würde es immer wieder tun und werde nicht damit aufhören, um Dich zu werben. Wenn Du mich läßt. Ich will immer Deine Frau *sein, Edgar, aber ich kann niemals* Deine Frau *sein. Es interessiert mich nicht, dieses schläfrige Gefühl, das man bei Euch Liebe nennt. Ich will nicht Deinen Rausch, Dein taumelndes Glück und auch nicht Deine Eifersucht und Deine Angst. Ich will wach sein, Edgar. Furchtlos. Ganz. Das geht nicht in Deiner Welt. Leb wohl, Edgar. Wenn ich morgens bei Sonnenaufgang in den Tempel gehe und die ersten Übungen mache, ganz gleich wo, dann geht mein erster Gedanke zu Dir, zu Deinem Schiff, in Dein Zugabteil, in Dein Hotelzimmer, in Dein*

Haus, wo immer Du sein magst. Und wenn Du ganz still bist, dann wirst Du mich spüren …

Komm bald, Edgar, wenn Du Dich traust.
Alina

Er ließ das Blatt sinken. Niemand sprach ein Wort.

»Bitte, laßt mich allein«, sagte Edgar.

Edgar schloß die Augen. Taubheit erfüllte ihn. Er hörte ihre Stimme, sah ihre Augen, ihr Lächeln. Warum war sie nur mitgekommen?

Epilog

Ronco, 25. Oktober 1926

Lieber Daniel,

ich hatte Dir versprochen, eine Karte aus Locarno zu schikken. Nun sind wir aber schon in Ronco, und ich fürchte, eine Karte kann meine Gedanken heute nicht aufnehmen. Wir sind vor zwei Tagen angekommen. Es erstaunt mich nicht mehr, daß hier letztes Jahr ein Wunder geschehen ist und die europäischen Großmächte in Frieden zueinander gefunden haben. Die Gegend ist so schön. Ich wünschte, Du könntest hier sein.

Heute morgen haben wir Alinas Urne auf dem Friedhof von Ronco beigesetzt. Wilhelm ist extra hergekommen, obwohl er nur einen Tag bleiben kann, denn um diese Jahreszeit halten ihn immer wichtige Termine in London fest. Wir waren also zu viert: Phil, Leonie, Wilhelm und ich. Es gesellte sich dann noch ein italienisches Pärchen zu uns, ein Freund von Phil, der Leonie damals gekannt hat, und dessen Frau. Sie sahen sehr sonderbar aus, mit langen Haaren, Stirnbändern und selbstgemachten Kleidern. Aber sie waren überaus sympathisch und herzlich, insbesondere zu Leonie, die sie fest umarmten wie eine alte Bekannte.

Der Ort, der an Alina erinnern wird, ist zauberhaft. Er liegt auf einem Hügel über dem Lago Maggiore. In alle Richtungen sieht man Natur: Berge, den klaren See, den Himmel. Ich bin sicher, daß sie einverstanden wäre, hier zu bleiben. Ich spreche oft mit ihr, ohnehin immer dann, wenn ich mit Leonie spazierengehe. Wir haben die Orte aufgesucht, wo sie mit Phil gelebt hat, wo sie im Gras gelegen haben, als ihr Kind gerade geboren war.

Doch, ich bin sicher, daß dies der einzig richtige Ort für sie ist. Für Alina, meine ich. Man hat das Gefühl, noch in Europa und dennoch nicht mehr in Europa zu sein. Es gibt so viele Menschen hier, die anders sind, anders aussehen, anderes wollen. Als liefen hier unsichtbare Kraftlinien aus anderen Zeiten zusammen, aus der Zeit eines mystischen, verwunschenen Europas. Vielleicht irre ich mich auch oder bilde es mir nur ein. Und ein wenig ist das alles ja auch schon im Verschwinden begriffen. Der *Monte Verità* ist gerade verkauft worden. Ein reicher Baron hat ihn erworben und will ein Hotel daraus machen, in dem er seine enorme Kunstsammlung unterbringen will. Die ganze Gegend scheint recht touristisch zu werden. Phil ist äußerst bekümmert darüber. Es sei manchmal ein Fluch, zu lange zu leben, sagt er. So viel Abschied.

Leonie ist wie immer. Sie berührt diese Erde nicht. Sie schwebt darüber hinweg wie ein Lufthauch, bedürfnislos, mit allem einverstanden. Wann immer ich vor Traurigkeit nicht weiterweiß, nehme ich ihre Hand und gehe ein paar Schritte mit ihr. Ich bilde mir ein, daß sie schon weiß, wer ich bin. Ganz tief in ihr ist sie vielleicht doch noch ein wenig wach.

Ich werde bald wieder in London sein, dort aber nicht bleiben. Wilhelm hat mir, wie es mein Wunsch war, eine Stelle in Bombay verschafft. Wir reisen im November. Phil und Leonie begleiten mich. Wir werden zwei Monate zusammen haben. Danach beginne ich mit meiner Arbeit dort. Ich weiß nicht, was Phil und Leonie tun werden. Niemand von uns weiß wirklich etwas über die nächsten Wochen hinaus.

Alles ist. Mehr weiß ich nicht.

Solltest Du einmal in diese wunderschöne Gegend kommen, vergiß nicht, den Friedhof von Ronco zu besuchen. Der Steinmetz im Dorf hat lange geschwiegen, als ich ihm die kleine Figur zum Einpassen in die Grabplatte brachte. Aber dies ist eben eine besondere Gegend. Er nahm sie, betrachtete sie mit großer Skepsis, fügte sie jedoch anstandslos für mich ein. Du kannst Alinas Grab also nicht verfehlen. Es tanzt dort eine Frau auf dem Körper eines enthaupteten Mannes, mit ausgebreiteten Armen und dem wilden, furchteinflößenden Blick der Freiheit in den Augen.

Ich muß immer an etwas denken, das sie mir auf dem Schiff gesagt hat. Wir standen während der Rückreise oft stundenlang an der Reling und schauten den Fischen zu, den fliegenden Fischen. Irgendwann fragte ich sie, was wohl das eigentliche Element dieser Tiere sei, die Luft oder das Wasser. Wir kamen zu keinem klaren Ergebnis. Dann fragte sie mich, ob ich denn mein Element kenne. Ich hatte darüber noch nie nachgedacht. Vielleicht das Wasser, antwortete ich, ohne recht zu wissen, warum. Und ihres? Welches der vier war ihres? Gar keins, sagte sie. Ihr Element sei das fünfte, das eigentliche Element der Menschen: die Freiheit.

Die Freiheit, dachte ich. War das ein bewohnbares Element? Und wo war sie zu finden? In der Kunst? Im Glauben? In der Liebe? Danach schauten wir lange auf das Meer hinaus, den fliegenden Fischen zu, die mir immer sympathischer wurden.

Die konnten sich auch nicht entscheiden.

Sei fest umarmt,

Dein Edgar

Textnachweise

Bertolt Brecht: »Ratschläge einer älteren Fohse an eine jüngere«, aus: ders., *Werke. Große kommentierte Berliner und Frankfurter Ausgabe*, Band 13, Gedichte 3, © Suhrkamp Verlag, Frankfurt am Main 1993.

Else Lasker-Schüler: »Weltende«, aus: dies., *Gedichte 1902–1943*, © Suhrkamp Verlag, Frankfurt am Main 1996.

Franziska Gräfin zu Reventlow: *Tagebücher*, hrsg. v. Brigitta Kubitschek, in: dies., *Sämtliche Werke, Briefe und Tagebücher*, hrsg. v. Michael Schardt, Band 3, Igel Verlag, Oldenburg 2004.

Osho: *Tantra – Die höchste Einsicht*, Innenwelt Verlag / Edition OSHO, Reprinted with permission of Osho International Foundation, Switzerland, www.osho.com.

Alfred Schuler: *Cosmogonische Augen. Gesammelte Schriften*, hrsg., kommentiert u. eingeleitet v. Baal Müller, Igel Verlag, Paderborn 1997.

Ich danke

Dr. Gabriele Landwehr vom Goethe-Institut in Madras für ihre unschätzbare Hilfe bei meinen Recherchen in Madras und Pondicherry im Dezember und Januar 2004/05 mitten im Tsunami-Chaos.
Professor Dr. Jürgen Lütt vom Institut für Asien- und Afrikawissenschaften in Berlin für wertvolle bibliographische Hinweise.
Den Mitarbeitern der *Theosophical Society* in Adyar, Madras, für einen unvergeßlichen Aufenthalt während der Annual Convention 2004.
Peter Hees, Historiker des Sri-Aurobindo-Archivs in Pondicherry, für Aufzeichnungen von europäischen Indienfahrern und spirituellen Suchern der zwanziger Jahre.
Meinem Freund *Gerhard Lob*, Journalist in Locarno, für den ersten Spaziergang zum Monte Verità vor vielen Jahren, als von diesem Roman kaum mehr als eine dreizeilige Projektskizze existierte.
Meinem Agenten und Lektor *Roman Hocke* für die unwiderstehliche Anregung, diese Geschichte am Beginn des vergangenen Jahrhunderts anzusiedeln und nicht, wie ursprünglich geplant, an dessen Ende

&

Meinen beiden Vipàssana-Meistern: *Sabine* und *Simon.*

PIPER

Jonathan Coe

Klassentreffen

Roman. Aus dem Englischen von Henning Ahrens.
528 Seiten. Gebunden

Ein großartiger englischer Gesellschaftsroman, eine bewegende Komödie, das Porträt unserer Zeit. Alles beginnt am 31. Dezember 1999 in Birmingham: Benjamin Trotter, leidlich erfolgreicher Buchhalter, steht in der Mitte seines Lebens. Doch eine unbestimmte, tiefe Unzufriedenheit und die Gewißheit, sich in einem falschen Leben aufzuhalten, nagen an ihm. Nach mehr als zwanzig Jahren trauert er noch immer seiner Jugendliebe Cicely nach, die damals spurlos verschwand; und noch immer schreibt er verzweifelt an seinem großen Roman, der mittlerweile über 1000 Seiten dick ist. Während Benjamin zurückschaut, blickt sein Bruder Paul als erfolgreicher Parlamentsabgeordneter ehrgeizig nach vorn. Die Affäre mit seiner jungen, intelligenten Assistentin Malvina aber zwingt beide Brüder dazu, über ihr persönliches Glück nachzudenken und endlich die Entscheidungen zu treffen, denen sie lange aus dem Weg gegangen sind.
Das England unter Tony Blair und das ebenso einnehmende wie tragische Schicksal seiner Helden – Jonathan Coe mißt in seinem hintergründigen, pointierten und überaus amüsanten Roman die Temperatur einer ganzen Nation.

01/1528/01/L

PIPER NORDISKA

Christian Jungersen

Ausnahme

Roman. Aus dem Dänischen von Ulrich Sonnenberg.
336 Seiten. Gebunden

Ein Roman über die Psychologie des Bösen. Ein Roman, in dem vier Frauen sich das Leben gegenseitig zur Hölle machen: Iben, Malene, Anne-Lise und Camilla, vier Frauen, die gemeinsam im Dänischen Zentrum für Information über Völkermord arbeiten. Iben und Malene sind enge Freundinnen, die sich auch privat sehr häufig sehen und viele Geheimnisse miteinander teilen. Im Büro schieben sie sich gegenseitig die interessanten Aufgaben zu, während sich vor allem die Bibliothekarin Anne-Lise von ihnen ausgegrenzt fühlt. Eines Tages erhält Iben per email eine anonyme Morddrohung. Zunächst geht sie davon aus, daß der Absender ein serbischer Kriegsverbrecher sein muß, über den sie einmal gearbeitet hat. Bald aber schließen sie und Malene auch Anne-Lise als Absenderin nicht mehr aus.
Selten ist ein Buch geschrieben worden, das auf so kluge, spannungsvolle und so unnachsichtige Weise das Schicksal seiner Figuren mit seinem gesellschaftlichen Anliegen verknüpft.

08/1001/02/R

Jette Kaarsbøl
Das Versprechen der Ehe

Roman. Aus dem Dänischen von Christel Hildebrandt.
560 Seiten. Gebunden

Kopenhagen, Ende des 19. Jahrhunderts: Die junge und unerfahrene Frederikke Leuenbech soll den Theologiestudenten Christian Holm heiraten, einen zuverlässigen Mann mit solidem Einkommen, kurzum das, was man eine gute Partie nennt. Sie selbst hinterfragt ihre Entscheidung kaum und verliert sich in ihren Tagträumen – bis sie den umschwärmten und charismatischen Arzt Frederik Faber kennenlernt und zum ersten Mal in ihrem Leben tiefe und aufrichtige Liebe empfindet. Fasziniert ist sie auch von seinem Freundeskreis, der aus Intellektuellen, Bohemiens und Künstlern besteht, denn sie repräsentieren das, was sie als Pfarrfrau nie würde haben können – ein Leben jenseits aller gesellschaftlichen Konventionen. Christian ist empört über Frederikkes Umgang, und als sie gar die Verlobung löst, kommt es zum Skandal. Nur wenig später unterbreitet ihr Frederik ein verlockendes Angebot: eine Ehe mit ihm, die ihr finanzielle Unabhängigkeit und persönliche Freiheit bringen soll. Überglücklich willigt Frederikke ein. Doch rasch begreift sie, daß Frederik unter einem Eheversprechen etwas anderes versteht als sie.

08/1002/01/L